Hans Bemmann, Jahrgang 1922, gehört zu jenen Erzählern, die in Märchen und Mythos menschliche Erfahrungen zu fassen versuchen. Seine erfolgreichen Bücher sind in weit über einer Million Exemplaren verbreitet. Als Goldmann-Taschenbücher liegen außer »Die Gärten der Löwin« vor:

Die beschädigte Göttin. Roman (41384)
Stein und Flöte, und das ist noch nicht alles.
Ein Märchenroman (41088)
Stern der Brüder. Roman (41093)

HANS BEMMANN

DIE GÄRTEN DER LÖWIN

Roman

GOLDMANN VERLAG

Ungekürzte Ausgabe

Umwelthinweis:
Alle bedruckten Materialien dieses Taschenbuches sind chlorfrei und umweltschonend.
Das Papier enthält Recycling-Anteile.

Der Goldmann Verlag
ist ein Unternehmen der Verlagsgruppe Bertelsmann

Genehmigte Taschenbuchausgabe 5/96

Umschlagentwurf: Design Team München
Umschlagfoto: John William Godward /
Mauritius-Superstock, Mittenwald
Satz: IBV Satz- und Datentechnik GmbH, Berlin
Druck: Elsnerdruck, Berlin
Verlagsnummer: 42775
MV · Herstellung: Heidrun Nawrot
Made in Germany
ISBN 3-442-42775-4

1 3 5 7 9 10 8 6 4 2

Auf die Nächte freust du dich,...

...in denen ich dir meine Version unserer Geschichte erzählen werde, schreibst du da. Das könnte dir so passen! Du liegst wohlig hingestreckt in den Kissen, und ich muß wie weiland Scheherazade zu deinen Füßen kauern und mein Hirn auf der Suche nach neuen Geschichten zermartern.

Nach neuen Geschichten? Natürlich nach neuen, von denen du nichts weißt. Ich kann nicht einfach sagen: Ja, so war es wirklich, wie du es aufgeschrieben hast, und dafür, daß dies nicht möglich ist, gibt es mehrere Gründe. Zunächst einmal wäre es langweilig für dich, und das ist das Schlimmste, was man einer Geschichtenerzählerin vorwerfen kann. Scheherazade hat um den Preis ihres Lebens erzählt. Vielleicht geht's dann auch um mein Leben. Wo soll ich bleiben, wenn ich dich langweile? Die Möglichkeit, daß du tatsächlich nur nach einer Bestätigung deiner eigenen Ansichten und Erinnerungen gierst, will ich lieber ausschließen; denn dann wäre mein Vorhaben der Mühe nicht wert.

Ich muß also eine neue Geschichte erzählen, und zwar nicht nur um der Originalität meiner Geschichte willen oder weil ich vermeiden möchte, daß du schon im voraus weißt, was ich erst erzählen will. Die Ursache liegt vielmehr bei mir selbst. Deine Bilder sind nicht meine Bilder, auch wenn sie sich gelegentlich berühren, und die Wirklichkeit, für deren Beschreibung sich keine Wörter finden lassen, liegt irgendwo zwischen deinen Bildern und meinen Bildern.

Hier muß ich vorab schon einmal auf meinen Großvater zu sprechen kommen, dem ich die Keimzellen zu meiner Bilderwelt verdanke. Er hatte eine kuriose Art, auf Fragen zu antworten oder verworrene Zusammenhänge durchschaubar zu machen, indem er Märchen oder wenigstens märchenähnlich funktionierende Geschichten erzählte, und zwar auf eine Weise, daß ich sie in mich aufnahm, als hätte ich sie selbst erlebt. »Das Wesentliche über diese Welt und den Menschen«, sagte er einmal, »steht in Geschichten, nicht in Statistiken.« So werde ich dir vor allem seine Geschichten erzählen, deren Folge sich wie der Faden der Ariadne durch das Labyrinth meines Lebens zieht.

Auch die Geschichte dieses Fadens hat mir mein Großvater einmal erzählt. »Es war einmal eine Königstochter«, begann er, »die verliebte sich in einen Prinzen, der zusammen mit anderen jungen Frauen und Männern einem Untier geopfert werden sollte, das in einem Labyrinth am Hofe ihres Vaters hauste. Die Königstochter gab ihrem erwählten Helden heimlich ein Schwert, mit dem er das Untier töten, und eine Rolle Garn, mit dessen Hilfe er aus dem Labyrinth wieder herausfinden könne. Der Plan gelang, und dieser starke Prinz fuhr auf seinem Schiff mit der Königstochter davon über das Meer. Unterwegs aber ließ er sie auf einer Insel zurück und segelte weiter. Erwarte also nicht, daß deine Liebe notwendigerweise immer belohnt wird.«

»Ist es demnach besser, nicht zu lieben?« fragte ich ihn.

Da lachte er und sagte: »Du wirst dich um das Beste bringen, das dein Leben für dich bereithält. Aber wenn du schon auf den Lohn wartest, wirst du der Liebe nie begegnen. Was ist besser: barfuß durchs Gras zu gehen auf die Gefahr hin, daß auf einer am Boden faulenden Birne eine Wespe sitzt und dich in die Zehe sticht, oder immer Schuhe zu tragen und nie zu erfahren, wie sich das anfühlt, wenn das kühle, glatte Gras über die nackten Sohlen streicht und zwischen den Zehen kitzelt?«

Siehst du, auf solche Weise sind meine Bilder entstanden. Und dann gibt es noch einen Grund, warum ich nicht die Rolle deiner Scheherazade spielen werde:

Nachts neben dir im Bett habe ich anderes im Sinn, als mir Geschichten für dich zusammenzureimen. Wie soll ich nach Wörtern suchen, in denen die Bilder meiner Erinnerung für dich vorstellbar werden, während meine Gedanken und Empfindungen in eine andere Richtung gezogen werden, abgelenkt vom Geruch deiner Haut und von den Spuren deiner zärtlichen Hände, die du nicht bei dir lassen kannst?

Nein – das schlag dir aus dem Kopf! Ich werde zu schreiben versuchen, während du nicht bei mir sein kannst. Beginnen werde ich – wie schon diesmal – ein paar Tage nach deiner Abreise, wenn nicht nur mein Verstand, sondern auch mein Körper begriffen hat, daß du nicht mehr da bist; und ich werde schreiben, bis deine Rückkehr so nahe bevorsteht, daß die unabweisbare Vorstellung des Zukünftigen die Erinnerung an Vergangenes hinwegzuschwemmen beginnt. Nur in der Zeit zwischen diesen beiden sich periodisch wiederholenden Ereignissen werde ich also fähig sein, in meiner Erinnerung nach jenen Bildern zu fahnden, ohne die deine Bilder unvollständig bleiben müssen, und damit befinde ich mich fast schon in der beruflichen Routine. Wie oft krame ich im Magazin unseres Museums nach Bildern oder bildhaften Gegenständen, aus denen Vergangenes sich meinem Begreifen erschließen könnte, oder wenigstens nach solchen, über die noch niemand einen Aufsatz publiziert hat.

Gärten und Wälder

Das Bild, mit dessen Beschreibung ich meine Geschichte anfangen will, zeigt den Ausschnitt einer Landschaft. Ich erinnere mich an eine von blühenden Obstbäumen bestandene Wiese, deren helles Grün getupft ist mit den weißen Dolden von Wiesenkerbel und Bärenklau und mit gelbem Löwenzahn. Mitten in der Wiese steht ein niedriges, einstöckiges Bauernhaus mit rotem Ziegeldach und weißgekalkten Mauern, die von kleinen quadratischen Fenstern durchbrochen sind. Neben dem Haus flattert auf einer in flachen Bögen von Stange zu Stange ausgespannten Leine weiße und bunte Wäsche im Wind. Am blauen Himmel segeln wattige weiße Wolken.

Während ich diese Erinnerung hinschreibe, sehe ich dieses Bild wieder vor mir, das an der Wand über dem Tisch in unserem Kinderzimmer hing, niedrig genug, daß ich es immer wieder anschauen konnte, auch von meinem Bett aus, das an der gegenüberliegenden Wand stand.

Heute kann ich aufgrund meiner kunstwissenschaftlichen Studien hinzufügen, daß dieses Bild in einem durch den Impressionismus beeinflußten Stil gemalt war, wie er in Deutschland zu Anfang dieses Jahrhunderts bei Malern von Gebrauchskunst in Mode kam, während weniger kompromißbereite Maler sich schon in das Abenteuer des Expressionismus stürzten. Damals erstaunte es mich, wie sich die Oberfläche des Bildes bei näherem Hinsehen in zahllose Pinseltupfer unterschiedlicher Farbnuancen auflöste, die den Eindruck von flirrendem Licht erzeugten, das sich in vielfältiger Weise auf Gräsern, Blüten und selbst auf den Strukturen des hellen Mauerwerks und dem Zinnober,

Braunrot und Purpur der Dachziegel brach. Übrigens war dieses Bild kein Original, sondern ein Farbdruck, der bei irgendeinem späteren Umzug in eine andere Wohnung verlorenging.

Ich durchstreifte diese Landschaft bis in die feinsten Pinselstriche, lag träumend im Gras unter den blühenden Bäumen, wanderte am Haus vorüber weiter die Wiesenhänge hinan bis zu einem an der Grenze des Horizonts in blassen Blautönen erahnbaren Wald und war schon oft um das Haus geschlichen, um zu sehen, was sich auf dessen Rückseite befinden mochte. Einen Gemüsegarten stellte ich mir dort vor mit Zeilen von Buschbohnen, Petersilie und violett blühenden Zwiebelröhren und am Zaun ein paar Sonnenblumen und blaßrosa Stockmalven, wie ich sie vom Garten meines Großvaters kannte. Und während ich dort umherschlenderte und alles anschaute, roch ich den herben Duft der Malven, und die aromatische Ausdünstung der Zwiebeln unter der Sonne regte meinen Appetit an.

Wie du siehst, verkochten sich in dieser farbigen Reproduktion die idyllischen Aspekte meiner Kindheit zu einer köstlichen Suppe, die ich ganz allein für mich verspeiste. Denn vor meiner älteren Schwester, der du ja auf deiner Suchwanderung begegnet bist, hielt ich diese imaginären Spaziergänge geheim. Wahrscheinlich fürchtete ich ihren Spott oder gar ihre Verurteilung solcher *Spinnereien.* Sie ist durch und durch eine Realistin, mußt du wissen, war das auch schon als Kind und hat nicht selten versucht, sich mir gegenüber als pädagogische Instanz aufzuspielen, wenn ich mich ihrer Meinung nach allzuweit aus ihren Vorstellungen von Wirklichkeit zu entfernen drohte.

Ein einziges Mal hatte ich sie zu fragen gewagt, was sich wohl hinter dem Haus auf dem Bild befinden mochte.

»Was denn schon?« hatte sie geantwortet. »Der Pappendeckel, auf den das Bild geklebt ist!«

Ihre Antwort reizte mich zum aufsässigen Weiterfragen: »Und was ist hinter dem Pappendeckel?«

»Die Tapete.«

»Und dahinter?«

»Die Mauer.«

»Und dahinter?«

»Der Efeu, der an der Hausmauer hochklettert.«

»Und dahinter?«

»Die Luft.«

»Und dahinter?«

»Luft!« schrie sie. »Luft! Luft! Nichts als Luft!«

Sie wurde plötzlich so wütend, daß sie aus dem Zimmer lief und die Tür hinter sich ins Schloß warf. Oder hatte ich ihr angst gemacht, daß sich doch etwas hinter dem Haus befinden könne, etwas, von dem sie nichts wußte? Heute möchte ich fast annehmen, daß sie Angst hatte, Angst vor etwas, das jenseits ihrer Vorstellungsmöglichkeiten lag. Aber damals meinte ich, sie wolle die Bilder zerstören, die ich mir gemacht hatte, und so sprach ich nicht mehr von der Welt, die ich in diesem Bild Schritt für Schritt entdeckte.

Der Garten hinter dem Haus, unsichtbar für alle anderen, weil er nur in meiner Vorstellung existierte, wurde zu meiner Fluchtburg. Wenn ich heute versuche, mir die Wege, die Gemüsebeete, die Blumen und Bäume dieses Gartens in Erinnerung zu rufen, so scheint mir, daß ich mich damals, als ich mir diese Imagination schuf, am Garten meines Großvaters orientiert haben muß; denn beide Gärten, der wirklich vorhandene wie der vorgestellte, schieben sich in meiner Erinnerung so untrennbar übereinander wie zwei auf dieselbe Leinwand projizierte Lichtbilder. Nur zwei – allerdings für mich ausschlaggebende – Unterschiede gab es: Den Garten meines Großvaters konnte ich nur dann betreten, wenn er das klobige Vorhängeschloß an der aus altersgrauen Latten zusammengeschlagenen Zauntür aufschloß, und überdies war ich dort für jeden, der mich suchte, erreichbar. Meinen Garten hinter dem Haus jedoch konnte ich jederzeit in meiner Vorstellung erstehen lassen, ja ich konnte seine Anlage oder seine Bepflanzung, wenn sie meinen Wünschen nicht mehr genügten, nach Belieben ändern. Außerdem war ich, wenn ich ihn einmal betreten hatte, nahezu unerreichbar.

Das meinte ich jedenfalls, bis eines Tages meine Mutter, ohne daß ich sie hätte kommen hören, bei mir im Zimmer stand. Sie mußte schon länger hinter mir gewartet und mich beobachtet haben, als ich sie plötzlich fragen hörte: »Wo bist du?«

»In meinem Garten«, sagte ich, ohne nachzudenken. Erst dann wurde mir bewußt, daß ich im Begriff war, mein Versteck zu verraten. Erschrocken blickte ich mich um und sah, wie sie lächelnd hinter mir stand und mich überhaupt nicht anschaute, sondern auf das Bild blickte.

»Hast du ihn also auch entdeckt, den Garten hinter dem Haus«, sagte sie. Sie fragte das nicht, sondern stellte es einfach fest.

»Bist du dort gewesen, früher?« Während ich stockend diese Frage formulierte, wußte ich nicht, ob ich mich über diese Gemeinsamkeit der Erfahrung freuen oder über ihren Einbruch in mein Geheimnis ärgern sollte. Doch sie löste mein Problem auf ihre Weise, legte den Finger auf meine Lippen und sagte: »Verrate mir nichts über deinen Garten! Der gehört dir ganz allein, und niemand soll dich dort stören. Mein Garten war bestimmt ganz anders. Deinen kennst nur du.«

Zunächst fühlte ich mich erleichtert, als sie sich auf diese Weise weigerte, die Grenze zu meinem geheimen Bereich zu überschreiten. Die verschlungenen Wege zwischen meinen Blumenbeeten und Ziersträuchern waren von ihr nie betreten worden. Hinter diesem niedrigen Bauernhaus lagen offenbar noch andere Gärten verborgen, die ich nicht kannte.

Ihr Garten sei anders gewesen als meiner, hatte sie gesagt. Während ich über diese Worte nachsann, wurde mir zum ersten Mal bewußt, daß ich ein eigenständiger Mensch war, auf mich allein gestellt mit meinen Gedanken, Vorstellungen und Wünschen, anders als alle übrigen Menschen, abgelöst von meiner Mutter, die mir bisher so vertraut gewesen war, als sei ich ein Glied an ihrem Körper. Auf einmal erschien sie mir fremd bis zur Unzugänglichkeit.

Es ist wohl kein Zufall, daß ich zu dieser Zeit auf dem Bild an der Wand meines Zimmers etwas zum ersten Mal bewußt wahrnahm, das ich bisher nicht beachtet hatte: Das Bauernhaus hat auf der Vorderseite links neben den vier quadratischen Fenstern eine Tür. Sie besteht offenbar aus Holz, ist apfelgrün gestrichen und steht nach außen hin so weit offen, daß man neben dem trapezförmig verkürzten Umriß des Türblattes ins Dunkel des Hausinneren blickt; und dort hebt sich, nur vage mit lockeren Pinselwischern in dunklen Karmin- und Brauntönen angedeutet, schemenhaft so etwas ab wie die Gestalt eines Menschen, der eben ins Dunkel des Hausflurs geht.

Obwohl ich dieses Bild vor Augen gehabt hatte, soweit ich mich zurückerinnern kann, war mir dieser Vorgang in der Tür des Hauses bisher verborgen geblieben. Was ich gesehen hatte, waren allenfalls ein paar nicht weiter bedeutsame Farbtupfer, die sich in diesem Augenblick, an den ich mich noch heute überdeutlich erinnere, plötzlich und völlig unerwartet zu einem belebten Teil des Bildes zusammenschlossen und eine Geschichte erzählten, die Geschichte eines Menschen, der in dieses Haus eintritt. Ich spüre noch heute, wie mich dieser Einbruch eines Menschen in die Welt meines Bildes erschreckte.

Bisher hatte ich gemeint, ich sei der einzige Mensch, der den Garten hinter dem Haus auf dem Bild betreten könne, hatte mich unbeobachtet geglaubt, mich jedem Einfall des Augenblicks hemmungslos hingegeben, als sei ich allein und war es doch nie gewesen. Allerdings hinderte mich dieser Schrecken nicht daran, meine Ausflüge in die imaginären Regionen weiterzutreiben. Im Gegenteil: Die Anwesenheit dieser kaum identifizierbaren Person im Dunkel hinter der Tür des Hauses verlieh meinem Spiel eine Spannung, wie ich sie bis dahin nicht gespürt hatte, ein kühler Schatten, der auf mich fiel und Schauer über meinen Rücken rieseln ließ. Was tat diese Person dort im Haus? Blickte sie mittlerweile aus einem der rückwärtigen Fenster in meinen Garten? War es eine Frau oder ein Mann? Was hatte sie für ein Gesicht? Winkte sie mir zu, oder wollte sie mich gar ins Haus locken, in dieses Dunkel, das hinter der halb geöffneten Tür lauerte?

Manchmal überwältigte mich diese lustvoll-angstvolle Spannung dermaßen, daß ich Hals über Kopf aus dem Garten floh und innerlich schreiend über die sanften Wiesenhänge zu den blauen Wäldern am Saum des Horizonts rannte, um mich hinter den Stämmen der hohen Bäume zu verstecken. Dort stand ich dann und spähte hinunter zum Haus, ob mir jemand folgte oder aus einem der Fenster zu mir heraufstarrte.

Einmal zeigte sich, während ich oben im Schatten der Bäume stand, an einem der rückwärtigen Fenster des Hauses eine dunkle Gestalt, die mir winkte, wobei ich nicht entscheiden konnte, ob dieses Winken einen freundlichen Gruß darstellen sollte oder eine befehlende Geste. Ich fühlte mich ertappt und spürte sofort, daß hier zwischen den hohen Stämmen der Fichten kein Ort war, an dem ich mich vor diesem Blick hätte verbergen können, selbst wenn ich mich ins dichte Unterholz gedrückt hätte oder durch eine schwarzgähnende Röhre hinabgekrochen wäre zu den Füchsen. Ausgesetzt diesem Blick stand ich am Rand des Waldes unter den Schlägen meines Herzens und begann Schritt für Schritt hinab über die Wiesen auf das Haus zuzugehen, auf die Gestalt, die weiterhin am Fenster stand und mir winkte.

Es war ein Mann, das erkannte ich im Näherkommen, ein Mann in einem streng zugeknöpften schwarzen Anzug, der, als ich schon nahe bei dem Haus war, plötzlich ins Zimmer zurücktrat und das Fenster schloß, so daß ich im spiegelnden Glas nur noch mich auf der Wiese mir selbst entgegengehen sah. Gleich darauf trat der Mann rechts hinter dem Haus hervor, blieb wartend im Gras stehen und deutete mit dem Zeigefinger seiner rechten Hand vor sich hin auf den Boden. Bis dorthin sollte ich gehen, so verstand ich das, mich dorthin stellen und seinem Blick preisgeben.

Du darfst nicht meinen, daß ich nur Angst gehabt hätte vor dieser streng aufragenden dunklen Gestalt. Ja, mir zitterte das Herz, als ich vor ihn hintrat, aber zugleich empfand ich auch Zutrauen zu diesem Mann, der mich aufmerksam mit seinen bräunlich-grünen Augen betrachtete, prüfend, streng, doch nicht ohne Wohlwollen.

Dieser Blick, mit dem er mich musterte, zog mich an und beunruhigte mich zugleich; mir war zumute, als suche dieser Mann in mir etwas zu finden und zu erkennen, das ich nicht war und auch nicht sein wollte. Diese unausgesprochene Forderung konnte ich nicht ertragen und schlug die Augen nieder, aber ich mußte mir gefallen lassen, daß er seine Hand an mein Kinn legte und mein Gesicht hob, um es einer eingehenden Prüfung zu unterziehen. Zufrieden schien er nicht zu sein mit diesem Anblick; denn er schüttelte den Kopf und krauste die Stirn, während er schon beide Hände hob und anfing, mit ihnen mein Gesicht zu kneten, das sich unter seinen Griffen verformte wie weicher Ton. Ich spürte, wie seine Finger fast schmerzhaft stark auf meine Backenknochen drückten, und seinen Handballen preßte er auf den Rücken meiner Nase, preßte und preßte, als wolle er ihre Biegung geradedrücken. Dann packte er mich um die Hüften, hob mich mit solcher Leichtigkeit, als sei ich ein Vögelchen, vom Boden auf und begann mit der anderen Hand an meinen Beinen zu zerren, anscheinend in dem Bemühen, sie länger und gerader zu strecken. Wie eine leblose Puppe hing ich in seinem Griff, und der Schmerz zuckte mir durch die Hüftgelenke von diesem Gezerre, daß ich laut aufschrie. Da setzte er mich ins Gras, strich mir mit der Hand übers Haar und ging davon. Schon im nächsten Augenblick war er hinter dem Haus verschwunden.

So saß ich dann dort im Gras zwischen Kerbel und Butterblumen und wußte nicht, wie mir geschehen war. Was stimmte nicht an mir, daß er mich so anfaßte, knetete und zerrte? War er nicht zufrieden mit meinem Gesicht und mit meinen Gliedern? Damals kehrte ich ratlos von meinem imaginären Ausflug in das Bild zurück in die Gegenwart meines Zimmers. Ich ging zum Fenster und versuchte mein Gesicht in der spiegelnden Scheibe zu betrachten, aber ich konnte es vor der übersonnten Fassade des Nachbarhauses nur vage erkennen, unzureichend für eine prüfende Beschau.

Unten im Haus hörte ich meine Mutter in der Küche mit klirrendem Geschirr hantieren. Da wußte ich mich ungestört und ging ins Schlafzimmer meiner Eltern, wo es in der Tür des Kleiderschranks einen großen Spiegel gab, in dem ich mich von Kopf bis Fuß anschauen konnte. Es war wohl das erste Mal, daß ich meinen Körper so prüfend und kritisch musterte, wie ich drüben im kühlen Schlafzimmer stand, durch das offene Fenster die Amseln schimpfen hörte, weil vermutlich eine Katze durch den Garten strich, und Zug um Zug meines Gesichts verfolgte, so lange, bis mir dieses doch eigentlich vertraute Gesicht so fremd erschien, als hätte ich es noch nie gesehen, fremd und beängstigend.

War das ich, was ich da zu erkennen versuchte? Ich weiß es nicht. Vielleicht hatte diese Fremdheit meines eigenen Gesichts auch darin ihren Grund, daß ich zum ersten Mal heraustrat aus dem ungestörten Selbstbewußtsein des Kindes und mich – soweit das überhaupt möglich ist – gewissermaßen aus fremden Augen betrachtete, aus den prüfenden Augen dieses dunkel aufragenden Mannes, der wohl, wenn ich das heute bedenke, nichts anderes darstellte als eine Widerspiegelung der mich überschattenden Figur meines Vaters.

Aber vielleicht reime ich mir mit alledem nur etwas zusammen oder interpretiere die Erinnerung an einen Tagtraum meiner frühen Kindheit allzu eindeutig. Du darfst dir jedenfalls nicht vorstellen, ich hätte eine schlimme Kindheit gehabt mit der Schrekkensfigur eines Vaters, der mich aus der Wiese meiner Imagination aufklaubte wie einen Käfer, um mir nach Art eines ungezogenen Buben die Beine auszureißen. Ich erinnere mich jedenfalls, daß ich bei nächster Gelegenheit meine Schwester vor diesen Schlafzimmerspiegel führte und in dieses neu entdeckte Spiel einweihte. *Starres Gesicht* nannten wir es. Man mußte möglichst lange in sein eigenes Gesicht starren, ohne eine Miene zu verziehen, wobei mich immer wieder dieses unheimliche Gefühl der Fremdheit beschlich. Darüber sprach ich allerdings nicht mit meiner Schwester. Vielmehr begann ich, wenn sich mir mein starres Gesicht bis zur Unkenntlichkeit entfremdet hatte, dermaßen wüste Fratzen zu schneiden, daß dieses Spiel stets in wildem Gelächter endete, zumal mich meine Schwester auch darin noch zu überbieten versuchte, sobald sie die Beherrschung über ihre Züge verlor.

Warum tun Kinder so etwas? Oder konkreter: Was trieb mich damals zu diesem Spiel, dessen uneingestandenes Entsetzen ich heute noch in meiner Erinnerung vorfinde? Habe ich auf diese Weise Distanz zu gewinnen versucht zu der Person, als die ich mich eben selbst erst wahrzunehmen begann? Nichts ist mehr vertraut an diesen seltsamen Gesichtszügen im Spiegel; sein Zauber verwandelt mein Gesicht, und es tritt heraus aus der Gewohnheit, der Schädel einer wildernden Katze, der unversehens zwischen dem aufgestörten Laub des Gebüschs sichtbar wird, einer Katze, wie sie durch den Garten streunt und die Amseln aufscheucht, daß sie schimpfend ins Geäst flüchten. Ich starre in dieses Gesicht, das meines spiegelt und doch fremder ist als sonst was, fremder als die Katze, die ich kenne, eher eine Löwin, deren Anblick mir Angst einjagt; denn ich ahne, daß sie durch den Garten schleicht, um dem dunklen Mann ihre Krallen ins Herz zu schlagen, und ich habe gegen diese Angst nichts einzusetzen als meine Fratzen und mein Gelächter als Abwehrzauber.

Hier muß ich den Fluß meiner Geschichte erst einmal unterbrechen, sonst stellst du dir womöglich vor, ich hätte meine Kindheit vor dem Spiegel in der Betrachtung meines eigenen Gesichts verbracht oder mich in Spaziergängen durch den imaginären Garten hinter dem Haus auf dem Bild in meinem Zimmer verloren. Da gab es ja noch den wirklichen Garten meines Großvaters, an dem ich mich in den Vorstellungen meiner Phantasie orientiert hatte.

Laß mich also von Großvater erzählen, der nach dem Tode der Großmutter lange Zeit bei uns im Hause lebte und den ich damals gerne geheiratet hätte, so liebte ich ihn. Wenn das Wetter es zuließ, verbrachte er die meiste Zeit in seinem Garten, den ich dir eingehend beschreiben muß, damit du eine Vorstellung bekommst von diesem Paradies meiner Kindheit. Dieser Garten lag am Hang unterhalb eines Waldes von Eichen, Buchen und Maronenbäumen. Wenn man den Garten durch das Gatter von unten her betrat, gelangte man zunächst in einen Bereich, der zu jeder Jahreszeit mit Ausnahme des Winters von einer Fülle von Blüten überschwemmt war, Schneeglöckchen zuerst, bald danach Narzissen und Tulpen und am Rand der Rabatten dicke Polster von gelb und rot blühenden Primeln. Später entfalteten die Akeleien ihre stahlblauen oder rosavioletten Krönchen, die kugeligen Knospen der Pfingstrosen platzten auf wie überreife Früchte, deren purpurrotes Fleisch durch die Risse der grünen Schale quillt, und dann kam die Zeit der Rosen, deren Duft bis hinein in den Herbst über dem Garten lag, bis er vom bitteren Friedhofsgeruch der Astern und Chrysanthemen verdrängt wurde.

Durch all diese wechselnde Pracht führte hangaufwärts ein Mittelweg, der weiter oben eine den Garten in einen unteren und einen oberen Bereich teilende Hecke aus Beerensträuchern durchbrach und sich danach im grasigen Grund eines Obstangers verlief. Hier gab es ein paar alte, knorrige Apfelbäume, frühe Gravensteiner, Goldparmänen und späte Boskop, einen breitkronigen Baum, der im Juni helle gelbrote Süßkirschen trug, an denen ich mich Jahr für Jahr überfraß, ein paar Zwetschgenbäume und einen riesigen Birnbaum, dessen Stamm nicht zu umfassen war und von dessen unerreichbar hohen Ästen im Frühherbst mittelgroße quittengelbe, würzig schmeckende Früchte herabfielen. Zerpratscht lagen sie dann rings um den Stamm im Gras, umsummt von zahllosen Wespen.

Neben diesem Birnbaum stand dicht bei einem seit langem unbenutzten Schuppen ein uralter, zum Teil schon abgestorbener Apfelbaum, der spät im Herbst, wenn die zerfressenen Birnen längst verfault waren, kleine, rotbackige süße Früchte trug, die ich Zuckeräpfel nannte und als einzige in der Familie gern aß. Auch der Großvater mochte sie nicht, sie waren wohl auch wenig haltbar, und so ließ er sie, wenn sie reif waren, abfallen, den Wespen zum Fraß, die hier weiterhin ihre Nahrung fanden. Ich weiß nicht, wie oft ich heulend hinunter zu meinem Großvater gehumpelt bin, weil mich eines dieser schwarzgelb geringelten Biester in den nackten Fuß gestochen hatte; denn ich konnte es nicht lassen, barfuß durch das kühlfeuchte Gras zu laufen, in dem die herabgefallenen überreifen Äpfel faulten und die stechenden Räuber anlockten.

Da legte mir der Großvater kunstgerecht einen Verband an, nahm mich auf seinen Schoß und erzählte mir eine Geschichte, die mich meinen Schmerz rasch vergessen ließ; denn er war ein hinreißender Erzähler. Ihm hast du es wohl zu verdanken, daß du mich auf einer Märchentagung getroffen hast. Großvaters Märchen haben mich seit damals nicht mehr losgelassen. Man könnte auch sagen: Sie sind mit mir mitgewachsen wie ein dehnbares Strickkleid und haben mir im Lauf der Jahre immer neue Einblicke eröffnet. Deshalb kann ich sie dir nicht mit den Worten erzählen, die er damals gebraucht haben mag, sondern kann dir nur die Vorstellungen schildern, die seine Worte in mir geweckt haben, kann nur davon sprechen, wie ich die Ereignisse seiner Geschichten erlebt und vielleicht später weitergesponnen habe; denn ich befand mich alsbald selbst mittendrin in diesen Ereignissen, eine Erfahrung, die dir nach allem, was du mir berichtet hast, nicht fremd sein dürfte. So schlüpfte ich fast ohne jeden Widerstand in die Gestalt, die er mir anbot, jenes Mädchen Herod, von dem seine Geschichten handelten.

»Es war einmal ein König, der hatte zwei Töchter, aber keinen Sohn.« So fing er damals an, während ich mich auf seinen knochigen Knien zurechtsetzte und mir die weiteren Umstände vorzustellen versuchte, unter denen dieser König mit seinen zwei Töchtern lebte. Er war verwitwet, erfuhr ich, und hatte auch keine neuerliche Heirat im Sinn, da er seine verstorbene Frau nicht vergessen konnte. Mit einem Sohn war also nicht mehr zu rechnen. In dem Land, das er regierte, war es jedoch üblich, daß nur ein Mann die Krone tragen durfte, und deshalb machte sich dieser König schon während der Kinderjahre seiner Töchter Gedanken darüber, ob eine von ihnen einen Mann ins Haus bringen würde, dem er Krone und Reich guten Gewissens würde übergeben können.

Hier unterbrach ich meinen Großvater und fragte ihn, ob es dieser König nicht fertigbringen könne, eine seiner Töchter als Königin einzusetzen, entgegen aller Üblichkeit in diesem Lande. Schließlich sei er doch der König und könne tun, was er wolle. In

England gebe es auch eine Königin, und die könne sich dann einen Prinzgemahl aussuchen, weil sie auf andere Art keine Kinder bekommen könne, um ihre Krone weiterhin zu vererben.

»Was du nicht alles weißt«, sagte der Großvater und lachte ein bißchen. Aber dann schüttelte er den Kopf und fuhr fort: »In meiner Geschichte ist das nicht so, und ich kann es, wo ich einmal damit angefangen habe, nun nicht mehr ändern. Gegen solche Üblichkeiten können sogar Könige wenig ausrichten.«

»Blöd finde ich das«, sagte ich.

»Recht hast du«, sagte der Großvater. »Jetzt weißt du wenigstens, daß auch Könige sich blöd benehmen können. Aber laß mich jetzt weitererzählen.«

Ich erfuhr nun, daß die älteste Tochter, er nannte sie Gesine, schon als Kind ein überaus ernsthaftes Mädchen gewesen sei, so daß kaum zu befürchten war, sie würde sich in einen leichtfertigen Burschen verlieben. So dachte jedenfalls der König zunächst und versuchte, wenn ihn Sorgen um die Zukunft des Landes überkamen, an dieser Vorstellung festzuhalten. Doch dann kam ihm eines Nachts, als er nicht schlafen konnte, die Redensart in den Sinn, daß Gegensätze einander anzögen, und diese Vorstellung stürzte ihn in Ungewißheit. Seither beobachtete er genauer, mit wem seine ältere Tochter umging, und dabei mußte er zu seinem Kummer feststellen, daß sie beim Spielen eben jene wilden Buben bevorzugte, die sich bedenkenlos auf jedes Wagnis einließen und Ermahnungen allenfalls mit Gelächter quittierten.

Weil ihm diese Erfahrung zu denken gab, wendete der König seine Aufmerksamkeit seither auch der jüngeren der beiden Schwestern zu. Herod, so nannte sie der Großvater, war ein wildes, ungebärdiges Mädchen und hatte, wie der König erst jetzt merkte, wenig Lust, sich irgendwelchen Weisungen oder gar Befehlen zu fügen. Er versuchte nun, das Kind zu einem königlichen Benehmen anzuhalten, doch er mußte erleben, daß Herod, sobald sie sich unbeobachtet glaubte, in den Schloßpark entwischte, die seidenen Schühchen von den Füßen schleuderte, ihre Röcke raffte und barfuß über den taufeuchten Rasen rannte.

Spätestens an dieser Stelle von Großvaters Erzählung war ich in die Gestalt dieser jüngeren Tochter geschlüpft und begann ihre Erlebnisse in die Schauplätze meiner eigenen Erfahrung einzubauen. Aus diesem Grund kann ich Großvaters Geschichte in meiner Erinnerung kaum von all dem auseinanderhalten, was ich in dieser Zeit selber erlebt, gedacht und empfunden habe, und so will ich beides auch nicht mehr voneinander trennen und so weiterberichten, als ginge es um meine eigene Geschichte. Genau besehen trifft das ja auch zu.

Jedenfalls unterbrach ich neuerlich meinen Großvater und fragte: »Gab es dort einen Zuckerapfelbaum? So einen alten, von dem die überreifen Äpfel ins Gras herunterfallen?«

»Sicher«, sagte mein Großvater. »Natürlich schwirrten dort auch Wespen um die süßen Falläpfel. Wespen gibt's überall, auch im Park von Königsschlössern. Wespen lassen sich nichts befehlen und nichts verbieten.«

Als er das sagte, spürte ich schon die kühlfeuchten Grashalme unter meinen nackten Sohlen, während ich mein seidenbrokatenes Prinzessinnenkleid herauf bis über die Knie raffte, um barfuß über den Rasen zu laufen, rasch hinauf bis zum Zuckerapfelbaum, dessen Früchte, die sonst keiner mochte, leuchtendrot im schon gilbenden Laub hingen.

Noch ehe ich den Baum erreicht hatte, hörte ich hinter mir die Stimme meines königlichen Vaters, der nach mir rief. Im Laufen blickte ich über die Schulter zurück und sah ihn im Portal des Schlosses stehen und zu mir heraufblicken, streng und prüfend.

»Mit solch unschicklichem Benehmen wirst du mir keinen prinzlichen Brautwerber ins Haus locken!« sagte er so laut, daß seine Stimme bis zu den äußersten Grenzen des Schloßparks dröhnte wie eine erzene Glocke. »Und so schön sind deine Beine wahrhaftig nicht, daß du sie jedermann zeigen mußt!«

Beschämt ließ ich mein langes Kleid bis auf die Füße herabfallen und hätte mich am liebsten in irgendein Loch verkrochen. Über den Saum meines Rocks stolpernd, lief ich weiter, doch da war ich schon unter meinem Zuckerapfelbaum und trat beim nächsten Schritt auf einen weindunstig gärenden Apfel, spürte noch, wie unter meiner bloßen Sohle ein winziger, elastisch gepanzerter Körper zuckte, und dann fuhr mir der Schmerz des Stichs dermaßen durch die Glieder bis hinauf ins Hirn, daß ich zu Boden stürzte, unmittelbar vor der silbergrau verwitterten Holzwand eines schon lange nicht mehr benutzten Pavillons, vor Augen ein rissiges Brett, aus dem mich genau an dieser Stelle ein kreisrundes Astloch anblickte. Du hast ein Loch gesucht, um dich zu verkriechen, schien es zu sagen. Hier ist eins.

Das Loch war ein Tor, und auf der Schwelle stand eine Frau in schwarz-gelb geringeltem Trikot, winkte mich heran und sagte: »Rein mit dir, du Zuckerpüppchen!«

Sie hatte das Outfit und auch das Gehaben einer Bademeisterin im Kostüm der Golden Twenties, und ihr betont heiterer Kommandoton ließ mich zögern, in dieses Tor-Loch einzutreten, hinter dessen Wölbung ich im Halbdunkel schattenhafte Figuren vorüberhuschen sah. Noch mehr war es der Anblick ihrer Augen, der mich am Eintreten hinderte. Dunkel, ungeheuer groß und ohne erkennbare Iris wölbten sie sich unter ihrer schmalen Stirn. Es war mir unmöglich, ihren ungezielten Blick zu ertragen, aber mein Zaudern machte die Meisterin nur noch ungeduldiger.

»Nun komm schon!« befahl sie. »Herein ins Loch, wie du dir's gewünscht hast!«

Sie packte mich am Arm und bugsierte mich über die Schwelle in einen Raum, dessen obere und seitliche Begrenzung im staubflirrenden Dämmerlicht nicht auszumachen war. Wir standen hier mitten im Strom hin- und hereilender Wesen, die wie verkleinerte Kopien der Meisterin aussahen.

»Nicht so rasch!« sagte ich. »Mich hat eine Wespe in den Fuß gestochen.«

Die Meisterin lachte. »Was du nicht sagst! Wenn ich nicht einer meiner Amazonen befohlen hätte, ihren Stachel in deine Zehe zu rammen, ständest du noch immer draußen vor dem Loch, riesig wie du warst, und wüßtest nicht, wie du hier hereinkommen sollst. Ohne Schmerz keine Verwandlung! Kapiert? Was hast du überhaupt gesucht in diesem Loch?«

»Ich wollte mich verstecken«, sagte ich, ohne zu zögern.

»Wovor?«

»Vor seinem Blick.«

»Wessen Blick?«

»Dem Blick des Königs.«

»Warum schaut er dich so an?«

»Er ist mein Vater.«

»Und wo bleibt da deine Mutter?«

»Sie ist gestorben.«

»Dann war es an der Zeit, daß ich dich hereingeholt habe«, sagte die Meisterin, und das klang so, als habe sie im Sinn, an mir Mutterstelle zu vertreten. »Schließlich muß dir jemand zeigen, wie du dich gegen diesen königlichen Vater zur Wehr setzen kannst.«

Es klang nicht sonderlich ehrfurchtsvoll, wie sie das Wort *königlich* gebrauchte, eher so, als bezeichne es eine besonders subtile Art von Geistesschwäche. Mittlerweile hatte sie aus der vorüberhastenden Menge zwei ihrer verkleinerten Ebenbilder herangewinkt, die sie *Amazone fünf* und *Amazone siebzehn* nannte, als sie beide ansprach. »Ihr macht mit diesem Zuckerpüppchen ein bißchen Aufsässigkeitstraining«, sagte sie. »Noch Fragen?«

»Wo haben Zuckerpüppchen ihren Stachel?« fragte Amazone fünf.

»Blödfrau!« sagte die Meisterin. »Zuckerpüppchen haben keinen Stachel. Laßt mal eure Phantasie spielen! Und nun ab mit euch!«

Amazone fünf und Amazone siebzehn packten mich rechts und links an den Ellenbogen und reihten sich mit mir in den Strom ihrer Artgenossinnen ein, in dem wir eine Zeitlang vorangetrieben wurden bis zu einem hängenden runden Haus aus grauem Papier, zu dem all die anderen unterwegs waren. Wir betraten es jedoch nicht; denn meine Begleiterinnen, die mich nicht aus den Klauen ließen, scherten aus und führten mich weiter bis zu einer Wand aus riesigen Brettern, zwischen denen durch lange senkrechte Spalten helles Tageslicht hereinschien.

Erst hier angesichts dieser schmalen Lichtsäulen, die das Dunkel in senkrechte Streifen zerschnitten, war zu erkennen, wie hoch der Raum war, durch den wir gingen, immer weiter auf dieses riesige Lichtgatter zu, dessen blendend helle Spalten, als wir sie erreichten, sich als so breit erwiesen, daß wir ohne weiteres, wenn auch hintereinander, durch eine von ihnen wie durch eine offene Tür ins Freie treten konnten, hinaus auf eine Plattform aus grobfasrigem, rissigem, durch das Wetter ausgebleichtem Holz. Hoch über uns flirrte grünes Laub in der Sonne.

Die beiden Amazonen stellten sich mir gegenüber und wußten nicht so recht, was sie mit mir anstellen sollten.

»Laß deine Phantasie spielen!« sagte Nummer fünf zu Nummer siebzehn.

»Ich kann nicht spielen«, sagte ihre Gefährtin. »Hast du Phantasie?«

»Woher?« sagte Nummer fünf. »Dafür ist die Meisterin zuständig. Sie befiehlt uns, was zu tun ist, und wir tun es.«

Ich sah den beiden zu, wie sie ratlos miteinander redeten. Auch sie hatten diese übergroßen Augen, zwar entsprechend ihrer Körpermaße etwas kleiner als die der Meisterin, aber noch immer groß genug, daß ich ihren Blick nicht aushalten konnte, wenn sie mir ins Gesicht schauten. Noch unerträglicher erschien er mir als der prüfende Blick des Königs, der mich ständig verfolgte und mich schließlich in dieses Loch getrieben hatte.

»Was wollt ihr eigentlich mit mir tun?« fragte ich die Amazonen. »Fällt euch nichts ein?« Und als ich keine Antwort bekam, machte ich selbst einen Vorschlag, zu dem mich der unerträgliche Anblick ihrer Augen motiviert hatte. Es ärgerte mich, daß ich diesen phantasielosen Wesen unterlegen sein sollte, und so sagte ich: »Ich möchte lernen, euren Blick auszuhalten. Ist das ein Aufsässigkeitstraining im Sinne eurer Meisterin?«

»Du hast Phantasie«, sagte Nummer fünf. »Was sollen wir tun?«

»Nichts weiter als ruhig dastehen, und eine von euch soll mir in die Augen schauen.«

Ich hatte nicht geahnt, worauf ich mich einließ. Es war schrecklich. Anfangs meinte ich, dem Blick ihrer Augen nie standhalten zu können. Sobald ich mich unter Aufbietung all meiner Willenskraft zwang, Nummer fünf – sie war die dominierende Persönlichkeit von beiden – in die Augen zu schauen, begann ich am ganzen Körper zu zittern, und kalter Schweiß stand mir alsbald auf der Stirn. Doch ich hatte mich nun einmal entschlossen, nicht nachzugeben, auch wenn es mir schien, als wüchsen diese Augen, würden immer größer, bis sie mein Blickfeld ausfüllten. Ihre zunächst stumpf und undurchsichtig wirkende dunkle Wölbung begann sich zu zahllosen bebenden Lichtpunkten aufzulösen, als starrten mich gleichzeitig Hunderte von Augen aus dem Schatten ihres Hintergrundes an. Kein einzelner Blick, der irgendeine Seelenregung verraten würde und den ich hätte fixieren und erwidern können, keine wie auch immer geartete Zwiesprache der Augen, sondern ein erschreckend fremdartiger, regelmäßig gegliederter Raster winziger Beobachtungsgeräte, auf mich gerichtet mit der teilnahmslosen Präzision von Sensoren einer technischen Apparatur.

Sobald ich bis zu diesem Entsetzen vorgedrungen war, brach mein Widerstand jedesmal zusammen, und ich mußte, vor Anstrengung keuchend, die Augen senken, bis Nummer fünf mit ihrer emotionslosen Stimme sagte: »Du sollst mir in die Augen blicken! Training ist harte Arbeit!«

Als wir das drei- oder viermal so durchexerziert hatten und ich immer wieder hatte aufgeben müssen, sah ich, nachdem ich wieder Herrin meines Bewußtseins geworden war, daß die Meisterin in dem schmalen Durchlaß zum Inneren des Gebäudes stand. Offenbar hatte sie uns schon eine Zeitlang beobachtet, ohne daß ich sie bemerkt hätte.

»Wem ist das eingefallen, dieses In-die-Augen-Schauen?« fragte sie ihre Amazonen. »War das eure Idee?«

»Nein«, sagte Nummer siebzehn. »Ein Vorschlag von Zuckerpüppchen. Aber sie schafft es nicht.«

»Kein Wunder«, sagte die Meisterin, und zu mir: »Du hast dich übernommen. Wenn du das bei unsereinem versuchst, dann ist es, als wolltest du zugleich in ein paar hundert Augen schauen. Der reinste Horrortrip! Laß das lieber sein, du machst dich nur verrückt.«

»War also keine gute Idee«, sagte ich.

Aber das fand die Meisterin durchaus nicht. »Versuchs's noch einmal«, sagte sie, »aber schau diesmal Nummer fünf nicht direkt in die Augen, sondern auf die Stelle zwischen den Augen, wo sie diese drei gelben Punkte auf der Stirn hat.«

Das tat ich dann, und diesmal schaffte ich es. Die Art, wie ich ihr stur auf die Stirn starrte, ohne eines ihrer Augen zu fixieren, machte sie offenkundig so nervös, daß sie schließlich aufgab. »Laß das!« sagte sie, während sie den Kopf zur Seite drehte. »Mir ist zumute, als schautest du mir mit deinen Augen bis ins Hirn oder durch meinen Kopf hindurch weiß der Himmel wohin.«

»Siehst du«, sagte die Meisterin. »So klappt's.«

»Und was soll ich tun, wenn der König mich anschaut?« fragte ich. »Der hat nicht solche Augen wie ihr.«

»Tu's trotzdem!« sagte die Meisterin. »Mach's genauso! Hast du noch nicht gemerkt, daß es gefährlich ist, einem anderen Menschen in die Augen zu schauen? Du gibst dich selbst damit preis. Wenn sein Zauber stärker ist als deiner, dann tut er mit dir, was er will. Schau also auch dem König zwischen die Augen. Das wird ihn verwirren.«

Was ich hier zuletzt geschrieben habe, dürfte kaum noch der Geschichte entsprechen, die mir damals mein Großvater erzählt hat. Er war kein Mensch, der einem zwischen die Augen schaut, sonst besäße ich heute nicht mehr ein so lebendiges Erinnerungsbild seiner Augen, deren Blick offen und lange ohne jeden Rückhalt die Liebe preisgab, die er für mich hegte. Ich habe ja anfangs schon gesagt, daß diese Geschichte sich mit meinen eigenen Erfahrungen verändert hat, und das bedeutet, daß auch meine mühsam erlernten Abwehr-Strategien in sie eingegangen sind. Halte also bitte diesen liebenswerten alten Mann nicht für einen üblen Kerl, der kleinen Mädchen solche Tricks beibringt.

Aber irgendwie muß er meine Schwierigkeiten mit meinem Vater, der ja sein Sohn war, gespürt und als Motiv in seine Wespengeschichte eingebaut haben, sonst hätte ich nicht daran anknüpfen und sein Garn weiterspinnen können. Ich erinnere mich jedenfalls, daß er Verständnis zeigte, wenn ich mich den Weisungen oder gar dem Zugriff meines Vaters wieder einmal entzogen hatte, und daß er mich ihm gegenüber in Schutz nahm.

»Merkst du denn nicht, wie dir dieses ungebärdige Kind auf dem Kopf herumtanzt?« sagte mein Vater erbittert, nachdem mir Großvater wieder einmal geholfen hatte, meinen Freiraum zu verteidigen.

Aber der lachte nur. »Es wird ihr nicht schaden, beizeiten die schwierige Kunst des Tanzens auf dem Kopf eines Mannes einzuüben«, sagte er und zwinkerte mir zu. Nur wir beide wußten, daß ich meine Finger auf dem blanken Parkett seines kahlen Schädels tanzen ließ, nachdem ich das umgrenzende Gehege des Haarkranzes gründlich gekämmt hatte.

Ja, wir waren heimlich Verbündete, Großvater und ich. Wo ich seinen Beitrag von meiner vorliegenden Version der Wespengeschichte abgrenzen soll, weiß ich nicht, aber daß dieser Mann mich ermuntert hat, meine weibliche Eigenart gegen männliche Dominanz durchzusetzen, das weiß ich sehr wohl, auch wenn es dir merkwürdig vorkommen mag. Und diese Erinnerung hat mich stärker beeindruckt als jene viel später aufgenommenen, von Frauen geäußerten feministischen Parolen.

Wenn ich jetzt an die Menschen zurückdenke, die mir als Gesprächspartner etwas bedeutet haben, so muß ich feststellen, daß ich schon seit jeher über Fragen, die mich intensiv beschäftigten, stets besser mit Männern habe reden können. Solche Gespräche habe ich immer als reizvoller empfunden, mag sein auch deshalb, weil sie – bewußt oder unbewußt – von einer erotischen Spannung vorangetrieben werden; denn Erotik strebt in erster Linie nach Erkenntnis. Aber es gibt auch noch rationalere Gründe dafür. Ich meine, über Fragen, die das Verhältnis zwischen Frauen und Männern betreffen, ist sinnvoll nur zwischen Frauen und Männern zu sprechen, wenn das Gespräch sich nicht im Kreise drehen oder zur kollektiven Nabelschau verkommen soll, wobei allerdings vorauszusetzen wäre, daß beide Partner ein Interesse daran haben, den Standpunkt des jeweils anderen begreifen oder sogar lieben zu lernen.

Mein Großvater, glaube ich, war ein solcher Gesprächspartner, beispielsweise für meine Mutter, die mir später, als ich schon erwachsen war, einmal gesagt hat, mit ihm habe sie über ihre Probleme besser reden können als mit meinem Vater oder gar mit irgendwelchen Freundinnen. Großvater war also keiner, der einem oder einer zwischen die Augen schaut. Diesen Trick habe ich mir angeeignet in der Auseinandersetzung mit Menschen, die mir nicht zuhören, sondern über mich nach ihrem eigenen Gutdünken befinden wollen. Jedenfalls weiß ich, daß ich irgendwann damit anfing, meinem Vater zwischen die Augen zu schauen, wenn er mich mit seinen strengen oder gar Strafe androhenden Blicken musterte.

Es kann auch sein, daß ich diesen Trick zunächst bei den Spiegel-Spielen mit meiner Schwester entdeckte. *Starres Gesicht* konnte ich, wie ich mich entsinne, länger aushalten, wenn ich vermied, mir selbst in die Augen zu schauen; denn dieses immer tiefere Eindringen in den Grund der eigenen Augen kam fast einer peinlichen Gewissenserforschung gleich. Alles, was ich vor mir selbst verbergen wollte, wurde mir unter dem Blick der eigenen Augen Stück für Stück wieder bewußt und türmte sich zu einer allzu rasch anwachsenden Last gemachter oder noch drohender unangenehmer Erfahrungen auf, deren drückendes Gewicht mich bald zwang, die Augen abzuwenden. Der Blick auf die eigene, noch faltenlos glatte Kinderstirn brachte keine derartigen Gefährdungen mit sich, dessen entsinne ich mich jetzt, wo ich darüber nachdenke, wieder ganz deutlich, und zugleich wird mir dabei mit Erschrecken bewußt, wie früh ich angefangen habe, solche Abwehr- und Verdrängungs-Strategien zu entwickeln, nicht nur gegen Störungen von außen, sondern auch gegen die Mahnungen meines eigenen Gewissens, und auch das ist ja eine Instanz, deren Wirkung nicht unabhängig von jenen Menschen entsteht, die nur allzu genau zu wissen vorgeben, was richtig ist und was falsch. Was ist das für eine Welt, in der sich schon Kinder auf solche Weise zu verstecken und in irgendwelche Löcher zu schlüpfen versuchen?

Aber ich muß noch konkreter fragen: Was hat mich an den

Blicken meines Vaters so irritiert, schon damals als Kind? Ich weiß nicht, ob du das verstehen kannst. Diese Irritation hängt, meine ich, mit meinem Gefühl für den eigenen Körper zusammen, das bei einer Frau möglicherweise stärker oder bestimmender ist als bei einem Mann. Aber vielleicht sollte ich dieses Verhältnis nicht so wertend ausdrücken; denn dein Körpergefühl ist mir nicht vertraut genug, als daß ich so etwas behaupten dürfte. Anders ist es wohl mit Sicherheit, und dafür mag es mancherlei Gründe geben, bei einem Kind schon die äußeren Umstände, unter denen es aufwächst. In der Gestalt eines Mädchens werden viele Eltern und der Vater möglicherweise in besonderem Maße nach Anzeichen sich vorbereitender Schönheit suchen, nach Ebenmaß der Gesichtszüge oder nach schmaler Eleganz der Glieder, während von einem Jungen andere Qualitäten erwartet werden, Kraft etwa oder übermäßige Intelligenz. Die Konvention erlaubt es Jungen, übermäßig in ihren Lebensäußerungen aufzutrumpfen, während von unsereinem Ebenmaß erwartet wird. Solche Konventionen sind für mich noch heute schwer zu begreifen und wohl auch nicht sinnvoll begründbar, aber sie werden offenbar trotz allen emanzipatorischen Geredes von Generation zu Generation weitervererbt.

Später, als ich kein Kind mehr war, kamen naturgemäß noch andere Komponenten bei der Herausbildung meines weiblichen Körpergefühls hinzu. Die Natur sorgt ja selbst dafür, daß einer Frau Monat für Monat der eigene Körper in seinen biologischen Funktionen unausweichlich ins Bewußtsein tritt, während ihr Männer eher so tut, als könntet ihr jederzeit mit eurem Körper alles anfangen, wozu ihr gerade Lust habt. Ihr behandelt ihn wie ein Gerät, das euch für eure zuweilen seltsamen Vorhaben jederzeit zur Verfügung steht, während wir regelmäßig am eigenen Leibe erleben, wie unser Körper mit uns verfährt, ob wir das nun wollen oder nicht. Jedenfalls habe ich erfahren, daß ich mit mir selbst nur dann ins reine kommen kann, wenn ich diesen Rhythmus meines Körpers akzeptiere und nicht uneins bin mit mir selbst.

Dieser Zusammenhang ist mir jedoch erst jetzt nach und nach

deutlicher ins Bewußtsein getreten, seit ich mit dir darüber zu sprechen versuche. Damals, als ich noch ein Kind war und die Gezeiten meines Körpers noch nicht zu spüren bekommen hatte, war ich gezeichnet vom abschätzigen Blick meines Vaters, und eben das, was ich unter seinen Augen als meine eigene Unzulänglichkeit zu empfinden lernte, war eigentlich sein eigenes Problem, das er auf mich übertrug, vermutlich ohne sich dieses Zusammenhangs bewußt zu sein.

Als ich dir damals auf einer Märchentagung zum ersten Mal begegnet bin, war ich noch immer ständig darauf aus, meine eigene Haut zu retten vor männlicher Willkür. Habe ich auch dir zwischen die Augen geschaut, als wir miteinander zu reden begannen? Das könnte durchaus sein, und deine Verwirrung spräche sogar dafür, daß ich mir auf diese Weise dich vom Halse zu halten versucht habe, so arrogant, wie du dich anfangs zu geben schienst. Das änderte sich erst, als ich zu merken begann, wie unsicher du dich damals hinter der scheinbar so routinierten Equilibristik deines Fachvokabulars gefühlt hast. Das spürte ich gleich zu Beginn deines Vortrags. Diese Unsicherheit war es, die mein Interesse an dir weckte und mich aus meiner Verteidigungsstellung lockte.

Leicht ist mir das nicht gefallen, so, wie ich mich damals eingeigelt hatte. Wie kommst du dazu, mir in den Mund oder doch wenigstens in die Gedanken zu legen, für mich sei das alles so einfach, was sich zwischen uns angesponnen hat? Daran sehe ich, wie wenig du noch von mir weißt. Du hast nur wahrgenommen, daß ich mich für dich interessiert habe, machst dir aber keine Vorstellung davon, was alles zuvor an Hemmungen überwunden, an Alternativen erwogen oder an Entschlüssen gefaßt werden mußte. Das ist ja gerade deine männliche Illusion, wenn du meinst, daß nur ihr die Komplizierten seid, die ständig zwischen Sinnlichkeit und Intellekt hin und her gezerrt werden, während wir die sanften Naturkinder spielen sollen, denen das Glück ohne sonderlichen Aufwand an Gedankenschwere im wahren Sinne des Wortes in den Schoß fällt. Nein, mein Lieber: Nichts ist einfach zwischen uns. Aber ich werde dir nicht mehr zwischen die Augen schauen, das verspreche ich dir. Denn ich will wissen, wer du bist.

Es war nichts Gescheites, was ich bei den Wespen gelernt hatte, obwohl dieser Trick mir zuweilen nützlich gewesen sein mag. Aber sag selbst: Darf man so mit Menschen umgehen? Vielleicht hätte mein Vater damals viel früher begriffen, was er mir antat, wenn ich ihm weiterhin erlaubt hätte, in meinen Augen zu lesen. So brachte ich es nur dahin, daß er auf eine fast wütende Weise immer strenger und ich immer bockiger wurde.

Du darfst mich bei alledem nicht falsch verstehen: Er hat mich nie angepackt wie dieser dunkle Mann in meinem Wachtraum oder gar mißhandelt, auch wenn diese bedrohliche Traumfigur verkörpert haben mag, was ich in dieser Zeit als Einengung meiner körperlichen und geistigen Bewegungsfreiheit, ja als Zwang empfunden habe. Dennoch war mein Vater für mich keine finstere, erbarmungslose Instanz, sondern ein geliebter Mensch, und gerade dieser Umstand ließ es mich um so schmerzlicher empfinden, wenn ich aus seinen Blicken seine Unzufriedenheit mit mir herauszulesen und aus dem Ton seiner Redeweise herauszuhören meinte.

Es war schon Anfang November, als ich das nächste Mal durch Großvaters Garten ging. Ein erster Frost hatte schon die Blätter der Dahlien verbrannt; an ihren mannshohen Stengeln hingen nur noch braune Fetzen, und der Rasen war gesprenkelt von den gelben und purpurroten Blättern der Obstbäume.

»Die Wespen wissen auch nicht alles«, sagte der Großvater, als ich mich anschickte, hangaufwärts zu meinem Zuckerapfelbaum zu steigen, »und Äpfel wirst du keine mehr finden.«

Ich gab ihm keine Antwort, ließ mich nicht aufhalten und war froh, daß er mich allein gehen ließ. Er wußte wohl, daß es keinen Zweck hatte, mir helfen zu wollen. Mißmutig schlurfte ich mit den Schuhen durch das raschelnde dürre Laub und hielt Ausschau, ob nicht doch zwischen den strähnigen gelben Grasbüscheln ein Apfel zu entdecken wäre, aber unter meinem

Baum lagen nur ein paar dunkelbraun verfaulte und schon faltig zusammengeschnurrte Früchte.

Schließlich stand ich vor dem Holzschuppen und suchte nach dem Einflugloch; denn ich war nun wieder die Königstochter Herod und stand vor dem alten hölzernen Pavillon, kniete im Gras, tastete mit den Fingern das unterste Brett entlang und fand tatsächlich das Loch, durch das ich schon einmal den Bau betreten hatte.

»Frau Wespe!« sagte ich halblaut, »Meisterin! Komm heraus zu mir und sag mir, was ich tun soll!«

Eine Zeitlang geschah gar nichts. Ich spürte kühl auf den Knien, wie die Feuchtigkeit des Grases durch meine Strümpfe drang, und wünschte mir verzweifelt, daß jemand zu mir kam und bei mir blieb, jemand, der nicht wie mein Großvater in das Beziehungsgeflecht verstrickt war, in dem ich mich gefangen hatte, ein Vogel im Netz. »Frau Wespe!« rief ich noch einmal. »Hilf mir!«

Da sah ich die Meisterin mühsam aus dem Loch herauskriechen, klein, unscheinbar, matt, schon halb gelähmt und allem Anschein nach dem Tode nahe.

»Warum läßt du mich nicht einschlafen?« sagte sie. »Weißt du nicht, daß meine Macht nicht über den Herbst hinausreicht? Du bist doch sonst so gescheit. War das nicht dein eigener Einfall, dieser Trick mit dem Zwischen-die-Augen-Schauen? Jetzt sieh zu, wie du selber damit zurechtkommst. Ich kann dir nicht helfen.«

Bei den letzten Worten kroch sie schon wieder zurück in ihre Höhle und ließ mich allein. Eine Weile blieb ich dort kauernd im Gras hocken, beugte mich über mein Leid und heulte. Noch nie hatte ich mich so allein gefühlt. Dann wischte ich mir die Tränen ab und ging hinunter zum Großvater.

»Ach, Kind!« sagte er, als er mich kommen sah. Dann nahm er mich in die Arme und sagte eine lange Weile kein Wort mehr, und ich war ihm dankbar, daß er mich nicht fragte, was ich oben bei meinem Zuckerapfelbaum erfahren hatte.

Ein paar Tage später erzählte er mir eine andere Geschichte von Herod.

»Es ist nicht leicht, eine Königstochter zu sein«, fing er an. »Du mußt dir vorstellen, daß jeder etwas Besonderes von dir erwartet, und es gibt nichts, was anstrengender wäre, als jedem Dienstboten schon von weitem anzusehen, daß er meint, du würdest dich für unfehlbar halten, gar nicht zu reden von deinen Eltern, die allen Ernstes zu erwarten scheinen, daß du ohne Fehler bist, besonders der König.«

»Wenn das so ist«, sagte ich, »dann möchte ich keine Prinzessin sein.«

»Siehst du«, sagte er, »genau das dachte auch Herod, und als sie eines Tages wieder barfuß über den kurzgeschnittenen Rasen des weitläufigen Parks lief und ihren Vater, den König, aus dem Portal des Schlosses treten sah, wo er stehenblieb und nach ihr Ausschau hielt, da rannte sie auf und davon bis hinauf zu der Mauer, die den Park eingrenzte, fand einen guten Kletterbaum, der dicht daneben stand, steckte ihr Kleid hoch, um die Beine bis zu den Knien frei zu haben, stieg hinauf auf diesen Baum, hangelte sich an einem Ast hinüber zur Mauerkrone und sprang auf der anderen Seite hinunter auf den weichen, federnden Waldboden.«

Aber das war in Wirklichkeit schon ich selbst, die da sprang; denn ich brachte Erfahrung in solchen Fluchtbewegungen mit und kannte zudem eine solche Stelle am oberen Ende von Großvaters Garten, an der ich auf ähnliche Weise, wenn auch ohne solch strapaziöse Kletterei, über den Zaun steigen konnte, um ohne Umwege in den Wald zu gelangen. Mein Großvater wird wohl gewußt haben, daß ich zuweilen diese Abkürzung nahm, wenn mein Vater unversehens unten durch die Eingangstür den Garten betrat.

Jetzt stand ich also jenseits der Mauer zwischen den hoch aufragenden Pfeilern der Buchenstämme und Maronenbäume im Unterholz und hörte von fernher die Stimme des Königs nach mir rufen. Und als ich spürte, wie diese leise und doch die Mauer durchdringende Stimme versuchte, mich wieder zurückzuzwingen in den Bereich des Schlosses und die Verfügungsgewalt des Königs, da rannte ich los, schlug mich durchs Gebüsch, immer weiter bergauf, bis der Klang und das Mahnen der Stimme hinter mir erstarb und ich sie nicht mehr hörte. Erst dann blieb ich stehen und versuchte, wieder zu Atem zu kommen nach dieser Flucht bergauf durch den Wald; denn dies war wahrhaftig eine Flucht. Rehe hetzen auf diese Weise in weiten Sprüngen bergauf, wenn sie sich verfolgt fühlen.

Ich stand am Rand einer Lichtung, das wurde mir erst jetzt bewußt, und als ich mich umblickte, konnte ich weit unten zwischen den Baumkronen die Dächer des Schlosses sehen. Aus solcher Entfernung von oben her betrachtet wirkte das Gebäude, in dem ich bisher gelebt hatte, auf mich merkwürdig unvertraut, so als hätte ich mich schon seit längerer Zeit entfernt und blicke nun zurück zum längst verlassenen Ort meiner Kindheit.

Während ich dort noch stand und hinunterspähte, sagte über mir eine hohe Fistelstimme: »Wenn du mehr vom Schloß sehen willst, mußt du zu mir heraufkommen.«

Ich erschrak, denn ich hatte nicht erwartet, hier oben jemanden zu treffen, am wenigsten jemanden, der sprechen kann. Als ich hinaufblickte am knorrig emporgedrehten Stamm des Maronenbaums, neben dem ich stand, sah ich über mir auf einem seitlich herausgereckten Ast einen sonderbaren kleinen Kerl hokken, der freundlich grinsend zu mir herunterschaute. Er hatte Pinselöhrchen wie ein Eichhörnchen, ein schmales, von tiefen Falten durchzogenes Gesicht, und unter seiner Oberlippe ragten zwei kräftige Nagezähne hervor.

»Wer bist *du* denn, daß du mich hier anredest?« sagte ich schnippisch, wie es sich für eine Königstochter gehört.

»Ich rede jeden an, der unter meinem Baum stehenbleibt«, sagte der Knirps. »Wer sich nicht in Gespräche einläßt, wird nie etwas erfahren, und so eine scheinst du zu sein, wenn du nicht einmal weißt, wer ich bin.«

»Weißt du denn, wer ich bin?« fragte ich und hoffte sehr darauf, diesen Baumtroll mit meiner königlichen Würde zu verblüffen.

Doch der lachte meckernd. »Das weiß doch jeder«, sagte er. »Du bist Herod, die jüngere Tochter des Königs, und bist vor deinem Vater davongelaufen. Außerdem hast du gemeint, du könntest von diesen blöden Wespen was lernen.«

»Du weißt ja gut Bescheid«, sagte ich und fühlte mich bloßgestellt, als stünde ich splitternackt unter den spöttisch blickenden Augen dieses Winzlings, dessen Namen ich nicht kannte. »Ihr wißt wohl nichts von Höflichkeit hier im Wald«, sagte ich zornig. »Es wird nun Zeit, daß du dich mir vorstellst!«

»Wenn du schon so höflich fragst, sollst du auch eine Antwort bekommen«, sagte der Pinselohrige. »Ich bin der Keschtenfresser.«

Von dem hatte ich wirklich noch nie gehört. Keschten nennen wir die Maronen, die im Oktober reif werden und in ihren stachligen Hüllen von den Bäumen fallen. Man muß sie vorsichtig mit den Kanten der Schuhsohlen öffnen, wenn man an die braunglänzenden Kerne herankommen will; denn wenn man diese grünen Igel anfaßt, bleiben die Stachelspitzen in der Haut stekken und tun einem noch nach Tagen weh, sobald man etwas in die Finger nimmt. Mich hatte niemand davor gewarnt. Wer kommt bei Hofe schon auf den Gedanken, daß eine der Königstöchter allein durch den Wald läuft und herabgefallenes Zeug vom schmutzigen Boden aufliest, auf den womöglich irgendein Hund hingepinkelt hat. Aber im Herbst war ich schon einmal draußen im Wald gewesen – dabei hatte ich eine versehentlich unverschlossen gebliebene Pforte in der Parkmauer benutzt (oder war es nur Großvaters Zaun gewesen, über den ich geklettert war?) –, damals also hatte ich mir die Finger zerstochen, ehe ich auf den Trick mit den Schuhsohlen verfiel, den ich ein paar Bauernkindern abgeguckt hatte, die wie ich unter den Bäumen Keschten auflasen.

Unwillkürlich blickte ich zu Boden und suchte im tabakfarbenen dürren Laub nach stachligen Kastanien, aber da lagen nur noch ein paar vertrocknete Schalenreste.

»Da mußt du jetzt Hunger leiden«, sagte ich zum Keschtenfresser.

Doch der lachte wieder sein keckerndes Eichhörnchengelächter und sagte: »Für wie blöd hältst du mich? Du hilfloses Prinzeßchen würdest wahrscheinlich verhungern, aber ich doch nicht. Komm herauf, dann zeig' ich dir meine Speisekammer.«

Grinsend sah er mir zu, wie ich mich vergeblich nach brauchbaren Kletterästen umsah, doch der Stamm war so dick wie ein großes Weinfaß, und ich hätte achtmal so lange Arme haben müssen, um auch nur den untersten Ast zu erreichen, auf dem mein Gesprächspartner hockte.

»Klettern kannst du also auch nicht«, sagte er, nachdem er sich eine Weile am Anblick meiner Hilflosigkeit geweidet hatte.

»Kann ich wohl!« schrie ich ihn wütend an. »Aber Krallen wie ein Eichhörnchen habe ich nicht.«

Diesen Nachsatz schien der Keschtenfresser eher als Schmeichelei aufzufassen; denn er zeigte mir, daß er mit seinen krallenbewehrten Händchen und Füßchen tatsächlich in erstaunlicher Geschwindigkeit am Stamm hinauf- und wieder herunterklettern konnte. Als er dann wieder auf seinem Ast über mir saß, sagte er, nicht ohne den Beiklang mitfühlenden Bedauerns in seiner Stimme: »Ihr Menschen seid wahrhaftig erbarmungswürdig unfähige Geschöpfe! Glücklicherweise gibt's noch andere Möglichkeiten, dir meine Vorräte zu zeigen.« Schon bei diesen Worten hob er den Kopf, als spreche er jemanden an, der weiter oben im Baum saß, und sagte: »Nun hilf dem Kind schon hinauf zu meiner Vorratskammer, du knorzliger Knüppelkerl!«

Im ersten Augenblick blieb mir das Herz stehen, als sich knarrend ein schenkeldicker Ast des Baumes zu mir herabbog wie ein ungeheurer Arm, doch als er mir dann eine dreifache Verzweigung anbot, in die ich mich hineinsetzen konnte wie in einen Korb, spürte ich wieder meinen Herzschlag, wenn auch etwas rascher als gewöhnlich. Unter Ächzen und Stöhnen wurde ich hinaufgehievt bis ins obere Stockwerk der Krone. Dort saß inzwischen schon der Keschtenfresser neben dem

Stumpf eines abgebrochenen dicken Astes und wartete auf mich, wie ich von diesem Hebekran getragen heranschwebte.

»Danke!« sagte ich zu dem Baum, nachdem er mich auf einer bequemen Astgabel abgesetzt hatte.

»War mir ein Vergnügen, Hoheit!« knarrte der und brachte seinen Astarm wieder in die gewohnte Stellung.

»Der ist aber höflicher als du«, sagte ich zum Keschtenfresser, der jetzt unmittelbar neben mir saß.

»Eher ein bißchen zurückgeblieben, der alte Knabe«, antwortete der. »Zurückgeblieben in der Zeit, meine ich. Als er heranwuchs, ging man noch auf solch förmliche Weise mit Königstöchtern um.«

»Ich glaube, mein Vater hätte nichts dagegen, wenn sich die Leute noch an solche Förmlichkeiten hielten«, sagte ich.

»Ach ja, dein Vater!« Der Keschtenfresser stand auf, die pelzigen Füße fest mit den Zehen in die zerfurchte Rinde gekrallt, und blickte hangabwärts zu der Stelle, an der das Schloß stand. »Vorhin wollte ich dir ja zeigen, was dein Vater dort unten tut.«

Als ich mich aufrichtete und über die Baumkronen hinweg zum Schloß hinunterblickte, merkte ich erst, wie hoch oben ich hier saß. Park und Schloß konnte ich überblicken wie auf einer Landkarte, jede Einzelheit hob sich fast unnatürlich scharf ab, das gepflasterte Geviert des Hofes, das an drei Seiten vom Hauptgebäude und den beiden Flügeln des Schlosses umgeben war und nur zu Park und Wald hin offen dalag. Ich sah meinen Vater, der dort über den Hof ging, so deutlich, als blicke ich durch ein Fernglas, konnte die Bestürzung in seinem Gesicht erkennen, sah die fahrigen Bewegungen, mit denen er Schloßdiener herbeiwinkte und sie in den Park scheuchte.

»Es sieht so aus, als würdest du dort unten gesucht«, sagte der Keschtenfresser, und dieser Anblick schien ihn gewaltig zu amüsieren. »Schau dir das an, wie die Kerle dort unten durch die Büsche springen und dich nicht finden können!« rief er und kekkerte laut sein Gelächter heraus.

Auch ich sah sie ziellos umherrennen, und der König stand am Parktor und fuchtelte mit den Armen, ein Dirigent, der sich vergeblich bemüht, ein aus dem Takt geratenes Orchester wieder ins Gleichmaß der Musik zurückzutreiben. Und ich schaute zu, als ginge mich das alles überhaupt nichts an, fühlte mich in der Krone des Maronenbaums in Sicherheit und ließ mich anstecken von dem Gelächter des Keschtenfressers, bis ich merkte, daß dies mein Vater war, über den ich lachte.

Da verging mir das Lachen, obwohl es wirklich komisch aussah, wie dieses winzige Männchen dort unten in seinem umfriedeten Hof herumhampelte, ohne daß es ihm gelang, Ordnung in seine Angelegenheiten zu bringen. Da begann er mir leid zu tun, dieser Vater, dieser Mann und König, dessen Aufgabe es doch sein sollte, alles in Ordnung zu halten, den Staat, die Hofhaltung und auch seine Familie. Jedenfalls sah er das wohl als seine Aufgabe an, obwohl eine solche Aufgabe jeden Menschen überfordern muß. Die Dinge dieser Welt neigen nun einmal dazu, in Unordnung zu geraten, und damals, als ich dort oben in der Baumkrone saß und mein Vater mir leid zu tun begann, kam mir der Gedanke, ob eine solche Ordnung, falls sie überhaupt zu erreichen wäre, etwas Erstrebenswertes sein könne. An diesem Tag spürte ich zum ersten Mal die Lust an der Unordnung, einer Unordnung, die ich selbst herbeigeführt hatte und nun in vollen Zügen genoß wie ein phantastisches Spiel, bei dem niemand wissen kann, wohin es führt.

Siehst du, nun habe ich schon wieder vergessen, daß ich dir eigentlich von einer Geschichte berichten wollte, die Großvater mir erzählt hat. Denn eigentlich war es ja mein Großvater, der mich in die unvorhersehbaren Ereignisse seiner Phantasie entführt hatte, nur ist mir heute der Wortlaut seiner Geschichte nicht mehr erinnerlich, sondern nur noch die Kette von Vorstellungen, die seine Geschichte in mir zusammenfügte. Auf eines muß es ihm dabei ganz besonders angekommen sein: die Perspektive zu ändern, aus der ich meinen Vater betrachtete. Plötzlich war dieser nicht mehr die mich bei weitem überragende, dunkel drohende Gestalt, sondern ein sonderbares Männlein, auf das ich von der Höhe des Baumes und dazu noch des Berghangs hinabblicken konnte. Das schuf Distanz.

Dieser Meinung war jedenfalls der Keschtenfresser; denn er sagte zu mir: »Schau dir an, wie er sich dort unten müht und dabei zum Narren macht! Und vergiß nicht, was du gesehen hast! Wie kommt er dir denn vor in seiner ohnmächtigen Machtherrlichkeit?«

Ehe ich zu antworten versuchte, dachte ich eine Weile nach, um mir über meine Gefühle Klarheit zu verschaffen. Dann sagte ich: »Ein bißchen komisch kommt er mir schon vor. Aber vor allem tut er mir leid, wie er sich vergeblich abstrampelt. Und ich merke erst jetzt, wie lieb ich ihn habe.«

Der Keschtenfresser nickte mir zu, als habe ich eine schwierige Aufgabe zu seiner Zufriedenheit gelöst.

»Laß mich jetzt nach Hause gehen, bitte!« sagte ich.

Da grinste der Keschtenfresser schon wieder. »Übertreib's nicht gleich!« sagte er. »Erst will ich dir mein Vorratslager zeigen. Darum ging's doch in der Hauptsache.«

»Ich glaube eher, daß es dir darum ging, dich vor mir aufzuspielen«, sagte ich, während er schon zu einem Ast hinüberkletterte, der bergwärts aus dem Stamm herausragte. Er half auch mir mit seinen schmalen, aber überraschend kräftigen Händen dorthin, ohne meine Haut mit seinen Krallen auch nur zu ritzen, und zeigte mir eine runde, etwa pampelmusengroße Öffnung, die tief in den Stamm hineinführte.

»Greif mal dort hinein!« sagte er und hatte schon wieder ein dermaßen hinterhältiges Grinsen im Gesicht, daß ich fürchten mußte, im nächsten Augenblick in ein Spinnennest oder noch Ärgeres hineinzutappen. Vorsichtig schob ich meine Finger in die Höhlung und spürte schon dicht darunter die glatten Schalen der Maronen, die unter der Berührung meiner Finger durcheinanderglitten. Bis über den Ellenbogen tauchte mein Arm hinab zwischen den trockenen Keschten, deren Glätte sich kühl an meine Haut drängte, und ich fand noch immer keinen Grund, obgleich die Höhlung sich nach unten beträchtlich zu erweitern schien. »Schenkst du mir eine?« fragte ich.

»Such dir eine aus«, sagte er, »eine dicke. Aber du mußt sie gleich hier essen, roh wie sie ist.«

Eine Zeitlang war ich damit beschäftigt, die zähe Schale an der Spitze aufzubeißen und streifenweise vom Kern zu lösen, um danach noch das dünne hellbraune Häutchen abzuziehen, dessen herber Geschmack den Genuß des hellen Kerns verderben würde. Er war schon etwas angetrocknet und schmeckte um so süßer, während meine Kiefer vom langen Kauen müde wurden. Dann schluckte ich endlich die letzten weichgekauten Krümel herunter und blickte auf, mitten ins Gesicht des vor mir kauernden Keschtenfressers, der mir mit einem triumphierenden Grinsen in die Augen starrte, als sei ihm eben ein besonders gewagter Streich geglückt.

»Wie gefällt dir das, du Königstochter?« sagte er.

»Was denn?« fragte ich und wunderte mich ein wenig, daß dieser Winzling plötzlich viel größer zu sein schien, als ich gedacht hatte.

»Was denn, was denn!« äffte er mich nach. »Schau dich doch um! Und schau dich selber an!«

Das zweite tat ich zuerst und wäre vor Schreck beinahe vom Baum gefallen. Im letzten Augenblick klammerte ich mich mit den scharfen Krallen meiner pelzigen Zehen in die rauhe Borke, schlug die spitzen Nägel meiner Finger in den Stamm neben mir und wunderte mich noch, daß ich sofort Halt fand, als hätte ich diese rasche Reaktion lange geübt. Dann erst begriff ich, daß ich in allem dem Keschtenfresser glich, dessen keckerndes Lachen so laut durch die Baumkronen gellte, daß die Vögel erschreckt aufflogen und eine Weile am Himmel kreisten, ehe sie wieder ins gilbende Laub einfielen.

Diese Wendung von Großvaters Geschichte verblüffte mich dermaßen, daß ich aus meiner längst vollzogenen Identifikation mit der Königstochter Herod zunächst einmal herauspurzelte und meinen Großvater fragte, was er sich eigentlich dabei denke, eine Prinzessin in solch eine Ungestalt zu verwandeln. Ich weigerte mich schlichtweg, in diese unvertraute, mir grotesk erscheinende Figur zu schlüpfen. So wollte ich nicht aussehen.

»Wieso Ungestalt?« sagte der Großvater kopfschüttelnd. »Ist

dieser Keschtenfresser für das Leben, das er führt, nicht geradezu ideal ausgerüstet?«

»Das mag schon sein«, sagte ich. »Aber für eine Königstochter finde ich es unpassend, wenn sie solche Krallen hat und Pinselohren.«

Da lachte er und sagte: »Als Prinzessin gefällst du dir wohl besser, du eitle Trine? Nein, jetzt muß sie für eine Weile als Keschtenfresserin im Wald hausen. Sei froh, daß sie Krallen hat, um rasch auf die Bäume zu klettern, und Pinselöhrchen, mit denen sie alles gut hören kann, was unten durchs Unterholz schleicht.«

»Und wovon soll sie leben, wenn sie für längere Zeit im Wald bleibt?« fragte ich. »Sie wird doch zum Essen nicht nach Hause gehen wollen?« Ich konnte mir nicht vorstellen, daß sie in diesem Zustand das Schloß betreten würde. Nicht auszudenken, was die Diener zu solch einer Prinzessin sagen würden, vom Vater gar nicht zu reden. Und selbst ihre Schwester würde nichts mit ihr zu tun haben wollen. Wahrscheinlich würde sie nach kurzer Zeit Hungers sterben. Doch der Großvater wußte auch darauf eine Antwort.

»Meinst du, dieser Keschtenfresser hat nur diese eine Vorratshöhle angelegt? Über so eine verfügt er in jedem dritten Maronenbaum, das kannst du mir glauben. Für die Zeit, während der Herod-Keschtenfresserin im Wald bleiben muß, schenkt er ihr den ganzen Vorrat, den er ihr zuvor gezeigt hat. Bald wird sie sich kaum noch vorstellen können, daß sie je etwas anderes gegessen hat als rohe Keschten.«

Als auch das geklärt war, begann ich mich allmählich für die neuen Fähigkeiten und Besitztümer der so jäh verwandelten Figur zu erwärmen, während Großvater erzählte, wie Herod-Keschtenfresserin blitzschnell an uralten Baumstämmen auf und ab flitzte, sich von Ast zu Ast schwang wie Tarzan und so für sich den Wald eroberte.

Tag und Nacht rauschte der Wind in den letzten, schon braun verfärbten Blättern, trieb das dürre Laub am Boden vor sich her und pfiff durch das von Tag zu Tag kahlere Geäst. Aber Herod-Keschtenfresserin fror nie oder – so weit war ich schon wieder in die Geschichte hineingeraten –: Ich fror nie; denn ich hatte nicht nur starke Krallen an Händen und Füßen und Pinselohren, sondern auch ein dichtes, kurzhaariges, kastanienbraunes Fell, das selbst Füße und Hände wärmte wie Wollsocken und Pelzhandschuhe.

Jeden Tag entfernte ich mich ein Stück weiter von jenem Baum, der meine Vorratskammer beherbergte, und gelangte, durch die Kronen der Buchen, Eichen und Maronenbäume wandernd, bis hinauf in die Region der Föhren und Fichten. Hier war der Wald dunkler, der Boden tief unter mir lag düster und verschattet unter den dicht benadelten Zweigen. Wenn ich hoch bis in den Wipfel einer der alten, breitästigen Kiefern kletterte, öffnete sich der Ausblick weit über die dunkelgrünen Wellen der Bergwälder hinweg bis in blaue Fernen. Da hockte ich dann, eine bewegungslos kauernde pelzige Frucht, hoch oben in der zerzausten Krone, ließ mich vom Wind wiegen und schaute hinaus, als könne ich mit meinem Blick ein neues, grenzenlos weites Besitztum ausmessen, das mir zugefallen war, mir, Herod-Königstochter-Keschtenfresserin, und der Wind sang in meinen Pinselohren und brachte mit sich alle Laute von weither zu mir, das Ächzen der sich biegenden Äste, das Sausen des Windes in benadelten Zweigen, die hellen, wie silberne Hämmerchen schlagenden Rufe der Meisen, die kreischenden Warnrufe des Tannenhähers und von oben herab die pfeifenden, langgezogenen Rufe der Milane und Bussarde, die ruhig unter dem novemberblassen Himmel ihre Kreise zogen.

Da erst, als mein Blick all das umfaßte und mein Ohr all diese Laute aufnahm, die ich zwar schon oft gehört haben mochte, aber noch nie in vollem Bewußtsein wahrgenommen hatte, da erst fand ich wahrhaft Eingang in mein neues Reich, den Bezirk der weiten Wälder, der mir zugewiesen worden war. Und ich fragte mich in dieser Zeit nie, wozu dieser Wechsel der Gestalt und des Lebensraumes gut sein solle, sondern streifte als freies, durch keinen fremden Willen gezügeltes Wesen durch mein

Reich. Hie und da begegnete ich dem Keschtenfresser, aber wir hielten, sobald ich mit diesem Leben zurechtkam, einander auf Distanz, grüßten freundlich, gingen dann aber unserer Wege.

Einmal, früh am Morgen, als sich eben der Nebel hob und das Gras vom Tau glitzerte, entdeckte ich einen Jäger, der am Rand einer Lichtung auf der Lauer stand, das Gewehr schon an die Schulter gezogen und auf einen Rehbock gerichtet, der zwischen den verrotteten Baumstümpfen des Kahlschlags sich ein paar letzte grüne Halme und Kräuter rupfte. Ich saß hoch über dem Jäger im Wipfel einer alten Fichte und brauchte nur neben mich zu greifen, um mir ein paar dicke Zapfen abzureißen. Währenddessen zog der Bock ein Stück weiter, und der Jäger versuchte, ihm mit dem Lauf seiner Büchse zu folgen. Da schmiß ich ihm einen Zapfen auf die Hand, der Schuß donnerte ungezielt über die Lichtung, und der Bock war nach wenigen hohen Sätzen im Wald untergetaucht.

Während der Jäger unten lauthals fluchte und auf die Eichhörnchen schimpfte, lachte ich oben im Gezweig mein keckerndes Keschtenfresserinnen-Gelächter und machte, daß ich davonkam, ehe der Jäger auf den Gedanken verfiel, den zweiten Schuß in den Wipfel meiner Fichte zu feuern. Lauernde Jäger wollte ich nicht leiden in meinem Wald.

Nicht viel später hörte ich den unheimlichen Ruf. Ich hatte mich morgens an Keschten satt gefressen und war danach rasch durch die Baumwipfel hangaufwärts gezogen bis hinauf zum Bergwald. Inzwischen hatte sich der Morgennebel aufgelöst und am Himmel eine blasse Sonne freigegeben, die kaum wärmte. In der Hoffnung, doch ein wenig von ihren Strahlen aufzufangen, verließ ich bei einer kleinen Lichtung meinen Weg durchs Geäst, stieg hinunter auf den noch feuchten Boden und hockte mich unter freiem Himmel auf einen Stein. Eine Zeitlang saß ich dort und wartete auf eine Spur von Wärme, die nicht kommen wollte. Ich saß regungslos und spürte, wie mir die Kälte unter den Pelz kroch und sich Düsternis über den nur wenige Schritte breiten

Platz zwischen den mageren Fichten legte. War die Sonne zwischen den Wipfeln jetzt wirklich dunkler als der Himmel? Keine freundlich wärmende Feuerkugel, sondern ein Unstern, ein Loch, aus dem die Kälte hereinbrach? Mir kam es so vor, und bei diesem Anblick glitt mir ein Schauer über den Rücken, der seine Ursache nicht nur in der feuchten Kälte dieses Tages hatte.

Auf dem Boden zwischen Geröll und vermodernden Aststücken blühten noch ein paar einsame Blumen, blasse Gänseblümchen und dazwischen eine späte dunkelpurpurne Flockenblume, die letzte lebende, tief angesetzt an einem schon dürren Stengel, der weiter oben die fahlsilbrigen Sterne der schon ausgefallenen Fruchtstände trug. Und während ich noch dasaß und auf die wenigen Blüten schaute, die blassen, schon vergehenden Sterne und den rötlichen Fleck in ihrer Mitte, düster und verwaschen wie vor langer Zeit vertropftes Blut, da hörte ich zum ersten Mal diesen Ruf, von irgendwoher oder nirgendwoher aus dem Ungreifbaren, fast lautlos gellend zerschnitt er den unaufhörlich leise brausenden Mollakkord der Wälder mit einer fremden, aus der Harmonie ausbrechenden Tonfolge, die mir kalt an die Seele rührte. Danach klang es dumpf wie rasch trappelnde Schritte, hin und her irrend, während den Bäumen der Atem stockte. Dann wieder dieser Ruf, absteigend in drei Tönen, deren letzter sich wiederholte, als solle das Ende von etwas bestätigt werden, das Ende von etwas, das nicht wieder gutzumachen war.

Dieser Ruf ging mir nach, obgleich ich ihn nicht mehr hörte, sobald ich diese Stelle verlassen hatte wie ein aufgescheuchtes Tier, ging mir nach auf meinem langsamen Rückweg. Angst vor etwas Ungreifbarem, vor etwas Unbegreiflichem hatte mich von dieser Stelle vertrieben, aber ich blieb immer wieder stehen, um zu lauschen, um diesen verrufenen Ruf noch einmal zu hören, die verruchte Süßigkeit dieses Klangs, der mich lautlos verfolgte, mich vertrieb und verlockte. So stand ich immer wieder lauschend am Boden im Schatten der Zweige, aber dieser Ruf ließ sich nicht mehr hören.

Am nächsten Tag traf ich den Keschtenfresser, und diesmal blieb ich neben ihm auf seinem Ast sitzen und fragte ihn, ob er diese verrufene Stelle im Wald kenne.

Ich hatte Spott erwartet, aber er verschonte mich mit sarkastischen Bemerkungen über Königstöchter, blickte mich verschreckt an und sagte: »Dort bist du gewesen?« Die Art, wie er das fragte, verriet sein Befremden.

»Ja«, sagte ich, »dort bin ich gewesen. Warum nicht? Wer ist das, der dort so ruft, daß einem das Herz kalt wird?«

Er gab mir keine Antwort auf diese Frage. Eine Weile hockte er da, ein Häufchen Unglück, und blickte hinunter zum Waldboden, auf dem nichts Besonderes zu sehen war. Dann sagte er: »Geh nicht wieder dorthin! Es ist nicht gut, was dort Macht über einen gewinnt.«

Am Tag danach fing es an zu schneien. Ich lebte seither wie ein Tier im Wald, nährte mich von den Vorräten, die mir der Keschtenfresser geschenkt hatte, lag oft tagelang zusammengerollt in irgendeiner Baumhöhle und hielt eine Art Winterschlaf, während draußen die Stürme durch das kahle Geäst der alten Bäume brausten, von Käferfraß abgestorbene Stämme umstürzten, Schneewehen aufwirbelten, dürre Zweige herabgefegt und als schwarzes Gekritzel über den beschneiten Boden gestreut wurden, eine bruchstückhafte, unleserliche Schrift, die ich gelegentlich wahrnahm, wenn ich zu meinem Vorratslager trottete, um meinen Hunger zu stillen. Aber richtig wach wurde ich in diesen Wochen kaum, und ich dachte nicht mehr an das Rufen, bei dem sich die Sonne verdunkelt hatte.

Über Nacht war dann plötzlich der Frühling da, die letzten Schneepolster tropften von den Bäumen, am Waldrand stäubten die baumelnden Kätzchen an den Haselstauden, und die Stimmen der kleinen Vögel riefen heller. Die nun endlich wieder spürbare Wärme der Sonnenstrahlen lockte mich ins Freie, und der Frühlingswind spülte die Reste von Schläfrigkeit aus meinen Augen. An diesem Tag stieg ich wieder hinauf zum Bergwald und blieb dabei am Boden, weil ich mich nicht an den feuchten, glitschigen und von Schneeresten verklebten Ästen weiterhangeln wollte.

Ich blieb nicht eher stehen, als bis ich auf der höchsten Stelle jenes Bergrückens angelangt war, der wie ein ungeheures schlafendes Tier westlich des Schlosses hingestreckt lag. Als ich noch im Schloß wohnte, hatte ich mir manchmal vorzustellen versucht, was geschehen mochte, wenn dieses Tier erwachte. Würde es dann den Wald von seinen Schultern schütteln wie einen lästigen Mantel? Würde es sich aufrichten und seine gewaltige Stimme erheben, gegen die der Befehl des Königs wie das Piepsen eines Spatzen klingen mußte? Hatte ich mir dergleichen eingeredet, um mir eine Angst zu machen, von der ich mich danach leicht selber befreien konnte? Oder hatte ich mir tatsächlich gewünscht, daß so etwas geschehen müsse, um das Gehege, in das ich mich eingezwängt fühlte, aus allen Fugen zu sprengen?

Ich weiß nicht, was damals mein Antrieb gewesen sein mag, mir solche Vorstellungen zu machen. An jenem Frühlingstag verschwendete ich jedenfalls keinen Gedanken an dergleichen Spekulationen. Der Bergrücken war der tragende Grund, auf dem ich mich bewegte; ich konnte ihn unter meinen pelzigen Sohlen spüren, die federnden Polster abgestorbener Fichten- und Kiefernnadeln und den festen, unverrückbar dauerhaften Felsgrund, der stellenweise zutage trat und blank gefegt von den Winterstürmen unter der Sonne lag, auch er wohl erwärmt von ihren Strahlen wie ich selbst.

Oben auf der höchsten Erhebung wußte ich eine alte Kiefer, die mit schraubig gedrehtem Stamm zwischen den Felsplatten hervorgewachsen war und sich mit schlangengleich über die abschüssige Kuppe windenden Wurzeln anklammerte. Zwischen den zerzausten Zweigen ihrer breiten Krone war mein Lieblingsplatz, den ich im Herbst häufig aufgesucht hatte, solange das Wetter es zuließ. Rasch war ich oben in meinem Nest und schaute hinaus über die freundliche Landschaft des Frühlings, die unterhalb der noch dunklen Fichtenwälder heraufdrängenden Vorboten von hellerem Grün, sah die Zweige der Weiden längs des Bachs schon umhüllt von gelbgrünen Schleiern, und die Wiesen am Hang beleckten mit smaragdenen Zungen den Saum des Buschwerks an den Waldrändern, das noch kahle Zweige reckte, aber schon aufschwellende Knospen ahnen ließ. All das lag unter der Wärme der Sonne ausgebreitet, lockte mich mit tausend Vogelstimmen und schickte den Geruch von austreibendem Grün zu mir herauf, zart und berauschend, daß ich mich hätte hineinwerfen mögen in all diese Lieblichkeit, um mich von ihr umarmen zu lassen.

Lange Zeit konnte ich mich nicht losreißen von diesem Ausblick. Dann wandte ich mich schließlich um und schaute hinab zur anderen Seite des Bergrückens, auch hier zunächst über seine von Nadelwäldern bewachsene Schulter und weiter unten den Saum des noch kahlen Laubwaldes bis zum grünen Talgrund und den roten Dächern des Schlosses hinter dem künstlich geordneten Gelände des Parks, aus dem ich im Herbst entflohen war. Winzig klein kam es mir vor, das früher so gewaltig und drohend aufragende Haus meines Vaters. Mag sein, daß auch dieser Bergrücken, von dem ich hinabspähte, zu seinem Machtbereich gehörte – ganz sicher sogar zählte er dazu –, aber das hatte für mich keine Bedeutung, weder damals noch heute; denn mir war hier im Wald kein Wesen begegnet, das dem König untertan gewesen wäre. Für mich war er immer nur der Beherrscher dieses Hauses dort unten gewesen, nichts weiter.

Es hatte überdies wenig Sinn, dort unten nach ehemals vertrauten Menschen und Dingen zu suchen. Schloß und Park waren viel zu weit entfernt, als daß ich hätte erkennen können, ob der König gerade über den Hof ging oder ob meine ältere Schwester sich ihr Pferd vorführen ließ, weil sie ausreiten wollte, natürlich notwendigerweise mit einer ganzen Kavalkade von Begleitpersonal. Eine Zeitlang blickte ich noch hinunter und versuchte mir vorzustellen, wie es gewesen sein muß, unter diesem roten Ziegeldach zu wohnen statt im freien Wald. Dann kehrte ich dieser Seite des Berges meinen Rücken. Ich sah, daß im Westen eine blauschwarze Wetterwand aufgestiegen war, die Sturmböen und Regenschauer verhieß. Da stieg ich von meinem Auslug hinunter und machte mich auf den Rückweg.

Noch hangelte ich mich in halber Höhe des Bergrückens durchs Geäst, als das Unwetter über das Joch herüberzog und mich einzuholen drohte. So warm war es an diesem Tag nun auch wieder nicht, daß ich mich noch vor dem Abend naßregnen lassen wollte, und so suchte ich nach einem Unterschlupf. Ein Stück weiter nördlich wußte ich in dieser Höhe eine Holzfällerhütte, unter deren niedrigem Dachstuhl man von außen her über die Äste der umstehenden Fichten schlüpfen konnte. Ich fand diese willkommene Herberge, ehe die ersten Tropfen fielen, und grub mir im Heu, das von der winterlichen Wildfütterung übriggeblieben war, ein warmes Nest.

Eine Weile lag ich dort und hörte die Tropfen aufs Dach fallen, erst einzelne, dann mehr und schließlich das Prasseln eines plötzlich losbrechenden Platzregens, dessen Schwaden in den Windstößen wie Wellen über das Dach getrieben wurden. Mittendrin kam draußen das Tappen von raschen Schritten näher, etwas oder jemand schlug sich durch brechendes Unterholz, dann wurde unten die Tür quietschend aufgerissen, und zwei Männer, die laut miteinander sprachen, traten in die enge Stube unter dem Bretterboden, auf dem ich lag. Durch eine Spalte konnte ich sie sehen. Es waren zwei Holzknechte, die eine lange Baumsäge und Äxte bei sich trugen. Sie lehnten ihr klirrendes Gerät an die Seitenwand, der ältere der beiden, ein graubärtiger magerer Mann, setzte sich, noch schwer atmend vom raschen Laufen, auf die Wandbank, während der jüngere sagte: »Ich mach' erst mal Feuer, damit wir uns aufwärmen können.«

Er spaltete Späne von einem trockenen Fichtenscheit ab, schichtete sie über dürres Moos auf die offene Feuerstelle, legte größere Scheite obenauf und schlug Feuer mit Stahl und Stein. Bald brannten die Flammen ruhig auf dem steingepflasterten Herdplatz und bedurften keiner ständigen Wartung mehr. Da setzte sich der Junge zu dem Alten, der inzwischen Brot und Räucherspeck aus seinem Tragbeutel genommen und auf die grobe Tischplatte gelegt hatte. »Greif zu!« sagte er. Und dann aßen die beiden langsam und bedächtig und behielten dabei das Feuer im Auge, dessen Wärme schon bis zu mir herauf in den Dachboden drang.

Während sie saßen und kauten, hob der Junge plötzlich den Kopf, schaute dem Alten ins Gesicht und sagte: »Warum bist du heute vormittag dieser kleinen Lichtung ausgewichen, als wir dort drüben gearbeitet haben?«, und dabei wies er mit dem Kopf in eine ungefähre Richtung. »Erst hast du einen unnötigen Umweg durchs Unterholz gemacht und mich zu dir gerufen, als ich über das freie Stück gehen wollte, und dann hast du dich geweigert, dort den abgestorbenen Baum zu fällen, obwohl wir dieses Revier wegen der Borkenkäfer von solchen Brutnestern säubern sollen. Was war eigentlich los mit dir?«

»Mit mir?« sagte der Alte zögernd. »Mit mir gar nichts. Nur dieser Platz. Er gefällt mir nicht.«

»Das ist kein vernünftiger Grund«, sagte der andere.

Der Alte zuckte mit den Schultern. »Das mag schon sein«, sagte er. »Manchmal hilft einem Vernunft nur wenig. Hast du sie nicht rufen gehört?«

»Rufen?« Der Junge schüttelte den Kopf. »Wen denn? Sie? Wer ist sie?« Und nach einer Weile: »Einmal schrie da irgendein Vogel.«

Sobald ich von merkwürdigen Rufen auf einer kleinen Lichtung vernahm, lauschte ich mit steigender Spannung darauf, was weiter gesprochen wurde, und spähte durch den Spalt in die Stube. Der Alte schüttelte jetzt den Kopf und sagte: »Kennst du einen Vogel, der so ruft? Außerdem waren da Schritte, das rasche Tappen, mit dem er auf und ab läuft.«

Jetzt wurde es dem Jungen zu dumm. »Verdammt, wovon redest du eigentlich?« sagte er wütend. »Willst du mich zum Narren halten oder mir irgendwelche Altweibergeschichten aufbinden? Oder weißt du wirklich was? Dann hör auf, nur in Andeutungen zu reden!«

»Hat dir noch keiner von dieser verrufenen Stelle erzählt? Wer hier länger im Holz arbeitet, lernt sie bald kennen.«

»Ich hab' erst vor einer Woche hier angefangen«, sagte der Junge. »Wenn da was Übles im Busch ist, mußt du es mir jetzt erzählen, damit ich Bescheid weiß. Gehört hab' ich es schon, dieses Rufen, und auch das Trappeln in den Büschen, aber ich hab' gedacht, wir hätten da irgendein Tier aufgestört. Was war es nun wirklich? Oder weißt du's auch nicht genau?«

»Wer weiß so etwas schon genau –«, sagte der Alte. »Ich kann dir nur sagen, was die Leute erzählen, und das ist Folgendes: Sobald man in die Nähe dieser Lichtung kommt, fangen diese Rufe an. Sie klingen wie das Klagen einer Frau. Einer jungen Frau, wenn du mich fragst. Einer Frau, die noch nie einer gesehen hat. Und der da durch die Büsche tappt, das scheint ein übler Bursche zu sein, der hinter ihr her ist. Oder man sagt wohl besser: hinter ihr her war. Aber auch den hat noch niemand je zu Gesicht bekommen. Jedenfalls keiner, der hinterher davon hätte erzählen können.«

»Was soll das heißen?« Der Junge war blaß geworden, und man konnte ihm anmerken, daß diese Sache anfing, ihm unheimlich zu werden. Mir selbst, die ich oben im Heu lag und lauschte, ging es nicht anders; denn ich mußte daran denken, wie lange ich mich auf dieser Lichtung aufgehalten hatte, ohne etwas von alledem zu ahnen.

Der Alte nahm den Faden seiner Geschichte wieder auf und sagte: »Das soll heißen, daß man von Zeit zu Zeit dort einen Toten findet, von dem keiner weiß, woran er gestorben ist. Meistens stammt er nicht aus der hiesigen Gegend. Man sagt, diese Toten sähen aus, als seien sie auf schlimme Weise erschreckt worden, aber irgendeine Wunde hatte keiner von ihnen am Leibe.«

»Und das soll ich glauben?« rief der Junge.

»Das kannst du halten, wie du willst«, sagte der Alte. »Ich jedenfalls kenne verläßliche Leute, die einen solchen Toten mit eigenen Augen gesehen haben.«

»Ist ja gut! Ist ja gut!« Der Junge schrie das beinahe. »Aber was soll das Ganze bedeuten? Das sag mir einmal!«

Der Alte hob die Hand und ließ sie wieder auf die Tischplatte fallen. »Das kann ich nur vermuten«, sagte er. »Die Leute erzählen, daß dort an dieser Stelle vor so langer Zeit, daß keiner mehr Genaueres darüber zu sagen weiß, ein Mädchen von einem Mann, den es abgewiesen hatte, erschlagen worden sei. Es ist die Rede davon, daß ihr Blut mitten auf dieser Lichtung *Erde und Blumen gefärbt* habe, wie man sagt. Und ihr Mörder, der sich selbst umgebracht hat, müsse seither dort umgehen und falle jeden an, der sich an dieser Stelle niederläßt, während das Mädchen mit diesen Rufen das Opfer zu warnen versucht.«

»Und das soll in alle Ewigkeit so weitergehen?« fragte der Junge.

»Vielleicht«, sagte der Alte. »Vielleicht auch nicht. Es gibt da einen alten Spruch, den manche Leute aus dieser Gegend noch kennen. Der besagt, daß beide von ihrem Wiedergängertum erlöst werden können, wenn ein unschuldiges Mädchen sich findet, das auf diesen Unhold dort auf der Lichtung wartet und ihn umarmt, statt vor Schreck tot umzufallen.«

»Das klingt schlimm«, sagte der Junge, und damit traf er genau das, was auch ich dachte. Ich versuchte mich zu erinnern, was ich empfunden hatte, als ich dort an dieser Stelle gesessen war. Warum hatte er mir nichts getan, obwohl er so nahe gewesen war, daß ich ihn durch das Unterholz tappen hören konnte? War ich als pelzige Keschtenfresserin kein Mensch mehr, so daß er nichts gegen mich unternehmen konnte? Oder war ich unschuldig? Ein unschuldiges Mädchen? Nein, das konnte ich nicht glauben. Kann eine denn als unschuldig gelten, die sich dem Willen ihres Vaters entzogen hat und ihn voller Sorgen zurückläßt? Wie oft hatte ich ihn schon angelogen? Wie oft war ich im Streit von meiner Schwester gegangen? Alles fiel mir ein, was gegen meine Unschuld sprach, und ich kam zu dem Schluß, daß ich als Keschtenfresserin mit Klauen und Pinselohren keine gültige Figur in diesem Spiel sein konnte, diesem Spiel, das ein Spiel zwischen Menschen war. Und doch blieb ein Widerhaken in meinen Gedanken zurück, der mich diese Frage nicht endgültig entscheiden ließ. Fühlte ich nicht wie ein Mensch? Machte ich mir nicht Gedanken darüber, was diesen schrecklichen Mann veranlaßt haben konnte, diese junge Frau zu töten, die offenbar seine Liebe zurückgewiesen hatte? Was war das für eine Liebe, die nach Tod schrie? An diesem Tage begann ich zum ersten Mal zu ahnen, daß die Dinge zwischen Mann und Frau alles andere als einfach sind.

Siehst du, mein Lieber, ich hätte dir schon damals widersprochen, obwohl ich noch ein Kind war, als mir Großvater diese Geschichte erzählte; denn was ich hier als Herods Gedanken aufgeschrieben habe, waren meine Gedanken, auch wenn sie mein Großvater durch seine Geschichte in Bewegung gesetzt haben mag. Manche Leute hätten sich vielleicht gefragt, was er sich dabei gedacht hat, mir eine solche Mordgeschichte zu erzählen. Aber es kommt wohl viel mehr darauf an, was ein zuhörendes Kind einer solchen Geschichte entnimmt, und das sind vor allem wohl jene Einsichten, die es in seiner Situation gerade benötigt. Und was das betrifft, so sind die wichtigsten Ereignisse noch zu erzählen; denn die Geschichte ist ja noch nicht zu Ende.

Während Herod-Keschtenfresserin oben auf dem Dachboden in ihrem Heunest lag und über solche Fragen nachzudenken versuchte, hatte es draußen aufgehört zu regnen. Die Holzknechte nahmen ihr Gerät auf und verließen die Hütte, um wieder an ihre Arbeit zu gehen.

»Ob sie versucht, diesen schlimmen Mann und diese Frau zu erlösen?« fragte ich den Großvater. Solche Handlungsmodelle waren mir ja aus den Märchen vertraut, die er mir früher schon erzählt hatte.

»Es zu wollen ist eins, es zu tun ein anderes«, sagte er geheimnisvoll. »Sicher hat sie daran gedacht, während sie dem alten Holzknecht zuhörte. Aber so schnell geht das nicht. Erst müssen Ereignisse eintreten, die sie zwingen, eine Entscheidung zu fällen. Höre dir also an, wie die Geschichte weitergeht!«

Ich war so gespannt, daß ich schon wieder selbst im Heu lag und mich fragte, ob ich zu einer solchen Entscheidung fähig sein würde. Wenn ich das herausbekommen wollte, würde ich es versuchen müssen; denn wollen allein genügte nicht, insoweit hatte ich meinen Großvater schon verstanden. Hier auf dem Dachboden der Holzfällerhütte würde ich nicht erfahren, wozu ich fähig war, und auch sonst nichts weiter; denn die beiden Männer waren fortgegangen, und irgendwoher aus der Ferne klangen die Schläge ihrer Äxte. Da kroch ich aus der Dachluke ins Geäst der Fichten und wanderte am Hang entlang nach Norden, langsam näher heran an die kleine Lichtung, blieb immer wieder auf einem Ast hocken und lauschte, aber der klagende Ruf war nicht zu vernehmen.

Es war schon spät am Nachmittag, als ich die verrufene Stelle erreichte. Am Rand der Lichtung stieg ich hinab auf den Boden und wartete. Zwischen den Büschen waren hellgrüne Stauden von Nieswurz aufgeschossen, überragt von den weißlich und rosa behängten Blütenständen, das Gift, das im Frühjahr als erstes zutage bricht. Eine Zeitlang hörte ich nur die fernen Schreie der Milane, die hoch oben am Himmel ihre spiraligen Bahnen zogen, sonst blieb es still. Kleinere Vögel hielten sich offenbar von diesem Ort fern, nicht einmal einen Häher hatte ich aufgestört. Schon dachte ich, ich sei vergeblich den langen Weg durch den Wald hierhergekommen, und wußte nicht, ob ich darüber traurig sein oder mich erleichtert fühlen sollte. Da vernahm ich, leise noch, aber unverkennbar, den Ruf, den der alte Mann dieser getöteten Frau zuschrieb.

Als ich zum Himmel blickte, sah ich, wie die Milane in ihrem Kreisen innehielten und dann rasch der tiefstehenden Sonne zu abstrichen. Es war jetzt so still, daß ich mich nicht zu rühren wagte. Dann schnitt wieder der klagende Ruf durch die Stille, näher schon oder doch lauter; denn es war weder die Richtung noch die Entfernung auszumachen, aus der er mich erreichte. Ebensogut hätte er aus dem Boden unter meinen Füßen aufgestiegen sein können. Dann erhob er sich ein drittes Mal, nun derart, als würde er unmittelbar vor mir ausgestoßen. Ich starrte zur Mitte der Lichtung, und da saß, ohne daß ich ihn hätte anfliegen sehen, ein schöner Vogel von der Größe eines Reihers und schneeweißer Farbe mit einem Fleck purpurroter Federn auf der Brust, ein Vogel, wie ich ihn noch nie gesehen hatte, der nun noch einmal diesen klagenden Ruf sang.

In diesem Augenblick huschte dieses Trappeln seitlich von mir durchs Gebüsch, hin und her, und war wieder still. Gleich darauf regte es sich wieder, kam näher, schon dicht bei mir, und für Sekunden glaubte ich zwischen den bebenden Fichtenzweigen ein Gesicht wahrzunehmen, Augen, die voller Verzweiflung oder voll blinder Wut zu mir herausstarrten, einen verzerrten Mund – mehr sah ich nicht, denn schon im nächsten Augenblick war ich gleich einem erschreckten Eichhörnchen bis in den Wipfel der mir zunächst stehenden alten Fichte geflitzt und sprang in hastigen Sätzen davon, blindlings von Ast zu Ast und immer knapp vorbei am Absturz.

Erst als ich weiter unten in die Region der Buchen und Eichen gelangte, kam ich wieder zur Besinnung, hangelte mich hinab zum Boden und blieb dort am Fuße meines Maronenbaums im Vorjahrslaub sitzen. War das schon die Entscheidung? Ich hatte gewollt, aber es war mir unmöglich gewesen standzuhalten. Lange hockte ich dort und weinte mir die Seele aus dem Leib, eine armselige Keschtenfresserin, die sich allzu Großes vorgenommen hatte und gescheitert war.

In diesem Sommer, den ich im Wald verbrachte, versuchte ich es immer wieder, so oft, daß ich jeden Baum und Strauch entlang des Weges zu der kleinen Lichtung kannte und mich zuweilen dabei ertappte, ohne es zu wollen diesen Pfad durch die Kronen der Bäume gewandert zu sein, um dann wieder dort am Rande des Waldes zu stehen und auf den Ruf zu warten, auf dieses erschreckende Gesicht, das mich zurückscheuchte in die Einsamkeit dieser Tage, die nicht vergehen wollten.

Es kam so weit, daß ich die Tiere des Waldes beneidete, die Eichhörnchen, Wiesel, Hasen, den Dachs, den ich am Abend zuweilen aus seiner Höhle unter einer alten Eiche herausschlüpfen sah, und all die Vögel, sie beneidete um ihrer Unbekümmertheit willen, mit der sie in den Tag hinein lebten, ohne den Wunsch zu verspüren, in Vorgänge einzugreifen, die nicht ihre unmittelbaren Lebensnotwendigkeiten betrafen wie Fressen, Paarung oder Schutz vor Unwetter, die einfach lebten und darin ihr Genügen fanden. Ich sah fast so aus wie ein Tier mit meinen Krallen, Pinselohren und Nagezähnen, aber ich konnte es nicht lassen, mich mit den Angelegenheiten der Menschen zu beschäftigen, als sei ich verantwortlich für die Untat, die vor ungezählten Jahren in diesem Wald verübt worden war, oder wenigstens verantwortlich dafür, daß ihre Folgen nicht in alle Ewigkeit weiter Unheil nach sich zogen. Ist dies die Art des Menschen in mir, fragte ich mich, daß sich mir auf solche Weise eine Verantwortung aufdrängt, die ich nicht gesucht habe? Ich war es müde, immer aufs neue zu versagen, aber ich hörte nicht auf, es doch wieder zu versuchen.

Das ging so, bis es Herbst wurde und die ersten reifen Keschten von den Bäumen fielen. Mit meinen Klauen war es ein Kinderspiel, die stachligen Kugeln aufzureißen, und ich begann meine leergefressene Vorratskammer im Baum aufzufüllen, obgleich mir davor graute, daß dieses einförmige Leben ewig so weitergehen könnte. Ich fragte mich, wie lange ich das ertragen würde. Noch ein Jahr? Zwei Jahre? Fünf?

In dieser Zeit sah ich meine Schwester, seit ich im Wald lebte, zum ersten Mal wieder aus der Nähe. Sie ritt, ihren Jagdfalken auf der Faust und begleitet von einer Kavalkade junger Herren und Damen, aus dem hinteren Parktor und sprengte auf dem breiten Holzweg hinauf in den Wald. Einer der jungen Herren, er war besonders prächtig gekleidet und trug um die Schultern eine goldene Kette mit einem kostbaren Anhänger, hielt sich an ihrer Seite und legte im Gespräch zuweilen die Hand auf ihren Arm. Das konnte nur bedeuten, daß sie mit ihm verlobt war.

Ich hielt mich in den Kronen der Bäume und begleitete den Zug auf seinem Weg bis hinauf in die Region der Bergwälder. Dort machte die Gesellschaft auf einer großen Lichtung halt, einem Kahlschlag des Vorjahres, und verteilte sich in alle Winde, um jagdbares Wild aufzuspüren. Ich war zornig auf diese Eindringlinge, denn ich mochte keine Jäger in diesem Wald leiden, aber so vielen auf einmal konnte ich die Jagd nicht verderben.

Meine Schwester blieb mit dem Mann, den ich für ihren Bräutigam halten mußte, inmitten der Lichtung und bereitete ihren

Falken zur Jagd vor. Als ein von den anderen Teilnehmern aufgescheuchter Vogel über die Lichtung flog, warf sie ihren Falken in die Luft, der sofort die Verfolgung aufnahm. Aber dieser weiße Vogel erwies sich als überaus geschickter Flieger und entkam dem Falken immer wieder, so daß beide jenseits der Lichtung außer Sicht zu geraten drohten. Inzwischen wußte ich, was für ein Vogel das war; denn ich hatte den roten Fleck auf seiner Brust erkannt, als er über mich hinwegflog.

Sobald sie merkte, daß ihr Falke den Vogel nicht zu schlagen vermochte, versuchte meine Schwester, ihn zurückzurufen, doch er schien so versessen auf diese Beute, daß er ihr nicht gehorchen wollte und den Vogel weiter verfolgte, ohne daß es ihm gelang, ihn zu schlagen. Da spornte meine Schwester ihr Pferd an, galoppierte über die Lichtung und tauchte auf der anderen Seite zwischen den Stämmen unter, ehe es ihrem Bräutigam, der abgestiegen war, gelang, sich in den Sattel zu schwingen. Er sprengte ihr sofort nach, doch sein Pferd stolperte gleich darauf über einen Baumstrunk und warf den Reiter ab.

Das alles sah ich nur noch flüchtig, während ich schon unterwegs war im Geäst der Bäume, um die Spur meiner Schwester nicht zu verlieren. In dem dichten Fichtengehölz hatte sie ihr Pferd zügeln müssen, und so holte ich rasch auf, und als wir bald danach in einen älteren Forst gelangten, wo die Bäume lockerer standen und genug freier Raum zum Reiten zwischen den Stämmen war, begleitete ich meine Schwester schon wieder oberhalb ihres Weges von Wipfel zu Wipfel.

Während ich von einem höheren Baum Ausschau nach dem Falken hielt und ihn ein Stück weiter voraus kreisen sah, da er offenbar sein Wild verloren hatte, wurde mir bewußt, daß wir uns in Richtung auf die kleine Lichtung bewegten, die verrufene Stelle, an der dieser Vogel schrie. Meine Schwester, die keinen so weiten Ausblick hatte, hielt ihr Pferd an und rief wieder nach ihrem Falken. Der gab keine Antwort, aber dicht neben ihr im Gebüsch erhob ein anderer Vogel seine Stimme hell und dringlich, eine Stimme, die mir nach all meinen Versuchen schon vertraut klang, und er sang:

Kehr um, kehr um, du junge Braut!
Wem's hier nicht vor dem Mörder graut,
der rettet nimmer seine Haut.
Kehr um, kehr um, du junge Braut!

Von einem solchen Warnruf hatte der alte Holzfäller nicht berichtet, und auch ich hatte immer nur den unartikulierten, klagenden Ruf gehört. Doch diesmal schien der Vogel in die Geschehnisse eingreifen zu wollen, diesmal handelte der Vogel als Prophet, der warnend voraussagte, was geschehen könnte, wenn meine Schwester weiterritt. Sie versuchte es dennoch, aber da zeigte er sich ihr, flatterte aus dem Gebüsch heraus, stellte sich ihr in den Weg und wiederholte seinen Ruf:

Kehr um, kehr um, du junge Braut!

Das Pferd bäumte sich erschreckt auf und warf meine Schwester beinahe aus dem Sattel. Da stieg sie ab, ließ ihr scheuendes Pferd stehen und versuchte zu Fuß weiterzugehen. Vor ihr zwischen den Stämmen wurde schon die kleine Lichtung sichtbar, und dort hoffte sie wohl, freies Blickfeld zu bekommen, um Ausschau nach ihrem Falken zu halten. Sie ging mit ruhigen Schritten zwischen den Bäumen dahin, ging gelassen durch die Stille, und es war, als hielte alles Lebende in diesem Wald den Atem an. Erst als sie aus dem Schatten der Bäume hinaustrat, rief ihr der Vogel zum dritten Mal seine Warnung zu. Da saß er schon inmitten der Lichtung an jener Stelle, wo zwischen den weißen Gänseblümchen die rote Blüte brannte.

Währenddessen hing ich selbst angeklammert hoch oben im Geäst einer alten Wetterfichte und war nahe daran, meiner Schwester gleichfalls eine Warnung zuzuschreien, aber der Ruf des Vogels hieß mich schweigen. Doch wenn ich schon schwieg, dann wollte ich wenigstens bei meiner Schwester stehen, wenn der schlimme Mann aus dem Gebüsch trat, und diesmal war ich fest entschlossen, ihm entgegenzutreten, auch wenn er mich verlachen würde in meiner Zwergengestalt der Keschtenfresserin. Ich war noch nicht ganz bis zum Boden hinuntergeklettert, als ich ihn schon durchs Gebüsch trappeln hörte, ruhelos hin und her wurde dort dieser heillose Mensch getrieben, und mir bebte das Herz bei dem Gedanken, daß ich ihm heute standhalten mußte, gleichviel ob er in mir einen Menschen sah oder ein anderes Wesen und ohne Rücksicht darauf, ob ich als unschuldig gelten konnte oder nicht. Ich hatte wenig Hoffnung, als ich sah, wie es sich dort, wo meine Schwester stand, im Unterholz regte, doch ich sprang hinaus auf die Lichtung und stellte mich vor meine Schwester, ohne einen Gedanken daran zu verschwenden, was sie von diesem sonderbaren Winzling halten mochte, der den untauglichen Versuch unternahm, sie zu schützen.

Das nächste, dessen ich mich klar und deutlich entsinne, ist der Augenblick, in dem ich vom Schmettern der Jagdhörner aus einer Art von Bewußtlosigkeit erwachte, wobei dies vielleicht nicht das geeignete Wort sein mag, den Zustand zu kennzeichnen, in dem ich mich zuvor befunden hatte; denn ich könnte es ebensogut einen Zustand höherer Bewußtheit nennen. Ich hatte durchaus Erinnerungen an diese in ihrer Dauer unabschätzbare Zeitspanne, die zwischen meinem Hervortreten als Keschtenfresserin und meinem Erwachen als Herod-Königstochter lag, denn die war ich nun wieder. Was jedoch zu dieser Rückverwandlung oder vielleicht auch zu meiner Verwandlung in eine andere, mit neuen Erfahrungen ausgestattete Herod geführt hatte, schwamm in meiner Vorstellung durcheinander wie die Bilder eines Traums, die keine Zeitfolge erkennen lassen, als sei die Zeit aufgehoben gewesen und alles Erinnerte gleichzeitig geschehen, auch wenn ich es notgedrungen hier nacheinander niederschreiben muß.

Da stand also dieser Heillose, dessen verzweifelter Blick mein Herz frieren ließ, war aus den Büschen hervorgetreten, das Messer, das offenbar tötete, ohne eine Wunde zu hinterlassen, schon in der Faust, und ich winziges Wesen hatte mich in der unsinnigen Hoffnung, daß ich wenigstens im Inneren ein unschuldiges Mädchen sei, an seine Brust geworfen und ihn zu umarmen versucht, doch in diesem Augenblick war ich schon keine Keschtenfresserin mehr, sondern ein großes, erwachsenes Mädchen mit

Brüsten und einem breiten Schoß, das tatsächlich imstande war, diesen Mann, dessen ungetröstete Trauer mein Herz wieder erwärmte, in die Arme zu schließen, so fest, daß ihm das Messer aus der Hand fiel, während dort, wo der Vogel gesessen hatte, eine junge Frau stand und lachte, obgleich ihr weißes Kleid über der linken Brust rot war von Blut, und sie lachte und lachte, aber da stand sie eigentlich schon vor mir wie ein neues Bild, das über ein anderes geschoben wird, über das Bild des Mannes, der nun heil war, als sich das neue Bild über seines schob, und diese Frau hielt mich für eine unmeßbare Zeit fest, und zugleich wachte ich auf als das kleine Mädchen, das ich damals war, und fand mich mitten auf der Lichtung sitzen, dort, wo die purpurne Flockenblume in einem Nest von Gänseblümchen blühte.

Das Schmettern der Hörner habe ich schon erwähnt, das mir in den Ohren dröhnte, als ich zu mir kam. Da stand der Bräutigam am Rande der Lichtung und hielt meine Schwester in den Armen, als sei er es gewesen, der sie gerettet hatte, und ihm zur Seite standen die Damen und Herren der Jagdgesellschaft, und die Hornisten standen noch ein Stück weiter entfernt, wie es sich für Domestiken gehört, und bliesen mit geblähten Backen ein lustiges Jagdlied, als sei eben ein kapitaler Bock erlegt worden. Nach einer Weile, als ihr Bräutigam seine Umarmung ein wenig gelockert hatte, blickte meine Schwester zur Seite, sah mich, wie ich eben vom krautigen Boden der Lichtung aufzustehen versuchte, und sagte: »Ach, du bist das, Herod? Was machst *du* denn hier? Paß doch auf! Du hast dein Kleid ganz schmutzig gemacht!«

Da tat es mir fast schon wieder leid, was ich hier hinter mich gebracht hatte, und die Tränen traten mir in die Augen, aber diesmal vor Zorn. Meine Schwester verstand das allerdings falsch, denn sie sagte: »Nun heul doch nicht gleich! Komm her, du darfst mit uns nach Hause reiten. Mein Bräutigam nimmt dich vor sich aufs Pferd.«

So geschah es dann. Während der ganzen Strecke, die wir auf dem breiten Holzweg zurückritten, nahm ich kaum wahr, daß ich auf einem Pferderücken saß und vom starken Arm des künftigen Königs gehalten wurde. Ich sah nur meinen Wald Baum um Baum an mir vorüberziehen, jeder von ihnen ein guter Bekannter, ein Freund. Ich blickte noch einmal, wo sich talwärts eine Schneise öffnete, hinaus über die bis in blaue Fernen einander überschneidenden, dunkel bewaldeten Höhenrücken und nahm Abschied von meinem Leben im Walde. Einmal sah ich den Keschtenfresser über mir im rot überflammten Laub einer Buche hocken und mir zugrinsen. Er warf mir eine Keschte herunter, die er schon bis auf den hellen Kern abgeschält hatte. Ich fing sie auf, steckte sie in den Mund, kaute und kaute, bis meine Kiefer müde wurden und ich den zermahlenen Kern herunterschluckte samt meinem Zorn und meiner Abschiedstrauer.

Erst später erfuhr ich, daß an diesem Tag nicht ein einziges Stück Wild erlegt worden war.

So ungefähr verlief die Handlung von Großvaters Geschichte, die sich von den Gedanken und Empfindungen, die mich beim Zuhören bewegten, nicht mehr trennen läßt. Ich weiß auch noch, daß ich damals unzufrieden war mit dem Ende der Geschichte. »Ich finde das ungerecht«, sagte ich. »Sie erlöst diesen Mann und die ermordete Frau und rettet obendrein ihrer Schwester das Leben, und kein Mensch nimmt das zur Kenntnis. Von Rechts wegen hätte sie diesen Bräutigam verdient, der einmal König werden wird, obgleich er mir ein bißchen blöd vorkommt.«

»Aha!« sagte mein Großvater. »Blöd kommt er dir also vor, aber heiraten willst du ihn doch, weil du Königin werden möchtest. Hast du dir eigentlich überlegt, was da auf dich zukäme? Keinen Schritt darfst du mehr allein machen, ständig läuft dir irgend so ein Gefolge nach, das an dir herumzupft und dafür sorgt, daß du dich vornehm benimmst. Da kannst du nicht mehr rasch in den Wald gehen, um Pilze zu suchen oder Keschten zu sammeln; denn für dergleichen Tätigkeiten sind Prinzessinnen oder gar Königinnen zu fein, ganz davon abgesehen, daß du einen Mann bekommst, der unter dem Zwang seines Königtums sich von Tag zu Tag immer erhabener gebärdet, als trage er sich selbst wie das heilige Banner des Vaterlandes vor sich her. Und du darfst nicht einmal über ihn lachen, wenn er sich so aufführt.«

»Dann leben die ja fast wie Gefangene«, sagte ich enttäuscht.

»Ganz recht«, sagte er. »Das sind sie auch. Gefangene ihrer königlichen Verpflichtungen, Gefangene von dem, was die Leute für königliches Benehmen halten, Gefangene der Furcht, jemand könne ihnen allein wegen ihrer Königlichkeit etwas Böses antun, Gefangene ihrer eigenen Angst, die Leute würden sie nicht für königlich genug halten und zum Teufel jagen. Willst du als Gefangene leben?«

»Nein«, sagte ich. »Das will ich nicht. Aber wozu hat dann das Ganze stattgefunden? Damit meine Schwester ihren Bräutigam kriegt und ein solches Leben führen muß?«

»Das will sie doch«, sagte Großvater. »Sie ist dafür geboren. Irgend jemand muß diese Rolle ja übernehmen. Wo kämen wir denn sonst hin? Aber du bist anders, das weiß ich. Du mußt frei sein und so frei wie möglich bleiben, weil du deine Freiheit dazu nutzen kannst, solche Dinge zu tun wie diese Herod. Was sie in dieser Geschichte tut, ist viel wichtiger, als Königin zu werden, und es kommt überhaupt nicht darauf an, daß jemand erfährt, was sie getan hat.«

All das sagte mein Großvater, und er sprach nun selbst schon so, als sei ich die Schwester einer Königstochter, der ich eben Leben und Thron gerettet hatte.

Es kommt dir vielleicht sonderbar vor, daß die Bilder dieser Geschichte, an die ich lange nicht mehr gedacht habe, mir plötzlich wieder gegenwärtig waren, als ich damals vor dem Torso jener Venusfigur stand, der dich damals auf der Märchentagung so beeindruckt hat. Ich war schon vor dir bei dem Schloß angekommen, in dem die Tagung stattfand, hatte meine Sachen aufs Zimmer gebracht und war dann, um nach der langen Bahnfahrt ein wenig Luft zu schnappen, durch den Park geschlendert, vorüber an dem Ententeich, und war dann auf diese Figur gestoßen.

Die Frage, ob der Torso wirklich aus der Antike stammt oder

eine der künstlich verunstalteten Figuren aus jener Epoche ist, in der man die Vollkommenheit unversehrter klassischer Skulpturen offenbar nur schwer ertragen konnte und solche Torsi zwischen ebenso künstlich hergestellte Ruinen in seine Gartenanlagen plazierte, diese Frage beschäftigte mich trotz meiner kunsthistorischen Ambitionen eigentlich gar nicht. Ich habe sie dir nur gestellt, um ein Gespräch anzuknüpfen. Als ich zum ersten Mal an dieser Stelle stand und diesen verstümmelten Frauenkörper betrachtete, war mein jäh erwachtes Interesse viel persönlicher. Wenn ich heute über meine Beziehung zu dieser Figur nachdenke, dann war es damals wohl so, daß ich mich weitgehend mit ihr identifizierte. Vielleicht kannst du das annäherungsweise nachvollziehen nach alledem, was ich dir bisher aus meiner Kindheit erzählt habe. Deshalb sprach mich auch die durch die Umstände ihrer Geschichte (die wir nicht kennen) so reduzierte Schönheit dieser Skulptur an. Ich wollte dir damals nicht widersprechen, als du von einer mittelmäßigen provinzialrömischen Arbeit gesprochen hast. Das war nicht mein Thema in diesem Gespräch. Aber es kann kein unbedeutender Künstler gewesen sein, der diesen Marmor bearbeitet hat. Ich könnte dir die antiken, mehr oder minder vollständig erhaltenen Venusstatuen benennen, die er bei der Arbeit vor Augen gehabt haben muß, und er hat sie nicht einmal sklavisch kopiert, sondern eine neue, durchaus eigenständige Variante geschaffen, soweit der erhaltene Rest dies verrät.

Aber darüber will ich ja gar nicht reden, sondern über meine Beziehung zu diesem Marmorbild, die mich veranlaßt hat, es gegen deine aggressiven Anwürfe in Schutz zu nehmen. Für dich war die Figur zu Recht so zerschlagen worden, als eine ästhetische Lüge sozusagen. Inwieweit deine Äußerung nur zur Provokation dienen sollte, weiß ich nicht.

Ich aber erkannte in der Figur ein Bild von mir selbst, oder sie setzte jedenfalls etwas ins Bild, das mir zu verschiedenen Zeiten meines bisherigen Lebens widerfahren war. Da hatte es ja schon sehr früh jemanden gegeben, der – vermutlich in bester Absicht – Kritik übte an der Form meiner Gliedmaßen und sie, um im Bild zu bleiben, bei dem Versuch, sie zurechtzubiegen, unbeabsichtigt abbrach. Mein Großvater hatte schon gewußt, warum er mir diese Keschtenfresserin mit ihren krallenbewehrten Pfoten, ihren Pinselohren und Nagezähnen zur Identifikation anbot und mir zu zeigen versuchte, was ein solches Wesen in seiner scheinbaren Ungestalt vermochte.

Wer will uns eigentlich ständig einreden, daß unser Menschsein sich vor allem in der Ebenmäßigkeit unseres Körpers manifestiert? Auch später haben noch andere, ich weiß nicht, ob bewußt oder unbewußt, versucht, den Menschen, der ich bin, abzuändern und damit zu entstellen. Davon werde ich noch erzählen müssen, um mich dir verständlich zu machen. Aber für diese Geschichte mußt du mir noch ein wenig Zeit lassen. Diese Erfahrung liegt näher, und deshalb ist es schwieriger, darüber zu reden.

Statt dessen will ich auf eine Frage eingehen, die du mir damals auf dieser Märchentagung stellen wolltest, aber nicht auszusprechen gewagt hast. Du hast mir erzählt, wie du dort nach dem ersten gemeinsamen Mittagessen während eines Spaziergangs im Park selbst unversehens in einen jenseits von Raum und Zeit angesiedelten Märchenbereich hineingeraten und dort einem Mädchen begegnet bist, das mir auf eine verwirrende Weise ähnlich sah, obwohl es, wie du berichtetest, zeitweise eher einem Frosch geglichen haben muß. Als wir danach im Park vor dieser beschädigten Venusfigur zusammentrafen, hättest du gern gewußt, ob auch ich mit dir in diesem Bereich gewesen sei. Es spricht zwar für dein Taktgefühl, daß du gezögert hast, mich mit dieser Fröschin in Beziehung zu setzen, aber ich will dir jetzt im nachhinein doch diese Frage beantworten, und die Antwort lautet: ja und nein.

Um das zu erklären, muß ich anfangen bei dem Gespräch, das wir bei Tisch geführt haben. Die Art, wie du meine Fragen, die deine eigene Meinung erforschen sollten, im Fachjargon einer sogenannten wissenschaftlichen Redeweise zu ersticken versucht hast, hätte mich wahrscheinlich dahin gebracht, dich einfach auszulachen, wenn mein Interesse an dir selbst nicht schon zu diesem Zeitpunkt recht stark gewesen wäre. Nur dieses Interesse hinderte mich daran, dich für einen Hohlkopf zu halten, der hinter dem Blendwerk seiner Vokabeln zu verbergen versucht, daß er nichts zu sagen hat. So hörte ich dann doch genauer hin und begann zu ahnen, daß du dich im Gehege deiner Fachbegriffe auf ähnliche Weise einzuigeln versuchst, wie ich das auf meine Weise mache. Und von da an wollte ich wissen, wer du wirklich bist.

Es waren merkwürdig ambivalente Gefühle, die mich vom Speisesaal hinaustrieben in den Park. Einerseits fühlte ich mich bedrängt von dir, nicht so sehr von deinen Worten als von deinen Blicken, von der Nähe deines Körpers (du würdest jetzt vielleicht sagen, ich hätte eine jähe Ausschüttung deiner Hormone gerochen, aber das ist mir zu biologistisch für die komplexen Empfindungen von Nähe, die ich meine). Anderseits wuchs mein Verlangen nach deiner Nähe, die Verlockung, einen Blick in deine noch verborgene Seelenlandschaft zu werfen, und all das zusammen machte mir angst – angst, daß ich mich in einer Weise auf dich einlassen könnte, die ein Ende in Schmerz und Trostlosigkeit schon in sich einschloß.

Unter solchen Gedanken ging ich hinein in die geordnete Natur des Parks und damit hinein in eine von Großvaters Herod-Geschichten. Du darfst nicht meinen, fing er damals an, daß mit der Rückkehr von Herod ins königliche Schloß schon alles in Ordnung gewesen wäre. Sicher, zunächst freute sich jedermann, daß sie nach Jahresfrist unversehens wieder aufgetaucht war wie ein Springteufel aus der Schachtel. Aber selbst so ein Springteufel hat ja etwas Unheimliches an sich, und jeder, vor dem er losgelassen wird, erschrickt erst einmal, ehe er schließlich lacht. Wenn Herod auch ihrer Schwester nicht gefehlt zu haben schien, so waren doch ihr Vater und viele andere Leute, die im Schloß lebten, nicht wenig erschrocken, als sie auf einmal wieder da war, nachdem manche schon gedacht hatten, sie käme niemals wieder, sei geraubt und verkauft worden oder gar von einem Tier angefallen und getötet. Es mag sogar sein, daß manche sich vor ihr fürchteten, weil sie nicht wußten, wo Herod das ganze Jahr über sich aufgehalten hatte. Wie hätte sie vom Keschtenfresser und von ihrer Verwandlung erzählen sollen? Sie wußte nur zu gut, daß man ihr dann überhaupt aus dem Weg gehen würde, die einen, weil sie Herod für verrückt hielten, die anderen aus Angst, das Kind besäße magische Kräfte. Herod war sich zwar bewußt, daß sie etwas Außergewöhnliches getan hatte, aber bekam nun zu spüren, daß sie gerade dadurch anders geworden war als die übrigen Bewohner des Schlosses.

Nur ein alter Gärtner, von dem Herod nicht einmal genau wußte, was seine Aufgabe bei der Pflege des Parks war, schien eine Ahnung zu haben, wo sie die ganze Zeit über gewesen war. Dieser Alte hatte die Angewohnheit, leise vor sich hin zu reden, während er auf den Wegen mit einem breiten Rechen dürres Laub zusammenharkte oder Buschwerk beschnitt, das allzuweit über den Weg hereinhing. »Hast viel gelernt draußen im Wald«, murmelte er einmal, als sie an ihm vorüberging. »Schaust seither die Bäume an wie Menschen.«

Sie war überrascht neben ihm stehengeblieben und fragte: »Weißt du denn, wo ich gewesen bin?«

Der Alte schaute sie eine Weile mit seinen fast wasserhellen Augen an und sagte dann: »Brauchst es nicht zu verbergen vor mir, Mädchen. Ich sag's niemandem, daß du Krallen gehabt hast und Pinselohren und Nagezähne. Und was du getan hast, geht niemanden etwas an außer dich selbst.« Während er das eher vor sich hin als zu ihr sagte, schulterte er schon seinen Rechen und ging langsam weiter.

Da Herod bisher mit niemandem über ihre Erlebnisse im Wald hatte reden können, hatte sie daran zurückgedacht wie an einen Traum, dessen Bilder mit zunehmender Wachheit sich immer unwahrscheinlicher ausnehmen und rasch verblassen. Seit der Alte sie jedoch darauf angesprochen hatte, gewannen Herods Erlebnisse als Keschtenfresserin ihre volle Wirklichkeit zurück wie auch alles, was oben auf der kleinen Lichtung geschehen war. Und es machte ihr angst, daß ihre Erinnerung in Bereiche führte, die jedem anderen verschlossen zu sein schienen außer diesem alten Gärtner, von dem sie nicht wußte, wer er eigentlich war.

Und wer bin ich eigentlich? fragte sie sich, oder fragte nun schon ich mich, wer bin ich eigentlich, daß mir dergleichen widerfährt? Bin ich verrückt? Oder bin ich zumindest anders als die anderen?

Das fragte ich schließlich den Alten, als ich ihn das nächste Mal beim Laubharken im Garten antraf.

Er schien nicht überrascht zu sein von dieser Frage. Langsam hob er seinen grauhaarigen Kopf und blickte mir ruhig ins Gesicht, als wolle er erst einmal selber zusehen, wer ich eigentlich sei. Auf dem Grund seiner hellen Augen geisterte ein Lächeln, als er sagte: »Natürlich bist du anders. Jeder ist anders. Warum fragst du das?«

»Es macht mir angst«, sagte ich.

»Angst gehört zum Leben«, sagte er. »Wer nie Angst hat, denkt keine drei Schritte weit und hat keine Phantasie. Willst du so eine werden? Dann mußt du das alles rasch vergessen. Willst du das?«

Ich schüttelte ohne Zögern den Kopf. »Nie im Leben will ich das.«

Jetzt lachte der Alte. »Du brauchst nur jemanden zu suchen, der dein Anderssein mag«, sagte er. »Erwarte also nicht, daß er dir ähnlich ist.«

»Dieser alte Gärtner redet wie du«, sagte ich zu meinem Großvater, als er das erzählt hatte.

Auch er lachte jetzt, als er das hörte. »Kann schon sein«, sagte er. »Er kommt ja auch aus meinen Gedanken.«

»Ich mag ihn«, sagte ich. »Das liegt wahrscheinlich daran, daß du ihn dir ausgedacht hast. Ich mag überhaupt alte Männer lieber als junge.«

Da lachte er noch viel mehr und sagte dann: »Ich fürchte, du wirst in ein paar Jahren nicht bei dieser Meinung bleiben. Aber einstweilen ist es vielleicht besser, wenn du dich an diesen alten Gärtner hältst.«

»Hat er recht«, fragte ich, »wenn er sagt, daß Angst zum Leben gehört?«

»Sicher hat er das«, sagte der Großvater ohne Zögern. »Vor allem dann, wenn du wirklich zu leben versuchst und nicht nur zuschaust, wie andere leben oder zu Tode kommen. Herod hat sich ja auch trotz oder vielleicht sogar wegen ihrer Angst eingemischt in das Leben anderer, und bald darauf hatte sie allen Grund, aufs neue Angst zu bekommen.«

Es gab da am Königshof einen hohen Würdenträger, den der König in vielen Fragen zur Beratung heranzog. Ursprünglich war er nur für den Weinkeller des Königs verantwortlich gewesen und dafür, was an Getränken auf den Tisch kam, und deshalb wurde er Schenk genannt. Dieser Mann war jung und ehrgeizig und wußte sich auf vielerlei Weise unentbehrlich zu machen, so daß seine Zuständigkeiten inzwischen weit über das Amt hinausgingen, das er an der Tafel des Königs zu erfüllen hatte. Er war auch bei jedermann beliebt; denn er war ansehnlich von Gestalt, freundlich zu Männern wie zu Frauen und versäumte es nicht, diesem oder jenem bei Hofe einflußreichen Menschen einen Gefallen zu erweisen.

Dieser Schenk hatte Herod bislang als der jüngeren Tochter nur wenig Beachtung geschenkt, doch seit sie so plötzlich zurückgekehrt war und obendrein unter solch merkwürdigen Umständen, die Anlaß dazu gaben, daß die Leute abenteuerliche Behauptungen über ihre magischen Fähigkeiten einander zuraunten, da begann Schenk ihr seine Aufmerksamkeit zuzuwenden, und die Blicke, die er ihr zuwarf, fielen als eisigblaue steinerne Kugeln in Herods Seele. Nicht daß sie Anlaß gehabt hätte, sich über einen Mangel an Freundlichkeit zu beschweren, aber wenn er sich unbeobachtet glaubte, blickte er ihr nach, als habe sie ihm ein wichtiges Spiel verdorben, und auch solche Blicke hatte Herod schon aufgefangen.

Bei ihrer Schwester fand sie kein Verständnis, als sie einmal im Gespräch mit aller gebotenen Vorsicht die Frage nach Schenks Verläßlichkeit aufwarf. Im Gegenteil: Ihre Schwester wies sie in scharfer Form zurecht, weil sie an der Treue dieses Paladins zu zweifeln wage. »Daran sieht man wieder einmal, wie unreif du noch bist!« sagte sie. »Wenn unser Königreich Bestand hat, dann ist dies solchen Männern zu verdanken, ja ihm an allererster Stelle.«

Dann geschah im Frühjahr danach die Sache mit dem Balkon. Damit verhielt es sich so: Von Herods Schlafzimmer, das im zweiten Stockwerk des Schlosses lag, und zwar auf der rückwärtigen Seite, also dem Park und den bewaldeten Hängen zugewandt, wie sie es sich gewünscht hatte, während ihre Schwester hinaus zur Vorderfront des Schlosses wohnen wollte – von diesem Zimmer also führte eine Tür hinaus auf einen schmalen Balkon, der von einer steinernen Balustrade umgeben war. Herod trat oft schon früh am Morgen auf diesen Balkon hinaus, um hinaufzublicken zu den Wäldern, und auch während des Tages war hier ihr Lieblingsplatz, den sie immer wieder aufsuchte, um an die Brüstung gelehnt hinunterzuschauen in den Park. Jedermann wußte das, und wenn jemand ihr eine eilige Botschaft ausrichten wollte, dann ging er erst einmal hinters Haus, um nachzusehen, ob sie sich auf ihrem Balkon aufhielt.

Als sie nun eines Morgens eben aufgestanden war und erst einmal hinaus auf ihren Balkon treten wollte, um den vom Garten heraufwehenden Duft der ersten Narzissen und Hyazinthen zu genießen, lief ihr, als sie durch die Tür gehen wollte, eine Maus über die nackten Füße. Herod erschrak und blieb stehen. Zu ihrer Überraschung lief die Maus nicht davon, sondern blieb seitwärts neben der Tür sitzen und schaute sie an. Das kam Herod zwar merkwürdig vor, aber sie wollte sich von einem so unscheinbaren Tier nicht von ihrem Vorhaben abbringen lassen und versuchte es noch einmal. Doch sobald sie den Fuß auf die Schwelle setzte, lief die Maus wieder vor ihr vorüber zur anderen Seite der Tür, als wolle sie ihr den Zugang verwehren, und Herod mußte wieder stehenbleiben. Da wurde ihr dieses Spiel zu dumm. Entschlossen setzte sie den Fuß hinaus auf den Balkon, aber die Maus wollte das nicht zulassen, sprang ihr pfeifend um die Knöchel und zwickte sie in die Wade. Und während Herod erschrocken aufschrie und sich herabbeugte, um die Maus zu verscheuchen, senkte sich draußen unvermutet der steinerne Boden, knirschend öffnete sich ein Riß, und dann brach der Balkon samt der Brüstung krachend in die Tiefe.

Da stand aber schon ich selbst als Herod oben auf dem fußbreiten Stück restlichen Mauerwerks vor der Tür, blickte hinab in den Abgrund von zwei Stockwerken Tiefe und sah, noch ehe sich der Mörtelstaub über die unten zusammengestürzten Steinbrocken legen konnte, Schenk aus der Tür treten und zu mir heraufschauen. Seinem Gesichtsausdruck war nicht anzumerken, was er dachte, als er mir zurief, ich solle stehenbleiben und mich nicht rühren, bis er zu mir heraufgekommen sei, um mir zu helfen.

Ich wollte es jedoch nicht darauf ankommen lassen zu erfahren, was er in dieser Situation unter *helfen* verstehen mochte. Sobald er wieder ins Haus gelaufen war, griff ich nach der steinernen Türlaibung, tat entschlossen einen Schritt nach rückwärts und stand wieder in meinem Zimmer. Erst jetzt bekam ich das Zittern in den Knien und mußte mich auf mein Bett setzen. Die Maus war nirgends mehr zu sehen, und ich fürchtete, daß sie mit dem Balkon in die Tiefe gerissen worden war. Das tat mir leid, weil sie mir ohne Zweifel das Leben gerettet hatte. Daß sie dies mit Absicht getan haben könnte, traute ich ihr nicht zu.

Während ich noch über die Maus nachdachte, trat Schenk hastig und ohne anzuklopfen in mein Zimmer und blieb bei der Tür stehen, als er mich auf dem Bett sitzen sah. »Sie haben nicht auf mich gewartet, Prinzessin«, sagte er vorwurfsvoll. Oder klang das verärgert? Während ich noch dem merkwürdigen Unterton in seiner Stimme nachlauschte, ohne ihn deuten zu können, begann er auf das alte Mauerwerk des Schlosses zu schimpfen und sagte, man solle den alten Kasten am besten abreißen und ein neues, bequemeres Schloß bauen, in dem man vor solchen Gefährdungen sicher sein könne. Er redete und redete und schaute mich dabei an, als sei ich selbst ein Bestandteil dieses Schlosses, und ich gewann den Eindruck, als spreche sein Mund Worte aus, die seine eigentlichen Gedanken nur unzureichend verbargen.

Als nächste kam meine Schwester, aufgescheucht durch den Krach, ins Zimmer gelaufen, warf schaudernd einen Blick hinab in den Abgrund, der jenseits der offenen Balkontür gähnte, und sagte: »Was machst du bloß für Sachen! Warum wolltest du auch partout dein Zimmer nach der Waldseite haben, wo die Feuchtigkeit durch das alte Mauerwerk bis hinauf zum Oberstock steigt?«, und zum König, der hinter ihr eingetreten war und bleich vor Schrecken die Abbruchkante betrachtete, sagte sie: »Verbiete ihr jetzt ein für allemal, auf dieser Seite zu wohnen! Prinzessinnen haben auf der Schauseite des Schlosses zu logieren! Was sollen denn die Leute denken!«

In diesem Zimmer konnte ich nicht bleiben, das sah sogar ich ein. Und so ließ mein Vater Diener kommen und befahl ihnen, meine Möbel, meine Kleider und all meine anderen Sachen hinüberzutragen in einen bislang unbewohnten Raum neben dem Zimmer meiner Schwester, während ich dabeistand und betrübt Abschied nahm vom Ausblick aus meinen Fenstern.

Am Nachmittag traf ich im Park auf den alten Gärtner, der die Winterbedeckung von den Rosenbeeten räumte. »Gut, daß du Freunde hast«, sagte er eher beiläufig, als spreche er zu dem Rosenbäumchen, das er eben vorsichtig aufrichtete. Da blieb ich bei ihm stehen und fragte ihn, wie er das meine.

»Erwarte nicht, daß deine Freunde dir ähnlich sind«, sagte er, und ich erinnerte mich, daß er den gleichen Satz fast wörtlich schon einmal zu mir gesagt hatte.

»Die Maus?« fragte ich.

»Warum nicht?« Er schien ärgerlich zu sein, daß ich daran zweifeln konnte. »Deine Begriffsstutzigkeit hat sie fast das Leben gekostet.«

»Fast?« sagte ich erleichtert. »Gott sei Dank! Dann lebt sie also noch.«

»Ja«, sagte er brummig. »Aber paß auch du künftig etwas besser auf dich auf!«

»Ich konnte nicht wissen, daß die Mauer morsch ist«, sagte ich.

»Die Mauer ist nicht morsch«, sagte er.

Dieser Satz brachte mich zum Nachdenken, und dann überkam mich wieder das Zittern wie am Morgen. »Du machst mir angst«, sagte ich.

Er nickte langsam und sagte: »Angst gehört dazu, das weißt du doch schon. Und du hast dich noch nicht einmal bedankt.« Das sagte er schon halb abgewandt, während er wieder seine Arbeit an dem Rosenbeet aufnahm.

Nach der Maus suchte ich, bis es dunkel wurde. Sogar mein altes Zimmer betrat ich noch einmal, dessen Balkontür jetzt geschlossen und querüber mit ein paar Brettern vernagelt war. »Maus!« rief ich leise. »Maus! Zeig dich, wenn du hier bist!« Aber sie zeigte sich nicht.

Als ich dann später am Abend im Bett lag, konnte ich lange nicht einschlafen und dachte über die Worte des alten Gärtners nach. *Die Mauer ist nicht morsch,* hatte er gesagt. Das konnte eigentlich nur heißen, daß jemand nachgeholfen hatte, jemand, der offenbar mir nach dem Leben trachtete und es wahrscheinlich wieder versuchen würde. Als meine Gedanken bis dahin vorgedrungen waren, stürzte ich hinab in das schwarze, bodenlose Loch meiner Angst und blieb bewegungslos und trostlos in dieser undurchdringlichen Schwärze.

Irgendwann spürte ich, wie sich etwas neben mir regte, etwas Kleines, dessen Füßchen leise über das Leinen des Bettuches streiften. »Bist du das, Maus?« fragte ich leise, und gleich darauf hörte ich die Antwort:

Die Maus, die Maus,
ein Freund im Haus,
in jeder Nacht
bist du bewacht.

Das klang sanft, kaum vernehmbar, aber keineswegs so piepsig wie die Stimme einer Maus, sondern wie ein Mensch, der flüstert. Ein Mann.

Die Stimme schwieg, war nicht mehr zu vernehmen, aber meine Angst war verflogen, als hätte ein frischer Wind sie fortgeblasen. Und ich lag noch lange wach, spürte, daß neben mir etwas war, jemand, der da atmete, ohne mich zu berühren. Aber ich nahm den fremden Geruch wahr, den Geruch seiner Haut, der um mich war, bis ich einschlief.

Am Morgen wußte ich nicht, ob ich das alles nur geträumt hatte oder ob da wirklich etwas oder gar jemand neben mir gewesen war, als ich im Bett gelegen war und Angst gehabt hatte. Auch in den Wochen danach geschah nichts, was mich an diese Geschehnisse erinnert hätte, und da mir nichts zustieß, was mich auf irgendeine Weise in Gefahr gebracht hätte, begann ich die Ursache meiner Angst zu vergessen. Da ich nun in einem Zimmer wohnte, von dessen Fenster aus ich den Wald nicht sehen konnte, suchte ich mir im Park eine abgeschiedene Stelle, von der aus ich meine vertrauten Eichen, Buchen und Maronenbäume sehen konnte. Ich fand jenseits einer sorgfältig beschnittenen hohen Eibenhecke einen kleinen Rasenplatz, nur wenige Schritte entfernt von der Mauer, die den Park umschloß. Über der Mauerkrone erkannte ich die breiten Kronen meiner alten Freunde, durch die ich als Keschtenfresserin geklettert war, wenn ich mich auf den Weg zum Bergwald gemacht hatte. Hier saß ich oft mit dem Rücken an die Hecke gelehnt und schaute den Kleibern zu, wie sie an den Stämmen auf und ab liefen, lockte Eichhörnchen mit Nüssen zu mir herüber und hoffte immer darauf, den Keschtenfresser wiederzusehen, doch der zeigte sich nie.

Vielleicht war daran die Katze schuld, die ich zuweilen durchs Gebüsch schleichen sah, wenn ich zu meinem Platz ging oder mich dort aufhielt. Es war eine ingwerfarben getigerte Katze, die nicht zum Schloß gehörte. Seit ich einmal vom Fenster aus beobachtet hatte, wie eine unserer Hauskatzen die angstvoll piepsenden Jungen aus einem Amselnest holte und auffraß, ohne daß ich sie daran hätte hindern können, konnte ich diese halbwilden Tiere nicht mehr leiden. Auch der Keschtenfresser hatte ihnen nicht über den Weg getraut, das wußte ich, und so nahm ich an, daß er dieser fremden Katze aus dem Wege ging. Ich hatte mehrmals bemerkt, wie sie von einem Baum außerhalb des Parks auf die Mauerkrone sprang, um sich dann im Bereich des Schlosses herumzutreiben, häufig in meiner Nähe, als wolle sie mich beobachten. So kam ich schließlich zu der Meinung, sie gehöre auf irgendeine Weise zu jenen, die hinter mir her waren.

An einem warmen Sommertag war wieder einmal der Bräutigam meiner Schwester zu Besuch ins Schloß gekommen und hatte zwölf seiner Freunde mitgebracht. Während des Mittagessens im großen Saal beschlossen die jungen Leute auf Schenks Anregung hin, das schöne Wetter zu einem Wettkampf zu nutzen, bei dem sie im Park um die Wette mit dem Speer nach einer flachen Scheibe aus Stroh werfen wollten. Schenk bot sich als Schiedsrichter an und sagte, er wisse schon einen guten Platz für diesen Wettkampf.

Ich hatte kein Interesse an solchen Männerspielen, in denen es darum geht, einander zu übertrumpfen und den anderen auszustechen. Deshalb war ich gleich nach Tisch, während die anderen noch über die Regeln des Wettkampfes berieten, hinausgegangen in den Park zu meinem Lieblingsplatz.

Während ich dort saß, hörte ich jenseits der Hecke zuweilen Schritte und weiter entfernt das Lachen und Prahlen der Speerwerfer, die sich zum Wettkampf bereitmachten, achtete aber nicht weiter darauf, weil eben ein Eichhörnchen wenige Schritte vor mir auf den Boden heruntergekommen war und die Haselnuß anpeilte, die ich ihm auf der flachen Hand hinhielt. Eine Zeitlang saß es still, den buschigen Schwanz steil aufgerichtet, kam drei vorsichtig abgewogene Sprünge näher, wartete wieder, noch einen Sprung, und als ich meine Hand bis dicht über den Boden herabsenkte, machte es einen letzten Satz, um sich die Nuß zu holen, doch im selben Augenblick fegte von der Seite her die fremde Katze kreischend und mit gesträubtem Fell mit solcher Kraft auf das Eichhörnchen los, daß ihr jäher Angriff genügte, mich seitwärts ins Gras zu werfen, während ein Speer durch die Hecke fuhr, das Eichhörnchen auf den grasigen Boden nagelte und dort bebend steckenblieb.

Ich hatte laut aufgeschrien, als die Katze mich ins Gras geworfen hatte. Gleich darauf kamen die Wettkämpfer ein Stück weiter links von mir aus einem Durchlaß in der Hecke und rannten zu mir herüber, allen voran der Bräutigam meiner Schwester. Er selbst war es gewesen, der als Ranghöchster den ersten Speer geworfen hatte, und zunächst glaubte er tatsächlich, er habe mich getroffen, da ich noch immer am Boden lag. Dann erst, als er neben mir stehenblieb, sah er das zu Tode gepfählte Eichhörnchen und half mir auf die Beine. Diesmal zitterte ich dermaßen am ganzen Körper, daß er mich festhalten mußte.

Inzwischen kam Schenk als letzter langsam vom Durchlaß der Hecke her auf uns zu. Der Blick, mit dem er mich musterte, wie ich mich mühsam im Arm des künftigen Königs aufrecht hielt, war schwer zu deuten. Auf mich wirkte Schenk so, als könne er etwas nicht begreifen, etwas, das in keiner Weise den Erwartungen entsprach, mit denen er an diese Stelle gekommen war. Aber vielleicht habe ich mir das erst später so zusammengedacht, während er damals für mich undurchschaubar blieb wie ein Stück schmutziges Glas.

Es stellte sich heraus, daß keiner der Teilnehmer etwas von meinem Lieblingsplatz gewußt hatte, und auch Schenk behauptete, daß er keine Ahnung davon gehabt hätte. Er war es nämlich gewesen, der die Scheibe an dieser Stelle vor der Hecke aufgestellt hatte, und er beteuerte nun mit allem Nachdruck seine Unschuld, indem er mir vorwarf, daß ich stets meiner eigenen Wege gehe, so daß es immer wieder vorkomme, daß keiner wisse, wo ich mich aufhielt. Man müsse künftig wohl dafür sorgen, daß ich mich nicht mehr ohne Begleitung irgendwo im Park oder gar im wilden Wald herumtreibe, sagte er und blickte dabei den Bräutigam an, als sei es an ihm, für die Durchführung dieses Vorschlags zu sorgen.

Der Bräutigam wies ihn jedoch zurecht und sagte, er solle mich mit Vorwürfen verschonen, nachdem ich um ein Haar zu Tode gekommen sei. Er selbst werde jedenfalls nie vergessen, daß er beinahe, wenn auch unwissentlich, die Schwester seiner Braut getötet habe. Dabei drückte er mich an sich, und ich merkte am Klang seiner Stimme, die ein wenig bebte, daß er mich nicht nur wahrnahm, sondern auch gut leiden konnte. In meiner Vorstellung nannte ich ihn seither nie mehr blöd, auch wenn er vielleicht etwas schlichten Gemütes war. Aber er war ein ehrlicher Mensch, das begriff ich damals.

Der Wettkampf wurde natürlich abgebrochen, weil allen die Lust darauf vergangen war. Als dann der ganze Vorgang im Schloß und in Anwesenheit meines Vaters besprochen wurde, erschien es allen als ein unglücklicher Zufall, daß ich ausgerechnet an jener Stelle hinter der Hecke gesessen war, an der Schenk die Zielscheibe aufgestellt hatte. Jedenfalls kam es zu keinerlei Verdächtigungen oder gar Schuldzuweisungen.

Erst während dieses Gesprächs erzählte ich von der Katze, die mich zur Seite geworfen hatte, obwohl ihr Angriff eigentlich dem Eichhörnchen gegolten haben mußte. Zu diesem Zeitpunkt erst wurde mir bewußt, daß ich sie danach nicht mehr gesehen hatte. Sobald die Gesellschaft auseinanderging und ehe jemand auf den Gedanken kam, mir nach Schenks Vorschlag einen Aufpasser oder eine Gouvernante zur Begleitung aufzuzwingen, lief ich hinaus in den Park zu meinem Platz.

Die Katze war dort nirgends zu finden, nur das Eichhörnchen lag noch immer unter dem tödlichen Speer. Ich zog die Waffe aus dem Boden und grub mit dem stählernen Blatt der Spitze ein Grab für das kleine Tier, das ich mit meiner Nuß in den Tod gelockt hatte. Als ich es in die Grube legte, war mir bewußt, daß es wahrscheinlich anstelle von mir gestorben war. Ich bedeckte den schlaffen Körper mit Erde, legte das ausgestochene Rasenstück darüber und pflanzte zu Häupten des Grabes den Speer als Gedenkzeichen auf.

Lange kauerte ich dort am Boden und schaute auf diesen Speer, und je länger ich ihn betrachtete, um so unabweisbarer erschien mir die Vorstellung, daß er mich hätte treffen sollen, nicht aus dem Willen des Werfers, sondern aus dem Willen dessen, der ihm das Ziel gewiesen hatte. Noch immer war ich nicht sicher, ob ich mir nicht nur etwas zusammenreimte, aber es war kaum zu übersehen, daß die Vorkommnisse dieses Tages plötzlich zueinander paßten wie ein Zusammensetzspiel. Wenn Schenk den Bräutigam meiner Schwester dazu brachte, mich zu töten, dann war nicht mehr daran zu denken, daß er weiterhin als Bräutigam in Betracht kam. Meine Schwester würde wieder frei sein, und Schenk war nach dem König der mächtigste Mann im Schloß. Warum begriff keiner, worauf es dieser Mann abgesehen hatte?

Während ich noch darüber nachdachte, trat der alte Gärtner aus dem Durchlaß der Hecke und kam zu mir herüber. Diesmal trug er in der Hand eine kleine, kurzstielige Schaufel, wie man sie zum Pflanzen von Blumenstauden verwendet. Bei dem Speer blieb er stehen, nickte langsam und sagte: »Da hast du mir eine traurige Arbeit abgenommen, Mädchen.« Er packte den Speer mit beiden Händen, drückte ihn noch etwas tiefer in den Boden und probierte, ob er nun einen festen Stand hatte. »Der wird dich an deine Angst erinnern«, sagte er dann.

»Fast hätte ich sie vergessen«, sagte ich. »Ich muß besser achtgeben. Wenn diese wilde Katze nicht nach dem Eichhörnchen gesprungen wäre –«

»Du magst wohl keine Katzen?« unterbrach er mich. »Jetzt hättest du allen Grund, dich bei einer zu bedanken.«

»Weil sie hinter kleinen lieben Eichhörnchen her ist?« fragte ich aufsässig.

»Und hinter Mäusen«, sagte der Alte. »Das ist Katzenart. Dennoch verdankst du ihr dein Leben wie neulich der Maus.«

»Ist sie noch hier, die Katze?« fragte ich.

Der Alte zuckte mit den Schultern. »Was weiß ich? Die kommt und geht, wann sie will.«

So wie du, hätte ich beinahe gesagt; denn der Gärtner schlurfte nun schon wieder an der Hecke entlang, bückte sich hie und da und grub ein allzu üppig wucherndes Unkraut aus.

Als ich zum Schloß zurückging, nahm ich mir vor, künftig Augen und Ohren offenzuhalten, besonders was Schenk betraf und den Umgang, den er pflegte.

Ehe ich an diesem Tag zu Bett ging, öffnete ich das Fenster um einen Spalt und redete mir dabei ein, daß ich nur die frische Nachtluft hereinlassen wollte nach diesem heißen Sommertag und den Duft der Blumenrabatten vor dem Schloß. Aber ich hatte dabei wohl auch anderes im Sinn, das ich mir selbst nicht eingestehen wollte.

Lange lag ich wach und wartete, ohne recht zu wissen worauf, und darüber schlief ich schließlich doch ein. Irgendwann mitten in der Nacht wachte ich davon auf, daß der Fensterflügel leise knarrte. Dann spürte ich, wie etwas mit weichen Pfoten auf das Fußende meines Bettes sprang.

»Bist du das, Katze-Maus?« fragte ich. Und auch diesmal bekam ich eine Antwort:

Die Katze, die Maus,
ein Freund schleicht ums Haus.
Bei Tag und bei Nacht
bist du bewacht.

Das hörte sich weder an wie das Piepsen einer Maus, noch klang es nach dem Miauen und Maunzen einer Katze, auch wenn die Stimme flüsterte wie früher schon einmal, flüsterte wie ein Mensch, wie ein Mann, der zärtliche Worte spricht. Und dann blieb wieder etwas, nein, dann blieb jemand neben mir, dessen leisen Atem ich vernahm, jemand, den ich spürte, ohne ihn zu berühren, der mir die Angst nahm und dessen noch immer fremder, wenn auch vom letzten Mal schon ein wenig vertrauter Geruch mich umfing, bis ich wieder einschlief.

Diesmal nahm ich die Warnung ernst und vergaß meine Angst nicht mehr. Allerdings war es auch vorbei mit meinem einsamen Umherstreifen im Park. Mein Vater war dem Rat Schenks gefolgt und hatte mir eine Hofdame beigegeben, ohne die ich das Schloß nicht verlassen durfte. Ich fand es ein bißchen komisch, wie sich diese Dame bemühte, mir trotz ihrer etwa vierzig Jahre ein mädchenhaftes Benehmen vorzumachen oder wenigstens das, was sie darunter verstand. Auch spitzte sie beim Sprechen auf eine sonderbare Weise ihren Mund, so daß jedes *i* wie ein *ü* klang und jedes *ei* wie *oi*. Meine ungezügelte Redeweise gefiel ihr nicht, und wenn sie dann sagte: »Künd, wü sprüchst du unfoin!«, konnte ich mir das Lachen nicht verkneifen, was sie zu noch weitergehenden Ermahnungen ermunterte. Insgeheim nannte ich sie die *Lady* und machte mir einen Sport daraus, ihr wenigstens im Haus zu entwischen.

Das mußte ich allein schon deshalb versuchen, weil ich mir vorgenommen hatte, diesen Schenk so oft wie möglich zu beobachten und die Gespräche, die er führte, unauffällig zu belauschen, was meine Lady sicher als ungehörig empfunden hätte. Eine Bundesgenossin in dieser Sache hätte ich in ihr ohnehin nicht finden können; denn Schenk war sozusagen der Ritter ihrer Träume, obgleich er ihr kaum Beachtung schenkte.

Es war noch Spätsommer, als ich bei einem Spaziergang mit meiner Lady in einem entfernten Winkel des Parks den Hund traf. Die Begegnung mit kleinen Hunden machte mir nicht viel aus, obwohl ich es nicht mochte, wenn sie mich ankläfften oder gar an mir hochsprangen, um mit ihrer feuchten Nase gegen meine bloße Hand zu stupsen oder gar in mein Gesicht, wenn sie es erreichen konnten. Aber vor großen Hunden hatte ich schon immer Angst gehabt. Und der Hund, der dort im Park plötzlich aus dem Gebüsch hervorbrach, war riesig, ein hochbeiniges, fast löwengroßes, kräftiges Tier mit rotblondem dichtem Fell, dem die breite rote Zunge zwischen den starken Reißzähnen herausschlappte.

Die Lady schrie auf und wurde nur durch ihre Verantwortung für mich daran gehindert, in Ohnmacht zu fallen, aber auch mich durchfuhr der Schrecken, und ich spürte im ersten Augenblick, wie mir die Angst das Herz abschnürte. Aber die Art, wie der Hund mir beim Laufen ins Gesicht schaute, oder das Spielerische seiner Bewegungen, irgend etwas an seiner Erscheinung jedenfalls ließ die Angst in mir nicht überhandnehmen, und während ich ihm entgegenblickte und mein Herz rascher und kräftiger klopfte, kamen mir die Worte des alten Gärtners in den Sinn: *Erwarte nicht, daß er dir ähnlich ist.* All das zusammen ließ mich der Angst standhalten, ließ mich stehenbleiben und dieser Begegnung nicht ausweichen.

Als er dann vor mir stand, war meine Angst plötzlich verflogen. Der Hund benahm sich keineswegs so, wie ich es befürchtet hatte, sondern blieb auf Distanz, blickte mir aufmerksam ins Gesicht, als erwarte er etwas von mir, und wedelte mit dem Schwanz, um seine freundliche Gesinnung kundzutun.

Die Lady hatte sich inzwischen einigermaßen gefaßt und versuchte ihn mit ängstlich scheuchenden Bewegungen zu vertreiben, doch er nahm ihre Anwesenheit überhaupt nicht zur Kenntnis.

»Leo!« sagte ich. Das schien mir der richtige Name zu sein für dieses Tier.

Sein kurzes, halblautes Bellen klang, als sei er mit diesem Namen zufrieden. Einen Augenblick erlaubte er, daß ich ihm die Hand auf den Kopf legte, dann wendete er sich in einem unvermutet heftigen Satz von mir ab und war mit wenigen Sprüngen im Gebüsch verschwunden.

»Gott sei Dank!« sagte die Lady.

»Schade!« sagte ich. Ich hätte diesen starken Hund gern bei mir gehabt. Daß er mich immerhin akzeptiert hatte, gab mir ein Gefühl der Sicherheit, das mir die Lady durch ihre ständige Begleitung bisher nicht hatte verschaffen können.

Überdies blieb Leo nicht auf Nimmerwiedersehen verschwunden. Herbeirufen ließ er sich nicht, das hatte ich anfangs oft genug probiert. Aber er machte sich offenbar einen Spaß daraus, mich und die Lady auf unseren Spaziergängen im ungeeignetsten Moment zu überraschen, etwa dann, wenn der Lady ein Schuhband aufgegangen war und sie sich am Boden kniend bemühte, es wieder zuzuknüpfen. Ehe sie sich aus ihrer gebückten Haltung aufrichten konnte, stand er schon vor ihr, seine faustdicke, feucht glänzende Nase kaum einen Fingerbreit von ihrem Gesicht entfernt, und ich hätte schwören können, daß er lachte, während die Lady ihm starr vor Furcht in die Augen blickte.

»Eigentlich hat er einen sanften Blick«, sagte sie später, als wir wieder allein waren und sie sich von ihrem Schrecken erholt hatte. »Aber man weiß doch nie, was ein solches Tier im nächsten Augenblick anstellt.«

Ein andermal lag ich auf dem Rücken im Rasen am Rand von Gebüsch, während die Lady neben mir saß und mir beizubringen versuchte, nach welchen undurchschaubaren Regeln ich mich in der Hofgesellschaft zu verhalten hatte, sobald ich nicht mehr als Kind gelten konnte.

»Warum darf ich mich dann nicht weiter so benehmen, wie ich's gewohnt bin?« fragte ich.

»Du bist die Tochter des Königs«, sagte die Lady, als sei dies Erklärung genug, und dabei zitterte ihre Stimme ein wenig, ich weiß nicht, ob vor Ehrfurcht vor dem Herrscherhaus oder aus Stolz darüber, daß sie meine Begleiterin sein durfte.

»Was kann *ich* dafür, daß er mein Vater ist?« sagte ich. »Genügt es ihm nicht, daß er *eine* Tochter hat, die gerne Königin werden würde? Ich möchte tun, was ich will, und nicht, was irgendein blödes Zeremoniell von mir verlangt.«

Als ich das sagte, kriegte meine Lady wahrhaftig einen träumerischen Ausdruck in ihren Augen, doch dann riß sie sich zusammen und sagte: »Ach Kind, was vermagst du gegen deine Geburt? Du wirst dich fügen müssen.«

Ehe ich eine Antwort geben konnte, schob Leo vorsichtig seinen dicken Kopf durch das Laub des Gebüschs hinter mir und schaute von oben her in mein Gesicht.

»Leo!« sagte ich. »Muß ich mich fügen?«

Da schüttelte er den Kopf und blies mir seinen warmen Atem ins Gesicht.

»Siehst du!« sagte ich zur Lady. »Er ist dagegen. Er will, daß ich genauso frei bin wie er.« Dann sprang ich auf und lief hinaus auf die Wiese. Leo setzte mir mit weiten Sprüngen nach und tanzte um mich herum wie ein ausgelassenes Kind. Als wir schon eine Weile miteinander allerlei Unfug getrieben hatten, sah ich auf dem Weg vom Schloß her Schenk kommen. »Hau ab!« sagte ich zu Leo. »Der braucht dich nicht zu sehen.«

Der Hund warf nur einen Blick hinunter zum Weg und tauchte sofort im Gebüsch unter, während ich mich wieder zu meiner Lady setzte. Schenk hatte uns allerdings schon entdeckt. Er verließ den Weg, schlenderte über den Wiesenhang auf uns zu und blieb schließlich vor uns stehen. »War da nicht eben noch ein Hund?« sagte er, ohne eine von uns beiden direkt anzusprechen.

Als ich mit den Schultern zuckte und keine Antwort gab, wendete er sich an die Lady und fragte sie, diesmal schon in etwas schärferem Ton: »Was ist das für ein Hund?«

»Ach«, sagte sie, »der läuft hier manchmal im Park herum. Aber er tut keinem was.«

»Woher wollen Sie das wissen?« sagte Schenk nicht ohne einen vorwurfsvollen Unterton. »Da muß wohl ich der Parkwache Bescheid sagen. Man kann doch nicht zulassen, daß sich irgendwelche Hunde hier nach Belieben herumtreiben. Die Wachmänner werden schon mit ihm fertig werden.«

Ich konnte mir vorstellen, was er damit meinte, und wußte auch, daß die Parkwächter Schenks Befehl unterstanden. Deshalb mischte ich mich jetzt doch in das Gespräch ein und sagte: »Das ist nicht irgendein Hund. Sorgen Sie dafür, daß die Leute ihm nichts zuleide tun. Der Hund steht unter meinem Schutz.«

»Ach so«, sagte Schenk spöttisch. »Ich hatte mir gedacht, es sei umgekehrt.« Dann ging er grußlos zurück auf den Weg.

Schenks Leute bekamen Leo nicht zu fassen, obwohl der Hund immer wieder im Park auftauchte und mich begrüßte, wenn ich mit der Lady spazieren ging. Ständig trieb er irgendwelchen Unfug und führte die Parkwächter an der Nase herum.

Als ich einmal mit der Lady weit oben an einer Stelle nahe der Mauer saß, von der aus wir das Gelände gut überblicken konnten, sah ich, wie Leo unten am Weg, auf dem drei Leute von der Parkwache standen, aus dem Gebüsch heraustrottete, lässig an den Männern vorüberlief und sie auf eine Weise anbellte, als wolle er mit ihnen ein Spielchen treiben. Die drei rannten sofort los, zwei auf dem Weg, und einer versuchte dem Hund den Rückweg zum Gebüsch abzuschneiden. Doch Leo sprang mit einem gewaltigen Satz an ihm vorbei, brach lärmend durch die Sträucher und blieb für eine Weile verschwunden. Während die Männer noch an der Stelle stöberten, an der er ins Buschwerk eingedrungen war, trat Leo ein Stück weiter oben leise zwischen ein paar Stauden hervor, lugte eine Weile zu den Männern hinunter und ließ dann ein kurzes Bellen hören, das eher wie ein Lachen klang.

Die Männer rannten fluchend auf getrennten Wegen den Hang hinauf, und Leo ließ sie nahe an sich herankommen, ehe er auf den Hinterläufen herumschwang und im nächsten Augenblick nicht mehr zu sehen war. Inzwischen standen die Männer dort, wo er eben noch gewesen war, und wußten nicht mehr weiter. Aber da war Leo schon wieder ein Stück weiter oben unterhalb der Mauer, trat noch einmal heraus ins Freie und jaulte sein Siegesgeheul hinunter, ehe er endgültig für diesen Tag verschwand.

Daß es seinen Männern nicht gelang, sich dieses Hundes zu bemächtigen, machte Schenk nervös. Offenbar traute er mir zu, daß mir dieses kraftvolle Tier nach Belieben zu Dienste stand und mich tatsächlich beschützte. Ich erfuhr das ein paar Tage später, als ich am Abend auf dem Weg zu meinem Zimmer in einem nur schwach beleuchteten Gang unversehens Schenks Stimme vernahm. Sie drang aus einem Raum, dessen Tür nur angelehnt war. Als ich hörte, daß von mir geredet wurde, blieb ich in einer Mauernische stehen und lauschte. Schenk sprach offenbar mit Männern der Parkwache. Er sagte gerade: »Ohne diesen verfluchten Hund wird sie schutzlos sein, diese kleine Hexe. Ihr müßt ihn also unter allen Umständen beseitigen. Ich werde euch keine Ruhe lassen, bis das Vieh unter der Erde ist. Und jetzt raus mit euch!«

Ich drückte mich in den verschatteten Winkel, gleich darauf wurde die Tür aufgestoßen, drei der Parkwächter kamen heraus und gingen, ohne mich zu bemerken, rasch davon. Ich wartete noch eine Weile, doch Schenk blieb, wo er war, und so ging ich schließlich zu meinem Zimmer.

Wenn er mich für eine Hexe hielt, sollte ich ihn darin bestärken, dachte ich. Er wird sich dann vielleicht hüten, mir oder dem Hund zu nahe zu kommen. Als ich ihm am nächsten Tag unten im Schloß begegnete, sagte ich ihm höflich guten Morgen und fügte hinzu: »Den Befehl, diesen Hund, der unter meinem Schutz steht, unter allen Umständen zu beseitigen, sollten Sie rasch zurücknehmen, wenn Sie sich Ärger ersparen wollen.«

»Welchen Befehl?« fragte Schenk und versuchte, sich unwissend zu stellen. »Das muß ein Irrtum sein.«

»Ich irre mich nicht«, sagte ich, nannte ihm die Namen der Männer, mit denen er gesprochen hatte, drehte mich um und ging mit zitternden Knien davon. Als ich mich nach ein paar Schritten kurz umblickte, sah ich, daß er noch immer an derselben Stelle stand und mir nachschaute. In seinem Blick mischten sich Wut und Furcht.

Nach dem Frühstück ging ich mit der Lady in den Park, und dort trafen wir den alten Gärtner. Er schien diesmal nichts weiter zu tun zu haben, als den Kornelkirschen zuzuschauen, wie sie sich allmählich röteten. Vielleicht, dachte ich, hat er auch nur auf mich gewartet; denn als wir nahe bei ihm waren, drehte er sich um und blickte uns entgegen.

Als ich ihn begrüßt hatte, sagte ich zu ihm, daß ich mir Sorgen um Leo mache. Es gebe im Schloß Leute, die ihm nach dem Leben trachteten, und es könne sein, daß die Männer der Parkwache ihm künftig nicht nur nachrennen würden. »Ein Speer ist schneller als ein Hund«, fügte ich hinzu.

Der Alte nickte, als habe er eine Nachricht empfangen, die weitergegeben werden müsse. Dann sagte er: »Nicht mehr so fremd, dieser Freund?«

»Weißt du, woher er kommt?« fragte ich.

»Kann man wissen, wer so einer eigentlich ist?« sagte er und hatte es plötzlich sehr eilig, hangaufwärts an den Büschen entlangzugehen.

Es war nicht nur die vergebliche Jagd auf den Hund, die Schenk nervös und ungeduldig machte. Seine Unruhe steigerte sich merkbar, als bekanntgegeben wurde, daß die Hochzeit meiner Schwester im Herbst zu Beginn der Jagdzeit stattfinden sollte. Falls er tatsächlich einen solchen Plan verfolgte, wie ich vermutete, dann wurde ihm die Zeit knapp. Häufiger als bisher sah ich ihn mit den Männern der Parkwache beieinanderstehen, und es war deutlich genug zu erkennen, daß er sie anzutreiben versuchte, ohne daß sich ein Erfolg einstellte. Ein Versuch, Leo mit einem Speerwurf beizukommen, endete damit, daß nicht der Hund, sondern einer der an dieser Aktion beteiligten Parkwächter, der ihm dicht auf den Fersen gewesen war, selbst in den Fuß getroffen wurde und blutend ins Schloß getragen werden mußte.

Als ich Schenk nach diesem Ereignis, an dessen Ausgang ich keinerlei Anteil hatte, im Schloß begegnete, versuchte ich ihm triumphierend zuzugrinsen, was ihn dermaßen in Wut versetzte, daß er mir »Du vermaledeite Hexe!« zuzischte.

Leo bewegte sich nach wie vor scheinbar ohne jede Vorsicht im Gelände des Parks und überraschte mich und die Lady bei unseren Spaziergängen, indem er unversehens hinter einer Staude auftauchte oder mich von hinten mit seiner kühlfeuchten Nase in die Kniekehlen stupste. Die Parkwächter behielt er sorgfältig im Auge, wenn sie Anstalten machten, eine Waffe zu benutzen. Jedenfalls war er immer der Schnellere.

So kam schließlich der Zeitpunkt heran, an dem die Jagdsaison eröffnet wurde, und tags darauf sollte die Hochzeit meiner Schwester stattfinden. Mir hatte der Vater erlaubt, auf meinem Pony an der Jagd teilzunehmen. Ich hatte zwar nicht im Sinn, irgendeinem Tier etwas anzutun, aber ich freute mich darauf, meinen Wald wiederzusehen.

Schenk, dem schon seit längerer Zeit die Aufgabe zugefallen war, bei Hofe dergleichen Veranstaltungen vorzubereiten, zu reglementieren, ihren Ablauf anzuordnen und zu überwachen, hatte auch diesmal alles bis ins Detail geplant. Vor allem gab es genaue Anweisungen, welcher Herr neben welcher Dame zu reiten und darauf zu achten hatte, daß sie in keine gefährliche Situation geriet. Da es nicht nur aus Gründen des Anstands, sondern auch wegen einer wohl auf mythische Wurzeln zurückweisenden Sitte als ungehörig galt, wenn ein Bräutigam so kurz vor der Hochzeit sich allein mit der Braut im Wald aufhielt, wurde meine Schwester dem König als Begleiterin beigegeben, während der

Bräutigam mit mir zu reiten hatte. Mir war das recht; denn trotz seiner etwas förmlich-steifen Art mochte ich ihn, seit er mich gegen Schenks Vorwürfe in Schutz genommen hatte, und es machte mir nichts aus, daß es sein Speer gewesen war, der mich beinahe durchbohrt hätte und nun noch immer aufrecht und zur Mahnung auf dem Grab des Eichhörnchens ragte.

Auch Schenks Männer von der Parkwache nahmen als Stöberer und Treiber an der Jagd teil. Die Gesellschaft versammelte sich auf der großen Wiese unterhalb des oberen Parktores, durch das der Weg in den Wald führte. Ehe Schenk das Zeichen zum Aufbruch geben ließ, konnte ich beobachten, wie er drei seiner Männer zu sich heranwinkte und ihnen mit leiser Stimme Anweisungen gab. Das konnte harmlose Gründe haben, aber ich nahm mir vor, auf der Hut zu sein, wenn sich diese Männer in meiner Nähe zeigen sollten.

Wenig später ritten wir den breiten Holzweg hinan zum Bergwald, voran Schenk als Jagdleiter, hinter ihm der König mit meiner Schwester, als zweites Paar ihr Bräutigam und ich und hinter uns Paar für Paar die übrige Jagdgesellschaft, am Ende die Jagdhelfer vom Gesinde und von der Parkwache. Als wir etwa in halber Höhe des Hangs die Grenze zwischen Laubwald und Fichtenbestand erreichten, gabelte sich der Weg dreifach. Schenk ließ den Zug hier anhalten und teilte ihn in drei Gruppen, von denen jede das ihr zugewiesene Revier auf einem dieser drei Wege erreichen würde. Für die Jagd mochte dies von Vorteil sein, da allzu viele Jäger an einem Platz einander behindern und das Wild vertreiben würden. Aber ich machte mir dennoch Gedanken, zumal die Gruppe um den König, zu der auch ich und mein Begleiter gehörten, die kleinste war. Als jemand eine Bemerkung darüber machte, sagte Schenk: »Dem König gebührt freies Schußfeld«, und so widersprach ihm niemand mehr. Schenk sagte noch, daß er sich selbst nicht an der Jagd beteiligen werde, sondern die Verbindung zwischen den drei Gruppen halten wolle, damit auch weiterhin alles seine Ordnung habe.

Als wir schließlich auf dem mittleren der drei Wege weiterritten, folgten die Paare nicht mehr so dicht aufeinander. Ich hatte ein ungutes Gefühl, als ich bemerkte, daß uns von Schenk jene Parkwächter als Jagdhelfer zugeteilt worden waren, denen er zuvor besondere Anweisungen gegeben hatte. Jetzt ritten sie wenige Meter hangabwärts parallel zu dem nun etwas schmaleren Weg durchs Gehölz. Aber auch auf der anderen Seite hörte ich vom Berg her etwas oder jemanden durch das Unterholz traben, erst weiter oben, bald näher, dann schimmerte rotblondes Fell zwischen den Stämmen, und nun wußte ich, daß Leo unseren Zug begleitete.

Auch mein künftiger Schwager hatte ihn bemerkt. »Ist das der Hund, der unter deinem Schutz stehen soll?« fragte er mich.

»Die Leute reden viel«, sagte ich ausweichend.

»Nicht die Leute«, sagte er. »Du selbst sollst das gesagt haben. Ist es so?«

»Ja«, gab ich widerwillig zu. »Aber ich habe das nur deshalb behauptet, damit sie Leo nichts tun.«

»Einen Namen hast du ihm also auch schon gegeben«, sagte er. »Wer wollte ihm etwas tun?«

»Schenk und seine Leute«, sagte ich. »Aber ich habe schon gemerkt, daß Leo meinen Schutz nicht nötig hat. Ich bin sogar froh, daß er heute in meiner Nähe ist.«

Als ich Schenks Namen erwähnte, wirkte mein Begleiter plötzlich sehr viel aufmerksamer als zuvor. »Schenk, der die Zielscheiben aufstellt«, sagte er leise vor sich hin. Dann legte er mir die Hand auf den Arm und sagte: »Bleib dicht bei mir, was auch geschieht!«

Ich nickte nur und fragte mich, ob er mehr von Schenks Absichten wisse, als ich ahnte. Danach fragen konnte ich nicht mehr; denn in diesem Augenblick trieben die drei Jagdhelfer ihre Pferde wieder hinauf auf den Weg, und ihr Sprecher ließ uns aufeinander warten. Als wir alle um ihn versammelt waren, sagte er, daß er und seine beiden Begleiter den Auftrag hätten, uns getrennt zu vorbestimmten Plätzen im Wald zu führen, an denen man uns ein besonders ausgewähltes Wild zutreiben würde. So ritt dann der Sprecher gleich mit dem König und meiner Schwester auf einem schmalen Jägerpfad davon, der zweite führte uns eine Schneise bergauf durch den Wald, und der dritte ritt mit den übrigen Jagdgästen unserer Gruppe auf dem Weg weiter, dem wir bisher gefolgt waren.

Während unsere Pferde sich zwischen morschen Baumstubben und Brombeerstauden ihren Weg nach oben suchten, schaute ich mich um, und alsbald begann diese Gegend mir bekannt vorzukommen. Schließlich erreichten wir, als die Schneise in eine kleine Lichtung mündete, die Höhe des Bergrückens, und da hielt mein Begleiter sein Pferd an und sagte: »Hier sind wir schon einmal gewesen.«

»Ja«, sagte ich. »An dieser Stelle hast du vor einem Jahr meine Schwester und mich gefunden und mich dann auf dem Rückweg vor dich auf dein Pferd gesetzt.«

»So war das«, sagte er, »und du hast ausgeschaut, als wärst du eben erst aus einer anderen Welt auf diese Lichtung gestürzt.«

»Das war ich auch«, sagte ich und überließ es ihm, was er sich dabei vorstellen wollte.

Er schaute mich eine Weile nachdenklich an, und seinen ratlos blickenden Augen war anzusehen, daß er keine Ahnung hatte, was damals wirklich geschehen war. Von mir wird er es nicht erfahren, dachte ich und wendete mich ab, um mich auf der Lichtung umzuschauen. Unser Jagdhelfer war nicht mehr zu sehen. Offenbar hatte er sich stillschweigend in die Büsche geschlagen und uns allein gelassen.

»Jetzt fängt die Jagd an«, sagte mein Begleiter, nahm den Bogen von seiner Schulter, zog einen Pfeil aus dem Köcher und legte ihn auf die Sehne.

»Damit magst du recht haben«, sagte ich, »und ich fürchte, das Wild ist schon dort, wohin man es getrieben hat.« Ich wunderte mich, daß ich diese Worte so ruhig sagen konnte, obwohl die Furcht, ich selbst könne dieses Wild sein, mir fast das Herz abdrückte.

Dieser gutgläubige Bräutigam saß neben mir auf seinem hohen Roß und blickte verwirrt um sich, als müsse jeden Augenblick ein kapitaler Hirsch aus dem Unterholz hervorspringen. Ich lauschte nur.

Dann knackte seitlich von mir im Gebüsch ein Ast, etwas bewegte sich sacht hin und her, doch das war kein abgeknickter Zweig, sondern die Spitze eines Pfeils. Im gleichen Augenblick, in dem die Sehne schwirrte, schlug ich meinem Pony die Hacken in die Weichen, doch statt voranzuspringen, bäumte es sich auf, der Pfeil fuhr in seinen Hals, ich glitt aus dem Sattel und stürzte auf den grasigen Boden der Lichtung, während das Pony davonsprengte und zwischen den Bäumen verschwand.

Mein Begleiter saß starr auf seinem Pferd und schaute verdutzt diesem Spektakel zu, doch dann begriff er endlich, sprang aus dem Sattel und beugte sich über mich.

»Paß auf!« schrie ich; denn ich sah über seine Schulter hinweg an jener Stelle, von der dieser Pfeil hervorgezischt war, halb verdeckt vom Laub einer Haselstaude einen Mann stehen, der schon wieder seinen Bogen spannte, und ich wußte, er würde schießen, ehe dieser begriffsstutzige gute Mensch über mir auch nur zu seinem Bogen greifen konnte. Ich sah, wie der Schütze die Sehne schnellen ließ, sah den Pfeil merkwürdig langsam heraustauchen aus dem Hasellaub, als schwebe er wie eine Feder im sachten Wind, und da stand plötzlich diese Frau im weißen Gewand zwischen dem Schützen und mir, und diese Frau hob ihren rechten Arm und lenkte mit bloßer Hand den Pfeil nach oben ab, so daß er über mich und meinen edlen Ritter hinwegflog und in einem Fichtenstamm wenige Schritte hinter uns einschlug und zitternd steckenblieb, während die Frau sich mir zuwandte, daß ich den roten Fleck auf ihrer Brust sehen konnte, und mir lachend zuwinkte. Dann war sie so plötzlich nicht mehr zu sehen, als wäre ein Licht gelöscht worden, das wenige Augenblicke auf ihre Gestalt geworfen worden war.

Doch da war Leo schon über dem Mann, der geschossen hatte. Vor Angst brüllend versuchte er den riesigen Hund abzuwehren, doch der warf ihn im ersten Ansturm zu Boden, daß er mit halbem Körper aus dem Gebüsch heraus ins Freie der Lichtung stürzte, und der Hund blieb über ihm stehen, die entblößten Reißzähne über der Kehle des Liegenden. Es war Schenk, der da lag, und das überraschte mich nicht.

Was danach geschah, lohnt kaum das Erzählen. Plötzlich hatte jedermann begriffen, was Schenk schon geraume Zeit im Schilde geführt hatte. Daß ihm auch sein letzter Anschlag mißlungen war, wurde als Leos Verdienst betrachtet. Die weiße Frau hatte nur ich allein gesehen, und ich schwieg darüber. Mein Pony hatte nur eine Fleischwunde davongetragen, die bald ausheilte. Schenk wurde gefangengesetzt und würde irgendwann vor ein Gericht gestellt werden, doch bis das zusammentreten konnte, würde sich kaum noch jemand für ihn interessieren. Schon jetzt ging ja die ganze Affäre im Trubel der Hochzeitsvorbereitungen unter. Leo hätte einen Ehrenplatz im königlichen Hundezwinger bekommen sollen, doch er zog es vor, sich dieser Ehre beizeiten zu entziehen, indem er im Wald verschwand.

Dennoch ließ ich meine Tür einen Spalt offen stehen, als ich am Abend dieses aufregenden Tages zu Bett ging. Diesmal konnte ich überhaupt nicht einschlafen, sondern lag hellwach zwischen den kühlen Leintüchern, bedachte die Ereignisse dieser Jagd und wartete, ohne mir einzugestehen, daß ich wartete.

Irgendwann mitten in der Nacht knarrte die Tür, und ich vernahm den leichten Schritt meines Freundes, der fast unhörbar näher kam, dann spürte ich die geringe Bewegung, wie er seinen Fuß auf das Leinen meines Bettuches setzte.

»Bist du das, Hund-Katze-Maus?« fragte ich.

Da fühlte ich schon, wie er neben mir lag und ruhig atmete, und der Geruch seiner Haut hüllte mich ein. Nach einer Weile sagte er:

Hund – Katze – Maus
Das Märchen ist aus.

So schloß der Großvater diese Geschichte, und ich war empört. »Das kannst du nicht machen!« sagte ich. »Was ist das für ein Schluß? Überhaupt kein Schluß ist das! Hat sie denn diesen Hund-Katze-Maus nicht endlich erlöst aus seiner Tiergestalt? So muß das doch sein im Märchen.«

»Muß es das?« fragte der Großvater.

»Sicher muß es das!« sagte ich. »Wahrscheinlich ist das ein verzauberter Prinz, und zwar ein netterer als dieser Bräutigam ihrer Schwester.«

»Wieso ein Prinz?« Mein Großvater schien ehrlich verwundert. »Ich denke, du magst keinen Prinzen nach alledem, was du über das Leben bei Hofe erfahren hast.«

»Na ja«, sagte ich. »Er muß ja nicht unbedingt ein Prinz sein. Aber wer steckt denn nun in diesen drei Tieren, die eigentlich immer nur der eine sind, dessen Stimme sie hört und dessen Geruch sie kennt?«

»Das weiß ich nicht«, sagte mein Großvater. »Vielleicht bekommst du das selber eines Tages heraus.«

Es war am Abend, als er mir diese lange Geschichte erzählte, und im Bett dachte ich noch lange darüber nach, wer dieser Unbekannte, so fremde und doch so merkwürdig Vertraute sein könnte. Als ich am nächsten Morgen aufwachte, merkte ich, daß ich kein Kind mehr war.

Meine Mutter hatte mich auf ihre heiter-nüchterne Art auf dieses Ereignis vorbereitet, nicht zuletzt auch auf die konkreten Mißlichkeiten, die es von nun an in regelmäßigen Abständen mit sich bringen würde. Großvaters Geschichte hatte jedoch eine weitere Dimension eröffnet, denn in ihr war die Rede gewesen von grundlegenden Veränderungen, die Herods Leben eine neue Richtung geben würden, sobald sie nicht mehr als Kind gelten konnte. Ich fragte mich also, welche Richtung fortan mein Leben bestimmen würde, und diese Frage erschien mir weitaus wichtiger als die praktischen Vorkehrungen, die ich künftig zu treffen hatte.

Zur Bedeutung dessen, was jetzt nicht nur mit meinem Körper, sondern überhaupt mit mir geschah, hatte meine Mutter zwar auch einiges gesagt, aber damals hatte ich nicht weiter darauf geachtet, weil es mich noch nicht interessierte. Doch jetzt wollte ich nicht nur den praktischen Umgang damit lernen, sondern wollte verstehen. War dies nun eine Behinderung, die mich künftig gegenüber Männern benachteiligte, oder war dies eine zusätzliche Gabe, die nur den Frauen geschenkt war und sie vor den Männern auszeichnete? Vielleicht, dachte ich, waren die Regeln des Verhaltens, von denen die Lady zu Herod gesprochen hatte, nur die erstarrten Reste einer Überlebenstaktik, mit der die Frauen in der Männerwelt des Königshofes ihre Eigenständigkeit zu bewahren versuchten. Ich beschloß, meinen Großvater bei Gelegenheit danach zu fragen, obgleich er ein Mann war.

Heute nehme ich an, daß es die von Großvater in seine Geschichten eingeführte Figur der Herod war, die mich zu solchen Gedanken brachte. Dieses Mädchen bewegte sich nicht nur mit erstaunlicher Eigenständigkeit in dieser Erzählwelt, sie wurde auch herausgehoben aus den übrigen Figuren durch den Zugang, den sie zu Erfahrungsbereichen hatte, die anderen, insbesondere Männern, verschlossen waren.

Das alles gehört noch zum Kontext dieser Geschichte, die ich dir zuvor hier aufgeschrieben habe, aber du wirst dich inzwischen gefragt haben, was sie mit dir zu tun haben soll. Eigentlich wollte ich ja damit deine Frage beantworten, ob ich damals, als ich nach dem Mittagessen hinaus in den Park unserer Tagungsstätte ging, zusammen mit dir in dieser zeitlosen Märchenwelt bei den Fröschen war. *Ja und nein* lautete meine vorläufige Antwort. *Nein* insoweit, als ich nicht bei den Fröschen gewesen bin oder allenfalls als eine Vorstellung, die du dir, noch ohne mich zu kennen, von mir gemacht und als Widerspiegelung davon dort vorgefunden hast. Aber ich selbst war während dieser Zeit in einer anderen Geschichte und dennoch in einem ganz bestimmten Sinne bei dir, als ich nachts in Herods Bett diese Nähe spürte und den Geruch dessen, der neben mir lag, ohne mich zu berühren, und seine Stimme hörte. Denn es war *seine* Stimme, es war *dein* Geruch, den ich sofort wiedererkannt und der mich auf meiner Flucht in den Park in diese Geschichte zurückgeführt hatte. Du kennst das ja auch, denn du schreibst davon, wie Gerüche imstande sind, dein Erinnerungsvermögen auf eine unausweichliche Weise zu stimulieren.

Es war dieser Satz des alten Gärtners aus dieser Geschichte, der mich zunächst dazu brachte, dir überhaupt zuzuhören: *Erwarte nicht, daß er dir ähnlich ist.* O nein, du warst mir überhaupt nicht ähnlich, schien es mir, und gerade das zwang mich, dir zuzuhören und nach dem Fremden zu suchen, der du bist. Denn du warst dieser dreifache Fremde, der schon einmal am Ende meiner Kindheit neben mir gelegen ist, oder ich hatte mir zumindest schon damals die Nähe eines Menschen gewünscht, der diesen erregenden Geruch an sich hat und mit dieser Stimme zu mir spricht.

Hältst du es für einen Zufall, daß wir beide zur gleichen Zeit aus den Bereichen unserer jeweiligen Bilderwelt zurückkehrten? Natürlich habe ich dich sofort entdeckt, wie du vor dieser zerschlagenen Venusfigur gestanden bist. Schon eine ganze Weile hatte ich dich beobachtet, ehe du den Blick von dem Torso abgewandt und mich gesehen hast. Bis dahin konnte ich dein Gesicht endlich einmal ohne die Maske betrachten, hinter der du dich vor den Menschen verbirgst. Sobald du mich erkannt hast, hast du diese Maske sofort wieder vors Gesicht gezogen und hast versucht, mir den Zyniker vorzuspielen. Da war mir dann doch wieder zumute wie Herod, als der riesige Hund auf sie zusprang und sie nicht sicher sein konnte, was er im nächsten Augenblick tun würde. Mit anderen Worten: Ich hatte Angst. Angst davor, was du mir antun könntest. Aber auch Angst vor mir selber, vor meiner jäh anwachsenden Bereitschaft, mich auf dich einzulassen, auf diesen Fremden, an dem mir nichts vertraut war als sein Geruch und seine Stimme und der mit eben dieser Stimme alles in Frage stellte, wonach ich mich sehnte. Also floh ich in meinen Urlaub nach Süden.

Mein Lieber, ich hatte Mühe, diesen Abschnitt zu Ende zu schreiben. Der Gedanke, daß du übermorgen nach München kommst und an meiner Tür läuten wirst, geht mir nicht mehr aus dem Kopf und würde mich, fürchte ich, zu allzu gefühligen Passagen verleiten, wenn ich heute noch weiterschriebe. Ich freue mich auf dich, freue mich darauf, wieder ein Stück deiner Fremdheit für mich zu entdecken und mir vertraut zu machen. Welches Glück, daß du anders bist! Wo käme ich sonst hin mit meiner unstillbaren Neugier? Und mit meiner Zärtlichkeit, die dich erkunden will.

Dämonen

Der Garten der Monster, das wird mein Leitmotiv sein, wenn ich jetzt weiterzuschreiben versuche. Als ich die ersten Bilder davon sah – mein Großvater besaß ein Buch über die von Palladio entworfenen Villen, in dem einzelne Figuren aus diesem Garten abgebildet waren, und zwar nach alten Kupferstichen, die aus einer Zeit stammten, in der die wild und ungezügelt wuchernde Natur noch nicht die Herrschaft über dieses steinerne Panoptikum der Renaissance angetreten hatte – während ich also zum ersten Mal in diesem Buch blätterte, stieß ich auf die Abbildung jener Gruppe, vor der wir später einmal stehen würden, beide schon aufgescheucht vom Anblick der im wuchernden Gebüsch verborgenen Monster. Das war, als du mir nach der Märchentagung nachgereist warst und ich dich von Brixen aus auf meiner Fahrt zu diesem verwilderten Park hinter einer verfallenen Villa mitgenommen hatte. Zeitweise hatten wir uns getrennt voneinander durch dieses Dickicht geschlagen und trafen vor dieser Figurengruppe wieder zusammen: Ein Mann liegt am Boden, nackt und wehrlos, und über ihm steht eine Löwin, aus deren Haltung nicht eindeutig zu erkennen ist, ob sie ihm liebevoll das Gesicht lecken oder die Kehle durchbeißen will.

Diese Gruppe erinnerte mich an eine Vorstellung, die ich mir zu Großvaters Erzählung von den Anschlägen des Höflings Schenk auf Herods Leben gemacht hatte: Am Ende dieser Geschichte liegt Schenk genauso wehrlos unter dem über ihm stehenden, löwenähnlichen Hund. Inzwischen weiß ich, daß es noch viele weitere vergleichbare Darstellungen in der Kunst gibt, vor allem aus der Epoche der Romanik. Der Mensch unter der

Gewalt dämonischer Mächte, so wird dieses Motiv zumeist interpretiert. Ich habe mittlerweile so viel zu diesem Thema gelesen, daß ich mein heutiges Wissen nicht unterscheiden kann von den Gedanken, die ich mir damals nach dem Ende meiner Kindheit angesichts dieser Abbildung gemacht habe. Sie hat mich fasziniert, das weiß ich noch, zunächst wohl tatsächlich wegen ihrer Ähnlichkeit mit dem Bild, das ich mir zu Großvaters Geschichte zurechtgelegt hatte; aber das allein kann es nicht gewesen sein, was mich immer aufs neue dazu getrieben hat, diese Abbildung anzuschauen.

Wahrscheinlich ist dieses Interesse darin begründet, daß der wehrlos unter dem Tier Liegende eine exemplarische Situation des Menschen darstellt, die Situation des Ausgeliefertseins, in die jeder Mensch früher oder später gerät, auch wenn manche es in ihrer Gedankenlosigkeit nicht merken. Schenk, der gemeint hatte, durch seine Intrigen und Anschläge Macht zu gewinnen, in Wahrheit aber schon von Anfang an vom Dämon der Machtgier getrieben wurde, erfährt schließlich, als Leo über ihm steht, daß er selbst diesem Dämon wehrlos ausgeliefert ist. Doch dieses Bild ist, wie solche Urbilder zumeist, von ambivalenter Bedeutung, und gerade diese Eigenschaft zwingt einen, immer wieder zu ihm zurückzukehren, weil seine Antwort nie endgültig ist.

Ich meine damit beispielsweise diese unauflösbare Mischung von Lust und Angst, mit der du damals diesen liegenden Mann unter der Löwin betrachtet hast, diesen Mann, in dem du dich selbst erkannt hast. Niemand kennt den Verlauf der messerschneidenscharfen Grenze zwischen Selbstaufgabe und Lustgewinn in der Umarmung mit dem Geliebten. Wo liegt da der Unterschied zwischen Sich-Verschenken und Getrieben-Sein? Auch dafür gilt dieses Bild.

Du sagst ja selbst, daß diese Angst mitgespielt hat, als du dann in der Nacht nach unserem Besuch im Garten der Monster, als du zum ersten Mal bei mir gelegen bist und ich nur im Dunkeln bei dir bleiben wollte, doch das Licht angezündet hast, die Angst, der Dämon könne in Gestalt der Löwin neben dir liegen, um dich zu überwältigen. Wundert es dich, daß du sie zu sehen bekommen hast?

Als du vorgestern in der Nacht vor deiner Abreise neben mir eingeschlafen warst, war auch ich versucht, Licht zu machen und nachzusehen, wer da bei mir liegt. Ich spürte deine Nähe, hörte dich leise atmen und nahm deinen Geruch wahr, überdeutlich diesmal, was nicht zu verwundern ist. Unversehens war ich wieder das Mädchen Herod, das sich kaum zu regen wagt. Und ich dachte daran, was im Märchen geschieht, wenn die Geliebte zu früh versucht, Licht in die Geheimnisse des Geliebten zu bringen. Dann tropft das heiße Wachs der Kerze auf seine Wange, und er macht sich davon, verwandelt in eine Tiergestalt; und es bedarf langer, mühevoller Wege, um ihn endgültig aus den Fängen des Dämons zu befreien. Da habe ich mich an die Klugheit des Kindes gehalten, das warten konnte.

Die Klugheit des Kindes – das ist auch so eine Erfahrung. Wenn ich mich an die Zeit zurückzuerinnern versuche, in der Großvater mir seine Geschichten erzählt hat, dann kommt es mir so vor, als hätte ich diese Geschichten nie besser begriffen als damals, als ich ihre Bilder noch als plausible Deutungen meiner Welt verstand, der Welt, in der ich lebte. Natürlich war meine Welt wie die aller Kinder in erster Linie eine konkrete Welt, die zunächst aus anschaubaren und faßbaren Dingen, Lebewesen und Personen bestand, aus den Möbeln meines Zimmers, den Bildern an der Wand, aus den im Garten gehegten Pflanzen, aus Apfel- und Keschtenbäumen, belebt von den Katzen, die ums Haus streunten, von den Hunden auf der Straße, von den zahllosen Vögeln, die im Geäst der Bäume sangen, über den Himmel pfeilten oder im Winter auf dem Fensterbrett landeten, um sich Futter zu holen, aus den scheuen Tieren des Waldes und aus den Kindern, mit denen ich spielte oder stritt, den Großen, den Eltern, all den Menschen, mit denen ich zu tun hatte und die auf konkret erfahrbare Weise mit mir umgingen, liebevoll, streng, freundlich oder abweisend, je nach der Beziehung, in der ich zu ihnen stand, oder der Situation, in die wir miteinander gerieten.

Aber mir soll doch niemand weismachen, daß sich darin meine

kindliche Erfahrung erschöpft hätte. Diese Fülle des im wahren Sinn des Wortes Begreiflichen wurde auf vielerlei Weise durchwoben und bewegt vom Unbegreiflichen, das mich ängstigte und zugleich meine Neugier weckte. Wie kam es, daß meine Eltern über eine Nichtigkeit, wie mir schien, unterschiedlicher Meinung waren und nach einer geringen Zeit des Hin- und Herredens plötzlich weiß vor Zorn einander gegenüberstanden, nur noch sinnlose Silben stammelnd und keines vernünftigen Wortes fähig? Was trieb erwachsene Menschen, die zu wissen behaupteten, was vernünftig sei, und es normalerweise auch zu wissen schienen, was trieb sie dazu, auf solche Weise die Fassung zu verlieren? Ich beobachtete dergleichen Vorgänge mit Interesse, spürte aber zugleich auch Beängstigung angesichts solcher Unbegreiflichkeiten, die gleichsam aus dem Nichts heraus Macht über Menschen gewannen, die mir plötzlich so fremd wurden, als wäre ich ihnen nie begegnet.

Aus dem Nichts heraus? Wer hauste dort, wo das heulende Nichts herrschte? Widerfuhr es mir nicht selbst in zunehmendem Maße, daß ich aus nichtigem Anlaß in Zorn geriet oder daß ich in Situationen, die eine ernsthafte Miene erheischten, von einem Teufel gepiesackt wurde, der mich zur Befremdung der Umstehenden zwang, in Gelächter auszubrechen? Um mir eine Erklärung für solch unangemessenes Verhalten zu schaffen, begann ich meine Welt mit Dämonen zu bevölkern, die ich als die Verursacher solch unbegreiflicher Ausbrüche ansah. Die Tatsache, daß ich an mir selbst immer häufiger solche Extravaganzen feststellen mußte, seit ich nicht mehr als Kind gelten konnte, bestärkte mich in der Vorstellung, daß ich allmählich erwachsen wurde. Erwachsene, dessen war ich mir sicher, waren von Dämonen besessen, und ich war auf dem besten Weg dahin.

Die Bilder dazu lieferten mir die Kupferstiche aus Großvaters Buch, das er mir bedenkenlos überließ, wenn ich ihn darum bat. Da mir die beigefügten kunsthistorischen Erläuterungen wenig sagten, versuchte ich, auf eigene Faust die Bedeutung dieser oder jener grotesken Figur herauszufinden, oder fragte meinen Großvater danach, der durchaus ernsthaft auf meine Interpretationsvorschläge einging und sich auf diesem Weg gelegentlich bis tief in eine Geschichte hineinlocken ließ.

Einmal kam ich mit dem Buch, das ich in mein Zimmer mitgenommen hatte, um mir wieder einmal die Abbildungen anzuschauen, zu ihm zurück und zeigte ihm die Darstellung jener in Schildkrötenpanzer eingeschlossenen Frauen und Männer, die so merkwürdig hilflos nebeneinander und aufeinander herumkriechen. »Was ist mit diesen Leuten geschehen?« fragte ich. »Sind sie verzaubert worden?«

»Das mag schon sein«, sagte Großvater. »Kannst du dir vorstellen, wie sie sich fühlen?«

»Sicher und geschützt«, sagte ich. »Wenn ihnen jemand etwas Böses tun will, ziehen sie einfach Kopf und Glieder ein, und keiner kann an sie herankommen. In meiner Klasse ist so ein großer Dicker, wenn der an mir vorbeigeht, dann wünschte ich mir so einen Panzer, damit er mich nicht knuffen kann.«

»Das wäre eine Erklärung für diese Figuren«, sagte Großvater, aber ich konnte ihm ansehen, daß sie ihn nicht befriedigte. Er dachte eine Weile nach und sagte dann: »Findest du es gut, wenn überhaupt niemand an dich herankommen kann?«

»Wer soll das denn sein?« fragte ich.

»Ich zum Beispiel«, sagte er.

»Ach du!« sagte ich, legte den Arm um ihn und drückte ihn ein bißchen. »Du darfst das doch. Dich mag ich ja.«

»Siehst du«, sagte er. »Was wäre denn jetzt, wenn du in einem solchen Panzer stecken würdest? Ausziehen kann man den nämlich nicht.«

»Woher weißt du das?« fragte ich.

Er kratzte sich am Kopf und sagte eher beiläufig: »Ach, weißt du, das ist eine lange Geschichte, die dich wahrscheinlich gar nicht interessiert.« Da hatte ich mich aber schon an seiner Seite zurechtgesetzt und blickte ihn so erwartungsvoll an, daß er hinzusetzte: »Na ja, dir kann ich sie ja erzählen.«

Das war, fing er an, in der Zeit, nachdem Schenk als machtgieriger Übeltäter entlarvt worden war. Das Leben bei Hofe war in seinen normalen Trott zurückgekehrt, nur Herod geriet mehr und mehr in eine absonderliche Situation. Die Tatsache, daß ihre Schwester nun verheiratet und damit die Thronfolge gesichert war, zumal sich nach einigen Wochen ein königlicher Enkel ankündigte, führte dazu, daß Herods Bedeutung in der Thronfolge abnahm. In ihren eigenen Augen erschien das zunächst als ein Vorteil. Je geringer ihre Bedeutung bei Hofe war, um so größer wurde der Freiraum, der ihr zugestanden wurde. Sie konnte sich bald wieder uneingeschränkt in Park und Wald bewegen, war es doch der heimtückische Schenk gewesen, der zu einer Einschränkung ihrer Freiheit geraten hatte. Ob das nun eine vernünftige Entscheidung war, steht auf einem anderen Blatt; so werden ja unter Umständen selbst vernünftige Vorschläge dadurch entwertet, daß ein Schurke sie geäußert hat. Andererseits ist es wiederum die Frage, ob man Menschen wie Herod mit vernünftigen Argumenten allein gerecht werden kann.

»Das kann man nicht«, sagte ich; denn ich begann schon wieder, mich mit der vertrauten Figur zu identifizieren.

»Dann laß uns also unvernünftig sein«, sagte der Großvater. Er erzählte, daß Herod diese Freizügigkeit nach Kräften zu nutzen versuchte, aber da gab es zugleich auch etwas, das ihr zu schaffen machte: Die Rolle, die sie bei Schenks Überführung und auch schon vorher bei der Rettung ihrer Schwester an demselben Platz gespielt hatte, war zwar von keinem bei Hofe so recht begriffen worden, nicht einmal vom damaligen Bräutigam ihrer Schwester, der nahe genug dabeigewesen war, aber die einfachen Leute, die um den unheimlichen Platz im Walde gewußt hatten, ahnten doch, daß es da ein Geheimnis gab, über das Herod nicht sprach. Da nun auch schon vorher allerlei darüber gemunkelt worden war, was die Königstochter ein ganzes Jahr lang allein im wilden Wald getrieben haben mochte, wurde sie den meisten Leuten unheimlich, ja es gab sogar welche, die insgeheim das Zeichen gegen den bösen Blick machten, wenn sie ihr begegneten.

So weit ging ihre Schwester nicht, aber sie hatte jetzt anderes im Sinn, als mit Herod herumzualbern. Sie horchte in ihren Bauch hinein, ob sich ihr Kind schon regte, strickte Jäckchen und

Mützchen und kannte kein anderes Gesprächsthema als den künftigen Thronerben, der noch gar nicht auf der Welt war.

Auf diese Weise lebte Herod in zunehmender Isolation und damit in einem Zustand, in dem sie dazu neigte, sich selbst zu beobachten und die Menschen ihrer Umgebung aus kritischer Distanz zu betrachten. Da sie immer weniger Gelegenheit fand, sich in Gespräche mit anderen einzulassen, und schließlich solchen Disputen aus eigener Entscheidung aus dem Weg ging, gelangte sie zu einer höchst eigenwilligen Einschätzung ihrer Umwelt, deren Korrektur durch andere Meinungen sie nicht zuließ.

In diesem Zustand befand sie sich am Morgen jenes Tages im nächsten Frühjahr, an dem alles schiefging, und zwar im wahrhaft zutreffenden Sinn des Wortes. Schon als sie aufwachte, schien es ihr, als ob ihr Bett schief im Raum hinge, ja auch das Zimmer selbst oder sogar das ganze Schloß schienen schief zu stehen. Als sie aus dem Fenster blickte, war das einzige, was ihrem Empfinden nach lotrecht nach der Schwerkraft der Erde ausgerichtet war, die gewachsene Natur draußen mit ihrem Gesträuch und den hoch aufragenden Bäumen. Ihr Weg aus dem Zimmer durch die Flure und Treppenhäuser glich einem Balancieren auf schiefen Ebenen und schräg verkanteten Stufen, und die wenigen Bediensteten, die sie unterwegs traf, hatten sich offenkundig dieser allgemeinen Schräglage angepaßt und bewegten sich ein wenig geziert und in künstlich trippelnden Schritten mit einer gewissen Selbstverständlichkeit nach den Regeln dieses verzerrten Koordinatensystems.

Dann kam ihr der Vater entgegengeschritten, schräg nach links geneigt ragte er in den nach links gekippten Korridor und versuchte diese wie ein lange geübtes Zirkuskunststück wirkende Art des Wandelns durch die würdevolle Gemessenheit seiner Schritte zu überspielen. Herod sah sich das an und mußte laut herauslachen. »Was ist mit dem Schloß passiert?« sagte sie dann, blieb vor dem König stehen und bemühte sich, auf dem abschüssigen Fliesenboden ihre gewohnte aufrechte Haltung zu bewahren. »Fliegen wir samt dem Schloß durch die Luft, oder sind wir schon mitten im Absturz?«

»Rede nicht solchen Unsinn, du verrücktes Kind!« sagte der König. »Alles ist doch wie gewohnt, nur du verrenkst dich hier vor meinen Augen, als wolltest du gleich aus dem Fenster springen.«

Entweder bin ich wirklich verrückt, dachte Herod, oder ich bin die einzige hier, die noch weiß, wonach sich alles ausrichten muß. »Merkst du denn nicht«, sagte sie, »daß hier nichts mehr so ist, wie es sein sollte?« Aber der König gab ihr keine Antwort, sondern betrachtete sie kopfschüttelnd mit sorgenvoller Miene und ging dann weiter.

»Außerdem bin ich kein Kind mehr!« rief Herod. »Weißt du noch nicht, daß es mir schon nach Art der Frauen geht?«

Der König wandte sich nicht um, nur schien er unter dieser letzten Mitteilung ein wenig zusammenzuschrumpfen und beschleunigte seine Schritte, um aus der Reichweite ihrer Stimme zu gelangen. Da sagte Herod laut in den leeren, hallenden Korridor hinein: »Wenn hier keiner mit mir redet, dann will ich fortgehen in den Wald, wo noch alles seiner natürlichen Richtung folgt, und mich hier um keinen mehr kümmern.«

Sie stieg nun, da sie sich schon im Erdgeschoß befand, tatsächlich aus dem Fenster, das schräg über der Rasenfläche hinter dem Schloß hing, sprang ins Gras und ging langsam durch den Park hinauf zum rückwärtigen Tor, das geradewegs in den Wald führte. Hier traf sie unversehens auf den alten Gärtner, der, als sie eben vorübergehen wollte, hinter einer Hecke hervortrat, und zwar keineswegs schräg vom Boden wegstrebend, sondern mit den Beinen schön gerade auf der Erde.

»Gehst du weg, Herod?« fragte er.

»Ja«, sagte sie, »ich gehe weg, denn die ganze Hofhaltung im Schloß hat sich gegenüber der wirklichen Welt so verschoben, daß ich dort nicht leben kann. Außerdem redet dort keiner mehr mit mir.«

»Geh nur!« sagte der Gärtner. »Aber geh nicht von etwas weg, sondern auf etwas zu.«

»Worauf soll ich zugehen?« fragte Herod. »Ich habe noch kein Ziel.«

»Du wirst bald eins haben, denn du hast dir nichts zu essen mitgenommen«, sagte der Gärtner. »Denk also erst einmal an das Nächstliegende.«

»Das werde ich wohl müssen«, sagte Herod. »Schade, daß Leo nicht mehr da ist. Den hätte ich gern bei mir gehabt. Seit er knurrend über Schenk stand, habe ich ihn nicht mehr gesehen. Weißt du, wo er sich herumtreibt?«

»Ruf ihn nicht, wenn du ihn nicht nötig brauchst«, sagte der Gärtner. »Aber wenn du um Hilfe rufst, wird er zur Stelle sein. Nun geh und fürchte dich nicht!« Der Alte nickte ihr freundlich zu, als habe sie nichts weiter vor als einen kurzen Spaziergang, und ging dann langsam über den Rasen hinunter in den Park.

Von hier ab war ich schon wieder dermaßen in diese Geschichte hineingeraten, daß ich – wenn ich meiner Erinnerung gerecht werden will – so weitererzählen muß, als hätte ich das alles selbst erlebt. Ich wußte recht gut, wie mir zumute war, wenn ich über den Zaun am oberen Ende von Großvaters Garten geklettert war und ohne Weg und Ziel in den Wald hineinlief, weil ich wieder einmal dem zäh verflochtenen Ordnungsgefüge meiner Familie entfliehen wollte, die in meinem Wunschbild von der Wirklichkeit zuweilen eine ähnliche Schieflage einnahm wie das Königsschloß, in dem Herod zu Hause war.

So lief ich jetzt als Herod in einen Wald hinein, der zunächst nicht viel anders aussah als der Wald hinter Großvaters Garten, lief dahin unter Eichen, Buchen und Keschtenbäumen, immer weiter hinauf an der Bergflanke, achtete nicht auf die Brombeerranken, die mir um die Knöchel fetzten, lief atemlos und wie gehetzt, als müsse ich erst einmal eine hinreichende Distanz schaffen zwischen mir und dem, was hinter mir lag.

Oben auf dem Bergrücken bei meiner Lieblingskiefer, von deren Krone aus ich als Keschtenfresserin oft über die weiten Wälder hinweggeblickt hatte, blieb ich zum ersten Mal stehen, wartete eine Weile, um wieder zu Atem zu kommen, und hielt dann Ausschau nach einem möglichen Ziel, das als das nächstliegende wohl nur ein vorläufiges Ziel sein konnte. Zuerst konnte ich in den grün heranbrandenden Wogen der Wälder nichts entdecken, an dem mein Blick hängengeblieben wäre, bis ich dann, schon dicht unter dem welligen Horizont, etwas unter der Sonne blinken sah, ein Gewässer offenbar, vielleicht sogar einen See, von dem zumindest ein Teil den Taleinschnitt zwischen zwei bewaldeten Berghängen als gleißende Fläche füllte. Nach dem Sonnenstand zu schließen, mußte ich ungefähr nach Nordwesten gehen, wenn ich dorthin gelangen wollte. Eine Zeitlang stand ich noch unter dem Baum, spähte hinaus und versuchte mir einige charakteristische Geländeformen einzuprägen. Dann machte ich mich wieder auf den Weg, diesmal nicht mehr völlig ziellos, wenn ich auch nicht wußte, was mich an dem Ziel, das ich mir gewählt hatte, erwarten würde.

Bald merkte ich, daß es kaum möglich ist, in bergigem Gelände eine bestimmte Richtung einzuhalten. Solange ich noch freien Ausblick von der Höhe hatte, schien mir das nicht schwer zu sein, aber bald geriet ich hinab in ein schmales Tal, in dem sich ein Bach seinen Weg zwischen steilen, felsigen Hängen nach unten gesucht hatte, und dieses Tal bog stetig weiter nach Norden, bis es endlich in einen breiten Wiesengrund mündete. Doch da stand die Sonne schon dicht über den Waldhängen im Westen, und ich mußte mir einen Unterschlupf suchen, in dem ich die Nacht verbringen konnte.

Jetzt war ich dankbar für meine Erfahrungen, die ich als Keschtenfresserin hatte machen müssen, und fand bald unter den breit herabhängenden Zweigen einer alten Fichte ein weiches Bett aus Moos, aber zu essen gab es nichts an diesem Abend, und kalt war mir auch, während der Mond über den dichten Zweigen langsam den Himmel durchwanderte und ich nicht schlafen konnte.

Als ich am nächsten Morgen steif und hungrig unter den taufeuchten Fichtenzweigen hervorkroch, bedauerte ich, daß ich im Zorn weggelaufen war, ohne auch nur einen Bissen Brot einzustecken. Ich hätte wissen müssen, daß der Wald im Frühjahr kaum etwas Eßbares zu bieten hat, wenn man nicht über Vorräte aus dem Herbst verfügen kann. An die Möglichkeit, in die schiefe Dimension des Schlosses zurückzukehren, dachte ich keinen Augenblick, sondern machte mich mit leerem Magen wieder auf den Weg, die aufsteigende Sonne schräg rechts hinter mir, nach Nordwesten.

Gegen Abend sah ich vom Kamm eines Höhenrückens aus endlich den See weit unten im Tal spiegeln. Er war ringsum eingefaßt von Wäldern und entlang des Ufers einem Wiesenstreifen, auf dem das Gras zu einem fast heftigen Grün austrieb. Zu meiner Erleichterung entdeckte ich zwischen Wiese und Wald eine Hütte, aus deren Kamin Rauch aufstieg. Ich besann mich nicht lange, sondern suchte mir hangabwärts durch Gestrüpp und verfilztes Unterholz einen gangbaren Weg, getrieben von der Hoffnung, an diesem Tag doch noch zu einem Abendessen zu kommen.

Bis ich unten im Tal bei dem See aus dem Wald herauskam, war es schon fast dunkel. Ein Stück weiter rechts von der Stelle, an der ich stand, konnte ich eben noch die Hütte erkennen; ein schwacher Lichtschein drang aus dem kleinen quadratischen Fenster, und die Luft roch nach frischem Holzrauch. Dort wurde sicher ein Abendessen gekocht, doch als ich langsam auf die Hütte zuging, fragte ich mich, was das für Leute sein mochten, die hier so abgeschieden von jeder Siedlung hausten, und ob ich ihnen willkommen sein würde. Im Schloß hatte man mir alles, was ich zum Leben brauchte, auf einem Silbertablett serviert. Hier würde ich darum bitten müssen. Woher ich kam, konnte man mir ohnehin nicht mehr ansehen, dreckig und abgerissen wie ich war nach meiner zweitägigen Wanderung durch den wilden Wald. Vor der Tür zögerte ich noch einmal und spürte Angst in mir aufsteigen, daß dort drinnen etwas Unheimliches auf mich warten könne, dann faßte ich mir ein Herz und klopfte.

Eine Weile regte sich nichts. Dann hörte ich das Tappen von Schritten, ein Riegel wurde quietschend zurückgeschoben und die Tür um einen Spalt geöffnet.

»Wer ist da draußen?« fragte eine helle Stimme. Im Halbdunkel hinter der Tür meinte ich zu meiner Erleichterung das Gesicht eines Mädchens zu erkennen.

»Ich heiße Herod«, sagte ich. »Darf ich hereinkommen?«

»Nein, nein!« sagte das Mädchen erschreckt. »Das ist völlig unmöglich!«

Da verlegte ich mich aufs Bitten und fügte hinzu: »Ich bin allein und habe seit zwei Tagen nichts gegessen.«

Jetzt zog sie die Tür ein Stück weiter auf, schaute mich an und sagte kopfschüttelnd: »Das ist kein Haus, in dem du bleiben kannst.«

»Warum nicht?« fragte ich.

»Das kann ich dir nicht erklären«, sagte sie abweisend.

»Gibt's hier am See noch andere Häuser?« fragte ich.

»Nein«, sagte das Mädchen. »Im Umkreis von vielen Stunden wohnt hier kein Mensch.«

»Dann gib mir wenigstens etwas zu essen, bitte!« sagte ich; denn aus der Tür wehte mir der Geruch von frischem Brot und gebratenem Speck in die Nase und fachte meinen Hunger dermaßen an, daß ich nahe daran war, hier an der Schwelle zusammenzubrechen.

Das Mädchen erkannte wohl, wie mir zumute war. »Dann komm halt herein!« sagte sie. »Aber mach mir später keine Vorwürfe.«

Sie öffnete jetzt die Tür so weit, daß ich eintreten konnte, und ging mir voraus durch einen Windfang in einen niedrigen, aus Balken gefügten und von einem Talglicht nur schwach erhellten Raum, der als Küche diente. »Mach die Tür hinter dir zu und schieb den Riegel vor!« sagte sie, während sie zum Herd ging und mit einem flachen Holzspan die Speckstreifen wendete, die in der Pfanne brutzelten. Ich folgte ihr, und da erhob sich seitwärts im Schatten von einer Wandbank ein hagerer Bursche, der mich anglotzte und »Wer 'sn das?« stammelte.

Er wartete ihre Antwort nicht ab, sondern trottete auf mich zu, knuffte mich mit ausgestrecktem Zeigefinger schmerzhaft in die Rippen und stieß hervor: »Bis 'n du?«

»Herod«, sagte ich. »Ich bin Herod.«

»Helod!« wiederholte er kichernd. »Helod, Helod, Helod!« und lachte blöde vor sich hin.

»Kümmere dich nicht um den«, sagte das Mädchen. »Das ist mein Bruder Lejb. Der spinnt.« Sie klopfte sich mit dem Finger an die Stirn. »Ich heiße übrigens Ginger.«

Sie holte einen angeschnittenen Laib Brot aus einem Kasten, säbelte ein paar dicke Stücke herunter und sagte: »Setzt euch schon mal an den Tisch! Gleich gibt's zu essen.« Sie schüttelte den Speck in der Pfanne auf, daß das heiße Fett zischte, nahm die Pfanne vom Feuer, stellte sie mitten auf den Tisch und legte die Brotscheiben daneben. »Greift zu und guten Appetit!«

Den heißen Speck fischten sie mit dem Holzspan aus der Pfanne und legten ihn auf ein Stück Brot. Ich machte es ihnen nach und mußte mich zurückhalten, um nicht vor lauter Gier alles in mich hineinzustopfen. Zum Schluß wischten wir mit unserem letzten Stück Brot das Fett aus der Pfanne, danach saßen wir eine Weile da, und keiner sprach ein Wort.

Schließlich hob Ginger den Kopf und sagte: »Du wirst nun hier bleiben müssen, Herod.«

»Vorhin wolltest du mich nicht einmal hereinlassen«, sagte ich.

»Das war vorhin«, sagte sie. »Da hatten wir noch nicht miteinander gegessen. Jetzt kann ich es nicht mehr zulassen, daß du nachts allein in dieser Gegend durch die Wälder läufst.«

»Wohnt ihr allein hier?« fragte ich.

»Nein«, sagte sie, »das ist es ja.«

»Was ist es?« fragte ich.

»Ach hör doch auf mit deiner Fragerei!« sagte sie und schaute mir zornig ins Gesicht. Dann schwieg sie eine Weile und sagte danach ruhiger: »Merk dir eines: Nachts darfst du keinen Schritt weit vor die Tür gehen. Am Morgen, ehe es hell wird, kommen die Alten. Laß mich mit ihnen reden.«

Danach gab sie mir eine Decke und ließ mich über eine Leiter durch eine Falltür auf den Dachboden klettern, wo ich mir aus ein paar Strähnen Heu ein Bett zusammenkratzte, während sie wieder hinunterstieg und die Leiter wegnahm. »Schließ die Falltür!« rief sie. »Und achte nicht darauf, wenn's hier unten Lärm gibt.«

Ich war mir nicht darüber im klaren, was ich von diesem kratzbürstigen Mädchen halten sollte. Wollte sie mir nun helfen, oder war ich hier oben unter dem niedrigen Dachstuhl ihre Gefangene? Und wer waren die Alten? Es klang nicht sehr freundlich, wie Ginger von ihnen sprach. Unter solchen Gedanken wickelte ich mich in die Decke, rollte mich im Heu zusammen und schlief bald darauf ein.

Als ich von einem Geräusch geweckt wurde, sah ich an der schwachen Helligkeit, die durch die Ritzen der Giebelbretter drang, daß es draußen dämmerte. Unten in der Stube wurde eine Tür zugeschlagen, dann hörte ich schwere Schritte und dumpfes, unverständliches Gemurmel, das anschwoll zu zornigem Streiten in Rede und Gegenrede. Dazwischen hörte ich die helle Stimme des Mädchens, die beruhigend auf die anderen einzusprechen versuchte. Das waren wohl die Alten, von denen sie geredet hatte. »Ihr müßt sie hier bleiben lassen, denn ohne mich kommt ihr nicht aus!« hörte ich Ginger sagen. Dann wurde die Leiter an die Falltür angelegt, jemand stieg die knarrenden Sprossen herauf und stieß die Klappe nach innen. Es war Ginger, die zu mir hereinschaute. »Steh auf und komm herunter!« sagte sie. »Die Alten wollen dich sehen.«

Noch während ich die Leiter hinunterkletterte, sah ich die beiden groß und massig unten in der Küche stehen, eine Frau und einen Mann, beide mit breiten, häßlichen Gesichtern, knolliger Nase und niedriger Stirn. Sie antworteten nicht, als ich sie begrüßte und vor ihnen stehenblieb, sondern betrachteten mich lange und ausführlich, während der irre Lejb um mich herumtapste, mich mit dem Finger in die Rippen knuffte und »Helod! Helod!« stammelte.

»Geh und leg dich wieder hin!« sagte Ginger zu ihm mit solcher Bestimmtheit, daß er hinüber zur Wandbank trottete und sich darauf ausstreckte. Aber er starrte noch immer zu mir herüber, während die beiden Alten mir näher kamen und meine Schultern betasteten.

»Mager, sehr mager«, sagte die Frau.

Der Alte nickte. »Muß Fleisch auf die Knochen kriegen«, knurrte er, und zu Ginger sagte er: »Muß 'ne Menge essen, das Mädchen.«

»Geb' ich ihr«, sagte Ginger. »Nehm' sie auch mit zum Ziegenhüten.«

Der Alte nickte. »Mach ihr 'n Braten heute mittag«, und zu der Frau sagte er: »Komm schlafen!«

Der Alte packte einen ledernen Sack, den er offenbar mitgebracht hatte, und schlurfte der Frau voran zu einer Tür, die in einen Raum hinter der Küche führte.

Als sie die Tür hinter sich zugemacht hatten, holte Ginger tief Atem, als habe sie eine gewaltige Anstrengung hinter sich. »Das wäre geschafft«, sagte sie. »Bleib gleich hier! Es gibt Frühstück.«

»Und die Alten?« fragte ich.

»Die schlafen bis zum Abend und gehen dann wieder, sobald es dunkel wird.«

»Essen die nie?«

»Nicht hier am Tisch«, sagte Ginger. »Und frag nicht so viel! Schneid inzwischen ein paar Scheiben Brot ab! Ich geh' die Ziegen melken.«

Sie nahm einen Holzeimer und verließ die Küche durch die Vordertür. Bis sie zurückkam, hatte ich Brot aufgeschnitten und drei Becher von einem Wandbord geholt und auf den Tisch gestellt. Lejb, der mir bei all diesen Tätigkeiten mit den Augen gefolgt war, stand nun von seinem Schlafplatz auf und setzte sich an den Tisch. Ginger goß die Milch aus dem Eimer direkt in die Becher und setzte sich zu uns.

Eine Zeitlang kauten wir schweigend unser Brot und tranken die noch melkwarme Milch dazu. Ich dachte nach über das, was ich bisher über das Leben dieser Leute erfahren hatte. Dann schaute ich Ginger an, die mit ihrem scharf geschnittenen, etwas kätzisch wirkenden Gesicht so ganz anders aussah als diese knolligen, unförmigen Alten, und sagte, indem ich mit dem Kopf auf die hintere Tür deutete, hinter der sie schlafen gegangen waren: »Das sind doch wohl nicht deine Eltern?«

Sie schüttelte unwillig den Kopf und sagte, indem sie auf ihren Bruder blickte: »Wir haben keine Eltern mehr.«

»Tut mir leid«, sagte ich und dachte wieder eine Weile nach. »Warum seid ihr dann hier?« fragte ich dann. »Und wozu halten die Alten sich Ziegen, wenn sie hier nicht essen?«

»Wegen der Leute«, sagte Ginger rasch und offenbar auch unbedacht; denn sie biß sich auf die Lippen, schaute mich böse an und zischte: »Hör endlich auf mit dieser blöden Fragerei!«

Nach dem Frühstück zeigte mir Ginger den Stall hinter der Hütte. Er war an die rückwärtige Balkenwand angelehnt und so niedrig, daß ich nur gebückt darin stehen konnte. Ich half ihr, die Ziegen herauszulassen, und wir trieben sie auf die saftige Wiese am Ufer des Sees. Lejb zottelte hinterher, stieß mit dem Fuß Steine über den Weg, hob manche davon auf und ließ sie über die Wasserfläche des Sees hüpfen. Er beherrschte diese Kunst erstaunlich gut und wußte auch die für diesen Zweck geeigneten flachen, an den Kanten abgerundeten Kiesel herauszufinden, die er in sechs oder gar acht Sprüngen über das Wasser jagte. »Hej, spring!« rief er dazu. »Hej, Helod, spring!«

Wir hatten inzwischen den Platz erreicht, auf dem die Ziegen grasen sollten. Ginger überließ sie ihren eigenen Einfällen, nur wenn eines der Tiere sich allzuweit von der Herde entfernte oder gar dem Waldrand näherte, rief sie ihren Bruder und zeigte auf den Ausreißer. Lejb ließ dann das Steinewerfen sein, trabte wie ein braver Hütehund hinüber zu dem Tier und trieb es zurück zur Herde. Danach nahm er sein Spiel wieder auf. »Hej, spring, Helod, spring!«, und die Kiesel sprangen in flachen Bögen über die aufspritzende Fläche des Sees, bis sie ihren Schwung verloren und nach einem letzten kurzen Hüpfer im Wasser versanken.

Während ich neben Ginger auf einem flachen Steinblock saß und diesem Spiel zuschaute, hörte ich immer wieder Lejbs Ruf, und mit der Zeit kam es mir so vor, als wolle er mich zur Flucht aus dem Umkreis der Hütte und ihrer Bewohner auffordern. »Spring, Helod, spring! Hej!«

»Was wäre, wenn wir drei einfach davonliefen?« sagte ich zu

Ginger. »Die Alten schlafen, und keiner kann uns daran hindern.«

»Das wird nicht gehen«, sagte sie.

»Warum?«

»Erstens kann ich nirgends bleiben mit diesem närrischen Kerl von Bruder. Ich hab's probiert. Keiner wollte ihn im Haus dulden, wo wir's auch versucht haben. Jedesmal mußten wir weiterziehen.«

»Und zweitens?«

»Sie lassen es nicht zu, die Alten.«

»Die schlafen doch!«

»Weil sie wissen, daß ich nicht weglaufen kann. Sie haben einen Bann gesprochen, der mich nicht weiterkommen läßt als bis zum Waldrand.«

»Und ich? Ich könnte gehen.«

»Versuch's doch! Sie haben das Netz ihres Zaubers über dich geworfen, als ihre Hände auf deinen Schultern lagen.«

»Das glaub' ich nicht!« rief ich und sprang auf. Mir waren diese beiden Alten, die Hütte, der See, die Ziegen mit ihren gelben, vom Pupillenspalt geteilten Augen, dieser lallende Irre und auch seine Schwester auf einmal so unheimlich geworden, daß ich in Panik davonlief. Nur weg, dachte ich, schnell in den Wald und weiter, so rasch mich meine Beine tragen, und sie trugen mich schnell genug bis zu den ersten Bäumen, doch schon beim nächsten Schritt wurde ich zurückgerissen von einer unsichtbaren Fessel, die sich mir brennend heiß quer über die Brust spannte und mich mit solcher Gewalt zurückriß, daß ich ins Gras stürzte. Ich versuchte es noch einmal, aber diesmal brannte der Schmerz so unerträglich auf meiner Haut, daß ich es aufgab und zu Ginger zurückkehrte.

»Warum glaubst du mir nicht?« sagte sie, als ich wieder neben ihr saß. »Diesen Schmerz hättest du dir ersparen können.«

»Ich mußte es wohl erst spüren, um es zu glauben«, sagte ich.

»Ich weiß«, sagte Ginger.

»Warum tun sie das?« fragte ich nach einer Weile.

Ginger zuckte mit den Schultern. »Wahrscheinlich brauchen sie jemanden, der ihre Ziegen hütet, während sie schlafen.«

»Und wozu brauchen sie die Ziegen?« fragte ich weiter.

»Das weiß ich nicht«, sagte sie. »Vielleicht, damit sich die Leute nicht fragen, wovon sie wirklich leben.«

»Weißt du, wovon sie leben?« Ich senkte meine Stimme bei dieser Frage, obwohl niemand in der Nähe war außer diesem dürren Kerl, der noch immer seine Steine hüpfen ließ.

Da schrie Ginger: »Hör endlich auf damit!« Sie schrie das so unvermittelt, daß mir der Schreck in die Glieder fuhr. »Ich mag diese Fragerei nicht«, sagte sie nach einer Weile etwas ruhiger. Und dann sprachen wir an diesem Tag nicht mehr miteinander, bis die Sonne hinter den Bergwald sank und wir unsere Tiere zum Stall brachten. Diesmal trottete Lejb neben mir her, und wenn ich ihn anschaute und dabei freundlich zu lächeln versuchte, stieß er ein hektisches Lachen aus und knuffte mich wieder auf seine so unberechenbar heftige Art.

Sobald es draußen dunkel wurde, kamen die Alten aus ihrer Schlafkammer und verließen wortlos das Haus. Erst jetzt begann Ginger das Abendessen vorzubereiten und sagte zu mir, ich solle Brot aufschneiden.

»Woher kriegt ihr das Brot?« fragte ich.

»Wenn keins mehr da ist, sag' ich's den Alten, und am nächsten Morgen bringen sie welches mit«, sagte Ginger. »Und nun kein Wort mehr davon! Setzt euch her und eßt!«

In diesem Rhythmus ging das Leben weiter, tagelang, wochenlang. Manchmal, wenn ich mich dabei ertappte, schon den ganzen Tag über stur in diesem Gleichmaß vor mich hin zu trotten, fing ich wieder an zu fragen, bis Ginger wütend wurde und bis zum Abend kein Wort mehr mit mir sprach. Schließlich fragte ich mich nur noch, warum Ginger so aus der Haut fuhr, wenn ich mehr über die Alten wissen wollte. Allmählich begriff ich, daß sie Angst hatte, Angst vor etwas, das mit diesen knolligen Alten zu tun hatte, aber ich bekam es nicht heraus. Vielleicht wußte sie es selber nicht genau.

Lejb schien dieses einförmige Leben nichts auszumachen. Im Gegenteil: Es irritierte ihn eher, wenn etwas nicht nach der gewohnten Ordnung verlief. Manchmal schaute ich ihm zu, wenn ich draußen bei den Ziegen am Ufer saß und er Steine über das Wasser springen ließ oder im Gras hockte, um eine blühende Butterblume genau zu betrachten. Er tat dies mit unendlicher Geduld, als wolle er jedes Härchen am Stengel wahrnehmen, jedes Detail der dünnen Staubgefäße in den Blüten.

»Warum schaust du die Blume so lange an?« fragte ich ihn einmal.

Ohne aufzublicken, sagte er: »Sie ist schön.«

Ich sah sein Gesicht, als er das sagte, und ich meinte, noch nie ein Gesicht gesehen zu haben, das so weit entfernt war von Verwirrung, Stumpfsinn oder Unverständnis. Dann merkte er, daß ich ihn anschaute, sprang auf, tanzte in plumpen Sprüngen am Ufer des Sees entlang und stieß wirre, unartikulierte Laute aus. Die Ziegen, an denen er vorüberrannte, schien das nicht weiter zu stören. Vielleicht war er ihnen mit seinen durch keine Verstandeshemmung gezügelten Empfindungen näher, als ich es je sein würde. Mir erschien er fremd wie ein Wesen von einem anderen Stern.

In diesen Tagen entdeckte ich den Teich der Schildkröten. Wir hatten die Ziegen diesmal nicht auf die flachen Uferwiesen nördlich der Hütte getrieben, sondern nach Süden zu den grasigen Hügeln, die bis an den See heranreichten. Dort wuchsen allerlei Kräuter, die unsere Ziegen besonders gern fraßen, und da weiter oben kahles Gestein war, würden sie uns nicht weglaufen.

Als ich dort am Ufer entlangging, umrundete ich eine Landzunge, die weit in den See hineinreichte, und dahinter bildete er eine Bucht, die sich wie eine Lagune in das Tal zwischen zwei Hügeln dahinzog. Im Sommer war hier das flache Wasser wärmer als anderswo im See. Ich ging am Ufer weiter und sah, daß die Lagune in einem Teich endete, dessen Wasser vom See durch eine Bodenwelle fast abgeschnitten war. Nur hie und da, wenn das Wasser durch einen Windstoß in Unruhe gebracht wurde, spülte eine kleine Welle von draußen flach herüber in dieses abgesonderte Becken.

Hier setzte ich mich am Ufer auf einen Stein und sah nach einer Weile, daß sich unter den dunkelgrünen breiten Blättern der Sumpfdotterblumen am Rand des Wassers etwas regte. Wenig später schob sich ein grauer, scharflippiger Echsenkopf unter den Uferkräutern hervor, gefolgt vom ovalen Plattenpanzer einer etwa handgroßen Schildkröte, die zum Rand des Wassers kroch, um zu trinken. Ich blieb bewegungslos sitzen, um sie nicht zu verscheuchen, und da entdeckte ich auf einmal überall im Gelände noch andere Schildkröten, die, als sie mich kommen gespürt hatten, sich erstarrt hinter Steinbrocken oder unter Gebüsch und Blätterwerk gehockt hatten, bis wieder Ruhe eingetreten war, und nun hervorkamen, um gemächlich am Hang entlang zu wandern, Fuß vor Fuß, hie und da ein junges, saftiges Blatt zu kosten oder einen sonnigen Platz zu suchen, an dem sie bleiben und sich den gepanzerten Rücken wärmen konnten. Mit der Zeit gewöhnten sie sich an meinen Anblick, kamen immer näher, stiegen vorsichtig über meine Füße hinweg und nahmen mit vorgestrecktem Kopf Blätter entgegen, die ich ihnen zum Fressen anbot. Ich blieb so lange an dieser Stelle sitzen, bis ich selber Hunger bekam, langsam aufstand und vorsichtig entlang der Lagune zurückging zu Ginger und den Ziegen, die auf der anderen Seite des Hügels grasten.

Als wir dort nebeneinander saßen und unser Mittagbrot kauten, fragte ich Ginger, ob sie von den Schildkröten wisse.

»Natürlich«, sagte sie. »Die gibt es nur ganz hinten in der Lagune bei dem kleinen Teich. Weiter heraus kommen sie nie.«

Einige Zeit später erfuhr ich, wer die Alten eigentlich waren und wovon sie sich nährten. Sie waren an diesem Abend wie gewohnt nach Einbruch der Dunkelheit aus ihrer Schlafkammer gekommen und hatten die Hütte verlassen, der Mann wie gewohnt mit dem Ledersack, die Alte hinterdrein. Ich kletterte bald nach unserem gemeinsamen Abendessen über die Leiter hinauf in den Dachboden und legte mich schlafen.

Mitten in der Nacht wachte ich von einem Gepolter unten in der Hütte auf. Ich hörte die Tür schlagen und die Alten, die diesmal früher als sonst zurückgekommen waren, in ihre Kammer schlurfen. Dann schimmerte auf dieser Seite des Dachbodens Licht durch eine Bodenritze und lockte mich zu dieser Stelle; denn ich war neugierig darauf, was die beiden dort unten trieben. Vorsichtig schlich ich hinüber, legte mich bäuchlings auf die Bodenbretter und spähte durch die Ritze hinunter in die Kammer. Zunächst konnte ich in dem schwachen Schein der Kerze, die dort unten seitwärts auf einer Kiste brannte, nicht erkennen, was dort geschah. Die beiden Alten standen gebeugt über dem Ledersack, der auf dem Boden lag, und zerrten irgend etwas heraus, etwas Ungefüges, große Stücke Fleisch offenbar, von denen noch das Blut troff und auf den Boden tropfte. Und ich sah, wie sie ihre spitzen Zähne in dieses rohe Fleisch schlugen, schmatzend und saugend, sich hineinfraßen in Berge von zerfetztem Fleisch, das aus dem Sack auf den blutbeschmierten Boden quoll, hörte Knochen krachen, und dann sah ich, wie unter den groben, wulstigen Händen des Alten ein langes, nacktes Glied nach außen pendelte, ein Unterarm und daran die leblos flatternde Hand eines Menschen.

Als ich das erkannte, fing ich an zu schreien, schrie und schrie, schrie noch, als ich die Falltür nach innen riß und, ohne zu zögern, hinuntersprang in die Dunkelheit der Küche, am Boden mit allen vieren aufprallte wie eine Katze, aufsprang und schrie: »Wacht auf! Weg von hier! Schnell! Sie sind Menschenfresser!«

Da waren Ginger und Lejb schon auf den Beinen. Als ich die Tür aufgestoßen hatte und hinausrannte, blickte ich zurück, um zu sehen, ob die Geschwister mir folgten. Sie waren dicht hinter mir, aber ich sah auch noch im kalten Licht des Mondes, wie die Alten krachend aus ihrer Kammer herausbrachen und uns nachliefen. Ich rannte – nein: Wir alle drei rannten um unser Leben.

»Nach Süden zu den Hügeln!« rief Ginger, als ich einen Augenblick zögerte, weil ich nicht wußte, welche Richtung ich einschlagen sollte. Da war sie schon neben mir und keuchte: »Weiter bis zu den Schildkröten!«

Wir liefen in weiten Sätzen am Ufer entlang, und als wir in den Taleinschnitt der Lagune einbogen und ich mich noch einmal umblickte, da sah ich, wie die beiden Alten aus der Tür der Hütte herausrannten und im Laufen immer größer wurden, bis sie ins Riesenhafte aufgequollen waren, zwei fette Ungeheuer, deren stampfende Säulenbeine einen Schritt machten, wo wir für die gleiche Strecke deren vier brauchten. Ihre fast stirnlosen, ohne Hals auf den wulstigen Schultern sitzenden Schädel ragten wie Türme in den Nachthimmel, während die beiden hinter uns hertrampelten, daß der Boden unter unseren Füßen zitterte.

»Weiter, schnell weiter!« rief Ginger und packte ihren Bruder bei der Hand, um seinen langsamen Verstand in Bewegung zu setzen, zerrte ihn mit sich und lief jetzt mit ihm voran. Wir waren noch nicht weit gekommen, als unsere Verfolger schon am Ende der Landzunge auftauchten. Brüllend wiesen sie mit ihren schaufelgroßen Händen auf uns und setzten sich wieder in Bewegung. Ich war sicher, daß sie uns einholen würden, aber ich lief trotzdem weiter, suchte an den mondhellen Hängen nach Anzeichen von Buschwerk, in dem wir uns hätten verstecken können, und hörte Ginger vor mir rufen: »Schnell, schnell! Wir sind gleich da!«

Ich hatte keine Ahnung, was sie im Sinn hatte. Der flache Teich der Schildkröten würde uns keinen Schutz bieten, doch ich strengte noch einmal all meine Kräfte an, zumal die beiden Riesen schon so dicht hinter mir waren, daß ich ihre keuchenden Atemzüge hörte wie zwei Blasebälge. Dann war ich am Ende der Lagune angelangt, und dort stand schon Ginger neben ihrem Bruder. Sobald ich sie erreicht hatte, blickte sie starr auf die beiden unförmigen Gestalten, die keine zehn Schritte mehr entfernt waren, und sagte rasch: »Lejb und Herod zwei Schildkröten, Ginger eine Katze!«

Wenn ich jetzt diese Geschichte für dich aufschreibe, kann ich mir nicht vorstellen, daß mein Großvater sie mir mit all diesen grausigen Details erzählt haben soll. Von menschenfressenden Riesen wird er gesprochen haben; denn ohne diese Erzählfiguren könnte die ganze Geschichte überhaupt nicht funktionieren. Ausgemalt hab' ich sie mir wohl selber, und das nach und nach, weil sie mir immer wieder in Erinnerung kam, und zwar auf so eindringliche Weise, als hätte ich sie tatsächlich selbst erlebt.

Was hatte sich da angestaut in mir? Ich weiß es nicht, sondern kann es allenfalls vermuten. Vielleicht ein verdrängter Zorn, den ich mir nicht eingestehen und deshalb nicht in mein Bewußtsein einlassen wollte, ein Zorn auf all die *großen Leute,* die mir ständig auf den Fersen waren und etwas von mir wollten. Das waren zunächst die Menschen, die ich zugleich liebte als meine Eltern und als andere, die mir nahestanden und ständig bereit waren, das Beste für mich zu wollen. Aber nichts ist für eine Heranwachsende schwerer zu ertragen als gerade diese absichtsvolle Zuwendung, und so habe ich mir wohl, um mir meine Liebe zu ihnen ungeteilt zu bewahren, diesen Spielraum des Grauens geschaffen aus den Motiven, die mir Großvater damals angeboten hat, einen Spielraum, in dem ich diese übermächtigen Figuren nach Belieben zu Ungeheuern aufblähen konnte, um sie anschließend zu vernichten.

Um dich auch mit dieser zweiten Phase bekanntzumachen, muß ich die Geschichte nun erst einmal zu Ende erzählen.

Eingesperrt in meinen Schildkrötenpanzer lag ich bäuchlings unter den nun palmfächergroßen Blättern der Sumpfdotterblumen und spürte, wie der Boden unter den Tritten der Riesen bebte. Dann war plötzlich Stille. Die beiden mußten unvermittelt stehengeblieben sein. Wenn ich den Kopf unter den Blättern hervorstreckte, konnte ich sie unter dem grellen Vollmond in den Himmel ragen sehen bis unter die Sterne.

»Wo sind sie?« sagte die mit der hohen Stimme.

»Sie sind weg«, sagte der mit der tiefen Stimme.

Es gab ringsum nichts, wo wir uns hätten verstecken können, weder Bäume oder Buschwerk noch größere Felsbrocken. So standen die beiden verdutzt und ratlos in der Nacht und konnten sich unser Verschwinden nicht erklären.

»Dort is' was!« sagte die hohe Stimme.

»Nur 'ne Katze«, sagte die tiefe. »Sucht Mäuse.«

»Ginger kann zaubern«, sagte die hohe. »Hat's mir abgeschaut, das Miststück.«

»Warum läßt du dir's abschauen?« sagte die tiefe. »Ich hätt' sie längst gefressen.«

»Und wer kümmert sich um die Ziegen?« sagte die hohe.

»Du!« sagte die tiefe. »Hast dir's abschauen lassen.«

»Nein, du!« sagte die hohe. »Du wolltest Licht haben beim Fressen. Ich kann's auch im Finstern.«

So stapften sie streitend davon. Eine Weile hörte ich noch ihre Stimmen, dann verließen sie das Tal der Lagune, und alles war still.

Eine Zeitlang blieb ich bewegungslos liegen und versuchte zu begreifen, was mit mir geschehen war. Mein Körper steckte in einem hornigen Panzer, der unverrückbar fest aufsaß. Dennoch war ich keine richtige Schildkröte. Ich hatte noch meine menschlichen Arme und Beine, die ich nach Belieben unter dem Panzer verbergen oder hinausstrecken konnte, etwa um mich mit der beharrlichen Langsamkeit von Schildkröten durch das Gras zu schieben, das wie ein Wald von hohem Schilf rings um mich in den allmählich sich aufhellenden Himmel ragte. Als ich mein Gesicht betastete, stellte ich zu meiner Erleichterung fest, daß ich weder die schuppige Haut noch das hornige Maul einer Schildkröte bekommen hatte, sondern noch immer meinen menschlichen Kopf besaß. Dennoch war ich so klein wie die Schildkröten, die ich früher an dieser Stelle beobachtet hatte, kaum größer als eine Männerhand.

All dessen vergewisserte ich mich nach und nach, und die Erleichterung, die ich über die Unvollkommenheit meiner Verwandlung empfand, wich, je mehr ich meine Lage bedachte, blankem Entsetzen. Was wäre, wenn Ginger aus irgendeinem Grund auf Nimmerwiedersehen verschwand? Gründe dafür fielen mir genug ein: Vielleicht fraß die Alte sie zum Frühstück, oder ein Fuchs erwischte sie, weil sie sich nicht ins Haus wagte. Die Alte hatte zwar behauptet, daß Ginger ihr das Zaubern abgeschaut habe, aber wußte ich denn, wie kümmerlich die Künste dieser dumpfsinnigen Riesin sein mochten und wieviel Ginger sich davon hatte aneignen können? Das Kunststück meiner Verwandlung war ihr ja auch nur zur Hälfte geglückt.

Der Gedanke, daß ich mein Leben hier an der Lagune als zwitterhafte Schildkröte würde verbringen müssen, trieb mich in eine solche Panik, daß ich so laut, wie es meine nunmehr winzigen Stimmbänder zuließen, nach Lejb zu rufen begann, der hier irgendwo in der Nähe sein mußte.

Nach einer Weile teilte sich das Gras unmittelbar vor mir, und ein bräunlicher Panzer schob sich ins Freie. »Lejb!« rief ich noch einmal, aber es war eine ganz gewöhnliche Schildkröte, die zwischen den Halmen hervorkroch, ihren kantigen Kopf an dem faltigen Hals vor mir schwenkte und mich aus ihren starren Augen betrachtete. Oder war Ginger in diesem Fall die Zauberei perfekt geglückt?

»Lejb?« sagte ich, aber der Name blieb mir halbwegs im Halse stecken, als sich die Schildkröte noch einen Schritt weiter auf mich zuschob und mich in die Nase zu zwicken versuchte. Ich drängte ihren Kopf zur Seite, und als sie noch einmal an mich herankommen wollte, versetzte ich ihr eine veritable Ohrfeige, die mich aus der Reichweite ihrer Neugier brachte und sie einen Schritt zurückweichen ließ.

In diesem Augenblick hörte ich endlich Lejbs Stimme. Er befand sich hinter mir und sagte ganz ruhig: »Mach sie nicht wütend! Eigentlich sind das ganz sanfte Tiere, die nur Grünzeug fressen.«

Als ich mich mit einiger Mühe umgedreht hatte, sah ich, daß es ihm genauso ergangen war wie mir: Er steckte in einem besonders hübsch gemusterten Panzer, hatte aber wie ich seine menschlichen Glieder und seinen Kopf.

Seinen menschlichen Kopf – ja, aber war das wirklich sein Gesicht? Irgend etwas war anders als früher. Das war nicht mehr der Lejb, den ich kannte. Zwar stand ihm sein rotblondes Haar noch immer zottelig und verstrubbelt um die hohe Stirn, die Nase hatte ihre Form nicht geändert, und die Augen blickten mir wie früher aus dem schmalen Spalt der Lider moosgrün entgegen.

Aber es war ihr Ausdruck, der sich geändert hatte. Bisher war mir sein Gesicht immer so vorgekommen, als wolle es jeden Augenblick in seine Bestandteile zerfallen. Nichts wollte zueinander passen, der breite Mund mit den schmalen Lippen nicht den Lauten geregelter Sprache folgen, deren Brocken er von sich gegeben hatte wie unverdauliche Reste einer fremden Speise. Doch jetzt erschien mir dieses Gesicht mit dem Spruch von Gingers Zauber auf eine Weise verwandelt, als habe es auf einen Schlag zu seiner in ihm angelegten Harmonie gefunden. Es war schön. Ich mußte es so lange anschauen, daß ich darüber beinahe die Situation vergaß, in der wir uns befanden.

»Bist das wirklich du, Lejb?« fragte ich schließlich.

»Ja«, sagte er mit einem halben Lächeln. »Ich glaube, jetzt sehe ich wieder so aus, wie ich eigentlich war, ehe diese Verrücktheit über mich geworfen wurde. Den Panzer mußt du dir allerdings wegdenken.«

»Ach Lejb«, sagte ich. »Warum hast du mich immer so geknufft?«

»Frag mich nicht solche Sachen«, sagte er. »Diese Zeit liegt in meiner Erinnerung wie unter dichtem Nebel. Vielleicht war das die einzige Art, wie ich dir zeigen konnte, daß ich dich mag.«

»Weißt du denn, daß du mich gemocht hast in all deiner Verrücktheit?« sagte ich und spürte, wie mir das Herz bis zum Halse klopfte bei dem Gedanken, daß dieser Lejb, dem ich hier und jetzt in die Augen schaute, mich schon früher gemocht haben könnte.

»Ich glaube«, sagte er, »das ist so ziemlich das einzige, was ich sicher weiß aus dieser verwirrten Zeit.«

Ehe ich mich irgendwelchen Gefühlsausbrüchen hätte hingeben können, wurden wir gestört. Ich hatte nicht bemerkt, daß in der kurzen Zeit, in der ich meinen Blick nicht von dem neuen Gesicht Lejbs hatte lösen können, einige Schildkröten sich rings um uns versammelt hatten. Ich sah sie erst, als eine von ihnen mich ganz vorsichtig mit ihrem erhobenen Vorderfuß an der Hand berührte. Ich erschrak vor der Menge dieser plumpen Tiere, die uns ringsum eingeschlossen hatten, und versuchte die krallenbewehrte Pfote abzuschütteln.

»Laß sie doch!« sagte Lejb. »Sie wird dir nichts tun. Sie will dich nur berühren.«

»Warum?« sagte ich, noch immer unsicher und voll Angst. »Und woher weißt du das?«

Lejb schaute mich lächelnd an. »Wenn du nicht solche Angstgefühle um dich verbreitet hättest, wären ihre Empfindungen schon bis zu dir durchgedrungen. Du hast sie hergelockt mit der Stärke deiner Gefühle, als du mich angeschaut hast. Sie fühlen sich angesprochen durch solche Empfindungen der Zuwendung und Sympathie und kommen von überall herbei, um daran teilzunehmen. Wenn du dich freimachst von deiner Angst, kannst du ihre Empfindungen spüren. Versuch's einmal!«

»Meinst du das wirklich, oder willst du mich nur beruhigen?« fragte ich. Ich konnte nicht glauben, was er da behauptete, aber der Blick seiner Augen brachte mich dazu, es wenigstens zu versuchen. So legte ich meine Hand auf den Vorderfuß der Schildkröte, den ich eben noch wegzustoßen versucht hatte, und schaute ihr in das geschuppte großflächige Echsengesicht. Und dann, schon nach kurzer Zeit, spürte ich, daß sie mit mir sprach. Nicht mit Worten oder irgendwelchen Lauten, wie manche Tiere sie ausstoßen, sondern so, als würden Empfindungen von einem Sender ausgestrahlt, die unmittelbar auf den Sitz meiner eigenen Gefühle einwirkten. Wenn ich aussprechen wollte, was ich empfing, mußte ich es selbst in meine Sprache zu übertragen versuchen, die der Schildkröte nicht zu Gebote stand. Das würde dann ungefähr so lauten: Du hast Angst, aber ich will dir deine Angst nehmen. Ich tue dir nichts. Du hast starke Gefühle. Es tut gut, an deinen Gefühlen teilzunehmen. Deine Berührung ist angenehm auf meiner Haut.

»Sie mag dich«, sagte Lejb.

Ich nickte, schaute ihm wieder in die Augen und sagte nach einer Weile: »Ich mag dich.«

»Obwohl ich dich geknufft habe?« Er lachte, als er das sagte.

»Nein«, sagte ich. »*Weil* du mich geknufft hast.« Dann unternahm ich einen untauglichen Versuch, ihn zu umarmen, der damit endete, daß unsere Panzer aufeinanderprallten. Diesmal lachten wir noch und versuchten, uns wenigstens bei den Händen zu fassen und unsere Köpfe Wange an Wange zu legen, was nur mit einiger Mühe gelang. Die Gefühle, die dadurch in uns ausgelöst wurden, erwiesen sich als dermaßen stark, daß sich nun auch die anderen Schildkröten nicht mehr zurückhalten konnten und uns von allen Seiten umringten, um ihre Vorderfüße sanft auf unsere Arme zu legen und uns die Wellen ihrer Sympathie zu übermitteln. Wir hatten alle Hände voll zu tun, diese freundlichen Kundgebungen entgegenzunehmen, und befanden uns schließlich jeder in einem Kreis von Schildkröten, die nicht eher von uns abließen, als bis jede einzelne die Berührung unserer Finger zu spüren bekommen hatte. Dann schritten sie zufrieden in ihrem gemächlichen Trott davon und suchten sich im Licht der aufgehenden Sonne eine Morgenmahlzeit aus allerlei Kräutern, die sie mit den scharfen Kanten ihrer Mäuler abzwickten.

»Jetzt hätte auch ich gern ein Frühstück«, sagte Lejb.

Wir versuchten unseren Hunger auf ähnliche Weise zu stillen wie unsere neuen Freunde, doch es zeigte sich bald, daß die Verwandlung ohne Nachwirkung auf unsere Eßgewohnheiten geblieben war. Während wir noch überlegten, wie wir es anstellen sollten, in unserer neuen Existenz als Schildkröten-Menschen nicht Hungers zu sterben, sahen wir eine ingwerfarbene Katze am Ufer entlangstreichen, die immer wieder stehenblieb, um ringsum Ausschau zu halten.

»Ob die hier nach Mäusen sucht?« fragte ich.

Lejb schüttelte den Kopf. »Sie sucht nach uns«, sagte er, und dann rief er, so laut er konnte: »Ginger!«

Die Katze spitzte die Ohren, blickte in unsere Richtung und sprang dann mit wenigen Sätzen zu uns herüber.

»Guten Morgen, Ginger!« sagte Lejb. »Ich dachte, du bringst uns ein anständiges Frühstück.«

»Du lieber Himmel!« sagte die Katze unverkennbar mit Gingers Stimme. »Ich dachte, ihr könnt euch ernähren wie die anderen Schildkröten.«

»Ziemlich unsichere Angelegenheit, deine Zauberei«, sagte Lejb. »Jedenfalls können wir dem Grünzeug hier keinen Geschmack abgewinnen. Ein Stück Brot wäre mir lieber.«

Die Katze schüttelte mißbilligend den Kopf. »Nichts wie Scherereien hat man mit euch«, sagte sie. »Aber ich höre mit Freuden, daß du deinen Verstand wiedergefunden hast, Lejb. Dazu war meine Zauberei gut genug.«

»Offenbar ohne deine Absicht«, sagte Lejb, »und es wird mir nichts nützen, wenn wir hier verhungern müssen. Du weißt doch, wo das Brot liegt, und die Alten schlafen jetzt. Wenn ich mich recht erinnere, gibt es in der Tür ein Katzenschlupfloch.«

»Ja, ja, ich geh' ja schon«, sagte die Katze mürrisch mit Gingers spröder Stimme. »Bleibt wenigstens an dieser Stelle sitzen, damit ich euch nicht erst lange suchen muß.« Damit machte sie sich davon, lief in langen Sätzen am Ufer entlang und verschwand am Ende der Landzunge.

Es dauerte eine Weile, bis sie wieder auftauchte. Diesmal trug sie ein Bündel im Maul, dessen zipflige Enden sie mit den Zähnen festhielt. Als sie es vor uns ins Gras fallen ließ, rollte ein offenkundig mit wenig geeigneten Mitteln abgerissenes, dickes Stück Brot aus dem Tuch, über das Lejb und ich uns sofort hermachten.

»Ein Schluck Milch wäre wohl zuviel verlangt«, sagte Lejb, nachdem er den ersten Bissen hinuntergeschluckt hatte.

»Das wäre es in der Tat«, sagte die Katze. »Es sei denn, du kannst mir erklären, wie ich die Ziegen melken und die Milch herbringen soll.«

»Wer war denn von uns beiden immer die Schlaue?« sagte Lejb.

Jetzt wurde Ginger-Katze richtig wütend. »Ach hör doch endlich auf mit deiner Stichelei!« keifte sie. »Das ist ja nicht auszuhalten mit dir, seit du dein bißchen Verstand wieder zur Verfügung hast.« Etwas ruhiger setzte sie nach einer kurzen Pause hinzu: »Laß uns lieber überlegen, wie die Geschichte weitergehen soll.«

»Da stellt sich erst einmal die Frage, ob du uns wieder in unsere normale Gestalt zurückverwandeln kannst«, sagte ich, denn das war meine größte Sorge.

Ginger-Katze dachte eine Weile nach, als müsse sie sich erst einmal die geeigneten Zauberformeln ins Gedächtnis rufen, und sagte dann: »Zumindest hoffe ich das. Aber solange die beiden Alten hier nachts durch die Gegend laufen, will ich das lieber nicht versuchen.«

»Meinst du, die hören eines Tages damit auf?« sagte Lejb.

»Nein«, sagte Ginger-Katze. »Da werden wir wohl ein bißchen nachhelfen müssen.«

»Wir beide als halbe Mini-Schildkröten und du als Katze!« sagte Lejb nicht ohne einen bitteren Unterton. »Wie stellst du dir das vor?«

»Weiß ich noch nicht«, sagte Ginger-Katze. »Ihr müßt mir etwas Zeit lassen. Einstweilen bringe ich euch jeden Morgen etwas zu essen.«

»Wie lange?« fragte Lejb.

»Bis ich etwas herausgefunden habe.« Zu weiteren Erklärungen war Ginger-Katze nicht mehr zu überreden. Sie verfiel wieder in ihre mürrische Art und ließ uns allein.

Eine Zeitlang sah ich sie noch in halber Höhe am Hang des Hügels entlangtrotten. Hie und da hielt sie unvermittelt an und kauerte geduckt im Gras, den Schwanz mit der zuckenden Spitze halb erhoben wie eine Katze, die einer Maus auflauert. Ob Ginger als Katze Mäuse fraß? Während ich über diese Frage nachdachte und dabei zu der Einsicht gelangte, daß es mir lieber wäre, sie täte es nicht, geriet sie mir aus den Augen und tauchte nicht mehr auf.

Wir aßen jeder noch ein Stück Brot und tranken von dem kristallklaren Wasser, das wir mit den Händen aus der Lagune schöpften. Inzwischen stand die Sonne schon hoch am Himmel, und mir wurde warm unter meinem Panzer. »Komm«, sagte ich zu Lejb, »wir suchen uns einen Platz im Schatten, wo wir den Tag über bleiben können.«

Lejb nickte und zeigte auf ein Gebüsch, das auf der anderen Seite der Lagune das Ufer säumte. Den Rest des Brotes schleppte er in dem Tuch mit. Bis wir in unserem schwerfälligen Gang bei den Erlensträuchern angekommen waren, mußte es schon gegen Mittag sein. Aufatmend krochen wir unter den Schatten der belaubten Zweige und suchten uns einen Platz, an dem man bequem liegen, aber auch ungehindert über die Lagune hinwegblicken konnte.

Lange lagen wir dort schweigend nebeneinander. Hie und da blickte ich zur Seite, um Lejbs *neues Gesicht* zu betrachten, diese plötzlich so sichtbar vom Verstand beherrschten Züge, dieses Profil, das mir schon jetzt so lieb war, als würde ich es seit jeher kennen. Ich beobachtete, wie er zunächst gespannt hinausspähte ans Ende der Lagune, wo am ehesten etwas oder jemand auftauchen konnte, von dem eine Gefahr ausging. Aber die Landschaft lag ruhig unter dem Frühlingshimmel, über den einzelne watteweiße Wolken segelten und dabei allmählich ihre Gestalt verwandelten. Ein paar Enten kamen von weiter draußen her niedrig und mit vorgestreckten Hälsen hereingeflogen und fielen an der Mündung der Lagune ins aufschäumende Wasser ein, wo sie dann sanft schaukelnd auf das Ufer zuschwammen.

Unter der Ruhe dieser Landschaft entspannte sich Lejbs Miene mehr und mehr. Hie und da trafen sich unsere Augen, wenn ich wieder einmal zu ihm hinüberschaute, und irgendwann war ich dann nicht mehr imstande, sie abzuwenden. Das Lächeln, mit dem er meinen Blick begrüßt hatte, verging bald, und ich beobachtete mit steigender Erregung, wie auf dem moosgrünen Grund seiner Augen eine Tür sich öffnete, um mich einzulassen in Tiefen, die mir bisher unzugänglich gewesen waren.

Der Schwindel dieses unendlich langsamen Absturzes zwang mich, nach Lejbs Hand zu tasten, damit er mich festhielt, wo sonst kein Halt mehr zu finden war, und er hielt mich mit seiner kräftigen, warmen Hand, so daß es nicht nur Angst war, in die ich hineinstürzte, sondern zugleich die wilde Lust des Entdekkens eines bisher unbetretenen fremden Landes voller Schrecken und Schönheit.

Ich will hier diese Erinnerungen abbrechen, denn ich gerate gefährlich nahe an den Bereich des Unbeschreibbaren oder, wenn ich mir's heute vorzustellen versuche, womöglich sogar an den Bereich des Komischen. Mal dir das lieber selbst aus: Zwei händchenhaltende Halb-Schildkröten, die im Schatten eines Erlengebüschs am Rand der Lagune ihre ersten Versuche einer Annäherung an das andere Geschlecht unternehmen. Ich will das lieber nicht noch detaillierter unter dem ironischen Blick deiner Augen ausbreiten.

Die Wirkung solchen sich heftig steigernden Gefühlsüberschwangs hätten wir eigentlich voraussehen müssen, aber wir waren beide dermaßen in Anspruch genommen von unserer Entdeckerneugier, daß wir die Anziehungskraft unserer Gefühlsemanationen auf die Schildkröten erst bemerkten, als uns die ganze Horde schon wieder eingekreist hatte und einzelne, besonders begierige Tiere uns vorsichtig mit ihren hornigen Pfoten berührten, um an diesem erregenden Strom von Empfindungen teilzuhaben. Lejb mußte lachen angesichts der sehnsuchtsvoll andrängenden plumpen Kreaturen und schuf damit eine Distanz zwischen uns, die ein weiteres Vordringen in unerforschte Gefilde unmöglich machte. Wir hatten noch keinen gemeinsamen Wortschatz für das, was uns so intensiv ergriffen hatte, und so blieb mir nichts anderes übrig, als in sein Lachen einzustimmen und mich gleich ihm den Schildkröten zuzuwenden. »Wahrscheinlich müssen wir warten, bis sie allesamt schlafen«, sagte Lejb mit einem verlegenen Grinsen und ließ offen, worauf da gewartet werden sollte.

»Verlier nicht wieder den Verstand!« sagte ich vorsichtshalber. Lejb war mir plötzlich sehr erwachsen vorgekommen in seinem Versuch, den Überlegenen zu spielen, der eine solch delikate Lage problemlos zu meistern versteht. Daß die Erwachsenen schieflagen mit ihren Ansichten und Unternehmungen, daran zweifelte ich damals nicht. Lejb besann sich auch gleich eines Besseren und schlug mir vor, mit ihm zusammen den Umkreis der Lagune zu erforschen, aus der Schildkrötenperspektive sozusagen. Das nahm unser Interesse bald so in Anspruch, daß die Schildkröten ihre Zudringlichkeit mäßigten und wieder ihrer eigenen Wege gingen.

Als wir wieder allein waren, beschlossen wir, den Hang der Bodenwelle zu besteigen, von deren Kamm aus die Hütte zu sehen sein mußte. Das ungewohnte Gewicht unserer Panzer machte uns dabei nicht wenig zu schaffen, doch wir erreichten schließlich die Höhe und konnten von dort aus nicht nur die Hütte unten an den Uferwiesen des Sees liegen sehen, sondern entdeckten auch, daß unmittelbar unter uns am Hang die Ziegen weideten, gefolgt von Ginger-Katze, die jenseits der Herde hin und her sprang, um die Tiere zu uns heraufzutreiben.

»Ginger ist wirklich schlauer als wir beide zusammen«, sagte Lejb, diesmal im Ton neidloser Anerkennung. »Sie bringt uns Milch.«

Bald lag jeder von uns beiden unter einer Ziege und versuchte, aus dem tief herabhängenden Euter sich Milch direkt in den Mund zu melken. Am Ende waren wir beide von oben bis unten vollgespritzt, aber rundum satt.

Ginger war inzwischen bis zu uns heraufgekommen und schaute uns zu, grinsend, soweit das Mienenspiel einer Katze diese Interpretation erlaubt.

»Kümmerst du dich noch immer um die Ziegen?« fragte Lejb.

»Nein«, sagte Ginger-Katze. »Ich habe sie nur zu euch heraufgescheucht. Die Alte hat sie in der Morgendämmerung aus dem Stall getrieben, dann sind sie von selbst hierher gezogen, weil's ihnen an diesem Hang besser schmeckt. Vermutlich wird sie die Herde am Abend, wenn's dunkel wird, wieder zusammensuchen. Ich bin schon neugierig, wie sie sich beim Melken anstellen wird mit ihren plumpen Fingern.«

»Und was geschieht, wenn sie's nicht tut?« fragte ich.

»Dann müssen die Milchziegen sterben, und die brauchen die Alten als Tarnung«, sagte Ginger-Katze.

Inzwischen sank die Sonne schon auf den Horizont zu. Ginger-Katze sagte: »Ihr solltet euch jetzt auf den Heimweg machen. Sobald die Sonne untergegangen ist, könnte die Alte hier herumtrampeln.«

»Was hat das mit der Sonne zu tun?« fragte Lejb.

»Das weiß ich noch nicht genau«, sagte Ginger-Katze. »Vielleicht kann ich dir das morgen sagen. Ich muß zuhören, was die Alten miteinander reden. Gute Nacht, ihr beiden Kröten!«

Wir blickten ihr nach, wie sie rasch hangabwärts lief und unten zwischen Büschen verschwand. Dann begannen wir den Abstieg nach der anderen Seite, der uns noch mehr Mühe machte als der Weg herauf, zumal es schon fast Nacht war, ehe wir unten bei der Lagune ankamen.

Mit zunehmender Dunkelheit wuchs meine Angst. Das war keine Furcht vor irgendeiner konkreten Bedrohung, der ich hätte ausweichen können wie den Trampelfüßen der Alten und ihrem blutigen Ledersack, sondern eine ungreifbare Angst, die sich mit der heraufziehenden Nacht von Osten her über den mit Hochnebel bezogenen Himmel ausbreitete und mit dem allmählichen Zusammenschrumpfen der sichtbaren Welt immer näher rückte.

Wir tasteten uns schweigend am Ufer der Lagune entlang bis zu dem Erlengebüsch, unter dessen Zweigen wir schon bei Tag Schutz gesucht hatten. Hier lagen wir dann wieder nebeneinander. Ich weiß nicht genau, wie Lejb zumute war, aber mir lastete der Druck dieser Angst auf dem Herzen bis zur Unerträglichkeit oder wenigstens so lange, bis ich beim ziellosen Umhertasten auf dem sandigen Boden Lejbs Hand zu fassen bekam.

Diesmal war es kein Spiel, das unsere Hände miteinander trieben, kein Spiel, das sich nach Belieben unterbrechen läßt. Ich merkte am Zugriff von Lejbs Fingern, daß es ihm nicht anders ging als mir, und so flochten sich unsere Finger ineinander als klammerndes Wurzelwerk unserer Angst, und ich spürte, wie sich Lejbs Kopf an meinen heranschob, wie er sich gleich mir den Hals verrenkte, um seine Wange an meine Wange zu legen, spürte den reibenden Sand zwischen seiner Haut und meiner Haut, nahm seine suchenden Lippen wahr, die über meine Haut streiften und, als ich ihnen entgegenzukommen versuchte, meine Lippen mit knapper Mühe berührten, obwohl der kantige Rand unserer Panzer uns beiden fast die Kehle abdrückte. Mehr an Nähe des anderen war nicht zu erreichen, doch meine Haut, mein ganzer Körper schrien danach, umarmt und festgehalten zu werden, festgehalten und umarmt wie ein hilfloser Säugling von der Mutter, wie ein Kind, das sich fürchtet, wie eine Frau von ihrem Geliebten, obwohl ich damals noch keine Vorstellung davon hatte, wie das sein mochte, dieses Liegen Körper an Körper mit einem Mann.

Ohne Ende erschien mir diese Nacht und ohne Ende mein Verlangen nach einer größeren, nach einer vollkommenen Nähe des andern. Damals meinte ich noch, daß eine solche Nähe in Vollkommenheit für den Menschen erreichbar sein müsse, wenn schon die Sehnsucht danach in ihm angelegt ist. Erst später, als meine eigene Erfahrung gegen eine solche Möglichkeit sprach, begann ich das Bild der Schildkröten mit den menschlichen Gliedern zu begreifen, das ich im Buch meines Großvaters gefunden hatte, und erkannte in ihm den Dämon des Verlangens nach einer Erfüllung, die dem Menschen versagt bleibt.

Schließlich stieg dann doch eine fahle Dämmerung über die waldigen Bergzüge im Osten herauf, ohne daß dieses durch hohe Wolkenschichten gedämpfte Licht die Empfindung dieses endlosen und unerfüllten Verlangens hätte auslöschen können. Während ich das hier niederschreibe, verspüre ich es noch immer. Doch hörten wir damals, sobald wir in zunehmender Helligkeit einander wieder sehen konnten, damit auf, uns von unserer Begierde so schmerzhaft verrenken zu lassen.

Als dann die Sonne erahnbar hinter den Schleiern am roten Himmel über die Wälder stieg, sahen wir Ginger-Katze mit dem Brot-Tuch zwischen den Zähnen am Ufer der Lagune heranlaufen. Da verließen wir das Erlengebüsch und krochen hinunter zum Ufer, um unsere müden Gesichter ins kühle Wasser zu tauchen, zur Erfrischung und auch zur Ernüchterung, die erforderlich ist, um den hellen Tag zu ertragen.

Das war gut so; denn was Ginger-Katze uns berichtete, während wir unser Brot aßen, brachte uns endgültig auf andere Gedanken. Sie hatte aus belauschten Gesprächen der Alten geschlossen, daß sie die Hütte deshalb nur bei Dunkelheit verließen, weil sie tatsächlich die Sonne aus irgendeinem Grund fürchteten. »Ich vermute«, sagte sie, »daß diese Unholde im Licht der Sonne zumindest ihre Zauberkraft verlieren. Deshalb hat ihre Schlafkammer keine Fenster, durch die ein Sonnenstrahl hereinfallen könnte.«

»Und was hilft das uns?« fragte Lejb.

»Wir müssen sie herauslocken in die Sonne«, sagte Ginger-Katze. »Aber zuvor muß ich uns alle drei in unsere frühere Gestalt zurückverwandeln. Es gibt eine Menge Arbeit zu tun, ehe wir die Alten wecken.«

»Wann?« fragte Lejb, und ich sah seiner Miene an, daß er es kaum erwarten konnte.

»Jetzt gleich«, sagte Ginger-Katze. »Es sieht so aus, als bekämen wir heute einen sonnigen Tag. Der Hochnebel löst sich schon auf.«

»Dann fang endlich an damit!« sagte Lejb ungeduldig.

»Hetz mich nicht so, sonst bist du plötzlich wieder der gleiche Blödmann wie früher«, sagte Ginger-Katze. »Dich nehme ich lieber als letzten dran und überlege mir genau, was ich sage, sonst geht's womöglich schief.«

Sie kam so dicht an mich heran, daß ihr ingwerfarbener Pelz mich an der Nase kitzelte und ich niesen mußte. »Zur Gesundheit!« sagte Ginger-Katze, legte ihre rechte Vorderpfote auf meinen Panzer, blickte mich mit ihren dunkelgrünen Augen starr an und sagte: »Herod und Ginger – zwei Mädchen!«

Im nächsten Augenblick standen wir schon nebeneinander im Ufergras an der Lagune und blickten herab auf die handgroße Schildkröte mit dem winzigen Menschengesicht, die zu unseren Füßen hockte und mit piepsiger Stimme zeterte, wie lange es noch dauern sollte mit der Verwandlung.

Ginger schaute mich grinsend an und sagte: »Sollen wir ihn so lassen, diesen Schreihals, klein und handlich wie er ist?«

Ich war nicht sicher, ob sie nur Spaß machte oder ob dieses unheimliche Mädchen es womöglich ernst meinte. Jedenfalls schüttelte ich den Kopf und sagte: »Bitte, laß ihn nicht so!«

»Schon gut«, sagte Ginger. »Ich glaube, du magst ihn, diesen Lulatsch.« Sie hockte sich hin, legte die Hand auf Lejbs Rückenpanzer und sagte: »Lejb – ein Junge, wie er sein sollte«, und da stand er auch schon vor uns, hochgeschossen und schlaksig, das rotblonde Haar stand ihm wie immer verstrubbelt um den Kopf und flimmerte golden unter den Strahlen der Morgensonne, die nun endlich den Nebel vertrieben hatte. Aber das Wichtigste war: Sein Gesicht geriet nicht aus den Fugen, zerfiel nicht mehr zur Narrenmaske des Verrückten, sondern blieb so, wie ich es während unserer Zeit als halbe Schildkröten kennengelernt hatte. Lachend stand er vor uns, steckte die Hände in die Hosentaschen und sagte: »Wie soll's nun weitergehen?«

»Jetzt gibt's erst mal eine Menge Arbeit«, sagte Ginger. »Kommt mit zur Hütte!«

Unterwegs erklärte sie uns, daß wir die Fenster der Küche ohne allzuviel Lärm von außen abdichten müßten. Drinnen müsse es so aussehen, als sei noch Nacht. Unter dem Dach des Ziegenstalls liege noch genug altes Heu vom Vorjahr, das wir dafür verwenden könnten.

Als wir um das Ende der Landzunge bogen, sahen wir die Ziegen, die auch diesmal in den Hügeln weideten. »Während ihr arbeitet, geh' ich erst einmal melken«, sagte Ginger. »Die Alte hat die Ziegen in aller Frühe einfach ins Dunkel hinausgescheucht, ehe sie schlafen gegangen ist.«

Sie zeigte uns, wo das Heu lag, und ich stieg hinauf in den niedrigen Dachboden und warf die Ballen hinunter zu Lejb; denn er wäre in dem engen Raum mit seinen langen Knochen überall angeeckt und hätte dabei zuviel Krach gemacht. Dann stopften wir leise eine dicke Schicht Heu in die tiefen Fensterlaibungen, und Lejb lehnte, damit das Heu nicht ins Rutschen kam, Bretter dagegen, die er hinter dem Haus gefunden hatte. Als Ginger mit dem Milcheimer vom Melken kam, war schon alles dicht. Da setzten wir uns zusammen ins Gras und tranken Milch als zweites Frühstück.

»Jetzt müssen wir warten bis zum Abend, wenn die Sonne im Westen steht und auf die Hüttentür scheint«, sagte Ginger. »Dann werden wir die Alten wecken.«

Allmählich fing ich an zu begreifen, was Ginger plante, und

die Vorstellung, daß wir schutzlos vor der Hütte stehen und darauf warten würden, daß diese menschenfressenden Unholde aus der Tür herauskamen und neuerlich zu riesenhafter Gestalt aufquollen, machte mir angst. »Bist du sicher«, fragte ich, »daß dein Plan funktioniert?«

»Ich hoffe es«, sagte Ginger, »aber sicher kann keiner in solchen Dingen sein. Wenn wir nicht unser Leben lang hier bleiben wollen, müssen wir's riskieren.«

»Und was tun wir, wenn sie sich nicht um die Sonne kümmern und einfach auf uns losgehen?« fragte ich.

»Noch einmal um unser Leben rennen«, sagte Ginger, »und zwar jeder in eine andere Richtung. Das wird sie verwirren.«

Solche Aussichten waren wenig geeignet, meine Angst zu zerstreuen. Ich sah mich schon allein am Ufer des Sees entlangrennen, eines dieser Ungeheuer mir dicht auf den Fersen, und dergleichen Vorstellungen verließen mich nicht, bis die Sonne in weitem Bogen den wolkenlosen Himmel durchzogen hatte und niedrig im Westen jenseits des Sees stand, über dessen spiegelnde Fläche eine blendend helle Lichtbahn bis dicht ans Ufer vor der Hütte flimmerte.

Da sagte Ginger: »Jetzt wollen wir sie wecken. Ruft sie heraus! Schlagt gegen Tür und Wände und schreit, was eure Lungen hergeben! Schreit meinetwegen vor Angst, aber brüllt, so laut ihr könnt! Sie sollen hören, daß wir hier sind, daß vor der Tür Fleisch auf sie wartet, Fleisch für ihre gierigen Zähne!«

Sie griff sich einen Holzprügel, schlug damit dröhnend gegen die Tür und schrie gellend ihre Wut und ihre Angst heraus, und ihr Geschrei riß uns mit, ließ uns sinnlose Silben und Wortfetzen herausbrüllen. Mir war zumute, als sähe ich mir selber zu, wie ich an der Balkenwand der Hütte entlangtobte, mit einer Latte auf die herausragenden Dachsparren schlug und schrie, als sollte mir der Hals bersten.

Dann flog von einem ungeheuren Schlag aus dem Inneren der Hütte das Türblatt aus den Angeln und schlug schlitternd langhin auf den abgetretenen Rasen vor dem Eingang, und dahinter quollen die beiden Alten hervor, aufgedunsen schon, um wieder zu riesigen Ungeheuern anzuschwellen, taumelten sie heraus ins Freie, die Augen zugekniffen vor all der strahlenden Helligkeit, die ihnen entgegenbrandete vom spiegelnden See her und herab vom Himmel zugleich.

»Jetzt lauft!« schrie Ginger. »Rennt um euer Leben!«

Ohne mich lange zu besinnen, rannte ich wieder auf die Landzunge zu, hinter der die Schildkröten an der Lagune hausten, und sah eben noch, wie Ginger und Lejb nach der anderen Seite über die Uferwiesen flitzten auf den Wald zu. Da war ich schon am Ende der Landzunge und hörte einen der Riesen hinter mir eher heranrollen als laufen, merkwürdig langsam, wie mir schien, so daß ich mein Tempo mäßigen konnte. Als ich schon am Ufer der Lagune entlanglief, blickte ich mich um und sah, wie sich etwas kolossal Großes hinter dem Hang des Hügels hervorwälzte, nur noch mühsam bewegt, und dann an der Spitze der Landzunge wie in den Boden gerammt stehenblieb, ein riesiger Felsbrocken, hoch wie drei Männer übereinander, ein Menhir, der sich als Landmarke im Boden verankerte und für alle Zeiten stehen bleiben würde, wenn die Hütte längst zerfallen war.

Eine Zeitlang stand ich dort am Ufer und starrte auf den versteinerten Riesen, dann merkte ich, wie ich am ganzen Körper zitterte vor überstandener Angst, vor Erschöpfung und angerührt von der Verwandlung, die sich vor meinen Augen vollzogen hatte, und ich setzte mich ans Ufer der Lagune und betrachtete weiter diesen aufragenden Stein, der rötlich übergossen unter der Abendsonne stand, als sei er schon vor Jahrhunderten an dieser Stelle aufgepflanzt worden. Erst als ich sicher war, daß er sich nicht mehr bewegte, stand ich auf und ging zurück, um Ginger und Lejb zu suchen, kam zu dem steinernen Mal und strich im Vorübergehen mit der Hand über die rauhe, kristalline Rinde des Felsens. Da war kein Leben mehr, nur noch harter Stein durch und durch.

Als ich die Landzunge wieder umrundet hatte, sah ich jenseits der Hütte, halbwegs zwischen ihr und dem Rand des Waldes, den zweiten Menhir mitten in der Wiese stehen. Aber von Ginger und Lejb fand ich keine Spur. Drei Tage blieb ich noch dort, rief immer wieder nach ihnen, suchte im weiten Umkreis vergeblich die Wälder ab und kümmerte mich zwischendurch um die Ziegen, die gemolken werden mußten. Schließlich gab ich die Suche auf und trieb meine kleine Herde fort von diesem unheimlichen Platz, bis ich nach tagelanger Wanderung ein Dorf erreichte, in dem ich die Ziegen bei einem Bauern lassen konnte.

So ungefähr ließ damals mein Großvater diese Geschichte enden. Ich entsinne mich, daß ich so etwas wie ein großes Finale erwartet hatte: Herod und Lejb liegen einander in den Armen, und es stellt sich heraus, daß dieser rothaarige Junge ein Prinz ist, den eine mißgünstige Fee um seinen Verstand gebracht hatte. Vermutlich hatte man versäumt, sie zur Taufe einzuladen. Nun ist er endgültig erlöst und besteigt den Thron seines aus Gram über den vermeintlichen Verlust seines einzigen Sohnes verstorbenen Vaters und läßt Herod an seiner Seite als junge Königin Platz nehmen (offenbar wollte ich noch immer einen Prinzen haben, obwohl ich schon früher ausdrücklich eine solche Partie abgelehnt hatte), während die zauberkundige Ginger hinter dem Königspaar zurücktritt, aber insgeheim ihre machtvolle Hand über sie hält als eine Art weiblicher Merlin. So, meinte ich, müsse eine solche Geschichte enden, statt eher beiläufig im Sande zu verrinnen, nämlich mit dem einsamen Treiben einer Ziegenherde zum nächstgelegenen Bauernhof, und das sagte ich meinem Großvater.

»Was wäre denn, wenn ich dir das große Finale geliefert hätte?« fragte er mich.

»Ja, was schon –«, ich mußte erst einmal nachdenken, ehe ich nach einer Weile weiterredete. »Das hätte so etwas Befriedigendes. Alle sind glücklich und haben bekommen, was sie sich wünschen.«

»Aha«, sagte der Großvater (und ich konnte mir schon denken, was folgte, wenn er aha sagte!), »und das findest du gut. Dabei meine ich mich zu erinnern, du wärst längst davon abgekommen, daß Herod mit einem Prinzen glücklich werden könnte.«

»Aber sie liebt doch diesen Lejb!« sagte ich aufgebracht. »Dann ist es doch gleichgültig, was er für einen Beruf hat.«

»So gleichgültig nun auch wieder nicht, wenn sie das ihr Leben lang aushalten soll«, gab der Großvater zu bedenken. »Ob sie ihn liebt, mußt du ja wissen. Aber liebt er sie auch? Vorderhand haben die beiden nur eine – zugegebenermaßen ziemlich anstrengende – Nacht lang zusammen Händchen gehalten. Reicht das schon? Du bist ein bißchen zu schnell bei der Hand mit diesem Wort.«

»Ich möchte mir ja nur vorstellen können, wie das weitergeht mit den beiden«, sagte ich, und als Großvater den Kopf hob und mich scharf anblickte, setzte ich hinzu: »Oder mit allen dreien.«

»Wenn das reicht«, sagte er. »Es kamen ja noch mehr Leute vor in der Geschichte. Jedenfalls hindert dich niemand daran, dir vorzustellen, wie das weitergehen könnte. Wenn ich dir's erzählt hätte, brauchtest du jetzt nicht darüber nachzudenken, und das wäre schade. Findest du nicht?«

Noch oft habe ich über diese Geschichte nachdenken müssen, nicht zuletzt über die lange Nacht im Schildkrötenpanzer, die für mich wohl erst später aufgrund weitergehender Erfahrungen zu einem Bild dafür geworden ist, in welch unvollkommenem Maße Menschen sich einander nähern können. Als ich dann mit dir tatsächlich vor dieser Figurengruppe stand, die wir zuvor von wild wucherndem Unkraut befreit hatten, war mir zumute, als sei ich selbst wieder dieser Verwandlung verfallen. Du hast von meiner Beklemmung offenbar überhaupt nichts bemerkt, jedenfalls erwähnst du diese Gruppe nur mit wenigen Worten, während du andere viel ausführlicher schilderst. In diesem verwilderten Figurengarten waren wohl wir beide vor allem mit uns selbst beschäftigt und mit den Bildern unseres persönlichen Pandämoniums, bis die Angst vor diesen Verfolgern uns einander in die Arme trieb.

Auf solche späteren Erfahrungen, wie ich sie eben erwähnt habe, muß ich jetzt zu sprechen kommen, damit du verstehen kannst, was mich außer den Schildkröten dort hinter der Villa des Palladio und auch anderswo noch alles verfolgt hat. Dazu muß ich allerdings die Zeit meiner pubertären Träume verlassen und damit auch die Zeit, in der mein Großvater lebte. Im letzten Jahr vor seinem Tod füllte er meinen Schatz an Herod-Geschichten allerdings noch beträchtlich auf, als wolle er mir einen Vorrat fürs Leben mitgeben, sozusagen eine auf mich zugeschnittene persönliche Mythologie oder wie immer ich das nennen soll. Es kann sogar sein, daß er damit meine Studienwahl nicht unwesentlich beeinflußt hat; denn seinen Geschichten liegt eine Art Ikonographie zugrunde, deren Entschlüsselung mich von Jugend auf beschäftigt hat.

Während ich diese letzten Sätze noch einmal durchlese, überrascht mich die Frage, inwieweit auch mein Großvater durch seine Geschichten über mich bestimmt hat, und zwar auf eine sehr viel unmerklichere Weise als mein Vater. Mein Vater sprach seine Erwartungen, die er mir gegenüber hegte, mit solcher Bestimmtheit aus, daß ich eigentlich kaum eine andere Wahl hatte, als gegen ihn zu opponieren. Großvater hingegen schlug sich offenkundig auf meine Seite und bot mir in seinen Geschichten Interpretationen meiner jeweiligen Situation an, die ich mir widerstandslos aneignete, als enthielten sie letzte, unwiderlegbare Wahrheiten. Als Kind und auch noch als heranwachsendes Mädchen meinte ich ja noch, daß ein Mensch über so etwas verfügen könne. Und erst jetzt beim Schreiben beginne ich nach und nach zu erkennen, wie stark meine eigenen Erfahrungen sich nach dem Muster seiner Geschichten in meinem Bewußtsein geordnet haben, also nach dem Muster dessen, was ich meine von ihm geformte persönliche Mythologie genannt habe. Deren Bilder haben sich mit den Erinnerungen an meine Erfahrungen dermaßen verquickt, daß ich beides nicht mehr voneinander trennen kann.

Die lange Nacht mit Lejb unter dem Erlengesträuch an der Lagune und mit dem doppelten Panzer zwischen unseren Körpern – was davon aus den Erzählungen meines Großvaters stammt, weiß ich nicht mehr. Aber ich weiß genau, woher mir die Empfindungen vertraut sind, die ich Herod in dieser Situation zugeschrieben habe. Als ich diese Erfahrung machte, war mein Großvater schon seit einigen Jahren tot. Ich studierte damals in den ersten Semestern Kunstgeschichte an einer Universität, die ein paar Bahnstunden entfernt vom Wohnort meiner Eltern lag, war also zum ersten Mal der ständigen Aufsicht meines Vaters entronnen, und die Gespräche mit meiner Mutter konnte ich nur telefonisch führen, also auf jene Distanz, die dieses elektrische Gerät zwischen den Sprechenden unweigerlich herstellt.

Ich hatte die Abfahrt zur Universitätsstadt herbeigesehnt als den Tag meiner Befreiung aus ständiger Abhängigkeit und ahnte nicht, wieviel davon ich noch in die vermeintliche Freiheit nachschleppen würde. Um mein Zimmer am Studienort wollte sich natürlich mein Vater kümmern. »Ich kenne dort jemanden in der Stadtverwaltung, der irgendwie mit Studentenwohnheimen befaßt ist«, sagte er mit auffälliger Beiläufigkeit, um meinen Widerspruch nicht herauszufordern, aber ich hatte so etwas geahnt und mich selbst beizeiten nach geeigneten Adressen umgesehen. Auf dem Stadtplan, den ich mir besorgt hatte, hatte ich mir ein Wohnheim ausgesucht, das etwas außerhalb des Zentrums neben einem weitläufigen Park lag. Ich konnte mir nicht vorstellen, ein Leben ohne die Nachbarschaft von Bäumen zu führen. Ich sagte also meinem Vater, daß dieses Problem schon gelöst sei, was dieser zwar mit Unmut vernahm, aber er konnte nichts dagegen einwenden, als ich die Zusage des Heims vorwies. Wenige Tage später packte ich meine Koffer und reiste ab zu meinem ersten Semester.

Meine Gefühle bei der Abreise sind schwer zu beschreiben. Daß dieser Schritt so etwas wie eine Entlassung in die Freiheit der Eigenverantwortung für mich bedeutete, habe ich schon gesagt. Aber da war noch eine andere Komponente, die ich wohl am besten als Neugier bezeichne: Neugier auf Erfahrungen, die mir bisher verwehrt gewesen waren und denen ich mit Herzklopfen entgegenfuhr, ohne daß ich mir allzu genau ausgemalt hatte, was für Erfahrungen das sein könnten.

Ich muß dir das Haus, in dem ich die nächsten zweieinhalb Jahre mit Ausnahme der Ferien verbrachte, schildern, damit du dir dieses Ambiente vorstellen kannst. Als ich aus der Straßenbahn stieg, sah ich schon die breite Front des dreistöckigen Gebäudes vor mir, dessen Erbauer versucht hatte, den Stil italienischer Palazzi der Renaissance nachzuahmen, und dabei wie manche seiner Kollegen des ausgehenden 19. Jahrhunderts des Guten etwas zuviel getan hatte, vermutlich deshalb, weil er es für notwendig hielt, den Geist, der in diesem Hause walten sollte, auf besondere Weise zu betonen. Vielleicht war das einmal ein Internat für die Schüler eines humanistischen Gymnasiums gewesen oder eine kaufmännische Bildungsanstalt.

In dem als *Anmeldung* bezeichneten Raum neben dem Eingang empfing mich eine Dame um die Fünfzig mit einem ansehnlichen Haarknoten am Hinterhaupt. Nach den üblichen Formalitäten machte sie mich mit der Hausordnung vertraut: vor allem keine Herrenbesuche auf dem Zimmer, nicht im Zimmer kochen – dafür gab es auf jedem Stockwerk eine Gemeinschaftsküche –, dies und noch einiges mehr teilte sie mir eher beiläufig und ohne moralischen Impetus mit und überreichte mir dann den Schlüssel zu meinem Zimmer, das im zweiten Stock nach hinten hinaus liege, *zur Gartenseite*, wie sie sich ausdrückte.

Als ich diese Bezeichnung vernahm, tat mein Herz einen Sprung. Zur Gartenseite wohnte ich also, genau wie Herod, ehe ihr Balkon in die Tiefe gestürzt war. Kommt es dir kindisch vor, daß ich zu Beginn meines Studiums noch immer die Bilder aus Großvaters Geschichten parat hatte? Du wirst dich daran gewöhnen müssen, daß sie mich noch länger begleitet haben und noch begleiten bis zum heutigen Tag.

Ich stand also gleich darauf – die Treppen nahm ich fast im Laufschritt! – am Fenster meines Zimmers und blickte aus der Höhe des zweiten Stockwerks hinunter in einen fast nach französischem Muster angelegten, allerdings nicht sehr großen Garten mit heckenumsäumten Rasenflächen, in deren Mitte Rhododendronbüsche standen und Hortensien mit stellenweise schon vergilbten rosa Blütenballen. Zwischen den brusthohen Hecken verliefen rechtwinklig sich kreuzende, kiesbestreute Wege, und in den Ecken des Gartens drängten sich Fliederbüsche, an denen zu dieser Jahreszeit nur braun vertrocknete Reste ihrer aufrechten Blütentrauben an den Zweigspitzen aus dem dunkelgrünen Laub herausragten.

Das alles war jedoch kaum erwähnenswert im Vergleich zu dem Park, dessen alte Bäume jenseits der den Garten abschließenden Ziegelmauer mit ihrem in dicken Wolken aufquellenden Laub das Blickfeld fast bis zur Hälfte des Himmels ausfüllten, Linden, Buchen, Roßkastanien, an denen schon die kugeligen Früchte anschwollen, dazwischen die aufschießenden Fontänen dunkler Zypressen. Ich vergaß meine Koffer auszupacken, stand am weit geöffneten Fenster und schaute in diese grüne Pracht, beobachtete die Vögel, die in diesen Bäumen wohnten, und lauschte dem Wind, der das Laub in den Baumkronen bewegte.

Ich will dich nicht mit einer Schilderung meines Studiengangs langweilen, sondern beschreibe dir alles nur deshalb, um den Hintergrund für eine Begegnung zu schaffen, die erst ein Jahr später stattfand, zu Beginn des Herbstsemesters, das nun schon mein drittes war. Der Park war mir inzwischen so vertraut wie der Wald hinter Großvaters Garten. Wenn das Wetter es zuließ, verbrachte ich dort die meiste Zeit meiner Wochenenden, erkundete jeden Winkel des weitläufigen Geländes, auf dem es nicht nur alte Baumbestände gab, sondern dazwischen auch Rasenplätze, auf denen Kinder spielten oder Studenten in der Sonne lagen, oft zwar mit einem Buch vor sich, über dem manche allerdings längst eingeschlafen waren. Auch ich lag oft dort oder setzte mich mit meiner Lektüre auf eine Bank, manchmal zusammen mit Studienkolleginnen, die gleich mir in dem Heim wohnten.

In dem Herbst, von dem ich jetzt erzählen will, war ich schon einige Zeit vor Beginn der Vorlesungen ins Wohnheim zurückgekehrt, um in der Bibliothek eine Arbeit abzuschließen. Das Laub der Parkbäume begann sich eben erst zu färben, und dort, wo der Park am Fuß eines von da aus ansteigenden Hanges in dichtem Gebüsch endete, roch es nach Pilzen. Ich ließ mich von diesem vertrauten Duft verlocken und versuchte zwischen den Sträuchern einzudringen, aber ich fand keine der eßbaren Pilze, die mir mein Großvater im Wald gezeigt hatte, sondern nur ein blasses Gewusel unzähliger dünnhäutiger Schirmchen. Immerhin gelangte ich bis zu einem hölzernen Zaun, dessen morsche Latten zum Teil aus ihrer Halterung herausgebrochen waren, und dahinter zog sich hangaufwärts ein offenkundig der Verwilderung preisgegebener Obstgarten. Aus den meterhoch wuchernden Brennesseln und Brombeerranken ragten die Kronen von Apfel- und Birnbäumen, zwischen deren gilbendem oder rötlich schimmerndem Laub reifende Früchte hingen, die anscheinend keiner mehr zu ernten bereit war.

An diesem Tag hatte ich keine Zeit mehr, noch weiter vorzudringen, doch am nächsten Wochenende zog ich mir alte Jeans an, eine feste Jacke und Arbeitshandschuhe, um der Brennesseln und Dornenranken Herrin zu werden, auch ein paar leinene Einkaufsbeutel nahm ich mit und machte mich auf den Weg, um Obst zu ernten, das sonst niemand haben wollte.

Wenn ich noch Zweifel gehabt hätte, ob nicht doch jemand Anspruch auf den Ertrag dieses verwilderten Gartens erheben könnte, so wurden sie dadurch zerstreut, daß schon unter dem ersten Baum, zu dem ich mich durchgekämpft hatte, die herabgefallenen rotbäckigen Äpfel zwischen den dünnen, haarigen Stengeln der Brennesseln den Boden fast bedeckten. Bald hatte ich meine Beutel mit verschiedenen Sorten von Äpfeln und Birnen gefüllt, aber es war noch früh am Tag, und ich hatte keine Lust, schon wieder nach Hause zu gehen, sondern beschloß, mich noch weiter in dieser ertragreichen Wildnis umzusehen. Meine Ernte versteckte ich einstweilen im Gebüsch und schlug mich dann weiter hangaufwärts durch das Gestrüpp.

Im Vorübergehen registrierte ich noch weitere lohnende Ziele für neuerliche Ausflüge, unter anderen eine dichte, übermannshohe Brombeerhecke, an der die dicken reifen Früchte in violetten Trauben hingen, und gelangte schließlich zu einer dem Verfall preisgegebenen Villa, über die das wuchernde Grün schon die Herrschaft anzutreten begann. Die Entstehungszeit des Gebäudes schätzte ich nach dem Stand meines damaligen Wissens auf die siebziger Jahre des vorigen Jahrhunderts; es schien mir etwas älter zu sein als das Heim, in dem ich wohnte. Die Gliederung der Fassade durch Pilaster und Risalite sowie die Bekrönung von Fenstern und Türen durch ungebrochene stumpfwinklige Giebel ließen noch Spuren Schinkelscher Bauideen ahnen, doch war dies, wenn ich mir diesen Anblick heute ins Gedächtnis zurückrufe, nur noch Nachahmung dritter Hand. Damals jedoch, als ich ohnehin schon eingefangen war von der merkwürdigen Stimmung dieser offenbar seit langem unbetretenen Wildnis, erschien es mir als eine Art Traumschloß, zwar einem gewissen Verfall überlassen, der jedoch den edlen Charakter des Bauwerks eher noch verstärkte, etwa auf eine Weise, wie der ruinöse Zustand eines Schlosses oder einer Burg deren ehrwürdiges Alter auf eine überzeugende Weise dokumentiert.

Du wirst beim Lesen dieser Passage schon längst an die Palladio-Villa mit dem verwachsenen Figurengarten in der Gegend von Verona gedacht haben. Mir wurde die Vergleichbarkeit beider Ambiente erst bewußt, als ich das Gebäude jenseits des verlassenen Obstgartens erblickte; ich kannte den Renaissancebau und seinen Park ja nur aus Großvaters Buch und wußte nichts von Verfall und wucherndem Dickicht. Doch als ich vor der Villa stand, überkam mich das Gefühl, schon einmal hier gewesen zu sein und einen seit langer Zeit vertrauten Ort wiedergefunden zu haben. Vielleicht hat alles Weitere, das hier seinen Anfang nahm, mit dieser Ähnlichkeit – oder ich sage wohl besser: mit dieser Verwechslung zu tun.

Doch ich will nicht vorgreifen, sondern der Reihe nach erzählen, was sich ereignet hat. Ich ging also auf diese Villa zu, getrieben von einer Art Neugier, die durchaus nicht nur kunsthistorische Gründe hatte. Vielleicht reizte es mich, daß es möglicherweise nicht erlaubt war, dieses Gelände zu betreten. Beim Aufsammeln der Äpfel und Birnen hatte mir das nichts ausgemacht, etwas anderes war es dann doch, in ein fremdes Gebäude einzudringen.

Die Tür, auf die ich an der Rückseite der Villa stieß, war sicher nicht als Entree für Gäste bestimmt. Dennoch lud sie mich ein, weil sie nicht ganz geschlossen war und schief in den Angeln hing. Noch einmal zögerte ich vor dem entscheidenden Schritt, doch dann siegte meine Neugier. Ich schob den mit einer ehemals polierten Täfelung gefüllten Türflügel zurück und erschrak über das kratzende Geräusch, mit dem die Unterkante über den Fliesenboden schrammte. Dies war offenbar ein Eingang für Dienstboten oder Gärtner gewesen. Ich fand mich, als ich mich mit einiger Mühe durch den aufgestemmten Spalt gequetscht hatte, in einem schmalen Gang des Souterrains, der zu Wirtschaftsräumen führte, deren Türen offenstanden, rechter Hand zunächst ein leerer fensterloser Raum, in dem, nach den Aufhängevorrichtungen und rohen Holzregalen zu schließen, früher Gartengeräte und sonstiges Zubehör aufbewahrt wurden. Ein paar tönerne Blumentöpfe unterschiedlicher Größe standen noch, zu einem schiefen Turm zusammengesteckt, in einem Winkel. Der nächste Raum enthielt eine ausgediente, nur zum Teil abmontierte Heizungsanlage. Danach bog der Gang rechtwinklig nach rechts ab, und hier stieß ich auf die ehemalige Küche, einen weitläufigen Raum mit geklinkertem Boden und bis zur halben Höhe weißgekachelten Wänden. Wo der große Herd gestanden war, fehlten die Kacheln, dafür gähnte dort schwarz und offen das runde Loch für den Kaminanschluß.

Besonders interessant fand ich das alles nicht. Auch war es hier unten ziemlich dunkel. Auf dieser Seite befand ich mich bei der Hanglage des Gebäudes vermutlich schon unterhalb des ansteigenden Bodens. Irgendwo mußte es eine Treppe geben, über die das Personal die fertigen Gerichte hinauf in den Speisesaal getragen hatte. Als ich ein Stück weiter den Gang entlangtappte, fand ich alsbald den Aufstieg, eine schmale Treppe, auf die von oben her Licht herabfiel.

Rasch sprang ich die steinernen Stufen hinauf, um endlich ins Helle zu kommen, stand gleich darauf in der Eingangshalle und wollte eben den noch zum größeren Teil intakten, prächtigen Stuckplafond bewundern, als mich jemand ansprach.

»Sieh da, eine Kollegin!« sagte eine angenehm klingende Männerstimme.

Das klang durchaus nicht nach einer Zurechtweisung, und doch fuhr ich herum, als sei ich bei einem ungehörigen Vorhaben ertappt worden. Meine Augen hatten sich nach dem Weg durch die düstere Unterwelt noch nicht hinreichend an die Helligkeit gewöhnt, die durch die fast bodentiefen Fenster in die Halle strömte, und so sah ich auf der obersten Stufe der breiten, vom Portal zur Bel Etage hinaufführenden Treppe zunächst nur vage eine dunkle Gestalt, die zu mir herabblickte. Ich muß wohl ziemlich erschreckt gewirkt haben, denn dieser noch immer nicht erkennbare Mann lachte kurz auf und sagte dann: »Keine Angst! Ich bin genau wie du ohne Erlaubnis hier eingedrungen.«

Erst dann kam er langsam über die Stufen herabgeschritten, und da erkannte ich ihn. Ich hatte ihn schon oft im kunsthistorischen Seminar über irgendwelchen Büchern sitzen gesehen oder davor auf dem Flur im Gespräch mit anderen Studenten. Er war mir um einige Semester voraus und beschäftigte sich, wie ich bald erfuhr, schon mit seiner Magisterarbeit. Da er andere Veranstaltungen besuchte als ich, hatte ich noch nie mit ihm gesprochen, aber aufgefallen war er mir schon, vor allem durch seine Art zu reden, die es einem fast unmöglich machte, nicht zuzuhören, auch wenn man selbst gar nicht an der Unterhaltung beteiligt war. Zuerst war mir sein Lachen aufgefallen, dem er völlig ungehemmt freien Lauf ließ. Seinen Namen hatte ich schon herausbekommen. Ich will ihn hier Alex nennen.

Ich wußte also schon, während er die letzten Stufen zu mir herabstieg, mit wem ich es zu tun hatte.

»Ein hübsches Beispiel für den Historismus der siebziger Jahre«, sagte er. »Warst du schon einmal hier?«

Ich schüttelte den Kopf und versuchte ihm zu erklären, daß ich eigentlich darauf aus gewesen sei, in dem verwahrlosten Garten Obst aufzulesen, und erst dabei die Villa entdeckt hätte.

»Ach, gibt's da auch Obst?« sagte er eher belustigt und, wie ich meinte, in einem Ton, als sei das wieder einmal typisch weiblich, hier eine heimliche Ernte für das leibliche Wohl einzuheimsen, statt sich zuallererst dem Studium historischer Architektur zu widmen.

Ob sich das nun so verhielt oder nicht – ich fühlte mich jedenfalls gedrängt, meine Position zu verteidigen, und sagte fast zu schroff, ich hätte von dem verlassenen Haus nichts gewußt. »Was meinst du denn, wozu ich unten durch die Dienstbotentür eingestiegen bin?«

»Neugierig?« sagte er darauf mit einem Lachen, das mich völlig entwaffnete. »Komm, ich zeig's dir.«

Während wir die repräsentative, von steinernen Balustraden gesäumte Treppe zu den Wohnräumen hinaufstiegen, erzählte er mir, daß er schon oft hier gewesen sei. Er schreibe seine Magisterarbeit über die bürgerliche Architektur eben dieser Epoche und habe hier ein Beispiel gefunden, das bisher in der Literatur noch nicht genannt sei.

Als ich fragte, ob er auf die Dauer dafür nicht die Erlaubnis des Besitzers benötige, zuckte er unbekümmert mit den Schultern. »Der ist schwer zu fassen«, sagte er. »Das Grundstück gehört samt dem Gebäude irgendwelchen Erben in Südamerika, die offenbar weder Zeit noch Lust haben, sich drum zu kümmern. Du brauchst also keine Angst zu haben, daß dich jemand wegjagt, wenn du hier herumstöberst oder Obst aufklaubst. Als Mädchen gehst du allerdings besser nicht allein auf dieses Grundstück. Ich habe bei meinen Besuchen schon absonderliche Typen getroffen, die hier irgendwo im Haus genächtigt haben.«

Wahrscheinlich war dieser Rat vernünftig und beruhte auf Tatsachen. Erst später habe ich mich manchmal gefragt, ob er diese Typen erfunden haben könnte, damit ich ihm bei seinen Forschungen nicht ins Gehege komme. Vielleicht wollte er mich nur unter Kontrolle halten. Jedenfalls bot er mir an, mich zu begleiten, wenn ich wieder einmal Lust auf Äpfel haben sollte, und das klang schon fast ein wenig zweideutig. Aber vielleicht dachte er doch nur an seine Arbeit; denn er setzte hinzu: »Du könntest mir dann auch ein bißchen zur Hand gehen, wenn ich die Räume ausmesse, oder mir beim Photographieren die Scheinwerfer einstellen.«

Na ja, dachte ich damals, eine Hand wäscht die andere, und ein bißchen unheimlich war mir im nachhinein schon geworden, daß ich mich allein in dieser Wildnis herumgetrieben hatte. Aber zugleich weckte Alex damit auch meine Neugier, und dies nicht nur auf dieses interessante Haus, das ich auf diese Weise eingehend kennenlernen würde; diese Neugier begann sich vielmehr auch auf die Person des Studienkollegen auszuweiten, Neugier darauf, was dies für ein Mensch war, der hier durch die noblen, wenn auch schon etwas desolaten Räume schritt, als gehöre das alles ihm, und der mich mit seinen flapsigen Bemerkungen zum Lachen brachte und wie unbeabsichtigt von Zeit zu Zeit seine Hand auf meinen Arm legte, um mich aufmerksam zu machen auf ein Detail der Stukkatur an der Zimmerdecke oder auf die Reste einer intarsierten Wandtäfelung – vielleicht aber auch, um mich zu berühren mit seinen schmalen, nervösen Händen. Diese Kontakte, die er bald bei jedem plausiblen Anlaß suchte, waren mir durchaus nicht unangenehm und machten mir allmählich bewußt, welche Art von Neugier mich veranlaßte, mich nicht weiter als eine Armlänge von ihm zu entfernen.

An diesem Tag zeigte er mir alle Räume, den Speisesaal, das Kaminzimmer, in dem noch die kunstvoll gemeißelte Einfassung der Feuerstelle zu sehen war, verschiedene kleinere und größere Wohnräume und endlich das Schlafzimmer, von dessen Fenster aus sich ein weiter Ausblick über die im leichten Dunst unter der Sonne liegende Stadt bot.

»Hier stand das breite Doppelbett«, sagte Alex und zeigte auf ein Geviert am Boden, in dem das Parkett noch honigbraun unter Resten von Bohnerwachs schimmerte, während es ringsum grau, stumpf, zerkratzt und abgetreten war. Er sagte das anscheinend mit der Nüchternheit eines Fremdenführers, so, als denke er sich weiter nichts dabei. Ich jedoch dachte mir etwas dabei und wußte nicht, wohin ich schauen sollte, bis wir dieses scheinbar so leere und doch unversehens mit Vorstellungen gefüllte Zimmer wieder verlassen hatten. Neugier? Oder was sonst?

In der nachfolgenden Zeit trafen wir uns oft bei diesem verlassenen Haus, allerdings seither beim oberen Zugang, der durch ein Gittertor verschlossen war, dessen spießförmige Eisenstangen zur Mitte zu an Höhe zunahmen wie die Pfeifen eines Orgelprospekts. Von hier aus gelangte man über eine sanft den Abhang hinabschwingende, mit kleinen Steinwürfeln gepflasterte Einfahrt zum Haupteingang der Villa. Alex hatte im Haus einen Schlüssel für die Vordertür vorgefunden, den er jetzt benutzte, um zu öffnen, und er sperrte die Tür hinter uns wieder zu, um unliebsamen Eindringlingen den Zugang zu verwehren. Im Haus half ich ihm dann bei seinen Vermessungen und Photoaufnahmen der Interieurs und holte mir zwischendurch aus dem verwilderten Garten ein paar Äpfel.

Anfangs bewunderte ich die Sicherheit, mit der er stets zu wissen schien, was zu tun war. Da gab es kein Herumprobieren oder Vertun. »Halt mir einmal den Scheinwerfer hier auf diese Seite! Nein, steiler hinauf! Noch mehr! Ich muß die Stuckgirlande oben an der Schmalseite ins Bild bekommen. Ja – so könnte es gehen.« Ich höre ihn noch jetzt sprechen, während ich das schreibe, und sein Wunsch war mir Befehl. Zuweilen zitterte meine Hand vor Eifer, es ihm recht zu machen.

Wenn ich das jetzt niederschreibe, dann klingt schon meine Reflexion solcher Szenen angesichts späterer Erfahrungen mit und verfälscht das originale Bild, das ich eigentlich zeichnen will. Aber versuch du einmal, ein Erlebnis in seiner ersten unberührten Erfahrung im nachhinein festzuhalten, ohne jene Eintrübungen, die es durch später gewonnene Erkenntnisse unweigerlich erfährt. Auch dir fällt es zuweilen schwer, deine ursprünglichen Empfindungen unkommentiert wiederzugeben, und du verfällst dann in deine Konjunktive, statt den Originalton zu liefern, der sich nicht mehr auffinden läßt.

Jetzt frage ich mich allerdings, jetzt, also im nachhinein, ob ich die Sicherheit, mit der Alex sich seiner Arbeit widmete, tatsächlich bewunderte und ob es mein Eifer, ihm zu helfen, war, der meine Hände zittern ließ. Vielleicht hat es mich auch irritiert, daß er sich nicht stören lassen wollte bei seiner Tätigkeit, und das Zittern meiner Hand könnte auch andere Ursachen gehabt haben, etwa meine Ungeduld, mit der ich eine Befriedigung meiner Neugier ersehnte; denn diese Neugier galt durchaus nicht in erster Linie neuen Erkenntnissen über die Villenarchitektur der Gründerjahre.

Welche Absicht verfolgte ich, wenn ich hie und da unsere gemeinsame Beschäftigung unterbrach, um im Garten *rasch ein paar Äpfel zu holen,* obwohl ich noch einen hinreichenden Vorrat in meinem Zimmer liegen hatte? Eines Tages geschah es dann, daß Alex mir den angebissenen Apfel aus der Hand nahm, selbst seine Zähne hineinschlug und fast ein Viertel krachend herausbiß, daß ihm der Saft in den Mundwinkeln schäumte. Dann gab er ihn mir zurück, und so wanderte er von Hand zu Hand, bis nur noch das Kerngehäuse übrig war, und sogar das zerkaute er noch, als dürfe von dieser Frucht nichts übrigbleiben. Eine wahrhaft paradiesische Szene! Ich konnte das Aroma des Apfels noch schmecken, wie er mich danach in die Arme nahm und mich küßte, als bliebe uns gar keine andere Wahl.

War es das, was ich von Anfang an im Sinn gehabt hatte? Ich hatte schon bald gemerkt, daß Alex im Bereich des kunsthistorischen Seminars als eine Art Mittelpunktfigur galt, in deren Umkreis sich bestimmte Studentinnen gern sehen ließen. Wer neu hinzukommt, erstes, zweites Semester, Proseminar, gehört noch nicht dazu, ist allenfalls Beobachterin am Rande, lacht gelegentlich schon einmal mit, wenn Alex eine sarkastische Bemerkung zum allgemeinen Gelächter anbietet. Ist er eigentlich einer, von dem man sagen kann, daß er *gut aussieht?* Auf Anhieb könnte man ihn für einen Macho halten mit seinem sorgfältig ausrasierten Dreitagebart. Aber er hütet sich, diesen Anschein durch entsprechende Äußerungen oder Verhaltensweisen zu bestätigen.

Ich empfinde es nicht als eine Geste des Besitzergreifens, sondern der Vertrautheit, als er mir bei nächster Gelegenheit, nämlich während eines Pausengesprächs zwischen zwei Vorlesungen im Gang vor dem Seminarraum, den Arm um die Schultern legt. Nur ein bißchen erschrocken bin ich, weil ich nicht darauf gefaßt war, und versuche die Reaktion der anderen Gesprächsteilnehmer zu erkunden. Jetzt gehöre ich zum engen Kreis, das wird offenkundig akzeptiert, aber zugleich beobachte ich in den abschätzigen Blicken mancher Kolleginnen so etwas wie Neid, oder ihr maliziöses Lächeln scheint die Frage zu enthalten, was ich wohl für die eben anerkannte Position bezahlt haben mag. Habe ich schon bezahlt?

Diese Frage verursacht mir Herzklopfen. Ich freue mich, daß Alex seine Beziehung zu mir vor aller Augen kundgetan hat, aber ich bin mir auch darüber im klaren, daß er bei seinem ersten Schritt auf mich zu nicht stehenbleiben wird. Wo hat meine Neugier ihre Grenze? Oder ist sie grenzenlos? Ich beschließe, mich nicht drängen zu lassen, aber das ist wohl leicht gesagt.

Zudem erweist sich das alles nicht als Problem einer sich bietenden Gelegenheit. Alex hat seine Arbeit in der verlassenen Villa noch längst nicht abgeschlossen. Außerdem haben wir in diesem Jahr einen schönen Herbst mit viel Sonne und warmen Temperaturen, so daß uns nichts davon abhalten kann, in den folgenden Wochen weiter an der Aufnahme der Villa zu arbeiten. Es ist nicht so, daß Alex sich durch meine Anwesenheit von seinem Ziel ablenken ließe – zeitweise hat mich diese Erfahrung sogar irritiert –, aber es bedarf nun keines Apfels mehr, wenn er mich nach Abschluß dessen, was er sich für diesen Tag vorgenommen hat, in die Arme schließt, und die Küsse nehmen an Länge und Intensität zu, und zwar in solchem Maße, daß ich Reaktionen meines eigenen Körpers registrieren kann, die ich bislang noch nicht kennengelernt habe.

Die Distanz, aus der ich das hier beschreibe, ist natürlich eine Distanz im nachhinein, die meine emotionale Beteiligung eher unterschlägt. Meine Empfindungen zu diesem Zeitpunkt entziehen sich heute einer Beschreibung. Ich krieg' das einfach nicht aufs Papier, weil ich sie nicht mehr fühle. Aber ich merke schon, daß ich dir auf diese Weise kaum eine Vorstellung davon vermitteln kann, wie mir damals zumute war. *Ich fühlte mich geliebt und wandelte auf Rosen*, oder mit welchem Klischee auch immer ich das ausdrücken soll. Ohne ironischen Unterton kann ich dergleichen nicht schreiben, aber nimm einfach an, daß es so war, wie dieser formelhafte Satz es anzudeuten versucht.

Eines schönen Spätherbsttages richtete Alex sein Arbeitspensum so ein, daß wir am Ende das Schlafzimmer betreten mußten.

Ich lief sofort zu dem breiten Fenster und genoß den weiten Ausblick hangabwärts über die Obstbäume hinweg und weiter unten über Dächer und Türme der Stadt bis zu den bewaldeten Höhen, die jenseits der Häuser den Horizont eher verzierten als begrenzten. Die Luft war von gläserner Klarheit unter dem grünlichblauen Himmel, wie sie sich nur im Herbst so dünn und durchsichtig zeigen kann. Ich weiß noch, daß ein Schwarm Spatzen sich unter lautem Tschilpen vom Dach der Villa in den wuchernden Garten hinabstürzte, als Alex, den ich hinter meinem Rücken herumlaufen hörte, stehenblieb und mich beim Namen nannte. Da drehte ich mich um und sah, daß er dort, wo einst das Doppelbett gestanden war, aus ein paar Decken ein Lager bereitet hatte, und mir stockte das Herz, als ich begriff, was er sich dabei vorgestellt haben mochte.

Dieses Arrangement schien irgendwie mit der Bilderwelt meiner eigenen Vorstellungen zu korrespondieren. Jedenfalls ließ ich mich von der Atmosphäre dieses *verwunschenen Ortes* einfangen, und Alex zögerte nicht, sich auf meine Stimmung einzulassen, und übernahm die Rolle des Prinzen, der die verzauberte Schöne zärtlich umwirbt, um sie schließlich nicht nur durch einen Kuß, sondern ganz und gar zu erlösen. So empfand ich das jedenfalls, als er meine Neugier endgültig zu befriedigen versuchte. Diesmal blieben wir die ganze Nacht hindurch in dem leergeräumten Zimmer, durch dessen Fenster später, als wir zeitweise schon ruhig nebeneinanderlagen, der Mond sein kaltes Licht auf das zerkratzte Parkett warf. Erst jetzt, wo ich das zum ersten Mal zu erzählen versuche, wird mir bewußt, wie genau Alex Ort und Stunde dieses Ereignisses kalkuliert hatte.

Von diesem Tag an hätte er mich am liebsten nicht mehr von seiner Seite gelassen. Wenn wir nicht ohnehin zusammen im Institut erschienen, wartete er vor der Universität auf mich, um mit mir im Gefolge seinen Einzug zu halten. Diese Art von Anhänglichkeit, oder wie immer ich das nennen soll, fand ich damals rührend und ließ mich nicht lange bitten, wenn er am Abend mit mir in eine Studentenkneipe gehen wollte, wo *man sich traf*, wobei *man* jenen Kreis bezeichnete, in dem Alex sich in der Hauptsache bewegte und zeitweise als Zentralfigur agierte.

»Trag doch mal dein Haar anders!« sagte er eines Abends, als ich ihn in seiner Wohnung abholte. Er residierte – wie konnte es anders sein! – in einem Altbau der Innenstadt, einem gründerzeitlichen Haus mit hohen, stuckbekränzten Räumen. Die einstmals weitläufigen Wohnungen waren zu kleinen Appartements abgeteilt worden, von denen er eines gemietet hatte. Sobald ich eingetreten war, die Tür hinter mir geschlossen und mich Alex zugewandt hatte, stand er hinter seinem Schreibtisch auf, kam auf mich zu und blieb etwa zwei Schritte vor mir abrupt stehen, um mich eingehend zu betrachten. Irgend etwas an mir schien ihm nicht zu passen. Er zog die Brauen ein wenig zusammen und schüttelte fast unmerklich, aber so, daß ich es dennoch merken mußte, den Kopf.

»Ist etwas nicht in Ordnung an mir?« fragte ich und fühlte mich plötzlich unsicher unter seinem Blick.

»Ach – was heißt schon *in Ordnung*«, sagte er mit einer wegwerfenden Geste, als sei dies ein viel zu unhandlicher Begriff für seine Betrachtungskategorien. »Natürlich ist alles in Ordnung an dir. Wahrscheinlich ist es sogar das, was mich irritiert.« Und dann folgte der zu Anfang dieses Absatzes zitierte Ausspruch über mein Haar.

Er führte mich zu einem goldgerahmten Spiegel, der in Kopfhöhe an der Wand zwischen zwei hohen, vielfach unterteilten Fenstern hing, und stellte sich hinter mich, so daß ich über der rechten Schulter meines Spiegelbildes sein Gesicht sehen konnte. Damals trug ich mein Haar so lang, daß es fast bis auf die Schultern glatt herabhing und meine Ohren verbarg. Ich sah, wie Alex seine Hand auf der linken Seite zwischen die Strähnen meines Haars gleiten ließ und den gleichmäßigen Vorhang zu unterteilen begann. Mir war zu dieser Zeit schon bewußt geworden, wie sehr ich die Berührung seiner Hände mochte, wenn sie zärtlich über meine Haut oder auch durch mein Haar wanderten, aber jetzt, als ich ihre Bewegungen im Spiegel verfolgte, erschien mir diese Hand plötzlich fremd, so wie mir auch das Gesicht, das körperlos über meiner Schulter hing, zunehmend fremder und unvertrauter wurde. Fremde Hände, die mein Haar zu unvertrauten Frisuren arrangierten, Augen in einem fremden Gesicht, die nicht in meine Augen blickten, sondern die Wirkung dieser Arrangements begutachteten. Ein Mund, den ich zu kennen gemeint hatte, dessen Berührung meinen Lippen vertraut sein sollte und der jetzt geschlossen blieb, mich nicht nach meiner Meinung zu diesen Verwandlungen an meinem Kopf befragte, auch noch, als die Hände die Fülle des Haars von meiner rechten Schläfe mit einem unvermuteten kräftigen Schwung nach links warfen, so daß mein Ohr plötzlich nackt und weiß wie ein sonderbar aufbrechendes Gewächs hinter meiner unbedeckten Schläfe hervorsproß. Erst dann bewegten sich diese Lippen zu den Worten: »So stell' ich mir das vor!«

Ich schaute mir an, was die Hände mit meinem Haar angestellt hatten, und erinnerte mich, daß ich eine solche Frisur am Tag zuvor in einer Zeitschrift gesehen hatte. *Der neue Trend in der Haarmode* hatte die Unterschrift gelautet. Als ich ihn fragte, ob er diesen Zeitschriftenartikel gelesen hätte, blickte er mich endlich – wenn auch ziemlich unwirsch – direkt an wie eine lebendige Person und sagte, daß solche Presseerzeugnisse nicht zu seiner bevorzugten Lektüre zählen würden.

Hast du das nötig, ein solches Theater? Damals sagte ich das nur in Gedanken zu ihm. Heute würde ich es wohl laut sagen, aber zu dieser Zeit war ich noch geneigt, solchen Auseinandersetzungen aus dem Weg zu gehen, vielleicht auch aus der Befürchtung heraus, infolge einer solchen Äußerung auf die Zärtlichkeiten verzichten zu müssen, mit denen seine Hände mich vertraut gemacht hatten, auf die Lust, die sein Körper in mir geweckt hatte. Auch lenkte er gleich darauf ein und sagte lachend: »Mir würde es gefallen, wenn du dein Haar so trägst. Versuch's doch einmal!«

Da ich mir das Foto in der Zeitschrift genau angeschaut hatte, gelang es mir, etwas Ähnliches aus meinem Haar herzustellen, und mit diesem neuen Haarschmuck führte er mich dann aus und zeigte mich mit sichtlichem Stolz vor, als wir im Kreis seiner

Freunde eintrafen. Am nächsten Tag schenkte er mir ein lang herabbaumelndes Ohrgehänge, das meiner allzu nackt hervortretenden Ohrmuschel eine eigene Funktion verleihen würde, wie er sich ausdrückte. Er meinte damit wohl eine ästhetische Funktion, die seiner Betrachtungsweise als Kunsthistoriker angemessen war.

Seither unternahm Alex noch weitere Versuche, mein Äußeres jenen Vorstellungen anzugleichen, die er sich von der Frau machte, in deren Begleitung er sich sehen lassen konnte. Das ist wieder einmal eine Formulierung *im nachhinein*, mußt du wissen. Mir wurde das damals gar nicht auf so eindeutige Weise bewußt, wie es dieser Satz anzudeuten scheint. Ich empfand solche Eingriffe in die mir gewohnte Art, mich zu kleiden und herzurichten, eher als ein Spiel, etwa so, wie man als Kind *Verkleiden* spielt, um fremde oder sogar sehr entlegene Rollen auszuprobieren. Ich gewöhnte mich daran, solche mir eigentlich fremden Verwandlungen meines Äußeren lustig zu finden, zumal ich Alex damit bei Laune halten konnte.

Das blieb so bis zu jenem Abend, als ich das wadenlange geblümte Kleid anzog. Das war schon im Frühjahr, als es wärmer wurde und wir überlegten, ob wir uns nicht wieder in der verlassenen Villa treffen könnten, statt unsere gemeinsamen Nächte in dem schmalen, ächzenden Bett zu verbringen, das so recht zum altertümlichen Hausrat des Appartements paßte, in dem Alex wohnte. Ich war am Nachmittag allein von der Universität zu meinem Wohnheim gegangen und dann eine Weile vor meinem geöffneten Kleiderschrank gestanden, um unter dem spärlichen Bestand jenes Kleid herauszufinden, das zu diesem blauen Frühlingstag paßte, an dem in den Vorgärten die ersten leuchtend gelben Osterglocken aufgeblüht waren.

Da fiel mir das alte Kleid aus meinen letzten Schuljahren in die Hände, das in seiner Grundfarbe jenem Frühlingsblau entsprach und auch das Narzissengelb in seinem Blütenmuster aufnahm. Die züchtige Länge bis zur halben Wade war mir gerade recht. Ich wollte etwas weit Schwingendes um mich haben an diesem

Tag. So zog ich mich rasch um und ging dann eine Weile durch den Park. Ein älterer Mann, der auf einer Bank in der Sonne saß und seine Pfeife rauchte, nickte mir beifällig zu, als ich an ihm vorüberging, und ich dankte ihm lachend für diese Bestätigung, daß ich mit diesem Kleid den richtigen Griff getan hatte. Dann machte ich mich auf den Weg, um Alex in seiner Wohnung abzuholen.

Ich drückte unten am Haustor im Rhythmus unseres vereinbarten Zeichens den Klingelknopf, gleich darauf schnarrte der Öffnungsmechanismus, ich schob den Türflügel nach innen und trat ins dunkle, kühle Stiegenhaus. Schon im nächsten Augenblick wurde das Licht eingeschaltet, und da wußte ich, daß Alex oben auf dem Vorplatz zu seiner Wohnungstür stand, um mich zu erwarten. Sobald ich die erste Treppe erstiegen hatte und mich zur gegenläufigen zweiten Treppe umwendete, sah ich ihn oben unter der Lampe stehen, die seinen Schatten in mehrfacher Brechung über die noch zu ersteigenden Stufen herabwarf. Ich war noch nicht zur Hälfte hinaufgestiegen, als Alex rief: »Meine Güte, was hast du denn heute für ein altertümliches Fähnchen angezogen! Weißt du überhaupt, wie du aussiehst?«

Seine Stimme drang schneidend zu mir herunter und lähmte mich dermaßen, daß ich mitten in der Bewegung des Steigens stehenblieb, das rechte Bein schon vorangesetzt auf die nächste Stufe. Für eine Weile hatte es mir die Sprache verschlagen. Dann sagte ich leise: »Ich sehe so aus, wie mir heute zumute ist an diesem schönen Frühlingstag.«

Alex blieb noch immer oben an der Treppe stehen und blickte zu mir herab. »Dann bleiben wir heute halt zu Hause«, sagte er wie einer, dem man einen Spaß verdorben hat. »Nun komm schon endlich!«

Erst da spürte ich den Zorn, der schon eine Zeitlang in meinem Unterbewußtsein gelauert haben mußte. »Ich sehe so aus, wie ich heute bin«, sagte ich laut und deutlich. »Wenn dir das nicht gefällt, dann gehe ich wieder.«

Schon beim letzten Wort drehte ich mich um, ging die Stiege wieder hinab, hinaus in den hellen Frühlingsabend und zurück in meinen Park, wo es wenigstens einen wildfremden Menschen gab, dem mein Aussehen gefallen hatte. Als ich zu der Bank kam, war er gegangen. Da ließ ich mich dort nieder, wo er gesessen war, und versuchte zu begreifen, was eben zwischen Alex und mir geschehen war.

Hatte ich mich nur über die Position geärgert, aus der er auf mich herabgesprochen hatte, er oben auf der Höhe der Treppe und ich auf den untersten Stufen? War es nur das, oder hatte ich dieses Aufblicken-Müssen als Bild genommen für eine neue Abhängigkeit, in die ich mich begeben hatte? Oder hatte ich unbewußt sogar eine neue Figur gesucht, der ich mich unterwerfen konnte? Kaum aus dem Schatten des Vaters herausgetreten, hatte ich gleich wieder einen akzeptiert, der seinen Schatten auf mich herabwarf und mich aus der vermeintlichen Höhe seines Standpunktes beurteilte. Alex hatte sich ein Bild von mir gemacht, dem ich offenbar nicht entsprach und auch nicht entsprechen wollte. Statt sein Bild zu korrigieren, versuchte er nun, mich nach seiner Vorstellung zurechtzukneten. Es wird nicht mehr lange dauern, dachte ich, und auch er zerrt an meinen Gliedmaßen, versucht mein Gesicht umzumodeln und entfremdet mich damit mir selbst.

Da gab es eine Geschichte um Herod, in die ich, während ich diese Gedanken hin und her wendete, unvermittelt hineingeriet, als ich dort im Park unter den in der herabsinkenden Dämmerung sich allmählich verdüsternden Bäumen auf der Bank saß. Diese Geschichte spielte in der Zeit, als Herod ihre Ziegen bei einem Einödbauern untergestellt hatte und wieder einmal allein durch die Wälder zog. Ich kann sie nur so erzählen, wie sie sich mir dort auf dieser Parkbank dargestellt hat, wenn sich nicht sogar noch jüngere Erfahrungen in ihr niedergeschlagen haben, die ich zwischen damals und heute gemacht habe. Im Kern mag sie auf eine von Großvaters Geschichten zurückgehen, aber ich habe sie mir wohl schon während seiner Erzählung weitergesponnen. Er lieferte mir in seiner letzten Lebenszeit nicht viel mehr als Handlungsgerüste, die mir genug Freiraum ließen für eigene Varianten und Ausuferungen. Er rechnete damit, daß sich Geschichten in dem Maße verändern, in dem sie von einem Zuhörer beim Weitererzählen in Gebrauch genommen werden.

Während über mir der Abendwind in den hochgetürmten Kronen der Parkbäume rauschte und schon die Dunkelheit in ihrem Laub nistete, trieb es mich in Gestalt Herods schon weiter durch die Wälder. Ein paar Nächte war ich noch in der Kate des Einödbauern geblieben. Ich redete mir ein, daß ich zuschauen müsse, ob sich dieser wortkarge, rauhbärtige Mann oder seine mürrische Frau hinreichend um die verwaisten Tiere kümmerten; aber es ging mir wohl eher darum, noch eine Zeitlang in der Nähe des Ortes zu bleiben, an dem ich Lejb und Ginger verloren hatte. Natürlich hatte ich den Bauern gefragt, ob er die beiden gesehen hätte, doch er verstummte jetzt vollends, nachdem ihn schon anfangs der Anblick der kleinen Ziegenherde verstört hatte. Er wußte wohl, wo meine Freunde gehaust und wessen Ziegen sie gehütet hatten. Als ich ihm daraufhin erzählen wollte, was mit den Unholden geschehen war, verschloß er seine Ohren, drehte sich um und ging davon. Schließlich hatte ich noch Mühe, ihn zur Übernahme der Ziegen zu bewegen. Auf Zureden seiner Frau, der es vor allem um die Milch zu tun war, erklärte er sich endlich bereit und schien erleichtert zu sein, als ich mich am anderen Morgen verabschiedete.

Ich hatte mir für die Ziegen von ihm nichts weiter erbeten als ein paar abgelegte Männerkleider. Ich wollte nicht als Frau erkennbar ins Ungewisse losziehen. Da der Bauer eher mager und klein von Statur war, paßte mir die Lodenhose, die er mir gab, so gut wie die gesteppte Friesjacke, die sich nach Männerart knöpfen ließ und mir einigermaßen regendicht zu sein schien. Die Haare schnitt ich mir kurz und versteckte sie unter einer Wollmütze.

Diesmal wendete ich mich nach Süden und versuchte diese Richtung nach Möglichkeit einzuhalten, indem ich mich bemühte, morgens die aufgehende Sonne zur Linken zu haben, und meinen Weg so einrichtete, daß sie im Aufsteigen mir immer weiter in den Weg trat, so daß ich bei ihrem höchsten Stand auf sie zuging. Zu diesem Zeitpunkt suchte ich mir voraus in der Ferne eine Wegmarke, etwa einen Berg mit charakteristischem Umriß oder eine aus dem gleichmäßigen Bewuchs der Bergrücken herausragende Baumgruppe, die ich mir zum Ziel nahm, während die Sonne zu meiner Rechten allmählich wieder dem Horizont zu sank. So war ich lange Zeit unterwegs, glücklicherweise zumeist bei schönem Wetter, so daß ich an den wenigen Tagen, an denen der Himmel überzogen war und ich mich ohne die Sonne behelfen mußte, nicht allzuweit von der gewählten Richtung abkam.

Nach Süden wollte ich, fort von den kühlen Wäldern hinab in den Süden, wo Wein an sonnigen Hängen wuchs und der Himmel als Glocke von blauem Porzellan über sonnendurchwärmten steinigen Hügeln stand. So jedenfalls war meine Vorstellung vom Süden, den ich nur von Bildern und aus Geschichten kannte. Nach diesem Süden wollte ich, in ein Land, das völlig anders war als das allzu häufig nebelverhangene Waldgebirge über dem Schloß meiner Kindheit, anders als die rauhen Forste, auf deren Lichtungen man Widergängern begegnete, fort vor allem von der so dunklen Gestalt des Vaters, die schon wieder in meinen Träumen aufzutauchen begann, drohend fern am Rand eines Waldes die Hand erhebend oder von der Treppe des Schlosses strafend auf mich herabblickend, während ich zwischen Gräsern und morschem Holz nach einem Loch suchte, um mich vor diesem Blick zu verbergen. Fort wollte ich von alledem, nur weit fort in ferne, wärmere Gegenden.

Eines Tages trat ich dann heraus zwischen den letzten geduckten Bäumen des niedrigen Buschwaldes und blickte von einem vorgeschobenen Ausläufer des Waldgebirges hinab auf ein weites, offenes Land, das mir wie ein einziger unübersehbarer Garten zu Füßen lag. In meiner Vorstellung muß es mir damals etwa so erschienen sein wie die in sanften braungrünen Wellen sich ausbreitenden und von einzelnen herausragenden Pinien und Obstbäumen gegliederten Ideallandschaften, vor deren Hintergrund Raffael seine Madonnen setzte.

Während ich dort stand und mich nicht satt sehen konnte an

dem Ausblick über dieses in blauen Fernen verschwimmende Gelände, dessen Herrn ich mir nur als einen Meister aller Gärtner vorstellen konnte, bebte der Boden plötzlich unter den dumpfen Hufschlägen galoppierender Pferde, das Getrappel wurde im Näherkommen rasch lauter, und dann brach so dicht neben mir, daß ich zur Seite springen mußte, um nicht über den Haufen geritten zu werden, ein Trupp von Reitern aus dem Niederwald hervor, allen voran ein hochgewachsener, dunkelhaariger junger Mann in ledernen Jagdkleidern. Als er mich im Vorübersprengen stehen sah und das Erschrecken bemerkte, das mir wohl allzu deutlich im Gesicht stand, riß er sein Pferd herum und brachte es unmittelbar vor mir zum Stehen.

»Wen haben wir denn da?« sagte er, halb zu mir, halb zu seinen Gefährten gewandt, die ihre Gäule inzwischen gleichfalls gezügelt und sich um ihn gesammelt hatten.

»Einen Landstreicher!« rief einer lachend. »Sollen wir ihn ein bißchen durch die Büsche jagen?«

Der Anführer schaute mir aufmerksam ins Gesicht und schüttelte den Kopf. »Immer zu schnell mit dem Mundwerk, Gino!« sagte er. »Erkennst du nicht, daß dieser Junge trotz seiner Lodenhosen aussieht wie jemand von Stand?«

Ich war noch immer wie vom Donner gerührt und wußte nicht, was ich sagen sollte, als mich der Dunkelhaarige fragend anblickte. Ich sah nichts als seine dunkelblauen Augen.

»Das bist du doch?« sagte er schließlich.

Da nickte ich und sagte leise: »Zumindest war ich das mal.«

»Wußt' ich's doch!« sagte der Dunkelhaarige und warf Gino einen triumphierenden Blick zu. Dann betrachtete er mich noch einmal von Kopf bis Fuß und sagte: »Weißt du was? Ich nehm' dich als Pferdejungen. Du kannst doch reiten?«

Sein Blick hatte etwas dermaßen Zwingendes, daß ich noch einmal nickte und mich einverstanden erklärte.

»Gib ihm den Haflinger, der uns heute zugelaufen ist, Gino!« sagte der Dunkelhaarige. »Der paßt zu seiner Größe.«

»Diesen widerborstigen Hengst?« sagte Gino zweifelnd. Doch dann grinste er, als habe er eben begriffen, daß hier ein

Spaß in die Wege geleitet werden sollte, stieg ab und verschwand für wenige Augenblicke im Gedränge der anderen. Gleich darauf kehrte er zurück und führte ein relativ niedriges, aber kräftiges hellbraunes Pferd mit langer goldener Mähne und ebenso goldenem Schweif am Halfter, das er nur mit Mühe mit den Vorderhufen am Boden halten konnte, so sträubte es sich. Mir fuhr der Schreck in die Glieder, als ich sah, wie ungebärdig sich dieses Pferd anstellte. Er zerrte es bis unmittelbar vor mich hin, doch sobald das Pferd meiner ansichtig geworden war, riß es sich mit einer ebenso knappen wie heftigen Kopfbewegung von der führenden Faust Ginos los, trat noch einen weiteren Schritt auf mich zu und legte seine schnaubenden Nüstern in meine offene Hand. Dann ließ es sich ohne Widerstreben von Gino einen Sattel auflegen und wartete geduldig, bis ich aufgesessen war.

Der Dunkelhaarige hatte das alles mit Verwunderung beobachtet und sagte zu Gino: »Mir scheint, du hast diesen kleinen Hengst falsch eingeschätzt. Der hat nur gewartet, bis der richtige Reiter zur Stelle war.«

Gelächter breitete sich aus, als er das gesagt hatte, und mir schien, daß dieser Gino, der jetzt mit zorniger Miene beiseite ging und wieder sein Pferd bestieg, bei den anderen nicht sonderlich beliebt war. Doch mir blieb keine Zeit, das weiter zu registrieren; denn der große Dunkle gab das Zeichen zum Weiterreiten. »Halte dich an meiner Seite!« sagte er zu mir und drängte sein Pferd neben meines. »Mein Name ist Sandro«, fuhr er fort, »und mir gehört so ziemlich alles, was du dort unten sehen kannst, auch der Wald, aus dem wir eben herausgeritten sind. Wie heißt du?«

Ich ließ zwei Buchstaben meines Namens weg und sagte: »Ero.«

»Kurz und schön«, sagte er. »Wir werden schon erleben, wer du sein wirst.«

»Einstweilen dein Pferdejunge«, sagte ich. Sandro nickte nur, und dann jagten wir in vollem Galopp hinab über die Wiesen, und später trabten wir weiter zwischen Weinbergen und Gärten. Sandro, mein neuer Herr, sprach mich nicht mehr an, und auch ich schwieg, mußte ihn aber immer wieder anschauen, denn er gefiel mir gut.

Als nach einer Weile hinter einem Hügel, der bisher die Sicht verdeckt hatte, ein Schloß ins Blickfeld trat, spornten wir unsere Pferde wieder an, und wenig später ritten wir durch eine Allee von Kastanienbäumen auf ein bewehrtes Tor zu. An den Zweigen, die über uns fast zu einem Dach zusammenwuchsen, begannen zwischen den schmalen, gesägten Blättern schon die stachligen Früchte zu reifen, zwar noch klein, aber schon erkennbar in ihrer künftigen Form. Hier gibt es Keschten, dachte ich, hier will ich bleiben, bis sie reif sind. Da waren wir schon in den Innenhof gelangt, der im Geviert von zwei arkadengesäumten Stockwerken umgeben war. Im Absteigen warf mir Sandro die Zügel seines Rappen zu und befahl Gino, mir eine Kammer über den Stallungen zuzuweisen.

Zunächst führte ich Sandros Pferd und meinen Haflinger zu den Ställen, wo ich mir von Gino die Stellplätze zeigen ließ und die Pferde versorgte. Gino blieb mir ständig auf den Fersen, als sei es sein Auftrag zuzusehen, ob ich mich tatsächlich auf die Pflege von Pferden verstünde. Um so mehr bemühte ich mich, nichts falsch zu machen oder zu vergessen, doch als ich meine Arbeit getan hatte, konnte ich es mir nicht verkneifen, ihn zu fragen, ob er etwas auszusetzen habe.

Er gab mir keine Antwort, sondern zuckte nur mit den Schultern und sagte: »Hergelaufenen Leuten soll man auf die Finger schauen.« Dann führte er mich über eine schmale Holztreppe hinauf ins Dachgeschoß der Stallungen und dort einen Gang entlang, vorbei an einer Reihe von Türen. Die letzte von ihnen stieß er auf und sagte: »Hier sollst du schlafen, solange man dich für das hält, was du zu sein vorgibst.« Dann ließ er mich allein.

Ich schloß die Tür hinter ihm und schaute mich um. Mitten in der Kammer stand ein einfacher Holztisch mit zwei Schemeln daran, an der einen Seitenwand ein schmaler Schrank, den ich nicht öffnete, weil ich nichts besaß, das ich hätte hineinräumen können, und gegenüber befand sich ein aus rohen Fichtenbrettern zusammengezimmertes Bett mit einem Strohsack als Matratze und zwei zusammengelegten Pferdedecken darauf. Durch das kleine Fenster blickte ich eine Zeitlang hinab in den Hof, dessen Steinpflaster in der herabsinkenden Dämmerung allmählich verschwamm. Dann wandte ich mich um und richtete das Bett für die Nacht her. Nach den vielen Nächten, die ich im Freien verbracht hatte, fand ich dieses Quartier gar nicht so schlecht. Bald legte ich mich nieder und schlief in dieser Nacht tief und traumlos.

Während der folgenden Tage merkte ich, daß ich als Sandros Pferdejunge genug zu tun hatte. Schon im Morgengrauen mußte ich aufstehen, die Boxen der beiden Pferde ausmisten, die Tiere striegeln und ihnen Futter vorschütten; denn es konnte sein, daß mein Herr früh ausreiten wollte. Kaum saß ich in der Gesindestube bei der Morgensuppe, schickte er nach mir mit dem Befehl, sein Pferd fertig gezäumt und gesattelt vorzuführen. Manchmal nahm er ein paar seiner Männer zur Begleitung mit, oft ritt er auch mit mir allein aus. Ich mußte jedenfalls immer dabei sein, um gegebenenfalls sein Pferd zu halten, wenn er abstieg, oder um es bei längeren Aufenthalten zu versorgen.

So fand ich mich rasch hinein in das Gleichmaß meiner täglichen Verpflichtungen. Trotz dieser scheinbaren Ordnung, in die ich mich zu fügen hatte, lebte ich ständig in einem Gefühl der Unsicherheit, und dafür gab es mehrere Gründe. Zunächst wurde meine Situation in Sandros Schloß dadurch verschärft, daß es hier keine Frauen zu geben schien. Weder Sandro noch einer seiner Gefolgsleute hatten eine Ehefrau oder wenigstens eine Bettgenossin. Auch gab es weder Mägde, Beschließerinnen oder Köchinnen im Haus. Alle Arbeit wurde von Männern erledigt. Mit der Zeit überkam mich die Befürchtung, etwas Verbotenes zu tun oder ein Tabu zu verletzen, wenn ich mich im Schloß aufhielt.

Weiterhin betraf diese Unsicherheit die Art der Herrschaft, die Sandro ausübte. Das Leben bei Hofe war mir von Kind an vertraut, aber die Art der Herrschaft, die ich hier angetroffen hatte, unterschied sich auf vielerlei Weise von der Königsherrschaft meines Vaters. Wenn ich den Herrn, dem ich als Pferdejunge diente, zumeist nur Sandro nenne, so liegt das vor allem daran, daß keiner ihn mit irgendwelchen Adelsprädikaten oder Herrschaftstiteln benannte; er schien weder ein Graf noch ein Herzog oder gar ein König zu sein, und so gab es auch nicht das übliche Zeremoniell einer solchen Hofhaltung, obwohl das reich ausgestattete und weitläufige Schloß dergleichen ohne weiteres erlaubt hätte. Dennoch nannte Sandro tatsächlich ein Gebiet sein eigen, das kaum in einer Woche zu durchreiten war, und benahm sich auch als Eigentümer, wenn er über Land ritt, um nach dem Rechten zu sehen, wie er das nannte. Schließlich hielt ich ihn für eine Art von Großgrundbesitzer von erstaunlicher Unabhängigkeit.

Solche Menschen sind in der Regel bei den Bauern und Landarbeitern, die ihnen untertan sind, nicht sonderlich beliebt. Um so bemerkenswerter fand ich es, wie widerstandslos alle die Anordnungen Sandros sofort befolgten, und zwar mit der freundlichsten Miene, die nicht einmal die Spur einer geheimen Aufsässigkeit zeigte, ja viele versuchten, diesen in freundlicher Gelassenheit vorgebrachten Anordnungen sogar zuvorzukommen. Ich gewann den Eindruck, noch nie ein dermaßen wohlgeordnetes Gemeinwesen erlebt zu haben, in dem jeder einzelne ein Höchstmaß an Zufriedenheit an den Tag legte.

Der Hauptgrund meiner Unsicherheit lag jedoch darin, daß ich keine Klarheit gewinnen konnte über mein Verhältnis zu Sandro. Gelegentlich nenne ich ihn hier noch meinen Herrn, aber war er das wirklich? Am Hofe meines Vaters gehörte ein Pferdejunge zur untersten Kategorie des dienstbaren Personals und wurde entsprechend gering geachtet. Sandro erwartete zwar von mir, daß ich meinen Pflichten als Pferdejunge nachkam, aber im übrigen behandelte er mich fast wie seinesgleichen. Er nahm mich, wenn wir vom Ausritt zurückgekehrt waren, nicht selten mit zu Tisch, wo ich zwischen den Männern seines Gefolges Platz nahm, immer öfter sogar an seiner Seite, wenn ihm daran gelegen war, mit mir zu sprechen. Und ich saß gern an seiner Seite und beobachtete sein so wandelbares Mienenspiel, während er zu mir sprach oder dem zuhörte, was ich ihm antwortete.

Eine Ausnahme von dieser offenkundig zur Schau getragenen allgemeinen Zufriedenheit machte – wenigstens zeitweise – Gino. Ich war mir darüber im klaren, daß er mich von Anfang an nicht leiden konnte, weil ich den Anlaß dafür geliefert hatte, daß ihn Sandro dem Gelächter seiner Begleiter aussetzen konnte. Gino war, wie ich bei Gelegenheit erfuhr, bis dahin ein Vertrauter Sandros gewesen, und ich fragte mich, warum sich das seit meinem Erscheinen geändert haben sollte. Anfangs fürchtete ich noch, daß sie insgeheim ein niederträchtiges Spiel mit mir trieben, aber die Eifersucht, mit der Gino die zunehmende Vertrautheit zwischen seinem Herrn und mir beobachtete, war mit Sicherheit nicht vorgetäuscht. Ob Gino intuitiv gespürt hatte, daß ich tatsächlich etwas anderes war, als es den Anschein hatte? Etwa gar, daß ich ein Mädchen war? Und was hatte Sandro mit mir im Sinn? Daß er mich für eine *Person von Stand* hielt, hatte er mir sofort auf den Kopf zugesagt und ich war darüber erschrokken, wie leicht er meine Maskerade zu durchschauen schien. Ob auch er ahnte, wer hinter meiner Verkleidung steckte?

Als ich wieder einmal allein mit Sandro unterwegs war, stießen wir in einem dichten Jungwald von Fichten auf eine Gruppe von Holzknechten, die damit beschäftigt waren, den Bestand auszudünnen, damit sich die hochgeschossenen Jungbäume nicht gegenseitig erstickten. Sandro hielt sein Pferd an und schaute den Männern eine Weile zu, wie sie mit dem Handbeil einzelne der etwa armdicken Stämme dicht über dem Boden abschlugen. Dann stieg er wie in einem plötzlich gefaßten Entschluß vom Pferd und ging auf einen vierschrötigen, auf unangenehme Weise zornbereit wirkenden Mann zu, blieb vor ihm stehen und sagte eher leise: »Du machst das falsch.«

Der Mann richtete sich aus seiner gebückten Haltung auf und sagte: »Was mach' ich falsch?« Er blickte Sandro mit aufsässiger Miene ins Gesicht und wirkte geradezu gefährlich, wie er sein Beil locker in der Rechten pendeln ließ.

»Das weißt du selbst«, sagte Sandro unbeeindruckt. »Du haust die starken Stämme um und läßt die dünnen, die wenig versprechen, dafür stehen. Siehst du nicht, daß meine anderen Leute es umgekehrt machen?«

»Ja«, sagte der Mann, »das sehe ich. Aber ich mag es nicht, wenn die Großen noch größer werden auf Kosten der Kleinen.«

»Das hab' ich mir gedacht«, sagte Sandro. »Aber ich will, daß du die Großen stehen läßt. Du vergißt, daß es hier um die Stärke des Waldes geht und um den Ertrag an Holz, den er bringen soll. Schlag also von jetzt an die schwachen Stämme heraus!«

All das sagte er mit freundlicher, eher gleichmütig klingender Stimme und blickte dem Holzknecht dabei auf eine Art ins Gesicht, die es ihm unmöglich zu machen schien, seinem Blick auszuweichen. Vielleicht hatte er Sandros Blick anfangs auch aus Trotz so stur standgehalten, aber jetzt wirkte er eher verwirrt, als er antwortete: »Du hast recht, Herr. Ich will mich danach richten und die schwachen Stämme schlagen.«

Diese Antwort schien ihn selbst zu befriedigen, als sei er nie anderer Meinung gewesen. Er wendete sich wieder seiner Arbeit zu und schlug nun nur noch die mageren Stämmchen aus dem Bestand heraus. Auch war jetzt jede Spur von Aufsässigkeit aus seiner Miene gewichen.

Während wir weiterritten und den Jungwald schon hinter uns gelassen hatten, blickte ich Sandro verstohlen von der Seite an und suchte auf seinem Gesicht nach Spuren jener Macht, die ihn befähigt hatte, diesen zunächst widerspenstigen, in seinem Forst offenbar neuen Mann im Handumdrehen zu einem gefügigen Werkzeug seines Willens zu machen.

Nach einer Weile sagte Sandro: »Warum schaust du mich so an?«

Da fragte ich ihn, auf welche Weise er die Einstellung dieses Mannes ins Gegenteil habe verkehren können. »Ich dachte bisher«, sagte ich, »daß der Herrschende bestimmter festgelegter Regeln, Umgangsformen oder Machtinstrumente bedarf, die es ihm erlauben, seinen Willen unwidersprochen durchzusetzen. Aber du gehst einfach her und sagst, was du möchtest, daß es die Leute tun, und dann tun sie dies sogar mit Freuden.«

Sandro lachte, als er das hörte. »Hast du noch nicht gemerkt, daß ich ein Zauberer bin?« sagte er. »Ich kann Menschen dahin bringen, daß sie nichts anderes mehr wollen, als meinem Wort zu folgen. Auch kannte ich die Einstellung dieses Mannes schon, ehe er sie äußerte.«

»Weil du gesehen hast, wie er mit dem Jungholz verfährt«, sagte ich, eher um mir selbst zu erklären, auf welche Weise er zu dieser Erkenntnis gekommen sein könnte.

»Nein«, sagte Sandro mit solcher Bestimmtheit, als käme es ihm darauf an, dieser natürlichen Erklärung zu widersprechen. »Von Anfang an!«

»Soll das heißen, daß du in seinen Gedanken zu lesen verstehst wie in einem aufgeschlagenen Buch?« fragte ich erschrokken.

»Natürlich«, sagte er. »Das ist noch das Wenigste.«

»Also kannst du auch in meinen Gedanken lesen?« fragte ich sofort.

»Wär' dir das unangenehm?« sagte er lächelnd.

Ja«, sagte ich, »das wäre es.«

Das Lächeln war plötzlich aus seinem Gesicht weggewischt. »Ich kann dich beruhigen«, sagte er. »Du bist der einzige Mensch in meiner Umgebung, bei dem mir das nicht gelingen will.« Eine Weile blickte er vor sich hin auf den Nacken seines Pferdes und setzte dann hinzu: »Vielleicht hat das seinen Grund darin, daß du der einzige Mensch bist, von dem ich wirklich wissen will, was in ihm vorgeht.«

Einen Augenblick war ich nahe daran, ihm zu gestehen, wer ich wirklich bin, aber dann siegte meine Angst davor, mich ihm damit preiszugeben. »Ich bin dein Pferdejunge«, sagte ich abweisend. »Genügt dir das nicht?«

»Ganz und gar nicht!« sagte er heftig und hieb seinem Pferd die Sporen so hart in die Weichen, daß es mit einem jähen Satz in Galopp fiel und ich Mühe hatte, meinen Haflinger an seiner

Seite zu halten. Er blickte stur vor sich hin, als bedaure er es, mir so viel über sich verraten zu haben.

Als wir am Abend ins Schloß zurückkehrten, nahm mich Sandro mit zu Tisch und ließ mich an seiner Seite sitzen. Wie stets waren auch seine Gefährten anwesend. Sandro sprach diesmal nicht mit mir, schaute mich nur von Zeit zu Zeit an, aß wenig und schien über etwas nachzudenken, das ihn sehr beschäftigte. Dann hob er unvermittelt die Hand, um die Gespräche seiner Gefährten zu unterbrechen, und sagte: »Es gibt einen Menschen, der sich mir immer wieder entzieht, obwohl ich ihn an mich binden möchte. Wer von euch weiß ein Mittel, das mir dazu helfen könnte?«

Eine Zeitlang blickten die Tischgenossen Sandro erstaunt an, als sei schwer zu begreifen, was er eben gesagt hatte. Dann ergriff Gino das Wort und sagte: »Ich weiß von einem goldenen Netz, dem sich kein Mensch entziehen kann. Wer damit eingefangen wird, ist dem zu eigen, der das Netz geworfen hat.«

»Und wo ist dieses Netz zu finden?« fragte Sandro.

»Das weiß ich nicht«, sagte Gino. »Aber ich habe gehört, daß dein Pferdejunge Ero sich vor den Mägden gerühmt haben soll, daß er wisse, wo dieses Netz verwahrt wird.«

Sandro blickte mich an und sagte: »Warum hast du mir noch nie von diesem Netz berichtet? Hast du Angst, ich könnte dich damit einfangen? Nun mußt du dich auf den Weg machen, um mir dieses Netz zu bringen.«

Es nützte nichts, daß ich ihm beteuerte, nichts von diesem Netz zu wissen. Er glaubte mir nicht und redete sich dermaßen in Zorn über meine vermeintliche Halsstarrigkeit, daß er drohte, mich in einen Vogel zu verwandeln und in einem Käfig neben seinem Bett zu halten, wenn ich mich weiterhin weigere, ihm dieses Netz zu beschaffen. Schließlich wies er mich vom Tisch und sagte, er wolle mich erst wiedersehen, wenn ich ihm das Netz brächte.

Ich verließ den Saal und ging über den Hof hinüber zu den Ställen. Doch als ich mir vorstellte, wie ich die Nacht über schlaflos auf meinem Bett liegen und über den unerfüllbaren Befehl Sandros nachgrübeln würde oder auch über die Beziehung zwischen mir und ihm, zu dem ich mich hingezogen fühlte, ohne ihm doch vertrauen zu können, zumal er auch mir nicht vertraute, angesichts meiner ausweglosen Lage also stieg ich nicht hinauf in meine Kammer, sondern ging zu meinem Haflinger, legte den Arm um seine blonde Mähne und lehnte die Stirn an sein rauhes Fell, und während ich noch so stand und meine Tränen auf seinen Hals tropften, sagte mein Haflinger: »Worüber bist du so traurig?«

Es mag seltsam erscheinen, daß es mich überhaupt nicht verwunderte, mein kleines Pferd sprechen zu hören. In meinem Unterbewußtsein muß ich wohl schon von Anfang an gespürt haben, daß es mit diesem Pferd etwas Besonderes auf sich hatte. Jedenfalls gab ich ihm Antwort wie einem vertrauten Freund und erzählte ihm, was zu tun mir Sandro auferlegt hatte. »Dabei habe ich nicht die geringste Vorstellung, wo ein solches Netz zu finden sein könnte«, schloß ich meinen Bericht.

»Vergiß deine Traurigkeit!« sagte mein Haflinger. »Ich weiß, wo dieses Netz aufbewahrt wird. Es hängt über dem Kamin in der Burg eines Riesen, der so böse ist, daß er nur mit Hilfe dieses Netzes Menschen gewinnen kann, die ihm zu Willen sind. Er läßt es Tag und Nacht von einem Rudel wilder Wölfe bewachen.«

»Und dort soll ich es herausholen?« sagte ich entsetzt.

»Ja«, sagte mein Pferdchen. »Dort wirst du es holen, und ich werde dir dabei helfen. Leg dich jetzt schlafen! Morgen ist auch noch ein Tag, und da wollen wir reiten. Zuvor aber laß dir in der Küche das Schaf geben, das heute morgen geschlachtet worden ist.«

Trotz all dieser Aufregung schlief ich gut in dieser Nacht. Es ist immer beruhigend, einen guten Freund gefunden zu haben. Allerdings gab es am Morgen Schwierigkeiten, als ich vom Küchenmeister das Schaf forderte. Da ich selbst Sandro nicht mehr unter die Augen treten durfte, schickte ich ihn schließlich zu seinem Herrn mit der Nachricht, daß ich das Schaf brauche, um das

Netz zu gewinnen. Nach einigem Hin und Her ging er und richtete Sandro diese ihm selbst unverständliche Botschaft aus und übergab mir nach seiner Rückkehr das schon abgebalgte und ausgeweidete Tier, das ich in einen Sack steckte und meinem Pferd hinter dem Sattel aufband. »Nun laß ich dir die Zügel frei, denn nur du kennst das Ziel«, sagte ich und ließ den Haflinger lostraben.

Diese Schrittart behielt er allerdings nur so lange bei, bis wir den Schloßhof verlassen hatten. Dann zeigte mir der Haflinger, daß er wahrhaftig eine besondere Art von Pferd war. ›Jetzt halt dich fest!« sagte er, und schon im nächsten Augenblick meinte ich über Felder und Hügel dahinzufliegen, die unter seinen Hufen als grünwogender Strom dahinglitten, später auch dunkle Wälder und steile Felsspitzen. So ging es eine ungemessene Zeit über Stock und Stein, Gras und Schotterhalden, Baum und Fels, daß Mähne und Schweif meines Haflingers flatterten wie eine Fahne im Sturm. Die Sonne stand schon dicht über den Baumspitzen, als dieser wilde Ritt auf einer steinigen Bergwiese sein Ende fand. Nahebei stand ein aus grausilbrig verwitterten Stämmen gefügter Heustadel. »Hier können wir die Nacht über bleiben«, sagte mein Zauberpferd und fing an zu grasen.

»Und das goldene Netz?« fragte ich. »Wo ist überhaupt die Burg des Riesen?«

»Das hat alles Zeit bis morgen«, sagte mein Haflinger, während er an einem Grasbüschel mampfte. »Schlaf dich erst mal aus!«

Nach diesem zauberischen Ritt und im Bewußtsein der bevorstehenden Gefahr war an Schlaf kaum zu denken. Erst gegen Morgen fiel ich in einen unruhigen Schlummer und wurde, wie mir schien, schon im gleichen Augenblick davon geweckt, daß mir mein Pferd seinen Atem ins Gesicht blies. »Komm jetzt! Es ist soweit«, sagte es. »Und nimm das tote Schaf mit!«

Es führte mich an einer Felswand entlang, die nach ein paar Dutzend Schritten scharf nach links abbrach und den Blick auf die Burg freigab, die näher, als ich gedacht hatte, auf einem schroffen Felsen ragte.

»Hier warten wir, bis der Riese weggeht«, sagte der Haflinger. »Den Tag über ist er meist unterwegs zu irgendwelchen Untaten.«

Wir versteckten uns im dichten Knieholz von Latschenkiefern und spähten hinüber zu dem düsteren Mauerwerk, aus dem von Zeit zu Zeit das Heulen von Wölfen herüberklang, später auch das scharfe Gebrüll einer unmenschlich dröhnenden Stimme. Dann trat schließlich der Riese aus dem unversperrten Tor, hoch wie drei Männer übereinander, den stierhaften Schädel umzottelt von wirrem schwarzem Haar und strähnigem Bart. Er nahm eine baumstrunkartige Keule auf, die neben dem Tor gelehnt hatte, schulterte sie und trottete auf einem kaum wahrnehmbaren Pfad talauswärts zu den Wäldern hinab.

»Er sperrt nicht einmal das Tor zu«, sagte ich.

»Wozu?« sagte der Haflinger. »Er hat ja die Wölfe.«

Als der Riese weiter unten zwischen den Stämmen des Bergwaldes verschwunden war, gab mir der Haflinger einen Stups mit seiner Nase und sagte: »Zeit, daß du dich auf den Weg machst.«

»Ich allein?« Erst jetzt wurde mir völlig klar, worauf ich mich eingelassen hatte.

»Du allein«, sagte er ungerührt. »Ich kann dir in der Burg nichts nützen. Wer solche Dinge wie dieses Netz haben will, ist immer allein, wenn es zuzugreifen gilt. Ich kann dir nur sagen, was du dort drüben vorfinden wirst. Hör gut zu! Wenn du durch das Tor gegangen bist, kommst du zu einer hölzernen Brücke, die über einen tiefen Graben zum Turm führt. Dieser Graben dient dem Riesen als Zwinger für seine Wölfe. Aber die drei stärksten Tiere wirst du auf der Brücke antreffen. Damit sie wachsam bleiben, läßt der Riese sie bis zum Abend hungern. Ehe sie dich noch recht erblickt haben, mußt du das Schaf hinunter in den Zwinger werfen. Sofort werden sich die übrigen Wölfe auf das unerwartete Fressen stürzen, und die drei Wächter werden zu ihnen hinunterspringen, um sich ihren Anteil zu sichern. Damit hast du den Weg frei und läufst rasch hinüber zum Turm. Der Eingang führt unmittelbar in die Halle des untersten Stockwerks, in der das goldene Netz über dem Kamin aufgehängt ist. Nimm es dir und komm zurück, so schnell du kannst!«

Ich packte mir das tote Tier auf die Schultern und machte mich mit bebendem Herzen auf den Weg. Das Heulen der Wölfe, das um so lauter herüberhallte, je näher ich kam, war keine angenehme Begleitmusik. Als ich durch das Tor trat, fand ich alles so vor, wie der Haflinger gesagt hatte. Auf der Brücke sah ich drei riesige Grauwölfe stehen, und im gleichen Augenblick, in dem sie mir die Köpfe zuwandten, warf ich das Schaf hinunter in den Zwinger. Ich hörte es unten dumpf aufschlagen und gleich darauf das erregte Knurren und keifende Heulen der Meute, die um das Tier zu streiten begann. Dieser Lärm lenkte die Wächter von mir ab, und ihre Gier nach Fleisch trieb sie dazu, von der Brücke hinab in den Zwinger zu springen.

Befreit von meiner Last lief ich über die Brücke zum Turm, dessen Tür gleichfalls unverschlossen war. In dem düsteren Raum, in den durch ein paar schmale Scharten nur wenig Licht fiel, mußte ich eine Zeitlang warten, bis sich meine Augen an diese Düsternis gewöhnt hatten. Dann sah ich das Netz an der Mauer über dem aus Steinquadern hoch aufgetürmten Kamin golden schimmern. Der Riese hätte es mit einem Griff bequem herunterholen können, aber für mich hing es viel zu hoch, als daß ich es vom Boden aus hätte erreichen können.

Während das Raunzen und Fauchen der raufenden Wölfe durch die offene Tür hereindrang und an meinen Nerven zerrte, machte ich mich daran, von Fuge zu Fuge an den Quadern der Kaminverkleidung hinaufzuklettern. Es dauerte eine Weile, bis ich das abschließende Gesims erreicht hatte, von dessen Mitte aus ich, wenn ich mich auf die Zehenspitzen stellte, das Netz eben noch ergreifen konnte. Obwohl es aus goldenen Fäden geknüpft war, erschien es mir überraschend leicht, als bestünde es aus Flaumfedern. Nur deshalb konnte es mir gelingen, es von seiner Aufhängung zu lösen, wonach es auf mich herabfiel und mich einhüllte als zarter, schwereloser Mantel. Es war so fein gesponnen, daß ich es zu einem apfelgroßen Ballen zusammenlegen und in die Tasche meiner Hose stecken konnte, um die Hände frei zu haben beim Hinunterklettern. Das ging rascher als der Aufstieg, und ich beeilte mich, den Turm zu verlassen. Doch als ich aus der Tür laufen wollte, trat mir gegenüber durch das Tor in der Umfassungsmauer der Riese.

Wie festgefroren blieb ich stehen und starrte auf die ungeheuer hochgewachsene Gestalt, die das Tor nahezu ausfüllte und unpassierbar machte. Er betrachtete mich wie ein schädliches Insekt, das er gleich nach den nächsten vier Schritten zertreten würde, und sagte mit tief aus der tonnenrunden Brust heraufgrollender Stimme: »Ich hör' das, wenn du meine Wölfe fütterst. Hältst dich wohl für schlau, du Dieb? Ich bin schlauer!«

Er brüllte noch etwas Unverständliches zu seinen Wölfen hinunter und machte dann seine vier klafterlangen Schritte über die Brücke, blieb vor mir stehen und äugte aus seiner unmenschlichen Höhe zu mir herunter. »Zusammenschnüren sollte ich dich«, sagte er, »zusammenschnüren, wie es die Spinne mit Fliegen tut, und abends den Wölfen zum Fraß vorwerfen. Jetzt haben sie ja schon was gekriegt.« Er sagte das, als suche er in Gedanken schon nach einem Strick.

Als er die Spinne erwähnte, kam mir eine Hoffnung, daß es doch noch nicht aus sein müsse mit meinem Leben. Vorsichtig ließ ich meine Hand in die Tasche gleiten, ergriff das zusammengelegte Netz, riß es hervor und schleuderte es in die Höhe, daß es sich ausbreitete wie ein Segel über dem Haupt des Riesen. Er hatte erschrocken aufgeschrien, als dieses goldene Flirren vor seinen Augen federleicht in die Höhe stieg. Er versuchte auch noch, die Hände zu heben, um den unerwarteten Angriff abzuwehren, doch er war zu schwerfällig; denn da hatte das Netz sein Haupt schon eingehüllt mit seinem goldenen Schimmer.

Eine Zeitlang stand er wie erstarrt. Dann brach er vor mir in die Knie, wobei er mich noch immer bei weitem überragte, aber er beugte seinen Kopf und sagte mit überraschend sanfter Stimme: »Weiß nicht, wer du bist. Aber jetzt bist du Herr über mich.«

»Dann pfeife erst einmal deine Wölfe zurück!« sagte ich, denn ich hatte bemerkt, daß die drei großen Grauwölfe sich eben die Böschung des Grabens heraufgearbeitet hatten und sich anschickten, auf die Brücke zu springen.

Der Riese knurrte sie an und scheuchte sie zurück in den Zwinger, was sich die drei nicht ungern gefallen ließen, denn dort unten war der Kampf um die Reste des Schafs noch immer im Gange. Dann wendete der Riese sich wieder mir zu und sagte: »Wirst du mich jetzt töten?«

Diese Frage erschien mir angesichts unseres Größenunterschieds so komisch, daß ich lachen mußte. »Ich wüßte nicht«, sagte ich, »wie ich das anstellen sollte.« Ich hatte dergleichen auch gar nicht im Sinn gehabt. Die unversehens hervorgetretene Sanftheit des Riesen rührte mir ans Herz. »Bleib hier auf deiner Burg«, sagte ich, »und wenn ich einen starken Freund brauche, werde ich dich's wissen lassen. Vielleicht gibt's hier im Umland ein paar Leute, denen du zeigen kannst, daß du nicht mehr böse bist. Jetzt beug dich herab, damit ich mir das Netz nehmen kann. So wie du jetzt bist, wirst du es nicht mehr brauchen, um Menschen oder Tiere für dich zu gewinnen.«

Sobald ich das Netz wieder in Händen hatte, sagte ich dem nunmehr guten Riesen Lebewohl, verließ die Burg und ging zurück zu dem Platz, an dem mich der Haflinger erwartete. Ich fand ihn dort ruhig grasend und fragte ihn, ob er nicht bemerkt habe, daß der Riese zurückgekommen sei, während ich in der Burg war.

»Das war nicht zu übersehen«, sagte der Haflinger.

»Und du bist mir nicht zu Hilfe gekommen!« sagte ich vorwurfsvoll.

»Was du tun wolltest, mußtest du allein tun«, sagte er. »Ich habe dir gute Gedanken geschickt. Hat das nicht genügt?«

»Doch«, sagte ich, zog das Netz aus der Tasche, zeigte es ihm und bedankte mich für die guten Gedanken.

»Dann sitz auf, damit wir heimreiten!« sagte mein kleines Pferd.

Es war schon Nacht, als wir nach einem Ritt, der auf gleiche zauberische Weise eher einem Flug geglichen hatte, ins Schloß zurückkehrten. Ich führte den Haflinger in den Stall, rieb ihn ab, legte ihm eine Decke auf, schüttete ihm Hafer vor und dankte ihm noch einmal für seine Hilfe. Dann stieg ich hinauf in meine Kammer und legte mich schlafen.

Als ich am nächsten Morgen mich eben zum Frühstück setzen wollte, kam einer von Sandros Leuten eilends in die Gesindestube und sagte, daß der Schloßherr mich auf der Stelle zu sehen wünsche. Da das Netz noch immer in meiner Tasche steckte, folgte ich dem Mann, der mich in einen Wohnraum brachte, den ich bisher noch nie betreten hatte. Er war eher karg eingerichtet: ein runder Tisch mit vier Stühlen, an der Wand eine Art Sekretär, dessen Pult aufgeschlagen war und Schreibutensilien darbot, an der anderen Wand das gemalte Bild einer fremdartigen Blume. Die wenigen Möbel und Gegenstände sahen zwar einfach aus, erschienen mir jedoch auf erlesene Weise kostbar. Am Fenster stand Sandro, kehrte mir den Rücken zu und blickte hinab in den Schloßhof, über dessen Pflaster er mich wohl schon hatte kommen sehen.

»Man hat mir berichtet, daß du schon zurückgekehrt bist von deinem Ausritt«, sagte er, ohne sich zu mir umzudrehen.

Ich konnte mir denken, wer ihm das eilfertig berichtet hatte, und meine stille nächtliche Rückkehr hatte diesen aufmerksamen Diener des Schloßherrn wohl vermuten lassen, daß ich keinen Erfolg auf meiner Suche gehabt hatte. Ich mußte lächeln, als ich mir die Enttäuschung vorstellte, die ihm der Anblick des goldenen Netzes bereiten würde. »Ja«, sagte ich, »sonst würde ich jetzt nicht vor dir stehen – oder besser: hinter dir.«

Diesen Zusatz konnte ich mir nicht verkneifen, obwohl er ungehörig genug war für einen Pferdejungen. Aber als ich ihn aussprach, hatte ich Sandros Unhöflichkeit wohl als die Frau empfunden, die in den Kleidern des Reiterjungen steckte. Jedenfalls erreichte ich damit, daß Sandro sich jäh umwandte, und da sah ich die Gier in seinen Augen, die Gier nach dem

Zauberding, das in meiner Tasche steckte, oder auch die Gier nach dem, was ihm dieses Zauberding verschaffen sollte.

»Hast du das Netz?« fragte er. Er mußte sich räuspern, so heiser hatte seine Stimme geklungen.

»Ja«, sagte ich, »ich habe es«, und zog den apfelgroßen, goldglänzenden Ball aus der Tasche.

»Das kleine Ding?« sagte Sandro enttäuscht.

»Warte nur, ich will's dir zeigen!« sagte ich, faßte das Netz an einem Zipfel und warf in einem heftigen Schwung meines Arms die Hand in die Höhe, daß sich das Netz entfaltete und als schimmernder Bogen über mir flatterte. In diesem Augenblick überkam mich die Verlockung, dieses Netz Sandro übers Haupt zu werfen, wie ich es über das Haupt des Riesen geworfen hatte. Wenn ich es warf, würde Sandro mein sein mit Haut und Haaren, mit Herz und Seele, mir in allem zu Willen, dieser ansehnliche junge Mann, dessen Gestalt ich mit solcher Lust betrachtete und dessen Rede ich so gern zugehört hatte. In mir regte sich das unbändige Verlangen, diesen Mann für mich zu haben, zu besitzen, an mich zu reißen, seinen Körper auf meinem Körper zu spüren, und ich war nahe daran, es zu tun.

Dann sah ich die Angst in seinen Augen flackern, die Angst davor, daß ich wirklich tun könnte, was in meiner Vorstellung schon fast geschehen war. Vielleicht war es auch die Angst, daß er danach auf unlösbare Weise mit mir verbunden sein würde. Da wußte ich, daß ich ihn nicht mit Hilfe dieses goldenen Netzes binden durfte, raffte es zusammen und hielt es ihm hin. »Für dich habe ich es geholt«, sagte ich, »nicht für mich.«

Er nahm es mir mit großer Vorsicht aus der Hand, als könne es bei festerem Zugriff zerreißen, und schaute eine Weile nieder auf dieses goldene Geflimmer. Dann blickte er mich wieder an und sagte: »Warum hast du es nicht geworfen?«

»Ich war nahe daran, es zu tun«, sagte ich, »aber dann habe ich deine Angst erkannt.«

»Ja«, sagte er, »auf einmal überfiel mich diese Angst, obwohl ich mir anfangs gewünscht habe, daß du das Netz über mich wirfst.«

»Es steht dir nichts im Wege, es jetzt über mich zu werfen«, sagte ich. »Dazu wolltest du's ja haben.«

»Dazu wollte ich es haben«, wiederholte er. »Aber der Gebrauch solcher Zauberdinge ist an merkwürdige Regeln gebunden. Einzig wegen dir habe ich dieses Netz holen lassen, und nun bist du der einzige, über den ich es nicht werfen darf, weil du darauf verzichtet hast, mich durch dieses Netz in deine Gewalt zu bekommen. Nun nützt es mir nichts mehr.« Er ließ es dort, wo er stand, auf den Boden fallen und sagte, schon im Hinausgehen: »Behalte das Zauberding für dich, als Lohn, daß du für mich geritten bist.« Unter der Tür blieb er dann doch noch einmal stehen und fragte mich, ob ich schon gefrühstückt hätte.

»Nein«, sagte ich. »Dein Bote kam, als ich mich eben zu Tisch setzen wollte.«

»Dann komm und iß mit mir«, sagte Sandro und wartete noch, bis ich das Netz vom Boden aufgehoben, zusammengefaltet und eingesteckt hatte. Als ich damit fertig war, wandte er sich noch immer nicht um und ging, sondern blieb stehen, schaute mir ins Gesicht und sagte: »Wer bist du? Was treibt mich so zu dir hin? Sag mir, wer du bist!«

»Dein Pferdejunge«, sagte ich, »und der bleibe ich, solange du es nicht besser weißt.«

Im Saal saßen Sandros Männer schon bei Tisch, unter ihnen auch Gino. Er blickte mir spöttisch entgegen und sagte: »War wohl nichts mit dem goldenen Netz?«

Ehe ich ihm hätte antworten können, sagte Sandro schärfer, als es sonst seine Gewohnheit war: »Er hat es mir gebracht, wie du behauptet hast, daß er es könne. Aber ich habe das goldene Netz ihm überlassen, weil es für meine Zwecke nicht dienlich war. Vielleicht sollte er die Wirkung dieses Flitterdings an dir erproben? Was hältst du davon, Gino?«

Gino erhob sich halb von seinem Sitz und wurde blaß bis in die Lippen. Ich fand diesen Anblick ziemlich jämmerlich und sagte, er solle ruhig sitzen bleiben und weiter seine Morgensuppe löffeln. Ich gedächte das Netz für bedeutsamere Anlässe zu verwahren.

Als sie hörten, wie ich diesem Gino Bescheid gab, konnten einige der Tischgenossen sich ihr schadenfrohes Grinsen nicht verbeißen, und das machte Gino, der ihre Reaktionen auf meine Worte beobachtet hatte, so wütend, daß er nach einem haßsprühenden Seitenblick auf mich sich an Sandro wandte und sagte: »Der ungeschickte Junge hat das Ding, das er dir bringen sollte, wohl verdorben? Oder hat er das gar absichtlich getan, um weiterhin sein Geheimnis vor dir zu verbergen?«

So unrecht hatte er damit nicht, auch wenn dies ohne meine Absicht geschehen war. Zudem konnte ich an Sandros Miene ablesen, daß er sich Gedanken machte. Er hatte ja wenig Grund, mir in dieser Sache zu trauen, und so kam ihm wohl tatsächlich der Verdacht, ich könne ihn hereingelegt haben. Ehe er noch etwas in dieser Art äußern konnte, sprach Gino schon weiter und sagte, wenn ich das goldene Netz so rasch hätte finden können, dann würde es mir wohl kaum Schwierigkeiten bereiten, jene purpurne Blume beizubringen, die einzig in jenem Garten zu finden sei, der von wilden Tieren bewacht würde und deshalb Garten der Löwin genannt werde.

»Und wozu soll mir diese Blume nützen?« fragte Sandro begierig.

»Das weißt du nicht?« sagte Gino, als sei es unerfindlich für ihn, daß Sandro eine so wichtige Sache unbekannt geblieben sei. »Dann will ich es dir sagen. Wer diese Blume in der Hand trägt, kann jede Frage, die ihm gestellt wird, nur wahrheitsgemäß und im vollen Umfang beantworten. Ich bin sicher, daß dieser Pferdejunge sie für dich auftreiben wird.«

»Dann soll er sie ohne Verzug ausfindig machen und mir bringen!« sagte Sandro, und zu mir: »Morgen früh wirst du reiten!«

Es war ihm deutlich anzumerken, daß er sich auf keinerlei Widerspruch einlassen würde, und so begab ich mich nach dem Frühstück in den Stall zu meinem Haflinger und erzählte ihm, was Sandro mir diesmal aufgetragen hatte. »Ich habe noch nie von einem solchen Garten gehört«, sagte ich, »und von dieser Blume schon gar nicht.«

»Dieser Garten liegt weit im Süden«, sagte der Haflinger. »Wir werden drei Tage unterwegs sein, bis wir ihn erreichen.«

»Soll ich wieder ein totes Schaf besorgen?« fragte ich. »Es heißt, der Garten würde von wilden Tieren bewacht.«

Der Haflinger schnaubte amüsiert. »Das wird nicht nötig sein. Dieser Gino, der Sandro das geraten hat, mag schlau sein und eine Menge geheimer Dinge erfahren haben, aber wenn er mehr über dich wüßte, wäre es ihm nicht eingefallen, dich auf diese Weise ins Verderben schicken zu wollen.«

»Um zu verstehen, was du damit sagen willst, weiß ich offenbar selbst zu wenig über mich«, sagte ich.

»So sieht es aus«, sagte der Haflinger. »Aber du wirst es bald verstehen. Im Augenblick ist es wichtiger, daß du einen Sack Wasser mitnimmst, denn wir werden Durst bekommen auf dieser Reise. Und pack etwas zu essen für dich ein und Hafer für mich, aber nur für einen Tag.«

So machten wir uns am nächsten Morgen auf die Reise, das blondmähnige Pferd und ich. Wieder ging es dahin wie im Flug, daß Grün und Braun der Landschaft streifig verschwammen, als ströme unter den Hufen ein reißender Fluß uns entgegen. Doch die Kühle des Morgens verging bald, über uns stieg ein sengender Sonnenball in den stahlblauen Himmel, und das Grün des Landes blieb zurück und wich den eintönig gelben, sich unendlich weit dahinziehenden Dünen der Wüste, die wie die Wogen eines erstarrten Meeres unter uns dahinglitten. Bald verlangte das Pferd nach Wasser, und auch ich stillte meinen Durst. Als die Sonne im Zenit stand und ihre Glut kaum noch zu ertragen war, wurde weiter voraus ein dunkler Fleck in einem Tal zwischen zwei gelben Höhenzügen sichtbar, auf den mein Zauberpferd zuzusteuern schien. Bald zeichneten sich die Wedel einiger schlankstämmiger Palmen ab, Buschwerk und ein paar kalkweiße, würfelförmige Gebäude. Eine Oase.

»Hier bleiben wir und ruhen uns aus, bis die Nacht kommt«,

sagte der Haflinger und setzte gleich danach seine Hufe auf den sandigen Boden vor einem der Häuser. Während ich abstieg, wurde der Vorhang in der Tür des Hauses beiseite geschoben, und eine Frau trat heraus, die ein weißes, hemdartiges Gewand trug, das bis zum Boden reichte. Ihr Gesicht war bis dicht unter die Augen von einem Tuch verhüllt, doch als sie mich sah, streifte sie es beiseite und verbeugte sich lächelnd.

»Mußt du nicht verschleiert bleiben, wenn ein Mann in dein Haus kommt?« fragte ich verwundert.

Jetzt lachte sie mir offen ins Gesicht und sagte: »Du bist eine Frau, die Hosen trägt.«

Offenbar war sie scharfsichtiger als mein zauberkundiger Dienstherr. Ich hatte keine Zeit, das weiter zu bedenken, denn die freundliche Frau wies ein Mädchen, das ihr gefolgt war, mit wenigen Worten an, das Pferd in den schattigen Stall neben dem Haus zu führen, zu tränken und ihm Futter vorzuschütten. Dann bat sie mich in ihr Haus, führte mich in einen erstaunlich kühlen Innenraum, ließ mich auf weichen Teppichen Platz nehmen, bot mir auf einem Bastteller saftglänzende Datteln an, setzte sich dann zu mir und schenkte uns aus einer bronzenen Schnabelkanne nach Kardamom duftenden Kaffee in winzige Täßchen.

So saßen wir in lächelndem Schweigen nebeneinander, nippten von dem Kaffee, tranken auch noch ein zweites Täßchen, dann stand die Frau auf und sagte: »Jetzt leg dich hin und ruh dich aus! Wenn die Sonne untergegangen ist, werde ich kommen und dich wecken; denn dann müßt ihr aufbrechen, um bis zum Sonnenaufgang den nächsten Rastplatz zu erreichen.« Sie verneigte sich und verließ den Raum.

Ich lag noch eine Weile wach und dachte nach über die Seltsamkeit dieses Ortes. Daß es mitten in den Wüsten dieser Welt Oasen gibt, davon hatte ich gehört, aber dieser Ort hier hatte auch darüber hinaus seine Besonderheiten. Außer der Frau und dem Mädchen, das mein Pferd versorgt hatte, war mir kein Mensch begegnet, und ich fragte mich, ob hier überhaupt nur Frauen lebten. Überdies hatte diese freundliche Frau nicht nur auf den ersten Blick erkannt, daß ich kein Mann war, sie schien vielmehr auch über unser Vorhaben Bescheid zu wissen, obwohl mein Haflinger, wie es auch sonst seine Art war, kein Wort gesprochen hatte, solange er nicht allein mit mir war. Woher bezog diese Frau ihre Informationen? Während ich darüber nachgrübelte, schlief ich ein.

Als die Frau mich gegen Abend weckte, stieg mir der Duft von gebratenem, in Kräutern gebeiztem Ziegenfleisch in die Nase. Daß die Frau, die mich empfangen hatte, keine gewöhnliche Dienerin war, merkte ich daran, daß sie sich diesmal gleich mit mir zum Mahl setzte, während das Mädchen die Speisen auftrug, eine Platte mit Kuskus und gebratenen Fleischstücken, all das bestreut mit herb schmeckenden Kräutern. Zu trinken bot mir das Mädchen wahlweise klares Wasser oder heißen Tee aus einer Art von Pfefferminzblättern an. Ich stillte meinen ersten Durst mit einem Becher von dem offenbar quellfrischen Wasser und hielt mich danach an den Tee, dessen belebende Wirkung ich später noch die ganze Nacht über spüren konnte.

Wir aßen schweigend, und erst als ich mich gesättigt zurücklehnte und für das Mahl bedankte, sagte die Frau: »Dann solltest du jetzt aufbrechen. Dein Freund wartet draußen schon auf dich. Auch er ist gesättigt von dem, was ein Pferd mag. Du solltest jetzt deine Jacke anziehen. Die Nacht in der Wüste ist kalt.«

Gleich darauf waren wir wieder unterwegs, mein Haflinger und ich. Die Sonne tauchte eben unter den Horizont, als er aufs neue seinen zauberischen Lauf begann. Noch schimmerte die weite Wüste rötlich vom Abglanz des westlichen Himmels, aber es wurde rasch dunkler, so daß bald der zunehmende Mond die Oberhand gewann, der als schräg liegendes Boot über den samtenen Himmel segelte und sein kühles Licht über die unten dahinhuschenden Sanddünen breitete. So ging es endlos dahin in dieser Nacht, so daß mich nur der Tee dieser kundigen Frau daran hinderte, auf dem Rücken meines Pferdes einzuschlafen. Einmal war ein Gebirgszug zu überqueren. Ich konnte die schroffen Felstürme nur insoweit erahnen, als sie unvermutet den zu dieser

Zeit schon tief stehenden Mond verdeckten und wieder freigaben, und ich bewunderte die schlafwandlerische Sicherheit, mit der mein Haflinger sich hier zurechtfand.

Endlich wurde im Osten die Grenze zwischen Erde und Himmel als Trennlinie zwischen der tiefen Schwärze des Unten und dem allmählich sich aufhellenden Dunkel darüber erkennbar. Bald darauf genügte der Widerschein des blasser werdenden Himmels, um den steinigen Wüstenboden unter den Hufen des Zauberpferdes sichtbar werden zu lassen. Um diese Zeit tauchte vor uns auch schon die Oase auf, die uns diesmal beherbergen sollte, ein größerer Hain hochragender Dattelpalmen in der Ausweitung eines trockenen Wüstentals, in der sogar ein Wasserteich blinkte, an dessen Ufer einige dieser würfelförmigen Häuser standen.

Die Frau, die uns hier empfing, glich der ersten wie eine Schwester. Auch sie schlug lächelnd ihren Schleier zurück, als sie mich begrüßte, und ich fragte nicht mehr nach dem Grund. Hier waren es zwei Mädchen, die sich des Haflingers annahmen, seine Nüstern streichelten, ihm den Hals klopften und seine blonde Mähne mit ihren schmalen Fingern durchkämmten.

Als draußen die Hitze des Tages hereinbrach, saß ich schon längst in einem kühlen, wieder reich mit Teppichen ausgestatteten Gemach, trank Kaffee mit der Herrin des Hauses und kostete von den Datteln, die sie mir anbot. Währenddessen kam eines der Mädchen herein, nahm eine Laute mit langem schmalem Hals von der Wand und fing darauf leise zu spielen an, seltsam schwebende, zauberische Melodien.

Ehe die Frau mich verließ, sagte sie: »Morgen wirst du den Garten der Herrin erreichen, der wir alle dienstbar sind.« Das Mädchen blieb zurück und ließ seine Finger über die Saiten der Laute wandern, während ich irgendwann einschlief, eingehüllt von dem zart gesponnenen Netz schwirrender Töne.

Die Laute hing wieder an ihrem Platz, als ich aufwachte. Eine Zeitlang blieb ich liegen und versuchte mir die Musik, die das Mädchen gespielt hatte, ins Gedächtnis zurückzurufen, aber die seltsamen Tonschritte und fremdartigen Melismen ihrer Melodien lagen nur noch als ein unauflösbarer, komplexer Eindruck in meiner Erinnerung, der keine genaue Reproduktion des Gehörten erlaubte. Während ich diesen Klängen noch nachzulauschen versuchte, kam die Frau in den Raum und fragte mich, ob ich Appetit auf ein Abendessen habe. Es sei etwas für mich zubereitet worden, damit ich die Weiterreise nicht hungrig antreten müsse.

Als ich Einverständnis nickte, schlug sie eine bronzene Glocke an und setzte sich zu mir. Kurz danach kamen die beiden Mädchen und trugen die Speisen auf, stark gewürztes Hühnerfleisch, das auf flachen Fladenbroten angerichtet war, und ein mir unbekanntes Gemüse von angenehm süßlichem Geschmack. Als Getränk ließ ich mir diesmal gleich diesen Tee eingießen, der mich in der vergangenen Nacht wachgehalten hatte und dies auch in der kommenden tun würde. Als wir anfingen zu essen, nahm eines der Mädchen wieder die Laute von der Wand und spielte ihre Musik, diesmal allerdings nicht diese sanften, einschläfernden Tonfolgen, sondern heftige, wie in Leidenschaft aufgepeitschte Melodien, die in wirbelnden Verzierungen ausklangen. Das andere Mädchen hatte den Raum wieder verlassen und kehrte erst zurück, als wir unsere Mahlzeit beendet hatten. Sie sprach halblaut ein paar Worte mit ihrer Herrin, worauf diese zu mir sagte, daß mein Freund draußen auf mich warte zur letzten Etappe unserer Reise.

Anfangs begleitete uns auf dem nächtlichen Ritt wieder der zunehmende Mond, der ein wenig an strahlender Fläche hinzugewonnen hatte und den zerklüfteten Boden der Wüste unter uns in harten Konturen ausleuchtete. Ehe er nach Westen immer tiefer hinabsank, konnte ich wahrnehmen, daß hier noch einmal ein Gebirgszug zu überqueren war, dessen bizarre Felsformationen es einem gewöhnlichen Pferd unmöglich gemacht hätten, auch nur ein kleines Stück in dieses Gelände einzudringen.

Dann versank der Mond hinter einer zackenreich aufgerissenen Kluft, deren aufgesperrter Rachen ihn langsam hinunterwürgte, und danach breitete sich unter uns nichts als undurchdringliche, bodenlose Schwärze. Einzig die Sterne am nachtschwarzen Himmel boten dem Auge noch einen Halt, aber ich wußte nicht, ob wir dicht über Grund oder in schwindelnder Höhe über den Himmel zogen wie ein fallendes Gestirn. Einzig der scharfe, von vorn wehende Fahrtwind machte mir bewußt, daß es noch immer vorwärts ging. Eine mir unendlich lang erscheinende Zeit blieb alles unverändert, rasender Stillstand in einem Zwischenbereich, in dem mein Haflinger seine Warteschleifen zog, bis eine andere Welt so weit herangerückt war, daß er sie erreichen konnte.

Als dann der Himmel sich sehr rasch, ja fast auf einen schmerzhaften Schlag aufhellte und nahe der Hufe meines blonden Pferdes endlich wieder fester Boden sichtbar wurde, schien es mir, als hätten wir in der Zeit der Finsternis in jähem Sprung ein Land erreicht, das jenseits all dessen lag, was für Menschen üblicherweise erreichbar ist. Was unter mir sich aus der zurückweichenden Verschattung herauslöste, glich einem einzigen grenzenlosen Garten, der jedoch in keiner Hinsicht den regelnden Eingriff einer menschlichen Hand aufwies. Es ist schwer zu beschreiben, was mich dennoch veranlaßte, nicht von einer Landschaft, sondern von einem Garten zu sprechen. Dieser Wechsel von offenem Grasland und Buschwerk, von lichten Baumbeständen und Flußauen bot sich dar als etwas von selbst Gewachsenes, und gerade darin begründete sich die geheime Ordnung des Ganzen, die mich zwang, dies einen Garten zu nennen, auch wenn man mir schon vorher gesagt hatte, daß dies tatsächlich ein Garten war. Der Garten der Löwin.

Sobald die strahlende Sonne über den Horizont getreten war, trabte mein Haflinger unversehens schon über einen mit hohem, raschelndem Savannengras bewachsenen Hang, ohne daß ich den Augenblick dieser Veränderung der Fortbewegungsart wahrgenommen hätte. Schließlich blieb er auf der Kuppe eines Hügels unter einigen fremdartigen, knorrig hochgereckten Bäumen mit spärlichem, spitzfiedrigem Laub an den Zweigenden stehen.

»Hier kannst du dich im Schatten ausruhen und warten«, sagte er. »Ich werde wieder zur Stelle sein, wenn du mich brauchst.«

Danach trabte er rasch hügelabwärts davon und verschwand weiter unten zwischen den Büschen einer Flußaue.

Nun war ich wieder allein, und das gehörte wohl zu der Art meines Vorhabens. Wer solche Dinge wie diese Blume bekommen will, ist im entscheidenden Augenblick immer allein, das hatte mir der Haflinger, der sich in solchen zauberischen Dingen auskannte, schon beim vorigen Ausritt gesagt. Ich setzte mich unter einen der Bäume, lehnte mich, um seinen geringen Schatten auszunutzen, an den glattrindigen Stamm und blickte hinunter zu dem bambusartig aufgeschossenen Strauchwerk der Flußaue, in dem sich irgendwo mein Pferd herumtreiben mußte.

Dann hörte ich hinter meinem Rücken, und zwar so nah, daß ich erschrocken herumfuhr, ein sanftes Grollen mit einem unverkennbaren Unterton von Gefährlichkeit. Ich hatte erwartet, eine Löwin zu sehen, und in einer Hinsicht war das auch eine Löwin, was ich zu sehen bekam, eine herrliche, kraftvolle Löwin, bei deren Anblick mir das Herz zitterte, aber auch eine Löwin, die auf verwirrende Weise eine Frau war, deren volles rotblondes Haar mähnengleich um ihr schönes Gesicht stand. Ich weiß nicht, wie ich dir diesen Anblick erklären soll: Ich sah beides gleichzeitig, und die beiden Erscheinungen, die der Löwin und die der Frau, durchdrangen einander so vollkommen, daß ich sie nicht getrennt voneinander hätte betrachten können, denn keine von beiden erschien auf irgendeine Weise schemenhaft. Die Frau war tatsächlich eine Löwin und die Löwin eine Frau, und beide waren wirklich bis in die unter der Sonne flirrende Haarmähne.

»Willkommen in meinem Garten, du kleine dunkle Nichte!« sagte die Löwin, und in ihren Worten schwang zugleich dieses sanfte und doch auch gefährlich klingende Grollen mit, jetzt aber eher wie unterdrücktes Lachen. »Warum schaust du mich so verdutzt an? Weiß du nicht, daß du meine Nichte bist?«

Ich war noch immer keines Wortes fähig und konnte nur verneinend den Kopf schütteln.

»Hat er's dir also nicht gesagt«, grollte sie leise.

»Wer soll mir was nicht gesagt haben?« fuhr es mir heraus. Es machte mich wütend, daß ich nicht verstand, wovon sie sprach.

Antwort auf meine Frage erhielt ich vorderhand nicht. »Sieh da!« sagte die löwinnengleiche Frau nur. »Also doch eine junge Löwin!« Zugleich hatte sie mir wohl auch angemerkt, daß ich diese Geheimniskrämerei satt hatte, und setzte hinzu: »Du wirst gleich erfahren, was du wissen willst. Aber zuvor sollst du nach dem langen Ritt bewirtet werden. Ruf dein Pferd! Es kennt den Weg.«

Während ich nach dem Haflinger rief, sah ich ihn schon aus dem Buschwerk der Flußniederung hervortreten, als wäre er dort schon für diesen Augenblick bereitgestanden. Ich war tatsächlich verärgert. Selbst dieses Pferd schien mehr als ich darüber zu wissen, was hier vorging, und das erschien mir ungehörig, selbst in Anbetracht dessen, daß es als Zauberwesen in diesen Gefilden eher zu Hause sein mochte als irgendein Mensch. »Du hättest gar nicht erst wegzulaufen brauchen«, sagte ich ziemlich mürrisch.

»Warum bist du so unfreundlich zu ihm?« fragte die Löwenfrau.

»Weil ich mir blöd vorkomme«, sagte ich. »Selbst ein Pferd kennt sich hier besser aus als ich.«

»Lionel sieht derzeit nur so aus wie ein Pferd«, sagte sie. »Du solltest ihn nicht unterschätzen und wie einen Freund behandeln.«

Auf diese Weise erfuhr ich, daß mein Haflinger einen Namen hatte, und mir wurde bewußt, daß ich ihn schon längst hätte danach fragen können; denn ich wußte sehr wohl, daß viel mehr in ihm steckte als ein brauchbares Reittier. »Tut mir leid«, sagte ich, eher zu Lionel gewandt als zu der Löwin, »ich war wohl zu sehr mit mir selbst beschäftigt.«

Der Haflinger mit dem schönen Namen rieb seinen Kopf an meiner Schulter, und das war eine so zärtliche Berührung, daß ich einen Augenblick seinen kraftvollen Hals umarmen mußte. Dann saß ich auf, und Lionel trabte den Hang hinab auf die Flußaue zu, während die Löwin neben uns ruhig durch das Savannengras zu schreiten schien, obgleich sie spielend mit dem rasch vorantrabenden Pferd Schritt hielt.

Die Sonne stand nun schon höher am stahlblauen Himmel, doch es war nicht so unerträglich heiß, wie es den Umständen entsprechend hätte sein können. Vom Fluß her wehte uns ein kühler Wind entgegen, und bald tauchten wir in den Schatten der Büsche und Uferbäume, deren fiedrig belaubte Zweige bis hinab ins Wasser hingen und ein zerfließendes Gitter auf die strömende Oberfläche zeichneten. Lionel trabte noch eine Weile flußabwärts am Ufer entlang. Das Wasser strömte rasch dahin und war so klar, daß man dort, wo es nicht um herausragende Steinblöcke strudelte, bis auf den steinigen Grund sehen konnte. Dann fiel der Haflinger in Schritt, wandte sich dem Fluß zu und setzte seine Hufe ins Wasser. An der unruhig wie über eine Barriere rauschenden Strömung war zu erkennen, daß hier eine flache Furt den Übergang zum anderen Ufer erlaubte. Lionel setzte vorsichtig Huf vor Huf, während das Wasser ihm um die Beine wirbelte, die Löwin jedoch glitt hinüber, als ob ihre Pranken die Wasserfläche kaum berührten.

Auf der anderen Seite führte ein sandiger Pfad zwischen den sperrigen Sträuchern des Ufergebüschs hindurch, und nach einer Biegung trat hinter den Zweigen eines dieser hellen, kubischen Häuser hervor, ähnlich jenen, in denen ich unterwegs aufgenommen worden war. Auch hier empfing uns eine Frau, nur trug sie nicht dieses schneeweiße Wüstenhemd, sondern ein weites, goldfarbiges Seidengewand. Nach ihr traten drei Mädchen aus der Tür, die Lionel begrüßten wie einen lieben Onkel, der nach längerer Reise wieder nach Hause gekommen ist. Sie umhalsten ihn, streichelten sein Fell und sprachen mit ihm in solcher Selbstverständlichkeit, daß sie um seine Fähigkeiten gewußt haben mußten. Eines von ihnen führte ihn nach diesem herzlichen Empfang hinters Haus zu einem Stall, um ihn dort zu versorgen.

Währenddessen hatte die Frau mit einer Verneigung die Herrin des Gartens begrüßt, und diese schritt, noch immer eher in der Gestalt der Löwin, wie mir schien, auf den Eingang des Hauses zu; sobald sie jedoch die Schwelle überschritten hatte und sich zu mir umwandte, begrüßte sie mich als jene löwenmähnige Frau, ohne daß ich den Augenblick einer Verwandlung hätte bemerken können. Es war wohl so, daß sie stets beides zugleich war, auch wenn in meiner eingeschränkten Sehweise es so aussah, als dominiere einmal die eine und dann wieder die andere Verkörperung ihres Wesens.

Auch in diesem Haus gab es einen angenehm kühlen, mit Teppichen ausgelegten Raum, in dem ich bald darauf jener Frau gegenübersaß, die mich ihre Nichte genannt hatte. Sie schenkte mir selbst den Kaffee ein, den die Frau des Hauses in einer Messingkanne zubereitet und uns hin gestellt hatte, und blickte mich dann eine Weile lächelnd aus ihren bernsteinfarbenen Augen an, ohne etwas zu sagen. Schweigend tranken wir aus den kleinen Tassen den duftenden Kaffee und nahmen dazwischen von den Datteln, die eines der Mädchen bereitgestellt hatte.

Erst als wir beide noch eine zweite Tasse von dem Kaffee getrunken hatten, sagte die Herrin des Gartens: »So ähnlich habe ich mir vorgestellt, daß du aussehen würdest. Etwas selbstbewußter vielleicht, aber du hast wohl noch nicht ganz zu dir gefunden. Vorhin, als du für einen Augenblick zornig warst, da erkannte ich die Löwin in dir.«

»Ich verstehe das noch immer nicht«, sagte ich. »Du nennst mich deine Nichte und sprichst davon, daß mir irgend jemand irgend etwas nicht gesagt hätte. Wer ist das, und was hätte er mir sagen sollen?«

»Dein Vater«, sagte sie. »Und er hätte dir wenigstens zum Abschied sagen können, daß deine Mutter aus meiner Familie stammt.« Sie sagte das, als sei es die selbstverständlichste Sache der Welt, und fügte nach einer Pause hinzu: »Sie war meine Schwester.«

An meine Mutter, der mein Vater so nachtrauerte, daß er keine andere Frau mehr nehmen wollte, hatte ich nur wenige Erinnerungen. Ich war noch ein kleines Kind gewesen, als sie starb. Aber jetzt, während ich hier mit ihrer Schwester in diesem Raum beim Kaffee saß, sah ich sie unversehens durch mein Gedächtnis schreiten und erkannte den gemessenen und doch wie zum Angriff gespannten Gang der Löwin, mit dem sie mein Zimmer durchmaß, geradewegs auf mich zu, um mich in jäh aufwallender

Liebe hochzuheben und an ihr Herz zu drücken. So war dies geschehen, dessen entsann ich mich jetzt genau, und kurz danach mußte sie gestorben sein, denn ich hatte keine spätere Erinnerung an sie. Mir war zumute, als habe sie schon damals gewußt, daß ich heute in diesem Raum bei ihrer Schwester sitzen würde.

Lionel, mein Haflinger, hatte es gewußt, das fiel mir jetzt ein. Was für ein Pferd! »Warst du das, die mir Lionel geschickt hat?« fragte ich.

Sie antwortete nicht direkt auf diese Frage, sondern sagte nur: »Ich kenne ihn schon lange.« Sie schwieg eine Weile und sagte dann: »Warum bist du gekommen?«

»Ich dachte, auch das wüßtest du schon«, sagte ich.

»Kommt es darauf an?« sagte sie. »Du mußt es mir selber sagen. Nur das gilt.«

Da sagte ich ihr, daß ich wegen dieser Blume gekommen sei, die ihrem Träger nicht erlaubt, eine Auskunft zu verweigern, und ich erzählte ihr auch, wer mich aufgefordert hatte, sie zu holen.

»Warum läßt du dich ein auf dieses Spiel?« fragte sie. »Du brauchst nicht zu diesem Mann zurückzukehren, der dir das aufgetragen hat. Das wäre einfacher.«

»Nein«, sagte ich. »Nicht für mich. Ich muß herausfinden, wie ich zu diesem Mann stehe, der mich auf diesen Weg geschickt hat. Er zieht mich an und stößt mich zugleich ab, und ich weiß nicht, was davon mehr für mich bedeutet. Ich kann vor dieser Frage nicht weglaufen.«

Sie lächelte, als ich diesen letzten Satz aussprach. »Keine von uns läuft davon«, sagte sie.

»Ich bin meinem Vater weggelaufen«, sagte ich. »Deshalb konnte er mir nichts über die Herkunft meiner Mutter sagen.«

»Er konnte dich wohl nicht zähmen?« sagte sie noch immer lächelnd. »Manchmal müssen wir auch auf die Freiheit zulaufen. Morgen gehen wir in den verschlossenen Garten, und dort wirst du diese Blume finden. Jetzt ruh dich aus von deiner Reise.«

Sie stand auf und gab den beiden Mädchen, die zu unserer Bedienung bereitgestanden hatten, einen Wink, ehe sie hinausging.

Das eine Mädchen nahm eine Laute auf, die neben ihr bereitgelegen hatte; das Instrument war von der gleichen langhalsigen Art, die ich schon kennengelernt hatte. Die andere zog eine schmale hölzerne Flöte aus ihrem Gewand, und während ich mich auf dem Lager von Teppichen zurücklehnte, begann die Spielerin der Laute ein paar einzelne Töne zu zupfen, aus denen sie eine in eigentümlich gleitendem Rhythmus fortschreitende Melodie entwickelte, die nach einer Weile von der Flöte aufgenommen wurde, während die Laute ein Gespinst von schwirrenden Tönen um die Melodie wob, bis diese wieder in ihren Beginn mündete, und so spannen die beiden Spielerinnen ihre Musik weiter, indem sie mich mit dieser in immer neuen Variationen in sich kreisenden Melodie einschläferten.

Ich verschlief den Rest des Tages, wurde dann, kaum daß ich aufgewacht war, zu Tisch gebeten, allerdings nahm die Herrin des Gartens nicht an der Mahlzeit teil, sondern nur die Frau, die uns in diesem Haus empfangen hatte. Ich aß ein paar Stücke von dem gebratenen Lammfleisch, das uns die Mädchen vorsetzten, bekam dazu wieder diese dünnen Brotfladen und zum Trinken einen aromatisch schmeckenden Saft von Früchten, die ich noch nie im Leben gekostet hatte. Ich fühlte mich zerschlagen wie nach einer großen Anstrengung und schlief, kaum daß die Mädchen das Geschirr abgeräumt hatten, wieder ein, ohne daß sie mich mit ihrer Musik erst wieder hätten einlullen müssen.

Am Morgen wachte ich davon auf, daß mich die Herrin des Gartens beim Namen rief. Als ich die Augen öffnete, sah ich sie neben meinem Lager stehen, nun wieder eher als Löwin, auch wenn mir zugleich ihre menschliche Gestalt immer bewußt war. »Steh auf!« sagte sie. »Wir wollen in meinen verschlossenen Garten gehen.«

»Kannst nur du ihn aufschließen?« fragte ich.

Da lachte sie und sagte: »Dazu brauche ich keinen Schlüssel, wenn du das meinst. Aber der Garten ist nur für jemanden auffindbar, der zu unserer Familie gehört. Nur Löwinnen können ihn betreten.«

»Ich hätte also keine Chance gehabt, wenn ich nicht deine Nichte wäre?« fragte ich.

»Keine«, sagte sie mit Bestimmtheit. »Jener Mann, der deinem Sandro geraten hat, dich diese Blume holen zu lassen, wollte wohl, daß dir eine unlösbare Aufgabe gestellt wird. Nur wußte er zu wenig von dir.«

»Bin ich denn eine Löwin?« fragte ich. Ich zweifelte noch immer und konnte mir diese Eigenschaft nicht bewußt machen.

»Sie schläft in dir«, sagte sie, »und ich will sie jetzt wecken.« Sie legte mir ihre Pranke auf die Brust, jedenfalls dem Augenschein nach; denn was ich dort liegen fühlte, war eine schmale Frauenhand, die eine Weile zwischen meinen Brüsten ruhte, leicht wie eine Feder. »Komm jetzt!« sagte dann die Schwester meiner Mutter, und ich erhob mich und folgte der Herrin des Gartens, die mir voran durch die offene Tür trottete und nach wenigen Schritten durch eine weitere Tür hinaus in einen Garten, der dort lag, wo ich bei unserer Ankunft nichts weiter gesehen hatte als einen sandigen Pfad, der sich zwischen dicht emporgeschossenem Ufergebüsch verlor. Und ich schritt dahin auf meinen vier Pranken mit dem lässigen und zugleich gespannten Schritt der Löwin, die ich jetzt war, und fühlte doch zugleich unter meinen nackten Sohlen die saftigen Grasbüschel, über die wir gingen, und die rauhen Halme zwischen meinen Zehen kitzeln, schritt dahin als Löwin und als Frau zugleich und wunderte mich nicht darüber; denn es entsprach der Eigenart meiner Natur, die mir bisher nicht bewußt gewesen war.

Der Garten der Löwin – ich weiß kaum, wie ich ihn dir beschreiben soll. Er glich keinem Garten, den ich je gesehen hatte, und dennoch war er so etwas Imaginäres und zugleich Wirkliches wie der Garten, den ich mir hinter dem Haus auf dem Bild in meinem Kinderzimmer vorgestellt hatte. *Mein Garten war anders,* hatte meine Mutter damals gesagt, als sie mich in meinem imaginären Garten überrascht hatte. Mag sein, daß ihrer anders gewesen war, aber woher hätte sie wissen können, wie ich mir meinen Garten ausgemalt hatte? Jetzt, während ich neben der Herrin des Gartens in diesen scheinbar chaotischen und doch wie nach einem unbegreiflichen System geordnet wirkenden Organismus unzähliger, kaum voneinander unterscheidbarer und doch höchst unterschiedlicher Gewächse hineinschritt, konnte ich mir vorstellen, wie der Garten meiner Mutter ausgesehen haben könnte, und fühlte mich zugleich an meinen eigenen Zufluchtsort hinter dem Haus auf dem Bild erinnert.

Indem ich dies schreibe, merke ich natürlich wieder einmal, daß ich meine eigene Kindheit in die Kindheit der Königstochter Herod hineinzumischen beginne, aber das gehört zum Prinzip dieser Herod-Geschichten, deren von meinem Großvater gesetzter Keim sich inzwischen so mit meiner eigenen Geschichte verquickt hat, daß ich zugleich von mir erzähle, wenn ich Herod-Geschichten aufzuschreiben versuche. Es kommt noch so weit, daß ich selbst zur Figur in einer Geschichte werde, aber – damit magst du dich trösten – einer Geschichte, in der auch du vorkommst.

Also der Garten der Löwin: Ich finde in meiner Erinnerung die Abbilder kraftvoll aufgeschossener strauchartiger Gewächse, Büschel von Savannengras mit hochragenden fiedrigen Fahnen, Bäume, die aussahen, als hätten sie sich seit Tausenden von Jahren gegen einen scharf wehenden Wüstenwind angestemmt, obwohl ihre geschwungenen Äste saftige Blattbüschel trieben, in denen sonnenfarbene Früchte reiften, und entlang eines Gewässers wucherten niedrige, wulstig aufgetriebene Pflanzen, aus denen sternförmige oder trompetenartig sich erweiternde Blüten hervorbrachen – ich merke schon, daß ich meine Erinnerungsbilder nicht hinreichend beschreiben kann und dir eher so etwas wie einen botanischen Garten vorsetze, in dem von fleißigen Gärtnern seltene Gewächse kultiviert werden. Vielleicht versuchst du dir vorzustellen, wie es aussehen mag, wenn die vertrocknenden Gewächse einer wüsten Savannenregion plötzlich überreich mit Wasser gespeist werden und zu einem Zaubergarten von kaum vorstellbarer Kraft des Wuchses und der Blühlust aufschießen.

Hier also beugte sich die Herrin des verschlossenen Gartens in ihrer Frauengestalt über eine einzelnstehende Blume, deren purpurfarbene Blüte an den Kopf einer Löwin erinnerte, einer Löwin, die sprach, schaute sie eine Weile an, wie zum Abschied, schien es mir, und pflückte sie dann. »Hier hast du, was du gesucht hast«, sagte sie und hielt sie mir hin.

Ich zögerte, sie ihr aus der Hand zu nehmen, da ich nicht wußte, wie ich das mit meiner Löwinnenpranke bewerkstelligen sollte. Doch die Schwester meiner Mutter verstand das anders.

»Du hast recht, wenn du zögerst, die Blume in die Hand zu nehmen«, sagte sie. »Vergiß nie: Wenn du sie hältst, bist du jedem Frager hilflos ausgeliefert. Aber von mir brauchst du das nicht zu befürchten.«

»Das weiß ich«, sagte ich. »Ich habe nur gezögert, weil ich meine Pranken sah und mir nicht vorstellen konnte, daß ich zugleich Hände habe wie du.«

Da gab sie mir die Blume in die Hand, und ich konnte zwischen meinen Fingern ihren kühlen Stengel fühlen, obgleich ich meine Hand nicht sah. »Wird sie nicht verwelken, bis ich sie dem gebracht habe, für den ich sie holen soll?« fragte ich.

»Nein«, sagte die Löwin. »Diese Blume ist von einer Art, die nie verwelkt und immer lebendig bleibt. Aber überlege genau, was du tust, wenn du vor diesem Mann stehst.«

Dann überschritten wir wieder die Grenze des verschlossenen Gartens ebenso unmerklich wie bei unserem Eintritt und gingen zurück ins Haus, beide nun wieder eher in menschlicher Gestalt. Du hast vielleicht bemerkt, daß ich bisher vermieden habe, meine Tante mit diesem allzu familiär klingenden Titel zu benennen. Hier habe ich es nun getan; denn sie nahm mich in die Arme, wie es nur eine liebe Verwandte tun kann, und drückte mich an sich, ehe sie sich von mir verabschiedete. »Tu, was du für notwendig hältst, und nicht, was andere von dir erwarten!« sagte sie, wandte sich um und verließ den Raum mit ihrem ruhigen und doch so gespannt wirkenden Schritt.

Etwas später kam eines der Mädchen und fragte nach meinen Wünschen. Sie brachte mir dann so etwas wie ein Frühstück, das so zu bezeichnen ich zögere, weil es aus völlig anderen Speisen und Getränken bestand als jenen, die ich zu dieser Tageszeit zu mir zu nehmen gewohnt bin, und doch schmeckte es mir besser als je ein Frühstück zuvor. Danach riet mir die Frau des Hauses, mich auszuruhen, denn am Abend müsse ich die Rückreise antreten.

Diese Rückreise zu beschreiben, will ich mir ersparen. Es genügt zu sagen, daß alles in umgekehrter Reihenfolge sich wiederholte, was von der Hinreise zu berichten war, und zwar mit solcher Regelmäßigkeit, daß ich die beiden Versorgungs-Stützpunkte auf den Oasen, in denen ich zwischen den drei Reisenächten verweilte, bei mir die Poststationen des Löwinnen-Expresses nannte. Da die letzte Etappe etwas kürzer war, kehrten wir mitten in der Nacht zurück. Ich brachte Lionel in seinen Stall, dankte ihm für seine zauberischen Dienste, versorgte ihn, stieg dann hinauf zu meiner Kammer und legte mich schlafen.

Ich hatte gehofft, daß unsere Rückkehr unbemerkt geblieben war, doch darin hatte ich mich getäuscht. Diesmal war es Gino selbst, der mich aus dem Bett holte. »Sandro hat erfahren, daß du zurückgekommen bist, und will dich sofort sehen!« sagte er und blieb in der Tür stehen, als ich ihn fragte, von wem Sandro das wohl erfahren habe. Er antwortete mir nicht, sondern beobachtete grinsend, wie ich aus den Decken kroch und auf ziemlich umständliche Weise versuchte, mich anzuziehen, ohne daß dieser neugierige Zauberlehrling einen Blick auf meine weiblichen Körperformen werfen konnte. Ich hatte ohnehin seit längerer Zeit den Verdacht, daß er ahnte, wer unter meinen Kleidern verborgen war. Zum Schluß nahm ich meine Reisetasche vom Tisch, denn in ihr hatte ich die Blume verwahrt, nachdem ich mich davon überzeugt hatte, daß sie einen solchen Transport aushalten würde.

»Hast dir wohl irgendein Blümchen eingesteckt, um Sandro an der Nase herumzuführen?« sagte Gino, aber ich erkannte auf dem Grund seiner Augen den Rest von Unsicherheit, den er mit seinem forschen Getue überspielen wollte.

»Das wird sich bald herausstellen«, sagte ich.

Während wir über den Hof gingen, überlegte ich mir, wie ich mich verhalten sollte, wenn Sandro nach der Blume fragte. Irgend etwas in mir drängte mich, mit der Blume in der Hand vor ihn zu treten und mich seinen Fragen zu stellen. Dann würde endlich Klarheit zwischen uns bestehen, versuchte ich mir einzureden, aber ich merkte zugleich, daß nur er es war, der Klarheit gewinnen würde. Ich traute ihm nicht über den Weg und wußte noch immer nicht, was ich tun sollte, als wir schon das Schloß betreten hatten und auf Sandros Zimmer zugingen.

Gino klopfte an die Tür, Sandros ungeduldig hervorgestoßenes »Ja?« drang deutlich durch das Holz, dann öffnete Gino die Tür und meldete mich an.

»Was soll das Theater?« sagte Sandro heftig. »Laß den Jungen eintreten und mach dann die Tür von draußen zu!«

Daß er Gino nicht als Zeugen bei dieser Begegnung haben wollte, steigerte die Sympathie, die ich für Sandro empfand, andererseits konnte das auch Berechnung sein, weil er wußte, daß ich Gino nicht mochte. Als ich dann die Gier in seinen Augen sah, während ich ins Zimmer trat und Gino hinter mir die Tür ins Schloß drückte, da wußte ich, was ich tun würde.

»Hast du die Blume gebracht?« fragte Sandro.

Daß er dabei schon die Hand nach ihr ausstreckte, war sein Fehler, kam meiner Absicht jedoch entgegen. Ich trat rasch auf ihn zu, zog dabei die purpurne Blüte aus meiner Reisetasche und drückte sie ihm in die Hand. »Da ist sie«, sagte ich und fügte, um die Situation klarzustellen, noch hinzu: »Jetzt bist du es, der sie in der Hand hält.«

Er blickte verwirrt auf die Blume in seiner Hand und sagte: »Eigentlich solltest du sie halten.«

»Warum?« fragte ich. »Das würde ich gern wissen.«

»Weil ich es nicht ertragen kann, daß du dich ständig meiner Macht entziehst.« Ich konnte ihm ansehen, wie er sich selbst zuhörte bei diesen Worten, die er nie hätte sagen wollen. Er ließ die Blume fallen, als habe er sich die Hand an ihr verbrannt, und sagte: »Es hat wohl keinen Zweck, dich zu bitten, sie wieder aufzuheben?«

Eine Zeitlang blickte ich auf die Blume, die noch immer völlig unversehrt am Boden lag, dann sagte ich: »Was du von mir durch Zwang erlangst, wird keinen Wert für dich haben. Es tut mir nur leid um die schöne Blume. Laß sie von einem, der ihre Wirkung nicht kennt, zu deinen Zauberdingen legen. Sie wird nie verwelken.«

»Dann wird es also doch etwas zwischen uns geben, das nicht vergeht«, sagte er, und nach einer Weile fragte er wieder: »Wer bist du? Willst du es mir noch immer nicht sagen?«

Wieder einmal war ich nahe daran, mein Geheimnis zu verraten, doch dann hörte ich noch einmal den wahren Satz, den er über sich selbst gesagt hatte, und antwortete: »Dein Pferdejunge. Das weißt du doch, denn du hast mich dazu gemacht.«

Diesmal reagierte Sandro nicht mit einem Zornesausbruch. Er schickte mich nur aus dem Zimmer und sagte, er wolle versuchen, mich künftig nicht anders als einen Pferdejungen zu behandeln. Das versuchte er wirklich, sprach eine Zeitlang mit mir nichts anderes, als ein Herr mit seinem Pferdejungen zu reden hat. Es gab keine Scherze, keine Zweideutigkeiten, nur seine Blicke verrieten zuweilen, daß er mit dieser Regelung nicht zufrieden war.

Zu dieser Zeit begann Sandro, seltsame Spiele mit seinen Männern zu treiben. Mag sein, daß er sich selbst damit beweisen wollte, wieviel Macht er, wenn schon nicht über mich, dann doch über alle anderen Bewohner des Schlosses ausüben konnte. Er verstand sich nämlich auf die Kunst, nicht nur sich selbst, sondern auch alle anderen in Tiere zu verwandeln. Nur ich allein blieb davon ausgenommen, und ich wußte damals nicht, ob er seine Kunst an mir nicht üben wollte oder ob er tatsächlich unfähig war, dies zu tun, unfähig, seinen Zauber über mich zu werfen, oder womöglich sogar unfähig, Frauen unter seine Macht zu zwingen. Vielleicht, fragte ich mich, war dies der Grund dafür, daß es in diesem Schloß nur Männer gab, Männer, die er sich fügsam machen konnte.

Es begann damit, daß wir auf einem Jagdausflug im Gebirge einen Hirsch verfolgten, der uns immer wieder entkam. Die Männer hatten ihn auf einer Lichtung in einem Bestand alter, krummästiger Eichen aufgespürt, aber er war nach wenigen Sätzen im Laub des Unterholzes verschwunden. Ein paarmal bekamen wir ihn noch zu Gesicht, aber er konnte sich in einen dichten Jungwald retten, wo wir ihm mit den Pferden nicht folgen konnten.

»Hunde müßte man jetzt haben!« rief einer.

»Hab' ich doch«, sagte Sandro halblaut neben mir, sprach dann ein paar unverständliche Worte, und schon rannte statt der Reiter eine Hundemeute vor uns her, die kläffend in den Niederwald eindrang und nach kurzer Hatz den Hirsch stellte.

Als er das Tier erlegt hatte, sprach Sandro den Gegenzauber und versammelte seine Männer wieder um sich. Ich meinte zunächst, sie würden es ihm übelnehmen, daß er sie als Hunde durch den Wald gescheucht hatte, aber sie lachten und schienen die Jagd genossen zu haben. Nur Gino wirkte verärgert. Er drängte auf dem Heimritt sein Pferd an meine Seite und sagte: »Ich hätte gern gesehen, wie du als Hund ausschaust. Warum bist du nicht mit der Meute gelaufen?«

»Das mußt du Sandro fragen«, sagte ich.

»Ich habe ihn schon zornig gemacht, als ich ihn nach der Blume gefragt habe, die du für ihn holen solltest«, sagte er.

»Und was hat er darauf geantwortet?«

»Daß du die richtige Blume gebracht hast. Ich habe dich also unterschätzt. Aber genützt hat ihm die Blume dennoch nicht, scheint mir.«

»Vielleicht sollte er einmal ihre Wirkung an dir ausprobieren.«

»Geh zum Teufel!« sagte er mit unterdrückter Stimme und trieb wütend sein Pferd von meiner Seite.

Ein andermal hatte Sandro die Männer zum Ballspiel auf einer balustradengesäumten Terrasse versammelt, die dem Schloß wie eine hochgemauerte Bastion vorgelagert war und einen weiten Ausblick über das Tal bot. Es wurden zwei Mannschaften gebildet, von denen jede eine Hälfte des Spielplatzes besetzte, der in der Mitte durch eine weitere Balustrade zweigeteilt war. Zu Beginn wurde gelost, welche Mannschaft den ersten Wurf haben sollte. Das Ziel war, den Ball so durch die gegnerischen Spieler zu werfen, daß ihn keiner fing, wobei es als verpönt galt, wenn einer den Ball so hoch warf, daß er nicht zu erreichen war. Wurde der Ball gefangen, konnte die andere Mannschaft ihr Glück versuchen. Traf der Wurf jedoch einen Spieler des Gegners, ohne daß dieser ihn fing, so daß der Ball zu Boden fiel, erhielt die Mannschaft des Werfers einen Punkt zugesprochen. Flog der Ball über die den Rand der Terrasse begrenzende, nicht allzu hohe Balustrade hinaus und fiel weit hinunter in die Tiefe, gewann die Mannschaft des Werfers zwei Punkte, während ein Spieler der anderen Mannschaft die lästige Aufgabe hatte, den Ball über viele Treppen von unten heraufzuholen. Wenn ein Spieler nach einem Ball sprang und sich dabei allzu dicht bei der Außenbalustrade befand, konnte es geschehen, daß er dabei das Gleichgewicht verlor und rücklings über die Balustrade kippte. Es hieß, daß Spieler dabei durch den Sturz in die Tiefe schon zu Tode gekommen seien. Mit einem Wort: Es war ein typisches Männerspiel, spannend und rauh, aber auch töricht in seinem Risiko.

Ich stand am Rand des Spielfeldes, um zuzuschauen, als, noch ehe der erste Ball geworfen wurde, ein Zug Wildgänse hoch am Himmel über das Schloß flog. Ihr Geschrei drang trotz der weiten Entfernung bis zu uns herunter, ein dissonanter und doch wohlklingender Akkord, der das Rund des klaren Himmels füllte. Alle starrten hinauf zu den Vögeln, die in einem langgestreckten, durch die Ungleichheit des Fluges der einzelnen Gänse bewegten Keil nach Süden zogen.

»Da ziehen sie hin und verspotten uns, weil wir sie nicht kriegen können«, sagte Gino.

»Und ob wir das können!« rief Sandro, und schon im nächsten Augenblick gab es um mich her auf der Terrasse keinen Menschen mehr, während über mir ein Schwarm von Greifvögeln mit kräftigen Flügelschlägen in den Himmel stieg, allen voran ein starker Adler.

Die Gänse merkten bald, was sich da von unten her gegen sie nach oben schraubte. Mit einzelnen Raubvögeln verstanden sie fertig zu werden, aber ein dermaßen jedem natürlichen Verhalten widersprechender Angriff eines Schwarms von mehr als einem

Dutzend Adlern, Bussarden und Habichten verwirrte sie dermaßen, daß ihre Formation auseinanderbrach und die Gänse ziellos durcheinanderflatterten.

Dem Adler gelang es als erstem, eine der Gänse zu schlagen; in einem taumelnden Knäuel flatterten die beiden dem Boden zu. Auch drei andere griffen sich nach einigen vergeblichen Versuchen ihre Beute. Inzwischen hatten sich die Gänse unter der Führung ihres Leittiers wieder gesammelt und wehrten die übrigen Gegner so erfolgreich ab, daß schließlich die anderen Greifvögel ohne Beute auf die Terrasse zurückkehren mußten. Als der letzte mit zerzaustem Gefieder auf der Balustrade niedergegangen war, standen unversehens alle wieder in ihrer menschlichen Gestalt auf dem Spielfeld bis auf einen, der unvorsichtig genug gewesen war, auf dem Dach des Schlosses zu landen. Der saß nun rittlings auf dem First und mußte sich auslachen lassen, bis jemand eine Leiter holte, auf der er heruntersteigen konnte.

Am Abend gab es Gänsebraten, und die Gefährten Sandros überboten einander mit der Schilderung ihrer erfolgreichen oder auch vergeblichen Luftkämpfe. Ich saß schweigend zwischen ihnen, knabberte an einer etwas zu sehnigen Gänsekeule und hoffte, daß mich keiner fragte, warum ich nicht als Vogel mit ihnen geflogen war.

Natürlich war es wieder Gino, der die Sprache darauf brachte. Er wandte sich diesmal direkt an Sandro und fragte ihn, warum er mich bei seinem Vogelzauber ausgespart habe, und als Sandro ihm keine Antwort gab, bohrte er weiter und sagte: »Hast du gefürchtet, dein Pferdejunge könne abstürzen? Da sei ohne Sorge. Wer diese Blume in weniger als einer Woche beizubringen versteht, der muß fliegen können. Oder wirkt dein Zauber nicht bei ihm? Ich wüßte schon noch ein Mittel, das dir helfen könnte, deinen Willen durchzusetzen. Tüchtig, wie der Junge ist, wird er dir auch das noch verschaffen.«

Während Gino redete, hatte ich Sandro beobachtet. Zunächst wollte er zornig auffahren und hatte schon die Hand erhoben, um Ginos Rede zu unterbrechen, doch als dieser von dem Mittel sprach, das ihm helfen könne, meinen Widerstand zu brechen, legte er die Hand wieder neben den Teller, und in seine Augen trat dieses Glitzern. Gino verstand sich darauf, seine Gier zu wecken.

»Was ist das für ein Mittel?« fragte Sandro.

»Ein goldener Apfel.«

»Und was soll mir dieser Apfel nützen?«

»Wenn du ihn jemandem zuwirfst, wird dieser dir, ob er will oder nicht, sein eigenes Wesen und seine geheimsten Wünsche offenbaren.«

Jetzt wandte sich Sandro mir zu und sagte: »Hast du das gehört, Ero, mein Pferdejunge? Du wirst diesen Apfel holen müssen, ob du das willst oder nicht.«

»Ich weiß nicht, was ich will«, sagte ich, »und deshalb werde ich versuchen, ihn zu finden und dir zu bringen.«

Nachdem ich meine Gänsekeule abgenagt und Sandro die Tafel aufgehoben hatte, ging ich in den Stall zu meinem Haflinger. »Lionel«, sagte ich, »wir müssen noch eine dritte Reise unternehmen.«

»Das war wohl nicht zu umgehen«, sagte Lionel. »Welchen Floh hat Gino deinem Sandro denn diesmal ins Ohr gesetzt?«

»Das ist nicht *mein* Sandro«, sagte ich.

»Noch nicht«, sagte Lionel. »Also sag schon! Was sollst du ihm jetzt holen?«

»Der Floh ist ein Apfel«, sagte ich und erklärte ihm, welche Bewandtnis es mit diesem Apfel haben sollte.

»Das wird ein langer Weg«, sagte Lionel. »Der Garten, in dem diese Äpfel wachsen, liegt weit oben im Lande jenseits der Nordwinde, und er wird von einer vielköpfigen Schlange bewacht, die nie ihre Augen schließt. Zudem ist es für Menschen unmöglich, aus diesem Garten zurückzukehren, also darfst du ihn nicht betreten.«

»Dann brauchen wir uns gar nicht erst auf den Weg zu machen«, sagte ich.

»Doch«, sagte Lionel, »das werden wir. Aber du wirst einen Helfer brauchen.«

»Du hast einmal gesagt, daß man immer allein ist, wenn man solche Dinge wie diesen Apfel gewinnen will.«

»So ist es auch«, sagte Lionel, »denn du wirst es sein, der die Schlange ablenkt, während der Helfer im Garten ist und den Apfel für dich holt.«

»Wirst du es sein, der mir hilft?« fragte ich. Ich traute mittlerweile meinem Haflinger alles zu. Doch der schüttelte den Kopf.

»Das kann ich nicht«, sagte er. »Die Bäume, an denen diese Äpfel wachsen, sind zu hoch, als daß ich sie erreichen könnte. Du mußt den Riesen, den du auf unserer ersten Reise überwunden hast, zum Helfer gewinnen. Er gehört zu den Wesen, denen eine Rückkehr aus diesem Garten möglich ist. Unser Weg nach Norden führt ohnehin an seiner Burg vorüber.«

Ich fragte ihn noch, ob wir unterwegs Proviant oder sonst etwas brauchen würden, aber er sagte, das sei nicht nötig. Die Menschen in den Ländern an unserem Weg seien bekannt als besonders gastfreundlich. »Aber nimm das Netz mit, das du dem Riesen abgenommen hast«, sagte er. »Es könnte sein, daß du es brauchst.«

Danach stieg ich hinauf zu meiner Kammer, legte mich auf meinen knisternden Strohsack und dachte über den Weg nach, den ich diesmal reiten mußte. Nach allem, was Lionel mir über diesen Apfelgarten berichtet hatte, zweifelte ich nicht daran, daß Gino mich auf eine Reise schicken lassen wollte, von der es seiner Meinung nach keine Rückkehr geben konnte. Er wollte mich als Rivalen um die Gunst Sandros endlich los sein. Und wenn ich mir vorzustellen versuchte, auf welche Weise es mir gelingen könnte, die Aufmerksamkeit einer vielköpfigen, niemals schlafenden Schlange so abzulenken, daß sie einen leibhaftigen Riesen nicht wahrnahm, der in den von ihr bewachten Garten einbrach und einen Apfel pflückte, dann war ich fast sicher, daß ich dieses Abenteuer nicht überstehen würde. Lediglich einen Schimmer von Hoffnung zog ich aus der lässigen Selbstverständlichkeit, mit der Lionel seinen Plan entwickelt hatte, und diese überaus vage Hoffnung ließ mich endlich einschlafen.

Die erste Etappe dieser Reise brauche ich dir nicht zu schildern, denn sie lief auf die gleiche Weise ab wie beim ersten Mal. Gegen Abend landete Lionel nach seinem zauberischen Flug diesmal unmittelbar vor der Burg des Riesen. Der hatte inzwischen seine Wölfe in die Freiheit entlassen, da es nichts mehr zu bewachen gab, saß friedlich in der Abendsonne vor dem Tor auf einem Baumstrunk und schnitt mit einem sensenblattgroßen Messer gut geräucherten Speck in Scheiben, die er zusammen mit Brokken von roggendunklem Brot zwischen seine pflastersteinförmigen Zähne schob, um dann genüßlich darauf herumzukauen.

Er war nicht besonders erstaunt, als er unserer Landung beiwohnte, schluckte in aller Ruhe seinen Bissen hinunter und sagte dann: »Endlich kommst du mich wieder mal besuchen, du Herrin des Netzes. Wie du sehen kannst, lebe ich hier ruhigen Gemütes von meiner Hände Arbeit und verzehre den Speck meiner Säue, die ich mir anstatt der Wölfe eingetan habe.«

Er erhob sich zu titanenhafter Höhe, nötigte mich, auf seinem Baumstrunk Platz zu nehmen (ich konnte mit den Beinen baumeln, so hoch war der!), setzte sich neben mich ins Gras, was unsere Köpfe in eine einigermaßen akzeptable Nähe brachte, und teilte mir dermaßen reichlich von seinem Speck und dem gut mit Kümmel, Fenchel und Koriander gewürzten Brotfladen zu, daß ich die ganze nächste Woche davon hätte leben können. Und Lionel, dessen Namen er erstaunlicherweise kannte, lud er ein, nach Herzenslust auf seiner Wiese zu grasen.

Als wir alle drei gesättigt waren, erzählte ich dem Riesen, welches Vorhaben mich zu ihm geführt hatte und was für eine Aufgabe dabei für ihn vorgesehen war. Er hörte sich das alles ohne merkbares Erstaunen an und äußerte danach statt einer präzisen Antwort nur den Satz: »Da werde ich meinen Nachbarn bitten müssen, sich eine Weile um meine Schweine zu kümmern«, doch auch das kam ja einer Zusage gleich.

Die Nacht verbrachten wir in der Burg, deren Gemäuer gar nicht mehr so abweisend wirkte wie bei meinem ersten Besuch. Vielleicht lag das auch daran, daß das Geheul der Wölfe bei mir eine gewisse Voreingenommenheit erzeugt hatte. Jedenfalls fand ich die Räume, die ich zu sehen bekam, zwar etwas überdimensional, doch durchaus wohnlich, und das mir zugewiesene Bett mit dem blaukarierten Leinenzeug weich und kuschelig.

Am Morgen setzte mir der Riese ein ausgiebiges Frühstück vor mit Milch, die er schon in aller Frühe bei dem Nachbarn geholt hatte, dem er seine Schweine dabei anempfohlen hatte. Dazu gab es wieder Scheiben von dem gewürzten Brot und Speck, aber auch goldgelbe Butter, auf der noch Tauperlen standen, sowie Himbeermarmelade und Honig. »Greif ordentlich zu!« sagte der Riese, »ich weiß nicht, wann wir wieder etwas zu essen bekommen. Dein Haflinger hat draußen im Stall sein Maul schon bis über die Nüstern im Hafersack.«

Eine Stunde später machten wir uns auf den Weg, diesmal allerdings nicht auf die Weise von Lionels Zauberflug. Da hätte der Riese trotz seiner langen Beine nicht mithalten können. Immerhin kam er so schnell voran, daß mein Haflinger rasch dahintraben oder zeitweise sogar in einen kurzen Galopp fallen konnte.

Auf solche Weise folgten wir unserem Weg nach Norden und fanden am Abend stets einen gastfreundlichen Bauern, der uns aufnahm und sich bemühte, selbst den Riesen satt zu kriegen, während Lionel einen warmen Platz im Stall bekam, wo es ihm an Futter nicht mangelte. Das einzige Problem bestand darin, einen geeigneten Schlafplatz für den Riesen zu finden. In die niedrigen Bauernkaten paßte er nicht hinein, geschweige denn in eines der Betten, die dort in den engen Kammern standen. So schlief er meist in einem Heuschober oder kroch, wenn dort Platz genug war, in den Stall zu den Kühen und Pferden.

Wenn ich abends bei Dunkelheit noch einmal vor die Tür trat, fand ich ihn manchmal wie einen kahlen Baumstamm unter den Sternen stehen. Meist blickte er nach Norden, und einmal zeigte er mir den Nordstern, der uns die Richtung wies. »Das ist unser Leitstern«, sagte er. »Der bewegt sich nicht von seinem Platz am Himmel; denn er wird von zwei Bären bewacht, einem kleinen, der ihn festhält, und einem großen, der seine Kreise um ihn zieht und ihn nicht entwischen läßt. Auf diesen Stern mußt du achten, auf den ist Verlaß.«

So kamen wir allmählich aus dem Waldgebirge heraus und hinunter in eine weite Ebene, in der es anfangs auch noch Bauern gab, die uns aufnahmen. Aber später gerieten wir in feuchtes, sumpfiges Land. Der feste Weg verlor sich mehr und mehr zwischen Weidengebüsch, Sauerwiesen und schilfbestandenen Wasserläufen und war schließlich nicht mehr als ein offenbar wenig begangener Saumpfad. Lionel stapfte platschend durch tiefe Pfützen und Schlammlöcher. Der Riese, der gewohnt war, sich nicht an gebahnte Wege zu halten, und seitwärts durchs Gelände streifte, versank hie und da bis zum Knie im Morast und hatte Mühe, wieder freizukommen. Zuweilen scheuchte er einen Strich Enten auf, die mit klatschenden Flügelschlägen aus einem Gewässer stiegen und dicht über Ried und Sumpf davonflogen.

Der Pfad führte uns schließlich zu einem Fischerdorf, das am Ufer eines breiten Stromes lag, der hier sein wirbelig quirlendes Wasser quer zu unserer Reiseroute nach Osten trieb. Der Riese erregte einiges Aufsehen bei den Fischersleuten, aber seine offenkundige Gutartigkeit nahm ihnen die Furcht, so daß sich bald die Kinder um ihn versammelten und mit zurückgelegtem Kopf seine Höhe bestaunten. Manche von ihnen stippten sogar mit dem Finger auf seine gewaltigen haarzotteligen Waden, um sich zu überzeugen, daß auch diese titanische Erscheinung von Fleisch und Blut war.

Lionel und ich kamen beim Dorfältesten unter, einem breitschultrigen Mann mittleren Alters namens Buda, über dessen scharfrückiger Hakennase zwei braungrüne Augen uns Fremdlinge prüfend gemustert hatten, ehe er mich in sein Haus einlud. Für Lionel fand sich ein stallartiger Vorratsschuppen, in dem er die Nacht zubringen konnte, und dem Riesen wurde als Schlafplatz ein Bootshaus zugewiesen, das zu dieser Zeit leerstand. Erst im Winter, wenn der Eisgang keinen Fischfang mehr erlaubte, wurden hier die Boote untergestellt.

Am Abend tischte die Hausfrau einen in Essigwasser mit allerlei Gewürzen gesottenen Wels auf und versicherte mir, daß der Riese, der wegen seiner Körpergröße das Haus nicht betreten konnte, draußen eine für ihn ausreichende Portion erhalten habe und daß auch mein Pferd nicht Hunger leiden müsse. Erst als ich mich gesättigt hatte, fragte mein Gastgeber nach dem Ziel unserer Reise. Da sagte ich ihm, daß wir unterwegs seien in das Land jenseits der Nordwinde und dazu den Strom überqueren müßten.

»Eine gefährliche Reise habt ihr da vor euch«, sagte er. »Du kannst froh sein, daß du diesen Riesen zum Gefährten hast.«

»Ja«, sagte ich, »das bin ich auch. Ich frage mich nur, wie er über den Strom kommen soll. So groß ist dieser Riese auch wieder nicht, daß er einfach hindurchwaten könnte. Ihr werdet wohl kein Boot haben, das sein Gewicht tragen kann?«

»Das käme auf einen Versuch an«, sagte Buda bedächtig. »Wir haben einen breiten Lastkahn, mit dem wir schweres Gut stromauf oder stromab oder auch ans andere Ufer bringen. Er läßt sich segeln; denn mit Rudern allein wäre er kaum zu regieren. Der Südwestwind, den ihr mitgebracht habt, bringt zwar Regenwetter, wäre aber gerade recht für eine solche Fahrt.«

Wir beschlossen, am nächsten Tag den Versuch zu wagen. Budas Frau wies mir später eine Kammer an, durch deren Fenster ich auf den Strom hinausblicken konnte. In der steigenden Dämmerung schaute ich noch eine Weile hinüber zum anderen Ufer, das weit entfernt als dunkler, von Gebüsch und Uferbäumen in unregelmäßigen Abständen aufgewölbter Streifen den Horizont begrenzte, und legte mich dann auf das mit dürrem, raschelndem Schilf gepolsterte Bett. Das gleichmäßig ziehende Rauschen des Wassers, zuweilen aufgehellt durch das platschende Schnellen eines schnappenden Fischs, schläferte mich bald ein.

Obgleich am nächsten Morgen tatsächlich ein leichter Regen aus dem nebelverhangenen Himmel fiel, artete die Einschiffung des Riesen fast zu einem Volksfest aus. Der breite, rings um die Reling mit bronzenen Beschlägen versehene Prahm lag fest vertäut an einem Landesteg. Am Ufer hatten sich sämtliche Dorfbewohner versammelt, um dieses Spektakel zu erleben. Alle redeten und schrien durcheinander, und die Kinder versuchten im Flachwasser mit staksenden Schritten den schwerfälligen Gang des Riesen nachzuahmen, der noch im Bootshaus lag und sein Frühstück verzehrte.

Als er endlich aus seinem Gehäuse herausgekrochen kam und sich zu seiner vollen Höhe aufrichtete, verstummte der Lärm auf einen Schlag, und alle warteten gespannt, wie diese riskante Schiffsbesteigung ausgehen würde. Zunächst probierte es der Riese vom Landesteg aus, doch als er eben den einen Fuß auf die Bretter gesetzt hatte und den anderen nachziehen wollte, begannen die Laufbretter unter seinem vollen Gewicht zu krachen, und die Pfosten, auf denen sie auflagen, neigten sich bedenklich zur Seite. Der Riese rettete sich und den Steg durch einen raschen Sprung ins Flachwasser und versuchte es nun von da aus. Er watete an den Lastkahn heran, wobei ihm das Wasser bis übers Knie stieg, und wollte von der Seite aus einsteigen, doch der Kahn krängte unter dieser einseitigen Belastung so stark, daß Wasser hineinströmte. Da zog der Riese seinen Fuß zurück und wartete, bis die Männer den Kahn leergeschöpft hatten.

Währenddessen sprach der Dorfälteste, der selbst im Kahn stand und seinen Leuten Anweisungen gab, mit dem Riesen und machte ihm einen Vorschlag. Vom Ufer aus konnte ich nicht verstehen, was er sagte, sondern sah nur seine weit ausholenden Gesten. Der Riese schien jedenfalls einverstanden zu sein. Er nickte und begab sich zum breiten Hinterende des Kahns, während die Besatzung und auch Buda sich im Bug zusammendrängten. Jetzt begann der Riese von hinten her langsam in den Kahn hineinzukriechen, der nun nicht mehr seitwärts wegkippen konnte. Die Männer im Bug glichen das Gewicht des Riesen, das nun das Heck belastete, einigermaßen aus. Als er schließlich auch noch die Beine nachgezogen hatte, lag der Kahn zwar tief im Wasser, war aber, wie Buda beteuerte, durchaus manövrierfähig.

Meinen Haflinger wagte er allerdings nicht mehr zusätzlich an Bord zu nehmen. Der müsse nebenherschwimmen, sagte er. Ich könne ihn von Bord aus am Halfter halten. Lionel war einverstanden mit diesem Vorschlag und freute sich auf dieses ausgiebige Bad.

So machten wir uns auf die Wasserfahrt: der Riese der Länge

nach im hinteren Teil des Kahns liegend, den Kopf an den Mastschuh gelehnt, hinten im Heck der Rudergänger, im Vorderschiff als Rest der Besatzung vier weitere Fischer unter Budas Kommando und bei ihnen auch ich, während Lionel nebenherschwamm.

Zunächst wurde der Kahn hinaus in die volle Strömung gesteuert, dann zogen die Männer das rechteckige Segel auf. Es bestand aus merkwürdig pelzigem Stoff von goldblonder Farbe, der dem Fell einer Löwin ähnelte, und das schien mir ein gutes Vorzeichen zu sein für unsere Fahrt.

Mit Hilfe des Segels und des Ruders begannen die Fischer das jenseitige Ufer anzusteuern, aber die Strömung war so stark, daß die Häuser ihres Heimatdorfes schon längst außer Sicht geraten waren, ehe wir uns der Mitte des Stroms genähert hatten. Zu dieser Zeit trieb der auffrischende und bald böig heranfauchende Wind von Südwesten her tief herabhängende schwarze Wolken heran, die unser Schiff zu verfolgen schienen, eine dichtgedrängte Schar fliegender Ungeheuer, die rasch aufholten. Sobald sie uns erreicht hatten, brach ein derartiger Sturzregen auf uns herab, daß die Besatzung schöpfen mußte, zumal der Riese wenig Neigung zeigte, im kalten, schwappenden Wasser liegenzubleiben, nachdem sein Versuch, sich ins Trockene zu retten, den Kahn beinahe zum Kentern gebracht hätte. In diesem Unwetter reichte die Sicht eben noch bis zum Rudergänger am Heck, ringsum war nichts anderes wahrzunehmen als aufgewühltes, strömendes Wasser.

Ich saß vorn im Bug und hielt das Halfter meines Haflingers, der sich als tüchtiger Schwimmer erwies, dem auch ein solches Unwetter nichts auszumachen schien. Als die Männer einmal an der anderen Bordseite beschäftigt waren, sagte er mir, daß ich mir keine Sorgen um ihn zu machen brauche. Notfalls könne er diese feuchte Reise auch als Fisch fortsetzen, aber einstweilen halte er es als Pferd noch ganz gut aus.

Danach kam Buda zu mir und sagte, daß sie den Kahn, um ihn nicht zu gefährden, nach Möglichkeit in der Mitte des Stroms halten müßten, solange die Ufer außer Sicht seien. Auf diese

Weise würden wir allerdings ein beträchtliches Stück nach Osten abgetrieben werden. Das geschah dann auch, denn dieser gewaltige Regen dauerte bis über Mittag an, und danach war es so dunstig, daß die Ufer noch längere Zeit nicht auszumachen waren. Erst am späteren Nachmittag trat das Profil des jenseitigen Ufers allmählich aus dem Dunst heraus, näher, als wir vermutet hatten, einzelne Uferbäume glitten vorüber, dahinter erhoben sich bewaldete Hügel.

In einer Krümmung des Strombettes entdeckten die Fischer einen flachen, kiesigen Strand, an dem sie ihren Kahn auflaufen lassen konnten. Es gab noch einmal einige Aufregung, als das breite, schwerfällige Fahrzeug mit dem Bug über das Geröll schurrte und sich schief zu legen begann, doch da sprangen schon zwei der Fischer über Bord, liefen mit starken Tauen an Land und legten den Kahn an Uferbäumen fest.

Buda lehnte es ab, von einem Gastfreund, wie er mich nannte, für diese Fahrt irgendeine Entlohnung anzunehmen, und war fast beleidigt, daß ich so etwas überhaupt in Erwägung gezogen hatte. Er drängte mir sogar als Reiseproviant ein Netz mit Gerstenbroten und Räucherfisch auf und für Lionel einen Futtersack voll Hafer. So bedankte ich mich bei ihm und seinen Leuten und sprang vom Bug geradewegs auf den Rücken meines Haflingers, der mich an Land brachte, ohne daß ich beim Aussteigen nasse Füße bekam.

Der Riese hatte inzwischen begriffen, wie er mit diesem schwankenden Fahrzeug umgehen mußte, und so verlief seine Ausschiffung ohne Schwierigkeiten. Er kroch wieder über das Heck aus dem Kahn heraus, der, sobald er von dem Gewicht des Riesen befreit war, wieder aufschwamm und nur noch von den Schiffstauen gehalten wurde. Der Riese watete an Land und sagte den Fischern, die den Kahn vertäut hatten, sie sollten nur einsteigen, er würde diesen Nachen losbinden und ihnen die Tauenden zuwerfen. So geschah es dann auch, und wir blieben alle drei am Ufer stehen, bis der Kahn mit dem löwengelben Segel außer Sicht war. Dann beschlossen wir, die Nacht hier am Ufer unter den Büschen zu verbringen. Es hatte inzwischen aufgeklart, und sobald es dunkel war, würde uns der Nordstern die Richtung weisen, in der wir am nächsten Morgen weiterziehen mußten.

Während der folgenden Wochen gerieten wir immer tiefer in die Wälder, die nördlich des Stroms das Hügelland bis an den Horizont bedeckten. In dieser grünen Wildnis gab es keine Dörfer, in deren Häusern wir Unterkunft hätten finden können, und ich begriff erst jetzt, warum der Fischer mir den Reiseproviant geradezu aufgedrängt hatte. Am Abend baute der Riese eine Hütte aus abgebrochenen Ästen, die er zu einer Art Zelt zusammenstellte, bis das Blätterdach dicht genug war, um Wind, Tau oder Regen abzuhalten.

Später trafen wir gelegentlich auf einen Trupp von Jägern, die uns ein Stück Wild überließen, und das brachte den Riesen darauf, es ihnen nachzutun. Trotz seiner gewaltigen Glieder verstand er es auf erstaunliche Weise, im Wald fast geräuschlos an ein Wild heranzuschleichen, um es dann in raschem Zugriff mit der Hand einzufangen. So hatten wir am Abend fast stets einen Braten, und ich war die Sorge los, wie ich diesen Berg von einem Mann ernähren sollte.

In der dritten Woche seit unserer Ausschiffung stießen wir an einem Nebenfluß, der sein Wasser von Norden her dem Strom zuführte, auf eine Gruppe von Holzfällern, die ausgesuchte alte Stämme schlugen, um sie als Bauholz stromabwärts zu flößen. Sie hatten sich aus der Rinde gefällter Bäume Hütten gebaut und luden uns ein, bei ihnen zu übernachten.

Auf einer schmalen Lichtung am Ufer des Flusses saß ich abends bei ihnen am Feuer, während der Riese zu seiner vollen Länge ausgestreckt hinter mir lag wie sechs Festmeter Klafterholz und Lionel sich ein paar Gräser rupfte, dann wieder bei mir stehenblieb und mir seinen warmen Atem ins Genick blies. Als ich auf die Frage nach dem Ziel unserer Reise sagte, daß wir noch weiter nach Norden wandern wollten, fragte mich ein graubärtiger Holzknecht, ob ich wisse, worauf wir uns da einließen. »Noch zwei Tagesmärsche nach Norden«, sagte er, »und ihr erreicht den Rand des Waldes. Hier schützen euch noch die Bäume vor der Gewalt der Nordstürme, aber dort draußen seid ihr ihnen hilflos ausgeliefert.«

Ich hatte schon seit Tagen gemerkt, daß es kälter wurde und von Norden her ein stetig zunehmender Wind durch die Wipfel der Bäume brauste, der Tannenzapfen und abgestorbene Äste auf uns herabwarf, während wir unten zwischen den hohen Stämmen ihn nur hörten, aber kaum etwas von ihm spürten. Selbst hier auf der Lichtung erreichte nur von Zeit zu Zeit ein Windstoß den Boden und ließ die hohen Grasbüschel flattern, während weiter oben sich die Wipfel beugten unter der Kraft dieses heftig ziehenden Sturms.

»Wir haben keine Wahl«, sagte ich. »Wenn wir das Land unter den Nordwinden nicht durchqueren, können wir das Ziel nicht erreichen, zu dem wir unterwegs sind.«

»Das werdet ihr ohnehin nicht«, sagte der Alte. »Du wirst schon sehen: Sobald ihr den Wald verlassen habt, wird euch dieser Sturm durch die Luft wirbeln wie welkes Laub.«

»Auch den Riesen, der hier wie ein gefällter Baum hinter mir liegt?« sagte ich.

»Könnte schon sein«, sagte der Alte vorsichtig. »Aber dich und dein kleines Pferd wird er bis hoch in die Wolken blasen.«

Der Riese, der bisher schweigend zugehört hatte, knurrte unwillig und sagte: »Das möchte ich erst einmal erleben, wie mich das bißchen Wind umblasen soll.«

»Und ich verlass' mich auf die Künste meines Haflingers«, sagte ich.

»Das Pferdchen da?« Der Alte lachte laut auf. »Dann müßte es schon ein Zauberpferd sein.«

»Warum denn nicht?« sagte ich und spürte, wie Lionel seinen Kopf auf meine Schulter legte und mein Ohr beknabberte.

Als wir am nächsten Morgen weiter nach Norden zogen, gaben uns die Holzfäller ein Säckchen Hafermehl und einen Knollen Butter mit, damit wir uns noch einmal ein kräftiges Mus kochen könnten, ehe dieser eisige Wind über uns kommt.

»Mit einem Mus im Magen brauchst du nicht zu verzagen«,

sagte der graubärtige Alte, aber es war seiner Miene anzumerken, daß er sich angesichts der Gefahr, in die wir uns begeben wollten, der Zuverlässigkeit seines Rates nicht sicher war.

Wir hielten uns dennoch daran und kochten am nächsten Tag in einer Messingpfanne, die der Riese in der Hosentasche bei sich trug, über offenem Feuer ein steifes Mus, das mir und auch – wie er beteuerte – dem Riesen ein Gefühl derart gesättigter Schwere verschaffte, daß es mir in der Tat unvorstellbar erschien, irgendein Wind könne uns vom Boden aufheben.

Einen Tag später war ich dessen dann doch nicht mehr so sicher. Da standen wir im Unterholz und schauten zwischen den letzten windzerzausten Fichten hinaus in das öde Land unter dem Nordwind, der wie ein riesiger Pflug durch das von seiner Gewalt aufgewühlte Heidekraut furchte und in einer jäh aufheulenden Böe den Stamm einer mannsdicken Wetterfichte abbrach und in die Höhe wirbelte wie einen Zahnstocher.

»Das wird ein lustiger Spaziergang«, sagte der Riese. »Aber ihr bleibt wohl besser unter den Bäumen, du und dein Pferd.«

»Der Apfelgarten liegt hinter dem Land unter dem Nordwind«, sagte ich, »also müssen auch wir einen Weg dorthin finden. Traust du dich wirklich hinaus in diesen Sturm?«

»Das bißchen Holz, das dort draußen herumfliegt, wird mir schon nicht den Schädel einschlagen«, sagte der Riese. »Da mach dir keine Sorgen. Aber wie willst du das mit deinem Pferdchen schaffen?«

»Lionel wird schon einen Weg wissen«, sagte ich. »Aber wir müssen uns für eine Weile trennen. Geh du strikt nach Norden, solange dieser Wind dir um die Ohren bläst, und wenn er aufhört, dann setz dich hin und warte auf uns. Kann sein, daß wir etwas länger brauchen, womöglich sind wir aber auch schon vor dir da. Du bist ja nicht zu übersehen auf dieser kahlen Heide.«

»Na denn…«, sagte der Riese und stapfte hinaus ins Freie. Ich sah, wie ihm, sobald er aus dem Schutz der Bäume heraustrat, der Sturm das Haar zerwühlte und wie dieser starke Titan sich gegen den Wind lehnen mußte, um voranzukommen.

Aber er blieb auf den Füßen und watete Schritt für Schritt durch das strudelnde Heidekraut davon.

»Das ist kein Weg für uns«, sagte ich zu Lionel, der neben mir stand und gleich mir dem Riesen nachblickte.

»Nein«, sagte er. »Wir nehmen lieber den oberen Weg.«

»Den oberen?« fragte ich. »Was meinst du damit?«

»Frag nicht soviel!« sagte der Haflinger ungeduldig. »Steig in den Sattel und halte dich fest!«

Kaum saß ich auf seinem Rücken, da trabte der Haflinger schon an, sprengte in vollem Galopp zwischen den letzten Stämmen hervor und wurde jäh vom Nordsturm in die Höhe gerissen. Im ersten Augenblick meinte ich, nun sei es um uns geschehen und der Sturm treibe sein Spiel mit uns, bis er die Lust daran verliere und uns irgendwo zerschmettert am Boden liegen lasse. Doch dann merkte ich, daß mein Reittier nicht willenlos herumgewirbelt wurde, sondern sich die Kraft des Sturms zunutze machte, sich tragen ließ und dabei rasch an Höhe gewann. Dann erst sah ich rechts und links meiner Beine die weit ausgespannten Flügel und spürte unter meinen Fingern das Federkleid des gewaltigen Adlers, auf dessen Rücken ich saß. Da beugte ich mich herab zu dem Kopf mit dem scharfkantigen Hakenschnabel und schrie durch das Brausen des Sturms: »Bist das du, Lionel, der mich trägt?«

Der Vogel wandte seinen Kopf zurück, beäugte mich mit seinem durchdringenden Greifenblick und sagte: »Wer denn sonst? Glaubst du noch immer, ich sei nur ein Pferd?« Dann blickte er wieder nach vorn und stieg mit kraftvollen Flügelschlägen immer höher hinauf bis an den Rand der Wolken.

Bist du schon einmal im Traum geflogen? Es heißt ja, daß jeder Mensch irgendwann einmal einen solchen Traum hat, in dem er über die ungreifbar tief unter ihm liegende Welt dahinfliegt in einem unbeschreibbaren Glücksgefühl des Abgelöstseins von der Schwere des an den Boden der Erde gefesselten Lebens, einem Glücksgefühl, in das sich eine geheime Beängstigung mischt, Angst vor einem möglichen Absturz aus dieser Höhe in die nach solchem Glücksrausch bis zur Zerschmetterung unerträglichen

Niederungen des Daseins. Dabei scheint mir, wenn ich mich dieses Gefühls vergewissere, daß die Beängstigung den eigentlichen Reiz solcher Träume ausmacht.

So wie eben umschrieben war mir zumute bei diesem Flug auf dem Rücken des Adlers. Weit unter mir sah ich, wie der Nordsturm Woge auf Woge über das Heideland trieb, deren Brandung breite Schneisen in die Wipfel der Wälder hinter mir wühlte. Dabei war es so eisig kalt in dieser Höhe, daß meine ins Gefieder des Adlers gekrallten Hände bald ohne Gefühl waren und mich nun tatsächlich die Angst packte, ich könne den Halt fahren lassen und in die Tiefe stürzen.

Zu diesem Zeitpunkt merkte ich jedoch, daß der Adler den Gipfelpunkt seiner Flugbahn erreicht hatte und mit ruhig ausgespannten Schwingen abwärts zu segeln begann. Voraus verlief unten quer zur Richtung seines Flugs eine deutlich erkennbare Bruchkante durch das weit überschaubare Gelände, hinter der das Hochplateau, auf dem die Nordwinde hausten, steil abfiel zu einem Grasland. Dorthin lenkte der Adler seinen Flug, überquerte die Geländestufe, schwebte in einer langen Spirale hinab und landete neben einem Bach, der sprudelnd aus einer Kluft des felsigen Abbruchs herausschoß. Im Schwung der Landung verlor ich den Halt und rollte ins Gras, während Lionel, nun wieder in seiner Gestalt als Haflinger, zum Bach trottete, um zu trinken.

Auf solche Weise erreichten wir lange vor dem Riesen die weite Grassteppe hinter dem Land, in dem die Nordwinde herrschen. Eine volle Woche blieben wir an dieser Stelle, um auf ihn zu warten. Dem Haflinger gefiel es hier. »Das ist ein Pferdeland«, sagte er. Weidend streifte er am Bach entlang, während ich am Ufer hockte und mit Hilfe einer Schlinge aus einem langen Schwanzhaar des Haflingers Forellen fing, auf dünne Weidenruten spießte und über dem Feuer briet.

Am siebenten Tag erschien endlich hoch oben an der steil abfallenden Felskante des Hochlandes unübersehbar trotz der großen Entfernung die Silhouette der Gestalt des Riesen. Es dauerte noch zwei Stunden, bis er zu uns herabgeklettert war und sich an das Feuer setzte, an dem ich mir eben wieder Fische briet. Er war ziemlich abgemagert und sah hohläugig aus; denn auf der kahlen Heide hatte er außer ein paar Multebeeren nichts Eßbares finden können, und von dem kleinen Vorrat an Hafermehl und Butter, den ich ihm überlassen hatte, war schon am zweiten Tag seiner Wanderung durch die Gefilde des Nordwindes nichts mehr übrig gewesen.

»Mir war der Geruch von deinem Bratfisch schon in die Nase gestiegen, ehe ich euch entdeckt hatte«, sagte er. »Danach wart ihr leicht zu finden. Immer der Nase nach. Das regt den Appetit gewaltig an!«

So mußte ich noch ein Dutzend Fische zu den schon gebratenen fangen, um den Riesen einigermaßen satt zu kriegen, und ich legte mich an diesem Abend selbst hungrig schlafen.

Am nächsten Morgen waren wir noch keine Stunde unterwegs, als sich herausstellte, daß Lionels Bemerkung, hier sei Pferdeland, durchaus zutraf. Am Horizont tauchte eine Schar von Reitern auf, die rasch näherkamen, bis die Männer ihre Pferde in einer Entfernung von etwa 200 Schritten plötzlich zurückrissen. In einer langen Reihe nebeneinander hielten sie an dieser Stelle und starrten herüber zu uns, vor allem wohl zu dem Riesen, dessen erschreckende Größe ihnen offenbar erst bewußt geworden war, als sie ihn aus der Nähe sahen. Es waren braunhäutige Männer in langen Hosen aus Leder und buntfarbigen Jacken, an denen Goldschmuck aufglänzte. Bewegungslos saßen sie eine Zeitlang auf ihren niedrigen, steifmähnigen Gäulen.

Als sie noch immer keine Anstalten machten, näher zu kommen, ging ich zu ihnen hinüber, um ihnen zu versichern, daß der Riese und auch ich ihr Land in friedlicher Absicht betreten hätten. Obwohl keiner die Sprache des anderen verstand, gelang es mir durch Gesten, sie von unserer freundlichen Gesinnung zu überzeugen, worauf sie von ihren Pferden stiegen und sich dem Riesen vorsichtig näherten, der sich inzwischen ins Gras gesetzt hatte, um sie nicht allzuweit zu überragen.

Zu meiner Überraschung stellte sich heraus, daß der Riese ihre

Sprache beherrschte (er sagte mir später, irgendein Verwandter von ihm sei einmal in diesem Lande gewesen und habe ihm die Sprache beigebracht) und sie auf die bei ihnen übliche Weise zu begrüßen verstand. Diese ihnen vertraute Redeweise war es vor allem, die ihnen die Scheu vor diesem Turm von einem Mann nahm. Von da an diente mir der Riese als Dolmetscher. In dieser Funktion übermittelte er mir als erstes, daß die Reiter uns als Gäste in ihr Dorf eingeladen hätten, zumindest für diese Nacht. Dagegen war nichts einzuwenden, zumal wir dabei kaum von unserem Weg abweichen mußten.

Schon lange ehe wir das Dorf erreichten, konnten wir zu beiden Seiten des Weges den Reichtum dieser Leute bewundern: Zahllose Pferde wurden da in riesigen Herden von berittenen Hirten gehütet und zogen grasend über die Steppe. Zuweilen brachen ein paar Dutzend plötzlich wie auf ein geheimes Kommando in wildem Galopp aus dem Weidebezirk aus und stürmten über das flache, grasige Land, bis ein paar Hirten sie eingekreist hatten und zurücktrieben.

Gegen Abend sahen wir endlich das Dorf vor uns liegen, braune, spitzgieblige Dächer zunächst, von denen hie und da Rauch aufstieg. Im Näherkommen war zu erkennen, daß die Dächer zeltartig bis zum Boden herabreichten, und später, nachdem ich eines dieser Häuser betreten hatte, konnte ich feststellen, daß sie in der Tat eher Zelte als Häuser waren, im Boden verankerte Holzgestelle, oben zu einem Dachfirst zusammengefügt, die man leicht abbauen und woanders wieder aufstellen konnte. Von außen waren sie mit Tierhäuten oder Filzdecken bespannt.

Aus der Entfernung wirkten diese Behausungen eher ärmlich, doch sobald ich davorstand, bemerkte ich die kunstvollen Schnitzereien an den Türpfosten und Firststützen. In den verschlungenen Ornamenten waren vor allem Pferde zu erkennen, ruhig weidende oder im gestreckten Galopp dahinjagende Pferde, teils auch beritten, aber dazwischen auch andere Tiere, Hirsche etwa mit weit zurückgeworfenem Geweih oder Steppenvögel. Ähnliche Darstellungen, wenn auch kleiner, hatte ich schon an dem Goldschmuck gesehen, den manche Reiter trugen.

Der Mann, der uns unter der Tür seines Hauses, zu dem uns die Reiter geführt hatten, als Gastgeber entgegentrat, war offenbar eine Art Stammeshäuptling, ein hochgewachsener, weißhaariger Mann mit den leicht nach außen gebogenen Reiterbeinen dieser Leute, dessen Rang nicht nur an dem reichen Goldschmuck, den er trug, erkennbar war, sondern auch an der Art, wie die Männer ihm begegneten. Ob ihm ein Vorreiter von dem Riesen berichtet hatte oder nicht – er trat diesem hier in der baumlosen Ebene noch abstruser in die Höhe ragenden Wesen, das die anderen Dorfbewohner nur scheu aus der Ferne betrachteten, auf eine Weise entgegen, die keinen Zweifel daran ließ, wer hier das Sagen hatte, und dies obendrein in aller Freundlichkeit. Hochfahrend sind ja zumeist nur jene, die ihrer Macht nicht ganz sicher sind. Er entschuldigte sich sogar bei diesem sonderbaren Dolmetscher, daß er ihn nicht in sein Haus bitten könne, weil dies zu Unbequemlichkeiten führen müsse – so jedenfalls wurden mir seine Worte übersetzt. Die gemeinsame Mahlzeit solle deshalb im Freien stattfinden, da nicht zuletzt auch um des Miteinander-Redens willen dabei auf die Gesellschaft des Riesen nicht verzichtet werden könne.

Mich jedoch bat der Reiterhäuptling in sein Haus, nachdem ich meinen Haflinger versorgt wußte. Ich solle mich dort ausruhen, bis das Essen vorbereitet sei. Da sah ich dann erst richtig, daß ich es hier keineswegs mit armen Pferdehirten zu tun hatte. Ein Teppich, der offenbar einen Seitenraum verschloß, wurde zurückgeschlagen, und eine Frau huschte herein. Ohne die Augen zu erheben, trat sie an den Tisch heran und reichte erst mir und danach dem Hausherrn einen Becher von purem Gold, der ein schäumendes, milchig-weißes Getränk enthielt. Dann verbeugte sie sich tief und zog sich schweigend hinter den Teppichvorhang zurück. Wir tranken beide den Becher auf einen Zug leer, und ich spürte, wie es mir mit erfrischendem Prickeln durch die Kehle rann. Später erfuhr ich, daß es vergorene Stutenmilch war.

Mein Gastgeber, der mir schweigend Gesellschaft leistete, ließ mir genug Zeit, mich in dem mit bunt gewebten Teppichen ausgestatteten Raum umzusehen. Auf breiten Borden standen goldene Prunkgefäße aufgereiht, an den auch im Inneren des Hauses durch Schnitzereien verzierten Pfosten hingen kostbare Waffen. Wenn ein Gegenstand meine augenscheinliche Bewunderung erregte, holte ihn mein Gastgeber herbei und legte ihn mir zur genauen Betrachtung vor.

Auf diese Weise kam auch ein goldener Krug in meine Hände, auf dessen Wänden in kunstvoller Treibarbeit einzelne Szenen einer Geschichte abgebildet waren, die mein besonderes Interesse weckte. Sie erzählte von einem sehr kräftigen Mann, dem auf den Bildern stets eine Keule als kennzeichnende Waffe beigegeben war. Dieser Mann war auf einer Reise offenbar zu diesem Reitervolk gelangt und erreichte danach die Pforte zu einem weitläufigen Garten. Hier kämpfte er gegen ein vielköpfiges Ungeheuer, während ein Riese, der ihn begleitet hatte, den Garten betrat und Äpfel von den hohen Bäumen pflückte. Wenn der Reisende nicht dieser Muskelprotz mit der Keule gewesen wäre, so hätte ich fast meinen können, hier sei dargestellt, was ich auf Anraten Lionels eben erst zu unternehmen versuchte. Ich beschloß, den Häuptling so bald wie möglich nach dieser Geschichte zu fragen.

Damit mußte ich mich jedoch noch längere Zeit gedulden. Der Riese machte mich nämlich gleich zu Beginn des Essens darauf aufmerksam, daß es bei diesem Reitervolk als unschicklich gelte, während der Mahlzeit oder gar schon zuvor wichtige Dinge zu bereden. Das dürfe man erst tun, wenn alle Tafelgenossen gesättigt seien. Ich weiß nicht, ob er sich das nur ausgedacht hatte, um beim Essen nicht allzu häufig durch seinen Dolmetscherdienst gestört zu werden; denn er war nach der Überquerung des Nordwind-Hochlandes noch immer ausgehungert. Ich wartete jedenfalls, bis sich alle an dem köstlich mit Steppenkräutern und Knoblauch gewürzten Hirschbraten gesättigt und auch noch die Nachspeise aus Wildbeeren und Pferdekäse gekostet hatten, ehe ich den Riesen bat, den Häuptling nach der Geschichte dieses Keulenschwingers zu fragen.

»Als ich den Riesen sah«, sagte er, »habe ich mir gleich gedacht, daß dich diese Geschichte interessieren wird. Deswegen habe ich dir den Krug gezeigt. Die Bilder stellen eine Geschichte dar, die seit langer Zeit unter den Leuten der Steppe weitererzählt wird. Dieser Mann mit der Keule, von dem sie handelt, war berühmt wegen seiner Stärke und der unglaublichen Taten, die er verrichtete. Weißt du, daß unser Land an die Grenze des Gartens stößt, von dem dabei die Rede ist?«

»Ja«, sagte ich, »das weiß ich. Zu diesem Garten bin ich unterwegs, und dem Riesen ist die gleiche Aufgabe zugedacht wie jenem, der auf den Bildern zu sehen ist.«

»Das dachte ich mir«, sagte der Häuptling. »Er soll die Äpfel pflücken, während du mit der Stärke deiner gewaltigen Arme gegen das Ungeheuer kämpfst, das den Garten bewacht.«

Die Ironie in seinen Worten war nicht zu überhören und machte mich so zornig, daß ich alle Verhaltensregeln eines Gastes vergaß und jede Vorsicht der Rede außer acht ließ. »Du brauchst mich nicht daran zu erinnern«, sagte ich lauter, als es der guten Sitte entsprach, »daß ich nicht von der Art dieses keuleschwingenden Schlagetots bin. Ich kann und will auch nicht so einer sein, der meint, die Dinge dieser Welt ließen sich damit regeln, daß einer ständig seinen Prügel bereithält und drohend hochreckt, um sich alles zu eigen zu machen, was ihm über den Weg läuft. Ich habe keinen solchen Prügel, und dies in jeder Hinsicht; denn ich bin eine Frau, die Männerkleider angezogen hat, um sich die Männer vom Leibe zu halten. Dennoch bin ich von weither und auch noch über das Hochland der Nordwinde bis zu euch gelangt und werde auch noch bis zu diesem Garten weiterreiten, um herauszubekommen, was eine Frau vermag, die sich anderer Mittel bedienen will als eines solchen Totschlägers von Keule.«

Das war eine lange Rede, und der Riese, den offenbar nichts von dem, was ich sagte, in Erstaunen setzte, dolmetschte sie Wort für Wort. Während er sprach, konnte ich beobachten, wie die Teilnehmer des Festmahls vor Peinlichkeit erstarrten und murrend auf ihren Häuptling blickten, dem meine Antwort galt.

Dieser brachte sie mit einer Handbewegung zum Schweigen und sagte zu mir: »Du mußt verstehen, daß meine Leute aufgebracht sind. Noch nie zuvor hat in ihrer Versammlung eine Frau öffentlich das Wort ergriffen.«

»Das kann ich mir denken«, sagte ich. »Eure Frauen wagen ja nicht einmal, ihre Augen zu einem Gast zu erheben, um ihn zu begrüßen, wie man Gastfreunde begrüßt. Vielleicht werden sie künftig ihr Haupt etwas höher tragen, wenn sich die Leute von der Königstochter Herod erzählen, die über das Hochland der Nordwinde zu euch geritten kam, um den Garten der goldenen Äpfel zu suchen.«

Jetzt zeigte auch der Häuptling einen Anflug von Unwillen. »Könnte es nicht sein«, sagte er etwas schärfer als bisher, »daß unter den Menschen, die durch die Steppe ziehen, andere Sitten sich als notwendig erwiesen haben als bei deinen Leuten? Aber ich will nicht mit dir streiten, sondern dir sagen, daß ich deinen Mut bewundere. Ich wüßte hier bei Tisch keinen, mich selbst eingeschlossen, der es wagen würde, ohne Waffen der Wächterin des Gartens entgegenzutreten.«

Damit nahm er meinem Zorn den Wind aus den Segeln, und auch die Stimmung unter den Teilnehmern des Mahls beruhigte sich. Etwas an seiner Antwort hatte mich aufhorchen lassen. »Du hast von einer Wächterin des Gartens gesprochen«, sagte ich. »Bisher war immer nur von einem vielköpfigen Ungeheuer die Rede.«

»Auch Ungeheuer können weiblich sein«, sagte der Häuptling lächelnd. »Alle Wesen in diesem Garten sind weiblich.«

Ich wußte nicht, ob er mich verspotten oder mir einen nützlichen Hinweis geben wollte. Um meine Gastgeber nicht noch mehr gegen mich aufzubringen, beschloß ich, das zweite anzunehmen, und dankte ihm für diese Mitteilung.

Am nächsten Morgen begleitete uns der Stammesfürst mit einer Schar seiner Reiter auf dem Weg zur Grenze seines Landes. Wir ritten den ganzen Tag über durch die Steppe, während der Riese wie gewohnt neben uns herlief. Erst gegen Abend begann das Land allmählich anzusteigen, und der Graswuchs wurde spärlicher. Schließlich ritten wir in einem Zug hintereinander einen schmalen, sich durch felsiges Gelände bergauf windenden

Pfad entlang, der auf einem Joch endete, von dem aus sich der Blick in die jenseits der Bergkette liegende Niederung öffnete. Der Häuptling hielt sein Pferd an und sagte: »Von hier aus mußt du allein weiterreiten, Herod Königstochter, denn dort unten kannst du schon in dem weiten Mauerkreis die Bäume aufragen sehen, an denen die goldenen Äpfel in der Abendsonne schimmern.«

Während wir noch dort hielten und hinabschauten, wehte im Abendwind von fernher der Gesang heller Stimmen zu uns herauf, Teile einer süßen Melodie, die ans Herz rührte.

»Wer singt dort unten?« fragte ich. »Ist das dieses weibliche Ungeheuer, das seine Opfer mit süßem Gesang anlockt wie einst die Sirenen?«

»Nein«, sagte der Häuptling. »Das Untier verfügt zwar über so viele Stimmen, wie es Köpfe hat, aber es singt nicht. Das sind die drei Töchter des Abendsterns, die in dem Garten wohnen und die Apfelbäume pflegen.«

»Werde ich sie treffen?« fragte ich.

»Davor solltest du dich hüten«, sagte der Häuptling. »Ein Mensch, der diesen Töchtern begegnet, ist schon jenseits der Schwelle angelangt, die aus seinem Leben hinausführt.« Als er das sagte, war ihm anzumerken, daß er sich nur ungern in Sichtweite dieser unheimlichen Sängerinnen aufhielt. Danach verabschiedete er sich und ritt mit seinen Begleitern zurück in das Land, das ihm vertraut war.

Als wir allein waren, senkte sich schon der Abend auf die Niederung, in die wir noch immer hinabblickten, wobei der Riese sich überlegen mochte, wie er unentdeckt an die Gartenmauer herankommen könne. Dieser Meinung war offenbar auch Lionel; denn er sagte: »Du brauchst dir keine Hoffnung zu machen, daß du unbemerkt in den Garten einsteigen könntest, solange die Aufmerksamkeit der Wächterin nicht abgelenkt ist.«

»Also muß ich als erste ins Tal hinuntersteigen und zu dem Garten gehen«, sagte ich.

»Ja«, sagte Lionel, »und zwar ganz offen und ohne den Anschein der Heimlichkeit. Auch mußt du dich zur Pforte des Gartens begeben, die von den Besitzern benutzt wird, wenn sie ihn besuchen wollen.«

»Wer sind diese Besitzer?« fragte ich.

Der Haflinger überlegte eine Weile, wie er sie benennen solle, und sagte schließlich: »Sie galten einmal als mächtige Wesen, die es übel vermerken, wenn jemand ihnen die Äpfel stiehlt.«

»Du redest von der Vergangenheit«, sagte ich. »Haben sie inzwischen ihre Macht verloren?« Ich begann mir schon wieder Hoffnungen zu machen, doch Lionel ließ das nicht zu.

»Wer kann das wissen?« sagte er. »Denke lieber daran, womit du die Aufmerksamkeit der Wächterin fesseln könntest, damit der Riese seine Chance bekommt.«

Er schlug danach vor, daß wir alle drei hier an dieser Stelle die Nacht zubringen sollten. Am nächsten Morgen solle ich dann hinuntersteigen ins Tiefland und mich eilen, noch bei Tag den Garten zu erreichen.

»Das wird so schwer nicht sein«, sagte ich. »Wir sind ihm ja so nah, daß wir den Gesang hören können.«

»Du wirst schon sehen, wie lange du unterwegs sein wirst«, sagte Lionel ohne weitere Erklärung. »Jedenfalls mußt du die Wächterin beschäftigen, bis die Nacht hereingebrochen ist; denn erst dann wird der Riese unbemerkt ins Tal hinabsteigen können.«

»Und womit soll ich sie beschäftigen?« fragte ich.

»Das ist deine Sache«, sagte Lionel ohne Erbarmen. »Du weißt ja auch, daß ich hier auf dem Gebirge warten werde, bis ihr beide zurückgekehrt seid.«

»Ja, ich weiß«, sagte ich nicht ohne Bitterkeit. »Bei solchen Unternehmungen werde ich immer allein sein.«

»So ist es«, sagte Lionel befriedigt. »Und jetzt laßt uns schlafen.«

Daran war natürlich nicht zu denken. Während die Gestirne über mir am nachtschwarzen Himmel um den Nordstern kreisten, hörte ich den Gesang der Töchter des Abendsterns, der wie helles Glockengeläut durch die Nacht schwang. Dieser Gesang hatte etwas seltsam Unirdisches an sich, und ich mußte ihm lange Zeit nachlauschen, bis ich begriff, wodurch er diesen Eindruck hervorrief. Er war makellos, so makellos, wie eine menschliche Stimme nie wird singen können. Bei dem Gesang eines Menschen, und sei seine Stimme noch so gründlich geschult, gibt es minimale, unwägbare Schwankungen der Tonhöhe, hervorgerufen durch die unterschiedliche Stärke, mit der die Stimmbänder vom Luftstrom aus der Lunge zur Schwingung gebracht werden; da gibt es zudem vorübergehende schwache Trübungen des Tons, vielleicht durch unvermuteten Speichelfluß verursacht, etwa die Nachwehen einer Erkältung – und all das zusammen gibt einer Stimme ihren menschlichen Klang; denn es sind gerade diese geringen Unvollkommenheiten, die den Reiz eines Gesangs ausmachen oder den Zuhörer in eine Erregung versetzen, die durchaus auch eine erotische Komponente besitzt. All das fehlte diesem makellosen Gesang, und je länger ich ihm lauschte, desto stärker begann er mir Angst einzuflößen. Das Makellose ist für unsereinen ohne Gnade.

Ich meinte, erst vor wenigen Sekunden eingeschlafen zu sein, als Lionel mir ins Gesicht schnoberte und sagte, es sei höchste Zeit, daß ich mich auf den Weg mache. Den Riesen würde er am Abend schon zur rechten Stunde mir nachschicken. Der lag ein Stück seitab von uns schnarchend im Gras, und ich beneidete ihn um seinen ungestörten Schlaf und nicht zuletzt auch um die Zeit, die er noch hier oben verbringen durfte, während ich schon der Wächterin gegenübertreten mußte.

Daß ich nicht allzubald vor ihr stehen würde, wurde mir erst allmählich klar, als ich schon ein paar Stunden auf dem Weg war. Ich hatte den Haflinger zum Abschied umarmt und den Riesen ruhig weiterschlafen lassen und war dann den steilen, felsigen Hang des Bergrückens Stufe für Stufe hinabgeklettert. Auf dieser Seite gab es keinen Pfad, und so mußte ich mir selbst einen geeigneten Abstieg suchen. Das brauchte zwar seine Zeit, aber mir kam auf diesem Abschnitt meines Weges noch nichts ungewöhnlich vor.

Erst als ich den Talgrund schon fast erreicht hatte, spürte ich vom einen zum anderen Schritt plötzlich eine Art Widerstand, der mein Vorankommen hemmte, so als hätte ich eine unsichtbare Grenze überschritten, hinter der die zwar noch immer durchsichtige Luft einen dichteren Aggregatzustand besaß, so daß ich mich stärker mühen mußte, sie zu durchschreiten. Mit steifen Schritten wie eine Schlafwandlerin stakste ich durch dunkelgrünes, fettes Gras, wie man es zuweilen auf Friedhöfen antrifft, zwischen dessen hochgewachsenen Halmen einzelne blaßviolette, fast weiße Blumen blühten, die einen schweren, fast betäubenden Duft verströmten. *Asphodelen, der Proserpina geweiht*, diese Gedichtzeile kam mir in den Sinn, und obgleich ich bisher nicht gewußt hatte, was für eine Art von Blumen Asphodelen sein mochten, so zweifelte ich nicht daran, daß es diese der Herrin des Totenreiches geweihten Blumen waren, die meine Beine im mühsamen Voranschreiten streiften, und diese Erkenntnis war nicht geeignet, meinen Schritt zu beflügeln.

Weit im voraus über dem flimmernden Gras sah ich die hohe Mauer des Gartens, noch kaum näher, als sie mir von der Höhe des Bergkamms erschienen war. Dabei hatte die Sonne ihren höchsten Stand schon überschritten. Jetzt erst begann ich die Worte Lionels zu begreifen, daß ich mich beeilen müsse, wenn ich den Garten bis zum Abend erreichen wolle.

So kämpfte ich mich weiter Fuß vor Fuß durch die zähe, duftgeschwängerte Luft, meinte mich zeitweise von meinem Ziel eher zu entfernen als ihm näherzukommen, und war schon nahe daran aufzugeben, als ich am späten Nachmittag den Kopf hob und die Mauer noch immer in unbestimmbar weiter Entfernung vermutete. Doch da stand ich auf einmal so dicht vor dem eisernen Gittertor, daß ich die kantig geschmiedeten Stäbe hätte berühren können.

Es dauerte eine Weile, bis ich begriffen hatte, daß ich am Ziel war. Auch dann noch starrte ich auf die Gitterstäbe, hinter denen ich im dichten Laub goldene Äpfel schimmern sah, und wartete, daß etwas geschah. Aber lange Zeit geschah gar nichts. Dann endlich erhob sich jenseits des Gitters wieder dieser Gesang, nah jetzt, unfaßbar klar und makellos erklang zunächst eine Stimme, dann trat eine zweite hinzu und schließlich die dritte. Die drei Schwestern schlangen ihre Stimmen ineinander zu einem Geflecht von unsagbarer Süßigkeit, einem Widerhall der vollkommenen Schönheit, vor der nichts Menschliches Bestand hat. Meine Sehnsucht, mich ganz diesem Klang hinzugeben, ließ mich alle Warnungen vergessen und trieb mich dazu, das Tor zu berühren.

Im selben Augenblick brach der Gesang ab, und das Tor schwang langsam nach innen auf. Ehe ich noch überlegen konnte, ob ich eintreten solle oder was sonst zu tun sei, stand wie aus dem Boden emporgewachsen die Wächterin vor mir und blickte mich mit den ungezählten Augen ihrer vielen Köpfe an.

Solange ich von dieser Wächterin nur erzählt bekam, hatte ich mir vorgestellt, daß einem schon beim bloßen Anblick dieses Ungeheuers vor Entsetzen das Herz erstarrte. Jeder Erzähler tut ja auch alles dazu, was einen solchen Eindruck entstehen lassen kann. Als ich dann tatsächlich vor diesem Wesen stand, waren meine Empfindungen völlig anders. Eigentlich läßt sich überhaupt nicht beschreiben, was ich sah, sondern allenfalls nur andeuten: eine nicht genau erfaßbare Zahl von höchst unterschiedlichen Köpfen, die durchaus nichts Schlangenhaftes an sich hatten; Gesichter, die durcheinanderglitten wie die farbigen Glasstücke in einem Kaleidoskop und sich zu immer neuen Konstellationen zusammensetzten. Allesamt hatten ihre großen Augen aufmerksam auf mich gerichtet, aber aus ihren Blicken sprach weder Zorn noch Aggressivität oder gar Mordlust, sondern Neugier, Interesse, Mitgefühl, Weisheit, ja sogar Humor.

Ich konnte mir nicht vorstellen, daß jemand wie dieser Keulenschwinger den Entschluß gefaßt haben sollte, mit der Gewalt seiner Waffe auf dieses Wesen loszugehen. Es kann allerdings sein, daß er diese zahllosen Blicke anders empfunden hatte als ich. Jemand, der von vornherein mit der Absicht kommt, Gewalt auszuüben, sieht sein Gegenüber mit anderen Augen an als jemand, der dazu gar nicht in der Lage ist. Ich war so gefesselt vom Anblick dieser Augen, daß ich einen Körper, zu dem die Gesichter gehörten, überhaupt nicht wahrnahm.

Dann begannen die Gesichter miteinander zu sprechen. Das war ein Gewirr von Rede und Gegenrede in hohen und tiefen, sanften und schrillen Stimmlagen, aber sämtliche mit weiblicher Klangfarbe. Da wurde hin und her gefragt, was ich wohl wolle und warum ich die Tür geöffnet habe und ob ich gar gekommen sei, um mit der Wächterin zu kämpfen wie damals dieser Raufbold mit der Keule, und diese Vorstellung erschien den vielen Sprecherinnen angesichts meiner eher zierlichen Gestalt so komisch, daß all dieses Gerede in unbändigem Gelächter endete. Ein Gesicht fragte mich geradezu, ob ich vielleicht doch die Tür aufgestoßen habe, um die Wächterin zu besiegen, und brachte vor lauter Lachen diese Frage kaum über die Lippen.

»Nein«, sagte ich. »Sehe ich so aus? Ich will nur mit euch reden. Oder muß ich sagen: mit dir?«

»Das kannst du halten, wie du willst«, sagte eine andere Stimme, deren Gesicht eher mißtrauisch auf mich wirkte. »Reden willst du also? Nur reden? Was bezweckst du damit?«

»Ich brauche euren Rat«, sagte ich. »Ein Wesen mit so vielen Köpfen wie ihr oder wie du, die allesamt weiblich sind, muß eine Menge an weiblicher Klugheit besitzen.«

»Und warum bist du so scharf auf weibliche Klugheit?« fragte die mißtrauische Stimme.

»Weil ich eine Frau bin wie du, auch wenn ich Männersachen trage«, sagte ich.

Diese Mitteilung löste gewaltiges Gezwitscher und Geraune aus unter den Gesichtern, und die Stimmung der Glieder am unsichtbaren Leib der Wächterin schlug nun völlig ins Freundliche um. Eines der Gesichter, es war jenes, das den Ausdruck des Mitgefühls zeigte und mit einer dunklen Altstimme sprach, fragte mich, in welcher Sache ich den Rat der Wächterin benötige.

»Es handelt sich um einen Mann«, sagte ich.

»Was ist mit diesem Mann?« fragte die mitfühlende Stimme. »Hat er dich in Schwierigkeiten gebracht?«

»So könnte man es bezeichnen«, sagte ich.

»Das hab' ich mir gedacht«, sagte sie. »Immer gibt es Schwierigkeiten, wenn Männer sich in unser Leben einmischen oder auch nur eine Sache in die Hand nehmen. Du mußt uns erzählen, was zwischen dir und diesem Mann geschehen ist.«

»Es geht wohl eher darum«, sagte ich, »daß bisher nichts zwischen uns geschehen ist. Dennoch ist das eine lange Geschichte.«

»Erzähl sie uns, und zwar in allen Einzelheiten«, sagte sie.

Da erzählte ich von meiner ersten Begegnung mit Sandro an, was geschehen war, seit ich ihn und seine Gefährten im Wald getroffen hatte. Das dauerte Stunden und Stunden, zumal alle möglichen Gesichter ständig Rückfragen stellten; besonders jene, die den Ausdruck der Neugier und des Interesses trugen, wurden nicht müde, sich jede Einzelheit über das Leben an Sandros Hof berichten zu lassen.

Von Zeit zu Zeit klang aus dem Garten der Gesang der drei Töchter des Abendsterns in solcher Klarheit zu mir, daß ich meinen Bericht unterbrechen mußte, um die vollkommene Schönheit nicht durch meine prosaischen Worte zu stören. Erst wenn sie wieder schwiegen, erzählte ich weiter, auch von meinen beiden ersten Fahrten; bei der dritten verschwieg ich nur, daß ich mich wegen eines goldenen Apfels auf den Weg gemacht hatte, und wiederholte, daß ich gekommen sei, um den Rat der Wächterin einzuholen.

Bis ich so weit gekommen war mit meinem Bericht, war die ganze Nacht vergangen, und im Westen begann sich der Horizont aufzuhellen. Da erhoben die drei Töchter wieder ihre Stimmen, aber diesmal nicht zum Gesang, sondern riefen um Hilfe, weil ein Riese in den Garten eingedrungen sei und einen Apfel geraubt habe. Gleich danach erschienen die Töchter zwischen den vielen nunmehr bestürzten Gesichtern und machten der Wächterin Vorwürfe, daß sie sich von mir und meinen Fabeleien habe ablenken lassen. Der Apfel sei überdies schon verloren, denn der Dieb laufe bereits aufs Gebirge zu.

Als ich mich umwendete, sah ich ihn im blassen Morgenlicht mit weit greifenden Schritten den Hang zum Bergrücken hinaufsteigen und dachte, daß unser Plan nun gelungen sei. Doch da hatte ich die Rechnung ohne die Wächterin gemacht. Alle Freundlichkeit war aus ihren vielen Gesichtern gewichen.

»Du hast uns betrogen!« sagte die Mißtrauische. »Doch du sollst keinen Gewinn von diesem Raub haben, denn nun bist du unserer Gewalt verfallen.«

Da standen mir die vielen Gesichter der Wächterin schon nicht mehr ruhig vor Augen, sondern begannen mich in wildem Wirbel zu umkreisen, während sich ihre Mienen verzerrten zu entsetzlichen Fratzen, die rasch das Aussehen von geifernden Schlangenrachen annahmen. Ich spürte, wie sich der baumstarke, muskulöse Schlangenleib um meinen Körper wand und ihn einschnürte, daß mir der Atem aus der Lunge gepreßt wurde. Erst in diesem Augenblick fiel mir das goldene Netz ein, das ich bei mir trug. Ich riß es mit dem einen Arm, der noch frei war, aus der Tasche und warf es mit letzter Kraft über die im Kreisen schon verschwimmenden Köpfe der Wächterin, und dort blieb es schwebend in der Höhe stehen, flimmernd wie das Sternenmeer der Milchstraße.

»Was ist das für ein Zauber, den du über mich zu werfen versuchst?« sagte die Wächterin. »Dein Netz hat keine Gewalt über mich. Aber es ist sehr schön.« Während sie das sagte, kamen ihre vielen Köpfe wieder zur Ruhe, und deren Gesichter nahmen menschliches Aussehen an und blickten staunend in die Höhe. Dann sprach das mitfühlende Gesicht allein weiter und sagte: »Weil du diesen goldenen Schleier über unsere Köpfe geworfen hast, will die Wächterin dich in den Garten einlassen, doch du wirst dann hier bleiben müssen. Kommst du jetzt über die Schwelle?«

»Nein!« schrie ich. »Nie und nimmer!« Und was mich dazu brachte, war der Gedanke an Sandro und an all das, was ich noch nicht gelebt hatte.

»Dann ist dir nicht zu helfen!« rief die Wächterin mit ihrem gesamten Chor von Stimmen, ihre Köpfe hatten mich schon wieder eingekreist, und ihr Schlangenleib spannte sich um meine Brust, daß die Rippen knackten. Da schrie ich so gellend, daß es mir in den Ohren schmerzte.

Ehe mir die Sinne vergingen, hörte ich, wie alle drei Töchter des Abendsterns gemeinsam mit ihren klaren Stimmen der

Wächterin Einhalt geboten. Die Schlange gab mich frei, und der kreisende Wirbel der Köpfe kam zum Stillstand.

»Ihr wißt, daß sie dem Tod verfallen ist«, sagten die vielen Köpfe der Wächterin wie mit einer Stimme, in der sich alle Klangfarben vereinigten zu einer orgelnden Mixtur.

»Wir wissen nur, daß sie versucht hat, dich hinters Licht zu führen«, sagte eine der Töchter. »Aber wir kennen nicht den Grund, warum sie das getan hat.«

»Weil sie ihn verschweigen will«, sagte die Wächterin.

»Das glaube ich nicht«, sagte die Tochter, »denn der Grund für ihre List wird dieser Mann sein, von dem sie uns erzählt hat.« Dann wandte sie sich an mich und sagte: »Wir wollen jetzt die ganze Wahrheit von dir hören. Erst dann können wir entscheiden, was mit dir geschehen soll.«

Da berichtete ich ihnen alles, was ich zuvor verschwiegen hatte und wie es dazu gekommen war, daß ich mich auf den Weg hatte machen müssen, um den goldenen Apfel an mich zu bringen.

»Es war also nicht deine Idee, einen unserer Äpfel zu stehlen, und du hast es eigentlich nur im Auftrag deines Dienstherrn getan?« fragte die Tochter, die für alle drei sprach.

»So ist es«, sagte ich. »Allerdings hatte ich gehofft, daß dieser Apfel auch mir nützlich sein könnte, indem er mir zu erfahren hilft, was ich selbst eigentlich will.«

»Der Riese handelte also in deinem Auftrag«, stellte die Tochter fest.

»Du weißt«, sagte ich, »daß ich euren Garten nicht betreten darf, wenn ich in mein Leben zurückkehren will.«

»Und das willst du nach wie vor?« fragte sie.

In diesem Augenblick lockte es mich tatsächlich, den Garten zu betreten und die Töchter des Abendsterns zu bitten, mich in ihren Bereich aufzunehmen, damit ich die Fragwürdigkeiten meines Lebens hinter mir lassen und für immer in die makellose Klarheit des Gesangs der Töchter eingehen könne; denn ich fürchtete mich vor dem, was durch den Apfel in mir zutage gefördert werden würde, und meinte in diesem Augenblick, vor der Pforte zu einer Insel der Seligen zu stehen. So lange blieb ich die Antwort schuldig, daß die Tochter ihre Frage wiederholte. Da erschien es mir auf einmal ohne jeden Sinn, all diese Strapazen und Gefahren für nichts und wieder nichts auf mich genommen zu haben, und ich sagte: »Was denn sonst? Natürlich möchte ich in mein Leben zurückkehren, was immer es für mich bereithalten mag.«

»Dann soll die Wächterin keine Macht über dich haben«, sagte sie. »Es spricht auch für dich, daß du den Riesen nur diesen einen Apfel hast nehmen lassen, ohne den du nicht auskommen zu können meinst. Dieser Angeber mit der Keule hat damals seinen Riesen gleich alle Bäume abräumen lassen.«

»Ich darf also gehen?« fragte ich.

»Ja«, sagte sie. »Aber ich kann den Spruch der Wächterin nicht zur Gänze aufheben, und so wirst du keinen Nutzen von diesem Apfel haben. Durch Betrug hast du ihn erworben, und so wird auch er dich betrügen.«

Als sie dies gesagt hatte, verschwand sie samt ihren beiden Schwestern vor meinen Augen. Während das Gitter langsam auf mich zuschwang und ins Schloß fiel, verblaßten die vielen Gesichter der Wächterin und vergingen wie Nebel, so daß schließlich nur noch die hohen, dunkelgrün belaubten Bäume mit den goldenen Äpfeln zu sehen waren. Da wandte ich mich um und ging langsam durch die zähe Luft der Niederung zurück auf den Bergkamm zu, auf dessen Joch mich Lionel und der Riese erwarteten.

Den Rückweg brachten Lionel und ich sehr viel rascher hinter uns, als die lange Fahrt zum Garten der Töchter des Abendsterns gedauert hatte. Nachdem der Riese mir den Apfel gegeben hatte, trennten wir uns von ihm, denn er wollte, wie er sagte, nicht so durch die Länder hetzen, die er bisher nur aus Erzählungen eines Großonkels gekannt habe, sondern in aller Ruhe nach Hause schlendern. So brauchten wir nicht mehr auf ihn Rücksicht zu nehmen, und Lionel trug mich in seinem zauberischen Flug innerhalb einer Woche zurück zu Sandros Schloß.

Lionel wollte mit seinen Künsten kein Aufsehen erregen, und so war es wieder Nacht, als ich die weißgekalkten Mauern des Schlosses voraus in der Tiefe unter dem kalten Licht des Mondes aufschimmern sah. Der Haflinger ließ seinen Flug in einen kurzen Galopp auf der Wiese vor dem Tor übergehen, und dann läutete ich die Torwache heraus, damit sie uns einließ.

Der Mann, der das Tor aufsperrte, starrte mich an wie ein Gespenst. »Hier meint jeder, du wärst auf Nimmerwiedersehen verschwunden, und Gino schwört darauf, daß du tot bist«, sagte er und berührte wie zufällig meine Hand, als wolle er sich überzeugen, daß sie warm und voller Leben sei. Als er das Tor wieder geschlossen hatte und ich Lionel schon zum Stall führte, rief er mir nach, daß er Sandro meine Ankunft sofort melden müsse, gleichviel zu welcher Tages- oder Nachtzeit.

Während ich den Haflinger im Stall abrieb, ihn tränkte und mit Futter versorgte, wendete er mir seinen schönen Kopf zu und schaute mich mit einem Blick an, aus dem so deutlich Trauer zu lesen war, daß ich den Arm um seinen Hals legte und fragte, was das bedeuten solle.

»Willst du Sandro den Apfel geben?« fragte er.

»Das muß ich wohl, nachdem er mich dazu ausgeschickt hat«, sagte ich.

»Ich habe dich gefragt ob du das tun *willst*«, sagte Lionel.

Eine Weile dachte ich über diese Nuance seiner Frage nach. Dann sagte ich: »Ich bin es leid, ihm dieses falsche Spiel vorzuspielen und dabei selber nicht zu wissen, was ich eigentlich will. Vielleicht finde ich zu mir selbst, wenn ich ehrlich zu ihm bin.«

»Vielleicht«, sagte Lionel und nach einer längeren Pause: »Gib auf dich acht!«

Danach sprach er nicht mehr, und ich stieg hinauf in meine Kammer. Ich war gerade dabei, ein frisches Hemd anzuziehen, als schon Schritte die steile Treppe heraufpolterten. Es war jener Mann, der das Tor geöffnet hatte. Ich erkannte ihn an der Stimme, als er rief: »He! Pferdejunge! Bist du hier? Du sollst sofort zu Sandro kommen!«

So stand ich wenige Minuten später Sandro in seinem Wohnraum gegenüber. Er schaute mir eine Zeitlang schweigend ins Gesicht und sagte dann: »Ich hatte schon nicht mehr daran geglaubt, daß du zurückkommst.«

»Hast du gedacht, ich laufe vor dir davon?« sagte ich.

Er schüttelte den Kopf und sagte: »Du hättest auch umkommen können auf einer solchen Reise.«

»Ja«, sagte ich, »das hätte leicht geschehen können. Nahe genug war ich daran. Und es gibt jemanden in diesem Haus, der das gehofft haben mag.«

»Meinst du mich?« fragte er, und ich merkte, wie ihn diese Vorstellung traf, ich könne so etwas von ihm erwarten.

»Nein«, sagte ich rasch, »nicht du, sondern jener, der die Idee mit dem Apfel hatte. Er wußte, wo er zu finden ist und daß es eigentlich von dort keine Rückkehr ins Leben gibt.«

»Sprich jetzt nicht von dem!« sagte Sandro. »Hast du den Apfel mitgebracht?«

»Hier ist er«, sagte ich, zog die goldene Frucht aus der Tasche und zeigte sie ihm.

Er betrachtete sie lange und sprach dabei kein Wort. Als er wieder aufblickte und mir ins Gesicht schaute, warf ich ihm den Apfel unvermittelt zu, so daß er ihn auffangen mußte, wenn er nicht auf den Boden fallen sollte. Sandro reagierte fast automatisch wie ein geübter Ballspieler, und während er den Apfel fing, sagte ich: »Und jetzt sage du mir, was dich treibt, mich so in der Welt herumzujagen!«

»Du beunruhigst meine Gefühle auf eine Weise, die mir angst macht«, sagte er, ohne nachzudenken. Er schwieg eine Weile und fügte dann hinzu: »Es tut gut, das einmal auszusprechen. Setz dich zu mir, damit wir miteinander reden können!«

Er bot mir einen Sessel an, der neben dem Kamin stand, zog sich einen zweiten von gleicher Art heran und setzte sich mir gegenüber, so daß nichts zwischen uns war als die Distanz von drei Schritten und die Unsicherheit unserer Gefühle. Eine Zeitlang schwieg er und schaute in den leeren Kamin, als wisse er nicht, wie er sich verhalten solle, oder könne keinen Anknüpfungspunkt für ein Gespräch finden. Eher zu sich selbst sagte er nach einer Weile: »Ich weiß noch immer nicht, wer du bist.«

Er begann mir schon leid zu tun, wie er sich da abplagte, aber ehe ich etwas sagen konnte, riß er sich in einem plötzlichen Entschluß zusammen, blickte mir fast zornig in die Augen und sagte: »Du beunruhigst mich dermaßen, daß ich mich nicht an die Regeln halten werde!«, und während er noch sprach, warf er mir mit einer heftigen Handbewegung den Apfel zu.

Daß ich in einem unwillkürlichen Reflex zum Auffangen meinen Schoß öffnete, war eine von Kindheit an geübte weibliche Angewohnheit, nur war sie hier nicht zweckmäßig, weil ich noch immer die lodenen Hosen eines Pferdejungen trug, und so fiel der Apfel zwischen meinen Oberschenkeln hindurch und landete mit dumpfem Aufschlag auf dem Teppich.

Ich erkannte sofort am Ausdruck seines Gesichts, daß ich mich verraten und daß er begriffen hatte. Mit der Befriedigung eines Menschen, der unversehens die Lösung eines schwierigen Rätsels gefunden hat, lehnte er sich in seinem Sessel zurück und sagte: »Du bist ein Mädchen.« Er lächelte, als er das sagte, aber ich erkannte noch immer den Widerschein der Angst auf dem Grund seiner Augen.

Da beugte ich mich hinab und hob die goldene Frucht vom Boden auf, damit sein Wurf das Ziel nicht verfehlt habe, und fügte mich der Weisung, nun nichts mehr vor dem Werfer des Apfels zu verbergen. »Ja«, sagte ich, »ich bin ein Mädchen, und ich kann mich nur wundern, daß du das trotz deiner Zauberkünste so lange Zeit nicht gemerkt hast.«

»Ich bin unfähig, meinen Zauber über Frauen zu werfen, um sie unter meinen Willen zu zwingen«, sagte er. Da begriff ich, daß auch er weiterhin unter der Weisung des Apfels stand und daß wir beide nichts voreinander würden verhehlen können, wenn wir jetzt miteinander sprachen.

»Vielleicht solltest du versuchen, überhaupt keinen Menschen unter deinen Willen zu zwingen«, sagte ich. »Was nützt dir all dein Zauber, wenn dich keiner liebt und jeder Mann nur deshalb deinen Willen tut, weil er keine andere Wahl hat?«

»Mit Männern kann man nicht anders umgehen«, sagte er.

»Das ist deine Erfahrung«, sagte ich. »Woher weißt du, daß du damit schon die ganze Wirklichkeit über Männer oder gar über Menschen erfahren hast?«

»Anders kann ich mit ihnen nicht umgehen«, wiederholte er hartnäckig.

»Kannst du das wirklich nicht, oder traust du dich nicht? Wenn du dich nur auf deinen Zauber verläßt, machst du dir Gino zu einem gefährlichen Konkurrenten. Der versteht mehr von diesen Dingen, als er zeigt.«

»Ich weiß. Irgendwann werden wir einander gegenüberstehen und versuchen müssen, wessen Zauber stärker ist.«

»Wenn du so weitermachst, wird Gino der Stärkere sein, denn er ist böse.«

»Bin ich das nicht?«

»Ich weiß nicht, wie du bist, und das ist mein Problem. Ich würde es gern erfahren. Gar so böse kannst du also noch nicht sein. Hat es nie eine Frau gegeben, die wissen wollte, wie du bist?«

»Nein. Jedenfalls habe ich nichts davon bemerkt.«

»Weil du immer nur unter Männern gelebt hast?«

»Nein. Weil ich Frauen aus dem Weg gegangen bin. Ich habe immer Angst vor Frauen gehabt. Schon der Anblick einer Frau weckt etwas in mir, das sich meinem Willen entzieht und mich so unsicher macht, daß ich zum Gelächter meiner Männer werden könnte.«

Je länger ich mit ihm sprach, desto deutlicher erkannte ich seine Einsamkeit, und es griff mir ans Herz, wie er seine Unsicherheit und seine Angst vor mir preisgab als etwas, das zu seinem Leben mit gleicher Selbstverständlichkeit gehörte wie die Glieder an seinem Leib. Und ich merkte, daß er sich all das zum ersten Mal bewußt machte, während er hier mit mir sprach. Was soll ich mit einem solchen Menschen machen, dachte ich bei mir. Da stand ich auf, ging die drei Schritte zu ihm hinüber, zog ihn, der mich anblickte, als wolle ich ihm ans Leben, von seinem Sessel hoch und nahm ihn in die Arme, zunächst wohl wie man ein verängstigtes Kind tröstet, aber während ich ihn so hielt, stellte sich dann doch heraus, daß er kein Kind mehr war, das zum ersten Mal die Unzulänglichkeit seiner Vorstellung von der Welt erkennt, sondern ein Mann, so wie ich zu spüren bekam, daß ich eine Frau war, die einen Mann an sich drückt, der sie, wenn auch etwas ungeschickt, auf den Mund küßt und sie gar nicht mehr zu Atem kommen läßt, und mir wurde bewußt, daß ich mir dergleichen schon seit einiger Zeit vorgestellt hatte.

So fanden diese ungeklärten Gefühle und Sehnsüchte, die uns beide all die Zeit meines Daseins als Sandros Pferdejunge umgetrieben hatten, zu einem Ziel, und zwar mit einer solch ungeahnten Heftigkeit, daß ich in dieser Nacht noch einmal meinen Schoß öffnete, als könne ich damit diesem Mann ein für allemal seine Ängste nehmen und ihn in Sicherheit wiegen.

Das erwies sich sehr bald als Illusion. Unser Verhältnis zueinander veränderte sich zunächst nur insoweit, als ich die Schlafkammer im Dachgeschoß des Stalls verließ, um künftig in den Räumen Sandros zu wohnen, und daß er meine Dienste als Pferdejunge nicht mehr in Anspruch nahm. Da dies vor den anderen Bewohnern des Schlosses nicht zu verheimlichen war, mußte er zudem bekanntmachen, wer ich eigentlich bin. Er tat dies am nächsten Tag, als alle seine Männer zum Mittagessen versammelt waren. Ich trug noch immer meine Pferdejungensachen, da im Schloß zu der Zeit keine Kleidungsstücke aufzutreiben waren, die mein wahres Geschlecht etwas deutlicher hätten hervorheben können. So erregte es zunächst kein Aufsehen, als ich zusammen mit ihm zu Tisch ging; denn dazu hatte er mich schon oft eingeladen. Als er dann vor der Mahlzeit aufstand und um Ruhe bat, um der erstaunten Tafelrunde meine wahre Identität zu eröffnen, konnte ich ihm anmerken, wie unangenehm ihm diese Szene war. Er versuchte das durch eine gewollt wirkende Heiterkeit zu überspielen und machte Witzchen über den Apfel, den er mitgebracht hatte und zwischen uns auf das Tischtuch legte. Das Ballspiel mit dieser goldenen Kugel, sagte er, habe sich als so reizvoll erwiesen, daß wir beide es nicht mehr missen könnten.

Ich spürte die Unsicherheit, die er hinter seiner scherzhaften Rede zu verbergen versuchte. Ob er einen Verlust an Autorität fürchtete, weil nun offenbar wurde, daß er nicht von Anfang an erkannt hatte, wer sich eigentlich in dem Pferdejungen verbarg, der ihm täglich zu Diensten gewesen war? Oder hatte er den Männern bisher das Ideal eines frauenlosen Männerlebens vorgespielt und mußte ihnen nun gestehen, daß er selbst als erster dagegen verstoßen hatte?

Während er sprach, irrte sein Blick ein paarmal zu mir ab und streifte mich kühl, als sei ich ein Störfaktor zwischen ihm und seinen Männern. Nachts, als er in meinen Armen gelegen hatte, war davon nichts zu spüren gewesen, aber jetzt im nüchternen Licht des Tages wurde ihm wohl erst bewußt, daß er eine selbstgesetzte Grenze überschritten hatte und auf unsicheres Terrain geraten war. So brachte er seine Mitteilung recht und schlecht zu Ende und beschäftigte sich danach so intensiv mit der halben gebratenen Stockente auf seinem Teller, als lasse ihm diese schwierige Aufgabe keine Zeit, mir einen freundlichen Blick zuzuwerfen oder gar mit mir zu reden wie zu meiner Pferdejungenzeit.

Auch die Männer hatten sich, sobald Sandro sich zum Essen gesetzt hatte, ohne weiteres ihrer Mahlzeit zugewendet, wenn es auch an den entfernten Enden der Tafel einiges Getuschel gab. Nur Gino saß wie versteinert und starrte mich an. Der Blick einer in die Ecke gedrängten Ratte, dachte ich. Schon als ich dicht vor Sandro den Saal betreten hatte, war mir aufgefallen, wie er bei meinem Anblick zusammenzuckte. Er hatte wohl tatsächlich nicht erwartet, daß ich von dieser Fahrt zurückkehren würde. Einen weiteren Schock versetzte ihm der Anblick des goldenen Apfels, den Sandro eher beiläufig neben seinen Teller auf das Tischleinen gelegt hatte. Die Vorstellung jedoch, daß ich künftig mit Sandro das Bett teilen würde und ihn somit endgültig aus seiner Vertrauensstellung verdrängt hatte, raubte ihm offenkundig jede Fassung.

Sandro merkte das wohl auch, schien es aber zu ignorieren. Am Ende der Mahlzeit schlug er zur Förderung der Verdauung ein Ballspiel vor. Alle begaben sich hinauf auf die Terrasse, und dort wählten Sandro und Gino nach gewohntem Brauch jeder eine Mannschaft aus. Anfangs verlief das Spiel wie sonst auch; die Spieler gaben einander nach der üblichen Taktik den Ball weiter, bis einer eine Chance erspähte und warf. Auf solche Weise ging das Spiel hin und her, und jede Mannschaft gewann ein paar Punkte.

Ich stand währenddessen am Rand der Terrasse und schaute zu. Nach einiger Zeit fiel mir auf, daß Sandro und Gino sich nicht mehr wie sonst in das Spiel der von ihnen gewählten Mannschaft einfügten, sondern mit immer heftigeren Würfen darauf ausgingen, immer nur den anderen zu treffen. Einige Male gelang es ihnen, den Ball zu fangen und sofort auf den Gegner zurückzuwerfen, während die anderen Spieler untätig im Feld standen und diesem Zweikampf zuschauten, dessen Härte von Wurf zu Wurf zunahm. Sandro, der Gino an Körperkraft überlegen war, gelang es, ihn bis an den Rand des Spielfeldes zurückzutreiben, und sein nächster Wurf erfolgte mit solcher Wucht, daß der Ball Gino durch die Hände schoß und in weitem Bogen von der Höhe der Terrasse hinunter in die Tiefe flog.

Sandro lachte laut, als er das sah, und rief: »Jetzt lauf und hol den Ball zurück!«

Gino jedoch blieb an der Außenbalustrade stehen und starrte ihm mit derart wütender Aufsässigkeit entgegen, daß alle anderen Spieler, die das Hin und Her des Balls bisher mit Beifall und anfeuernden Zurufen begleitet hatten, schlagartig verstummten.

»Hol ihn doch selbst, wenn dir so daran gelegen ist!« schrie Gino. »Du hast ihn ja hinuntergeworfen!«

»Und du hast ihn nicht fangen können«, antwortete Sandro. »Wer den Ball nicht halten kann, der muß ihn heraufholen, so lautet die Regel. Halte dich daran!«

»Hältst du dich denn an die Regeln, unter die du uns gestellt hast?« schrie ihm Gino entgegen.

Jetzt überkam auch Sandro der Zorn. »Willst du damit sagen«, schrie er, »ich hätte nicht das Recht, in meinem Schloß zu tun, was ich will? Oder bist du nur neidisch?«

»Neidisch auf dich wegen dieser hergelaufenen Schlampe?« Gino spuckte auf den Boden, ehe er weitersprach. »Daß ich nicht lache! Ich wußte schon lange, was in den Hosen deines Pferdejungen steckt, während du dich herumgeplagt hast und es nicht herausfinden konntest. Wer ist denn nun der bessere von uns beiden?«

Sandro starrte ihn eine Zeitlang an und schien erst jetzt zu begreifen, was Gino anzuzetteln versuchte. Als er dann weitersprach, klang seine Stimme fast leise, aber um so gefährlicher. »Das hast du also im Sinn«, sagte er. »Du willst hier an meine Stelle treten und künftig selbst die Macht ausüben. Ist es so?« Und als Gino verbissen schwieg, redete er weiter in diesem leisen und doch so gespannt klingenden Ton: »Warum sagst du nichts? Willst du nicht vor all diesen Männern aussprechen, was du denkst?« Noch eine Pause, und dann schrie er unvermittelt: »Dann fang!«

Im gleichen Augenblick hatte er den goldenen Apfel aus der Tasche gezogen und mit voller Kraft auf Gino geworfen.

Gino wußte um die Wirkung des Apfels auf jenen, der ihn auffängt, und so versuchte er, dem goldenen Geschoß noch auszuweichen, stolperte, wollte sich an der Brüstung der Balustrade abstützen, griff blindlings ins Leere, kippte hintenüber und stürzte mit einem hohen, rasch verklingenden Schrei in die Tiefe, während der Apfel einen weiten, goldblinkenden Bogen beschrieb, ehe er außer Sicht fiel.

Auf diese Weise verlor Gino durch den Apfel, den er gegen mich hatte benutzen wollen, sein Leben. Seine Leiche fand sich unten am Fuß der Terrassenmauer, nicht aber der Apfel, den Sandro lange suchen ließ. Aber er blieb unauffindbar, als sei er nach diesem tödlichen Wurf in den Garten zurückgekehrt, aus dem er entwendet worden war. Und noch einer war verschwunden: Lionel, mein Haflinger. Als ich am Nachmittag nach diesem Ballspiel in den Stall ging, um nach ihm zu sehen und ihm zu erzählen, was geschehen war, stand er nicht mehr in seiner Box, und keiner konnte mir sagen, wo er geblieben sein könnte. Dies war der einzige Verlust, über den ich trauerte.

Es mag sein, daß es nicht zuletzt auch dieser Verlust war, der mich heftiger in Sandros Arme trieb, als es eigentlich meiner Empfindung entsprach. Mit jeder Nacht, die ich in seinen Armen verbrachte, spürte ich deutlicher und schmerzhafter das Zwiespältige unserer Beziehung. Hatte ich mich anfangs in der Illusion gewiegt, ich könne ihn durch meine Hingabe aus seiner Isolation erlösen, so merkte ich bald, daß es mir nicht gelang, ihm näherzukommen oder gar in seine Gedanken einzudringen. Er lehrte mich eine Lust, ohne die ich bald nicht mehr leben zu können meinte, aber ich fühlte mich trotz dieser körperlichen Befriedigung leer und ausgehöhlt. Wenn er mir am nächsten hätte sein sollen, schien er mir meilenweit entfernt und unerreichbar. Bei Tag fragte ich mich immer öfter, wie ich mich dem Körper eines Mannes überlassen konnte, dem ich nicht vertraute, weil ich überhaupt nicht wußte, was in ihm vorging. Doch die Nacht schwemmte alsbald solche Vorbehalte aus meinem Hirn. Die Verfassung, in der ich mich befand, hast du, wie ich fürchte, danach auf der Märchentagung in dem Gespräch, das wir angesichts der so grausam beschädigten Venusfigur führten, zutreffend beschrieben, als du die Wurzel der Liebe zwischen Mann und Frau auf das Diktat der Hormone reduzieren wolltest.

Aber das ist kein wünschenswerter Zustand. Was ich dabei fand, war nicht der Zugang zu diesem Mann namens Sandro, der mich umarmte, sondern nur der Widerhall seiner Berührung aus meinem eigenen Körper. Doch das genügte mir nicht. Sandro blieb mir so fremd wie am ersten Tag unserer Begegnung. Meist schwieg er in der Nacht, und wenn er überhaupt einmal sprach, dann klang seine Stimme so, als wolle er etwas vor mir verbergen. Er schien sich nicht darauf zu verstehen, mit Worten zärtlich zu sein. Alles an ihm blieb mir unvertraut und fremd, selbst sein Geruch.

Schließlich fragte ich mich manchmal bei Tage, ob Sandro mich auf diese Weise seiner Macht unterwerfen wollte, nachdem ich mich als widerstandsfähig gegen seine Zauberkünste erwiesen hatte. Und ich mußte mir eingestehen, daß ihm dies schon weitgehend gelungen war.

So vergingen einige Wochen, von denen ich nicht viel mehr weiß, als daß ich von Nacht zu Nacht lebte, um die nüchterne Wachheit des Tages zu verdrängen wie einen Traum. Das gelang mir um so eher, als ich keine täglichen Pflichten mehr zu erledigen hatte wie zuvor als Sandros Pferdejunge, die auch dem hellen Tag einen Sinn gegeben hätten.

Seit Ginos Tod schleppten sich die Tage hin, ohne daß etwas Besonderes geschah, oder wir waren allesamt unfähig geworden, das Besondere zu bemerken, wenn es uns begegnete. Keiner hatte Gino besonders gern gehabt; er war kein Mensch gewesen, den man ins Herz schließt, und ich hatte nicht übertrieben, als ich ihn Sandro gegenüber böse genannt hatte. Dennoch hatte er uns alle in Bewegung gehalten, sein Benehmen hatte uns aufgeregt oder erzürnt, manchmal sogar zum Nachdenken gebracht. Vielleicht sind Menschen dieser Art das Salz in der Suppe unseres Alltags. Nicht daß er mir oder anderen Bewohnern des Schlosses gefehlt hätte, und dennoch fehlte uns allen etwas.

Auch Sandro schien das zu spüren. »Habe ich Gino umgebracht?« sagte er einmal zu mir, ohne daß zuvor sich irgendein Anlaß geboten hätte, dergleichen auch nur zu erwähnen.

»Nein«, sagte ich. »Seine Machtgier hat ihn umgebracht. Oder die Wächterin des Gartens, aus dem auf seinen Vorschlag hin der goldene Apfel entwendet wurde, hat ihren Arm nach ihm ausgestreckt.« Mich schauderte, als ich das sagte; denn ich spürte noch immer ihre Umschlingung.

Um die Lethargie zu durchbrechen, in der alle zu versinken drohten, schlug Sandro eines Morgens vor, am nächsten Tag ein Maskenfest zu feiern, bei dem jeder sich bis zur Unkenntlichkeit verkleiden solle. Um zugleich einen möglichen Anlaß zum Neid aus der Welt zu schaffen, sagte er, könne jeder der Männer nach Belieben sich in den benachbarten Dörfern eine Begleiterin suchen und zu dem Fest bitten.

Diese letzte Mitteilung wirkte dermaßen umstürzend, daß es allen am Tisch zunächst die Rede verschlug. Dann gluckste in der plötzlich eingetretenen Stille ein unterdrücktes Lachen und löste alsbald eine wahre Lawine von Gelächter aus, die gar nicht zum Stillstand kommen wollte, so daß Sandro schließlich beschwichtigend die Hand hob und, sobald es stiller geworden war, seine Zufriedenheit äußerte über eine solche freudige Aufnahme seines Vorschlags, wie er es nannte. Man solle aber darüber nicht vergessen zu frühstücken.

Das geschah dann auch ausgiebig, nachdem einige noch einmal in ein fast schon hysterisches Lachen ausgebrochen waren, als habe Sandro etwas ungeheuer Komisches gesagt. Ich machte mir jedenfalls meine Gedanken, zumal ich sah, wie manche hinter vorgehaltener Hand Bemerkungen austauschten, die der andere jeweils grinsend quittierte und offenbar durchaus nicht nur ihre Vorfreude auf künftige Vergnügungen betrafen. Am nächsten Nachmittag, als die Männer mit ihren erwählten Tanzgefährtinnen erschienen, bestätigte sich bald, was ich zuvor schon vermutet hatte. Es war nicht zu übersehen und zu überhören, wie vertraut die Paare miteinander waren. Außer Sandro selbst hatte offenbar niemand viel von einem Leben ohne Frauen gehalten, und viele hatten sich in aller Heimlichkeit schon längst genommen, was Sandro ihnen jetzt in generöser Geste als Zugeständnis anzubieten wähnte. Sie hatten ihn einfach ausgelacht, und der große Zauberer hatte es nicht einmal gemerkt oder nicht merken wollen.

Obgleich ich so etwas vor Beginn dieser Veranstaltung nicht wußte, sondern allenfalls ahnte, hatte ich ein ungutes Gefühl, zumal Sandro mich im unklaren darüber ließ, welche Rolle er mir bei diesem Fest zugedacht hatte. Als ich ihn fragte, wie er sich maskieren wolle, zuckte er mit den Schultern und sagte, das würde ich schon beizeiten sehen. Mir selbst gab er den Rat, ein leichtes, luftiges Kostüm zu wählen. »So leicht wie möglich«, sagte er, »nur einen Hauch, sozusagen fast gar nichts.«

»Und woher soll ich dieses *fast gar nichts* nehmen?« fragte ich. »Ich besitze nichts als meine Pferdejungenkleider.«

Da nannte er mir eine Kammer im oberen Stockwerk des Schlosses, in der ich alles finden würde, was ich brauchte.

Ich dachte, daß er mir diesen Hinweis schon früher hätte geben können, statt mich ständig in meinen abgeschabten alten Sachen herumlaufen zu lassen. Dann fiel mir zu seiner Verteidigung ein, daß er es vielleicht hatte vermeiden wollen, den Neid oder gar die Begierde seiner Gefährten zu wecken, wenn ich mich in möglicherweise sogar reizvoller weiblicher Kleidung zeigte. Bei genauem Hinsehen erschien mir eine solche Argumentation – von der ich nicht wußte, ob sie die seine war – doch wieder recht pharisäisch; denn sie lief darauf hinaus, daß er die Männer daran hätte hindern wollen, Lust auf etwas zu bekommen, das er selbst in Anspruch nahm. Nahm er *mich* in Anspruch? War es schon so weit gekommen, daß er Anspruch auf mich erhob, als sei ich irgendein Gegenstand seines Besitzes? Auf solche Weise liefen mir meine Gedanken davon, wenn ich über uns nachdachte, und ich fand keine Antwort auf meine Fragen.

Am Vormittag begab ich mich hinauf in die Kammer, die er mir genannt hatte, und fand dort, in Regalen aufgestapelt, Ballen feinster Seidenstoffe in allen Farbnuancen sowie gazeähnliche, fast durchsichtige Schleiergewebe. Nachdem ich so lange Zeit in rauher, oft sogar dreckiger männlicher Kleidung verbracht hatte, verfiel ich hemmungslos der Verlockung schillernden Chiffons, knisternder Bahnen von Satin und wolkenartig sich aufblähender hauchdünner Gewebe, streifte, ohne nachzudenken, meine groben Sachen ab und hüllte mich ein in die kühl an meine nackte Haut sich anschmiegenden Stoffe, drapierte verwegene Kreationen um meinen Körper, blumenartige Gebilde, aus denen Hals und Kopf hervorwuchsen als lockender Blütenstempel, wickelte mir aus farbigen Stoffen sariartig anliegende fußlange Gewänder oder baute mir ein sich aufplusterndes Nest aus entrollten Stoffbahnen, um meinen solch zarter Berührungen entwöhnten Körper in rauschender Seide zu baden. Ich weiß nicht, wie lange ich mich dieser luxuriösen Lust hingegeben habe, ehe ich endlich damit anfing, mir etwas herauszusuchen, das sich zur Verkleidung eignete und zugleich der Empfehlung Sandros entsprach, etwas Leichtes, Luftiges zu wählen, sozusagen fast gar nichts.

Als am Nachmittag das Maskenfest beginnen sollte, trafen nach und nach die Gefährten Sandros mit ihren Damen ein, durchweg Bauernmädchen aus den umliegenden Dörfern, denen die Augen fast aus dem Gesicht sprangen vor lauter Neugier, endlich einmal die Gärten rings um das Schloß, die berüchtigte Ballspiel-Terrasse und vielleicht auch noch den großen Festsaal mit eigenen Augen zu sehen, und die es kaum erwarten konnten, sich in diesem fürstlichen Ambiente zu bewegen, als seien sie hier zu Hause.

Die Phantasie, die ihre Begleiter zur Gestaltung ihrer Kostüme aufgewendet hatten, hielt sich in Grenzen. Außer einer Halblarve, die sie, wie auch die Damen, nach venezianischer Sitte vor Augen und Nase gebunden hatten, beschränkte sich ihre Maskierung auf ein komisches Hütchen mit ellenlanger Fasanenfeder oder ein spanisches Mäntelchen von schwarzer Farbe mit hoch aufgestelltem Kragen. Bei den Damen herrschte der Stil à la bergère vor, der den ländlichen Schönen ohnehin nahelag und sich aus Teilen ihrer Sonntagstracht leicht herstellen ließ, wenn sie dazu ein bänderumschlungenes Schäferstäbchen zur Hand nahmen oder gar ein aus ungebleichter Wolle gestricktes Lämmchen auf der Schulter befestigten, um die Hände für anderes frei zu haben.

Ich kam mir jedenfalls fast nackt vor, als ich in meinem duftigen Schleiergewand, das ich mir aus einer federleichten Stoffbahn um den Körper geschlungen hatte, neben Sandro den Garten betrat, in dem das Fest in der Hauptsache stattfinden sollte. Sandro hatte sich ein höchst phantastisches Kostüm zusammengezaubert, das sich ständig zu verwandeln schien. Einmal sah er aus wie ein Magier mit spitzem Hut und wallendem, mit Tierkreiszeichen besticktem Talar, dann wieder wie ein Rattenfänger mit einer über der Stirn lang nach vorn gezogenen Jägermütze und einer winzigen Flöte, auf der er mit nur einer Hand schrille Melodien pfiff, dann wieder wie ein halbnackter Sklaventreiber, der seine menschliche Beute mit einer langen Lederpeitsche vor sich hertreibt.

»Einfallslose Bande!« murmelte er mir zu, als er sah, wie kümmerlich die Kostümierung seiner Gäste ausgefallen war. »Warte nur bis nach dem Essen! Da werde ich ihnen zeigen, wie ich mir das vorgestellt habe!«

Einstweilen organisierte er Versteckspiele in den labyrinthischen Teilen des Gartens, deren verschlungene Wege von hohen Hecken gesäumt waren, und bald war überall das grelle Lachen der Mädchen zu hören, die – teils erschrocken, teils begierig auf den Entdeckerkuß – in ihrem verbergenden Winkel aufgespürt worden waren. Ich beteiligte mich nicht an dieser Lustbarkeit, bei der es nicht so sehr darauf ankam, sich zu verstecken, sondern darauf, gefunden zu werden.

Später veranstalteten die Männer ein Ballspiel auf der Terrasse, das von allen Teilnehmern mit besonderer Heftigkeit betrieben wurde, da jeder sich vor den zuschauenden Damen durch besonders kraftvolle Würfe oder kühne Sprünge und Fangaktionen auszeichnen wollte, wobei manchem sein spanisches Mäntelchen vampirhaft um die Schultern flatterte. Es war fast ein Wunder zu nennen, daß außer ein paar Abschürfungen keine Wunden zu beklagen waren. Jedenfalls kam es diesmal zu keinem Absturz.

Danach begaben sich alle in den großen Saal, wo ein Mahl aufgetragen wurde, das eher einem Jagdfrühstück glich als einem Festschmaus, als habe der Koch geahnt, daß die vom Ballspiel verschwitzten Herren riechen würden wie eine Horde abgehetzter Treiber nach dem Halali und nicht wie eine gepflegte. Festgesellschaft. Dementsprechend waren auch die Tischsitten eher freizügig, so daß die bäurischen Mädchen kaum Schwierigkeiten hatten, sich dem Benehmen ihrer Tischherren anzupassen. Jedenfalls ging es auch während des Essens recht munter zu, und als Sandro die Tafel aufhob, drängten alle wieder hinaus in die Gärten, auf die eben die Dämmerung herabzusinken begann, was manchen Pärchen nicht unlieb sein mochte.

Doch Sandro ließ es nicht dazu kommen, daß die Paare sich

zwischen Hecken und Buschwerk verloren. Während sie noch auf dem Rasen vor den Saaltüren miteinander sprachen und lachten, stand er schon mitten unter ihnen und rief: »Schluß mit dem Kinderkram! Jetzt fängt das wahre Maskenfest erst an!«

Er ging zu einem Haselbusch am Rand der Wiese, brach sich eine schwippende Rute und lief dann mit tänzelnden Schritten von Paar zu Paar, um seinen Zauber auszuüben. Ehe sich's die Mädchen versahen, verwandelte sich jeder der Männer, sobald ihn Sandro mit seiner Gerte antippte, in ein Tier. Da hatte eine unversehens einen gehörnten, zottelbärtigen Ziegenbock im Arm, eine andere fand sich Auge in Auge mit einem schnaubenden Stier, wieder eine jagte einem mageren Windhund nach, während eine der Schäferinnen tatsächlich zu einem leibhaftigen, wenn auch ziemlich mürrisch dreinblickenden Schafbock gekommen war. Die meisten Mädchen fanden das eher erschrekkend als spaßig; vor allem jene, die sich plötzlich mit einem Bären oder einem Tiger konfrontiert sahen, versuchten kreischend ihrem Partner zu entkommen, während andere ein schnuckeliges Häschen oder einen schnurrenden Kater im Arm hielten und sich fragen mochten, was von einem solchen Kuscheltier für Liebhaberkünste zu erwarten seien. Diese Verwandlungen waren nicht willkürlich zugeteilt, sondern entsprachen, soweit ich das beobachten konnte, auf durchaus treffende Weise dem Charakterbild des jeweiligen Mannes. Nur die Mädchen selbst blieben allesamt, wie sie waren, denn über sie hatte Sandro keine Macht.

Nach kurzer Zeit glich das Treiben auf dem Rasen einem in Panik geratenen Zirkus: Tiere brummten, heulten, maunzten oder bellten, während die Mädchen sich geängstigt oder gar zornig in der Mitte des Rasens zusammendrängten und nach Sandro schrien, damit er diesem Spuk ein Ende mache. Doch der war zu diesem Zeitpunkt schon nicht mehr zu sehen, dafür trottete ein ungeheurer Elefant auf mich zu, packte mich mit seinem erstaunlich kraftvollen Rüssel um die Hüften und legte mich sanft auf seinen Rücken, wobei ich nicht verhindern konnte und wenig später wohl auch nicht mehr zu verhindern versuchte, daß die nur lose um meinen Körper geschlungene Schleierbahn sich löste und mir nachwehte wie ein Nebelstreif, während der Elefant langsam weiterschritt.

Es war die sanfte Zärtlichkeit dieses riesigen Tieres, die mich für die wenigen unmeßbar langen Minuten – denn mehr können es nicht gewesen sein – all den jaulenden und kreischenden Trubel rings um uns vergessen ließ. Ich fühlte mich getragen von einer gigantischen Kraft, die unter der großporigen Haut dieses breiten Rückens vibrierte, und gab mich den zärtlichen Berührungen des Rüssels hin, der mich umfing wie eine Schlange, beängstigend und lustvoll zugleich.

Dann merkte ich plötzlich, daß es still geworden war. Kein Tier gab mehr Laut, und auch das Geschrei der Mädchen war jäh abgebrochen. Da öffnete ich die Augen und sah, daß der Elefant mich all seinen verwandelten Gefährten präsentierte wie eine Beute, als wolle er jedem von ihnen zeigen, daß er mich nun doch ganz und gar unter seine Gewalt gezwungen hatte, nackt und von seinem Zärtlichkeitszauber zur Hingabe bereit gemacht, wie ich war. Und ich sah die Blicke all dieser Tiere, wie sie mit ihren menschlich-männlichen Augen meinen Körper abtasteten, dessen Geheimnisse vor ihnen preisgegeben lagen wie auf einem Sklavenmarkt.

Da stieg ein unbändiger Zorn in mir auf, und ich schrie Sandro in sein scheuerlappengroßes Elefantenohr, er solle Schluß machen mit diesem widerlichen Theater, wenn er noch einen Funken Menschlichkeit in seinem Elefantenherz vorfinden könne. Das tat er dann auch, nachdem er mich zuvor mit seinem Rüssel behutsam ins Gras gesetzt hatte. Doch es half nun nichts mehr, daß nicht nur er, sondern auch alle anderen Männer wieder ihre menschliche Gestalt annahmen; denn über die Mädchen war nach all diesem Hokuspokus eine nicht mehr aufzuhaltende Woge zerstörerischer Wut hereingebrandet. Die sanften Schäferinnen tobten wie eine Horde blindwütiger Mänaden über den Rasen, rissen den Dienern, die gekommen waren, um das von ihrem Herrn angezettelte Spiel gebührend zu beleuchten, die Fakkeln aus den Händen, und auch die Männer, die nun endlich begriffen haben mochten, wie Sandro mit ihnen umgesprungen war, taten es ihnen gleich. Alsbald rasten sie allesamt fackelschwingend durch die Räume des Schlosses und legten Feuer an alles, was ihnen brennbar erschien.

Nur Sandro und ich standen noch immer draußen auf dem Rasen und schauten zu, wie das Schloß in Flammen aufging, standen still und hielten uns sogar bei den Händen. So standen wir noch, als die Männer mit ihren Bauernmädchen längst den Schauplatz auf Nimmerwiedersehen verlassen hatten, und warteten, bis das Dachgebälk herabstürzte und in einem Schwall von aufwölkender Glut die Mauern einbrachen.

»Laß uns woanders hingehen«, sagte Sandro, als seien wir hier nichts weiter als bloße Zuschauer gewesen.

»Was ist mit deinen Ländereien und all den Leuten in deinem Dienst?« fragte ich.

»Vergangen wie das Schloß«, sagte er.

So, mein Lieber, jetzt hast du wohl eine Vorstellung davon, was für Gedanken und Empfindungen mich überkamen, als wir in diesem verwilderten Groteskenpark vor der Figur des Elefanten mit dem Mädchen auf dem Rücken standen. Dein rasch improvisierter Deutungsversuch, hier habe sich ein allzu selbstgefälliger und auf seine männliche Dominanz bedachter Renaissancefürst ein Denkmal seiner Potenz setzen wollen, war nicht einmal so abwegig, insoweit dies die Rolle dieses Bildwerks in meiner persönlichen Mythologie betrifft, was immer auch den Künstler oder seinen Auftraggeber geleitet haben mag, diese Darstellung zu entwerfen. Jedenfalls war ich damals, als wir davorstanden, weit davon entfernt, kunst- oder kulturhistorische Erwägungen anzustellen; denn mir war bei diesem Anblick das Ende der eben erzählten Geschichte wieder so gegenwärtig, als sei mir das alles tatsächlich und vor gar nicht so langer Zeit selbst passiert. Das mag wohl auch daran liegen, daß der von meinem Großvater gelegte Keim zu dieser Geschichte, den herauszulösen ich nicht imstande bin, dermaßen von meinen eigenen Erfahrungen überlagert worden ist, daß ich nicht fähig war und auch heute kaum fähig bin, diese Figurengruppe distanziert zu betrachten.

Zu Anfang dieses zweiten Teils habe ich geschrieben, daß sich, als ich die Kindheit verließ, in den Skulpturen des italienischen Parks, deren Abbildungen ich in Großvaters Buch fand, meine Vorstellungen von den dämonischen Mächten verdichteten, unter deren Einfluß sich die Erwachsenen auf eine mir unbegreifliche Weise verhielten und deren Macht ich damals an mir selbst zu spüren begann. Ich weiß noch, daß mich beim Anblick der Abbildung dieser Zweiergruppe mit dem Elefanten sonderbare Gefühle beschlichen, die ich noch nicht in meine Erfahrungen einordnen konnte. Die Beängstigung, mit der diese nackte Frau dem zustoßenden Rüssel entgegenblickt, war mir durchaus verständlich; doch da war zugleich diese durch die geöffnet dem Schlangenrüssel entgegengestreckten Arme ausgedrückte Geste lustvoller Hingabe an dieses Monster, die ich nicht begreifen konnte, obwohl ich angesichts gerade dieser Abbildung ungewohnte Regungen in meinem Körper spürte, als sei er ohne meinen Willen bereit, diese ersehnte Lust nachzuvollziehen. Wie früh ahnen wir schon, was noch in uns schlummert?

Jetzt muß ich dich wohl daran erinnern, daß ich noch immer auf der Bank in dem mittlerweile in nächtliche Schwärze getauchten Park neben meinem Studentinnenwohnheim sitze, wo diese lange Geschichte unversehens Besitz von mir ergriffen hatte. *Unversehens* ist vielleicht ein nicht ganz zutreffender Ausdruck nach dem vorangegangenen Streit mit Alex. Diese Auseinandersetzung kam mir vor dem eben erlebten Hintergrund all der mythischen Abenteuer meines Herod-Ich allerdings recht belanglos vor. Ein Streit wegen eines Kleides, das mir gefiel oder mir zumindest diesem sonnigen Nachmittag angemessen erschienen war und ihm nicht.

Oder war es doch nicht so belanglos, wenn er meine Entscheidung in einer solchen nur scheinbar äußerlichen Sache nicht akzeptieren wollte? Zumindest mochte das für den Grund seiner Ablehnung gelten, den er zwar nicht offen ausgesprochen hatte, der jedoch deutlich genug zu erkennen gewesen war. *Dann bleiben wir heute halt zu Hause*, hatten seine letzten Worte gelautet.

Das konnte doch nur heißen: Ich will nicht mit dir gesehen werden, solange du dieses Zeug am Leib trägst. Es schien ihn also nicht zu interessieren, wie mir selbst zumute war an diesem Tag. Ich hatte vielmehr seine Absicht vereitelt, mich als Vorzeigeobjekt zu benutzen, gleichsam als einen modischen Zierat, mit dem er seine eigene Person schmücken wollte.

Ich wußte jedoch nicht, ob sich das tatsächlich so verhielt; es war wohl eher so, daß ich versuchte, mit all diesen Argumenten meinem Groll Futter zu geben, sicher auch noch unter dem Einfluß der Szene mit dem Elefanten, in die ich – wenn auch auf imaginative Weise – eben selbst noch verwickelt gewesen war. Sobald ich mich wieder auf diese Geschichte einließ, fiel mir aber auch ein, wie sie aufhört. Da nimmt dieser Sandro mich (als Herod) doch bei der Hand und will mit mir anderswohin gehen, als sei alles, was vorher geschehen war, ausgelöscht und vergessen, und bricht damit meinem Zorn die Spitze ab. Ein heimtückisches Finale!

So schwankte meine Meinung hin und her zwischen Zorn und Besänftigung, und ich kam mir schließlich vor wie ein ungezogenes Kind, das wegen einer Nichtigkeit trotzig weggelaufen ist und nun nicht weiß, wie sich dies ohne allzu große Beschämung wieder einrenken lassen könnte. In dieser gedrückten Stimmung stand ich schließlich auf von der Parkbank, ging die wenigen Schritte unter den nachtdunklen Bäumen nach Hause, was in diesem Fall zum Wohnheim bedeutet, stieg über die schwach beleuchteten Steinstufen der Treppe hinauf zu meinem Zimmer und legte mich zu Bett.

An Schlaf war noch lange nicht zu denken. Die Unentschiedenheit meiner Gedanken ließ mir keine Ruhe. Vielleicht war es nur eine Folge meiner Müdigkeit, wenn es schließlich für mich außer Frage stand, daß ich versuchen wollte, unser Zerwürfnis wieder zu kitten. Er ist halt ein bißchen eitel, dachte ich. Warum soll ausgerechnet er keine Fehler haben. Jeder hat doch welche – lauter Sätze, die griffbereit zurechtgelegt werden, damit sie bei der Hand sind, wenn wieder einmal Ähnliches passieren sollte. Wohl war mir dabei nicht, aber das wollte ich vor mir selbst nicht zugeben. Auch würde ich, falls ich es zur Trennung kommen ließe, sehr bald Sehnsucht bekommen nach den Nächten mit Alex, wenn ich dann allein in meinem kargen Wohnheimzimmer lag und seine Zärtlichkeit vermißte, dessen war ich mir sicher. Und auch das spielte keine geringe Rolle bei meinem Entschluß, meinen Zorn zu begraben.

Alex machte es mir nicht allzu schwer. Zwar spielte er noch ein wenig den Beleidigten, als ich ihn am nächsten Vormittag im Institut traf, machte mir aber gleich darauf ein Kompliment wegen des Kleides, das ich trug. Ich hatte es mit Vorbedacht ausgewählt, weil ich sicher war, daß es seinem Geschmack entsprach und sozusagen *up to date* war. Bald hockten wir wieder beisammen und tauschten unsere Meinungen aus über einen eben erschienenen Aufsatz zur Restaurierung von Gründerzeitvillen.

Damit waren wir wieder in unser gemeinsames Fahrwasser eingelaufen, und bald lockte uns das zunehmend wärmere Wetter des Frühjahres wieder hinaus in den verwilderten Garten zu unserer Villa. Die Winterkälte hockte hier noch in den Mauern und ließ mich frösteln, als wir nach der unwirtlichen Jahreszeit wieder diese uns nicht nur durch die kunsthistorische Forschungsarbeit vertrauten Räume betraten.

Ich hatte mich darauf gefreut, diese Stätte unserer ersten Begegnung wiederzusehen, vielleicht aus der mehr oder minder unbewußten Hoffnung heraus, daß dann zwischen uns alles wieder so sein würde wie im vergangenen Jahr. Wenn ich diese Hoffnung gehegt haben sollte, dann wurde sie enttäuscht. Nichts war so wie in den während der Herbstwochen gemeinsam in der Villa verbrachten Stunden. Was damals – zumindest für mich – ein als spontan empfundenes Zusammenspiel gemeinsamer Forschungsarbeit gewesen war, vorangetrieben zudem von einer untergründigen, lange Zeit hindurch unausgesprochen gelassenen erotischen Spannung, geriet nun mehr und mehr zu einem fast schon rituell bestimmten Verhalten, dessen Ablauf – das spürten wir wohl alle beide, ohne es ändern zu können – kaum eine Abweichung zuließ: Zunächst führten wir die exakte Aufnahme dieses Baudenkmals fort, wobei lediglich sachbezogene Äußerungen zulässig erschienen. *Schreib das bitte auf: Die Stukkatur ist auf die Mitte des Plafonds beschränkt und aus vier nach den Wänden des Raums orientierten Blumenbouquets gebildet, deren Basen an der Anschlußbuchse für die Deckenlampe zusammentreffen* oder: *Der Abstand des Doppelbettes von der Seitenwand des Zimmers betrug nach den Spuren auf dem Parkettboden im Schlafzimmer nicht, wie zunächst gemessen, 2,23 m, sondern nur 2,20 m. Lediglich die Krallen der Löwenfüßchen an den geschnitzten Beinen des Bettes (durch ein altes Foto dokumentiert!) ragten um 3 cm über die Außenkante des Bettes vor* – natürlich fiel mir da auf, daß die Löwenfüßchen, die ja auch Löwinnenfüßchen sein konnten, das Ebenmaß durchbrachen! – oder schließlich: *Geh bitte noch drei Schritte zurück und richte den Scheinwerfer genau auf den Amorettenfries an der Oberkante des Kaminaufsatzes*, wobei das recht beziehungsvolle Wort *Amoretten* mit solch gleichmütiger Beiläufigkeit artikuliert wurde, als handle es sich um Gummibärchen oder Wäscheklammern.

Das Unpersönlich-Formalistische solcher Redeweise steigerte sich im Verlauf der nächsten Wochen noch dadurch, daß die Aufnahme der Baudetails dieser Villa dem Anschein nach eigentlich schon abgeschlossen war. Alex schien jedenfalls einige Mühe zu haben, Tag für Tag sich noch ein paar Einzelheiten auszudenken, die noch nicht registriert waren oder um der Genauigkeit willen noch einmal nachgemessen werden mußten, so daß uns beiden die zunehmende Sinnentleerung dieses Teils unserer Tätigkeit bewußt sein mußte, ohne daß wir fähig gewesen wären, diese abzubrechen oder wenigstens uns lustig zu machen über unsere zwanghafte Neigung, unser Schäferstündchen durch vorangegangene wissenschaftliche Tätigkeit gewissermaßen zu rechtfertigen nach dem Prinzip: erst die Arbeit, dann das Vergnügen. Denn das folgte ebenso unausweichlich nach einer angemessen langen Zeit fachlicher Bemühung: die Endstation im ehemaligen Schlafzimmer, wo schon ein Stapel sorgfältig zusammengefalteter Decken darauf wartete, ausgebreitet und zu einem gemeinsamen Lager arrangiert zu werden.

Einmal wagte ich die Bemerkung, ob wir nicht die Spuren der

Löwinnenfüßchen unter der Kante unseres improvisierten Bettes um drei Zentimeter herausragen lassen sollten, erntete damit aber nichts als blankes Unverständnis für eine solche Vermischung von Wissenschaft und Privatleben, so als hätte ich mitten während einer heiligen Handlung eine frivole Bemerkung gemacht. Die Befremdung, die deutlich aus Alex' Miene abzulesen war, machte mir mit einem Schlag das Absurde unseres Verhaltens bewußt, und ich hatte Mühe, meine fast unbezähmbar aufsteigende Lachlust zu bändigen. Alex merkte das wohl, denn er hatte danach einige Schwierigkeiten, das anschließende Ritual, zu dessen Vollzug er die Decken ausgebreitet hatte, mit der gewohnten Tüchtigkeit zu vollziehen. Die Löwinnenfüßchen hatten ihn wohl doch irritiert.

Es stand wahrscheinlich im Zusammenhang mit meiner unangemessenen Bemerkung, daß Alex mir am darauffolgenden Tag im Institut mitteilte, die Arbeit in der Villa sei nun im wesentlichen so weit abgeschlossen, daß er daran denken könne, die Ergebnisse auszuarbeiten und mit dem Befund ähnlicher Baudenkmäler in Vergleich zu setzen. Dafür bedürfe es keiner Besuche mehr im Objekt selbst. Im übrigen danke er mir ganz herzlich für meine so intensive Mitarbeit.

Was sollte das nun heißen? Trennung von Tisch und Bett, wobei unter Tisch die denkmalerfasserische Tätigkeit am imaginären Schreibtisch zu verstehen wäre? Ich muß ihn dermaßen fragend angeschaut haben, daß er ein wenig stotternd sagte: »Nein, nein! Das betrifft natürlich nicht unsere Beziehung. Wo denkst du denn hin?«

Dabei hatte ich überhaupt nicht gesagt, was ich dachte.

Jedenfalls beschloß ich, mich in Geduld zu üben und meine Neigung zu ironischen Bemerkungen zu zügeln, zumindest in Augenblicken, in denen Männer wegen anderweitiger Beanspruchung offenbar außerstande sind, Ironie zu ertragen, geschweige denn zu verstehen. Damals meinte ich, daß unter solchen Voraussetzungen ein wenigstens partielles Zusammenleben möglich sein müßte, und ich wollte nicht daran schuld sein, daß es zum Bruch zwischen uns kam.

Also endeten unsere abendlichen Streifzüge durch die einschlägigen Lokale, in denen *man sich sehen lassen konnte*, gelegentlich wieder in dem mit gründerzeitlichem Mobiliar ausgestatteten Appartement, das Alex bewohnte. Anfangs hatte ich diese nostalgische Einrichtung recht heimelig gefunden, aber der Reiz dieses fast musealen Ambiente brauchte sich ab, zumal ich mich in den etwas zu voll gestellten Räumen ständig irgendwo stieß, beispielsweise und mit Vorliebe an der auskragenden Platte des überdimensionalen Schreibtisches, hinter dem sitzend Alex sich dem oder der Eintretenden gern präsentierte, oder an dem historischen Zierat seines Bücherschrankes, ja sogar an den S-förmig geschwungenen Wangen des Bettes, an deren einer ich mir nachts bei einer allzu heftigen Bewegung beinahe die Zähne ausschlug.

»Kannst du nicht eine ganz gewöhnliche Couch in dein Schlafzimmer stellen, auf der man nicht ständig irgendwo aneckt?« sagte ich im ersten Schmerz.

Alex war offenkundig ungehalten, weil ihn mein Malheur aus seinen amourösen Absichten herausgerissen hatte. »Banause!« sagte er. »Keine Spur von Stilgefühl!«

Das sollte heiter klingen, aber ich empfand den Ton, in dem er das sagte, als wenig mitfühlend, ja als kaltherzig und auch als eine fast brüske Reaktion darauf, daß ich ihm durch mein Ungeschick die Stimmung verdorben hatte.

Im Grunde waren das Unwichtigkeiten, aber wir begannen uns an solchen widrigen Zufällen zu reiben und reagierten empfindlicher, als es der jeweiligen Situation angemessen gewesen wäre. So sehe ich das allerdings erst in der Rückschau, während ich damals dergleichen Vorfälle eher als lästige Nebensächlichkeiten betrachtete, die ich zum nicht geringen Teil meinem eigenen Ungeschick zuschrieb.

Abgelenkt von einem möglicherweise sich anbahnenden Dilemma wurde ich in dem nach Ostern beginnenden Sommersemester zudem durch die Gastvorlesungen eines italienischen Professors, der mich zum ersten Mal mit dem Manierismus der Spätrenaissance bekannt machte. Er verstand es, seinen Stoff so anschaulich-konkret und angereichert mit amüsanten Anekdoten vorzustellen, daß ich mir schon nach der ersten Stunde weitere Literatur zu diesem Thema in der Institutsbibliothek heraussuchte, um die gebotenen Informationen noch weiter zu vertiefen. Ich geriet da in eine Welt, die mich faszinierte, zumal ich bald erfuhr, daß auch solche Entwürfe wie der mir aus Großvaters Buch vertraute Groteskengarten in diesen Zusammenhang gehörten.

Eine Nebenwirkung dieser Studien bestand darin, daß sich vor diesem Hintergrund mir die historistische Einrichtung in Alexens Appartement zunehmend als ein eher spießig-kleinbürgerliches Surrogat dessen entlarvte, was ich durch diese Vorlesung kennenlernte. Als ich Alex gegenüber einmal eine in diese Richtung zielende Bemerkung fallen ließ, vermerkte er das ziemlich übel. Es schien ihm ohnehin nicht zu passen, daß ich mich durch dieses neu geweckte Interesse von seiner wissenschaftlichen Vormundschaft emanzipierte und auf ein Terrain begab, auf dem er sich selbst weniger zu Hause fühlte.

Das klingt alles ein wenig danach, als hätte ich mich schon zu diesem Zeitpunkt völlig von ihm lösen wollen. Vielleicht hätte ich das sogar tun sollen, aber ich hatte es zunächst gar nicht im Sinn. Ich muß dich immer wieder darauf hinweisen, daß sich alles, was ich erst später begriffen habe, jetzt in meinen Text einmischt und so das Verhalten von Alex negativer erscheinen läßt, als ich es damals zu sehen imstande war. Ich war in ihn verliebt, mochte die Bewegungen seiner ein wenig nervös wirkenden Hände und wußte, wie es sich anfühlt, wenn ihre Finger über meine Haut wandern. Ich mochte damals sogar seine eigensinnige Art, auf seiner Meinung zu beharren, selbst wenn ich mich bemühte, sie durch Gegenargumente ins Wanken zu bringen.

In eine solche Situation geriet ich jetzt. Ich hatte ohne seine Hilfe oder auch nur seinen Rat etwas im Bereich unseres Studienfachs entdeckt, von dem er bisher nicht viel mehr als die Stilbezeichnung gekannt hatte, die ohnehin fast abwertend klingt. Manierismus – was kann das schon sein, hatte ich gedacht, und nun eröffnete sich mir ein Zaubergarten ungeahnter künstlerischer

Entwürfe, zu denen mir Professor Battisti den Weg gewiesen hatte.

Als ich mich am Abend mit Alex traf, sprudelte ich, übervoll von neuen Erkenntnissen, wie ich war, gleich in den ersten Sätzen meine Begeisterung heraus in der ehrlichen Meinung, in ihm einen interessierten Zuhörer zu finden. Bald merkte ich jedoch, daß er nur zerstreut und mit halbem Ohr hinhörte und mit einigen Einwürfen meinen Schwung zu bremsen versuchte, und zwar genau mit jenen Argumenten, die der Gastprofessor in seiner ersten Vorlesung als überwundene Meinungen der älteren Forschung vorgestellt und mit überzeugenden Begründungen als Klischees entlarvt hatte. Ich wollte Alex das in all meiner Freude an dieser Sache darlegen, mußte aber feststellen, daß er nichts Neues von mir zu erfahren wünschte, von dem er selber noch nichts gewußt hatte. Da fragte ich ihn, wie sich das denn mit seiner Begeisterung für den Historismus des ausgehenden 19. Jahrhunderts verhielte, an der er mich hatte teilhaben lassen. Ich hätte seinen Ausführungen jedenfalls bereitwillig zugehört. »Ich gebe gern zu«, sagte ich, »daß ich zu diesem Thema viel von dir profitiert habe. Warum hörst du mir nicht zu, wenn ich von einer Sache spreche, die *mich* interessiert?«

»Das ist doch etwas anderes«, sagte er, konnte mir aber nicht recht deutlich machen, was daran anders sein sollte außer der Tatsache, daß er den Historismus einer Neuentdeckung für wert hielt, während der Manierismus ein abgelegter alter Hut sei, und im übrigen griff er wieder auf die schon erwähnten abschätzigen Meinungen früherer Verächter dieser Stilrichtung zurück.

»Ähnliches hat man noch vor wenigen Jahren über deinen geliebten Historismus geäußert«, sagte ich. »Es gibt nun einmal einen ständigen Wandel in der Einschätzung von künstlerischen Stilen und Epochen, das müßtest du doch wissen.«

»Ach«, sagte er, »da handelt es sich doch nur um vorübergehende Modeerscheinungen in der populären Publizistik, die ein wahrer Wissenschaftler nicht zur Kenntnis zu nehmen braucht. Sie bedeuten nichts im Hinblick auf den eigentlichen Wert von Kunstobjekten.«

»Und über diesen eigentlichen Wert weißt du natürlich genau Bescheid«, sagte ich.

»Jedenfalls besser als solch ein windiger Gastprofessor«, sagte er.

Das konnte nicht seine wahre Meinung sein, aber ich gab es auf, ihm meine Begeisterung aufzudrängen. Heute macht es mich zornig, wenn ich daran denke, mit welch eigensinniger Präpotenz er auf seiner Meinung beharrte. Damals jedoch war ich fast ein wenig gerührt. Er kam mir vor wie ein Kind, das sein Spielzeug nicht hergeben will.

Als er merkte, daß ich nachgab, fühlte er sich bestätigt und sagte, gleichsam in einer Art großmütiger Siegerpose: »Du willst doch nicht etwa nach Hause gehen?«

Ich wollte nicht die Beleidigte spielen und blieb. Um ehrlich zu sein: Ich blieb sogar gern, denn ich hatte trotz allem Sehnsucht nach seiner Zärtlichkeit.

Am Sonntag danach wußte ich nicht so recht, was ich mit meiner Zeit anfangen sollte. Alex hatte gesagt, er müsse wegen irgendwelcher Familienangelegenheiten nach Hause fahren und komme erst im Verlauf des Montags zurück. Eine Weile spazierte ich am Nachmittag durch den Park, in dem es nach Frühling roch. Auf den Rasenflächen blühten verstreut weiße und gelbe Narzissen, und in einem Rondell, an dem alle Wege zusammentrafen, war ein Beet mit geflammten Papageientulpen, wie sie schon auf den Stilleben alter holländischer Malerei zu sehen sind. An Büschen und Bäumen begannen die Knospen zu springen, bei manchen sah man schon zarte Blätterbüschel hervorbrechen, nur die Buchen, Eichen und Maronenbäume standen noch kahl, wenn auch an den Zweigen die Knospen schon schwollen.

Als ich im hinteren Bereich des Parks an der Stelle vorüberkam, hinter der ich den verwilderten Garten entdeckt hatte, bekam ich Lust, dort wieder einmal einzudringen. Ich stellte mir vor, daß die blühenden Apfelbäume einen schönen Anblick bieten müßten, so ähnlich wie auf dem Bild, das in meinem Kinderzimmer gehangen hatte.

Kurz entschlossen drängte ich mich durchs Gebüsch und fand den Zaun noch immer im gleichen desolaten Zustand, so daß ich keine Schwierigkeiten hatte, das Grundstück zu betreten. Eine Weile blieb ich am Rand des wilden Gartens stehen und genoß den Anblick der alten Bäume; hochstämmig und das breit ausladende Geäst übersät von Blüten standen sie in dem schon wieder wuchernden grünen Grund, und darüber wölbte sich ein Frühlingshimmel, wie er sich schöner und blauer nicht denken läßt. Was für ein Tag, dachte ich, und mir ging das Herz auf, als ich unter dem sonnendurchflirrten Schleier der weißen und rosafarbenen Blüten langsam den grünen Hang hinanstieg auf die alte Villa zu.

An dem Gebäude schien sich nichts verändert zu haben. Noch immer stand die Hintertür zum Untergeschoß, die ich damals so mühsam aufgedrückt hatte, um einen breiten Spalt offen, und der modrige Schimmelgeruch, der aus dem im Halbdunkel sich verlierenden Gang drang, brachte mir vollends die Erinnerung an den Tag zurück, an dem ich hier zum ersten Mal eingedrungen war und Alex getroffen hatte. Eine Weile blieb ich noch vor diesem Eingang zur Unterwelt der Villa in der Sonne stehen und dachte an die Stunden, die ich hier mit Alex tätig gewesen war mit Bandmaß und Notizblock, Scheinwerfer und Photoapparat. Auch an das, was später hinzukam an jener Stelle, wo früher im Schlafzimmer das Doppelbett gestanden war. Für einen Augenblick kam ich mir vor wie eine, die nach langer Zeit an eine längst vergangene Liebesgeschichte ihrer Jugendzeit zurückdenkt, so war der Abstand schon gewachsen zu alledem, was mir dieses baufällige Haus so lieb gemacht hatte.

Was für ein Unsinn, dachte ich dann. Du stehst hier wie eine sentimentale Trine, die ihrer verlorenen Jugend nachweint. Und dann kam ich auf die Idee nachzusehen, ob ich die Spuren der Löwen- oder Löwinnenfüßchen noch vorfinden würde, und mußte ein bißchen lachen, als mir einfiel, wie ich Alex mit meiner Frage nach diesem symbolischen Zierat des einstigen Doppelbettes aus dem Konzept gebracht hatte.

Der dunkle Gang war mir so vertraut, daß ich ohne weiteres

bis an die Biegung gelangte und danach auch im finstersten Teil den Treppenaufgang fast ohne Umhertasten fand. Langsam stieg ich hinauf aus dem düsteren Bereich des dienstbaren Personals zum herrschaftlichen Entree und kam mir nun, sobald ich im Vestibül vor dem breit geschwungenen Aufgang zu den Wohnräumen stand, wie eine Dame vor, die nach längerer Zeit auf den angestammten Herrensitz ihrer Familie zurückgekehrt ist und das Altvertraute mit neuen Augen betrachtet.

Lässig und immer wieder stehenbleibend stieg ich die marmornen Stufen hinauf und begann durch die Flucht der repräsentativen Räume zu schlendern, erinnerte mich daran, wie wir diesen Kaminaufsatz ausgemessen oder jenen Stuckplafond photographiert hatten, strich mit der Hand über skulptierte Türeinfassungen oder warf einen Blick aus einem der hohen Fenster über den blühenden Obstgarten hinweg und hinab auf die wuchernde Fülle des Parks und dahinter die Gebäude der Stadt, deren Dächer in der Sonne blinkten.

Dann kam ich zum Schlafzimmer. Die Tür stand halb geöffnet, so daß ich ohne weiteres eintrat und schon zwei Schritt weit in den Raum hineingegangen war, ehe ich merkte, daß hier jemand kampierte. Zunächst dachte ich, daß ich ein obdachloses Stadtstreicherpärchen aufgestöbert hätte, das sich hier ein provisorisches Lager bereitet hatte, aber dazu erschien mir die Art, wie hier ein Bett aus Decken improvisiert worden war, dann doch zu vertraut, und die Jacke, die zuoberst auf dem Haufen sorglos hingeworfener Männerkleider lag, kannte ich zu gut, als daß ich noch Zweifel daran hätte haben können, wer der Mann war, von dem nicht viel mehr zu sehen war als sein zerwühlter brauner Haarschopf, weil er sein Gesicht an die nackte Brust des wie er fest schlafenden Mädchens gebettet hatte. Deren Gesicht war zu sehen und mir bekannt aus den Räumen des kunsthistorischen Seminars. Um meine letzten Zweifel zu zerstören, lagen auf ihrer Seite bei der Unterwäsche unsere Kladde, in die wir alle Ergebnisse unserer Untersuchungen eingetragen hatten, sowie Scheinwerfer und Photoapparat.

Da habe ich also eine Nachfolgerin gefunden in meiner Tätigkeit als Handlangerin dieses nicht nur in der Kunstwissenschaft ambitionierten Menschen. Das dachte ich noch fast lächelnd. Erst im nächsten Augenblick fiel mich der Schmerz an wie ein Wolf, der mein Herz fressen will; denn mein Herz hatte trotz allem an ihm gehangen.

Danach packte mich der Zorn. Dieser Zorn galt nicht so sehr der Tatsache, daß Alex sich eine andere Bettgenossin gesucht hatte, sondern seiner Unehrlichkeit und Heimlichtuerei. Alles war gelogen: der Abschluß der Arbeit in der Villa, die Notwendigkeit, in Familienangelegenheiten übers Wochenende nach Hause fahren zu müssen, selbst die Zärtlichkeit unserer letzten gemeinsamen Nacht war nichts als Lüge gewesen, und das war das Schlimmste.

Wie gelähmt stand ich vor dem Lager der Schlafenden und stellte mir vor, wie ich das Bruchstück einer bronzenen Gardinenstange mit einem Knauf am Ende, das an der Fensterwand lehnte, mit beiden Händen packte und auf den zerwühlten Schopf des ahnungslosen Schläfers niedersausen ließ in meiner zornigen Beschämung, nicht nur einmal, sondern wieder und wieder, um dieses Gesicht zu zerstören, das mich so getäuscht hatte, und ich kostete diese Vorstellung aus, um den Schmerz zu töten, der in Wellen über meinen ganzen Körper zuckte. Ich wußte, daß ich nicht das erste Mädchen war, dem so etwas widerfuhr, aber ich konnte nicht begreifen, wie Männer es fertigbringen, so etwas zu tun.

Natürlich ließ ich die Gardinenstange dort stehen, wo sie lehnte, nachdem ich das schlafende Paar ziemlich lange angestarrt hatte. Ich störte auch nicht den Schlaf der beiden, sondern drehte mich schließlich um und verließ leise das Zimmer, ging zurück durch die Flucht der leeren Räume, ohne etwas von ihnen wahrzunehmen, stieg die Stufen der Treppe hinunter, um das Haus durch den vorderen Eingang zu verlassen. Mit dem Schlüssel, der von innen ins Schloß gesteckt war, mußte ich erst aufschließen, drückte den schweren Türflügel nach außen, trat hinaus in die Wärme der Sonne und warf die Tür hinter mir mit solcher Gewalt ins Schloß, daß ich drinnen den Schlüssel klirrend auf die Bodenfliesen fallen und darüberhin schurren hörte.

Danach muß ich wohl durch den Vorgarten auf die Straße gegangen und dieser hügelabwärts gefolgt sein, bis ich aus dem Villenvorort herauskam und Häuserzeilen meinen Weg einschlossen, zwischen denen ich dahintrottete, ohne die Fassaden oder später die Auslagen der Geschäfte zu beachten; denn in Gedanken ging ich bereits einen anderen Weg, müde und mit schmerzenden Füßen schleppte ich mich dahin, war schon tagelang gegangen und wußte nicht, wie lange ich noch würde gehen müssen.

Da hatte mich schon die Geschichte gepackt, in die ich übergangslos hineingeraten war, eine Geschichte, in der ich mit Sandro nach der Einäscherung seines Schlosses durch die Lande zog. Wir hatten dem Brand tatenlos zugesehen, bis das Gebäude in sich zusammengestürzt war zu einem glosenden Trümmerhaufen. Nur die Stallungen waren vom Brand weitgehend verschont geblieben, wenn auch keine Pferde mehr in den Boxen standen. Irgend jemand vom Gesinde oder gar von den Teilnehmern des Festes hatte sie, als das Feuer ausgebrochen war, offenbar hinausgetrieben, vielleicht sogar gestohlen, wenn sie nicht in Panik sogleich in alle Winde sich zerstreut hatten.

Den Rest der Nacht verbrachten wir in meiner alten Schlafkammer, und am Morgen suchte ich mir ein paar einigermaßen passende Kleidungsstücke unter den Sachen heraus, die unten in der Schlafkammer der Pferdeknechte liegengeblieben waren. Ich hatte ja nur den Flitter am Leib, in den ich mich zum Maskenfest gehüllt hatte, während Sandro immerhin in seinem Rattenfängerkostüm geblieben war. Als wir durch die Allee davongingen, fielen die ersten stachligen Keschtenkugeln von den Bäumen. Ich versuchte ein paar davon mit den Schuhsohlen zu öffnen, aber es waren nur taube, bräunliche Hüllen darin.

So liefen wir nun schon seit Tagen durch das flache Land und lebten davon, daß Sandro in den Dörfern, durch die wir kamen, mit den schrillen Klängen seiner kleinen Flöte die Leute zusammenblies und die Neugierigen dann mit Zauberkunststückchen auf eine Weise unterhielt, daß sie mit offenem Mund dastanden und nicht glauben konnten, was sie mit eigenen Augen zu sehen bekamen. Reich konnte man in diesem Geschäft nicht werden, aber wir bekamen unser Essen, noch ein paar Kupfermünzen dazu und einen Schlafplatz im Heu.

Anfangs hatte ich vorgehabt, mich bei erster Gelegenheit von Sandro zu trennen. Da spürte ich noch allzu nahe den Zorn über die Selbstherrlichkeit, mit der er jedermann in sein Spiel gezwungen und mich schließlich auch noch den geilen Blicken seiner Kumpane preisgegeben hatte. Aber ich fand nicht den Mut, diesen Vorsatz in die Tat umzusetzen, ließ mich treiben und war zu keinem klaren Entschluß fähig. Solange ich bei ihm blieb, brauchte ich mich nicht darum zu kümmern, woher ich heute und in den nächsten Tagen etwas zu essen bekam, brauchte nicht zu entscheiden, in welche Richtung es gehen sollte, wenn wir an eine Wegscheide kamen. Nicht einmal nachdenken wollte ich darüber, ob dies das Leben war, dessentwegen ich aus dem Schloß meines Vaters geflohen war.

Seit ich, verführt durch den Irrtum, ich könne ihm helfen, in Sandros Bett gelandet war, fand ich nicht mehr die Kraft zum Widerstand gegen diesen Menschen, mit dem ich schlief, ohne ihm vertrauen zu können. Es zehrte an meinen Kräften, Nacht für Nacht dem Kampf gegen meinen eigenen Körper zu erliegen, der sich nach Zärtlichkeit sehnte und nicht danach fragte, ob Sandros kundige Hände nur eine Alternative gesucht hatten zu seiner vor mir versagenden Zauberei. So schleppte sich meine Beziehung zu Sandro dahin, wie ich selbst mich dahinschleppte auf den staubigen Karrenwegen von Dorf zu Dorf, ziellos, gleichgültig bis auf die rasch verfliegende Lust der Nächte und ohne Vertrauen in den Sinn dieser mühsamen und wenig ertragreichen Wanderung.

Schließlich sagte mir Sandro, daß er seine Hoffnung auf die Stadt setze, die wir am nächsten Tag erreichen würden. Wir übernachteten diesmal in einem Dorfwirtshaus, und Sandro zahlte für das Zimmer, weil er, wie er sagte, seine Künste für die

Stadt aufsparen wolle, in der auch die Residenz des Herzogs war, der das umliegende Land regierte. Es war ein nicht geringer Teil unseres ersparten Geldes, den er für Nachtmahl und Bett ausgab, und ich ermahnte ihn nicht zur Sparsamkeit. Er tat ja doch, was er wollte.

Am nächsten Tag erreichten wir gegen Mittag die Stadt. Wir hatten insoweit besonderes Glück, als daß gerade Markttag war. Schon am Tor stauten sich Bauernkarren mit Gemüse oder Federvieh, Marktfrauen kamen vom Land herein mit Körben voll Obst und Kräutern, Kleinvieh wurde hereingetrieben, Töpfer, Drechsler und andere Handwerker brachten ihre Erzeugnisse zu Markte, kurz: Es war ein Gedränge, daß Sandro und ich kaum vorankamen und Mühe hatten, nicht voneinander getrennt zu werden. Wir wurden durch die engen Gassen zwischen den hohen Giebelhäusern eher geschoben, als daß wir nach eigenem Willen auch nur einen Schritt gehen konnten, und flüchteten uns bei der ersten sich bietenden Gelegenheit in ein Wirtshaus, in dem Sandro uns gleich einmietete. Er bestellte auch noch ein Mittagessen und legte unser letztes Geld auf den Tisch; denn er versprach sich von seinem Auftritt als Zauberer vor all diesen Menschen mehr, als wir je eingenommen hatten.

Am Nachmittag, als das Gedränge in den Gassen nachgelassen hatte, gingen wir auf den Marktplatz, in dessen Mitte ein großer Springbrunnen war, dessen Wasser im Strahl in die Höhe schoß und in ein breites Becken zurückplatschte. Rings um dieses Bekken verlief ein kniehoher Steinsockel, den Sandro als Bühne wählte. Er schwang sich hinauf und zog auch mich an seine Seite empor. Von diesem Platz aus konnte ich das ameisenhafte Gewimmel von Händlern und kauflustigen Städtern gut überblikken. Die Leute drängten sich von Stand zu Stand, feilschten, überboten einander, während die Bauern und Händler ihre Waren ausschrien. Ich fragte mich, wie Sandro bei diesem ohrenbetäubenden Lärm die Leute auf sich aufmerksam machen wollte.

Er beschäftigte sich mittlerweile mit einer an einem Stab befestigten, mit Papier umwickelten Rolle, die er aus seinem Gepäck gezogen hatte, und klemmte den Stab in einer Ritze zwischen den Quadersteinen der Brunneneinfassung fest. Dann schlug er Feuer und zündete eine Schnur an, die unten aus der Rolle heraushing. Wenige Sekunden später fuhr rauschend eine Rakete mit feuersprühendem Schweif in die Höhe, zerbarst mit einem dröhnenden Knall mitten über dem Markt und ließ einen knisternden Funkenschwarm herabregnen.

Der Donnerschlag hatte den Lärm des Marktes so jäh verstummen lassen, daß nichts weiter zu hören war als sein zwischen den Mauern der umliegenden Patrizierhäuser nachhallendes Echo. Fast alle Leute hatten sich uns zugewandt und starrten auf Sandro, der sofort mit seiner Darbietung begann.

Er schwang in der Hand einen in allen Farben des Regenbogens funkelnden Stab, und schon balancierte zuoberst auf der Höhe der Fontäne ein schwarzglänzender Seehund, der einen Ball, den Sandro ihm sogleich zugeworfen hatte, auf der Spitze seiner Schnauze tanzen ließ. Ein Wedeln mit dem Stab löschte dieses Bild aus und ließ einen gewaltigen Bären entstehen, der brummend längs der Brunneneinfassung auf Sandro zutrottete, sich auf die Hinterbeine erhob und zu der Melodie, die Sandro auf seiner Einhandflöte blies, zierliche Tanzschritte von solcher Eleganz vollführte, als leite er bei Hofe eine vornehme Gesellschaft zur Polonaise. Zum Schluß ließ Sandro den Bären mit einem schrillen Triller seiner Flöte mitten unter die gaffenden Leute hinunterspringen, die schreiend auseinanderstoben und sich dann vergeblich nach dem Bären umblickten; denn der war nicht mehr zu sehen, während Sandro schon selbst am Strahl des Springbrunnens emporzuklettern begann. Zug um Zug hangelte er sich nach oben, als sei das hinaufschießende Wasser eine stabile Stange, und als er oben auf dem sich umkehrenden Wasser frei in der Luft stand, zog er eine kleine Flasche aus der Tasche, nahm einen Schluck daraus und blies eine schillernde Seifenblase, die bis zur Größe einer den halben Himmel verdeckenden Kugel anschwoll, bebend von der Fontäne abhob und Sandro in die Höhe davontrug, über die Dächer der Häuser hinweg, bis er nicht mehr zu sehen war, allerdings nur dort oben am Himmel nicht mehr; denn zu diesem Zeitpunkt stand er schon wieder auf dem Brunnenrand (oder war er immer dort gestanden?) und ließ sich von den Zuschauern Gefäße aller Art reichen, die er mit dem herabstürzenden Wasser der Fontäne füllte und zurückreichte. »Riesling vom Rheingau!« rief er dabei, »Malvasier! Echter Tokaier! Alter Burgunder! Beaujolais von bester Lage! Champagner!«, und jeder trank davon und pries die Güte des Weins, den er auf diese Weise ergattert hatte.

Während er sich noch solcherart als Mundschenk betätigte, gab mir Sandro einen Wink, ich solle mit dem Sammelteller herumgehen, und das tat ich dann. Zum Glück hatte ich einen größeren Beutel bei mir, denn ich mußte den Teller einige Male leeren, weil er die vielen Münzen nicht faßte, und neben einigem Kupfer war auch viel Silber und sogar vereinzelt etwas Gold dabei. Ehe die Vorstellung in eine allgemeine Besäufnis ausartete, trat Sandro vom Rand des Brunnens zurück, watete die zwei Schritte durch das kaum wadenhohe Wasser des Beckens und verschwand in der niederregnenden Flut, als habe er sich darin aufgelöst. Alle Leute starrten auf die Fontäne und warteten darauf, daß er wieder auftauchte, aber da stand er erstaunlicherweise in staubtrockenen Kleidern bereits neben mir, faßte mich beim Arm und verließ mit mir unbemerkt den Marktplatz.

Wenig später saßen wir in unserer Schlafkammer auf dem Bett und zählten die Einnahmen. Ich sah zu, wie Sandro die Münzen nach Geldsorten zu unterschiedlich hohen Säulchen aufstapelte und schon im voraus seine künftigen Gewinne ausrechnete. »Wir müssen uns die Termine der Markttage in den umliegenden Ortschaften besorgen«, sagte er. »So läßt es sich angenehm leben!«

Während wir noch in die Betrachtung unseres Vermögens versunken waren, klopfte es an die Tür, und der Wirt teilte Sandro mit, daß ein Abgesandter des Herzogs den Zauberer zu sprechen wünsche. Sandro wischte mit ein paar raschen Handbewegungen das Geld zurück in den Beutel und rief dem Wirt zu, wir kämen sofort hinunter in die Stube. Unten trafen wir einen vornehm gekleideten Herrn an, der Sandro im Namen des Herzogs einlud, am Abend eine Sondervorstellung vor der Hofgesellschaft zu geben. Man habe, sagte er, schon von den staunenswerten Darbietungen auf dem Marktplatz erfahren; die Mägde, die zu dieser Zeit dort hatten einkaufen wollen, seien geradezu außer sich gewesen angesichts solcher unglaublichen Mirakel. Nun erbitte sich der Herzog ein besonders exquisites Programm, insbesondere seine Tochter könne es kaum erwarten, sich von Sandros Künsten verzaubern zu lassen. Dieser letzte Satz klang aus seinem Munde fast anzüglich.

Sandro bedankte sich mit vielen Verbeugungen für diese Einladung und versprach, daß wir uns pünktlich zur Zeit der abendlichen Dämmerung einfinden würden. Als der herzogliche Emissär gegangen war, näherte sich uns der Wirt mit sehr viel mehr Ehrerbietung als zuvor und fragte, ob er *den Herrschaften* eine kleine Erfrischung reichen dürfe – auf Kosten des Hauses, versteht sich –, ehe es Zeit sei, bei Hofe zu erscheinen. Als Sandro ihm lässig Gewährung nickte, labte uns der Wirt mit kaltem Braten, eingemachten Früchten und Südwein.

Während wir aßen und von Zeit zu Zeit an dem starken Getränk nippten, blieb Sandro schweigsam und überlegte wohl, was er der Hofgesellschaft darbieten solle. Nach unserer wochenlangen Landstreicherei hatte ich diese Wendung unserer Wanderschaft noch gar nicht recht begreifen können. »Gestern waren wir noch froh, bei einem Bauern im Heu unterkriechen zu dürfen, und mußten dankbar sein für einen Kanten Brot und einen Streifen ranzigen Speck«, sagte ich. »Heute interessiert sich bereits eine Herzogstochter für deine Künste.«

Sandro blickte auf, als hätte ich seinen Gedankengang gestört. »Gönnst du's mir nicht?« sagte er fast gereizt.

»Was soll ich dir nicht gönnen?« fragte ich. »Das viele Geld? Deinen Erfolg? Oder die Herzogstochter?«

Statt einer Antwort knurrte er nur etwas Unverständliches und versank wieder in Gedanken.

Bei Einbruch der Dämmerung betraten wir das Schloß und wurden von einem Bediensteten zunächst in eine Kammer geführt, wo man uns beide von Kopf bis Fuß neu einkleidete, wobei auch für mich natürlich Männerkleidung bereitlag, da ich noch immer nicht als Frau zu erkennen war. Offenbar hatte der Kammerjunker, oder welche Funktion bei Hofe der höfliche Bote auch immer einnehmen mochte, von unserer ziemlich abgerissenen Garderobe berichtet, deren Anblick er der Hofgesellschaft hatte ersparen wollen oder vielleicht auch uns die Peinlichkeit, in einem solchen Aufzug vor den herausgeputzten Höflingen zu erscheinen.

Danach wurden wir von eben jenem Herrn, der uns die Einladung überbracht hatte, vor den Herzog geführt, der uns höchst leutselig begrüßte und Sandro persönlich mit dem kostbar ausgestatteten Saal vertraut machte, in dem die Vorstellung stattfinden sollte. Er fragte auch noch, ob Sandro besondere Requisiten benötige, doch der sagte, er habe alles Erforderliche bei sich und brauche keine komplizierten Apparaturen. Die wahre Zauberkunst komme ohne dergleichen aus.

»Jetzt machen Sie mich neugierig«, sagte der Herzog erstaunt, während er uns in ein seitlich des Saals gelegenes Kabinett führte, in dem wir warten sollten, bis die Zuschauer bereit seien, sich verzaubern zu lassen. So drückte der Herzog sich aus und ließ uns dann allein.

Eine Zeitlang saßen wir schweigend auf einem zierlichen Sofa in dem bei sinkender Dämmerung sich immer mehr verdunkelnden Zimmer und hörten, wie draußen im Saal Stühle gerückt wurden, Leute miteinander sprachen, andere hinzukamen und sich in diese halblaut geführten Gespräche einmischten, bis ein gleichmäßig brummender Geräuschpegel entstand. Als ich Sandro fragte, was er der Hofgesellschaft vorzuführen gedenke, zuckte er die Achseln und sagte: »Du wirst schon sehen.«

Dann verstummten draußen plötzlich die Gespräche, neuerlich war Stuhlrücken zu vernehmen, als die Anwesenden sich von ihren Plätzen erhoben, weil offenbar der Herzog mit seiner Tochter den Saal betreten hatte. Gleich danach kam der Kammerjunker zu uns in das Kabinett und sagte zu Sandro, daß nun alle auf ihren Plätzen wären und seine Darbietungen erwarteten.

Sandro trat vor einen mannshohen Spiegel, der in die Wand

eingelassen war, überprüfte den Sitz seiner Kleidung, strich mit der Hand die Schöße seines neuen seidenen Rocks glatt und sagte dann, er sei bereit anzufangen. Er sah wirklich eindrucksvoll aus in diesem dunkelvioletten Anzug, ungewohnt elegant und fast ein bißchen dämonisch, aber darauf legte er es wohl an. Als der Hofbeamte hinter ihm den Saal betrat, ließ er die Tür um einen Spalt offen, vielleicht nur aus Nachlässigkeit, vielleicht auch, damit ich die Vorstellung verfolgen konnte. Ich nahm jedenfalls das zweite an, zog mir einen Sessel zur Tür und setzte mich so, daß ich einen Blick auf die hohen Herrschaften werfen und zugleich auch das Geschehen im Saal verfolgen konnte.

Der Herzog erschien mir als ein etwas dicklicher Mensch von eher nüchterner Gemütsart, ein guter Rechner vermutlich, der gewohnt war, das Machbare vom bloß Daherfabulierten zu unterscheiden. Seine Tochter, die neben ihm saß – er war wohl verwitwet –, fesselte meine Aufmerksamkeit in besonderer Weise. Sie war auf den ersten Blick von auffälliger Schönheit, mit Sicherheit schöner, als ich je sein würde, und doch wirkte ihr Blick, der, wohl zufällig, einmal über den Spalt glitt, durch den ich aus dem Dunkel zu ihr in den hell erleuchteten Saal herausschaute, auf mich fast erschreckend und weckte in mir die Vorstellung, daß dies ein Mensch sei, der sich gnadenlos nahm, was er haben wollte.

Während Sandro mit seiner Vorstellung begann, kehrte mein Blick immer wieder zu diesem Gesicht zurück und versuchte zu entziffern, was sich von Sandros Zauberei auf ihm widerspiegelte. Er fing damit an, daß er sich vor dem Publikum, vor allem aber vor dem Herzog und seiner Tochter tief verbeugte und, während er sich wieder aufrichtete, mit einer einzigen, weit ausschwingenden Bewegung seines rechten Arms aus einem eben noch nicht vorhandenen umfangreichen Bündel von prachtvollen langstieligen Rosen jeder der anwesenden Damen eine zuwarf, weiße und lachsrosafarbene, und zu allerletzt eine dunkelrote, die der Tochter des Herzogs in den Schoß fiel. Sie nahm die Blume auf, roch daran und bedankte sich mit einem Lächeln, das von einem Blick begleitet wurde, der nach mehr solcher Zauberei verlangte.

Dieser Anblick wurde jäh überstrahlt durch einen grellen Blitz, der für Sekunden alles in blendendem Weiß auslöschte, und danach schaute ich nicht mehr in einen reich mit Gemälden und goldenen Voluten ausgestatteten Saal, sondern in einen winterlichen Wald, genauer gesagt: Dies mußte der Eindruck sein, den die Zuschauer im Saal hatten, während ich zwar auch den Wald sah mit den hohen Stämmen von Buchen und Eichen, den Felsbrocken und Moospolstern, auf denen die Damen und Herren zu sitzen schienen, darunter zeichneten sich jedoch für mich Mobiliar und Einrichtung des Saals ab, wenn auch nur schemenhaft wahrnehmbar. Der Zauber wirkte in seiner Totalität nur auf die im Saale selbst befindlichen Zuschauer, und dies so überzeugend, daß die Herren nach jagdbarem Wild auszuspähen begannen, während die Damen sich ängstlich um den knorrigen Stamm einer alten Eiche zusammendrängten, als von irgendwoher das Heulen von Wölfen zu hören war.

Sandro, der auf einmal Jagdkleidung trug wie auch die anderen Herren, teilte in fliegender Hast Gewehre und Hirschfänger aus, und da kam auch schon das Rudel zwischen den Stämmen herausgejagt, ein wüst aussehender alter Grauwolf voran, den der Herzog mit einem gut gezielten Schuß zur Strecke brachte. Jetzt knallten auch die Büchsen der anderen Herren, so daß ein Wolf nach dem anderen einen Purzelbaum schlug und auf dem sich rot färbenden Schnee liegen blieb. Nur einer, auch ein gewaltiges Tier, sprang in einem wilden Satz durch die Kette der Schützen und fiel die Tochter des Herzogs an. Ehe er ihr mit seinen gebleckten Reißzähnen auch nur die schöne blasse Haut ritzen konnte, hatte sich Sandro schon auf ihn geworfen und ihm mit einem Stoß seines Hirschfängers den Garaus gemacht.

Als dieser letzte Wolf erlegt war, blies einer der Herren, dem unversehens ein messingblinkendes Jagdhorn in die Hand geraten war, das Halali, und die Damen eilten herbei, um sich bei den Herren für ihre Errettung mit einer herzlichen Umarmung zu bedanken, wobei sich die Herzogstochter nicht ausschloß und Sandro gönnte, was er verdient zu haben schien.

Mitten hinein in diesen Trubel war das Klingeln von Schellen zu hören, und ein Zug von dreifach bespannten Schlitten fuhr daher. Die Damen, die mittlerweile in kostbare Pelze gehüllt waren, stiegen mit den Herren ihrer Wahl ein, und dahin ging die sausende Fahrt über Stock und Stein, durch stiebende Schneewehen und in rasender Geschwindigkeit einen abschüssigen Weg hinab, daß es den Herren die Rede verschlug und einzelne Damen vor Angst kreischten, nicht aber die Herzogstochter, die neben Sandro saß, der die Zügel führte.

Da glitten die Schlitten schon wieder ruhig dahin und hielten vor einem Schloß, im Vergleich zu dem das herzogliche Stadtschloß sich kümmerlich ausgenommen hätte. Weitläufig erstreckte sich seine Fassade nach beiden Seiten, deren tief herabreichende Saalfenster hell erleuchtet waren. Von drinnen erklangen Instrumente, und aus dem Portal kamen Diener mit Fackeln gelaufen, um den Aussteigenden behilflich zu sein. Alle drängten hinein in die Wärme, Pelze und Mäntel wurden abgeworfen, und da öffneten sich schon die Flügeltüren zu einem geräumigen Saal, aus dem das Stimmen der Oboen und Geigen zu hören war. Jetzt waren die Damen in ihrem Element, zupften vor den Garderobenspiegeln ihre Roben zurecht und richteten ihre zerzausten Frisuren, während die Herren in der Nähe standen und beim Warten schon überlegten, welche Dame sie auffordern sollten, wenn der Tanz begann. Blicke flogen hin und her, Scherzworte wurden gewechselt, dann zogen sie allesamt paarweise in den Saal ein, und da der Herzog, der voranschritt, sich eine Favoritin unter den Hofdamen gewählt hatte, verneigte sich Sandro vor der Herzogstochter, die sich, noch beeindruckt von seiner Heldentat, ihm gern anvertraute.

All das nahm ich wahr wie die Zuschauerin eines Theaterspiels, die sich zwar zeitweise von den Geschehnissen auf der Bühne fesseln läßt, sich aber der künstlichen Uneigentlichkeit des Vorgespielten ständig mehr oder minder bewußt bleibt, weil ich zugleich hinter Sandros zauberischer Illusion auch den eigentlichen Saal und seine Gegenstände sehen konnte, in dem die Menschen agierten wie die Träumenden. Ich beobachtete, wie Sandro, als die Musiker mit dem ersten Tanz einsetzten, zunächst mit der Herzogstochter den Tanz anführte, nach einiger Zeit jedoch mit seiner Partnerin aus dem Gedränge der fast blindlings vor sich hin tanzenden Paare ausscherte und sich mit ihr in eine Fensternische zurückzog, wo die beiden längere Zeit miteinander redeten, und zwar auf eine Weise, als ginge es um eine Absprache in einer wichtigen Angelegenheit. Dann gliederten sie sich wieder in die Reihe der Tanzenden ein, bald danach endete der Tanz, das illusionäre Bild des Tanzsaals mit den Musikern verlöschte, als würde ein Licht ausgeblasen, und alle fanden sich stehend in Tanzposition zwischen den Stühlen des herzoglichen Saals wieder und rieben sich die Augen, als seien sie eben aus tiefem Schlaf erwacht. Sobald sie begriffen hatten, daß die Jagd und das anschließende Fest nichts anderes gewesen waren als eine Verzauberung, applaudierten sie Sandro, der wieder wie anfangs an seinem Platz stand, als habe er sich die ganze Zeit über nicht von der Stelle gerührt, und sich lächelnd verbeugte.

Der Herzog trat auf ihn zu und sagte so laut, daß es alle hören konnten, dies sei eine wahrhaft fürstliche Unterhaltung gewesen und seines Hauses würdig. Während nach diesen Worten nochmals applaudiert wurde, reichte der Herzog Sandro einen Lederbeutel mit hübschen roten Bändern, aus dem, als wir ihn schließlich in unserer Herberge öffneten, zwanzig gewichtige Goldstücke herausrollten.

»Du hattest in der Herzogstochter eine hübsche Partnerin«, sagte ich. »Was habt ihr eigentlich zu bereden gehabt in eurer Tanzpause?«

»Eifersüchtig?« fragte Sandro spöttisch statt einer Antwort.

»Diese uradlige Dame lebt doch wohl jenseits deiner Reichweite«, sagte ich.

»Da hatte ich vorhin einen gegenteiligen Eindruck«, sagte er, und ich merkte, daß ihm dieses Gespräch unangenehm war.

»Nimm dich in acht!« sagte ich. »Das ist eine Frau, die Männer zu benutzen versteht wie einen Stein, den man liegen läßt, wenn er das Ziel getroffen hat.«

Da lachte er mich aus und fragte mich, woher ich diese profunde Einsicht in den Charakter von Frauen nehme.

Darauf gab ich keine Antwort und ließ das Thema fallen. Später fragte ich ihn, ob er noch länger in dieser Stadt zu bleiben gedenke.

»Nein«, sagte er. »Wenn ich zu oft am gleichen Ort auftrete, ist es für die Leute nichts Besonderes mehr. Wir ruhen uns erst einmal aus von den Strapazen unserer Wanderung von Dorf zu Dorf. Jetzt können wir uns das leisten«, und dabei ließ er die Goldfüchse im Beutel klingeln.

»Weißt du schon, wo?« fragte ich.

»Ja«, sagte er. »Es gibt eine knappe halbe Tagereise von hier entfernt einen Gasthof, der bekannt ist für gutes Essen und bequeme Betten. *Schwarzer Löwe* heißt der. Dort bleiben wir fürs erste.«

Am nächsten Morgen nahm Sandro nach dem Frühstück einen Mietwagen, mit dem wir uns wie feine Leute zum Schwarzen Löwen fahren ließen und dort mit entsprechenden Verbeugungen und freundlichen Begrüßungsreden empfangen wurden. Daß wir zu Gast im herzoglichen Schloß gewesen waren, hatte sich schon herumgesprochen, und so bot uns der Wirt sein bestes Zimmer an, das Sandro nahm, ohne lange nach dem Preis zu fragen. Das Abendessen, das wir in der Honoratiorenstube einnahmen, war in der Tat vorzüglich, eine köstliche Consommée mit Milzschnitten-Einlage, Perlhühnchen auf Ananas-Sauerkraut und zum Abschluß ein Dessert aus Quittenmus mit Preiselbeer-Tupfen. Dazu schenkte uns der Wirt persönlich einen elsässischen Edelzwicker ein, der mich so müde machte, daß ich, kaum daß ich das feine, frisch gebügelte Leinen des Bettuches berührt hatte, schon eingeschlafen war.

Mitten in der Nacht wachte ich auf von einem flattrigen Geräusch am offenen Fenster. Ich tastete nach Sandro, doch das Bett neben mir war leer. Lange lag ich wach und fragte mich, ob

Sandro mich verlassen habe, um allein seiner Glückssträhne nachzulaufen. Ich wußte nicht, ob ich um ihn trauern sollte oder mich freuen, daß ich ihn los war. Aber ich hatte auch Angst, weil ich nicht wußte, was ich ohne ihn in diesem fremden Land anfangen sollte.

Schließlich hatte ich mich schon mit seinem Verschwinden abgefunden, da hörte ich wieder dieses Flattern am Fenster, sah im Dunkel einen noch dunkleren Schatten auf dem Fensterbrett, der hereinhüpfte auf den Boden des Zimmers, einen Vogel offenbar, und gleich darauf stand Sandro zwischen Fenster und Bett und versuchte leise unter die Decke zu schlüpfen.

»Wo bist du gewesen?« fragte ich ihn. Es war mir ja nicht neu, daß er als Vogel unter dem Himmel fliegen konnte.

Er erschrak, als er merkte, daß ich wach war. »Du hast geträumt«, sagte er. »Ich bin immer hier gewesen und eben aufgestanden, um aus dem Fenster zu schauen. Da war ein Geräusch.«

»Ja«, sagte ich, »das Geräusch machte ein Vogel, der auf dem Fensterbrett landete, und dieser Vogel bist du gewesen.«

Er stritt weiterhin ab, daß er das Zimmer verlassen habe, und versuchte mir einzureden, daß ich geträumt habe, doch ich glaubte ihm nicht, auch wenn ich nichts mehr sagte, weil ich zu müde war, um mit ihm zu streiten.

Als ich erst am späten Vormittag aufwachte, wußte ich schon nicht mehr genau, ob ich das Ganze nicht doch geträumt hatte. Erst gegen Abend fiel es mir wieder ein. Da kam ein Reisender aus der Stadt und berichtete, daß dort über Nacht das Wasser in allen Brunnen verdorben sei. Es rinne nur noch spärlich und habe einen fauligen Geschmack angenommen, so daß man es weder trinken noch für die Zubereitung von Speisen verwenden könne. Jetzt zeige sich, wie ungünstig es gewesen sei, die Stadt wegen der Überschwemmungsgefahr so weit entfernt vom Fluß auf einem Höhenrücken zu bauen. Die Leute seien jetzt gezwungen, die weite Strecke mit Eimern zu laufen oder Wasserfässer auf Karren zu setzen und die Last dann mühsam auf den Berg hinaufzuschleppen. In den Wirtshäusern würde für ein Glas sauberes Flußwasser schon mehr verlangt als für einen Schoppen

Wein, und auch das Bier ziehe bereits im Preis an, da man es ohne ordentliches Wasser nicht brauen könne.

»Schlimm für die Leute«, sagte ich und schaute Sandro an, obwohl ich mir noch keinen Reim auf das Ganze machen konnte.

Doch der lachte. »Nicht für uns«, sagte er. »Gut, daß wir beizeiten aufs Land gezogen sind.«

An diesem Tag kam er nicht auf diese Angelegenheit zurück. Im Verlauf des nächsten Tages kamen einige wohlhabende Leute aus der Stadt und quartierten sich im Schwarzen Löwen ein. Sie behaupteten, das komme ihnen auf die Dauer billiger, als das Wasser für den täglichen Gebrauch so teuer bezahlen zu müssen. »Man muß sich tatsächlich überlegen, ob man es sich leisten kann, sich vor dem Essen die Hände zu waschen«, sagte ein braver Bürger und blickte in die Runde.

»Was tun da die armen Leute, die sich kein Logis im Wirtshaus leisten können?« fragte ich.

Da zuckte er die Achseln und sagte: »Wann waschen die sich schon?«

»Aber trinken müssen sie doch«, sagte ich.

»Ja ja«, sagte er, »dafür wird schon gesorgt. Unser guter Herzog läßt auf seine Kosten Wasser für die Armen vom Fluß heraufholen und verteilen. Aber auf längere Sicht ist das keine Lösung. Wem ist schon damit gedient, wenn alle Bürger von einiger Bedeutung die Stadt verlassen«, und dabei warf er sich auf eine Weise in die Brust, daß niemand daran zweifeln konnte, auch er selbst rechne sich zu diesen. »Der Herzog«, fuhr er fort, »hat inzwischen bekanntgegeben, daß jeder sich im Schloß melden solle, der meint, etwas Dauerhaftes gegen die Wassernot vorschlagen zu können. Der Herzog soll dafür sogar eine Belohnung ausgesetzt haben.«

»Da bekommt man ja Lust, sich etwas auszudenken«, sagte Sandro.

»Ach du mit deinem Zauberkram!« sagte ich und hielt seine Worte für leeres Gerede.

Da starrte er mich dermaßen böse an, daß ich erschrak. »Du wirst schon sehen, wozu ich mit meinem Zauberkram fähig bin«, knurrte er, und ich mußte wieder an seinen Ausflug als Nachtvogel denken und fragte mich, was er mit alledem zu tun haben könne.

Am nächsten Tag, nachdem noch mehr Schreckensmeldungen über die Wassernot aus der Stadt eingetroffen waren, sagte Sandro, er wolle allein in die Stadt fahren, um dem Herzog einen Vorschlag zur Behebung dieses Mißstandes zu machen. Mehr verriet er mir nicht, bestellte sich einen Wagen und fuhr ab.

Ich blieb den ganzen Tag hindurch auf unserem Zimmer, weil ich mich nicht ständig als Begleiter, Diener oder sonst was des berühmten Zauberers begaffen lassen und zuschauen wollte, wie die Gäste des Wirtshauses die Köpfe zusammensteckten und wer weiß was tuschelten, wenn sie meiner ansichtig wurden. Appetit hatte ich ohnehin keinen und kostete nur von einer Suppe, die mir der Wirt höflichkeitshalber heraufbringen ließ. Den ganzen Tag über plagte mich ein ungutes Gefühl, als sei vor meinen Augen irgendeine Teufelei im Gange, die ich nicht durchschaute.

Am Abend kehrte Sandro mit der Extrapost zurück und war dermaßen zornig, daß er wortlos ins Zimmer stürmte, die Tür krachend hinter sich zuschmetterte, sich auf sein Bett warf und halblaut vor sich hin fluchte. Später, als er sich etwas beruhigt hatte, sagte er: »Dieser Idiot von Herzog will sich nicht helfen lassen. Er glaubt, sein eigenes Personal würde der Sache schon Herr werden. Ausgelacht hat er mich, als ich meine Hilfe angeboten habe! Mit Hokuspokus sei ihm nicht gedient, hat er gesagt, sondern nur mit nüchterner Technik. Er wird schon sehen, wie weit er damit kommt!«

»Du hast wohl Angst, daß dir die Belohnung entgeht?« sagte ich. Da brüllte er: »Die krieg' ich schon noch, verlaß dich drauf!«

In dieser Nacht schlief ich unruhig. Anfangs hörte ich, wie Sandro sich neben mir hin und her wälzte, bis er anscheinend einschlief. Eine Zeitlang hörte ich ihn ruhig atmen und schlief dann selbst darüber ein. Später wurde ich von einem kalten Luftzug geweckt und merkte, daß das Fenster weit offen stand. Irgend etwas Undefinierbares raschelte am Boden, und dann sah ich plötzlich Sandro beim Fenster stehen. Mir kam der Verdacht, er könne wieder als Vogel unterwegs gewesen sein, aber diesmal war ich nicht sicher und tat so, als schliefe ich, während Sandro sich leise zu Bett legte.

Den ganzen nächsten Tag über, den Sandro größtenteils verschlief, wartete ich auf eine neue Unglücksbotschaft, und gegen Abend traf sie tatsächlich ein. Es waren wieder Bürger aus der Stadt, die mit einem Mietwagen vorfuhren und die letzten noch freien Dachstuben belegten. Sie berichteten, daß die verdorbenen Brunnen seit dem frühen Morgen einen dermaßen pestilenzischen Gestank in der Stadt verbreiteten, daß es nicht mehr zum Aushalten sei. Die meisten Leute liefen mit essiggetränkten Tüchern vor Nase und Mund durch die Straßen, aber auch in die Häuser dringe dieser widerwärtige Geruch inzwischen durch alle Ritzen herein, so daß einem nichts anderes übrigbleibe als die Flucht aufs Land.

Sandro war bei mir unten in der Wirtsstube, als ich das hörte, und ich sah auf seinem Gesicht so etwas wie bösartige Befriedigung. »Er wird schon noch klein beigeben«, murmelte er vor sich hin, und später, als wir wieder oben in unserem Zimmer waren, um uns schlafen zu legen, sagte er: »Morgen werde ich noch einmal beim Herzog vorstellig werden.«

Er ließ sich am nächsten Morgen tatsächlich gleich nach dem Frühstück von einem Stallknecht des Wirtshauses in die Stadt kutschieren, während ich unruhig treppab und treppauf durch das Haus irrte, unten in der Gaststube den in der Wiederholung immer noch schrecklicher klingenden Erzählungen der Flüchtlinge lauschte und dann wieder oben am Fenster unseres Zimmers stand und nach dem Wagen ausschaute.

Schließlich sah ich bei Einbruch der Dunkelheit Sandro mit dem Wagen zurückkommen, und schon an der Art, wie er die Wagentür aufstieß und heraussprang, erkannte ich, daß er mißgelaunter war als je zuvor. Ich hörte ihn die Treppe heraufpoltern, und dann brach er wie ein Unwetter ins Zimmer herein. Irgend etwas war nicht so gelaufen, wie er wollte. Ich ließ ihn eine Weile toben und fragte dann: »Hast du deine Zauberkraft verloren, daß der Herzog nicht deinen Vorschlägen folgen will?«

Er verlor alle Farbe aus dem Gesicht, als er das hörte, und ich fürchtete, er würde mich schlagen. Doch dann wurde er auf einmal ganz ruhig und sagte: »Ich darf meine Kräfte nicht verzetteln. Diesmal setze ich alles auf eine Karte.«

»Und was ist das für ein Trumpf?« fragte ich.

Statt einer Antwort lachte er auf eine Weise, daß es mir kalt über den Rücken lief, und redete nicht mehr mit mir.

Ich vermutete, daß er auch in dieser Nacht noch einmal unterwegs war, aber ich war so erschöpft von der ruhelosen Warterei, daß ich schlief wie eine Tote und erst am Morgen davon aufwachte, daß Sandro sich anzog und mich fragte, ob ich mit ihm hinuntergehen wolle in die Stube, um zu frühstücken. Er wirkte fast heiter und aufgeräumt, doch ich kannte ihn gut genug, um zu merken, daß er innerlich vibrierte vor Anspannung. Er blieb so den ganzen Tag, saß in der Gaststube und trank langsam einen Schoppen Wein, aß ausgiebig zu Mittag, während ich kaum einen Bissen hinunterbrachte, saß danach auf der Bank draußen neben der Tür und schien die warme Nachmittagssonne zu genießen, doch ich sah, daß seine Hand, die er lässig auf die Seitenlehne gelegt hatte, fast unmerklich zitterte, als könne er sich nur noch mit äußerster Anstrengung beherrschen. Immer wieder blickte er hinüber zu der Stelle, wo die Straße zwischen den Hügeln herausführte, gespannt, als warte er auf einen reitenden Boten, der ihm aus der Stadt Nachricht bringe.

Ein solcher Bote kam zunächst noch nicht, sondern diesmal gleich eine Kolonne von Wagen, keine vornehmen Kutschen allerdings, sondern einfache Stellwagen und Pferdekarren, auf denen allerlei Hausrat aufgeladen war. Im Wirtshaus war kein Platz mehr für neue Gäste, aber es sah auch nicht so aus, als hätten die Leute in den Wagen vor, hier um teures Geld zu logieren. Sie wären auch allesamt vorübergefahren, wenn Sandro nicht aufgesprungen und zur Straße hinübergelaufen wäre, um mit ihnen zu reden.

Er sprach einen Gärtner an, der außer Weib und Kind auch

noch sein gesamtes Handwerkszeug auf einen Karren geladen hatte, Spaten, Rechen, Hacken, Gießkannen und allerlei andere Gerätschaften sowie Säcke voll Sämereien und Hausrat. Er wolle sich anderswo eine Existenz aufbauen, sagte dieser Mann, denn in der Stadt sei kein Auskommen mehr für ihn. Über Nacht seien sein gesamtes Gemüse und auch alle Blumenstauden verfault, vermutlich wegen des schlechten Wassers, und vermehrten nun noch den unerträglichen Gestank, der schon länger über der Stadt liege. Überdies sei auch seine Milchziege verendet, und er habe bei der Fahrt durch die Straßen der Stadt überall verreckte Katzen und Hunde liegen sehen. Wahrscheinlich gebe es dort inzwischen kein lebendes Stück Vieh mehr. In einer dermaßen verfluchten Stadt könne kein Mensch mehr leben.

Ich stand neben Sandro am Straßenrand, als er dies alles erzählt bekam, hörte wie er die Klagen dieses Mannes, beobachtete jedoch dabei Sandros Gesicht. Es gelang ihm nur mit Mühe, die Miene eines mitfühlenden Menschen aufzusetzen, während aus dem Glitzern seiner Augen die Befriedigung über eine von ihm erhoffte Entwicklung der Geschehnisse abzulesen war.

Es wurde draußen schon dunkel, und wir saßen inzwischen in der Gaststube beim Abendessen, als draußen auf der Straße ein galoppierender Reiter sich näherte, vor dem Wirtshaus sein Roß zügelte, abstieg und gleich darauf in die Stube trat. Er war, wie aus seiner Livree zu erkennen war, ein herzoglicher Diener, der den Wirt laut nach dem Meisterzauberer Sandro fragte und von ihm zu unserem Tisch gewiesen wurde. Dieser Mann übergab Sandro ein Schreiben mit der Bemerkung, daß er auf Antwort warten und dann sofort zurückreiten solle.

Sandro nahm den Brief entgegen, riß ungeduldig den Umschlag auf und überflog den Inhalt des Schreibens, auf dessen Kopf das herzogliche Wappen prangte. Der Text war kurz, schien Sandro aber zu befriedigen. Er legte das Blatt mit einem schwer deutbaren Lächeln auf den Tisch und murmelte: »Ich hab's ja gewußt, daß er nachgeben wird.«

Während er, ins Nachdenken versunken oder auch seinen nächsten Schritt überlegend, vor dem Papier saß, fiel es mir nicht schwer, die wenigen Zeilen des herzoglichen Schreibens zu lesen. Es stand darin, die Zustände in der Stadt seien unvermutet rasch einem Höhepunkt des Schreckens zugetrieben, so daß der Herzog sich gezwungen sehe, jede Möglichkeit einer Besserung wahrzunehmen. Deshalb komme er auf Sandros Anerbieten zurück. Falls es ihm tatsächlich gelingen sollte, die Wasserversorgung der Stadt völlig wiederherzustellen, werde man seiner Forderung nachkommen, zumal Ihre Durchlaucht, die herzogliche Tochter, sich damit einverstanden erklärt habe.

Ehe ich noch recht begriffen hatte, was der letzte Satz bedeuten solle, nahm Sandro das Schreiben an sich und sagte dem Boten, es sei gut so, und er werde morgen in aller Frühe zur Stadt reisen, um der Wassernot ein Ende zu setzen. Damit entließ er den Boten, der sofort hinauseilte zu seinem Pferd und davongaloppierte. Als der Hufschlag seines Pferdes verklungen war, stand Sandro auf und sagte zu mir: »Laß uns zu Bett gehen! Morgen wartet auf mich ein harter Tag.«

»Wenn dem nicht schon eine harte Nacht vorausgeht«, sagte ich; denn mir kam eine Ahnung, was Sandro für eine Entlohnung gefordert hatte. Er war jedoch so beschäftigt mit seinen Gedanken, daß er meine Antwort gar nicht beachtete. Er verließ bereits die Gaststube, und ich folgte ihm auf den Fersen.

Sobald wir oben in unserem Zimmer waren, sagte ich zu Sandro: »Ich will jetzt wissen, was für eine widerwärtige Teufelei du da ausgeheckt hast!«

Sandro wandte sich zu mir um, lehnte sich grinsend mit dem Rücken an die Fensterlaibung und sagte: »Das werde ich dir jetzt in allen Einzelheiten erzählen, und zwar mit größtem Vergnügen; denn die Dinge sind nun so weit gediehen, daß du nichts mehr dagegen unternehmen kannst.«

Aus seinem Gesicht schienen alle jene Züge gelöscht worden zu sein, die einmal mein Herz berührt und mich zuletzt auch noch veranlaßt hatten, mich ihm hinzugeben. Das war ein Fremder, der vor mir stand, ein Fremder zudem, von dem sichtbar das Böse Besitz ergriffen hatte. In diesem Augenblick begriff ich, in welchem Maße mich der goldene Apfel betrogen hatte.

Sandro berichtete mir in kaltem, völlig unbeteiligtem Ton, daß er seinen Plan bereits während der Zaubervorstellung im Schloß mit der Herzogstochter abgesprochen habe. Sie sei es leid gewesen, neben diesem langweiligen Tropf von Vater im Schloß herumzusitzen und nichts zu sagen zu haben. Natürlich habe sie sofort begriffen, daß sie mit Hilfe seiner Zauberei ohne Schwierigkeiten die Macht im Herzogtum gewinnen könne. Ihre Einladung habe aber nicht nur seinen Künsten, sondern auch seiner Person gegolten. Schon in der ersten Nacht nach der Abreise aus der Stadt sei er tatsächlich als Vogel ins herzogliche Schloß zurückgeflogen. Sie habe wie vereinbart das Fenster zu ihrem Schlafzimmer offengelassen und ihn, sobald er seine menschliche Gestalt wieder angenommen hatte, gleichsam zur Absiegelung ihres Vertrags nackt in ihrem Bett empfangen und umarmt. Erst danach sei er von ihr in den Keller des Schlosses geführt worden, wo unter einer Steinplatte die zentrale Quelle verborgen sei, von der aus alle Brunnen der Stadt gespeist würden. Der Vater des jetzigen Herzogs habe ihr dieses Geheimnis auf dem Sterbebette eröffnet, doch sie habe es ihrem Vater, der damals auf einer Reise war, wohlweislich verschwiegen in der Voraussicht, daß es ihr eines Tages nützlich sein könne.

Sandro sagte weiter, daß er diese Steinplatte gehoben und einen bösen Zauber in die Quelle gesetzt habe, der nun dort hocke als qualliges Ungeheuer und das Wasser verpeste. Als er dann zum ersten Mal im Schloß vorstellig geworden sei, habe er vom Herzog als Belohnung die Hand seiner Tochter verlangt, doch dieser habe ihn ausgelacht und etwas von der Tüchtigkeit seiner Techniker gefaselt. Daraufhin habe er seine Geliebte zum zweiten Mal besucht, sei von ihr auf die gleiche lustvolle Weise empfangen worden und habe dann im Keller die Kraft seines Zauberwesens weiter verstärkt und ihm die Gabe des Gestanks verliehen. Auch dann sei der Herzog noch nicht bereit gewesen, auf seine Forderung einzugehen, und so habe er ein drittes Mal als Vogel den Weg in die Stadt hinter sich gebracht, schon begierig auf die Umarmung seiner Geliebten, die ihn nicht enttäuscht habe. Und in dieser Nacht habe er dem Zauberwesen Macht über

Leben und Tod aller Pflanzen und Tiere in der Stadt gegeben. Das habe endlich ausgereicht, den Widerstand des Herzogs zu brechen. Morgen werde er nach dem Frühstück mit dem Wagen in die Stadt reisen, das Zauberwesen wieder in das Nichts zurückjagen, aus dem er es gerufen habe, und anschließend seine Entlohnung einfordern. Etwas Geld wolle er mir hier in der Schublade lassen, damit ich mich rasch und ohne viel Aufsehen aus dem Wirtshaus und auch aus dem Gebiet des Herzogtums entfernen könne.

Er sagte das alles mit der fast schon gleichgültigen Sicherheit dessen, der keinerlei Hindernis mehr auf seinem Weg sehen kann, und ich zweifelte nicht daran, daß ihn die Tochter des Herzogs zu ihrem Werkzeug gemacht hatte, ohne daß er etwas davon ahnte. Mir graute vor dem Unwesen, das Sandro aus dem Nichts gerufen hatte, um – wie er meinte – die Macht über dieses Land zu gewinnen. Dennoch war ich, schon während er noch sprach, fest entschlossen, ihm zuvorzukommen und den Versuch zu wagen, sein Vorhaben zu verhindern.

Daß ich noch in das Geschehen eingreifen könne, kam Sandro überhaupt nicht in den Sinn, und so legte er sich, ohne weiterhin Notiz von mir zu nehmen, zu Bett und war nach kurzer Zeit eingeschlafen. Müde genug mußte er ja sein nach all den nächtlichen Strapazen, denen er sich unterzogen hatte.

Sobald ich überzeugt war, daß er fest schlief, verließ ich leise das Zimmer, ging die Treppe hinab, vorüber an der halb geöffneten Tür der Gaststube, aus der ich das halblaute Gerede der Leute und das Klirren von Gläsern hörte, hinaus ins Freie und begann, auf der Straße in Richtung auf die Stadt zu gehen. Zu Fuß würde ich kaum beizeiten ans Ziel kommen, aber ich hoffte, daß mich unterwegs ein Wagen einholte und mitnahm.

Als ich das Wirtshaus verlassen hatte, war es schon fast dunkel gewesen. Der Himmel war verhangen und zeigte mir keinen Stern. Doch diesmal war ich nicht auf den Nordstern angewiesen, denn die Straße selbst würde mich ans Ziel bringen. So wanderte ich Stunde um Stunde unter dem mittlerweile nachtschwarzen Himmel dahin, aber es kam kein Wagen.

Es ging schon auf den Morgen zu, und der Horizont im Osten begann einen schwachen hellen Streifen zu zeigen, als ich plötzlich dicht hinter mir das Tappen von Hufen hörte, und ehe ich mich umwenden konnte, schob sich eine warme, weiche, leise schnobernde Pferdenase in meine Hand.

»Bist du das, Lionel?« sagte ich und drehte mich um.

»Wer denn sonst?« sagte mein Haflinger. »Ich hatte so ein Gefühl, daß du heute nacht ein schnelles Reittier brauchen könntest.«

Ich kann dir gar nicht beschreiben, wie erleichtert ich war, meinen Freund wieder bei mir zu haben. Als ich ihm erzählen wollte, was für finstere Dinge Sandro in Gang gesetzt hatte, zeigte sich, daß Lionel über das alles schon Bescheid wußte. Er fragte mich, was ich in der Stadt zu tun gedenke.

»Diesem miesen Zauberer die Suppe versalzen«, sagte ich. »Ich will zum Herzog gehen und ihm alles erzählen.«

»Weil Sandro dich sitzengelassen hat?« fragte Lionel.

Ich fand diese Frage ziemlich impertinent und wollte ihm zunächst übers Maul fahren. Aber dann mußte ich vor mir selbst zugeben, daß er so unrecht nicht hatte; nicht daß mir darüber das Herz gebrochen wäre, aber es kränkte mich die Art, in der er mich so kurzerhand abservieren wollte – wie eine Speise, die ihm nach ein paar Löffeln voll nicht mehr behagte. »Auch deshalb«, sagte ich also, um ehrlich zu bleiben, »aber nicht nur. Ich will zu verhindern versuchen, daß diese beiden Schwarzkünstler die Macht in diesem Land an sich reißen.«

»Dann steig auf!« sagte Lionel. »Wenn der Herzog gefrühstückt hat, müssen wir am Schloßtor sein.«

Mein Haflinger trug mich diesmal, um unterwegs und in der Stadt kein Aufsehen zu erregen, nach gewöhnlicher Pferdeart, wenn auch in gestrecktem Galopp, so daß wir tatsächlich zu jener Stunde beim Schloß eintrafen, zu der ein normaler, beruflich tätiger Mensch von seinem Frühstück aufsteht, um sich seiner Arbeit zuzuwenden. Der Gestank, der über der Stadt lag wie ein unsichtbares Scheusal, war unbeschreiblich, und ich hatte Mühe, regelmäßig Atem zu holen und nach dem Absteigen die paar Schritte durch die Allee bis zum Schloßtor zurückzulegen.

Als ich den Befehlshaber der Schloßwache bat, mich beim Herzog in Sachen der bestehenden Wassernot zu melden, sagte der: »Erstens sitzt seine Durchlaucht noch zu Tisch bei der Morgensuppe, und außerdem kommt heute im Verlauf des Vormittags ein großer Meister der Zauberkunst, um sich der Sache anzunehmen. Ich habe Anweisung, sonst keinen vorzulassen.«

Er ließ sich auf keinerlei Weise erweichen, und so mußte ich schließlich unverrichteter Dinge durch den Sumpf des Gestanks zu Lionel zurückkehren, der bei den ersten Bäumen der Einfahrtsallee auf mich wartete. Ich sagte ihm, daß es nicht möglich sei, das Schloß vor Sandro zu betreten.

»Da wüßte ich schon einen Weg«, sagte Lionel. »Du wartest am besten gleich dort, wo dieser machtgierige Zaubermeister seinen Unfug hingesetzt hat, und machst dort reinen Tisch mit ihm.«

»Du traust mir allerhand zu«, sagte ich.

Lionel spielte den Erstaunten und sagte: »Soll ich das nicht, nachdem du sogar mit der Wächterin des Gartens der goldenen Äpfel zurechtgekommen bist?«

»Ich weiß schon«, sagte ich, »du hast nicht im Sinn, mir irgend etwas zu ersparen. Also sag schon, wie's weitergehen soll!«

»Ganz einfach«, sagte Lionel. »Ich kenne einen Weg, der direkt zum Keller des Schlosses führt. Steig auf!«

»Mir ist alles recht, wenn du mich nur aus diesem Gestank wegbringst«, sagte ich.

Lionel bleckte grinsend seine langen Zähne. »Ich fürchte«, sagte er, »dort, wo ich dich hinschicke, stinkt es noch viel mehr.«

»Das halte ich nicht aus«, sagte ich. »Mir dreht sich schon jetzt der Magen um.«

»Hab dich nicht so!« sagte Lionel. Doch dann hatte er ein Einsehen und fuhr fort: »Reiß mir ein Haar aus dem Schwanz und binde es dir um den Hals! Dann bist du sicher vor diesem widerlichen Geruch.«

Ich beeilte mich, seiner Anweisung zu folgen, und sogleich

fühlte ich mich besser, auch wenn mir die Luft, die ich atmete, nicht besonders frisch vorkam. Ich stieg in den Sattel, und Lionel trug mich im Trab durch ein Gewirr von schmalen Altstadtgassen zur Rückseite des Schlosses. Hier hieß er mich absteigen und tappte mir voraus in ein niedriges, schon halb zerfallenes Gebäude, das an die Schloßmauer angelehnt war. Er drängte sich durch die nur noch lose in den Angeln hängende, nach innen halb offenstehende Tür, und ich folgte ihm in einen düsteren, fensterlosen Raum. Hier schritt Lionel stracks zur Rückwand, schlug mit dem Huf gegen eine Bodenplatte, die wie eine Falltür geräuschlos nach unten schwang und die steinernen Stufen einer Treppe freigab, die steil nach unten führte.

»Wenn du hier hinuntersteigst«, sagte er, »kommst du in den Keller des Schlosses. Die Treppe endet in einem Gang, dem du nach rechts folgen mußt. Am Ende stößt du auf eine Tür, und dahinter ist der Raum, unter dem die verseuchte Quelle vor sich hin stinkt. Dort mußt du warten, bis Sandro durch eine Tür auf der gegenüberliegenden Seite hereinkommt. Alles übrige überlasse ich deiner weiblichen Intuition.«

»Also muß ich wieder einmal allein gehen«, sagte ich.

»Was denn sonst?« sagte Lionel. »Du wirst doch von mir nicht erwarten, daß ich diese steile Treppe hinuntersteige.«

So stieg ich allein und mit einem flauen Gefühl im Magen hinab ins Dunkel, aus dem Übles spürbar zu mir heraufdünstete, ohne allerdings meinen Geruchssinn über Gebühr zu belästigen. Bald war es dann dermaßen finster auf dieser Treppe, daß ich die Stufen mit den Füßen ertasten mußte. Dabei stieß ich schließlich gegen eine Mauer, die meinen Abstieg abrupt beendete. Zunächst fürchtete ich, daß es hier überhaupt nicht mehr weiterging, doch dann spürte ich, wie es von rechts her kühl und widerwärtig zu mir heranwehte, und fand so einen schmalen Durchschlupf zu dem Gang, den Lionel erwähnt hatte. Da folgte ich seinen Anweisungen, wandte mich nach rechts und tappte den Gang entlang, bis meine vorgestreckten Hände eine Tür ertasteten, die, wie sich zeigte, unverschlossen war. Ich öffnete sie um einen Spalt, blieb aber hinter ihr stehen, um in diesem Versteck zu warten, bis Sandro von der anderen Seite kommen würde, um seinen schwarzen Zauber zu vollenden.

Lange stand ich dort in der Finsternis und lauschte. Aber es war nichts zu hören, weder Schritte, die sich näherten, noch Laute aus der Tiefe des Brunnens, dessen fauliger Dunst mich umgab wie schwerer, ölgeschwängerter Nebel. Irgendwann merkte ich, wie meine Knie vor Anspannung und wohl auch vor Angst zitterten, und setzte mich auf die hohe, aus Stein gehauene Schwelle. Während ich durch den Türspalt in den Kellerraum starrte, schienen violette Schlieren durch die Schwärze zu ziehen, drehten und wanden sich wie fette Schlangen, die sich zu einem scheußlichen Knäuel zusammenballten, aus dem sie dann wieder hervorzüngelten. An einer bestimmten Stelle des Raums meinte ich ein Wabern wahrzunehmen, das noch schwärzer war als das tiefe Schwarz des lichtlosen Raums, etwas unsagbar Bösartiges pulsierte dort und lauerte auf Beute oder auf sonst was, und ich konnte meinen Blick nicht mehr von dieser unheilvollen Schwärze jenseits alles Schwarzen lösen und spürte, wie mein Herz allmählich zu erstarren begann, als würde all mein warmes Blut von diesem dunklen Strudel aufgesogen.

Ich weiß nicht, was mit mir geschehen wäre, wenn nicht plötzlich ein Schlüssel geklirrt hätte, der in ein Schloß gestoßen und knirschend umgedreht wurde. So hilft einem manchmal jemand, der alles andere im Sinn hat als dies. Denn gleich darauf fiel Licht in den Raum und verdrängte aufs erste die Schwärze und brachte mich wieder zu wachem Bewußtsein, so daß ich sah, wie Sandro, der eine Laterne in der Hand trug, durch die Tür trat und hinter ihm die Tochter des Herzogs, die sich ein nasses Tuch um Mund und Nase gebunden hatte. Sie zog hinter sich die Tür wieder ins Schloß und sagte: »Jetzt scheuche deinen stinkenden Popanz dorthin, woher du ihn herbeizitiert hast!«

Sandro drehte sich heftig zu ihr um und sagte: »Erst schwörst du mir hier über diesem Unwesen unter der Steinplatte, das du Popanz zu nennen beliebst, daß ich an deiner Seite Herr über dieses Land sein werde!«

Die Herzogstochter lachte und sagte: »Mach's doch nicht so

dringend! Du wirst deinen Lohn schon bekommen, sobald ich erst meinen vertrottelten Vater aufs Altenteil gesetzt habe. Jetzt sag deinen Spruch, damit wir diesen Gestank loswerden!«

»Erst dein Schwur!« forderte Sandro, und ich sah die Machtgier in seinen Augen glitzern.

Noch einmal lachte die Herzogstochter, greller als beim ersten Mal, und sagte: »Da weiß ich was Besseres, das dich überzeugen wird. Komm her!«

Sie riß sich das Tuch vom Mund, warf es zu Boden, packte Sandro, der kaum größer war als sie, bei den Schultern und küßte ihn auf den Mund, als wolle sie ihm auf einen Zug alle Willenskraft aussaugen. Das dauerte eine Weile, während ich zuschaute und spürte, wie der Zorn in mir wuchs und kaum noch zu bezwingen war, nicht nur der Zorn darüber, was die beiden ausgeheckt hatten, sondern über jede Stunde, die ich meinen Körper diesem Mann überlassen hatte. Dann gab sie ihn endlich frei und fragte: »Überzeugt?«

Seine Antwort wartete ich nicht mehr ab, denn nun hatte endgültig die Löwin in mir Gestalt gewonnen. Mit fauchendem Gebrüll stieß ich die Tür auf und sprang mit einem einzigen Satz hinüber zu diesem Menschen, der in seiner Machtgier alles verdorben hatte, was uns je miteinander verbunden hatte. Die Herzogstochter wich schreiend vor Angst zur Wand zurück, während ich schon über Sandro stand, meine Reißzähne dicht über seiner Kehle. »Mach ein Ende und sag deinen Spruch!« knurrte ich. »Aber herrschen und die Menschen verderben sollst du nicht in diesem Land!«

Da lag er nun unter mir und winselte vor Angst, weil ihm seine Zauberkünste nicht helfen konnten. Er wußte, wer über ihm stand, denn er sprach mich mit Namen an und bettelte um sein bißchen Leben. Da gab ich ihn frei und sagte – schon wieder eher die Frau Herod in ihrer menschlichen Gestalt –, er solle um Himmels willen das ekelhafte Geschmeiß aus dem Brunnen verjagen. Ich sah die Schweißperlen auf seiner Stirn und erkannte, daß er Angst hatte vor dem Unwesen, das er selbst gerufen hatte. »Du mußt es jetzt tun!« sagte ich. »Wenn du dich fürchtest, dann will ich noch einmal neben dir stehen, auch wenn es zum letzten Mal ist.«

Da stand er auf und trat zu der Bodenplatte hin, aus deren Fugen noch immer dieser Gestank heraufkroch, ich nahm ihn noch einmal bei der Hand, und er sagte seinen Spruch, eine Folge unverständlicher, übelklingender Silben. Im nächsten Augenblick wurde die Steinplatte mit einem ohrenbetäubenden Donnerschlag aus ihrer Verankerung gerissen und emporgeschleudert, durchschlug, wie sich später herausstellte, als zentnerschweres Geschoß sämtliche Stockwerke und auch noch das Dach des Schlosses, und aus dem offenen Brunnenloch tauchte etwas Unbenennbares hervor, füllte für kurze und doch scheinbar endlose Zeit den engen Kellerraum mit lähmendem eiskaltem Entsetzen und fuhr dann durch den eben aufgeschlagenen Schacht oben hinaus als ein giftgeschwängerter Rauch, während ein gellender Todesschrei, der nur von der Herzogstochter stammen konnte, rasch leiser wurde und zugleich mit dem Unwesen in der Höhe verging.

Der Rest ist rasch erzählt. Von der Herzogstochter war keine Spur mehr zu finden, und sie wurde später, wie zu hören war, vom Volk auf besondere Weise verehrt, weil sie ihr Leben für die Errettung der Stadt aus der großen Wassernot hingegeben habe. Die Trauer des Herzogs über diesen Verlust hielt sich in Grenzen; schließlich war ihm der Charakter seiner Tochter nicht unvertraut gewesen, aber er hinderte niemanden daran, dieser für die Geschichte seiner Familie ehrenvollen Legende Glauben zu schenken. Sandro wurde für die Behebung der Wassernot vom Herzog reich belohnt, doch dessen Angebot, als Minister in die Regierung des Landes einzutreten, lehnte er ab. Er tat dies möglicherweise nicht aus Einsicht in seine Schuld, sondern weil er, wie er mir beim Abschied nicht ohne vorwurfsvollen Unterton verriet, bei dem großen Knall auch den größten Teil seiner Zauberkraft eingebüßt hatte und deshalb befürchten mußte, als Minister ein Versager zu werden. Er wolle versuchen, sagte er, sich mit Hilfe der paar Taschenspielertricks, die ihm geblieben waren, über Wasser zu halten. Im übrigen habe ihn diese Erfahrung gelehrt, daß er recht gehabt habe mit seiner anfänglichen Bemühung, sich von Frauen fernzuhalten. Während er das sagte, war aus seinem Blick schlecht verhehltes Grauen zu lesen. Dann wendete er das Pferd, das der Herzog ihm neben einem schönen Batzen Geld geschenkt hatte, und ritt davon, selbst von hinten anzusehen wie ein geschlagener Mann.

Ich selbst hielt es nicht für nötig, den Herzog oder sonst irgendeinen Menschen im Herzogtum über die wahren Zusammenhänge der Entstehung und endlichen Behebung der großen Wassernot aufzuklären, und ritt, vom Herzog mit einigen eher bescheidenen Mitteln versehen, bald danach auf meinem lieben Haflinger Lionel davon, ohne ein bestimmtes Ziel im Auge zu haben.

Als ich aus dieser Herod-Geschichte auftauchte, taten mir die Füße weh vom vielen Laufen, und ich befand mich irgendwo in den Parkanlagen des Grüngürtels, der die Stadt dort umgab, wo früher einmal Wehrmauer und Graben sie eingeschlossen hatten. Wie oft ich in diesen Gartenanlagen die Runde gemacht hatte, entzog sich meiner Kenntnis. Jedenfalls hing schon der Abend in den sich rasch verdunkelnden Baumkronen.

Müde, wie ich war, setzte ich mich auf eine Bank und versuchte noch einmal das Bild zu betrachten, das sich mir am frühen Nachmittag im Schlafzimmer der leerstehenden Villa geboten hatte. Merkwürdigerweise erregte dieser Anblick nicht mehr meinen Zorn, ja er tat mir kaum noch weh. Was war eigentlich geschehen? Ich hatte ziemlich gründlich eine Erfahrung gemacht, auf die ich neugierig gewesen war. Sollte ich es Alex zum Vorwurf machen, daß er sie mir verschafft hatte? Im übrigen war es wohl vor allem meine Schuld, daß ich mich nicht früher von ihm getrennt hatte. Er erschien mir bereits weit entfernt und nicht mehr so wichtig, fast schon ein bißchen komisch mit seiner Vorliebe für Interieurs des späten 19. Jahrhunderts und seinen Bemühungen, mich nach seinen eigenen Vorstellungen zurechtzustutzen. Er hatte wohl jemanden nötig, an dem er sich selbst ständig seine Überlegenheit beweisen konnte. Die kleine Kollegin, die er sich neuerdings dienstbar gemacht hatte, begann mir schon leid zu tun.

Zum ersten Mal erkannte ich in aller Deutlichkeit, daß ich mich fast zwanghaft aus einer Abhängigkeit in die nächste begeben hatte, als bedürfe ich trotz allen inneren Widerspruchs einer solchen dominanten Figur männlichen Geschlechts. Wenigstens hatte ich mit dieser Erkenntnis etwas über mich selbst begriffen.

Auf einmal fühlte ich mich befreit, stand auf, machte mich auf den Heimweg und nahm diesmal meine Umwelt bewußt wahr, den älteren Herrn etwa, der seinen Rauhhaardackel äußerln führte und ihm gut zuredete, sein Geschäft zu verrichten; das junge Paar, das eine Zeitlang vor mir herging und sich nicht einigen konnte, ob es ins Kino oder in die Disco gehen sollte. Des Streitens offensichtlich ungeübt, blieben sie plötzlich stehen und starrten einander an, als hätten sie eben erst begriffen, daß auch der jeweils andere einen eigenen Willen besitzt. »Werft einen Groschen!« sagte ich im Vorübergehen, »dann braucht sich keiner was zu vergeben.«

An diesem Abend faßte ich den Entschluß, zum nächsten Semester die Universität zu wechseln. Weit fort, dachte ich. Am liebsten nach Italien. Vielleicht würde Professor Battisti Rat wissen.

Du hast sicher gemerkt, mein Lieber, daß ich auf den letzten Seiten versucht habe, mich kurz zu fassen. Ich wollte diese Geschichte abgeschlossen haben, wenn ich dich morgen am Bahnhof abhole, um dich zu mir nach Hause zu bringen wie eine Beute. Ich hatte während des Schreibens dieser abschließenden Texte alle Mühe, daß mir meine Gedanken nicht davonliefen, dir entgegen. Dein letzter Besuch liegt schon allzu lange zurück.

Nun sieht es zudem so aus, als bekäme ich außer deinem Besuch auch noch einen veritablen Schnupfen. Es kitzelt am Gaumen und in der Nase, und hinter der Stirn ist ein dumpfer Druck zu spüren. Wenn du mir zu nahe trittst, wirst du ihn später mit nach Hause nehmen müssen. Aber wird sich das vermeiden lassen?

Das Labyrinth

Heute ist der zweite Tag, nachdem du wieder abgefahren bist, und an diesem zweiten Tag wird mir jedesmal deine Abwesenheit besonders schmerzlich bewußt. Am ersten Tag nach deiner Abreise ist überall in meiner Wohnung noch dein Geruch wahrzunehmen, und auch die Spuren deiner Anwesenheit sind noch nicht beseitigt, ein paar Krümel auf deiner Seite des Frühstückstisches in der Küche, auf dem Couchtisch im Wohnzimmer die Schalen der Nüsse, die du am Abend zuvor geknackt hast, die Spritzer von deiner Zahnbürste auf dem Badezimmerspiegel und im Schlafzimmer dein zerknautschtes Kopfkissen, das ich noch nicht abziehen und glattklopfen will – all diese Spuren, die du so unbekümmert hinter dir zurückläßt, verschaffen mir noch die Illusion deiner Gegenwart, aber du kennst ja auch meinen unbezähmbaren Sinn für Ordnung und blanke Spiegel. Am zweiten Tag wird das alles weggeräumt und abgeputzt, und dann sitze ich da, friere in dieser Leere, die meine Tätigkeit hinterlassen hat, und blättere in meinem Kalender, um die Tage bis zu deinem nächsten Besuch zu zählen.

All das klingt sehr nach Abhängigkeit, aber dies ist nicht das richtige Wort für meine Empfindungen. Zugegeben: Ich hänge an dir, weil es schön ist zu erfahren, wie du bist, und weil ich es mag, wenn du hier bei mir in meiner Wohnung sitzt, selbst wenn wir einmal nicht miteinander reden und du völlig versunken in einem Buch liest oder deine Gedanken auf ein Blatt Papier kritzelst. Ich mag es, dich atmen zu hören, all die kleinen Geräusche, die mich deiner Anwesenheit versichern, dein Räuspern, das Rascheln des Papiers, wenn du eine Seite umblätterst, die Art, wie du mich beim Namen nennst, weil auch dir plötzlich bewußt wird, daß deine Stimme mich erreicht. Darf ich nicht traurig sein, wenn mir all das fehlt? Diese Trauer ist ja nur ein Teil der Freude darüber, daß es dich gibt. Ja, ich hänge an dir, aber ich hänge nicht ab von dir wie irgendein willenloses Abhängsel.

Neben vielen anderen Gründen mag ich dich auch deshalb, weil du es nicht darauf anlegst, mich von dir abhängig zu machen wie damals Alex, der seine in der nachfolgenden Zeit – und vielleicht auch schon vorher – häufig wechselnden Favoritinnen vor allem dazu benötigte, um sich in ihnen zu bespiegeln. Als ich ihn am Tag nach meinem so aufschlußreichen Besuch der leerstehenden Villa im Institut traf, schien er mit mir umgehen zu wollen wie eh und je und tat sehr erstaunt, als ich ihn ziemlich kühl abfertigte und kein Interesse zeigte, seine Suada über die steigende Nachfrage nach historistischen Gegenständen der wilhelminischen Epoche im Antiquitätenhandel anzuhören.

»Interessiert dich das plötzlich nicht mehr?« fragte er mit beleidigter Miene.

»Es gibt Wichtigeres«, sagte ich. »Diese Tür habe ich zugeworfen.«

Er blickte alarmiert auf und fragte: »Meinst du das metaphorisch?«

»Auch das«, sagte ich, »aber nicht nur.«

Da kapierte er endlich. »*Du* warst das also«, sagte er. Die zugeschmetterte Tür hatte ihn und auch seine Beischläferin unsanft geweckt, und er machte Miene, mir diese Störung auch noch übelzunehmen. In seinen Augen war das, was mich zu diesem geräuschvollen Abgang veranlaßt hatte, wohl nur eine Art von Kavaliersdelikt.

»Vielleicht hätte ich dir doch die historistische Gardinenstange über den Schädel hauen sollen«, sagte ich so beiläufig wie möglich, drehte mich um und ließ ihn stehen.

Bei nächster Gelegenheit fragte ich Professor Battisti im Anschluß an seine Vorlesung nach den Studienmöglichkeiten in Italien. Er wollte mich nicht zwischen Tür und Angel abfertigen und bat mich, ihn in das Zimmer zu begleiten, das man ihm für die Zeit seiner Gastprofessur zur Verfügung gestellt hatte. Dort bot er mir einen Platz an, bereitete auf einem Elektrokocher in staunenswerter Geschwindigkeit mit einer sanduhrförmigen Kanne zwei Tassen Espresso, stellte Zucker bereit und setzte sich dann zu mir an den kleinen, seitwärts des Schreibtisches plazierten runden Tisch. »Ich mag nicht hinter dem Schreibtisch thronen, wenn ich etwas Persönliches zu besprechen habe«, sagte er. Dann stellte er mir ein paar Fragen zu meinem bisherigen Studiengang und sagte schließlich: »Parla l'italiano?«

Obwohl ich diese Frage verstand, mußte ich verneinend den Kopf schütteln, worauf er sogleich wieder ins Deutsche wechselte. »Sie müssen im eben begonnenen Semester viel Zeit aufwenden, um die Sprache zu lernen, damit Sie den Veranstaltungen folgen können. Ohne Intensivkurs schaffen Sie das nicht. Ich hoffe, Sie haben in der Schule wenigstens Latein gelernt.« Als ich nickte, sagte er: »Die Mutter der Sprachen wird Ihnen helfen. Wenn Ihre Freizeit bisher anderweitig in Anspruch genommen war, so werden Sie das ändern und ein entsprechendes Arrangement treffen müssen.«

Er drückte sich sehr allgemein aus, aber aus seiner Miene war unschwer abzulesen, was er damit meinte. »Mein Privatleben ist derzeit auf dem Nullpunkt angelangt«, sagte ich. »Ich werde froh sein, wenn ich meine Abende mit Arbeit füllen kann.«

Während ich das sagte, schaute er mir aufmerksam ins Gesicht, als verrieten meine Züge die konkreten Erfahrungen, die sich hinter meinen Worten verbargen. Er trank einen Schluck von seinem Espresso, schwieg eine Weile nachdenklich oder gar mitfühlend und sagte dann: »Nehmen Sie das als Chance. Solche Ereignisse geschehen zuweilen genau zur rechten Zeit.«

Es war merkwürdig, mit diesem Professor, den ich bisher nur aus der Distanz des Katheders kannte, auf eine Weise zu reden, die Persönliches berührte, ohne daß dies konkret ausgesprochen wurde, wobei wir ganz offenkundig beide wußten, wovon der andere jeweils sprach. Ohne mir allzu nahe zu treten, schuf er damit eine Vertrautheit des Gesprächs, die sogar so etwas wie tröstenden Zuspruch mit einschloß. Mit einer abschließenden Geste, die mich gleichsam auffordern sollte, das alles nicht so schwer zu nehmen, lenkte er das Gespräch wieder in den Bereich des Sachlichen und nannte mir eine Dame beim italienischen Konsulat, die unter anderem zuständig sei für die Vermittlung von Studienplätzen und mich auch beraten könne bei der Wahl eines geeigneten Sprachkurses. »Arbeiten Sie, arbeiten Sie!« sagte er. »Die Sprache hilft Ihnen zu verstehen. Auch sich selber.«

Damit schien die Audienz beendet zu sein, und ich stand auf, um mich zu verabschieden. Während auch er sich erhob und meine Hand faßte und festhielt, nahm er das Gespräch noch einmal auf und fragte mich, was mich eigentlich motiviert habe, mich so intensiv auf das Thema des Manierismus einzulassen. Da erzählte ich ihm in aller gebotenen Kürze von Großvaters Buch und welchen Eindruck die grotesken Figuren dieses Gartens – den er übrigens kannte – in meiner Kindheit auf mich gemacht hatten. »Wissen Sie«, sagte ich, »für mich ist das nicht nur eine Frage des kunsthistorischen Interesses. Diese Bilder sind für mich im Laufe der Jahre zu Metaphern meiner eigenen persönlichen Erfahrungen geworden. Während ich mich mit ihrer Ikonographie befasse, wird mir deshalb zugleich bewußt, wieviel Wahrheit sie über die Irrtümer und Gebrechen des Menschen aussagen.«

Während ich das sagte, erstaunte es mich, daß ich so zu diesem Professor sprach, den ich kaum kannte, und ich befürchtete, daß er eine solche Entblößung meiner Empfindungen belächeln würde, aber das tat er wahrhaftig nicht. Sein von einem kurz gehaltenen graumelierten Bart umrahmtes Gesicht zeigte keine Spur von Spott, und seine für einen Italiener merkwürdig hellen grünblauen Augen blickten mich an, als hätte ich ihn mit einem Geschenk beglückt.

»Ihr Großvater hat Ihnen damals wohl Geschichten zu diesen Bildern erzählt?« sagte er, und als ich nickte, fragte er: »Lebt er noch?«

»Nein«, sagte ich, »er ist leider schon vor Jahren gestorben.«

»Schade«, sagte er. »Ich hätte ihn gern kennengelernt. Er muß ein Zauberer gewesen sein.«

Er sah mich unter diesem Wort zusammenzucken. »Nein, nein!« sagte ich heftig und hob abwehrend die Hände; denn ich dachte an Sandro, der mit seiner Zauberei Zwang und Unheil über Menschen gebracht hatte. »Nicht so ein Zauberer!«

Lächelnd hatte er meine Reaktion beobachtet und sagte: »So einer gewiß nicht, wenn Sie an einen schwarzen Magier denken, der Ihnen über den Weg gelaufen ist. Aber es gibt auch solche, die mit ihren Künsten nichts anderes bewirken wollen, als daß Menschen sich und einander besser verstehen, und ein solcher weiser Magier muß er gewesen sein, wenn es ihm gelungen ist, Ihnen Bilder mitzugeben, die noch lange nach seinem Tod weiterwirken und ihre Bedeutung entfalten.«

Erst jetzt merkte ich, daß er noch immer meine Hand hielt, und sein bärtiges Gesicht strahlte so viel Wohlwollen aus, daß mir zumute war, als hätte ich eben noch einmal mit meinem Großvater sprechen können. Ein wenig verwirrt entzog ich ihm meine Hand, dankte ihm für seine Ratschläge und ging.

Das wurde ein arbeitsreiches Semester. Neben den Vorlesungen und Seminaren, die zu besuchen ich mir vorgenommen hatte, investierte ich meine gesamte übrige Zeit in den Sprachkursus, den ich durch die Vermittlung der freundlichen Dame vom italienischen Konsulat besuchte. Seit unserem Gespräch begrüßte mich Professor Battisti stets nach seiner Veranstaltung. »Come sta?« fragte er, und ich versuchte ihm in seiner Sprache – anfangs nur stockend – mitzuteilen, daß es mir den Umständen entsprechend gut ging. Mit Zunahme meiner italienischen Sprachkenntnisse steigerte er nach und nach den Differenzierungsgrad seiner Fragen, und ich versuchte diesen Gedankenaustausch mit der Zeit auch auf den eben vorgetragenen Stoff auszudehnen, um mich im wissenschaftlichen Disput zu üben. Hie und da lud er mich zu einem Espresso ein, und die solcherart weitergeführten Zwiegespräche waren für mich nicht nur eine willkommene Ergänzung meines Sprachunterrichts – er ließ mir keinen Fehler, auch keine

Ungeschicklichkeit des sprachlichen Ausdrucks durchgehen und korrigierte mich unerbittlich, wenn auch auf liebenswürdige Weise –, sondern eröffneten mir auch über die Ausführungen der Vorlesung hinaus tiefere Einsichten in die komplexen Zusammenhänge des Manierismus, der in den Jahrzehnten um 1600 nicht nur Maler und Bildhauer, sondern auch Literaten und Musiker zu Gesten und Vorstellungen leidenschaftlicher Bewegtheit hinriß, in denen sich die zu dieser Zeit aufbrechende Diskrepanz zwischen Natur und Kunst, zwischen absolutem Ewigen und der Bedingtheit des Menschen ausdrückt.

Alex und sein Circle gerieten mir bei alledem fast gänzlich aus dem Blickfeld. Hie und da lief er in den Räumen des Instituts oder der Bibliothek an mir vorbei, und es schien ihm peinlich zu sein, wenn ich ihn freundlich grüßte. So unterließ ich nach einiger Zeit auch diese letzte flüchtige Kommunikation und nahm ihn kaum noch wahr, zumal ich bei meinem intensiven Arbeitspensum keine Zeit hatte, mich auf den Gängen herumzutreiben und mir das wenig ertragreiche Geplänkel der um Alex' Gunst rivalisierenden Kolleginnen anzuhören. Mich ließen sie ohnehin links liegen, seit ich aus diesem Kreis ausgeschert war und mich auch nicht mehr in den einschlägigen Lokalen sehen ließ.

Als das Sommersemester zu Ende ging, hatte ich den Ruf einer vom Arbeitseifer besessenen Streberin erworben und wurde unter diesem Makel gemieden wie eine Aussätzige. Viele reisten ab in die Ferien oder nahmen einen Job an, um ihre finanziellen Verhältnisse aufzubessern. Glücklicherweise bot das Institut, in dem ich Sprachunterricht nahm, auch über den Sommer hinweg zusätzliche Kurse an, so daß ich mich nun ausschließlich dem weiteren Ausbau meiner Italienischkenntnisse widmen konnte. Da ich kaum noch jemanden traf, mit dem ich in meiner eigenen Muttersprache reden mußte, begann ich zeitweise schon italienisch zu denken, sogar italienisch zu träumen.

So irre ich im Traum zum Beispiel durch die engen, verwinkelten Gassen einer italienischen Provinzstadt, um das Zimmer zu suchen, das ich aufgrund irgendeiner Vereinbarung gemietet habe, ohne es je gesehen zu haben. Man hat mir nur den Namen der Straße genannt und die Hausnummer, den Namen des Wohnungsinhabers habe ich vergessen. Vergeblich fahnde ich nach Straßenschildern; wenn ich doch einmal eines entdecke, ist es bis zur Unlesbarkeit verblichen.

Als mir eine alte Frau in ärmlicher Kleidung begegnet, frage ich sie in meinem eben erlernten Italienisch nach dieser Straße, aber sie scheint überhaupt nicht zu begreifen, was ich von ihr will, und überschüttet mich mit einem mir völlig unverständlichen Wortschwall, in raschem Tempo heiser hervorgestoßen, als wolle sie mich beschimpfen. Da gehe ich weiter und blicke nicht zurück, obgleich ich höre, wie hinter meinem Rücken die Frauen, die ich zuvor in den Türen der Häuser habe stehen sehen, sich zusammenrotten und miteinander tuscheln, wobei aus diesem raschelnden Grundklang hie und da ein schrilles Lachen heraussticht. »Via Merlini 27«, murmele ich vor mich hin, »Via Merlini 27«, während ich immer schneller über das holprige Pflaster laufe, als wäre ich auf der Flucht.

Rechts meines Weges sehe ich neben der Eingangstür eines Hauses ein Mädchen stehen, vielleicht sieben oder acht Jahre alt. Es schaut mir mit seinen dunklen Augen entgegen, als hätte man ihm befohlen, hier auf mich zu warten. Als ich, noch immer die Adresse vor mich hinsagend, an dem Mädchen vorübergehen will, wiederholt es mit klarer Stimme und überdeutlicher Artikulation »Via Merlini 27«, als wolle es eine Parole beantworten. »Das ist hier, Signorina! Bitte, treten Sie ein!« (das alles auf italienisch, versteht sich). Ich blicke an der Fassade des Hauses empor, an der in großen Placken der Verputz abgesprungen ist und den Blick auf älteren, anders gefärbten Verputz, stellenweise auch auf altes Gemäuer aus Bruchsteinen und sehr flachen Ziegeln freigegeben hat, uraltes Flickwerk von vielen Generationen. Die Fassade zeigt kaum stilistische Anklänge an bestimmte historische Stilepochen und könnte im Kern sogar römisch sein.

Das Mädchen fordert mich noch einmal auf, ihm zu folgen, und da erkenne ich neben dem Torbogen, mit einem spitzen Gegenstand in den Verputz eingekratzt, die Nummer 27. Inzwischen öffnet das Mädchen die Tür, deren Flügel ächzend zurückschwingt und hinter mir mit einem dumpfen Schlag wieder ins Schloß schnappt. Durch einen Lichtschacht fällt von oben her schwache, mehrfach gebrochene Helligkeit in das steile Stiegenhaus. Die Treppe verläuft entlang der Mauern in ständiger Steigung rings um das Geviert des Schachts, sozusagen als Quadratur einer Wendeltreppe, und bei jeder Brechung zweigt ein Gang von ihr ab, der zu den Wohnungen des jeweiligen Stockwerks führt.

Das Mädchen ist mir schon vorausgelaufen, blickt vom ersten Stock zu mir herunter und winkt mir, ihm zu folgen. Da beginne ich, die ausgetretenen hölzernen Stufen hinaufzusteigen, immer dem Mädchen nach, das mir ein Stockwerk weit vorausläuft, und gelange so bis hinauf zum letzten Treppenabsatz. Ein Blick hinab über das einfach zusammengezimmerte Holzgeländer läßt mich schaudern, die Tiefe des Schachts will mich aufsaugen, doch da faßt mich das Mädchen bei der Hand und zieht mich weiter, hinein in den Gang des obersten Stockwerks, vorüber an einer Reihe von Türen bis zur letzten, die durch die abschließende Stirnwand des Gangs führt.

Dort klopft das Mädchen beherzt an und öffnet sogleich die Tür. Ich blicke in einen schmalen Raum, dessen Fenster durch schräggestellte, jalousienartige Läden vor der Sonne abgeschirmt werden. Es ist eine Art Vor- oder Empfangszimmer, in dem rechter Hand ein paar Kleidungsstücke an Garderobenhaken hängen, links der Tür ist über einem Tischchen ein Spiegel an der Wand befestigt. Ein paar im Raum verteilte Stühle vervollständigen die karge Einrichtung. In der Mitte des Raums steht ein älterer Herr mit grauem Bart, der mich hereinbittet, freundlich begrüßt, dann dem Kind für seine Hilfe dankt, ihm etwas in die Hand drückt, worauf es einen Knicks macht und den Raum verläßt.

»Sie kommen wegen des Zimmers?« sagt der Mann.

»Ja«, sage ich. »Das Kind war so freundlich, mir den Weg zu zeigen. Allein konnte ich mich nicht zurechtfinden, und die Leute auf der Straße verstanden mich nicht.«

Da lacht der Mann und sagt: »Warum haben Sie nicht gleich ein Kind gefragt? Je älter die Leute, desto mehr Umwege haben sie im Sinn.«

Danach führt er mich in ein angrenzendes Zimmer und sagt, ich solle mich in Ruhe umschauen und überlegen, ob ich hier gerne wohnen wolle. Eine Zeitlang bleibe ich am Fenster stehen, schaue hinab auf das Getriebe in der schmalen Gasse und blicke dann über die Dächer, Kuppeln und Kirchtürme der Stadt hinaus bis zu den übergrünten Hügeln mit den paradierenden Reihen von schlanken Zypressen, den Reblauben und Obstgärten. Erst danach schaue ich mir das Zimmer und seine Einrichtung an. Ein behäbiger breiter Schrank aus rötlichem Kirschholz steht da, einfach und ausgewogen in der Form, unter dem Fenster ein Schreibtisch auf schlanken Beinen, davor ein Armsessel, in der Mitte des Raums unter der Lampe ein mittelgroßer runder Tisch, umstanden von drei Stühlen, hinten in der Ecke eine Art Waschkommode mit ausladend breiter Porzellanschüssel und einem mit noch dampfendem Wasser gefüllten Krug darin und davor an der Wand gegenüber der Tür ein fast spartanisches hölzernes Bett ohne jeden Zierat. Ich setze mich drauf, um die Matratze auszuprobieren, und finde sie erfreulich fest und unnachgiebig. »Ja«, sage ich, »in diesem Zimmer möchte ich gern wohnen.«

Da reicht mir der Mann die Hand, um den Miethandel vorläufig abzuschließen, nachdem ich den mäßigen Preis, den er mir nennt, akzeptiert habe, und sagt: »Kommen Sie doch bitte mit hinüber in meine Wohnung, damit wir dort das Schriftliche erledigen können. Ich muß Ihnen auch die Schlüssel geben.«

Er geht mir voraus wieder durch das Empfangszimmer und weiter durch eine Tür auf der gegenüberliegenden Seite, die in ein geräumiges Eckzimmer führt. Hier läßt er mich an einem Tisch niedersitzen und sagt eher feststellend als fragend: »Sie trinken doch einen Kaffee mit mir?«

Mein Nicken wartet er gar nicht ab, sondern wendet sich einem kleinen Beistelltisch zu, auf dem schon alles bereitsteht, die Kochplatte, die sanduhrförmige Kanne, schon zur Hälfte mit Wasser gefüllt, sowie der zu feinem Pulver zermahlene Kaffee, den er in das Sieb schüttet, ehe er die Kanne zusammenschraubt, auf die Platte setzt und den Strom einschaltet. Und an diesen raschen, geschickt ausgeführten Handgriffen erkenne ich ihn.

»Professor Battisti!« sage ich überrascht. »Bei Ihnen soll ich wohnen?« Ich spüre, wie mein Herz vor Erregung klopft, wenn nicht gar vor Entzücken.

Da wendet er sich rasch zu mir um, schüttelt leicht den Kopf und legt den Finger auf die Lippen, zieht dann ein dünnes Stäbchen aus der Seitentasche seiner Jacke, das aussieht wie das abgeschnittene Ende einer Haselrute, wedelt damit ein bißchen durch die Luft, und während die weißgekalkten Wände des Zimmers sich unversehens mit einer rötlich schimmernden damastenen Seidentapete überziehen und das gesamte Mobiliar sich in ein Ensemble der Zeit um 1600 verwandelt, sagt er noch: »Ein bißchen Musik? Ja?«, und schon füllen den Raum die aufrauschenden Akkordbrechungen eines Cembalos. »Ascanio Mayone«, sagt er, »kennen Sie den nicht? Ein verwegener Neutöner. Auch er ist auf seine Art ein Manierist«, und während aus den Akkordfolgen eine wilde Eruption rasender Läufe über die Klaviatur des Instruments hervorbricht, legt er mir den Mietvertrag vor, weist mit dem Finger auf eine Stelle des gelblichen Blattes und sagt: »Wenn Sie so freundlich wären, hier zu unterschreiben, meine Liebe.«

All das träumte ich in reinem toskanischem Italienisch und hatte noch den silbrigen Klang des Cembalos im Ohr, als ich aufwachte und mich allen Ernstes fragte, was ich da im Traum unterschrieben hatte.

Zu Ende der Sommerferien hatte ich alle Unterlagen für den Wechsel meines Studienortes beieinander, auch ein Zimmer hatte man mir schon besorgt, allerdings nicht in einer Privatwohnung, sondern schon wieder in einem Wohnheim für Studentinnen, wie mir die Dame im Konsulat mitteilte, als ich die Papiere bei ihr abholte. Als ich unwillkürlich die Nase rümpfte, sagte sie lächelnd: »Es bleibt Ihnen unbenommen, sich später ein privates Zimmer zu suchen, wenn Sie es satt haben, in einem solchen

Haus zu wohnen. Ich kann von hier aus nur Heimplätze besorgen.« Sie machte eine kleine Pause und sagte dann: »Und grüßen Sie Professor Battisti, wenn Sie ihn treffen!«

Ich blickte sie dermaßen überrascht an, daß sie sagte: »Wußten Sie nicht, daß er im kommenden Semester seine Lehrtätigkeit an Ihrem neuen Studienort wieder aufnimmt?«

»Nein«, sagte ich. »Das wußte ich nicht.«

Dies schien nun wieder diese Konsulatsangestellte ihrerseits zu überraschen, die sich weiß der Himmel was zusammengereimt haben mochte. »Ach so«, sagte sie. »Ich wußte nicht...«

Was sie nicht gewußt hatte, verriet sie mir nicht, schien allerdings ein wenig verwirrt zu sein und entließ mich ziemlich unvermittelt. Auf irgendeine Weise, so schien mir, hatte Battisti bei diesem Arrangement seine Hand im Spiel gehabt. Auf dem Heimweg dachte ich darüber nach, ob ich das nur als eine beiläufige Äußerung seiner etwas überschwenglichen südländischen Art nehmen sollte, vielleicht auch als Ausdruck seiner Freude darüber, daß es ihm gelungen war, meine Aufmerksamkeit für seinen geliebten Manierismus zu wecken, oder gar als ein weitergehendes Interesse an meiner Person, eine Vorstellung, deren Abwegigkeit ich mir selbst zwar sogleich beteuerte, ohne daß ich damit den unversehens etwas rascheren Schlag meines Herzens hätte verlangsamen können.

Wenige Tage später trat ich meine Reise nach dem Süden an, über mir auf dem Gepäckträger des Zugabteils einen nicht zuletzt durch meine Bücher überlasteten Koffer und einen bis zum Bersten vollgestopften Rucksack. Ich verschwendete keinen Gedanken an all das, was hinter mir lag, sondern wurde beherrscht von dem Gefühl, noch einmal und diesmal endgültig in die Freiheit aufzubrechen.

Bis zu den Alpen war die Bahnstrecke mir von früheren Ferienreisen mit meinen Eltern vertraut, doch jenseits des Brenners begann Neuland für mich. Ich klebte am Fenster und beobachtete, wie der Blick auf die schroffe Gebirgsregion allmählich sich weitete, zunächst schon in Brixen, dann nach der beängstigend engen Eisackschlucht schon offener im Talkessel von Bozen. Die mugeligen, von kargem Niederholz bewachsenen Felsbuckel, zwischen denen die Strecke weiterführte, die du später bei unserer gemeinsamen Fahrt mit dem Auto als so abweisend empfunden hast, nahm ich schon als Vorboten des Südens und konnte es kaum erwarten, daß der Zug zwischen Trient und Verona endlich ins flachere Land hinausfuhr und die Berge als blauer Spitzensaum des Horizonts zurückblieben.

Damals auf dieser Bahnfahrt zu meinem Studienort wirkte nichts am allmählichen Wandel dieser vorüberziehenden Landschaft abweisend auf mich. Im Gegenteil: Indem die dunklen Fichtenwälder des Hochgebirges zurückblieben und abgelöst wurden von den nur spärlich übergrünten, abgerundeten Felskuppen, fühlte ich mich begrüßt und empfangen vom Süden, ließ die bizarren Landschaften der Donauschule mit ihren schroffen Felsabstürzen und wetterzerzausten Fichten hinter mir und wurde aufgenommen von jenem Land, in dessen sanften Hügelketten nur einzelne Gruppen von Zypressen oder Pinien die Akzente setzen, so wie ich das von Bildern italienischer Renaissancemalerei kannte.

In Verona mußte ich umsteigen. Ich beschloß, einen Anschlußzug zu überschlagen, um mich in dieser ersten italienischen Stadt, die ich betrat, ein wenig umzusehen, brachte Koffer und Rucksack in ein Schließfach und schlenderte bald, ohne ein bestimmtes Ziel zu verfolgen oder planmäßig irgendwelche Sehenswürdigkeiten aufzusuchen, durch die Gassen der Altstadt, ließ meine Finger über das graue, zuweilen von verblaßten Fresken wie mit gilbendem Herbstlaub geschmückte Gemäuer alter Palazzi gleiten, betrat eine romanische Kirche und tauchte für wenige Minuten in das kühle Halbdunkel ihres Raums ein, wurde dann abgestoßen von einer Touristengruppe, in der eine Fremdenführerin mit penetrant greller Stimme die betrachtenswerten Bilder erklärte, und trat wieder hinaus in das milde, spätnachmittägliche Licht, das einen rötlichen Schimmer über die Fassaden warf. Schließlich entdeckte ich einen freien Kunststoff-Stuhl vor dem Eingang zu einer Cafeteria und setzte mich an einen kleinen, etwas wackeligen Tisch, an dem schon eine ältere, grauhaarige Dame saß und mich mit freundlichem Nicken begrüßte. Gleich darauf hatte ich eine winzige Tasse mit duftendem Espresso vor mir stehen, riß das beigelegte Zuckertütchen auf und schüttete den gesamten Inhalt, um die Bitterkeit zu mildern, in den leicht aufgeschäumten Kaffee.

Ich trank einen Schluck, und als ich wieder aufblickte, saß statt der freundlichen Dame mir gegenüber wieder jener graubärtige Mann, den ich für Professor Battisti gehalten und der mir durch seine Geste verwehrt hatte, ihn so zu nennen, weil er ihm zwar glich, aber doch ein anderer zu sein schien, ein Zauberer, wenn auch nicht der schwarzen Art, bei dem ich einen Mietvertrag unterschrieben hatte. Er hielt eben dieses gelbliche Papier noch immer in der Hand, überlas es noch einmal, unterschrieb es dann selbst so langsam, daß ich seinen Namen mitlesen konnte: *Mirdini*. Dann sagte er: »Ich freue mich, Signorina Herod, daß es Ihnen in meinem Hause gefällt. Hier sind übrigens Ihre Schlüssel.«

Bei diesen Worten zog er eine Schublade auf und entnahm ihr zwei altertümliche Schlüssel mit kunstvoll geschmiedeten Griffringen und kompliziert geschnittenen Bärten, die mit einem Lederriemen zusammengebunden waren. »Ihr Pferd steht unten gut versorgt im Stall«, sagte er dann. »Jetzt ruhen Sie sich erst einmal aus von ihrem langen Ritt.«

Er stand auf, begleitete mich zurück in den Vorraum und wartete, bis ich mein Zimmer betreten und die Tür hinter mir geschlossen hatte. Schon während dieser wenigen Schritte hatte ich die Müdigkeit in meinen Gliedern gespürt, dieses Ziehen in den Oberschenkeln und Kniekehlen vom langen Reiten. Nun warf ich mich auf das Bett, streifte die Stiefel von den Füßen, streckte mich aus und versuchte mich zu erinnern, wie ich hierher gekommen war.

Tagelang war ich über staubige Straßen durch das herbstliche Land geritten, in dem es nach welkem Laub und gärendem Most roch, hatte in billigen Dorfgasthäusern geschlafen, war am nächsten Tag wieder in den Sattel gestiegen und hatte es Lionel überlassen, wohin er mich tragen wollte. Er sprach nicht viel in dieser Zeit und hatte wohl gemerkt, daß mir nicht nach Reden zumute war.

Obwohl ich Sandro nicht nachtrauerte, spürte ich doch eine dumpfe Beschwerung auf dem Herzen, so als hätte ich versagt im Umgang mit diesem Zauberkünstler, dem ich letztlich sein Vorurteil gegenüber Frauen bestätigt hatte. Helfen hatte ich ihm nicht gekonnt, sondern hatte ihm nur Angst eingejagt, Angst, in der er sich zitternd am Boden gewunden hatte und die noch beim Abschied in seinen Augen flackerte und ihn gezwungen hatte, meinem Blick auszuweichen, wenn ich ihn anschaute. Es befremdete mich, daß ich imstande gewesen war, einen Menschen in solch panische Angst zu versetzen.

»War es richtig, diesen Sandro seiner Kräfte zu berauben?« sagte ich, eher zu mir selber als zu Lionel.

Doch der schüttelte seine blonde Mähne und sagte: »Er hatte es nicht anders verdient.«

Mehr hatte er dazu nicht zu sagen und trabte ruhig weiter vor sich hin, während seitwärts der Straße die Bauern in den Rebgärten mit der Weinlese beschäftigt waren. Ich hörte ihr Rufen und Lachen, aber nicht anders, als wäre es das unverständliche Rufen und Zwitschern von Vögeln, das mich nichts anging. Einmal begegnete mir ein Knecht mit einem Eselskarren, auf dem ein Bottich voll eben gelesener Trauben stand. Der junge Bursche griff mitten hinein in den feucht glänzenden Berg der aufgehäuften blauen Beeren und hielt mir eine safttropfende Traube unter die Nase. Mit lachendem Gesicht stand er dort wie Bacchus persönlich und sagte: »Nimm und sei fröhlich!«

Dieser Anruf brachte mich halbwegs zu mir selbst zurück; ich nahm die Traube aus seiner Hand und dankte ihm. Im Weiterreiten streifte ich die Beeren mit Lippen und Zähnen von den Stengeln, daß mir der rote Most über das Kinn rann, und ich fühlte mich plötzlich frei und leicht, als hätte dieser junge Bacchant mit seinem Wunsch mir alle Last von der Seele genommen.

Am nächsten Tag trug mich Lionel ohne irgendeine Ankündigung in jene Stadt, in der ich jetzt ein Zimmer gefunden hatte. Zunächst war ich wieder in einem Wirtshaus abgestiegen und hatte Lionel dort im Stall untergestellt. Als ich ihn versorgt hatte und mich umwandte, um mich in der Stadt ein bißchen umzusehen, sagte er: »Frag nach der Via Merlini 27. Dort wirst du wohnen.« Nach langer Suche sprach mich dann dieses Mädchen an und zeigte mir den Weg.

Nun lag ich auf dem Bett in meinem eben gemieteten Zimmer, schaute hinaus durch das Fenster in den leicht bewölkten blaßvioletten Abendhimmel, der sich allmählich verdunkelte, sah einen Schwarm Tauben in einer wie eingedrillten gemeinsamen Schwenkung über die Ziegeldächer kurven und hatte nach langer Zeit zum ersten Mal das Gefühl, nicht in einem Durchgangsquartier zu leben, in dem ich nicht lange bleiben würde.

Nach einiger Zeit stand ich auf und zündete die Kerzen in dem dreiarmigen Leuchter an, der auf dem Schreibtisch stand. Dann ging ich langsam durch das Zimmer, befühlte die stellenweise gesprungene, schön intarsierte Platte des runden Tischs, legte meine Hand auf die Lehnen der Stühle, als müsse ich mich mit all diesen Gegenständen vertraut machen, und öffnete schließlich die leise knarrende Tür des Schranks, obwohl ich nichts besaß, was ich hätte darin unterbringen können.

Zu meiner Überraschung entdeckte ich, daß auf den Bügeln eine Reihe von Frauenkleidern hing, einfache für den Alltag, aber auch zwei oder drei aus kostbaren Seidenstoffen für festliche Anlässe. In den Fächern daneben fanden sich Stapel von Unterwäsche, die mir angenehmer auf der Haut liegen würde als das grobe wollene Unterzeug, das ich mir in der verlassenen Kammer der Stallknechte nach dem Brand von Sandros Schloß zusammengesucht hatte. Unten auf dem Boden standen mehrere Paare von Schuhen, die mir, wie ich sofort ausprobierte, paßten.

Ein Spiegel, der die Innenseite der Schranktür in voller Höhe ausfüllte, verlockte mich, eines dieser Kleider anzuprobieren. Rasch hatte ich meine schäbigen Reitersachen abgestreift und in die Ecke geworfen. Dann füllte ich mit dem noch immer warmen Wasser aus dem Krug das Waschbecken und spülte mir Schweiß und Reisestaub von Leib und Gliedern. Auch ein flaumiges

Handtuch hing bereit, mit dem ich mich trockenrieb, und danach fuhr ich genüßlich in die glatte, kühle Unterwäsche und überlegte, was ich anziehen sollte. Auch die einfachen Kleider waren hübsch geschnitten, aber die Verlockung der raschelnden Seidenstoffe war doch zu groß, und so wählte ich schließlich ein Kleid aus moosgrünem Damast, in den als Muster in etwas dunklerer Tönung kleine, lanzettliche Blättchen mit gesägtem Rand eingewebt waren, Blätter von Maronenbäumen, dachte ich mir.

Ich stand noch vor dem Spiegel und bewunderte das Kleid, das mir paßte, als sei es nach meinen Maßen geschneidert worden, als es an meine Tür klopfte. Da fragte ich, wer draußen sei, und drehte mich um. Es war mein Vermieter, der fragte, ob er hereinkommen dürfe.

»Bitte, Signor Mirdini«, sagte ich.

Da trat er ein, blieb unter der Tür stehen und schaute mich an, ja umfaßte mich mit seinem Blick auf eine Weise, die Bewunderung ausdrückte und wohl auch Freude über meine Verwandlung vom groben Pferdeknecht zur sorgfältig gekleideten Frau.

»Principessa!« sagte er – und dies, ohne daß ich ihm bisher etwas über meine Herkunft verraten hätte –, »Principessa Herod! Es ist mir ein Vergnügen, Sie schon fertig angekleidet zu sehen. Gerade wollte ich Sie bitten, sich ein wenig herzurichten und sich der Garderobe in diesem Schrank zu bedienen, doch Sie sind mir schon zuvorgekommen.«

Als ich ihn auf diese etwas überraschende Anrede hin fragend anblickte, fuhr er fort: »Ich muß Ihnen erklären, warum ich bei Ihnen eindringe. Drüben in meiner Wohnung gebe ich heute eine kleine Abendgesellschaft, zu der ich auch Sie bitten möchte. Keine Angst, das sind keine steifleinenen Honoratioren, sondern Freunde, Künstler vor allem, Musiker und Literaten. Wollen Sie mir die Ehre geben? Sehen Sie, ich lebe hier allein und würde mich freuen, wenn Sie ein wenig die Hausfrau spielen könnten.«

Ich fühlte mich überrumpelt und sagte: »Ich weiß nicht, ob ich Begabung für kalte Küche besitze«, doch damit brachte ich ihn nur zum Lachen.

»Sie glauben doch wohl nicht im Ernst, daß ich Ihnen derglechen zumuten würde?« sagte er. »Ein paar Happen zu essen und die Getränke stehen schon bereit. Mir wäre nur daran gelegen, daß meine Gäste sich freundlich versorgt fühlen, und das geschieht allemal besser, wenn eine liebenswürdige Frau sich ein wenig um ihr Wohl annimmt. Außerdem hatte ich gehofft, daß Sie diese Freunde gern kennenlernen würden.«

Er hatte mich längst überredet und wußte das wohl auch, denn er trat aus der Tür zurück und sagte: »Kommen Sie! Ich zeige Ihnen alles, ehe die Gäste eintreffen.«

Da folgte ich ihm hinüber in seine Wohnung. Bisher hatte ich nur das Eckzimmer gesehen, in dem ich den Mietvertrag unterschrieben hatte, eine zwar wohnliche, aber eher der nüchternen Tagesarbeit gewidmete Stube. Durch eine weitere Tür führte mich Mirdini in einen mindestens viermal so großen Raum, in dem, da es draußen vor den Fenstern inzwischen schon dunkel war, auf Tischleuchtern und Lichthaltern an den Wänden zahlreiche Kerzen brannten, auch rechts und links des Notenpultes auf dem schon geöffneten Cembalo, das im hinteren Teil des Raums stand, umgeben von ein paar Notenständern. Auf dem großen runden Tisch waren Platten mit kaltem Fleisch angerichtet, Körbe mit Kleinbrot standen dabei, Schälchen voll eingelegter schwarzer und grüner Oliven und in der Mitte ein Tafelaufsatz mit Trauben, Birnen und frischen Feigen.

»Um den Wein werde ich mich selbst kümmern«, sagte Mirdini und wies auf einen Seitentisch, auf dem Karaffen mit rotem und weißem Wein standen.

Während ich mich noch in diesem weitläufigen Gesellschaftsraum umsah, angezogen vor allem von den Bildern, die in ihren verwegenen Perspektiven und den kühnen Verschränkungen menschlicher Körper unverkennbar dem Geist des Manierismus verpflichtet waren, erklang das Läuten der Türglocke, und Mirdini ging hinaus, um zu öffnen. Ich hörte durch die offenen Türen, wie er die ersten Gäste begrüßte, zwei oder drei Männer offenbar, die sofort in ein lebhaftes Gespräch mit ihm verstrickt waren. Als er mit ihnen zurückkam, sah ich, daß es drei waren, zwei Männer mittleren Alters und ein jüngerer, der eine Rolle von Papieren unter dem Arm trug. Mirdini stellte mir die Gäste als Maler vor; den dunkelbärtigen nannte er Jacopo, den zweiten Russo und den jüngeren Francesco. »Francesco hat Zeichnungen mitgebracht«, sagte er. »Wir wollen sie uns anschauen.«

Er nahm ihm die Rolle ab, ging zu einem seitlich unter einem der Wandleuchter stehenden Tisch und entrollte das erste Blatt. Alle drei Künstler und auch ich waren inzwischen neben ihn getreten und schauten auf die Zeichnung. Sie war mit Kohle und Rötel ausgeführt und zeigte in geradezu frappanter Lebensnähe eine Gruppe von drei jungen Frauen, deren Körperformen durch ihre stellenweise anliegenden, aber auch zu dichten Faltenwürfen wie vom Wind aufgetriebenen Gewänder eher hervorgehoben als verborgen wurden. Die mittlere stand noch leicht zur Seite gebeugt, als habe sie sich eben von der steinernen Bank erhoben, auf der die beiden anderen rechts und links von ihr saßen und zu ihr aufblickten. Die Komposition der drei Figuren bildete in ihrem Umriß ein nahezu vollkommenes gleichschenkliges Dreieck, als solle damit die Dreizahl noch einmal betont werden.

»Wen soll das darstellen?« fragte Russo.

Francesco zuckte die Achseln. »Drei Frauen«, sagte er. »Das siehst du doch. Kommt es darauf an, daß sie etwas anderes darstellen, als sie sind? Drei Grazien vielleicht? Drei Muttergöttinnen, wie sie im hyperboreischen Norden verehrt werden? Drei Hebammen, die sich bereitmachen, neuem Leben an den Tag zu helfen? Oder drei Giftmischerinnen? Kommt es nicht einzig darauf an, daß sie schön sind, schön von Gestalt und im Dreiklang ihrer Gruppierung?«

»Schön!« rief Jacopo und schlenkerte seine Hand in einer fahrigen Bewegung dicht über das Blatt hinweg, als wolle er die Zeichnung verwischen. »Warum willst du die Menschen zeichnen, wie sie nicht sind? Sollen sie sich denn immer an solchen Idealfiguren messen lassen müssen, um sich ihrer eigenen Verunstaltung noch mehr bewußt zu werden?« Er raufte sich den schütteren Bart und verzog sein Gesicht zu einer Grimasse, als wolle er es noch häßlicher machen, als es ohnehin schon war. »Haben wir nicht davon gesprochen«, sagte er etwas ruhiger,

»daß wir die edlen Proportionen und bedeutungsschweren Symbole der Klassiker aufbrechen und verzerren wollen, um zu zeigen, wie der Mensch in dieser Welt wahrhaft ist?«

»Habe ich das nicht versucht?« sagte Francesco und wies auf die Mitte des Blattes. »Siehst du nicht, wie sich der Körper der stehenden Figur aus der Mitte der Zeichnung herausschwingt und sich um etwas herumbeugt, das nicht mehr da ist? Die Mitte ist leer, nichts ist mehr ins Zentrum gesetzt, kein Symbolgegenstand von tieferer Bedeutung, keine darauf verweisende Geste. Dort, wo der Leib der Mittleren sich nach außen biegt, blickt der Betrachter weit hinaus zum fernen Horizont, an dem nichts Eindeutiges zu erkennen ist, ein paar flüchtige Kohlestriche allenfalls, die vielleicht eine schon zerfallene Weinhauerhütte andeuten oder auch einen zusammengebrochenen Galgen.«

Jacopo und auch Russo waren dem weisenden Finger Francescos mit den Augen gefolgt und prüften unbarmherzig, was dieser zu erläutern versuchte. »Ach du mit deinen zaghaften Andeutungen!« sagte Jacopo. »Wer beachtet die schon, solange seine Blicke an den reizvollen Draperien deiner Frauenkörper herumspielen und sie zu entblößen versuchen. Wenn ich einen Menschenkörper zeichne, dann verzerrt er sich unter meinen Händen wie unter der Folter des Henkers. Ich pfeife auf edle Proportionen, wenn ich die Qualen der Einsamkeit ins Bild zu setzen versuche, zu der Menschen in dieser Welt verdammt sind. Da gefallen mir deine Bilder besser, Russo; denn du weist auf die Zentren dieser Folter hin, etwa wenn du exakt in den Mittelpunkt eines alttestamentlichen Kampfgewühls nackter Leiber das Geschlecht eines Mannes setzt.«

Francesco schüttelte den Kopf, und ich war nicht überrascht, daß dieser noch fast bartlose Jüngling errötete angesichts der Drastik, die hier vor einer Dame zur Sprache kam. »Ich kann nicht so malen«, sagte er. Dann wandte er sich an unseren Gastgeber und fragte: »Wer von uns ist nun auf dem richtigen Weg, Signor Mirdini? Diese beiden Misanthropen oder ich, der ich trotz allem die Schönheit zu retten versuche?«

»Ihr alle drei, jeweils auf eure Weise«, sagte Mirdini. »Jeder von euch versucht Bilder des Menschen zu schaffen, und ihr alle brecht dabei aus dem erstarrten Formenkanon der Alten aus...«

In diesem Augenblick unterbrach ihn das Läuten der Türglocke, und Mirdini verließ mit einer Entschuldigung den Raum, um weitere Gäste zu empfangen. Gleich darauf kehrte er zurück mit einer Gruppe von Musikern, die allerlei Instrumente bei sich hatten und auch Notenhefte. Bei ihnen waren auch drei Frauen, von denen Mirdini mir zwei als Sängerinnen präsentierte. Die dritte nannte er Claudia, als er sie mit mir bekannt machte.

»Jetzt sind alle da, die kommen wollten«, sagte er. »Spielst du uns etwas, Andrea, ehe wir uns zu Tisch setzen?«

Ein junger Mann, etwa gleichen Alters wie Francesco, löste sich von der Gruppe, ging hinüber zum Cembalo, setzte sich vor die Klaviatur und blickte eine Zeitlang vor sich hin auf seine Finger, die schon auf den Tasten lagen. »Ich will euch etwas spielen, das, wie ich meine, den Vorstellungen unseres Gastgebers entspricht«, sagte er dann. »Ich hab's mir zwar zurechtgelegt, dennoch muß es so frei wirken, als wär's mir eben erst eingefallen. Erschreckt nicht, wenn ich gegen alle Regeln zu verstoßen scheine, die meine Lehrer mir mühsam beigebracht haben. Einstweilen werde ich mich noch hüten, dergleichen aufzuschreiben und aus der Hand zu geben und mich damit ihrem Spott oder gar ihrer Verurteilung auszusetzen.«

Danach begann er unvermittelt mit einer Folge von gebrochenen Akkorden, die schon nach den ersten Schritten in völlig entlegene harmonische Bereiche ausbrachen und dann abgelöst wurden von einem freien Figurenspiel, das in seinem Wechsel von getragenen Perioden und heftig aufbrausenden Läufen und Sequenzen sich an keinerlei rhythmisches Schema hielt, sondern den Eindruck eines temperamentvollen Wechselgesprächs mehrerer Menschen erweckte. Hie und da liefen motivische Imitationen durch alle Stimmen, aber durchaus nicht nach den voraussehbaren Gesetzen des strengen Satzes, sondern in Verzögerungen oder Überschneidungen, die den Hörer überraschten, weil stets das Unerwartete zu vernehmen war, wie dies im Gespräch geistreicher Partner immer wieder geschieht. Mit einer verwegenen gegenläufigen Passage beider Hände faßte der Spieler den ausgeschrittenen Tonraum noch einmal zusammen und endete in einem nach dem langen dissonanten Vorhalt geradezu herbeigesehnten Schlußakkord.

Mirdini applaudierte als erster und riß die anderen mit, die zunächst fast befremdet gelauscht hatten. »Du hast verstanden, was ich mir unter einer *Neuen Musik* vorstelle«, sagte er. »Es wird eine Zeit kommen, in der man dergleichen auch aufschreibt. Kommt jetzt zu Tisch!«

Ohne sich an eine vorbestimmte Sitzordnung zu halten, nahmen alle an dem runden Tisch Platz; ich setzte mich Mirdini gegenüber, damit sich jeder von uns beiden um die Gäste an seiner Tischhälfte kümmern konnte. Ich merkte aber bald, daß die mir angetragenen Hausfrauenpflichten keine Mühe machen würden; denn die Teilnehmer der Tafelrunde waren es offenbar von früheren Einladungen her gewohnt, sich selbst zu bedienen, ohne sich erst lange nötigen zu lassen. Der Gastgeber brauchte nur dafür zu sorgen, daß die Weinkaraffen auf dem Tisch nachgefüllt wurden.

Zunächst entspann sich ein Gespräch über die manieristischen Züge von Andreas Toccata. »Deine Spielfiguren sind ähnlich wie die anderer, konventionellerer Cembalisten«, sagte einer der Musiker, »aber gerade deshalb wirken die harmonischen Kühnheiten deiner Musik und die ungewöhnlichen Temposchwankungen um so überraschender. Man ist nicht darauf gefaßt.«

»Ja«, sagte jene junge Frau namens Claudia, die sich neben Andrea gesetzt hatte und ihm wohl auch auf eine besondere Weise nahestand, »die meisten Komponisten tun so, als wäre es ihnen möglich, die Sphärenklänge der Ewigkeit einzufangen und wiederzugeben, obwohl sie in Wahrheit noch niemand gehört hat, und ihre Musik wird dabei von Tag zu Tag langweiliger in ihren erstarrten Wendungen und Kadenzen. Du aber, Andrea, sprichst in deiner Musik zu mir wie ein Mensch, der mir seine Schmerzen und seine Freuden mitzuteilen versucht.«

»Bravo!« rief Mirdini. »Das hast du zutreffend und auch

schön gesagt, wie es deiner Begabung entspricht, Claudia. Hast du etwas Neues geschrieben?«

»Ein Madrigal im neuen freien Stil«, sagte sie. »Andrea hat es in Musik gesetzt. Du sollst es nach Tisch zu hören bekommen.« Sie spielte nicht die Bescheidene, sondern war sich ihrer Begabung durchaus bewußt und blickte stolz zu Andrea, der ihrem Text seine Musik beigegeben hatte.

So ging das Gespräch hin und her, löste sich zeitweise in kleinere Gruppierungen auf und wurde untermalt von jenen kleinen Bemerkungen und Bitten, mit denen Gäste sich Zugang zu Speisen und Getränken verschaffen oder deren Qualität kommentieren. Ich beobachtete das lebhafte Gebärdenspiel der Hände, nicht zuletzt die immer wieder in das Konzert der vorgebrachten Meinungen eingreifenden Gesten Mirdinis, der mir mehr und mehr als der geheime Dirigent dieses Ensembles erschien. Eines wurde mir immer deutlicher bewußt: Ein Umsturz wurde hier vorbereitet; eigentlich war er schon im Gange, ein Aufstand gegen die von Erstarrung bedrohten Konventionen jeglicher Kunst, und Mirdini, so sah es aus, hatte den Anstoß dazu gegeben und schürte den Fortgang nach Kräften. Wer ist dieser Mann, fragte ich mich, der hier an diesem runden Tisch präsidiert wie weiland König Artus in seiner Tafelrunde und diese teils noch jungen Menschen in das Abenteuer hineintreibt, der Existenz des Menschen in dieser Welt mit allen Mitteln ihrer Künste nachzugehen, ihr auf den Grund zu gehen, und der sie dazu verlockt, das scheinbar sichere Gelände des Bewährten zu verlassen und neue, der Natur und Widernatur des Menschen gemäßere Wege zu suchen, auch auf die Gefahr hin, daß sich einzelne von ihnen in den Wüsten der Einsamkeit und Verzweiflung verlieren.

Denn beides konnte ich aus diesen Tischgesprächen heraushören: einerseits die Unsicherheit, ja die Angst, die Menschen anfallen kann, wenn sie die ausgefahrenen Geleise verlassen, die von anderen bis in alle Ewigkeit vorgebahnt worden zu sein scheinen, und sich seitwärts ins Dickicht schlagen, um sich einen eigenen Weg zu suchen, weil die eigenen Fragen auch eine eigene Antwort herausfordern. Das vorher Gelernte wird dadurch zwar nicht völlig entwertet, dient aber neu erkannten Zusammenhängen, ist schließlich nur noch Manier, ein formales Gerüst, um das Neue zusammenzuhalten wie ein Korb, den das Neue dann zuweilen füllt bis zum Überquellen. Je genauer die Fragen gestellt werden, desto vieldeutiger fallen die Antworten aus; Eindeutigkeit ist nicht mehr zu gewinnen, und es erfordert ein hohes Maß an Kühnheit, dem Abbild der eigentlichen, nämlich verborgenen Wirklichkeit ins Antlitz zu blicken, in ein Antlitz, das in ständigem Wandel begriffen ist und in dem Maße zerfließt, in dem sich der Blick des Betrachters schärft. Da haben es jene schwer, die dabei in eine solche Vereinzelung geraten, daß sie nur noch die Verzerrungen und Verunstaltungen eines zerfließenden Wirklichkeitsbildes wahrzunehmen imstande sind, obgleich man hoffen kann, daß sie in ihrer Einöde der letzten Erkenntnis vielleicht am nächsten sind.

Andere finden eine neue Perspektive darin, daß ihr Weg jenen eines oder einer anderen kreuzt. Nun stehen sie Angesicht zu Angesicht, um sich gegenseitig ihre Ausblicke zu beschreiben und mit der Sicht des anderen zu vergleichen, bis beide in liebender Umarmung in eins fallen, wie es bei dem jungen Musiker Andrea und seiner schönen Poetin der Fall sein mochte, die, wenn ich ihnen zusah, in einer durchsichtigen und sicher auch äußerst verletzlichen Blase ihres Glücks eingeschlossen zu schweben schienen, imstande, eine neue Sprache für diesen ekstatischen Zustand zu finden, eine Sprache, die geeignet ist, auch den außerhalb ihres Zweiersystems lebenden Zuhörer zu treffen und außer sich zu setzen.

So geschah es mir, als die Musiker sich um das Cembalo versammelt hatten und Andreas fünfstimmiges Madrigal zu Claudias Text teils singend, teils auf ihren Instrumenten vortrugen, wobei Text und Musik eine solche Einheit bildeten, daß ich – wenn es nicht zuvor erwähnt worden wäre – nicht hätte sagen können, was von beidem zuerst entstanden sei oder auch beides zugleich aus einer Hand. Ich kann die Worte nicht mehr wiederholen, weiß nur noch, daß sie, von leidenschaftlichen Ausbrüchen vorangetrieben, die äußersten Grenzen abtasteten, an denen das eigene Ich und das andere einander berühren und zwischen Haut und Haut Flammen entfachen, die doch nicht imstande sind, diese hauchdünne Scheidewand aufzuschmelzen. Die Metaphern des Textes fanden ihre Entsprechungen in den Manieren der Musik, die nie zum bloßen Zierat entarteten, sondern die Intensität des Ausdrucks von Lust und Schmerz in ihren motivischen Verkettungen bis zu scharf dissonanten Reibungen steigerten, um deren Spannung erst im letzten ausschwingenden Akkord allmählich zu lösen, indem die einzelnen Stimmen nacheinander zur vollen Harmonie zusammenfanden.

Eine Weile saßen die Zuhörer und auch die Musiker schweigend und bewegungslos da. Auch als sich diese nachwirkende Verstrickung allmählich gelöst hatte, kam kein rechtes Gespräch mehr zustande, und die Gäste gingen bald.

Als ich mich von meinem Gastgeber und Hausherrn verabschiedet und ihm für diesen Abend gedankt hatte, blieb ich noch einmal unter der Tür stehen, drehte mich zu ihm um und sagte: »Wer sind Sie eigentlich, Signor Mirdini? Sie vermieten mir für wenig Geld in derzeitiger Währung dieses schöne Zimmer mit den recht zeitlosen, aber keineswegs musealen Möbeln, laden mich zu einem Espresso ein – seit wann gibt es den eigentlich? –, den Sie in einem durchaus modernen, zusammenschraubbaren Kännchen zubereiten, führen mich durch eine ganz normale Tür in Ihrer Wohnung dann unversehens in die Geburtsjahre des Manierismus zurück, als wären Sie und auch ich in Ihrer Gesellschaft nicht mehr an die Begrenzungen der Zeit gebunden. Wer sind Sie?«

»Ach Kindchen«, sagte Mirdini, »seit wann gelten in allem, was Sie sich vorzustellen vermögen, die Gesetze der Zeit? Und bildet die manieristische Revolution nicht eine Entwicklung ab, die in Permanenz durch alle Zeiten hindurch stattfindet? Ich bin einer, der durch Ihre Gedanken und Empfindungen geistert, manchmal als Wohnungsvermieter, manchmal als Kunstmäzen, zuweilen habe ich auch ein bißchen von einem Zauberer an mir, aber Sie wissen schon, daß ich solche Fähigkeiten anders auffasse als eine gewisse Person aus Ihrer eigenen Geschichte. Manchmal trotte ich möglicherweise auch als alter Gärtner über die Kieswege eines Schloßparks und sage sonderbare Worte zu einer verwirrten Königstochter, um sie zum Ausbruch aus dem Gefängnis ihrer scheinbaren Realität zu ermutigen...«

Die letzten Worte Signore Mirdinis waren kaum noch zu verstehen und vergingen in schwindendem Gemurmel, während ich vor mich hin auf die kleine, zylindrisch geformte Espressotasse aus braunem Porzellan schaute, die noch zu etwa einem Drittel gefüllt war. Ich griff nach dem zierlichen Henkel, hob die Tasse zum Mund und trank sie leer. Der Kaffee war noch heiß. Dann stellte ich die Tasse wieder auf die Untertasse zu dem aufgerissenen Zuckertütchen und bemerkte beim Aufblikken, daß mir gegenüber noch immer die grauhaarige Dame saß und mich besorgt anschaute. »Geht es Ihnen nicht gut?« fragte sie. »Wo sind Sie eben gewesen?«

»Auf Zimmersuche«, sagte ich spontan und hatte Mühe, mich daran zu erinnern, wo ich mich befand.

»Da werden Sie keins finden, wenn Sie am hellichten Tag beim Espresso ins Träumen geraten«, sagte die Dame amüsiert. »Suchen Sie etwas in Verona?«

»Nein, nein«, sagte ich rasch, »ich habe meine Fahrt zum Studium hier nur unterbrochen« und nannte ihr meinen Studienort.

»Das habe ich vermutet«, sagte sie. »Vielleicht kann ich Ihnen sogar behilflich sein. Ich habe dort eine Schwester, die in ihrem viel zu großen Haus kleine Appartements vermietet.« Als ich wegen der zu befürchtenden Kosten eines Appartements eine besorgte Miene aufsetzte, verstand die Dame sogleich meine Bedenken und beruhigte mich. »Keine Angst, meine Schwester ist weniger am Geld als an netten Mieterinnen interessiert. Ich glaube, Sie werden ihr gefallen.«

Schon zog sie ein Visitenkärtchen aus ihrer Handtasche, auf das sie für mich die Adresse und dazu ein paar Worte für ihre Schwester schrieb. »Wenn Sie Lust dazu haben, bringen Sie ihr das und sagen Sie ihr meine Grüße. Im übrigen werden Sie jetzt rasch zum Bahnhof gehen müssen, wenn Sie noch beizeiten Ihr Ziel erreichen wollen.«

Erst jetzt schaute ich auf meine Uhr und sah, daß es allerhöchste Zeit war. Ich bedankte mich nach einem Blick auf das Kärtchen bei Signora Pellegrini, nannte ihr meinen Namen und versprach ihr, auf jeden Fall ihre Schwester zu besuchen. Dann eilte ich zurück zum Bahnhof, holte mein Gepäck aus dem Schließfach und kam gerade noch zur rechten Zeit auf den Bahnsteig gelaufen. Ein freundlicher Schaffner hielt mir die Tür auf und half mir, mein Gepäck hinaufzuwuchten. Gleich im nächsten Abteil fand ich einen freien Platz, und als ich mich – noch etwas außer Atem – niedersetzte, ruckte der Zug an und rollte langsam aus dem Bahnhof.

Es dunkelte schon, als ich mich zum Aussteigen vorbereitete. Ich schaute noch einmal auf den Stadtplan, den ich mir schon zu Hause besorgt hatte, und versuchte, mir den Weg vom Bahnhof zu dem Wohnheim einzuprägen, in dem ein Zimmer auf mich wartete. Doch als ich dann auf dem Bahnsteig stand, den Rucksack geschultert, und den durch die Last meiner Bücher beschwerten Koffer anhob, gab ich den Gedanken auf, schon jetzt durch die Straßen der abendlichen Stadt zu gehen und ihre Gerüche einzuatmen. Draußen auf dem Vorplatz nahm ich ein Taxi, sagte dem Fahrer die Adresse und lehnte mich aufatmend zurück.

Der Wagen fuhr über eine breite, gerade Straße stadteinwärts, überquerte einen Kanal, bog bald danach seitwärts ab und kurvte so rasch durch ein Gewirr schmaler Gassen, daß ich bald die Orientierung verlor. Schließlich hielt der Fahrer vor einem eher abweisend wirkenden, dreistöckigen Gebäude unbestimmten Alters, dessen ursprünglich klösterlicher Charakter deutlich zu erkennen war an der architektonisch etwas zurückgesetzten Hauskapelle und noch spürbarer wurde, als ich durch das schwere Flügeltor eintrat und in einem Vorraum stand, in den sich von links her das Fenster einer Pförtnerloge öffnete, während der weitere Weg in das Gebäude hinein zunächst verwehrt schien durch eine sehr solide gefertigte und mit barockem Schnitzwerk versehene, von außen nur mit einem Schlüssel zu öffnende Tür.

Aus dem Logenfenster beugte sich auch gleich eine in ihren strengen Habit gekleidete Ordensfrau heraus und fragte mit der jedem Besucher einer Ordensniederlassung gegenüber gebotenen Freundlichkeit nach meinen Wünschen. Als ich meinen Namen genannt hatte, kam ich gar nicht mehr zu der Erklärung, daß ich hier ein Zimmer gemietet hätte; denn die Schwester wußte sofort Bescheid, sagte, daß man mich schon früher erwartet habe und bereits in Sorge gewesen sei. Das alles klang so erleichtert, als habe mich die Schwester schon in der Gewalt von Mädchenhändlern gewähnt.

»Kommen Sie herein, kommen Sie herein!« rief sie in ihrem etwas provinziell eingefärbten Italienisch und ließ den elektrischen Türöffner so lange schnarren, bis ich die Tür aufgedrückt und mein Gepäck auf den dahinter quer verlaufenden, mit schachbrettartig gemustertem Fliesenboden ausgestatteten Gang geschoben hatte. Gleich darauf kam, offenbar durch ein Klingelzeichen herbeigerufen, eine weitere Klosterfrau, die sich mir als Leiterin des Hauses vorstellte und mich in ihr Büro neben der Pförtnerloge bat. »Lassen Sie Ihr Gepäck einstweilen hier stehen«, sagte sie. »Man wird es inzwischen in Ihr Zimmer bringen.«

Sie schob mir einen bequemen Sessel zurecht, ließ mich dort Platz nehmen und setzte sich selbst auf einen knarrenden Holzstuhl zu mir. »Hatten Sie eine gute Reise?« fragte sie. »Ich hoffe, Sie hatten unterwegs keine Schwierigkeiten.«

Alle schienen sich hier um mich gesorgt zu haben, und ich wußte nicht, ob ich mich eingeengt fühlen sollte oder gerührt. »Ich habe schon gehört, daß Sie mich früher erwartet haben«, sagte ich und erklärte, daß ich meine Fahrt in Verona unterbrochen hätte, um mir die Stadt anzusehen.

»Eine schöne Stadt!« sagte die Klosterfrau. Sie wirkte sehr verständnisvoll und machte mich dann mit den Gepflogenheiten dieses Hauses bekannt. »Sie brauchen nicht zu befürchten, daß wir Sie in ein Kloster einsperren«, sagte sie, und dabei blitzte in ihren dunkelgrauen Augen ein Funke von Humor auf. »Wir sind nur ein kleiner Konvent und wohnen in einer eigenen Klausur im Seitenflügel. Sie bekommen natürlich Ihre eigenen Schlüssel. Der Charakter unseres Hauses verbietet es allerdings, daß Sie männlichen Besuch mit auf Ihr Zimmer nehmen. Hier unten im Parterre gibt es ein wohnlich eingerichtetes Zimmer, in dem Sie Gäste empfangen können. Im übrigen können Sie kommen und gehen, wann Sie wollen.«

Nachdem noch einige Formalitäten erledigt waren, läutete sie eine junge Schwester herbei, die mich zu meinem Zimmer brachte. Es lag im zweiten Stock zur Rückseite des Hauses. Die Schwester kam mit herein, um nachzusehen, ob alles für meine Ankunft hergerichtet sei. Ich trat inzwischen an eines der beiden Fenster und schaute hinunter, konnte aber in der Dunkelheit nicht viel mehr als die Kronen einiger Bäume erkennen.

»Dort unten ist unser Garten«, sagte die Schwester, die neben mich getreten war. »Wenn Sie hier im Haus die Mahlzeiten einnehmen wollen, werden Sie immer frischen Salat und am selben Tag geerntetes Gemüse bekommen.«

»Was sind das für Bäume dort unten?« fragte ich.

»Drüben an der Mauer stehen zwei Birnbäume und ein Pfirsichbaum«, sagte sie. »Der große Baum in der Mitte mit der dichten Krone ist eine Edelkastanie. Mögen Sie Maroni?«

»Leidenschaftlich gern!« sagte ich. »Als Kind habe ich sie immer roh gegessen, und das tue ich manchmal auch heute noch.«

»Warten Sie einen Augenblick! Ich bin gleich wieder zurück«, sagte die Schwester und huschte aus dem Zimmer. Kurze Zeit später kam sie wieder und stellte auf den Tisch eine Schale, in der neben einer dicken gelben Birne ein paar Dutzend braunglänzender Maronen aufgehäuft lagen. »Sie sollen sich bei uns wenigstens ein bißchen wie zu Hause fühlen«, sagte sie und wiederholte damit in etwas eingeschränkter Form wohl nur einen Satz, den man ihr im Hinblick auf die Heiminsassinnen beigebracht hatte, aber sie hatte auch sofort begriffen, daß in meinem Fall die Maroni das geeignete Mittel waren, diesen Satz erfahrbar zu machen. Vielleicht bemerkte sie noch meinen gierigen Blick, wünschte mir eine gute Nacht und ging.

Du kannst dir denken, daß ich an diesem Abend eine Keschten-Freßorgie feierte. Schon damals besaß ich das kleine Taschenmesser, dessen Verwendung beim Keschtenschälen du später auf unserer gemeinsamen Fahrt zum Garten der Monster beobachten konntest, ziemlich befremdet von der Gier, mit der ich mich über die rohen Kerne hermachte. Ich glaube, es wurde dir bei dieser Gelegenheit tatsächlich bewußt, wie fremd ich dir noch war. So etwas wie hemmungslose Gier hattest du mir offenbar nicht zugetraut.

Eins wüßte ich gern: Hat dich diese Beobachtung ernüchtert oder gar enttäuscht? Ernüchterung wäre ja angebracht gewesen, falls dir zu diesem Zeitpunkt noch immer die Identifikation meiner Person mit der leibhaftigen Liebesgöttin (wenn auch in recht ramponierten Marmor gehauen) im Kopf herumgespukt hätte. Aber habe ich dich enttäuscht? Oder war gerade das Erlebnis dieser ungehemmten Leidenschaft, mit der ich meine Lust auf Keschten stillte, der Grund dafür, daß ich für dich berührbar wurde? Die Leidenschaft des Fressens als Metapher anderer Leidenschaftlichkeit, anderer unstillbarer Gier? Ich habe dir diese Szene nicht in solcher Absicht vorgespielt – dem Anblick von reifen Keschten kann ich einfach nicht widerstehen, mehr war mir damals nicht bewußt –, aber es könnte schon sein, daß dein Unterbewußtsein auf dieses Signal reagiert hat; denn kurz danach hast du mich zum ersten Mal in die Arme genommen und geküßt, und wie dieser Tag später geendet hat, weißt du ja.

Falls es tatsächlich in meinem Unterbewußtsein eine metaphorische Verknüpfung von Keschtengier und derartigen Weiterungen geben sollte, so spürte ich während meiner ersten Nacht im Haus der Nonnen nichts davon, jedenfalls war mir am nächsten Morgen nichts erinnerlich von irgendwelchen Träumen, die so etwas hätten vermuten lassen. Ich bekam ein italienisches Frühstück, das soll heißen: einen sehr hellen Milchkaffee und frisch gebackene, schneckenartig gewundene Ölbrötchen, und machte mich danach gleich auf den Weg, um die nötigen Formalitäten an der Universität zu erledigen. Dabei hatte ich gleich Gelegenheit, den Innenhof des alten Universitätsgebäudes zu bewundern, der während der Jahre entstanden ist, in denen der Manierismus aus dem antikischen Gleichmaß der Renaissance hervorbrach.

Als ich aus den Räumen der Universitätsverwaltung wieder hinaus in den Hof trat, stieß ich fast mit Professor Battisti zusammen, der sich eben anschickte, dort hineinzugehen, wo ich herauskam. Ob er mich wohl wiedererkennt? dachte ich einen Augenblick, aber da griff er schon nach meiner Hand, und es fehlte nicht viel, daß er mich zur Begrüßung umarmt hätte. Er schien sich tatsächlich zu freuen, seine Gespräche mit mir hier an seiner Heimatuniversität wieder aufnehmen zu können, ja es sah fast so aus, als hätte er versucht, mich hier abzupassen, und ich mußte an die Bemerkung der Dame vom italienischen Konsulat denken, die sich anscheinend noch sehr viel weitergehende Gedanken über die Verbindung zwischen ihm und mir gemacht hatte.

Wie dem auch sein mochte, auch ich freute mich, ihm wieder zu begegnen, und nahm gern seine Einladung auf einen Kaffee an. Ob er hier in der Universitätsverwaltung nichts zu erledigen gehabt hätte, fragte ich, doch er sagte, das habe Zeit, und wischte den Gedanken an dergleichen Amtsgeschäfte oder was ihn auch hergeführt haben mochte, mit einer ausfahrenden Handbewegung weg und dirigierte mich hinaus auf die Hauptstraße und dann seitwärts durch verwinkelte Altstadtgassen zu seiner Cafeteria, wo der Inhaber ihn mit Namen begrüßte und uns zu einem Tisch geleitete, den Battisti offenbar bevorzugte. Gleich darauf wurde uns der Espresso serviert.

»Der ist hier besser als das, was ich in Ihrem Land auf meinem kleinen Kocher zusammengebraut habe«, sagte Battisti, während er Zucker in die Tasse schüttete und umrührte.

»Nicht nur der Kaffee«, sagte ich, »auch die Anschauung dessen, was ich aus Ihrer Vorlesung bisher nur auf Abbildungen und Dias gesehen habe«, und ich fragte ihn, ob er es für sinnvoll halte, wenn ich an seinem Hauptseminar über die Bauten der zweiten Hälfte des 16. Jahrhunderts teilnehmen würde. Mich hatte die Veranstaltung gereizt, weil sie teilweise in Form von Exkursionen zu solchen Baudenkmälern in der näheren Umgebung stattfinden sollte.

»Aber natürlich!« sagte er. »Dazu sind Sie ja hergekommen, um das alles aus eigener Anschauung kennenzulernen. Ich muß Ihnen überhaupt zeigen, was es hier in der Stadt alles zu sehen gibt.«

»Von mir aus können Sie gleich morgen damit anfangen«, sagte ich und wunderte mich über meine Kühnheit.

Er schüttelte den Kopf, und mir kam es so vor, als streife ein Schatten über sein Gesicht. »Morgen geht es nicht«, sagte er. »Da muß ich zu Hause bleiben.«

»Wohnen Sie nicht hier in der Stadt?« fragte ich.

»Hier habe ich nur ein kleines Zimmer zum Schlafen, falls es einmal zu spät wird«, sagte er. »In der Hauptsache wohne ich in Venedig unter der sanften, aber zähen Tyrannei meiner Mutter. Und dienstags legt sie Wert darauf, daß ich ihr Gesellschaft leiste, und läßt keine Einwände gelten.«

Ich blickte ihn überrascht an ob der Offenherzigkeit dieser Mitteilung. Er, der graubärtige Professor, sprach plötzlich wie ein der Fuchtel seiner Mutter noch nicht entwachsener Junge. Er bemerkte meinen Blick, mißdeutete ihn aber und sagte: »Sie fragen sich wohl, wie ich das während meines Gastsemesters an Ihrer Universität habe regeln können. Leicht war das nicht. Am liebsten hätte sie mich gar nicht von der Leine gelassen. Aber schließlich habe ich einen Ruf zu verlieren, und dieses Argument hat sie überzeugt; denn das, was sie meine *akademische Karriere* nennt, war ihr von Anfang an so wichtig, wie es mir gleichgültig ist. Ich mußte aber einen Vetter, der auch in Venedig wohnt, bitten, mich dreimal in der Woche bei ihr zu vertreten, und sie erwartete außerdem täglich einen telefonischen Lagebericht von mir.«

Warum erzählt er mir unaufgefordert solche privaten Dinge? dachte ich bei mir. Ich war gerührt über so viel Vertrauen und merkte, daß ich diesen Mann lieber mochte, als ich es mir bisher selbst eingestanden hatte. Er hatte inzwischen die vielleicht auch für ihn ungewohnte Abschweifung ins Private mit einem Achselzucken abgetan und sagte: »Aber übermorgen habe ich keine Veranstaltung und biete Ihnen einen Rundgang an, bei dem wir nichts Wesentliches auslassen. Festes Schuhwerk bitte ich mir aus, damit Sie nicht auf halbem Wege schlappmachen! Halb zehn im Hof der alten Universität, paßt Ihnen das?«

O ja, das paßte mir, und so zog ich zwei Tage später mit ihm los. Ich will dir eine Beschreibung der Sehenswürdigkeiten dieser Stadt ersparen, denn die kannst du in jedem Kunstreiseführer nachlesen und hat überdies nichts mit der Geschichte zu tun, die ich dir erzählen will. Es genügt hier der Hinweis, daß die Art, wie er eher beiläufig und ohne mit seinem immensen Wissen zu prunken die interessantesten Aspekte all dieser Kirchen mit ihren berühmten Fresken, der Loggien und Palazzi mir näherbrachte, ihn mir immer liebenswerter machte. Auch wußte er eine Menge von Geschichten zu erzählen, die mit diesen Gebäuden, ihren Erbauern und Bewohnern zu tun hatten, und tat dies nicht in der geschwätzigen Art mancher Fremdenführer, sondern verstand solche auszuwählen, die Bezeichnendes über Geschichte und Stil der Bauwerke aussagten. Zugleich machte er mich dabei auch mit der Struktur der Stadt vertraut, damit ich mich künftig in dem Gassengewirr leichter zurechtfinden könne.

Um die Mittagszeit blieb Battisti wie zufällig neben einem am Straßenrand geparkten Kleinwagen stehen und fragte: »Haben Sie keinen Hunger?«

Zuerst meinte ich, er wolle mit dieser Frage unseren Stadtrundgang etwas abrupt beenden, und setzte schon zu Dankes- und Abschiedsworten an, doch er wehrte mein Gestammel mit einer heftigen Handbewegung ab wie eine lästige Fliege und sagte: »Das ist keine Antwort. Ich habe Sie nach Ihren Hungergefühlen gefragt. Hat Ihnen der Zustand unserer Baudenkmäler den Appetit verschlagen?«

Ich mußte lachen. Er hatte wohl registriert, daß mir unterwegs immer wieder die Erinnerung an die häufig überrestaurierten historischen Bauwerke in den nördlichen Gefilden jenseits der Alpen aufgestiegen war, die zuweilen wie eine eben fertiggestellte Kopie der ursprünglichen Gebäude wirken, während hier jeder

Kirche und jedem Palazzo das ehrwürdige Alter anzumerken war; wie die Runzeln im Gesicht eines alten Menschen waren fast überall auch die Spuren des Verfalls oder wenigstens des jahrhundertelangen Gebrauchs zu erkennen, abblätternder Verputz oder vom Vorüberstreifen unzähliger Passanten abgewetzte Hausecken, und es gefiel mir viel besser, daß dies alles nicht wegretuschiert worden war. »Keinen Appetit?« sagte ich. »Im Gegenteil! Unser Spaziergang hat mir großen Appetit gemacht, und nicht nur auf Ihr Seminar.«

»Dann steigen Sie ein!« sagte er und schloß die Tür des kleinen Autos auf. »Ich will Sie zum Essen ausführen. So schnell lasse ich Sie nicht gehen.«

Es war ein Wagen des gleichen Typs wie jener, mit dem ich dich später von Brixen bis ins Umland von Verona kutschiert habe. Es könnte sogar sein, daß ich mir dieses Auto damals gemietet habe, weil es mich an Battistis Wagen erinnerte; denn es war nur die erste von vielen nachfolgenden Fahrten, als wir wenig später die architektonisch nicht sehr reizvolle Industriezone am Rand der Stadt hinter uns ließen und ins flache Land hinausfuhren, zwischen Feldern und Obstgärten dahin bis zu einem Dorf. Battisti ließ dort seinen Wagen stehen und schlug einen Fußweg ein, der uns zu einem schiffbaren Kanal führte, auf dessen jenseitigem Ufer zwischen dem wohlgeordneten Buschwerk einer weitläufigen Gartenanlage eine Villa stand wie ein schön gefaßtes Juwel. Der Säulenportikus nach Art eines antiken Tempels vor der Front des Zentralbaus und die klassische Ausgewogenheit der übrigen Bauglieder ließen kaum einen Zweifel daran, von wem dieser Entwurf stammte. »Palladio«, sagte ich.

»Wahrscheinlich«, sagte Battisti. »Man weiß es nicht genau. Aber das tut der Schönheit des Baus keinen Abbruch.«

Eine Weile standen wir am Ufer und schauten schweigend dieses Gebäude an. Schließlich sagte Battisti: »Später fahren wir hinüber auf die andere Seite des Kanals und schauen uns Haus und Garten aus der Nähe an. Ich kenne die Besitzer. Jetzt wollen wir erst einmal unseren Hunger stillen.«

Wir gingen zurück ins Dorf und setzten uns in den Gastgarten einer Trattoria, von der mein Cicerone Rühmliches zu berichten wußte. »Mögen Sie Huhn?« fragte er. »Dann würde ich Ihnen *Polastro in tecchia* empfehlen, ein Hühnerragout, das im Rotwein aus dieser Gegend geschmort wird. Als Vorspeise ein bißchen Fisch? Was ziehen Sie vor: Flußfisch oder etwas aus dem Meer? Ach was – wir bestellen uns von beidem! Zum Hauptessen vielleicht Polenta? Daran müssen Sie sich hier im Veneto gewöhnen, überhaupt, wenn Sie in Ihrem Wohnheim essen. Nonnen kochen nicht schlecht, und die Küchenschwester dort soll vom Land stammen, sagt man. Ich würde Ihnen raten, sich dort zu den Mahlzeiten anzumelden. Da schmeckt es Ihnen sicher besser als in der Mensa. Also: Polenta! Brot bekommen wir ohnehin.«

Da trat auch schon die Wirtin an unseren Tisch, stellte ein Brotkörbchen zwischen unsere Gedecke und fragte nach unseren Wünschen. Battisti nannte sie und bestellte dazu Wasser zum Wein. »Ich muß noch fahren«, sagte er, »und bin verantwortlich dafür, daß Ihnen nichts passiert. Und Sie sollten nüchtern genug bleiben, daß ich Ihnen Glauben schenken darf, wenn Sie sagen, daß es Ihnen hier in meiner Gesellschaft gefällt.«

Er spricht wie ein Liebhaber, dachte ich einen Augenblick und wandte vorsichtshalber den Blick von ihm ab, schob aber diese Vorstellung rasch beiseite und redete mir ein, daß dies eben die mir noch ungewohnte, etwas überschwengliche italienische Art sei, der mein Begleiter hier in seinem vertrauten Milieu ungehemmt nachgab. Wir genossen das in der Tat vorzügliche Essen in aller Ruhe, sprachen dabei über das, was wir am Vormittag gesehen hatten, und beteuerten dazwischen einander mehrmals, wie sehr wir es zu schätzen wüßten, in solch angenehmer Gesellschaft an diesem schönen Tag unter dem stahlblauen Herbsthimmel im Schatten einer Weinlaube miteinander diese Mahlzeit einzunehmen, die aller Aufmerksamkeit wert sei.

Nachdem wir zum Abschluß noch einen – schon bin ich versucht zu sagen: *unseren üblichen* – Espresso getrunken hatten, entspann sich ein kleiner Disput darüber, wer was zu bezahlen hätte, aus dem Battisti siegreich hervorging (»schließlich bin ich es, der Sie hierher verschleppt hat«, sagte er), und dann gingen wir zurück zum Wagen. Battisti mußte einen beträchtlichen Umweg bis zur nächstgelegenen Brücke fahren, um ans andere Ufer des Kanals zu gelangen, und lenkte den Wagen dann auf einen schmalen Karrenweg, auf dem wir, immer am Wasser entlang, in Sichtweite der Villa kamen. Diesmal näherten wir uns ihr von der Seite und wurden schon in der durch ein hohes Gittertor verschlossenen Einfahrt von einem Hausdiener empfangen. Erst bei dieser Gelegenheit erfuhr ich, daß Battisti unseren Besuch schon am Tag zuvor telefonisch angemeldet hatte. Offensichtlich überließ er nichts dem Zufall und hatte den Ablauf dieses Tages genauer geplant, als es zunächst den Anschein gehabt hatte.

Der Diener öffnete uns das Tor, dirigierte den Wagen auf einen seitwärts zwischen Gebüsch fast unsichtbar gelegenen Parkplatz und geleitete uns dann bis in den säulenumstandenen Portikus, wo uns, noch vor der Eingangstür, die Herrin des Hauses begrüßte, eine außerordentlich gepflegt wirkende Dame von etwa fünfzig Jahren, die entfernt mit Battisti verwandt war (eine Cousine zweiten Grades, wenn ich recht verstanden habe), ihm flüchtig beide Wangen küßte und mich dann aus ihren großen, dunkelgrünen Augen aufmerksam betrachtete – fast hätte ich geschrieben: begutachtete –, als müsse sie wem auch immer berichten, mit wem der *professore* sich im Lande herumtreibe. Das ist allerdings meine Interpretation ihres Gebarens; vielleicht war dies auch nur ein Ausdruck der verständlichen Neugier einer auf dem Lande lebenden älteren Dame, die mich, während sie mir ihre etwas schlaffe Hand reichte, zu dem kunsterfahrenen Begleiter beglückwünschte, der mich in ihr Haus gebracht hatte. Sie fragte mich nach den Umständen, die mich an die hiesige Universität geführt hatten, und wie ich mich in der Stadt eingerichtet hätte. »Ach, bei den Schwestern wohnen Sie?« sagte sie erstaunt. »Da sind Sie gut behütet.«

Offenbar war es in ihren Kreisen nicht üblich, daß Mädchen meines Alters sich so freizügig in fremden Ländern umtaten. Battisti schien von ihrem Interesse an meinen Angelegenheiten nicht sonderlich erbaut zu sein. »Wenigstens wird dort anständig gekocht!« sagte er, um dieses Gesprächsthema abzuschließen. »Dürfen wir uns jetzt die Fresken in der Sala anschauen?«

»Tu, als ob du hier zu Hause wärst, Massimo!« sagte sie. »Ihr werdet danach wohl auch den Garten anschauen wollen. Mich mußt du entschuldigen. Ich habe in der Stadt zu tun.«

»Wie schade!« sagte Battisti. »Als Herrin des Gartens wirkst du immer so dekorativ.«

»Als ob du heute dafür ein Auge hättest, du Lügner!« sagte sie lachend, und zu mir: »Glauben Sie ihm kein Wort, wenn er so schmeichelt!« Dann verabschiedete sie sich und ließ uns allein.

»Kommen Sie!« sagte Battisti. »Die Sala müssen Sie gesehen haben!« Er führte mich durch das geräumige Vestibül, das unmittelbar ohne Zwischenwand und Tür in den zentralen Prunkraum überging, dessen flache Kuppel von allen vier Seiten durch halbkreisförmige Fenster so viel Licht empfing, daß die Farben des Deckenfreskos aufglühten, ein antiker Götterhimmel aus der Schule des Veronese, dessen Gestalten sich teils in raffinierter Umhüllung, teils in olympischer Nacktheit extrem verkürzt in den drohend bewölkten Himmel schraubten und über die hochgereckte Schulter hinab auf das vorstellbare Gewimmel der Menschen tief unter ihnen schauten, hinab auch auf uns gerichtet der erbarmungslose Blick der Venus, die mit gleichmütig entblößten Brüsten lässig dasaß, in der Hand einen mitsamt dem fruchtenden Zweig abgerissenen Apfel, und mir direkt in die Augen schaute, als wolle sie sagen: »Es ist, was es ist; nun komme du damit zurecht!«

In diesem und mit diesem Augenblick begriff ich endgültig, was mit mir geschehen war, und von da an nannte ich bei mir den Professor nicht mehr mit seinem Familiennamen Battisti, sondern Massimo, auch wenn es noch einige Zeit dauerte, bis ich es mir gestattete, diesen geliebten Namen laut auszusprechen.

Ohne den Blick von dem Kuppelfresko abzuwenden, merkte ich, daß er neben mir stand und meinem Blick folgte. »Nun, was sagt Ihnen diese Dame vom hohen Olymp?« fragte er.

»Offenbar ist es ihr ziemlich gleichgültig, was sie anrichtet«, sagte ich.

Das klang wohl nicht besonders heiter, denn er schaute mich von der Seite an und sagte nach einem Blick auf mein Gesicht: »Man hält es nicht lange aus, so von oben herab gemustert zu werden. Kommen Sie hinaus in den Garten, da ist der Himmel frei, und die bewegte Luft atmet sich leichter.«

Wir gingen zurück durch das Vestibül, zur Tür hinaus und eine breite Treppe unterhalb der Säulen des Portikus hinab in den Garten, der sich zwischen Villa und Kanal am Ufer entlang ausbreitete. Der Charakter eines italienischen Renaissancegartens war noch deutlich erkennbar in der regelmäßigen Anlage der Buschgruppen und der Einfriedungen der Blumenbeete durch niedrige, zu Arabesken verschlungene Buchsbaumhecken, doch wurde dieses strenge Grundmuster gemildert allein schon dadurch, daß Bäume und Gebüsch nicht über Jahrhunderte hinweg mit jener Gleichförmigkeit zu wachsen pflegen, die im ursprünglichen Entwurf des Gartenarchitekten angelegt ist. So waren im Lauf der Zeit Verzerrungen und Asymmetrien entstanden, die das Ebenmaß des Entwurfs zwar nicht zerstörten, aber erträglich machten, indem sie es mit der lebendigen Vielfalt heranwachsender Natur ausfüllten.

Wir gingen über die sorgfältig geharkten Kieswege, genossen überraschende, zwischen den Kulissen von Buschwerk sich öffnende Ausblicke auf das Wasser des Kanals, auf dessen spiegelnder Fläche gelbes und rotes Herbstlaub langsam dahintrieb, blieben bei Marmorstatuen stehen, um deren mythische Bedeutung zu diskutieren, und setzten uns nach einiger Zeit auf eine sonnenwarme Steinbank, die auf der Rückseite nach der Villa zu von einer schützenden Lorbeerhecke umgeben war und nach vorn den Blick auf das Wasser zuließ.

Eine Weile schauten wir schweigend hinaus zu dem Kanal, auf dem ab und zu ein Motorboot oder ein Lastkahn vorüberfuhr und die Wellen seines Kielwassers am Ufer entlangschäumen ließ. Dann blickte Massimo, wie ich ihn von nun an nennen werde, zu mir herüber und sagte: »Tut mir leid, daß meine Cousine Catarina Sie so examiniert hat. Waren Sie sehr irritiert?«

»Es hätte schlimmer sein können«, sagte ich. »Vermutlich die übliche Neugier weiblicher Verwandtschaft, zumal wenn ein Altersgenosse sich in Begleitung einer erheblich jüngeren Frau sehen läßt.«

»Danke, daß Sie das so gleichmütig aufnehmen«, sagte er und versuchte zu lachen, was ihm nicht recht gelingen wollte. »Vielleicht hätte ich Sie nicht hierher bringen sollen.« Und nach einer Weile: »Catarina wird sich weiß der Himmel was zusammenreimen und in der Familie herumtratschen, bis es meiner Mutter zu Ohren kommt.«

»Wäre das denn so schlimm?« fragte ich und fühlte mich fast erheitert bei dem Gedanken, daß Cousine Catarina, was mich betraf, mit ihrer zusammengereimten Geschichte nicht einmal so unrecht haben würde. Aber das war nur mein Problem, und so versuchte ich meiner Frage eine andere Richtung zu geben: »Ich nehme an«, sagte ich, »in Ihrer Familie kennt man die Fabulierlust Ihrer Cousine.«

»Das mag schon sein«, sagte Massimo. »Aber Sie kennen meine Mutter nicht, sonst würden Sie nicht so reden. Doch damit will ich Sie an diesem schönen Tag nicht belasten.«

Ich merkte ihm an, daß er dies nur allzu gern tun wollte, und so faßte ich all meinen Mut zusammen und sagte: »Vielleicht würde es Sie erleichtern, diese Last mit einer Zuhörerin zu teilen, die Ihnen nicht nur wegen dieses schönen Tages Dank schuldet. Außerdem pflege ich nicht über die Angelegenheiten anderer Menschen zu schwätzen.«

Er schaute mich eine Zeitlang nachdenklich an, während ich mit klopfendem Herzen neben ihm saß und kaum aufzublicken wagte vor Angst, daß er mich für aufdringlich oder gar neugierig halten könnte. »Vermutlich haben Sie recht«, sagte er dann, »auch wenn ich nicht weiß, wie ich dazu komme, mich auf dieses Gespräch einzulassen.« Nach einer Pause fing er dann an zu erzählen.

»Ich habe Ihnen gegenüber ja schon früher einmal erwähnt«, sagte er, »wie sich das mit meiner Mutter verhält. Sie hat über all das hinaus, was ich Ihnen damals angedeutet habe, eine geradezu elementare Angst, mich an eine andere Frau zu verlieren. Möglicherweise haben Sie sich darüber gewundert, daß ich in meinem Alter noch immer unverheiratet bin. Dieser Umstand hat diesen oder jenen freundlichen Kollegen sogar schon dazu gebracht, den Verdacht zu äußern, ich würde eher zu Männerfreundschaften neigen. Es gab aber schon die eine oder andere Frau, mit der ich gern hätte leben wollen, doch meine Mutter hat es geschafft, jede dieser Beziehungen zu hintertreiben.« Über sein Gesicht huschte ein fast zynisches Grinsen, als er hinzusetzte: »Wenn wir noch im 16. Jahrhundert zur Zeit der Manieristen lebten, würde sie möglicherweise zu einem rasch wirkenden Gift greifen, um solche Frauen von mir fernzuhalten. Sie ist gänzlich unfähig, mich mit einem anderen Menschen zu teilen.«

Während ich ihm zuhörte, spürte ich, wie in mir der Zorn aufstieg auf die Frau, die es diesem liebenswerten Menschen nicht erlauben wollte, das Leben zu führen, das er sich wünschte. »Warum sind Sie Ihrer Mutter nicht einfach davongelaufen?« fragte ich und hätte ihn, ratlos und betrübt, wie er neben mir saß, am liebsten in die Arme genommen. Aber das kam natürlich überhaupt nicht in Betracht.

»Ich habe mir schon gedacht, daß Sie diese Frage stellen würden«, sagte er. »Vielleicht hätte ich das schon zu Anfang tun sollen, aber selbst damals wäre es schwierig gewesen. Mein Vater starb früh; ich war damals sechzehn Jahre alt, und seither war ich der einzige Mensch, auf den sie ihre gesamte Liebe und Besitzgier warf wie ein stählernes Netz, aus dem ich mich nicht befreien konnte. Sie stammt aus vornehmem Haus – über sie bin ich mit Cousine Catarina verwandt – und wurde schon von Kind an verzogen und zu keiner praktischen Tätigkeit angehalten, war auch noch sehr jung, als mein Vater sie heiratete und weiterhin nach Kräften verwöhnte. Er hielt das wohl für seine Pflicht, weil er selbst aus einfacheren Verhältnissen stammte und seine *Contessa* nicht mit prosaischen Alltagssorgen behelligen wollte. So wurde sie nie richtig erwachsen, und als er dann starb – ich ging damals noch ins Gymnasium –, war sie hilflos wie ein Kind, und ich mußte ihr alles abnehmen, was mit der Regelung unserer gar nicht so schlechten wirtschaftlichen Verhältnisse zu tun hatte, nicht zu reden von den praktischen Fragen des Haushalts. Sie ist gänzlich unfähig, aus eigener Überlegung Entschlüsse über solche Dinge zu fassen. Damals hätte ich vielleicht gehen und sie der Fürsorge der Familie überlassen sollen, so hart sie das angekommen wäre. Aber zu dieser Zeit konnte ich noch nicht überschauen, wohin es führen würde, wenn ich bei ihr blieb. Heute kann ich ihr das nicht mehr antun, wenn ich nicht Tag für Tag in dem Bewußtsein leben will, eine hilflose, inzwischen auch noch kränkliche Frau im Stich gelassen zu haben. Ich bin kein Mensch, der sich über einen solchen inneren Vorwurf hinwegsetzen und sorglos dahinleben kann. Außerdem ist es keiner Frau zuzumuten, mit einer zänkisch und altersstarr gewordenen Schwiegermutter unter einem Dach zu leben.«

Er hörte auf zu reden wie einer, der alles gesagt hat, was zu sagen war, und ich dachte nach über seine Situation und fand keine Lücke in dem Gitterwerk des Käfigs, in dem er sich gefangen hatte. »Ich glaube, ich kann mir jetzt vorstellen«, sagte ich nach einer Weile, »wie Sie die Zeit Ihrer Gastprofessur genossen haben.«

»Das habe ich wahrhaftig«, sagte er. »So wie ich schon während dieser Monate die unbeschwerten Gespräche mit Ihnen genossen habe.« Er machte eine Pause und fuhr dann fort: »Ich glaube, Sie wissen gar nicht, wie gut es mir getan hat, das alles einmal auszusprechen«, und etwas später: »Was sind Sie für ein Mensch, daß ich so zu Ihnen sprechen kann, als wären wir seit Jahren miteinander vertraut?«

Er schien tatsächlich nicht zu ahnen, was mich dazu gebracht hatte, dieses Gespräch herauszufordern, und eben dieser Umstand verschloß mir die Lippen. Ich stand auf und sagte: »Kommen Sie, wir wollen sehen, was es in diesem Garten noch alles zu entdecken gibt.«

Nachdem wir einen Rosengarten durchquert hatten, in dem einzelne Sträucher noch in Blüte standen und uns ihren Duft atmen ließen, gelangten wir auf einem Weg, der nach links vom Kanalufer wegführte, zu einer über zwei Meter hohen Eibenhecke, in die der Weg durch einen torbogenförmig beschnittenen

Einlaß hineinführte. An dieser Stelle wurde er links und rechts bewacht von zwei in hellen Marmor gehauenen liegenden Löwinnen, die uns ihre Köpfe zugewandt hatten. Massimo blieb stehen, betrachtete kopfschüttelnd die beiden Skulpturen und sagte: »Merkwürdig! Hier trifft man überall auf Darstellungen des zottelmähnigen Löwen von San Marco, aber diese Löwinnen habe ich noch nie bemerkt.«

»Wir müssen durch dieses Tor gehen«, sagte ich. »Löwinnen haben eine besondere Bedeutung für mich.«

»Dann wollen wir es wagen, hier einzudringen«, sagte er. »Wissen Sie, daß dies der Eingang zu einem Labyrinth ist?«

»Wollen Sie es mit mir erproben?« sagte ich. »Sie gehen drinnen den Weg nach rechts und ich den nach links. Wer zuerst die Mitte erreicht, soll den anderen herbeirufen.«

»Sie haben Mut«, sagte er. »Mit Ihnen könnte ich sonstwohin gehen.«

Was er da sagte, ließ mein Herz so heftig klopfen, daß ich wie ein aufgescheuchtes Huhn vor ihm weglief, nach links zwischen den hohen Hecken entlang. Einmal wandte ich mich noch um und sah Massimo am anderen Ende des Wegs ins Innere des Labyrinths einbiegen. Er winkte mir zu, doch als ich endlich meine Hand hob, hatten ihn die grünen Hecken schon verschluckt.

Ich lief hastig weiter und wählte jeweils die Abzweigungen, die mich meiner Berechnung entsprechend nach rechts dem Zentrum des Irrgartens näher bringen konnten, doch bald geriet ich dabei in Sackgassen und mußte umkehren, traf dann auf Seitenwege, die nicht mehr dem Schema des rechten Winkels folgten und mich, stets zwischen unüberschaubaren Hecken, auf Wege brachten, die nicht mehr geradeaus, sondern in Bögen oder Windungen weiterführten, einmal sogar einen vollständigen Kreis zu beschreiben schienen, bis sie sich selbst kreuzten, aber ich war mir nicht sicher, ob sich das tatsächlich so verhielt, und auf diese Weise verlor ich jede Vorstellung von einer möglichen Struktur dieses Labyrinths und auch davon, welche Richtung ich einschlagen mußte, um mich dem Mittelpunkt zu nähern, der – dessen entsann ich mich – zumeist durch einen symbolischen Gegenstand, beispielsweise eine Weltkugel, kenntlich gemacht ist. Massimo war in seinen Gastvorlesungen darauf zu sprechen gekommen und hatte gesagt, das Labyrinth sei für die Manieristen eine Signatur des für den Menschen undurchschaubaren Gefüges der Welt und zugleich auch eine Metapher für den Menschen selbst, der sich in den Irrgängen des eigenen Ich verläuft und nur auf Umwegen zu sich selbst zu finden vermag. Wohin und worin war ich hier unterwegs?

Schließlich stieß ich auf eine Stelle, an der sich der Weg, auf dem ich ging, zu einem Oval ausweitete, auf dessen beiden Längsseiten die Hecken zu zwei laubenartig überhängenden Nischen geschnitten waren, in denen jeweils eine weißgestrichene hölzerne Gartenbank mit fächerförmig aufgewölbter Lehne stand, und auf einer dieser Bänke saß ein Mann. Zunächst hielt ich ihn für Massimo und nahm an, daß er vor mir schon das Zentrum erreicht habe, wollte schon auf ihn zulaufen und ihn aus der Traumversunkenheit aufwecken, in die er sich zurückgezogen zu haben schien, doch dann erkannte ich an den Kleidern dieses Mannes, der da im Licht der Sonne des frühen Nachmittags saß, daß er es nicht sein konnte. Ein anderer saß hier in Gedanken vertieft oder sogar schlummernd auf der Bank.

Leise näherte ich mich ihm, und als ich schließlich sein Gesicht aus der Nähe sah, setzte mein Herz für einen Schlag aus, um dann mit verdoppelter Kraft zu pochen. Der Mann, der hier saß und schlief, sah Massimo nicht nur ähnlich, er *war* Massimo, allerdings um etwa zwanzig Jahre jünger, Massimo mit braunem, verstrubbeltem Haar und kurz gehaltenem braunem Bart auf Wangen und Kinn und einer noch glatten, kaum von Falten gefurchten Stirn.

»Massimo!« wollte ich sagen und ihn fragen, ob er das wirklich sei, doch ehe ich einen Laut über die Lippen brachte, schlug er die Augen auf, schaute mich aus Massimos vertrauten Augen lächelnd an und legte den Finger auf die Lippen, als dürfe ich ihn noch nicht oder wenigstens nicht innerhalb dieses Irrgartens beim Namen nennen.

»Komm!« sagte er und stand auf von der Bank. »Zusammen

werden wir die Mitte des Labyrinths finden. Wer allein sucht, verläuft sich nur.«

Er nahm mich bei der Hand, und so gingen wir zusammen weiter. Während ich bisher atemlos und in Hast über die Wege gelaufen war und schließlich nicht mehr ein noch aus gewußt hatte, schritten wir jetzt ruhig und ohne Eile dahin, und wenn wir an eine Gabelung des Wegs kamen oder an eine Stelle, an der ein Seitenweg abzweigte, blieben wir stehen, schauten einander an und waren uns schon im Augenblick einig, welcher Weg der richtige sein mußte. So wanderten wir in schlafwandlerischer Sicherheit weiter, und ich spürte mit steigender Erregung, daß wir dem Zentrum der labyrinthischen Pfade mit jedem Schritt näher kamen.

Noch einmal wählten wir eine Abzweigung, einen unauffälligen, schmalen Durchschlupf durch die Hecke rechts unseres Weges, der leicht zu übersehen gewesen wäre, umrundeten dann auf einer grasüberwachsenen, offenbar kaum oder seit langem nicht mehr begangenen Spur zwischen zwei dicht nebeneinanderher verlaufenden Hecken eine uns noch unbekannte Mitte und blieben, nachdem wir auf diesem Pfad etwa einen Halbkreis geschlagen hatten, vor einem zweiten, noch unauffälligeren und fast schon zugewachsenen Durchschlupf stehen. Wieder schauten wir einander in die Augen und wußten: Wir waren am Ziel. Massimo drängte sich als erster durch die Lücke in den Zweigen und zog mich an der Hand nach.

Zunächst war ich enttäuscht; denn die Mitte des Labyrinths war gänzlich leer. Keine Figur stand hier, keine Weltkugel oder Sonnenuhr oder sonst ein Gegenstand von symbolischer Bedeutung. Nichts war hier als ein kleiner, kreisrunder Platz von etwa fünf Schritten Ausdehnung vom einen Rand zum anderen, der ganz mit sehr dichtem, dünnhalmigem Gras überwachsen war.

»Warum ist die Mitte völlig leer?« fragte ich.

Massimo lachte lautlos. »Leer?« sagte er. »*Wir* sind die Mitte!«

Und dann nahm er mich in die Arme und küßte mich auf eine Weise, daß ich meine Arme um seine Schultern warf, als wolle ich ihn nie wieder loslassen. So standen wir aneinandergeklammert lange Zeit im Zentrum des Irrgartens, bis Massimo mich noch einmal freigab und wiederum den Finger auf die Lippen legte. Dann zog er mich zu sich hinab in das dichte, weiche Gras, und dort lagen wir dann außerhalb von Raum und Zeit beieinander, erkundeten mit tastenden Händen den noch unvertrauten Körper des anderen, bis uns nichts mehr voneinander trennte als die eigene Haut und die Mitte des Labyrinthes zugleich zum Zentrum unserer Lust wurde, die stieg und stieg, und als sie ihren Gipfel erreichte, schrie ich den Namen heraus, der mir schon seit meinem ersten Schritt in dieses Labyrinth hinein auf den Lippen gebrannt hatte: »Massimo!«

Einen Augenblick hörte ich meinen eigenen Schrei von einem seltsamen Echo hin und her geworfen in den Ohren hallen. Dann spürte ich ein glattes Federkleid über meine Haut streifen, das sich von mir löste, und eine Taube stieg über mir in die Höhe, zog über der kleinen Lichtung einen Kreis und flog davon. In der Hand war mir nichts geblieben als eine kleine, am Kiel flaumfiedrige Feder, als ich dort nackt im Gras lag und hinauf in den leeren Himmel schaute.

Dann stand plötzlich wie aus dem Nichts emporgetrieben eine hochgewachsene, dunkel gekleidete alte Frau vor mir, die ihren Schatten über mich warf und spöttisch auf meine Nacktheit herabblickte. »Da liegst du nun allein im Gras und fängst schon an zu frieren!« sagte sie mit unangenehm scharfer Stimme. »Und dein Liebster ist längst über hundert Hecken, tausend Seen und zehntausend Berge davongeflogen. Warst ihm wohl nicht schön genug, ihm, der verwöhnt ist vom Anblick all der wohlgeformten und wenig bekleideten Damen auf den alten Bildern, die er so gern studiert?«

Als sie so redete, wurde ich zornig. »Du hast ihn verjagt!« schrie ich sie an.

Aber sie lachte mich aus. »Du dummes Kind!« sagte sie. »Du selbst hast ihn verjagt mit dem falschen Namen, den du ihm gegeben hast. Merkst du denn nicht, daß du dich von einer deiner Geschichten hast narren lassen, von dem Zauberer, bei dem du einen Mietvertrag unterschrieben hast und der dir nun den jungen

Mann vorgegaukelt hat? Du wirst aus diesem Labyrinth nicht mehr herauskommen, solange du ihn nicht wiederfindest und ihm den Namen gibst, den er als Figur deiner Geschichten trägt. Es ist Zeit, daß du dich auf den Weg machst, denn dieses Labyrinth ist so groß wie die ganze Welt.«

Nachdem sie das gesagt hatte, verschwand sie wieder in der Tiefe, als habe der Boden sie verschluckt. Ich aber stand auf, zog meine Kleider an und steckte das Federchen zu mir, weil es das einzige war, was mir von meinem Geliebten geblieben war. Dann verließ ich den kleinen Rasenplatz in der Mitte des Labyrinths und versuchte den Weg zurück in den Park der schönen Villa zu finden, aber ich ging und ging unter der noch immer hoch am Himmel stehenden Nachmittagssonne zunächst immer weiter zwischen den hohen Hecken, die kein Ende nehmen wollten. Anfangs waren sie noch sauber beschnitten, aber je weiter ich auf meiner Wanderung kam, desto ungepflegter erschienen sie mir, Wildwuchs machte sich breit, als seien die Gärtner mit ihren Heckenscheren schon lange nicht mehr in diesem entlegenen Teil des Labyrinths gewesen. Auch waren hier einzelne Büsche abgestorben und standen dürr und kahl in der Reihe der ausgewilderten Eiben, auch anderes Buschwerk hatte sich angesiedelt, das aus angeflogenen oder von kleinen Tieren verschleppten Samen aufgegangen war, Birken und Erlen, Schlehdorn und Haselstauden. Schließlich waren die Hecken kaum noch zu erkennen in dem verfilzten Dickicht, durch das ich mich schlagen mußte.

Als ich endlich auf einen schmalen Pfad stieß, vielleicht auch nur einen von irgendwelchen Tieren getretenen Wechsel, trottete ich auf dieser Spur weiter, weil ich mir sagte, daß jeder Pfad und jede Spur irgendwohin führen müsse, ins Freie vielleicht oder zum Wasser, auf einen Berg oder zu sonstwelchem Ziel.

Das war auch der Fall, aber anders, als ich es mir vorgestellt hatte, vielmehr im wahren Sinne des Wortes; denn plötzlich trat mein Fuß ins Leere, und ich stürzte in eine Fallgrube, deren Boden freundlicherweise mit Zweigen und dürrem Gras ausgepolstert war, so daß ich mir keinen Knochen brach. Der Schreck über den unvermuteten Sturz war schlimmer als der Aufprall.

Eine Weile hockte ich in dem dürren Geäst am Boden der Grube und wartete, bis mein Herz wieder ruhig schlug. Dann stand ich auf und versuchte die Oberkante der Grube im Sprung zu erreichen, aber sie war zu hoch, und zudem war es schwierig, auf einem zusammengeworfenen Haufen von Zweigen und Gras eine geeignete Absprungstelle zu finden.

Schließlich gab ich diese Versuche auf und wartete darauf, was weiter geschehen würde. Irgend jemand mußte die Fallgrube gelegentlich visitieren, um nachzusehen, ob sich etwas oder jemand darinnen gefangen hatte. Das war auch so, doch der Visiteur erschien nicht, wie ich erwartet hatte, oben am Rand der Grube, sondern kam von unten aus dem Wirrwarr von Zweigen und Grasbüscheln hervorgekrochen. Es war ein Dachs, der schnüffelnd seine Nase zu mir erhob, mit seinen Grabklauen meine Glieder betastete, besorgt um deren heiles Befinden, wie mir schien, und schließlich sagte: »Warum hast du nicht aufgepaßt? Nun bist du reingefallen!«

Ich wurde zornig, als ich das hörte, und sagte: »Und was ist mit dir? Warum hast du dieses große Loch gegraben? Doch wohl, damit jemand wie ich hineinfällt. Wo bin ich hier überhaupt?«

»Das weißt du doch«, sagte der Dachs. »Im großen Labyrinth.«

»Und warum hast du mich hier in dieser Grube gefangen?« fragte ich.

»Die Alte will dich sehen«, sagte der Dachs. »Ich soll ihr bringen, was reinfällt.«

»Wer ist die Alte?« wollte ich wissen.

»Weiß nicht«, sagte der Dachs. »Die Alte ist die Alte. Will immer komische Sachen. Sie ist schwarz, hochgewachsen wie ein dürrer Baum und ärgerlich. Komm jetzt! Ich bring' dich zu ihr.«

»Wie denn?« fragte ich und konnte mir nicht vorstellen, wie dieser plumpe Dachs mich aus der Grube bugsieren wollte.

»Wie denn, wie denn!« äffte er mich ungeduldig nach. »Hier unten durch den Gang. Mach doch deine Augen auf!«

Er rückte ein Stück beiseite, und da sah ich unter dem zusammengeworfenen Gezweig die dunkel gähnende Mündung eines Ganges, wie ihn Dachse zu graben pflegen, nicht viel mehr als ein großes Loch. »Da soll ich hineinkriechen?« fragte ich entsetzt.

»Was denn sonst?« sagte der Dachs. »So was tu ich' jeden Tag, und ich bin dicker als du.«

Das war ein überzeugendes Argument, und so kroch ich, Arme und Kopf voran, in das Loch und begann mich weiterzuarbeiten. Hinter mir hörte ich, wie auch der Dachs in die Röhre abtauchte, und spürte hie und da seine feuchte Nase auf meinen Waden.

»Sehr geschickt zum Kriechen bist du nicht«, sagte er.

Doch ich tat mein Bestes und kam für meine Begriffe ganz gut voran, obwohl mir Erde ins Gesicht krümelte und der Gang stellenweise eng zum Ersticken wurde. Als der Dachs merkte, daß ich kurz davor war, in Panik zu geraten, wurde er ganz menschlich, sagte tröstend, es sei nicht mehr sehr weit, und gab mir Ratschläge, wie ich meine ungefügen Glieder besser einsetzen könne. »Du bist wie ein langbeiniger Hund, den man versehentlich in einen Dachsbau gescheucht hat«, sagte er.

Endlich sah ich nach einer Biegung des Gangs Licht vor mir und blickte wenig später in eine geräumige Höhle, in deren Mitte eine Petroleumlampe stand und ihr warmes Licht auf ein halbes Dutzend weiterer Dachse warf, die nebeneinander an der Höhlenwand saßen, sich die Schnurrbärte putzten und neugierig schauten, wer sich da aus dem engen Gang herausquälte. Als ich dann einen besseren Überblick hatte, sah ich, daß ihnen gegenüber jene alte Hexe hockte, die im Zentrum des Labyrinths so spöttisch auf mich herabgeblickt hatte.

»Da bist du ja endlich!« sagte sie. »Komm heraus aus diesem Loch und stell dich vor mich hin!«

Da rutschte ich das letzte Stück aus der Röhre heraus auf den lehmigen Boden und versuchte mir die Erdbrösel aus Haar und Kleidern zu klopfen.

»Mach nicht so viele Umstände!« sagte die Alte. »Hier gibt's keinen Galan, dem du imponieren mußt. Ich hab' dich auch nicht herbringen lassen, weil ich dich hübsch finde, sondern dazu, daß du mir etwas gibst.«

»Was soll ich dir geben?« fragte ich und ahnte schon, was sie haben wollte.

»Die Feder, die er dir zugesteckt hat, ehe er wegflog«, sagte sie. »Er ist schlauer, als ich dachte, aber nicht schlau genug.«

Als sie von der Feder sprach, hatte ich diese aus meiner Tasche genommen und hielt sie verborgen in meiner Faust, denn sie war das einzige, was mich mit meinem Geliebten verband. »Diese Feder gebe ich nicht aus der Hand«, sagte ich, »weder dir noch sonst einem gebe ich sie.«

»Das werden wir gleich sehen, ob du sie mir nicht doch gibst«, sagte die Alte. So unvermutbar, daß ich nicht mehr ausweichen konnte, schoß ihre Hand vor und packte mich am Handgelenk, und dann versuchte sie mit ihrer anderen Hand, meine Faust aufzubrechen. Ihre spitzen Nägel gruben sich in meine Haut, daß Blut heraustrat, aber ich spürte, daß die Feder, die ich festhielt, mir zugleich die Kraft verlieh, meine Faust geschlossen zu halten.

»Du, alter Grimbart!« sagte die Alte zu dem Dachs, der mich hergebracht hatte. »Komm her und beiß sie in den Arm, damit sie endlich die Hand aufmacht!«

Der Dachs watschelte langsam heran und blieb vor mir stehen. Sorgfältig und sachkundig wie ein Schiedsrichter betrachtete er meine Faust, von der das Blut zu Boden tropfte, wandte sich dann an die Alte und sagte: »Du hast sie verletzt bis aufs Blut! Das ist gegen die Regel. Sie ist tapfer und hat ihre Hand trotz der Wunden nicht geöffnet. Wir müssen sie gehen lassen.«

Er beachtete überhaupt nicht das wütende Keifen der Alten und führte mich unter beifälligem Gemurmel der anderen Dachse zu einem nicht so engen Ausschlupf, durch den ich gebückt auf allen vieren die Höhle verlassen konnte. Am Rand eines Hügels, der von Buschwald überwachsen war, kam ich zutage und setzte mich neben dem Ausschlupf ins Gras. Auch der Dachs kam ins Freie, setzte sich vor mich hin und sagte: »Tut mir leid, daß sie dir weh getan hat. Wir erlauben so was nicht.«

Da dankte ich ihm für sein Eingreifen, und schließlich fragte ich ihn, ob er eine Taube von der Farbe der Eierschalen habe fliegen sehen, und zeigte ihm die Feder.

»Nein«, sagte er. »Wir wohnen unter der Erde und erheben unsere Augen nicht zu den Wesen, die unter dem Himmel fliegen. Da mußt du andere fragen.« Danach kroch er zurück in seine Höhle.

Eine Weile blieb ich an dieser Stelle sitzen und genoß die Wärme und das Licht der Nachmittagssonne, die noch immer hoch am Himmel stand. Als ich zufällig auf meine Hand blickte, merkte ich, daß nichts mehr von den Verletzungen zu sehen war. Auch tat sie nicht mehr weh. Etwas später stieg ich auf den Hügel. Ich hoffte, von dessen Kuppe aus einen Überblick über das Land zu bekommen, das der Dachs *das große Labyrinth* genannt hatte. Als ich oben stand und mich umschaute, konnte ich mir vorstellen, was der Dachs damit gemeint haben könnte. Ich war hier an der Grenze des Buschlandes angelangt, in dessen strauchiger Wildnis aus dieser Entfernung noch immer mehr oder minder deutlich der Verlauf der Hecken erkennbar war, die zum Labyrinth gehörten. Nach der anderen Seite erstreckte sich bis zum Horizont sumpfiges, von Schilf, Binsen und Wollgras bewachsenes Land, von zahlreichen Kanälen durchzogen, die mit ihrem ineinander verschlungenen und sich überkreuzenden Verlauf, der sich an vielen Stellen zu breiten Wasserflächen ausweitete, insgesamt ein riesiges Labyrinth bildeten. Wenn die Taube über tausend Seen geflogen sein soll, dann muß es hier gewesen sein, dachte ich.

Als ich unten in der Nähe des Hügels am Ufer eines der Kanäle ein kleines Boot liegen sah, beschloß ich, meine Reise zu Wasser fortzusetzen, zumal meine Füße wundgelaufen waren von dem langen Marsch durch Hecken und Buschland. Ich holte mir nasse Füße in dem sumpfigen Gelände, ehe ich zu dem Boot gelangte, das mit der Schlaufe eines Stricks an einem morschen Pfahl festgelegt war. Es war ein Lederboot, ähnlich jenen, wie sie von Indianern benutzt werden. Die Häute waren über ein leichtes Holzgerüst gespannt, und auf seinem Boden lag ein Paddel.

Mehr als eine Person würde so ein Boot kaum tragen können, und ich brachte es schon beim Einsteigen fast zum Kentern. Auf dem Boden fand ich noch eine zusammengelegte Schilfmatte, die wohl dazu dienen sollte, daß man beim Paddeln nicht auf den dünnen, scharfkantigen Spanten des Bootsgerüstes sitzen oder knien mußte. Ich hockte mich auf dieses Polster, machte das Boot von seiner Vertäuung los und begann den Kanal entlangzupaddeln.

Besonders abwechslungsreich war diese Fahrt nicht. Hie und da überquerte ich weite Wasserflächen, fuhr dann wieder in einen der Kanäle ein, wechselte willkürlich die Richtung, da weit und breit keine Landmarke zu sehen war, nach der ich mich hätte orientieren können, und hatte auch bald den Hügel, von dem ich Ausschau gehalten hatte, aus dem Blick verloren. Zuweilen flogen hoch über mir Wasservögel dahin, ein Strich Enten, ein paar Kraniche und einmal ein Seeadler, aber sie flogen allesamt zu hoch, als daß ich sie nach einer Taube hätte fragen können.

Wie lange ich so durch dieses Wasser-Labyrinth paddelte, kann ich nicht sagen; mir kam es so vor, als sei ich viele Tage, wenn nicht gar Wochen unterwegs gewesen, doch die Sonne blieb die ganze Zeit über stets an der gleichen Stelle hoch an dem blaßblauen Himmel stehen, unverrückbar, als wäre die gesamte Mechanik des Himmels angehalten worden, während ich zuerst unter der Erde und nun übers Wasser unterwegs war. Manchmal legte ich das Paddel ins Boot, ließ mich treiben und schlief dabei ein, doch wenn ich aufwachte, hatte sich nichts geändert, Kanäle und Seen, so weit der Blick reichte, und dazwischen Schilfgürtel, Sauerrasen, in dem die rosa Kolben des Knöterichs blühten, und ganze Flächen, die mit den Wattebäuschen von Wollgras getupft waren.

Das blieb so, bis ich, als ich wieder einmal eingeduselt war, mitten im Schlaf spürte, wie etwas oder jemand an meinem Boot ruckte. Ehe ich noch richtig wach geworden war, wurde das Boot seitwärts aus dem Gleichgewicht gebracht, und dann kippte es auch schon um. Ich sah eben noch, daß ich mich mitten auf einem See befand, und dann klatschte ich ins Wasser und ging unter wie ein Stein. Es gelang mir gerade noch, die Feder aus der Tasche zu ziehen und in der geschlossenen Faust zu halten, damit sie nicht davongeschwemmt wurde. Um mich fühlte ich ein dichtes Gedränge von glatten, schuppigen Fischleibern, und währenddessen sank ich immer tiefer und wunderte mich, daß ich unter Wasser so lange ohne Atem auskommen konnte.

Schließlich landete ich sanft auf dem sandigen Boden des Sees, und als ich mich umblickte, sah ich, daß im Kreis um mich herum eine große Zahl von Fischen im Wasser stand, die mich mit ihren starren Augen betrachteten, gewaltige rundmäulige Karpfen, starke Hechte mit breitem, zahnbewehrtem Rachen, schwarzglänzende Aale und ein uralter Wels mit bartelbehängtem Maul, und vor mir, wie ich umschlossen von diesem Kreis, stand hochgereckt die dunkle Alte und lachte höhnisch.

»Mir entkommst du nicht, denn diese Fische gehorchen mir und haben dein Boot kentern lassen, damit du hier auf dem Grund des Sees vor mir zu stehen kommst. Jetzt wirst du mir diese Feder geben müssen.« Dabei reckte sie die Hand wieder fordernd aus.

»Nein!« sagte ich, denn ich ahnte, daß ich ihr damit Macht über die Taube geben würde und über den, der in dieser Taube lebte. Ich wunderte mich auch, daß das Wasser mich nicht am Sprechen hinderte. »Diese Feder werde ich nie und nimmer aus der Hand geben, es sei denn jenem, dem sie gehört, und dir gebe ich sie schon gar nicht, du Hexe!«

Da packte sie zum zweiten Mal meine Faust und versuchte vergeblich, sie aufzubrechen. Wieder spürte ich die Kraft, die von der Feder ausging und meine Finger stärkte, daß sie den Klauen der Alten widerstehen konnten. Während ich mich auf meine Faust und die Feder konzentrierte, gab die Alte sie plötzlich frei und fragte: »Was hast du denn da Hübsches an deinem Arm?«

Auch ich entdeckte erst jetzt, daß unter dem Lederriemen meiner Armbanduhr eine breite, perlmuttern schimmernde Spiegelschuppe steckte. Die Alte griff danach und zog sie heraus. Im gleichen Augenblick spürte ich plötzlich den Luftmangel wie eine, die tief unter Wasser getaucht ist und nun gegen den Zwang ankämpft, nach frischer Luft zu schnappen. Doch da wirbelte schon mit heftigen Schwanzschlägen der gesamte Schwarm der Fische um mich herum, ich sah eben noch, ehe es mir schwarz vor den Augen aufstieg, wie ein riesiger Hecht auf die Alte zuschoß und seine nadelspitzen Zähne in ihre Hand schlug, daß sie die Spiegelschuppe loslassen mußte, und zugleich packte ein ungeheuer feister Karpfen die Schuppe mit seinen wulstigen Lippen und schob sie wieder unter das Lederarmband an meinem Handgelenk. Da war mit einem Mal meine Atemnot vergangen, und ich fühlte mich wieder wie ein Fisch im Wasser, wobei ich zum ersten Mal am eigenen Leibe erlebte, was diese Redensart in Wahrheit zu bedeuten hat.

Die Alte hielt sich jammernd die verletzte Hand, auf der die Zahnreihen des Hechtes zu sehen waren als Perlenschnüre aus roten Korallen. Doch keiner der Fische bedauerte sie. Der fette Karpfen, der mir diese lebensrettende Schuppe schon zu Anfang gegeben haben mußte – ich sah, daß sie an seinem Rücken fehlte –, schwamm zu der Alten hinüber, blieb, mit den Flossen fächelnd, vor ihr stehen und sagte: »Es war nicht ausgemacht, daß du sie umbringst, wenn ich sie zu dir herunterhole. Du hast gegen die Regeln verstoßen, und so werde ich das Mädchen wieder zum Boot bringen und sie weiterfahren lassen.«

Er achtete überhaupt nicht auf ihre Flüche, mit denen sie ihn bedachte, er und ein nicht minder korpulenter Kumpan seiner Art nahmen mich in die Mitte und trugen mich mit ihren aufschwimmenden Körpern nach oben, bis ich unmittelbar neben meinem Boot aus dem Wasser tauchte. Sie drehten das Boot, das kieloben schwamm, wieder um und hielten es so lange fest, bis ich eingestiegen war. Dann hob der erste Karpfen sein rundes Maul aus dem Wasser und sagte: »Du mußt entschuldigen, daß ich dich in solche Gefahr gebracht habe. Sie hatte mir nur gesagt, daß sie mit dir sprechen will, aber Gespräche sollten nützlich sein und nicht tödlich. Ich wünsche dir eine gute Fahrt und daß du dabei findest, was du suchst.«

»Vielleicht kannst du mir dabei helfen«, sagte ich. »Ich suche nach einer Taube, deren Gefieder so hell ist wie die Farbe der Eierschalen. Sie soll über tausend Seen geflogen sein. Hast du sie vielleicht fliegen sehen?«, und dabei zeigte ich ihm die Feder, damit er sich eine genauere Vorstellung von der Farbe ihres Gefieders machen konnte.

»Nein«, sagte der Karpfen. »In dieser Frage kann ich dir nicht helfen. Die Wesen, die oben über dem Wasser fliegen, sehen wir nur als dahingleitende Schatten, und auch das nur, wenn sie dicht überm Wasser schweben. Da mußt du andere fragen.« Danach tauchte er unter und verschwand in der grünen Tiefe des Sees. Ich aber nahm mein Paddel wieder auf und fuhr weiter durch die Kanäle des großen Labyrinths unter einer Sonne, die unbewegt am Himmel stand.

Ich weiß nicht, wie lange ich in meinem Boot durch diese endlosen Wasserwege geirrt bin, wie oft ich geschlafen habe, wieder erwacht bin und weiterpaddelte, bis am Horizont, noch fern und blaß wie eine seltsam gezackte Wolke, ein Gebirge sich abzeichnete. Jetzt hatte ich endlich ein Ziel, nach dem ich mich richten konnte. Ich hatte es gründlich satt, durch diese eintönige Wasserlandschaft zu paddeln. Nicht jeder Wasserlauf brachte mich diesem Gebirge näher, doch allmählich hob es sich deutlicher ab vom blaßblauen Himmel, erschien nach und nach höher, einzelne Gebirgsstöcke trennten sich voneinander, das Grün der Wälder wurde unterscheidbar vom bräunlichen Grau der Felsen darüber und dem schimmernden Schnee auf manchen besonders hohen Gipfeln.

Je näher ich mich heranpaddelte an diese Bergwelt und ihre schroffen Steilwände, tief eingeschnittenen Klüfte und Täler, desto deutlicher erkannte ich, daß auch dies ein Labyrinth sein mußte, in dem ich mich würde daran halten müssen, wohin mich die begehbaren Täler führten. Endlich landete ich an einer Stelle, von der aus zwischen diesem Ufer, auf dem ich stand, und den Bergen kein Wasserlauf mehr zu sehen war, der mich von ihnen trennte. Da machte ich das Boot am Stamm einer jungen Weide fest und legte das Paddel hinein; denn ich wollte es so zurücklassen, wie ich es vorgefunden hatte. Zum ersten Mal seit langer Zeit legte ich mich wieder auf festem Boden schlafen unter einer dieser Weiden, die mir einen ruhigen, nicht von der unentwegt am Himmel stehenden Sonne gestörten Schlummer im Schatten ihrer Zweige verschaffte.

Als ich erwachte, wusch ich mich im klaren Wasser eines breiten, rasch dahinströmenden Bachs, der vom Gebirge her in den Kanal floß, und machte mich dann wieder zu Fuß auf den Weg, immer an diesem Bach entlang und ständig weiter hinauf in diesem Tal, auf dessen grünem Wiesengrund er mir in mäanderförmigen Windungen entgegenfloß. Lange Zeit wanderte ich ins Gebirge hinein, zunächst zwischen sanften grünen Hügeln, später zwischen steilen Hängen dahin, stets den Windungen des Tals folgend, das einzelne Berge, die ich schon von weitem gesehen hatte, allmählich umrundete und den Blick auf andere, noch höhere Gipfel freigab. Zeitweise mußte ich mir einen Weg weiter oben durch die Wälder am Berghang suchen, weil der Bach tief unten durch eine unpassierbare enge Felsschlucht rauschte, bis ich dann die Stelle erreichte, an der er schäumend in die Klamm abstürzte.

Schließlich endete das Tal vor einem breit hingelagerten Joch, aus dessen Hang in halber Höhe von sieben Quellen her Wasser in Fülle herausströmte und wie in einem umgekehrten Delta brausend zusammenstürzte, bis es am Fuße des Abhangs vereinigt talauswärts floß. Wenn ich tiefer in das Gebirge eindringen wollte, würde ich dieses Joch übersteigen müssen, und das hatte ich vor; denn hier im Gebirge gab es zahllose Vögel, Tannenhäher kreischten ihre Warnrufe, Bergfinken ließen von den Zweigen der Wetterfichten ihren hellen Schlag hören, und am Himmel kreisten Steinadler mit weit ausgespannten Schwingen. Ich hoffte, daß einer dieser Vögel die Taube gesehen hatte, nach der ich suchte.

Eine Zeitlang blieb ich mitten im tosenden Delta der zusammenströmenden sieben Quellen sitzen, trunken von diesem alles übertönenden Getöse stürzenden Wassers, das mich auf allen Seiten strudelnd, prasselnd, rauschend und sich wieder zu neuem Sturz sammelnd umgab, und blickte hinauf zu dem Adler, der über mir im violettblauen Himmel seine Kreise zog unter der unbewegt auf dem Punkt des frühen Nachmittags stehenden Sonne. Dann machte ich mich auf, um das Joch zu übersteigen. Von Anfang an ging es steil hinauf, aber zwischen den überall zutage tretenden Felsen wucherten hier noch Gras und breitblättrige oder fiederblättrige Kräuter, manche noch mit späten Blüten, blaßblaue, filzig behaarte Glockenblumen etwa oder einzelne purpurfarbene, zerfranste Flockenblumen. Auch Knieholz gab es hier noch, zwergwüchsige Weiden und Krüppelkiefern, doch als ich etwa die halbe Höhe des Jochs erstiegen hatte, hörte alles Grün auf, und ich mußte mir einen gangbaren Pfad zwischen nacktem Gestein suchen. Ich hatte noch nicht den Kamm des Jochs erreicht, als ich, wenn ich an Steilstellen mit den Händen zupacken mußte, in eiskalten Schnee griff, der in Runsen und Spalten des Gesteins hineingeweht war.

Endlich stand ich dann ziemlich außer Atem auf dem Felsrücken und schaute von dieser Höhe nach neuen Zielen aus, aber dieser Blick zeigte mir erst richtig, daß ich mich tatsächlich schon wieder oder noch immer in einem gigantischen Labyrinth befand. Bis zum fernen Horizont staffelte sich ein unüberblickbarer Irrgarten zahlloser Bergspitzen, Kogel, Kämme und Joche, die einander überschnitten wie zusammengeschobene Kulissen, die näheren noch in den natürlichen Farben von Fels und Pflanzenwuchs und dahinter je nach ihrer Entfernung in immer blasseren Blautönen verschwimmend, bis der unscharfe Horizont sich im Himmel selbst aufzulösen schien. Über diese zehntausend Berge war meine helle Taube hinweggeflogen bis zum Ende der Welt, zu dem ich noch Jahre unterwegs sein würde.

Während ich noch frierend auf der Höhe des Jochs hockte und drauf und dran war, alle Hoffnung aufzugeben, hörte ich über mir das schwirrende Sausen von Flügelschlägen, und ehe ich mich noch umblicken konnte, packte mich ein gewaltiger Vogel mit seinen Klauen und riß mich so schnell in die Höhe, daß der felsige Kamm unter mir wegzusacken schien. Der eisige Wind pfiff mir um die Ohren, während ich in die Höhe getragen wurde, dem verschneiten Gipfel des Berges zu, der schroff über dem Joch aufragte.

Auf einem schmalen, etwas abschüssigen Felsplateau, das die höchste Stelle des Berges bildete, wurde ich vorsichtig abgesetzt und sah nun, daß es ein riesiger Adler war, der mich heraufgetragen hatte, und auf der schneeverwehten Kante des Plateaus saßen sechs weitere von seiner Art und beäugten diese seltsame Beute. Auf der anderen Seite des Plateaus jedoch stand aufgereckt wie ein düsterer Pfahl die Alte und sagte: »Da bist du ja schon wieder, du dummes Kind! Meinst du immer noch, du könntest mir entkommen? Jetzt gib mir endlich die Feder!«

Sie streckte gierig ihre Hand so plötzlich vor, daß ich zur Seite stolperte und einen Blick werfen konnte über die Felskante hinaus und hinab über die bis in schwindelnde Tiefe abfallende Felswand. Wenn die Alte nicht zugepackt und mich am Arm festgehalten hätte, wäre ich hinuntergestürzt.

»Nicht so rasch!« sagte sie. »Erst will ich die Feder haben!«

Da griff ich in meine Tasche, schloß die Faust um das bißchen Flaum und Gefieder und hielt sie ihr fest geballt hin. »Da!« sagte ich. »Nimm sie dir doch, wenn du kannst, du Hexe!«

Wieder versuchte sie, meine Faust aufzubrechen, und wieder bemühte sie sich vergeblich; denn die Kraft der Feder ließ es nicht zu, daß ich aufgab, obgleich ich die Hoffnung verloren hatte, meine helle Taube einzuholen.

»Dann flieg ihr nach, deiner Taube!« schrie die Alte. »Dort unten wirst du mir die Feder schon überlassen müssen«, und mit diesen Worten stieß sie mich so heftig über die Kante des Felsens in den Abgrund, daß ich weit von der Steilwand entfernt im freien Fall in die Tiefe stürzte.

Dieser Sturz währte allerdings nicht lange. Als hätte er dergleichen erwartet, hatte mein Adler schon im selben Augenblick seine Schwingen ausgebreitet und stürzte sich mir nach. Ich war noch nicht halbwegs hinabgefallen, als er mich packte und in einer weiten Schleife wieder hinauftrug zum Gipfel. Dort setzte er mich behutsam ab, allerdings dicht bei seinen Gefährten und weit genug entfernt von der Alten, die ihn anschrie, er solle sich nicht in ihre Angelegenheiten einmischen.

Der Adler blieb ganz ruhig und sagte: »Es war nicht ausgemacht, daß du sie hier in den Tod stürzen darfst. Hätte ich das gewußt, so wäre ich nicht hinabgeflogen, um sie dir zu bringen.« Dann wendete er sich an die anderen Adler und fragte sie: »Was meint ihr dazu?«

Sie tuschelten eine kurze Weile miteinander, und dann sagte der stärkste von ihnen: »Du hast richtig gehandelt. Das Mädchen sollte auf einen gangbaren Weg zurückgebracht werden. Zudem hat, wie wir gehört haben, die Alte heute nicht zum ersten, sondern zum dritten Mal gegen die Regeln verstoßen. Wir wollen ihr keinen Dienst mehr leisten.«

»So soll es sein«, sagte mein Adler. »Darf ich euch noch die Mühe zumuten, die Alte von unserem Berg zu entfernen?«

»Das wird uns ein Vergnügen sein«, antwortete der Sprecher der Adler. Er und noch drei andere packten die Alte, jeder an einer Hand oder einem Fuß, so daß sie alle viere von sich strecken mußte, und flogen so mit der wütend kreischenden Hexe davon, während mein Adler mich fragte, wo er mich absetzen solle.

»Zuvor muß ich dich etwas fragen«, sagte ich. »Hast du eine Taube über das Land der zehntausend Berge fliegen sehen? Ihr Gefieder ist von der Farbe der Eierschalen«, und dabei öffnete ich meine Hand und zeigte ihm die Feder, die trotz allen Gezerres nicht ein bißchen zerdrückt oder zerzaust war.

»Ja«, sagte der Adler, »die habe ich fliegen sehen, und sie flog so schnell wie ein Pfeil bis ans Ende des Labyrinths, das zugleich das Ende der Welt ist.«

»Kannst du mich dorthin bringen?« fragte ich. »Ich will die Taube dort suchen, und wenn ich dabei selbst aus dieser Welt herausfallen müßte.«

»Ich will dir gern zu Diensten sein«, sagte der Adler, »allein schon deshalb, weil ich dich in Schwierigkeiten gebracht habe, ohne es zu wollen. Ich hoffe, du nimmst mir das nicht übel.« Danach breitete er seine Flügel aus, nahm mich so sanft mit seinen Klauen vom Boden auf, als sei ich ein rohes Ei, und flog mit mir so hoch hinauf in den Himmel, daß selbst die höchsten Gipfel unter mir lagen wie die erstarrten Wogen auf einem gefrorenen Meer und ich das Ausmaß dieses ungeheuren Labyrinthes nahezu überblicken konnte, auch wenn die äußerste Grenze in einem nebligen Dunst zu verschwimmen schien. Auf diese nur unscharf wahrzunehmende Grenze flog der Adler zu und verlor dabei allmählich an Höhe, bis er mich auf einer ebenen Fläche absetzte, die bedeckt war von strähnigem, vom Frost fast bis zur Farblosigkeit vergilbtem Gras. Unmittelbar vor mir verschwand das Gelände wie abgeschnitten in diesem milchigen Dunst.

»Geht das Labyrinth auch hinter dieser Grenze, über die man nicht hinwegblicken kann, noch immer weiter?« fragte ich den Adler.

»Das weiß ich nicht«, sagte er. »Ich habe allerdings noch nie erlebt, daß ein Wesen von unserer Seite, das in diesen Nebel eingetaucht war, wieder zurückgekehrt wäre. Achte also lieber darauf, daß du nie einen Fuß über diese Grenze ins Unsichtbare setzt, und laß auch die Taube, wenn dir an ihr gelegen ist, nicht hinüberfliegen, falls du sie finden solltest.«

»Finde ich sie nicht hier«, sagte ich, »so werde ich sie drüben suchen.«

»Dann suche sie hier wenigstens lange genug!« sagte der Adler. »Nun wünsche ich dir, daß du bekommst, was du suchst!« Danach hob er wieder seine weitgreifenden Schwingen und flog davon. Lange folgte ich ihm mit den Blicken, bis er nur noch als winziger dunkler Punkt am Himmel wahrzunehmen war, den ich, als ich ihn einmal aus den Augen verloren hatte, nicht mehr wiederfinden konnte. Dann machte ich mich auf die Suche nach der Taube mit dem hellen Gefieder.

Es war kaum möglich, irgendein Wesen von der Größe einer Taube zu übersehen auf dieser kahlen Ebene jenseits der zehntausend Berge. Die wenigen mageren Bäume, die hier standen, waren völlig entlaubt und streckten ihre dürren Äste dem farblosen Himmel entgegen, an dem auch hier noch immer die Sonne in ihrer Nachmittagsstellung stand, wenn auch so blaß, daß ich, ohne zu blinzeln, in sie hineinschauen konnte. Eine Weile ging ich an der Nebelgrenze entlang und konnte doch weit und breit nichts Lebendiges entdecken, so angestrengt ich auch nach allen Seiten spähte.

Dann, ganz unvermittelt, sah ich die Taube. Gar nicht weit entfernt saß sie völlig reglos auf einem schon seit langem abgestorbenen Ast, der sich – schon völlig entrindet – auf die Nebelgrenze zu ausstreckte wie ein elfenbeinfarbener Knochen. Sie saß so erstarrt, daß ich schon befürchtete, sie sei ebenso tot wie der Ast, auf dem sie hockte. Doch dann hob sie langsam ihre Flügel und machte Anstalten aufzufliegen, geradewegs hinein in den Nebel.

»Nein!« schrie ich. »Nein! Massimo oder Mirdini! Bleib hier!« Offenbar war ich mir selbst nicht darüber im klaren, ob ich mich in einer der Geschichten um Herod befand oder in einer wenn auch höchst phantastischen Realität. Ich sah noch, wie die Taube erschreckt aufflatterte, aber nicht in den Nebel hinein, sondern in einem sehr engen Bogen so niedrig über mich hinwegstrich, daß ihr Gefieder mein Haar streifte.

Dann vernehme ich einen dumpfen Schlag, der den Boden erzittern läßt, als sei ein zentnerschwerer Gegenstand umgestürzt, und finde mich wieder auf einer der beiden Bänke in dem Oval des Heckenlabyrinths bei der Villa, in der Massimos Cousine wohnt. Danach folgt der erstickte Aufschrei eines erschrockenen Mannes, dessen Stimme so klingt, als sei es Massimo.

»Professor Battisti!« rufe ich. »Sind Sie hier in der Nähe?«

»Weiß Gott, das bin ich und lebe sogar noch!« ruft er. »Ich sitze genau hinter der Hecke, vor der Sie stehen. Gehen Sie diesen Weg, auf dem Sie sich befinden, nach links etwa zwanzig Schritte weiter, biegen Sie dann nach rechts in einen Seitenweg ein und folgen Sie dem. Nach einer Kurve werden Sie mich auf dem Boden sitzen sehen.«

Ich bin so aufgeregt von dem, was er gesagt hat, daß ich in fliegender Eile losrenne und seinen Anweisungen folge. Nach der besagten Kurve sehe ich tatsächlich Massimo auf dem Kies eines kleinen Rondells zu Füßen eines fast mannshohen Podestes hokken, allerdings graubärtig wie eh und je und auch sonst in der gleichen Fasson, in der er mit mir zur Villa gekommen war, und neben ihm liegt eine überlebensgroße Steinfigur.

»Stellen Sie sich vor, was mir passiert ist«, sagt er, als ich bei ihm stehe und ihm auf die Füße helfe. »Ich biege hier um die Ecke und sehe diese Figur, die ich von früher kenne, vor mir auf dem Podest stehen und ärgere mich. Sie stellt eine hexenhafte alte Frau dar, die hier am äußersten Ende des Irrgartens steht und jeden, der auf sie trifft, von ihrem Sockel herab hämisch angrinst, um ihn zu verhöhnen, weil er den Weg zur Mitte verfehlt hat. Die kalte Wut kann einen packen, wenn man ihr länger ins Gesicht schaut. Ich drehe mich also um, weil ich ihr Grinsen satt habe, bleibe aber noch stehen, um mich zu orientieren und mir den richtigen Weg zu vergegenwärtigen, den ich eigentlich kennen müßte. Da höre ich einen Schrei, danach ruft jemand mich beim Namen, und ich trete erschrocken einen Schritt beiseite. Im gleichen Moment stürzt auch schon dieser weibliche Koloß vom Sockel, streift mich gerade noch an der Schulter und reißt mich zu Boden. Sie hätte mich glatt erschlagen können, diese verdammte Hexe!«

»Ja«, sage ich, »Sie waren dicht daran« und merke, wie mir die Knie zittern.

Er schaut mich an und sagt: »Jetzt machen nicht auch Sie noch schlapp!« und greift nach meinem Arm. Da sieht er die Feder, die ich noch immer zwischen den Fingern halte, und sagt: »Was haben Sie denn da Hübsches aufgelesen? Eine Taubenfeder! Hell wie ein frischgelegtes Ei! Schenken Sie die mir?«

»Gern«, sage ich und habe nun der Taube doch noch ihre Feder zurückgebracht, statt sie der bösen Macht der Hexe auszuliefern. Oder hätte ich sie Mirdini geben müssen? Ich weiß es nicht, denn beide, Massimo und Mirdini, lassen sich in meiner Vorstellung kaum noch voneinander trennen. Als ich zum Himmel hinaufblicke, stelle ich fest, daß die Sonne ein kleines Stück von ihrem hohen Stand weitergerückt ist, und da weiß ich, daß ich wieder in der Zeit lebe.

Nun kann ich wohl wieder im Präteritum weitererzählen, doch das Bewußtsein, noch immer durch ein unüberschaubares Labyrinth zu wandern, wird mich so bald nicht verlassen. Massimo war bei diesem Unfall mit dem Schrecken davongekommen, wenn ich von einem streifigen Abrieb der mit grauen, krümeligen Flechten überzogenen Statue an der Schulterpartie seines Sakkos absehen will. Er machte sich sogar anheischig, mich jetzt doch noch zur Mitte des Labyrinths zu führen, da er sich des richtigen Weges jetzt gewiß sei, aber ich bat ihn, an diesem Tag darauf zu verzichten. Ich fühlte mich außerstande, heute noch einmal diesen kleinen Rasenfleck zu betreten oder gar damit konfrontiert zu werden, daß es ihn gar nicht gab und an dieser Stelle womöglich ein putziger dicker Amor auf einer Weltkugel balanciert und mit seinem Pfeil auf jeden Ankömmling zielt.

Wir benutzten also den Ausgang, der sich hinter dem Podest der umgestürzten Figur befindet und jenen Besuchern dienen soll, die ihre Suche nach dem Zentrum angesichts der höhnisch grinsenden Hexe entmutigt aufgeben wollen. Während wir außen an der hohen, das Garten-Labyrinth umfassenden Hecke entlanggingen, sagte Massimo: »Wir werden Catarina mitteilen müssen, daß die Hexe vom Sockel gefallen ist. Zum Glück ist sie nicht zerbrochen, aber man wird den Sockel entsprechend vorbereiten müssen, ehe man sie wieder hinaufhievt. Ohne einen starken Flaschenzug wird das nicht gehen, wenn man nicht gar einen Kran dazu braucht.«

Wir versuchten über diesen Vorfall unsere Scherze zu machen, aber die klangen gezwungen und verkrampft, und das merkten wir wohl beide und ließen das Thema fallen. Massimo hinterließ in der Villa eine Nachricht auf einem Zettel für seine Cousine, fuhr mich dann zurück in die Stadt und setzte mich vor meinem Wohnheim ab. Als er mir die Hand gab, um sich zu verabschieden, sagte er: »Ein komischer Vorfall! Ich war froh, daß Sie plötzlich bei mir waren. Danke!« Dann fuhr er davon.

Während des Semesters gewöhnte ich mich allmählich wieder daran, Massimo aus der Distanz zu betrachten, die das Katheder zwischen Professor und Studentin herstellt, auch wenn er es oft verließ, um sich nicht vor den Fragen seiner Hörer hinter diesem akademischen Schutzschild zu verstecken. Und auf den Exkursionen in die Umgebung der Stadt zu Villen und anderen bemerkenswerten Bauwerken gingen wir einander, ohne das verabredet zu haben, eher aus dem Weg, um die anderen Teilnehmer nicht die Vertrautheit spüren zu lassen, die trotz allem und nicht erst seit dem Vorfall im Labyrinth zwischen uns bestand. Daß auch Massimo sich ihrer bewußt war, merkte ich an raschen Seitenblicken oder einem aufflackernden Lächeln, das er mir zuwarf, wenn ein Thema zur Sprache kam, das uns schon früher im Gespräch beschäftigt hatte.

In den Weihnachtsferien fuhr ich nach Hause zu meinen Eltern, um die Feiertage bei ihnen zu verbringen, reiste aber noch vor Neujahr wieder an meinen Studienort zurück, um dort, wie ich mir einredete, noch einige Literatur durchzuarbeiten, die ich für ein Referat benötigte. Als ich in den ersten Januartagen an einem späten Nachmittag als einzige Studentin im Arbeitsraum des Instituts saß, schaute Massimo herein, sah mich sitzen und kam zu mir.

»Sie sollten Ihren Fleiß nicht übertreiben!« sagte er.

»Was bleibt mir anderes übrig?« sagte ich. »Der Manierismus ist ein unendliches Labyrinth. Wer sich einmal hineinbegeben hat, findet nur unter großen Schwierigkeiten oder überhaupt nicht mehr hinaus.«

»Wem sagen Sie das?« sagte er und lachte. »Trotzdem möchte ich Sie zum Abendessen einladen. Wir befinden uns ja beide in diesem Irrgarten, und da muß man froh sein, wenn man einen Menschen trifft.«

Das sollte wohl scherzhaft klingen, aber ich spürte darunter so etwas wie einen Hilferuf. »Eigentlich habe ich heute noch nichts Ordentliches gegessen«, sagte ich. »Ich freue mich, wenn Sie mich mitnehmen wollen.«

»Essen Sie nicht bei den Schwestern?« fragte er, während er mir in den Mantel half, den ich aus der Garderobe geholt hatte.

»In der Regel schon«, sagte ich. »Sie hatten recht mit Ihrem

Rat. Die Küchenschwester hat mir schon einen reichhaltigen Überblick über die ländliche Küche dieser Gegend verschafft und kennt so viele Variationen, daß sie sich fast noch nie wiederholt hat. Eine Manieristin der Küche, sozusagen. Nur war heute ein so eisiger Wind, daß ich keine Lust hatte, hinüber zum Kloster zu gehen.«

»Zum Kloster?« sagte er irritiert. »Ich hoffe, Sie treten nicht ein bei den Schwestern!«

»Keine Angst!« sagte ich lachend. »Wir Insassinnen nennen das Haus so, weil's noch immer ein bißchen was von einem Kloster an sich hat.«

»Da bin ich beruhigt«, sagte er. »Sie würden mir fehlen.«

»Als Besucherin Ihres Seminars, nehme ich an«, sagte ich.

»Das auch«, sagte er, und nach einer Pause: »Aber nicht nur.«

Darauf gab ich keine Antwort mehr, weil ich ihn nicht merken lassen wollte, wie mich dieser Nachsatz erregte. Wir waren inzwischen bei seinem Wagen angekommen, den er in einer Seitenstraße nahe der alten Universität abgestellt hatte.

»Wohin?« fragte er.

Ich zuckte die Achseln und sagte: »Sie kennen sich hier besser aus. Ich vertraue auch in dieser Frage Ihrem Urteil.«

Er überlegte einen Augenblick und sagte dann: »Wie wär's mit der Trattoria, in der wir schon einmal gegessen haben? Sie wissen schon, dort bei der Villa mit dem Labyrinth. Meine Cousine wohnt den Winter über in Venedig, also keine Gefahr, daß sie uns über den Weg läuft.«

Er scheute also noch immer den Familientratsch, der seiner Mutter zu Ohren kommen konnte. Wir waren inzwischen eingestiegen, und Massimo steuerte den kleinen Wagen temperamentvoll durch den dichten Abendverkehr. Es wurde schon dunkel, und das grelle Licht der vielen rasch bewegten Autoscheinwerfer spiegelte sich im feuchten Asphalt der Straße und führte bei mir zu einer Kette kurzzeitiger Blendungen, die es mir unmöglich gemacht hätten, ein Fahrzeug durch dieses Lichterlabyrinth zu lenken. Ihm schien das nichts auszumachen, allerdings sprach er nicht, solange wir durch den dichten Stadtverkehr fuhren.

Als wir auch noch die Industriezone hinter uns gebracht hatten, ließ der Verkehr nach, und ich versuchte das Gespräch wieder aufzunehmen. »Was hat Ihre Cousine zu der umgestürzten Figur gesagt?« fragte ich.

Er warf seine rechte Hand in die Höhe und rief: »Hach, meine Cousine Catarina! Die hat vielleicht ein Theater gemacht! Natürlich hielt sie mich für den Schuldigen, statt mich als ein knapp der Todesgefahr entronnenes Opfer zu bedauern. Als sie anzudeuten versuchte, ich sei wohl der Dame auf den Leib gerückt, um irgendwelche Untersuchungen an ihr vorzunehmen, kunstwissenschaftliche natürlich, hab' ich sie gefragt, ob sie allen Ernstes mir unterstellen wolle, ich sei auf diesen hohen Sockel hinaufgeklettert, um meinem ästhetischen Empfinden zum Trotz der Hexe in ihr widerwärtiges Gesicht zu blicken. Da mußte Catarina selber lachen. Später gingen wir dann hinaus, um uns den Schaden zu besehen. Die Statue war auf dem Sockel mit einem eisernen Stift befestigt gewesen, der bis auf einen dünnen Kern durchgerostet war. Vielleicht hat die minimale Bodenerschütterung durch meine Schritte ausgereicht, auch noch den letzten Rest von festem Eisen durchzubrechen. Man weiß ja nie, warum solche Dinge manchmal gerade zu einem Zeitpunkt geschehen, der an eine dahinterstehende geheime Absicht denken läßt.«

»Hatten Sie denn einen solchen Verdacht?« fragte ich pochenden Herzens.

Er dachte eine Weile nach und sagte dann: »Ich weiß es nicht. Schon ehe es passierte, hatte ich ein ungutes Gefühl. Es kann natürlich sein, daß dies nur meiner Enttäuschung zuzuschreiben ist, nicht zur Mitte des Labyrinths gefunden zu haben. Aber darüber hinaus spürte ich, schon seit wir uns voneinander getrennt hatten, eine nicht begründbare Angst. Meine Seele flatterte wie ein ängstlicher Vogel, verstehen Sie?«

O ja, ich verstand. »Ich weiß«, sagte ich.

»Wenn Sie es *wissen*, dann wissen Sie mehr als ich«, sagte er. »Sie waren ja auch da, als es passierte.«

Dieses Gespräch war von längeren Pausen unterbrochen, teils deshalb, weil Massimo in der Dunkelheit darauf achten mußte, die richtigen Abzweigungen nicht zu verfehlen, teils wohl auch, weil es für uns beide zwischen diesen langsam tropfenden Worten viel nachzudenken gab. Kurz bevor wir die Trattoria erreichten, sagte er noch: »Es ist komisch. Ich werde das Gefühl nicht los, daß Sie irgendwie mit dieser Geschichte zu tun haben. Nicht mit dem Unfall, meine ich, aber damit, daß mich die Hexe nicht getroffen hat.«

Was sollte ich darauf antworten? Mir war daran gelegen, ihn nicht weiter auf diese heiße Spur zu locken, und so sagte ich: »Ich hoffe, der Fleck auf der Schulter Ihres Sakkos ließ sich entfernen.«

Da lachte er und sagte: »Ich hatte eigentlich angenommen, daß Ihnen solche hausfraulichen Erwägungen eher fernliegen.«

»Wieso?« sagte ich. »Ich kann sogar ein bißchen kochen.«

Da hielt er schon mit seinem Wagen auf dem Parkplatz der Trattoria. Der Vorgarten, in dem wir vor etwa drei Monaten gesessen waren, zeigte nur noch den leergeräumten Kiesboden, die Weinreben umspannen die Laube als kahles Geranke. Das war kein Ort, um sich im Januar niederzulassen, und so gingen wir hinein in die Gaststube, deren bäuerlicher Ursprung noch zu erkennen war. Im Hintergrund des Raums konnte ich durch eine offene Tür in die Küche schauen, in der die Wirtin selbst am Herd stand und mit Pfannen und Töpfen hantierte. Von den sechs Tischen waren nur zwei besetzt. Massimo führte mich zu einem Platz bei einem der Fenster. Während wir unsere Mäntel auszogen und uns setzten, kam schon die Wirtin an unseren Tisch und fragte nach unseren Wünschen.

Was wir damals dort gegessen haben, weiß ich nicht mehr, und ich habe wohl auch nicht besonders darauf geachtet; denn meine eigentliche Mahlzeit war von ganz anderer Art: Meine Augen waren zumeist nicht auf meinen Teller gerichtet, sondern auf Massimo, auf die sprechenden Gesten seiner Hände, die auch ich mir in diesem Lande schon anzugewöhnen begann, und auf sein Gesicht, unter dessen heiterer Miene ständig auch ein Untergrund von Trauer zu erahnen war, die er nicht offen zutage treten lassen wollte. Er sprach über die Zubereitung von Polenta – wir müssen also als Beilage auch diesen gelben Maisbrei auf dem Teller gehabt haben – und erläuterte die Zusammensetzung einer würzigen Kräuter-Salsa mit solcher Ausführlichkeit, als sei auch ihr Rezept auf eine späte Nachwirkung des Manierismus zurückzuführen.

Als wir gegessen hatten, fragte mich Massimo, ob ich Lust hätte, noch ein paar Schritte zu laufen. Welch eine Frage! Natürlich hatte ich Lust. Als wir vor die Tür traten, wehte noch immer ein scharfer, kalter Wind, aber der Himmel war klar, und im Osten stand niedrig über den kahlen Bäumen eines Obstgartens ein Mond, der eben abzunehmen begann, eine von rechts her schon etwas abgeflachte schimmernde Scheibe.

Wir gingen, ohne erst lange zu überlegen, den Weg, den wir schon einmal gegangen waren, hindurch zwischen den niedrigen Steinhäusern des Dorfes, vorüber auch an der kleinen, mit einer bäuerlich-barocken Fassade gezierten Dorfkirche und weiter bis zu der Stelle am Kanal, von der aus wir gegenüber am anderen Ufer die Villa sahen. Im kalten Licht des aufsteigenden Mondes ragte sie drüben mit ihrem antikischen Säulenportikus aus dem dunklen Gebüsch hervor wie eine Traumvision, und weiter rechts hob sich eine tiefschwarze, an der Oberkante schnurgerade abgeschnittene Fläche ab, die nicht einmal der Mond aufzuhellen vermochte. Dort war der Eingang zum Labyrinth.

Wir standen nebeneinander, auf eine nicht ganz brusthohe Mauer gestützt, und schauten hinüber. Lange standen wir so, ohne zu sprechen. Hie und da glitt langsam ein verspäteter Lastkahn vorüber, und im Licht seiner Positionslampen wanderten die Wellen seines Kielwassers als schimmernde, schräg hinter ihm auseinanderlaufende Linien über das Wasser. Irgendwann sagte Massimo, weniger an mich als an sich selbst gerichtet: »Was ist dort drüben geschehen?«

»Im Labyrinth?« fragte ich.

Er schüttelte den Kopf. »Nein. Schon vorher, als Sie in der Sala standen und hinaufschauten in den antiken Götterhimmel.« Er stieß sich von der Mauer ab, richtete sich auf und schaute mich an. »Was hat sie zu dir gesagt, die Göttin?«

»Sie sagte: ›Es ist, was es ist‹«, sagte ich.

Da nahm er mich in die Arme, drückte mich an sich und küßte mich auf eine Weise, als habe er vergessen, wie man das anstellt.

Erst viel später sagte er: »Ich kenne das Gedicht, das du vorhin zitiert und der Göttin in den Mund gelegt hast.«

»Sie hat es selbst zitiert«, sagte ich. »Erst seither weiß ich, daß es mich betrifft, und nenne dich in Gedanken nur noch Massimo und nicht Professor Battisti, wie ich dich auch weiterhin vor anderen Leuten nennen werde, schon um dich vor Schwierigkeiten mit deiner Mutter zu bewahren.«

Danach gingen wir noch lange am Kanal entlang auf und ab, und es war schon gegen zwei Uhr morgens, als er mich vor dem Wohnheim absetzte.

Es war noch in dieser Woche, daß mir unversehens das Kärtchen von Signora Pellegrini in die Hände geriet, und da ich gerade Zeit hatte, beschloß ich, ihrer Schwester einen Besuch abzustatten. Das Haus, in dem sie wohnte, stand an einem kleinen Platz in der Altstadt und hatte in seiner Architektur etwas von einem Palazzo an sich, obwohl es nur sieben Fensterachsen breit war. Ein etwas vorspringender Mittelrisalit ließ die beiden Außenteile der Fassade wie Seitenflügel erscheinen. Am Türschild stand der Name Pozzo.

Auf mein Läuten hin öffnete mir ein Hausmädchen, das ich fragte, ob ich Signora Pozzo sprechen könne. Da wurde ich in einen kleinen Empfangsraum geführt, wo ich dem Mädchen die Karte gab, die ich von Signora Pellegrini bekommen hatte. Als sie gegangen war, schaute ich mich in dem Zimmer um, dessen Einrichtung nur aus ein paar Sitzgelegenheiten, einem kleinen Tisch und einer Wandgarderobe mit eingelassenem Spiegel bestand. Um so bemerkenswerter fand ich die fünf Bilder, die an den Wänden hingen, qualitätvolle, eher mittelgroße Porträts italienischer Malerei aus der zweiten Hälfte des 16. Jahrhunderts, allesamt mit dem deutlichen Gepräge manieristischer Kunst, etwa durch eine bewußt, ja fast ironisch aufzufassende gezierte Geste, mit der eine junge Dame eine recht unscheinbare Wildblume –

ich hielt sie für Hirtentäschelkraut – in der Hand hielt, oder auch unkonventionell wirkend durch sonderbare Beigaben wie bei dem Bildnis eines jungen Mannes mit dezent ausrasiertem Wangen- und Kinnbart, dem ein pinselohriges Eichhörnchen über die Schulter lugte. Ich fühlte mich angesprochen durch diese ungewöhnlichen Porträts, angesprochen, ja gut empfangen und aufgenommen, und das nicht nur, weil sie meinem Studiengegenstand nahestanden, sondern weil ich mir die Dargestellten als anregende Mitbewohner oder gar Gesprächspartner vorstellen konnte.

Während ich noch vor dem Porträt mit dem Eichhörnchen stand, kam Signora Pozzo herein. Sie hatte viel Ähnlichkeit mit ihrer Schwester, war aber etwas jünger und auch temperamentvoller. Sie hielt das Kärtchen ihrer Schwester noch in der Hand, kam rasch auf mich zu und sagte: »Da sind Sie ja endlich! Ich dachte schon, Sie würden überhaupt nicht mehr kommen. Meine Schwester hat mir längst von Ihnen geschrieben und mir neulich, als sie mich besuchte, ausführlicher von Ihnen erzählt. Sind Sie noch immer so verträumt?«

Ich war so verdutzt durch diesen überschwenglichen Empfang, daß es mir die Sprache verschlug. Da lachte sie und sagte: »Entschuldigen Sie! Ich glaube, mein Temperament ist wieder einmal mit mir durchgegangen. Meine Schwester sagt immer: ›Richtig erwachsen wirst du nie!‹ Sie sehen ganz erschrocken aus. Wenigstens scheinen Ihnen meine Bilder zu gefallen. Das sind alles Leute aus unserer Familie. Ein bißchen verrückt waren manche von uns schon immer.«

Damit brachte sie auch mich zum Lachen. »Mir gefällt das«, sagte ich. »Das sind Bilder, mit denen auch ich leben könnte.«

»Dann wollen wir sehen, ob Ihnen auch mein Haus gefällt«, sagte sie. »Wohnen Sie noch immer bei den Schwestern?«

»Ja«, sagte ich. »Ich hab's dort auch recht angenehm, aber irgendwie fühle ich mich noch immer ein bißchen wie eine Mittelstufenschülerin, auf die man aufpassen muß.«

»Das kann ich gut verstehen«, sagte die Signora. »Bei uns hier werden ja junge Frauen noch immer so betrachtet wie ein sorgfältig aufzubewahrendes Familieneigentum, und ich mußte damals, als mein Mann so früh starb, eine Menge Leute vor den Kopf stoßen, bis sie davon absahen, mich wieder zu vereinnahmen, und mich quasi in die Freiheit entließen, was heißen soll: hier in meinem Haus, das eigentlich aus zwei Häusern besteht, zu tun, was ich will und was mir Spaß macht. Kommen Sie! Ich zeige Ihnen mein Reich. Vielleicht bekommen Sie Lust, bei mir zu wohnen. Ihren Mantel nehmen Sie besser mit, weil wir durch den Garten gehen müssen.«

Ich konnte mir gut vorstellen, wie sie die würdigen Honorablen ihrer Familie an die Wand geredet hatte, bis sie die Waffen streckten. Ein Viertel von ihrem Selbstbewußtsein würde mir für den Anfang schon genügen, dachte ich und fühlte mich schon jetzt geneigt, ihr Angebot anzunehmen.

Wir gingen über einen kurzen Flur und durch eine Tür in den großen zentralen Gesellschaftsraum, der in der Höhe von zwei Stockwerken den mittleren Teil des Hauses einnahm und sein Licht durch ein großes, oben mit einem Rundbogen abgeschlossenes Fenster erhielt, das sich zur Rückseite des Hauses öffnete.

»Das ist ein altes Patrizierhaus«, erklärte Signora Pozzo. »Hier wurden von Anfang an Gäste empfangen und Feste gefeiert, daher die kostbare Ausstattung. Heute ist dieser Raum eher etwas unpraktisch, besonders im Winter, wenn geheizt werden muß.«

Sie warf bei diesen Worten einen Blick hinauf zum hohen Plafond, der mit Fresken verziert war. Auch hier hatte der Maler einen Götterhimmel dargestellt. Bei genauerem Hinsehen entdeckte ich allerdings eine Fülle von ironischen Anspielungen, die den hohen Herrschaften die Distanz raubten, in der sie sich dort oben zu bewegen schienen. Hera droht ihrem Ehegatten mit einem langen Spinnrocken, an dem noch Strähnen verfilzter Wolle hängen, als habe sie damit schon ein paar kräftige Hiebe ausgeteilt, vermutlich, wegen seiner Seitensprünge, auf das Haupt des Göttervaters, dem sein Eichenkranz verrutscht überm Ohr hängt; Hephaistos entdeckt eben, wie sein Eheweib Venus sich auf recht eindeutige Weise mit dem Kriegsgott vergnügt, der seine Rüstung vor ihrem Bett abgestellt hat und nun dem drohend erhobenen Hammer des hinkenden Schmiedegotts wehrlos ausgeliefert zu sein scheint; Hermes, den Götterboten, ziert ein geflügeltes Hütchen der Thurn-und-Taxisschen Post, und Athene, die zum Zeichen ihrer Weisheit eine Brille auf der Nase trägt, was ihr ein ziemlich eulenhaftes Aussehen verleiht, schwingt ihren Rohrstock, um den ungebärdigen Amor, der ihr eine lange Nase dreht, Mores zu lehren.

»Das ist ein vergnüglicher Olymp!« sagte ich.

Damit erntete ich Zustimmung bei der Hausherrin. »Unter diesem Himmel lassen sich gut Feste feiern«, sagte sie. »Hier im Vorderhaus habe ich meine Wohnräume«, und das klang so, als wolle sie mit dieser Bemerkung eine Vorstellung von ihrem Lebensstil verknüpfen.

Inzwischen war sie weitergegangen bis zu einer verglasten doppelflügligen Tür, in der sich das große Fenster der Rückwand bis zum Boden fortsetzte. »Kommen Sie!« sagte sie. »Wir müssen durch den Garten gehen, wenn ich Ihnen zeigen soll, wo und wie Sie hier wohnen könnten.«

Ich hatte schon zuvor durch die Scheiben hinausgeblickt und mit Vergnügen den Garten entdeckt, der sich bis zur Häuserzeile der nächsten Gasse erstreckte. Ein weiteres Argument, das für einen Umzug spricht, dachte ich. Zwar gab es auch im Kloster einen Garten und sogar einen Keschtenbaum, aber das nicht allzu große Areal hinter dem Wohnheim wurde vor allem zum Anbau von Gemüse und Salat genutzt und wirkte, zumal von der Höhe des zweiten Stockwerks aus betrachtet, recht nüchtern.

Was ich zu sehen bekam, als ich mit Signora Pozzo den Garten hinter dem Haus betrat, bezauberte mich schon beim ersten Anblick. Ähnlich wie bei dem – allerdings viel größeren – Garten der Villa von Massimos Cousine war auch hier noch die ursprüngliche Struktur einer alten Anlage erhalten, im Zentrum ein kompliziertes, fast labyrinthhaft wirkendes Muster von nicht einmal kniehohen Buchsbaumhecken, dessen freie Flächen jetzt im Januar nur noch Reste der Bepflanzung mit Blütenstauden zeigten. An den Seiten wurden die das Grundstück begrenzenden Mauern verdeckt von allerlei Zierbüschen, über die ein paar in regelmäßigen Abständen gepflanzte Obstbäume herausragten, so daß der Eindruck entstand, man befinde sich in einem sehr viel weitläufigeren Park.

Erst beim Weitergehen wurden zwischen Büschen und Bäumen die Mauern des Hauses am anderen Ende des Gartens sichtbar, davor noch ein Glashaus, in dem, wie Signora Pozzo erklärte, alle frostempfindlichen Kübelpflanzen den Winter über abgestellt wurden, Oleanderbüsche, ein paar Orangenbäumchen und noch andere, die ich nicht kannte.

»Den Garten dürfen Sie natürlich benützen wie jede andere Bewohnerin des Hinterhauses«, sagte die Signora. »Dieses Haus hat seinen Eingang zur Gasse, die dahinter verläuft, hat also auch eine andere Adresse als meines. Es gibt darin insgesamt vier Appartements, die ich vermiete; die übrigen Räume benutze ich als Gästezimmer. Das Anwesen stammt aus dem Besitz meines verstorbenen Mannes und ist auch nicht viel jünger als das Vorderhaus, war aber schon seit langem nicht mehr in seinem ursprünglichen Zustand. Deshalb konnte ich es innerhalb der Mauern guten Gewissens so umbauen lassen, wie ich es haben wollte.«

Durch eine unverschlossene Tür betraten wir das Haus, gelangten über eine Treppe in den ersten Stock, und dort führte mich die Hausherrin in ein geräumiges, als Wohn- und Arbeitsraum eingerichtetes Zimmer, durch dessen Fenster man in den Garten hinausblickte. »Das hier ist zum Jahresende frei geworden«, sagte sie. »Wenn Sie wollen, können Sie es haben. Dazu gehört noch ein kleines Schlafzimmer« – sie öffnete eine Tapetentür, die ich bisher noch gar nicht bemerkt hatte und die den Blick in einen einfenstrigen Raum freigab, in dem außer einem breiten Bett noch ein Kleiderschrank und eine Kommode standen –, »daneben ist hier noch ein Duschbad eingebaut mit allem, was hineingehört.«

»Das kann ich bestimmt nicht bezahlen«, sagte ich bestürzt.

»Ach was«, sagte sie, »das gleiche haben Sie auch schon zu meiner Schwester gesagt« und nannte mir einen Preis, der durchaus im Rahmen meines Budgets lag. »Wissen Sie«, sagte sie, »ich muß nicht davon leben, daß ich Appartements vermiete, aber ich mag auch nicht allein in diesem weitläufigen Anwesen hausen, bis ich anfange, Gespenster zu sehen. Ich möchte Menschen um mich haben, mit denen ich reden kann. Vielleicht machen Sie mir ab und zu das Vergnügen, mit mir zu essen oder einen Kaffee zu trinken. Ich hasse einsame Mahlzeiten, obgleich ich eine vorzügliche Köchin beschäftige. Also: Was meinen Sie?«

»Ich kann's noch gar nicht glauben«, sagte ich.

»Also gut«, sagte sie. »Ich lasse alles für Sie herrichten, und Anfang der nächsten Woche ziehen Sie ein. Ja?«

Ja und ja. Ich sagte meinen Klosterschwestern ade, zog bei Signora Pozzo ein und kam mir vor wie eine Fürstin, wenn ich am Fenster saß und in den Garten hinabschaute. Aber auch sonst lebte ich während der folgenden Wochen in einer Phase des Überschwangs. Im Rahmen des Seminars blieb ich zwar für Massimo eine seiner Studentinnen, der er mit gleicher Freundlichkeit begegnete wie allen anderen, aber es kam immer häufiger vor, daß er mit mir essen ging oder mich an einem freien Tag zu einem Ausflug einlud. So gerieten wir nicht in die Gefahr, das vertraute *Du* wieder zu verlassen, und ich lernte die Küche auch noch anderer ländlicher Gasthäuser kennen.

Eines Tages bot Massimo mir an, mit mir zu dem Groteskenpark zu fahren, den ich aus Großvaters Buch kannte, aber noch nie selbst gesehen hatte. Ich sagte sofort zu und war ziemlich aufgeregt, als wir am Morgen in sein kleines Auto stiegen, um zunächst nach Verona zu fahren und von dort aus im Hinterland der Stadt die Villa und den zugehörigen Park aufzusuchen. Massimo benutzte nicht die Autobahn, sondern hatte eine Route über Landstraßen zusammengestellt, weil er mir unterwegs noch dies und das zeigen wollte, darunter auch zwei oder drei Villen, die vom Studienort zu weit entfernt lagen, als daß er sie in die Exkursionen hätte einbeziehen können. Am späten Vormittag trafen wir in Verona ein, wo er mit mir noch einen Stadtrundgang machte, ehe wir in einer kleinen Trattoria zu Mittag aßen.

Der Nachmittag sollte dem Park der Monster gewidmet sein.

Massimo war sich zunächst des Weges zu dem kleinen Bauerndorf sicher, bei dem sich die Villa befindet, aber es ging ihm so ähnlich wie mir, als ich dich ein paar Jahre später dorthin brachte. Irgendwo verfranzte er sich in dem Gewirr von Nebenstraßen und Karrenwegen zwischen all den Dörfern, mußte einen Einheimischen fragen, bekam eine falsche Auskunft, die uns zwar zu einer interessanten Villa des 17. Jahrhunderts führte, die Massimo noch nicht kannte, aber wo der gesuchte Park lag, wußte dort kein Mensch. Dann zog Massimo noch einmal seine Aufzeichnungen zu Rate und meinte, nun endlich den richtigen Weg zu wissen.

Inzwischen war aber in mir eine schwer zu erklärende Angst aufgestiegen vor einer tatsächlichen Begegnung mit den Monstern des Gartens, dessen Figuren so viele innere Bilder in mir geweckt hatten. Massimo hatte mir während unserer Irrfahrt berichtet, daß seines Wissens der Park völlig verwildert sei, da die Villa schon seit längerer Zeit leer stehe bis auf zwei Räume im Parterre, in denen derzeit eine ländliche Trattoria zu überleben versuche. Es könne sein, sagte er, daß die grotesken Figuren mittlerweile völlig von Grünzeug überwachsen seien und von uns erst zur Betrachtung freigelegt werden müßten.

Besonders diese Mitteilung rief in mir erschreckende Vorstellungen wach, als könnten die Monster zum Leben erweckt werden, wenn wir sie von der schützenden Pflanzendecke befreiten, die von der Zeit über sie gebreitet worden war. Es war Gras darüber gewachsen, und es schien mir besser zu sein, es weiterwachsen zu lassen. Ich hatte in meiner Vorstellung manche der Monster mit eigenen Augen gesehen, die Schildkrötenmenschen, von denen ich eine gewesen war, und allen voran den riesigen, in seiner eitlen Geilheit daherschreitenden Elefanten, von dem ich mich hatte tragen lassen. Wütend und mit weit abgespreizten Ohren konnte er aus dem Gestrüpp hervorbrechen, um uns in seiner Eifersucht zu zertrampeln. Was ich mir auch vorgestellt haben mag, während ich neben Massimo in dem engen Auto saß, der nur langsam vorankam und immer wieder Ausschau hielt nach lesbaren Ortsschildern, ich fürchtete mich wohl davor, daß

Vergangenes, Weggeräumtes und Verdrängtes geweckt wurde und neuerlich über mich herfiel und mich zurücktrieb auf die Straße in die Unbehaustheit, obwohl ich eben erst ein Haus gefunden hatte, um darin zu wohnen. »Kehr um, Massimo, bitte kehr um!« sagte ich. »Fahr mich nach Hause! Ich will die Monster nicht sehen.«

Er fragte mich nicht, warum ich diesen Ausflug so kurz vor dem Ziel so plötzlich abbrechen wollte. Ein Blick auf mein Gesicht hatte wohl genügt, ihn erkennen zu lassen, daß ich in Panik war, Angst hatte vor etwas, das ich ihm nicht erklären konnte, das überhaupt kaum zu beschreiben war, sondern unaufhaltsam vor mir aufstieg als dunkle Wand, die alles Licht des Tages verschlucken wollte.

Als er den Wagen an einer dafür geeigneten Abzweigung der schmalen Straße gewendet hatte, sahen wir, daß schräg hinter uns, ohne daß wir es bisher bemerkt hatten, tatsächlich eine düstere Wolkenwand aufgestiegen war, auf die wir jetzt zufahren mußten. Es dauerte nicht lange, bis der zunehmend sich verstärkende, böige Wind, der neben der Straße in die kahlen Kronen der Bäume fuhr, uns die ersten großen Tropfen klatschend gegen die Windschutzscheibe warf, wo sie zu explodierenden Sternen zerspritzten, und bald danach prasselte ein Regenschauer herab, der uns fast die Sicht nahm. Massimo mußte zeitweise den Wagen anhalten und warten, bis wir wieder weit genug sehen konnten, um über die richtigen Abzweigungen zur Hauptstraße zurückzufinden.

Als er mich vor dem Tor des Appartementhauses absetzte, war es schon dunkel und regnete noch immer, wenn auch nicht mehr so heftig wie zu Anfang. Ich gab Massimo zum Abschied einen Kuß, doch da erkannte ich, wie abgespannt er plötzlich aussah nach der langen Fahrt bei diesem Unwetter. Dennoch wollte er weiterfahren nach Venedig.

»Nicht gleich«, sagte ich. »Du mußt dich erst ein bißchen ausruhen von dieser Kreuz-und-quer-Fahrerei. Komm mit herauf zu mir. Ich mach' dir einen Kaffee.«

»Ich weiß nicht –«, sagte er. »Meine Mutter –«

»Deine Mutter hat auch nichts mehr von dir, wenn dir unterwegs was passiert«, sagte ich. »Jetzt komm schon!«

Erst später wurde mir bewußt, daß ich ihn nicht nur aus Fürsorge zu mir eingeladen hatte. Der Spuk der Monster geisterte noch immer durch meine Vorstellungen, und ich wollte mit meiner Angst nicht allein bleiben. Aber Massimo hatte tatsächlich eine Ruhepause nötig und sah das auch ein. Er stieg mit mir aus, ließ seinen Wagen an der Gasse stehen und ging mit mir ins Haus, hinauf über die Treppe zum ersten Stock und in mein Zimmer, das inzwischen wohnlich eingerichtet war. Auch die landesübliche Espressokanne hatte ich mir besorgt, um mir morgens mein Frühstück in den eigenen vier Wänden herzurichten.

Ich fand es so aufregend, Massimo hier in meiner kleinen Wohnung zu haben und ihn vor mir auf dem Sofa sitzen zu sehen, daß mir die Hände zitterten, als ich mit der Kanne hantierte, Wasser einfüllte und fein gemahlenen Kaffee aus einer dicht verschließbaren Blechdose in das Sieb schüttete, zuschraubte, die Kanne auf die Kochplatte stellte und den Strom einschaltete, während Massimo dicht bei mir an meinem Tisch saß.

»Damals, als ich zum ersten Mal mit dir gesprochen habe«, sagte ich, »hast du den Kaffee für mich gemacht. Nun ist es umgekehrt.«

»Ja«, sagte Massimo, »und seit diesem Tag liebe ich dich. Damals kam ich mir völlig verrückt vor und wollte diese Erkenntnis für mich behalten, versteckt in einem Geheimfach meines Bewußtseins. Aber du hattest den Schlüssel dafür.«

»Und inzwischen kann auch ich mit dieser Kanne umgehen«, sagte ich, goß ihm Kaffee in seine Tasse, schob ihm die Zuckerdose hin und setzte mich zu ihm. »Ich glaube, das ist überhaupt das erste Mal, daß ich etwas für dich tun kann, Massimo.«

»Keineswegs«, sagte er. »Du hast mir zugehört wie sonst niemand zuvor, und du warst bei mir, als im Labyrinth die Hexe mich beinahe erschlagen hätte, wobei ich nicht weiß, ob das schon alles ist, was du bei dieser Gelegenheit für mich getan hast.«

»Ach«, sagte ich, »das weiß ich selber nicht genau. Ich will dir erzählen, wie es mir im Labyrinth ergangen ist, aber dazu will ich mich neben dich setzen, damit du mich festhalten kannst, wenn ich es nötig habe.« Und so berichtete ich ihm, was mir vom Augenblick unserer Trennung an im Labyrinth zugestoßen war, während sein Arm um meine Schultern lag und mich drückte, und das nicht nur an den schrecklichen Stellen meiner Geschichte.

»Siehst du!« sagte er, als ich zu Ende erzählt hatte. »Dein Schrei hat mich gerettet!« Dann dachte er eine Weile nach und sagte schließlich: »Die Vorstellung vom großen Labyrinth könnte von einem Manieristen stammen. Ist das Ganze auch so eine Geschichte, wie sie dir dein Großvater erzählt hat?«

»Das kann ich dir nicht eindeutig beantworten«, sagte ich. »Im Kern mag wohl so eine Geschichte drinstecken. Es gibt, meine ich mich zu erinnern, ein Märchen, in dem der Geliebte als Taube davonfliegt und von seiner Geliebten erst nach einer langen, dreifach gestaffelten Suchwanderung wiedergefunden wird, aber was tut das zur Sache, wenn ich das alles selber erlebe? Sicher, ich habe eine Menge über den Manierismus von dir gehört und auch in der Fachliteratur gelesen, auch über Labyrinthe und labyrinthische Vorstellungen, aber ich *war* dort, verstehst du? Dies ist *meine* Geschichte. Ich spüre noch jetzt den tödlichen Schmerz in meiner Herzgrube, als die Taube auf Nimmerwiedersehen ins Nichts hineinfliegen wollte.«

»Du weißt nicht«, sagte er, »ob jenseits dieser Grenze tatsächlich nur das Nichts ist.«

»Wenn ich hier bleiben muß und der andere für mich unerreichbar wird, ist es für mich das Nichts«, sagte ich. »Ich wollte ihn nicht verlieren, ihn, der sich in dieser Taube verbarg und der in diesem Labyrinth zugleich dich vertrat.«

»– und hast die Taube damit gezwungen, diesem endgültigen Ziel noch einmal auszuweichen«, sagte Massimo.

»Sollte ich das nicht?« sagte ich. »Willst du das nicht?«

Da drückte er mich an sich und sagte: »Und ob ich das will! Aber darauf, ob ich das will, wird es irgendwann einmal nicht mehr ankommen. Das darfst du nicht vergessen.«

»Heute will ich es vergessen«, sagte ich in den Regensturm hinein, der gegen die Fensterscheiben prasselte. »Du wirst doch bei diesem Wetter nicht weiterfahren wollen?«

Massimo blickte auf seine Armbanduhr und sagte: »Das hätte jetzt auch keinen Zweck mehr. Ich stell' mir hier einen Sessel an das Sofa an, da kann ich mich ganz gut ausstrecken.«

»Ich glaube dir nicht, daß du das wirklich tun willst«, sagte ich. »Außerdem ist mein Bett breit genug.«

Als wir hinübergingen in mein Schlafzimmer, schaltete ich kein Licht ein. Erst als Massimo fragte, ob ich im Dunkeln bleiben wolle, wurde mir das bewußt, und ich hörte, wie die Hexe mit schriller Stimme meine Nacktheit verspottete.

»Ja«, sagte ich. »Ich will kein Licht haben.«

Dann lag Massimo zum ersten Mal bei mir, und es war so, wie ich es im Labyrinth schon einmal vorerlebt hatte, nur flog er mir nicht als Taube davon, denn diesmal traf der Name, den ich in meiner Lust herausschrie, auf den Menschen zu, der mich in den Armen hielt. Am Morgen machte ich Massimo noch einen Kaffee, ehe er ging. Ich stand oben am Flurfenster und sah ihn zu mir heraufwinken. Dann stieg er in seinen Wagen und fuhr davon.

Dies blieb nicht die einzige Nacht, die er bei mir verbrachte, und ich fühlte mich in dieser Zeit so glücklich wie nie zuvor. Ich hatte es noch nie erlebt, daß ich dem, der bei mir lag, völlig vertraute und mich ihm hingeben konnte, ohne mich an irgendwelche Vorbehalte anklammern zu müssen.

Eines Morgens, als ich mit ihm zusammen das Haus verließ, trafen wir unten im Flur mit Signora Pozzo zusammen. Sie und Massimo grüßten einander im Vorbeigehen wie zwei Menschen, die schon länger miteinander bekannt sind. Draußen fragte ich Massimo, ob ihm diese Begegnung unangenehm sei.

»Nein«, sagte er. »Ich habe gelegentlich mit Signora Pozzo zu tun gehabt und schätze sie als eine sehr selbstbewußte, zuweilen geradezu kühn zu nennende Frau. Schwatzhaft ist sie ganz gewiß nicht. Ich habe seinerzeit einen Aufsatz über das köstliche Deckenfresko in der Sala ihres Hauses publiziert und auch dessen

Restaurierung überwacht. Danach hat sie mich hie und da zu einem ihrer bemerkenswerten Feste eingeladen, die sie während der Sommermonate in diesem schönen Raum und im anschließenden Garten veranstaltet. Wenn ich nicht durch irgendwelche Umstände verhindert war« – hier huschte wieder einmal dieser Schatten über sein Gesicht –, »bin ich der Einladung gefolgt und fand diese Veranstaltungen jedesmal amüsant und stilvoll zugleich.«

Hin und wieder hatte mich die Signora, wie sie mir schon angekündigt hatte, zum Kaffee herüber in ihr Haus gebeten oder auch zum Abendessen, wobei ich feststellen konnte, daß sie mir hinsichtlich der Fähigkeiten ihrer Köchin nicht zuviel versprochen hatte. Ein paar Tage nach der Begegnung unten im Hausflur saß ich wieder einmal mit ihr in ihrem Wohnraum beim Kaffee, als sie mich unversehens nach Massimo fragte.

»Sie sind anscheinend gut bekannt mit Professor Battisti«, sagte sie. »Ich mag ihn sehr, nicht nur als Wissenschaftler, sondern auch als anregenden und humorvollen Gesprächspartner. Darin sind wir offenbar einer Meinung.«

Ich konnte nicht verhindern, daß mir vor Verlegenheit die Röte in die Wangen stieg, als sie so deutlich auf unser Verhältnis anspielte. Sie merkte das und sagte sofort: »Verstehen Sie mich bitte nicht falsch! Ich bin ein Mensch, der immer geradeheraus sagt, was er denkt, auch wenn das auf manche indezent wirken mag, aber ich habe nicht im geringsten vor, Sie zu tadeln. Im Gegenteil. Ich meine, daß diese Freundschaft Sie beide bereichern wird. Ihn, weil er sonst an der Seite seiner egoistischen Mutter einzutrocknen droht, und was er Ihnen bedeutet, wissen Sie selbst sicher besser als ich.«

»Das weiß ich wirklich«, sagte ich, »und nicht in erster Linie im Hinblick auf mein Studium.«

»Ich glaube, das habe ich schon begriffen«, sagte sie. »Einesteils freue ich mich darüber, weil ich Ihnen beiden das gönne, was Sie dabei gewinnen. Ich wollte Sie nur mit aller gebotenen Vorsicht darauf aufmerksam machen, daß Sie beide dabei irgendwann unweigerlich in Schwierigkeiten geraten könnten.«

»Seine Mutter –«, sagte ich.

»Ja«, sagte sie, »seine Mutter. Ich sehe, er war fair genug, mit Ihnen darüber zu reden. Ich wäre auch verwundert gewesen, wenn er es nicht getan hätte. Eigentlich will ich Ihnen nur eines sagen, was Ihnen später vielleicht einmal helfen könnte: Liebe oder wie immer Sie das nennen wollen, was Sie mit Massimo Battisti verbindet, trägt ihren Wert in sich, hier und jetzt. Deshalb kann sie auch nur hier und jetzt gelebt werden. Wenn Sie von vornherein nicht mehr erwarten, als er Ihnen zu geben vermag, werden Sie etwas Unzerstörbares für Ihr ganzes Leben gewinnen. Vielleicht werden Sie diesen Satz zeitweise nicht begreifen wollen, aber vergessen Sie ihn bitte trotzdem nicht.«

Sie legte für einen Augenblick ihre kräftige, warme Hand auf meine, lachte dann und bat mich, ihre mütterliche Anwandlung zu entschuldigen. Das komme wohl daher, daß sie selbst keine eigenen Kinder habe. Dann verstrickte sie mich in eine Plauderei über die verschiedenen Arten von Grappa, die von den Winzern des Veneto gebrannt werden, und holte aus einem Wandschrank zwei seltsam geformte Flaschen und kleine Schnapsgläser, um mich mit den unterschiedlichen Geschmacksnuancen bekannt zu machen.

Dieses Gespräch fand schon im Februar statt, und bald danach ging das Semester zu Ende. Massimo war nach der letzten Exkursion noch einmal mit zu mir gekommen und über Nacht bei mir geblieben. So zärtlich, schien es mir, hatte ich ihn noch nie erlebt und vergaß darüber am nächsten Morgen, daß ich ihn im Verlauf der nächsten Woche nicht mehr treffen würde. Erst später wurde mir das klar, und ich dachte, daß er sich schon melden würde. Dies geschah aber nicht. Die ganze Woche lang blieb ich ohne Nachricht von ihm, erst am Samstag lag in meinem Briefkasten ein an mich adressiertes Kuvert, auf dem als Absender die Initialen M B standen. Als ich es hastig aufriß, war es leer bis auf eine kleine, am Kiel etwas flaumige Taubenfeder von heller Farbe, die langsam zu Boden trudelte. Ich hob sie auf und schaute sie an, als könne sie mir eine Antwort geben. Doch sie blieb stumm, und in mir wuchs die Angst.

Ich wartete noch bis zur Mitte der folgenden Woche. Dann hielt ich diese Ungewißheit nicht mehr aus und fuhr am frühen Nachmittag mit dem Autobus in das Dorf jenseits des Kanals, zu dem die Villa von Massimos Cousine Catarina gehörte. Dort ließ ich mir den Weg zeigen und mußte noch gut eine halbe Stunde laufen, bis ich vor dem Gittertor stand. Seitlich davon an der Mauer fand ich unter einer Sprechanlage auch einen Klingelknopf, auf den ich drückte. Als eine Männerstimme fragte, wer an der Tür sei, nannte ich meinen Namen und fragte, ob ich die Herrin des Hauses sprechen könne. Ein Schnarren verriet mir, daß das Tor geöffnet wurde, und ich trat ein, schloß es hinter mir und ging den Weg hinauf zur Villa, wo mich ein Hausdiener an der Tür empfing und in einen kleinen Wohnraum seitlich des Vestibüls führte. Gleich darauf kam Cousine Catarina herein, begrüßte mich wie eine alte Bekannte und sagte mir, ich hätte Glück, daß ich sie zu dieser Jahreszeit antreffe. Sie lasse eben das Haus für den Frühling herrichten.

Nach den ersten Höflichkeitsfloskeln fragte ich sie schließlich nicht ohne einiges Stocken in der Stimme nach Massimo. Daraufhin schaute sie mich mit einem Blick an, als müsse sie mir mit dem nächsten Satz ihr Beileid aussprechen, und sagte dann nach einer längeren Pause: »Hat er Ihnen also nichts gesagt oder geschrieben.« Sie fragte das nicht, sondern stellte es fest wie etwas, das sie mit großer Wahrscheinlichkeit erwartet hatte.

»Nein«, sagte ich. »Ich weiß nichts von ihm. Vergangene Woche kam mit der Post nur ein Kuvert, in dem eine kleine Feder lag, die ich ihm gegeben hatte, als wir hier im Park waren.«

»Das sieht ihm ähnlich!« sagte sie, und ich konnte mich des Eindrucks nicht erwehren, daß sie die Situation bei allem Bedauern, das sie für mich empfinden mochte, bis zu einem gewissen Grade genoß. »Er versteckt sich und läßt Sie leiden. Da hat er nun einen so großspurigen Vornamen, dieser Massimo, als sei er der Allergrößte, und ist, wenn es darauf ankommt, doch nur weich und schwach wie ein Kind.«

»Ist ihm etwas passiert?« fragte ich alarmiert. »Geht es ihm nicht gut?«

»Nichts von alledem«, sagte sie. »Aber seine Mutter hält ihn im Haus gefangen wie in einem Käfig und läßt ihn nicht mehr von ihrer Seite. Sie ist bettlägerig geworden und mimt die bedauernswerte Kranke, aber ich schwöre jeden Eid, daß sie so gesund ist wie Sie und ich und in diesem Zustand, geschont, wie sie sich hat, noch hundert Jahre alt werden wird. Kann sein, daß ihr irgend jemand etwas über Sie zugetragen hat. Ich war's nicht, das dürfen Sie mir glauben. Aber er läßt sich auf dieses Spiel ein und kann sich nicht wehren.«

»Kann ich ihm nicht helfen?« fragte ich.

»Ich kenne ihn schon lange«, sagte sie. »Viel länger als Sie. Er wird sich nicht helfen lassen wollen. Wissen Sie, an diesem zähen Band hat seine Mutter seit Jahrzehnten geknüpft. Das reicht hinein bis in seine Nervenstränge und hinab in die Tiefen seines Unterbewußtseins. So etwas läßt sich nicht einfach abschütteln, und wenn er das versuchte, würde er darunter leiden und es Ihnen schließlich übelnehmen, daß Sie ihn dahin gebracht haben.« Sie schaute mir noch eine Weile bedauernd ins Gesicht und schloß dann: »Es tut mir leid. Keiner kann ihm helfen.«

Ich versuchte meine Tränen zurückzuhalten und sagte: »Darf ich noch eine Weile durch den Garten gehen?«

»Solange Sie wollen«, sagte sie mit ungewöhnlicher Herzlichkeit.

Sie begleitete mich noch bis zu den Stufen, die vom Säulenportikus hinunter in den Garten führten, und ließ mich dann allein weitergehen. Eine Zeitlang saß ich auf der Bank, auf der mir Massimo von seiner Mutter erzählt hatte, ließ alle Fassung fallen und heulte ohne jede Hemmung vor mich hin. Irgendwann versiegte dann die Quelle meiner Tränen, ich fischte aus meiner Tasche ein Paket Papiertaschentücher und trocknete mein Gesicht. Danach stand ich auf, ging weiter in den Garten hinein und befand mich wenig später vor dem Eingang zum Labyrinth.

Ich weiß nicht, was mich veranlaßt hat, diesen Irrgarten noch einmal zu betreten. Vielleicht war es der Anblick der beiden Löwinnen, die rechts und links des Eibentores standen und mir ihre Köpfe zugewandt hatten. Diesmal kamen sie mir eher wie Löwenjunge vor, deren Geschlecht auf den ersten Blick noch nicht erkennbar ist, zwei freundliche Katzen, deren zutrauliche Geste mich einlud, hier einzutreten. Vielleicht trieb mich auch das Verlangen nachzusehen, ob die gestürzte Hexe noch immer am Boden lag oder sich davongemacht hatte, um neues Unheil zu stiften. Ich war in einer Verfassung, in der ich alles für möglich hielt.

Eine Zeitlang ging ich, ohne viel nachzudenken, zwischen den Hecken entlang, ließ mich ziellos über die verschlungenen Wege treiben, einzig in der Absicht, noch einmal dort zu gehen, wo ich zusammen mit Massimo gewesen war. Es könnte allerdings sein, daß ich damit die besten Voraussetzungen mitbrachte, mich in einem Labyrinth zurechtzufinden. Ein solches verrätseltes Wegesystem ist ja möglicherweise daraufhin angelegt, jenen am weitesten in die Irre zu führen, der dem Geheimnis des Irrgartens durch logische Schlußfolgerungen auf die Spur zu kommen versucht. Doch eine solche Absicht lag mir an diesem Tag ohnehin fern. Ich ging einfach in Gedanken versunken vor mich hin.

Lange Zeit muß ich so gegangen sein, viel länger, als nötig gewesen wäre, das gesamte Wegenetz dieses Garten-Labyrinths zu durchschreiten, und dennoch hatte ich den Eindruck, bisher keinen der Wege zwischen den hohen Hecken zum zweiten Mal begangen zu haben. Dann hörte ich plötzlich hinter mir das nahende Tappen von Hufen, und gleich darauf schnoberte in meinem Nacken die weiche Nase eines Pferdes.

»Lionel, bist du das?« fragte ich.

»Wer denn sonst?« sagte Lionel und rückte vor an meine Seite, daß ich die Hand auf seinen Rist legen konnte. »Du wirst mich wieder einmal brauchen.«

»Ach Lionel«, sagte ich, »es tut immer wieder gut, dich bei mir zu wissen. Aber was sollst du mir nützen in diesem Labyrinth, das ich eigentlich schon längst durchschritten haben müßte?«

Da lachte Lionel sein heiteres Pferdelachen und sagte: »Was

glaubst du denn, wo du bist, Herod? Wir müssen noch sehr weit zurückreiten bis zum innersten Bereich des Labyrinths. Steig nur auf! Allein und zu Fuß kannst du das gar nicht schaffen.«

»Werde ich ihn finden, dort, wo du mich hinbringst?« fragte ich.

»Wen denn?« fragte Lionel.

»Das weißt du doch«, sagte ich. »Massimo, Mirdini oder wie immer er in Wahrheit heißen mag.«

»Wenn du dich nicht zu genau festlegst, wirst du ihn schon finden«, sagte Lionel.

Da stieg ich in den Sattel, und Lionel flog so schnell dahin, daß die dunkelgrünen Hecken rechts und links neben mir standen wie zwei glatte, vibrierende Wände. Ich beugte mich nach vorn, legte meinen Mund an Lionels Ohr und fragte: »Wie groß ist denn dieser Irrgarten, daß du so rasch dahinfliegst, als wollten wir den Garten der Löwin besuchen?«

»Unendlich«, sagte Lionel und bremste ein wenig sein Tempo. »Du magst einmal den äußersten Rand erreicht haben, aber nach innen hat der Weg kein Ende. Du wirst auch nur so weit vorankommen, wie du nötig hast, um den Anfang des Begreifens zu finden.« Dann raste er wieder dahin, als gelte es, noch heute das Planetensystem zu durchqueren.

Nach einer unmeßbaren Zeit zügelte Lionel seinen Lauf und blieb schließlich vor einem schon fast zugewachsenen Durchlaß in der rechten Hecke stehen. »Weiter kann ich dich nicht bringen, denn wir sind nun dort, wo wir uns zuerst begegnet sind. Hier mußt du hindurch und dann zu Fuß weiter deinen Weg suchen.«

Nachdem ich abgestiegen war, umarmte ich noch einmal meinen Haflinger, der mit seiner blonden Mähne auf einmal etwas von einem Löwen an sich hatte. »Ich danke dir für deine Freundschaft«, sagte ich.

»Nicht der Rede wert«, sagte er und rieb seine Nase an meiner Hüfte wie eine große Katze. »Du gehörst ja zu unserer Verwandtschaft. Nun geh und gib nicht zu früh auf!«

Im nächsten Augenblick stand ich allein vor dem fast zugewucherten Durchlaß und begann mir einen Weg zu bahnen. Wenn ich es nur mit Eiben zu tun gehabt hätte, wäre das nicht schwer gewesen, aber an dieser Stelle hatten sich Weißdornschößlinge angesiedelt, deren lange Dornen sich nicht nur in meinen Kleidern, sondern auch in meiner Haut festhakten, so daß ich an Armen und Beinen blutig gekratzt war, als ich auf der anderen Seite aus der Hecke herauskroch.

Zunächst meinte ich, wieder auf dem Rasenplatz zu knien, auf dem ich mit dem jungen Massimo oder wem auch immer gelegen hatte. Ich wußte das nicht mehr genau und dachte daran wie an eine weit zurückliegende Erinnerung oder ein vorausgeahntes Ereignis, dessen Realität um so mehr zerrann, je genauer ich sie zu fassen versuchte. Dann zeigte sich, daß dies kein abgeschlossener Platz war, keine endgültige Mitte, sondern nur der Beginn eines übergrasten Weges, der auf der gegenüberliegenden Seite weiterführte, immer entlang zwischen Hecken, die mir allerdings ein wenig höher vorkamen als jene in dem Labyrinth, das ich bisher durchschritten hatte.

Als ich einige Zeit so gegangen war, sprangen unversehens zwei junge Löwen hinter einer Biegung des Weges hervor und umtänzelten mich wie zwei spielende Katzen. Es waren ohne Zweifel die beiden, die ich zuvor am Eingang des Labyrinths hatte stehen sehen. Der eine der beiden, der etwas größer war als der andere, der eher einer ingwerfarbenen Katze glich, rammte mir seinen Kopf mit solcher Kraft in die Kniekehlen, daß ich unversehens auf dem grasigen Boden saß und mir von beiden liebevoll das Gesicht lecken lassen mußte.

»Ihr seid doch wohl nicht…«, sagte ich.

»Doch!« unterbrachen mich beide lachend. »Ich bin Ginger«, sagte die Kätzische, »und ich bin Lejb«, sagte der Große, der mich von den Beinen gestoßen hatte.

»Was tut ihr hier?« fragte ich. »Warum habt ihr mich damals allein gelassen? Und wer seid ihr eigentlich?«

»Drei Fragen auf einmal«, sagte Lejb. »Die Antwort auf die letzte zuerst: Du bist irgendeine weitschichtig verwandte Cousine von uns. Und allein gelassen haben wir dich damals, weil unsere Zeit mit dir vorbei war.« Er grinste, wie nur ein Löwenjunge mit breiten Lippen und gesträubten Schnurrhaaren zu grinsen vermag, und fragte: »Oder bin ich dir damals nicht weit genug gegangen?«

Da wischte ihm Ginger eines mit ihrer Krallenpfote und sagte: »Jetzt hör aber auf! Du machst sie ja ganz verlegen!« Und zu mir sagte sie: »Die Antwort auf die erste Frage lautet: Wir wollen mit dir ein Stück zurückgehen in diesem Labyrinth, so weit, wie es uns möglich ist. Komm jetzt! Zusammen werden wir beide mit diesem Flegel schon fertig.«

Nichts wie Unfug hatten wir im Sinn, als wir weiterrannten auf dem mit weichem Gras überwachsenen Weg zwischen den hohen Eibenhecken, deren Oberkante ich hier bei weitem nicht mehr hätte erreichen können, obwohl das anfangs in diesem Labyrinth durchaus möglich gewesen wäre. Wie ein dichter Wald ragten sie nun empor und waren durchmischt von andersartigen Büschen und Bäumen, sparrigen Fichten etwa, hochgeschossenen kahlen Eschenstämmen und Eichen, an deren Zweigen noch die braun verwelkten Blätter vom Vorjahr hingen.

Wir liefen um die Wette, schubsten einander gegen die zurückfedernden Hecken, Lejb richtete sich unversehens auf und mimte einen der trollhaften Alten, wobei es ihm weiß der Himmel auf welche zauberische Weise gelang, sich tatsächlich zu einem düster drohenden Koloß hochzurecken, dem allerdings noch immer Lejbs rotblonde Mähne ums klobige Haupt zottelte. Schreiend vor Vergnügen oder auch vor heimlichem Entsetzen rannten Ginger und ich vor ihm davon, bis er immer langsamer dahinstolperte und schließlich zu Stein zu erstarren schien. Vorsichtig näherten wir uns ihm und tippten ihm mit ausgestrecktem Finger gegen Brust und Bauch, als wollten wir prüfen, ob er schon hart genug sei, bis er die Beherrschung verlor und laut sein Lachen herausprustete.

Wie ausgelassene Kinder gebärdeten wir uns, und als ich während dieses wilden Voranrennens einmal an mir herunterblickte, sah ich ohne große Überraschung, daß ich tatsächlich noch nicht erwachsen war und ein Kleid trug, wie ich es mit vielleicht zwölf

Jahren einmal getragen hatte. Ich entsann mich noch des roten Wollstoffs mit dem eingewebten, etwas dunkleren Blütenmuster.

Wir kamen jedenfalls auf diese Weise schnell voran, bis meine beiden Begleiter, die vor mir hergelaufen waren, bei einem schmalen Pfad stehenblieben, der nach rechts abzweigte und in ein verwachsenes Dickicht von Eiben, Fichten und Weißdorn zu führen schien. »Hier müssen wir zurückbleiben«, sagte Ginger, »denn wir sind nun dort, wo wir einander begegnet sind.«

Einen Augenblick zeigten sich beide in der menschlichen Gestalt, in der ich sie gekannt hatte. Ginger fiel mir um den Hals, gab mir rechts und links einen Kuß auf die Backen und sagte: »Paß gut auf dich auf, Herod! Und fall nicht auf solche Kerle rein wie den da!«, wobei sie mit dem Kopf auf Lejb wies. Dann nahm mich dieser hochgeschossene Laban in seine Arme und drückte mich an seinen Brustkasten, daß mir fast die Luft wegblieb. »So geht das besser als damals im Schildkrötenpanzer!« sagte er. Dann flitzten beide, schon wieder als junge Löwen, auf dem Weg zurück und verschwanden hinter der nächsten Biegung.

Als ich sie nicht mehr sehen konnte, wandte ich mich um und schlug den Pfad ein, der ins Dickicht führte. Anfangs kam ich auf dieser schmalen Spur gut voran, auch wenn ich hie und da an einem Dorn hängenblieb oder ein Zweig mir ins Gesicht schlug. Doch das Buschwerk drängte sich, je weiter ich vorankam, um so dichter an mich heran; bei jedem Schritt mußte ich Dornenzweige zur Seite biegen oder auf den Boden hinuntertreten, und an Ende stand ich auf allen Seiten vom Dickicht eingeschlossen und konnte mich kaum noch bewegen, ohne mich zu verletzen.

Da fiel mir von oben her etwas auf den Kopf und rollte mir vor die Füße. Ich erkannte sofort an der braunglänzenden Schale und der herzförmig zugespitzten Form, was es war: eine Marone. Mein nächster Blick war in die Höhe gerichtet, woher sie herabgefallen sein mußte. Da sah ich auf dem untersten, fast waagerecht aus dem Stamm eines Maronenbaums herausgestreckten Ast den Keschtenfresser sitzen, der mich vergnügt angrinste und sich eben anschickte, mir eine weitere Keschte an den Kopf zu werfen.

»Kommst wohl nicht weiter, dort unten auf dem Weg?« sagte er und lachte sein keckerndes Eichhörnchenlachen.

»Das siehst du doch«, sagte ich. »Nicht einmal die Keschte kann ich aufheben, die du mir auf den Kopf geworfen hast. Ich wollte, ich wäre wieder eine Keschtenfresserin und könnte zu dir hinaufklettern.«

»Das hast *du* gesagt!« antwortete er mir. »Also mach mir später keine Vorwürfe!«

Während er noch sprach, merkte ich schon, daß ich wieder die Gestalt der Keschtenfresserin angenommen hatte, und es machte mir überhaupt nichts aus. Ich gebrauchte sofort meine krallenbewehrten Pfoten, um am nächsten in meiner Reichweite liegenden Stamm mit schon wieder gewohnter Geschwindigkeit in die Höhe zu klettern, und hockte gleich darauf neben diesem Waldkobold auf dem Ast. »Und was soll jetzt dieser Zauber?« fragte ich.

»Das siehst du doch«, sagte er. »Anders kannst du hier nicht weiterkommen. Das ist keine Gegend für kleine Mädchen im hübschen Sonntagskleid.«

»Weißt du denn, wie's hier weitergehen soll?« fragte ich

»Immer der Nase nach auf das Innere des Labyrinths zu, so weit ich dich bringen kann«, sagte er. »Danach wirst du allein auf dich gestellt sein.«

Zusammen mit meinem alten pinselohrigen Freund wanderte ich nun wieder durch die Wipfel der Bäume oder hangelte mich oben durchs Gebüsch, wo weiter unten im dornigen Unterholz kein Durchkommen war. Zeitweise zogen wir durch dichten Hochwald von Buchen, Eichen und Ahornbäumen. Wenn ich bis in die obersten Zweige der Wipfel hinaufkletterte, blickte ich über die kahlen Kronen wie über ein Meer von braunscheckigem Gehölz, auf dessen erstarrter Fläche sich auch hier noch durch einzelne, bis in diese Höhe heraufgedrungene Eibenwipfel das dunkelgrüne Muster des Labyrinths abzeichnete.

So zogen wir dahin, ohne zu essen oder zu trinken, und es wurde, wie schon zuvor auf meiner Wanderung durch das Labyrinth, nie dunkel, auch wenn hier die Sonne nicht zu sehen war an dem grau verhangenen Himmel, so daß ich nicht sagen kann, wie viele Tage, wie viele Wochen oder gar Monate, vielleicht sogar Jahre wir durch die Baumwipfel streiften, immer weiter geradeaus in eine Richtung, deren sich der Keschtenfresser stets gewiß war, als sei in seinem kleinen Kopf hinter dem verschmitzten Gesicht eine Kompaßnadel eingebaut, deren Weisung er folgte.

Irgendwann begann sich der Wald allmählich zu lichten, immer größere baumlose Flächen waren zu überqueren, in denen nur noch Buschwerk den Boden bedeckte, und schließlich ragten vor uns nur noch drei oder vier hohe, einzelnstehende Bäume aus dem strauchigen Gelände auf, auf dessen Grund ich noch immer einen verzweigten Irrgarten von Wegen, Gängen und wie von Tieren getretenen Wechseln zwischen weit dahinlaufenden Hekken überblicken konnte. Eine Zeitlang saß ich schweigend neben dem Keschtenfresser im Wipfel eines dieser letzten Bäume und blickte über das tundraähnliche Land hinweg. »Muß ich von hier aus allein weitergehen?« fragte ich dann.

»Ja«, sagte er. »Hier am Waldrand muß ich zurückbleiben, denn ich kann dort nicht leben, wo es keine Bäume gibt. Aber das ist nicht der einzige Grund. Wir sind zusammen so weit zurückgegangen, daß wir jetzt den Punkt erreicht haben, an dem wir uns zum ersten Mal getroffen haben. Dort, wo du jetzt hingehen mußt, hast du noch nichts von mir gewußt.«

Danach kletterte er mit mir hinunter auf den Boden und gab mir eine Keschte zu essen, und das war überhaupt das einzige, was ich während meiner Wanderung im Labyrinth zu mir genommen habe. Ich schälte sie mit meinen scharfen Klauen und zerkaute sie lange und mit Bedacht. Als ich den letzten Rest hinuntergeschluckt hatte, war der Keschtenfresser nicht mehr bei mir, und ich war ein kleines Mädchen von vielleicht sechs oder sieben Jahren, das in seinem Wollmäntelchen mutterseelenallein in dieser Einöde stand.

Es fällt mir schwer zu beschreiben, was ich empfand, als ich in diese Landschaft hineinging. So überschaubar sie sich mir dargeboten hatte, als ich noch oben im Wipfel des Baumes gesessen war, so labyrinthisch verschlungen erschienen mir die gangbaren, zwischen Hecken und Buschwerk verlaufenden Pfade, denen ich folgen mußte, ohne zu ahnen, wohin sie mich führen würden. Ich muß ein mutiges und unbekümmertes Kind gewesen sein, wenn ich im Alter einer Schulanfängerin tatsächlich fähig gewesen sein sollte, ohne sonderliche Ängstlichkeit auf unüberschaubaren Wegen in eine solche Wildnis hineinzulaufen. Das war kein gepflegtes, von Gärtnern zurechtgestutztes Labyrinth im Sinne historischer Gartenkunst, sondern ein von irgendwelchen unvorstellbaren Tieren durch Niederholz und Gebüsch getriebenes Gangsystem, das nur zum Teil nach oben offen lag, so daß wenigstens das Licht des Himmels hereinfiel, zum anderen Teil aber überwuchert war von ineinander verfilzten Ranken und Zweigen, unter denen ich hindurchschlüpfen mußte, etwa so angelegt wie die Gänge von Wühlmäusen im Frühling auf einer Wiese, wenn der letzte Schnee eben weggeschmolzen ist, nur um ein Vielfaches größer.

Auf große Tiere traf ich hier allerdings nicht, die derartige Wege für sich hätten bahnen können, und die Vögel, die über den Zweigen lärmten, bekam ich nur selten zu Gesicht, allenfalls hier und da eine Maus, die vor mir über den Weg flitzte, nachdem ich sie durch meine Schritte aufgescheucht hatte. Von regelmäßig angepflanzten Eiben war hier kaum noch etwas zu finden; das Gebüsch bestand in der Hauptsache aus Schlehdorn, Haselstauden, Holunderbüschen, Hartriegel und Weißdorn.

Weißdorn – das blieb von alledem zuletzt übrig, als ich – ich weiß nicht, wie lange – durch dieses überdimensionale Wühlmaus-Labyrinth geirrt war, kaum beängstigt, sondern eher neugierig darauf, was mir hinter der nächsten Wegbiegung begegnen mochte, gierig auf noch unbekannte Ausblicke, wie es nur ein Kind sein kann, das sich nicht enttäuschen läßt, wenn es sich dabei nur um scheinbar nebensächliche Details handelt. Geh mit einem Kind spazieren, und du wirst erleben, daß du mit dessen Augen Dinge entdeckst oder Vorgänge beobachtest, über die du mit deinem blasierten Erwachsenenblick hinwegsehen würdest. Da hat auf einer verbreiterten Rasenfläche in einer Ausbuchtung der deinen Weg begleitenden Hecke tatsächlich eine Wühlmaus ein Gangsystem angelegt, das sich durch aufgeworfene Erdhäufchen verrät, zwischen denen unter der stellenweise etwas angehobenen Grasnarbe ein Labyrinth en miniature sich erahnen läßt, das jenes, in dem du dich selbst befindest, in maßstäblicher Verkleinerung wiederholt, und du stellst dir vor, als gleichfalls zu Käfergröße zusammengeschrumpftes Kind durch dieses Mini-Labyrinth zu wandern, in das von oben die Wurzeln der Grasbülten hineinzotteln, gehst entlang durch die erdigen Röhren, in denen hinter jeder Biegung des Weges etwas Neues auf dich wartet, beispielsweise ein Regenwurm, der mit der einen Hälfte seines Körpers aus einem Loch in der Wand des Wühlmausganges heraushängt, das den Eingang zu seinem Labyrinth bildet, in dem er sich Tag und Nacht auf Wanderschaft befindet, wenn es nicht gerade regnet und er sich hinauf an die grasbewachsene Oberfläche begeben muß, um unten in seinem Gangsystem nicht zu ersaufen. Es ließe sich vorstellen, daß auch er noch kleineren Wesen begegnet, von denen das Kind zwar noch wenig weiß, die du dir aber mit der Verkleinerungslust des Kindes vorstellen kannst, winzige Würmchen vielleicht, wie du sie einmal unter einem umgedrehten Stein beobachtet hast und die du nun in einem weiteren Labyrinth von winzigen Ausmaßen ansiedelst.

Solcherart wanderst du als Kind dahin, siehst über dir wenige Augenblicke einen kleinen Vogel im Geäst eines Schlehenbusches landen und nach einer der kugelrunden, blau bereiften Früchte picken. Der Schnabel arbeitet in rasender Geschwindigkeit den Kern aus der Frucht heraus, der unmittelbar vor deinen Füßen ins Gras fällt und dort vielleicht zu einem weiteren Schlehenbusch auskeimt, der sich mit seinen Zweigen in das Heckensystem deines Labyrinths einfügen wird. Währenddessen vertilgt der Vogel über dir die letzten Reste der Schlehe, klettert dann mit seinen spindeldürren Füßchen an dem Zweig ein Stück nach oben, wo er flatternd ins Freie gelangt und davonschwirrt, auch er in den Bahnen eines imaginären Labyrinths, das sich wie ein Netz unsichtbarer Fäden durch die Luft oberhalb der Hekken verbreitet. Es ist nicht wahrzunehmen, aber der Vogel muß in ihm bleiben; denn er bewegt sich immer nur in diesem Bereich und verläßt ihn weder nach oben, wo – sichtbar als schwarzer Schattenriß gegen den blassen Hochnebel – gelegentlich ein Falke seine Kreise zieht, noch nach unten, denn du hast einen solchen Vogel noch nie am Boden hüpfen sehen.

Und während du noch in deiner kindlichen Vorstellung ein unsichtbares Netz von Flugschneisen für diesen Vogel über das Strauchwerk ausspannst, unter dessen Zweigen du weitergehst, läufst du selbst in ein anderes Netz hinein, dessen hauchdünne Fäden sich klebrig über dein Gesicht legen, und du bleibst stehen und siehst eben noch, wie eine kleine Spinne sich in wahnwitziger Geschwindigkeit an einem unsichtbaren Faden in die Höhe hangelt bis zu einem Zweig, von dem aus sich ein weiteres Netz zwischen dem Geäst eines Hartriegelstrauchs ausspannt, und nun, da du erst den richtigen Blick dafür gefunden hast, siehst du überall in den Sträuchern und Hecken die Netze hängen, vielleicht feucht überperlt vom Tau, und du gewinnst den Eindruck, daß auch diese Netze in ihrer Gesamtheit zu einem Labyrinth gehören, in dem sich die Spinnen mit ihren tastenden Beinchen bewegen, ein Labyrinth, an dem sie ständig weiterbauen und das in seiner Komplexität alles übersteigt, was du an solchen Irrgärten bisher wahrgenommen hast.

Solcherart ging ich immer weiter zwischen den Hecken dahin, bis ich vor mir nichts anderes mehr sah als Weißdorngebüsch, in dem noch einzelne dunkelrot verschrumpelte Früchte hingen – Mehlfäßchen, wie wir sie als Kinder nannten und wie ich sie jetzt wieder nenne – und deren kürzere Seitensprossen jeweils in einem spitzigen Dorn endeten. Weißdorn, nichts als Weißdorn wuchs wie eine undurchdringliche Barriere vor mir, und ich konnte keinen Weg entdecken, der hier weiterführte.

Während ich mich in dieses dornige Gesträuch hineinzudrängen versuchte, um zu sehen, ob es irgendwo dahinter weiterging, sah ich auf einmal, überkreuzt von dünnen und dickeren Zweigen wie hinter einem Gitter, ein Gesicht, das Gesicht eines uralten Mannes, dem Haar und Bart schlohweiß herabflossen wie ein ruhiger Strom, und dieser Uralte schaute mich mit seinen jungen, grünbraunen Augen an und sagte: »Nun bist du also doch noch gekommen.«

Ich wunderte mich über diesen alten Mann in der Weißdornhecke, wie ein Kind sich wundert, wenn es jemanden trifft, auf dessen Erscheinen es nicht gefaßt war. »Wer bist du?« fragte ich.

»Wer du willst«, sagte der Weißbart. »Vielleicht dein Großvater, von dem du all diese Geschichten weißt; vielleicht auch dieser Mirdini, der dich mit seiner Zauberei verwirrt hat; vielleicht war ich auch zeitweise dieser Mann namens Massimo, der dir möglicherweise jetzt kleiner erscheint, als er heißt, aber der unter Umständen doch ein bißchen größer ist, als er dir jetzt vorkommt.«

All das sagte er, und das Kind, das ihm in seine Augen blickte, konnte wenig anfangen mit den Worten und Namen, die er sagte und nannte. Aber es merkte sich ihren Klang, um sie vielleicht später einmal nach ihrer Bedeutung zu befragen. »Was tust du hier in der Weißdornhecke?« fragte ich.

»Kannst du dich nicht erinnern, was dir dein Großvater von Merlin erzählt hat, dem Zauberer, den man auch Myrddin nannte und der zeitweise am Hof des Königs Artus lebte? Oder war es erst später, daß er davon sprach, wie es Merlin zuletzt erging? Hör zu, wenn du es früher noch nicht erfahren hast: Manche Erzähler behaupten, er habe sich auf seine alten Tage mit einem jungen Mädchen eingelassen, um seine eigene Jugend zurückzuholen, und dieses Mädchen habe ihn mit der Kraft seines eigenen Zaubers, den es ihm abgebettelt hatte, in einer Weißdornhecke wie dieser hier festgebannt, daß er beide, nämlich die Hecke und das Mädchen, niemals mehr habe verlassen können. Aber ist das zu glauben, daß sich – Liebe hin oder her – einer wie Merlin so festnageln läßt? Ich habe ja nichts dagegen, daß auch ein solcher Zauberer gern bei Mädchen liegt, aber ich kann mir nicht vorstellen, daß er daneben nicht noch andere, auch nicht eben sinnlose Dinge getan haben soll.

Versuch dir also einmal vorzustellen, daß dieser Merlin oder

Myrddin oder Mirdini oder was weiß ich noch alles, wie er heißen könnte, anscheinend in die Macht einer Hexe gerät, die ihm schon länger nachgestellt und ihn dabei beinahe erschlagen hat. Sie ist darauf aus, ihm seine Kraft zu rauben, um damit Macht zu gewinnen, andere Menschen zu verderben. Sie versucht ihn in eben diese Weißdornhecke zu bannen – die scheinbar nebensächlichen Einzelheiten treffen oft am ehesten zu in solchen Geschichten –, sie bannt ihn also in den Weißdorn, hält ihn dort fest und versucht, ihm seine Zauberkräfte zu entziehen, um damit Böses unter den Leuten zu verbreiten, beispielsweise in Form von vergifteten Äpfeln und ähnlichem Teufelszeug, das du ja aus den Märchen kennst. Doch während diese Hexe ihn anscheinend festhält, merkt sie nicht, daß in Wahrheit *er* sie festhält, um sie an ihren üblen Machenschaften zu hindern. Er wird nun dort in der Weißdornhecke eine Zeitlang bleiben müssen, bis die Hexe ihre widerwärtigen Pläne aufgibt, und zwar für immer und ewig.

Da er nun weiß, daß er viel Zeit hat – es wird eine Weile dauern, bis die Hexe sozusagen im eigenen Saft weichgekocht ist und alle Härte verloren hat –, beginnt er sich innerhalb der Weißdornhecke und eingeschlossen in ihre dornigen Zweige ein labyrinthisches System vorzustellen, auf dessen Wegen er wieder ein Stück weiter ins Innere des großen Labyrinths voranschreiten kann. Und so bin ich eben, während ich hier mit dir spreche und zugleich meinen Griff nicht lockere, mit dem ich die Hexe festhalte, schon längst wieder unterwegs auf dem Pfad, der, wie jeder weiß, ohne Ende ist und sich der Unendlichkeit des Einen nähert, der dieses wunderbare Labyrinth erschaffen hat, in dem sich unsereiner ständig verirrt.«

All das sagte er, und das Kind hörte die Worte vorüberrauschen wie eine Musik, deren Tonfolgen es sich merkte, weil sie ihm schön in den Ohren klangen. Dann sagte dieser Uralte zu ihm noch einige Worte, die dem Kind durchaus vertraut waren in ihrer Bedeutung: »Nun geh schön nach Hause und sei nicht mehr traurig!«

Diese Worte summten noch in meinen Ohren nach, als ich merkte, daß ich die Mitte des Labyrinths im Garten von Massimos Cousine erreicht hatte, indem ich einfach nur so vor mich hin gegangen war, ohne einen Gedanken auf den einzuschlagenden Weg zu verschwenden. Und dieses Zentrum sah ganz anders aus, als ich es mir vorgestellt oder es zu sehen gemeint hatte. Hier gab es keinen leeren Rasenplatz, um darauf beieinanderzuliegen, sondern ein Rondell, um das ein kiesbestreuter Weg im Kreis herumführte. In der Mitte stand auch kein kleiner fetter Amor mit Pfeil und Bogen oder eine ähnliche Nippesfigur, vielmehr gab es hier ein kreisrundes poliertes Becken aus weißem Marmor von etwa drei Schritt Durchmesser, das in einen glatt beschnittenen Rasenstreifen eingelassen und bis knapp unter den Rand mit klarem Wasser gefüllt war. Rings um die steinerne Einfassung des Beckens war ein Text eingemeißelt, der lautete:

EINGANG INS LABYRINTH
FOLGE DEM WASSER
DAS INNERSTE IST DRAUSSEN
IN DER WELT

Lange Zeit schaute ich in das unbewegte Wasser und versuchte den Sinn dieser Inschrift zu ergründen. Dann sah ich drei oder vier kleine Steine auf dem Grund des Beckens liegen und verstand. Ich las einen Kiesel vom Weg auf und warf ihn in die Mitte des Beckens. Das Wasser spritzte an dieser Stelle etwa eine Handbreit in die Höhe, und dann begannen Wellenkreise über die Oberfläche zu wandern, von innen nach außen, immer von innen nach außen. Da nahm ich den Rat des Wassers an und machte mich auf, um hinauszugehen in das wahre Labyrinth. In die Welt.

Für den Rest genügen ein paar Stichworte: Ich packte meine Siebensachen, verabschiedete mich von Signora Pozzo, die mich auf ihre spontane Art in die Arme schloß und mir beteuerte, daß für mich stets ein Gästezimmer in ihrem Hinterhaus bereitstehen würde. Dann fuhr ich zurück an meine alte Universität und versuchte meine Trauer, die sich nicht so leicht abwerfen ließ, durch intensive Arbeit in Grenzen zu halten, was meinen Ruf als Streberin aufs neue festigte. Mein Dissertationsthema lautete: *Labyrinthe im Manierismus und die Vorstellung vom Großen Labyrinth.* Ich fand sogar einen Professor, der verrückt genug war, sich auf dieses Thema einzulassen. Ein paar Jahre später bekam ich nach meiner Promotion die Stelle an dem Münchener Museum, und von dort aus fuhr ich eines Morgens zu einer Märchentagung, um herauszufinden, ob es noch mehr Leute gibt, die Geschichten in sich herumtragen und von ihnen umgetrieben werden. Dort traf ich auf eine beschädigte Liebesgöttin, deren Beschädigung mir durchaus einleuchtete, und auf dich.

Schluß damit! Ich muß noch rasch einkaufen gehen, weil ich morgen keine Zeit mehr dazu habe. Stundenlang werde ich vor dem Spiegel stehen und mich fragen, aus welchem unerfindlichen Grund du dieses Gesicht zu lieben vorgibst, das mir da entgegenblickt. Viertel nach elf werde ich im Hauptbahnhof darauf warten, daß dein Zug einläuft. Mein Herz klopft schneller, während ich das schreibe.

Hans Bemmann bei Weitbrecht

Stein und Flöte
und das ist noch nicht alles

Märchenroman, 824 Seiten, ISBN 3 522 70050 3

Im Sinne eines Entwicklungsromans wird hier das Leben Lauschers erzählt. Und obwohl sich alles so zugetragen hat, wie in der Geschichte erzählt wird, ist das Ganze ein Bild für jene Wirklichkeit, die hinter der Oberfläche steckt und von der man nur in Bildern sprechen kann.

Erwins Badezimmer oder
Die Gefährlichkeit der Sprache

Roman, 240 Seiten, ISBN 3 522 70110 0

Hans Bemmann läßt uns Zeuge werden, wie sich Albert S. Zugang zur ominösen „Vor-Literatur“ verschafft, mit kindlichem Staunen die Mehrdeutigkeit der Worte und damit die Sprengkraft von Sprache und Denken entdeckt.

Die beschädigte Göttin

Phantastischer Roman, 290 Seiten, ISBN 3 522 70770 2

Wie durch einen plötzlichen Zauber gerät der junge Held des Romans aus der Wirklichkeit heraus und mitten hinein in ein großartiges Märchen. In dieser Phantasiewelt erlebt er viele geheimnisvolle Prüfungen und gefährliche Begegnungen.